Romain Rolland · Johann Christof · Band 2

Romain Rolland
Johann Christof

Band 2
Johann Christof in Paris

Deutscher Taschenbuch Verlag

Vollständige Ausgabe. Aus dem Französischen übersetzt von Erna Grautoff unter Mitwirkung von Otto Grautoff. Mit Anmerkungen von Gisela Bruchner und einem Nachwort von Wolfram Göbel (Band 3). Titel der Originalausgabe: ‚Jean-Christophe'.

November 1977
Deutscher Taschenbuch Verlag GmbH & Co. KG,
München
Lizenzausgabe mit freundlicher Genehmigung des
Verlages Rütten & Loening, Berlin
Umschlaggestaltung: Celestino Piatti unter Verwendung
eines Holzschnitts von Frans Masereel
zu ‚Jean-Christophe', 1926
Gestaltung der Kassette: Celestino Piatti unter
Verwendung einer Federzeichnung von Frans Masereel
Gesamtherstellung: C. H. Beck'sche Buchdruckerei,
Nördlingen
Printed in Germany · ISBN 3-423-02032-6

INHALT

JOHANN CHRISTOF IN PARIS

Fünftes Buch · Der Jahrmarkt
   Vorwort zur ersten Ausgabe 9
   Erster Teil 15
   Zweiter Teil 116

Sechstes Buch · Antoinette 239

Siebentes Buch · Das Haus
   Vorwort zur ersten Ausgabe 365
   Erster Teil 369
   Zweiter Teil 446

ANHANG

Anmerkungen 565

Fünftes Buch

DER JAHRMARKT

VORWORT ZUR ERSTEN AUSGABE

ZWIESPRACHE DES AUTORS MIT SEINEM SCHATTEN

Ich:

Nein wirklich, Christof, du bist eine Wette eingegangen? Du hast dir vorgenommen, mich mit der ganzen Welt zu entzweien?

Christof:

Tu doch nicht so erstaunt. Du hast vom ersten Augenblick an gewußt, was ich mit dir vorhatte.

Ich:

Du kritisierst zu vieles. Du reizt deine Feinde, und du ärgerst deine Freunde. Weißt du nicht, daß es sich nicht schickt, darüber zu reden, wenn in einem anständigen Hause etwas schiefgeht?

Christof:

Was ist da zu machen? Ich bin eben so ungezogen.

Ich:

Ich weiß: du bist ein Wilder. Du Ungeschickter! Sie werden dich zum Feind der ganzen Welt stempeln. In Deutschland hast du dir schon den Ruf erworben, ein Antideutscher zu sein. In Frankreich wirst du dir den erringen, ein Antifranzose zu sein oder – was schlimmer ist – ein Antisemit. Nimm dich in acht. Rede nicht von den Juden...
Sie haben dir zuviel Gutes getan, als daß du ihnen Schlechtes nachsagen dürftest...

Christof:

Warum soll ich nicht alles Gute und alles Schlechte von ihnen sagen, was ich denke?

Ich:

Du sagst von ihnen aber hauptsächlich Schlechtes.

Christof:

Das Gute kommt noch. Muß man sie denn zarter anfassen als die Christen? Wenn ich ihnen ein vollgerüttelt Maß zudenke, so tue ich es, weil es bei ihnen der Mühe lohnt. Ich schulde ihnen einen Ehrenplatz, denn sie haben sich ihn erobert an der Spitze unseres Abendlandes, in dem das Licht erlischt. Einige von ihnen bedrohen unsere Zivilisation mit dem Tod. Aber ich übersehe nicht, daß andere von ihnen uns an Taten und Gedanken bereichern. Ich weiß, was in ihrer Rasse noch an Größe lebt. Ich kenne alle die Kräfte der Hingabe, die ganze stolze Uneigennützigkeit, die ganze Lust und Liebe zum Besten, die unermüdliche Energie, die hartnäckige und verborgene Arbeit bei Tausenden von ihnen. Ich weiß, daß in ihnen ein Gott lebt, und deswegen zürne ich denen, die ihn verleugnet haben, denen, die um erniedrigenden Erfolges, um schmählichen Glückes willen das Schicksal ihres Volkes verraten. Sie bekämpfen heißt gegen sie die Partei ihres Volkes ergreifen, so wie ich Frankreich verteidige, wenn ich die verderbten Franzosen angreife.

Ich:

Mein Junge, du mischst dich in Dinge, die dich nichts angehen. Denke an die Frau des Sganarelle, die verprügelt sein will. *Nicht zwischen Baum und Borke stecken* ... Die Sache Israels ist nicht die unsere, und was Frankreich betrifft, so gleicht es Martine. Es läßt sich gefallen, daß man es verprügelt; aber es erlaubt durchaus nicht, daß man ihm sagt, daß es so ist.

Christof:

Man muß ihm aber doch die Wahrheit sagen, und um so mehr, je mehr man es liebt. Wer sagt sie sonst, wenn nicht ich? Du gewiß nicht. Ihr seid alle untereinander durch gesellschaftliche Beziehungen, durch Rücksichten, durch Skrupel gebunden. Ich bin durch nichts gebunden. Ich gehöre nicht zu eurer Welt. Ich habe niemals einer eurer Cliquen angehört, an einer eurer Streitigkeiten teilgenommen. Mich zwingt nichts, in euren Chor mit einzustimmen oder Helfershelfer eures Schweigens zu sein.

Ich:

Du bist ein Ausländer.

Christof:

Ja, so wird es heißen, nicht wahr? Man wird sagen, daß ein deutscher Musiker nicht das Recht habe, euch abzuurteilen, und euch niemals verstehen werde. – Gut, vielleicht irre ich mich. Aber ich werde euch wenigstens sagen, was manche große Ausländer, die du wie ich kennst – und die zu den größten von unseren toten und lebenden Freunden gehören –, von euch denken. Irren sie sich, so sind ihre Gedanken dennoch wert, daß man sie kennenlernt, und sie können euch nützlich sein. Das ist immer noch besser für euch, als euch wie üblich einzureden, daß euch alle Welt bewundert, und euch gegenseitig zu bewundern – oder auch zu verlästern, wie ihr es abwechselnd tut. Was frommt es, in periodischen Anfällen, wie sie bei euch Mode sind, zu schreiben, daß ihr das größte Volk der Erde seid – und dann, daß der Niedergang der lateinischen Rassen unaufhaltsam ist; daß alle großen Ideen von Frankreich kommen – und gleich darauf, daß ihr nur noch dazu gut seid, Europa zu amüsieren? Gut wäre es, wenn ihr die Augen nicht vor dem Übel verschlösset, das an euch nagt, wenn ihr euch von dem Bewußtsein der zu liefernden Schlacht nicht niederdrücken ließet, sondern im Gegenteil dazu angefeuert würdet, für das Leben und die Ehre eurer Nation zu kämpfen. Wer das zähe Leben dieser Nation erkannt hat, die nicht sterben will, kann und soll ihre Laster und ihre Lächerlichkeiten bloßstellen, um sie zu bekämpfen – um vor allem die zu bekämpfen, die sie ausbeuten und die davon leben.

Ich:

Rühre nicht an Frankreich, selbst nicht, um es zu verteidigen. Du regst die braven Leute auf.

Christof:

Die braven Leute allerdings – jene braven Leute, denen es weh tut, daß man nicht alles herrlich findet, daß man ihnen soviel Trauriges und Häßliches zeigt! Sie selber werden ausgebeutet; aber sie wollen es nicht wahrhaben. Es bekümmert sie so tief, das Schlechte in anderen zu entdecken, daß sie lieber noch Opfer sein wollen. Sie möchten, daß man ihnen wenigstens einmal am Tage wiederholt, in der besten aller Nationen stünde alles zum Besten und

...du, o Frankreich, wirst bleiben die Erste...

Und danach legen sich die beruhigten braven Leute wieder schlafen, und die andern gehen an ihre Geschäfte... die guten, die ausgezeichneten Leute! Ich habe ihnen weh getan. Ich werde ihnen noch viel weher tun. Ich bitte Sie um Verzeihung... Aber wenn sie nicht wollen, daß man ihnen gegen die helfe, die sie unterdrücken, so mögen sie bedenken, daß andere gleich ihnen unterdrückt sind und dabei nicht ihre Resignation und ihre Illusionskraft besitzen – andere, die gerade durch solche Resignation und solche Illusionskraft den Unterdrückern ausgeliefert werden. Wie diese erst leiden! Erinnere dich! Wie haben wir gelitten! Und so viele andere mit uns, wenn wir sahen, wie jeden Tag die Atmosphäre drückender wurde, wie verderbt die Kunst war, wie unmoralisch und zynisch die Politik, was für eine geistige Erschlaffung sich mit zufriedenem Lachen im Strom des Nichts treiben ließ... Da standen wir verängstigt und drängten uns aneinander. Ach, wir haben harte Jahre miteinander durchgemacht. Sie, unsere Herren, ahnen nichts von den Entsetzlichkeiten, mit denen sich unsere Jugend unter ihrer Obhut herumschlug! Wir haben standgehalten. Wir haben uns gerettet... Und wir sollten die andern nicht retten? Wir sollten sie nun ihrerseits in denselben Schmerzen sich hinschleppen lassen, ohne ihnen die Hand zu reichen? Nein, ihr und unser Geschick sind verkettet. Tausende von Männern sind wir in Frankreich, die denken, was ich laut ausspreche. Ich bin mir bewußt, für sie zu reden. Bald werde ich von ihnen reden. Mich drängt es, das wahre Frankreich zu zeigen, das unterdrückte, das unergründliche Frankreich: Juden, Christen, freie Seelen jedes Glaubens, jedes Blutes. – Aber um zu ihm zu gelangen, gilt es erst eine Bresche mitten durch die zu schlagen, die die Pforte des Hauses bewachen. Wenn doch die schöne Gefangene ihre Gleichgültigkeit abschüttelte und endlich die Mauern ihres Gefängnisses niederrisse! Sie kennt ihre Kraft nicht und nicht die Minderwertigkeit ihrer Gegner.

Ich:

Du hast recht, mein Herz. Aber was du auch tun mögest, hüte dich davor, zu hassen.

Christof:

Ich hege keinerlei Haß. Selbst wenn ich an die schlechtesten Menschen denke, weiß ich doch, daß sie Menschen sind, die wie wir leiden und eines Tages sterben werden. Aber ich muß sie bekämpfen.

Ich:

Kämpfen heißt Böses tun, selbst wenn man Gutes damit ausrichten will. Wiegt das Leid, das man vielleicht einem einzigen lebenden Wesen zufügt, das Gute auf, das man den schönen Götzen „Kunst" oder „Menschlichkeit" zu tun hofft?

Christof:

Wenn du so denkst, verzichte auf die Kunst und verzichte auf mich.

Ich:

Nein, verlasse mich nicht! Was soll ohne dich aus mir werden? – Wann aber wird Friede sein?

Christof:

Wenn du gesiegt haben wirst. Bald... Bald... Sieh, schon schwebt über unseren Häuptern die Schwalbe des Frühlings!

Ich:

Christof:

Träume nicht, gib mir die Hand, komm!

Ich:

So muß ich dir wohl folgen, mein Schatten.

Christof:

Welcher von uns beiden ist der Schatten des andern?

Ich:

Wie groß du geworden bist! Ich erkenne dich nicht mehr.

Christof:

Das macht die sinkende Sonne.

Ich:

Als Kind warst du mir lieber.

Christof:

Vorwärts! Nur wenige Stunden des Tages bleiben uns noch.

März 1908   R. R.

ERSTER TEIL

Die Unordnung in der Ordnung. Nachlässig gekleidete und gesprächige Eisenbahnbeamte. Reisende, die, wenn sie sich auch fügten, doch ewig gegen die Vorschriften protestierten. – Christof war in Frankreich.

Nachdem er die Neugierde der Zollrevisoren befriedigt hatte, stieg er in den Pariser Zug. Nacht deckte die regengetränkten Felder. Grelle Bahnlichter ließen die Traurigkeit der endlosen, in Dunkel gehüllten Ebene härter empfinden. Die immer zahlreicheren Züge, denen man begegnete, zerrissen die Luft mit ihren Pfiffen und rüttelten die eingeschlummerten Reisenden aus ihrer Betäubtheit. Man näherte sich Paris.

Schon eine Stunde vor der Ankunft war Christof zum Aussteigen fertig: er hatte sich den Hut tief ins Gesicht gedrückt; aus Furcht vor Dieben, von denen, wie man ihm gesagt hatte, Paris wimmelte, hatte er sich bis zum Hals hinauf zugeknöpft; zwanzigmal war er aufgestanden und hatte sich wieder hingesetzt; zwanzigmal hatte er seinen Koffer aus dem Netz auf die Bank und von der Bank wieder ins Netz gehoben, zum Ärger seiner Mitreisenden, die er mit dem ihm eigenen Ungeschick jedesmal dabei anstieß.

Kurz vor der Einfahrt hielt der Zug plötzlich in völliger Nacht. Christof drückte das Gesicht an die Scheiben und suchte vergeblich, irgend etwas zu sehen. Er sah sich nach seinen Reisegenossen um und spähte nach einem Blick, der ihm erlaubt hätte, eine Unterhaltung anzuknüpfen, zu fragen, wo man sei. Aber sie schliefen oder stellten sich mit zusammengezogenen und gelangweilten Mienen schlafend. Keiner rührte auch nur den kleinen Finger, um sich über den Grund des Aufenthaltes zu unterrichten. Christof war von solcher Gleichgültigkeit überrascht; diese abweisenden und verschlafenen Wesen ähnelten sowenig den Franzosen, wie er sie sich vorstellte. Er setzte sich schließlich entmutigt auf seinen Koffer, schwankte bei jedem Stoß des Zuges hin und her und war gerade eingeschlafen, als er von dem Lärm geweckt wurde, mit dem man die Türen aufriß... Paris! – Seine Nachbarn stiegen schon aus.

Stoßend und gestoßen, steuerte er dem Ausgang zu und drängte die Träger, die sich ihm für sein Gepäck anboten, zurück. Mißtrauisch wie ein Bauer, meinte er, jeder wolle ihn bestehlen. Seinen kostbaren Koffer hatte er auf die Schulter geladen und ging seines Weges, ohne sich um die Zurufe der Leute zu kümmern, durch die er sich einen Weg bahnte. Endlich befand er sich auf dem schlüpfrigen Pflaster von Paris.

Er war mit seiner Last, dem zu wählenden Nachtquartier und dem Wagengewühl, in das er geraten, allzusehr beschäftigt, um daran zu denken, irgend etwas anzusehen. Die Hauptsache war ihm, ein Zimmer zu finden. An Hotels fehlte es gerade nicht: von allen Seiten umstanden sie den Bahnhof; ihre Namen flammten in hellen Gasbuchstaben. Christof suchte nach dem, der am wenigsten glänzte: keiner erschien ihm bescheiden genug für seine Börse. Endlich entdeckte er in einer Seitenstraße einen schmutzigen Gasthof mit einer Garküche im Parterre. Er nannte sich *Hôtel de la Civilisation*. Ein dicker Mann in Hemdsärmeln rauchte an einem Tisch seine Pfeife; als er Christof hereinkommen sah, lief er herbei. Er verstand nichts von dessen Kauderwelsch, erkannte aber auf den ersten Blick den linkischen und kindlichen Deutschen, der nicht wollte, daß man ihm sein Gepäck abnehme, und der sich abmühte, ihm in einer unwahrscheinlichen Sprache eine Rede zu halten. Er führte ihn über eine muffig riechende Treppe in ein schlechtgelüftetes Zimmer, das auf einen inneren Hof ging, wobei er nicht versäumte, ihm die Stille eines solchen Raumes zu loben, zu dem keinerlei Geräusch von außen dringen könne; und er verlangte ihm einen beträchtlichen Preis dafür ab.

Christof, der schlecht verstand, der keine Ahnung von den Lebensbedingungen in Paris hatte, dessen Schulter von der Last wie zerschlagen war, ging auf alles ein; er wollte nur endlich allein sein. Kaum aber war er allein, so wurde er des Schmutzes ringsumher betroffen gewahr; und um sich nicht dem Jammer auszuliefern, der in ihm aufstieg, ging er eilig wieder aus, nachdem er den Kopf in das staubige Wasser getaucht hatte, das sich ganz fettig anfühlte. Er wollte mit aller Gewalt weder sehen noch fühlen, um dem Ekel zu entgehen.

Er ging auf die Straße hinunter. Der Oktobernebel war dicht und undurchdringlich; er hatte jenen faden Geruch von Paris an sich, in dem sich die Ausdünstungen von Vorstadtfabriken und der dumpfe Atem der Stadt mischen. Man sah keine zehn Schritt weit; der Schein der Gaslaternen zitterte wie verlöschende Kerzen. Durch das Halbdunkel wogte in gegeneinanderströmenden Fluten ein Gewühl von Leuten. Wagen kreuzten sich, stießen aneinander, versperrten den Durchgang und stauten gleich einem Deich den Verkehr. Die Pferde rutschten auf dem gefrorenen Schmutz. Die Flüche der Kutscher, die Hupen und die Klingeln der Trambahnen vollführten ein ohrenbetäubendes Getöse. Dieser Lärm, das Gewimmel und der Geruch erschütterten Christof. Einen Augenblick blieb er stehen, wurde aber sogleich von den hinter ihm Gehenden gestoßen und von dem Strom mit fortgerissen. Er ging den Boulevard de Strasbourg hinunter, rannte ungeschickt die Vorübergehenden an und sah nicht das geringste. Seit dem Morgen hatte er nichts gegessen. Die Cafés, an denen er bei jedem Schritt vorüberkam, schüchterten ihn ein und ekelten ihn an durch die Menschenhaufen, mit denen sie vollgestopft waren. Er wandte sich an einen Schutzmann. Aber er fand seine Worte so langsam zusammen, daß der sich nicht einmal die Mühe gab, ihn bis zu Ende anzuhören, und ihm mitten im Satze achselzuckend den Rücken drehte. Mechanisch ging er weiter. Vor einem Laden hatten sich Leute angesammelt;

mechanisch blieb er stehen wie sie. Es war ein Photographien- und Postkartenladen. Die Ansichtskarten zeigten Mädchen im Hemd oder auch ohne Hemd; illustrierte Zeitungen stellten obszöne Scherze zur Schau. Kinder und junge Frauen schauten sich das seelenruhig an. Ein mageres rothaariges Mädchen, das Christof in seine Betrachtungen vertieft sah, machte ihm Angebote. Er blickte sie verständnislos an. Mit einem albernen Lächeln nahm sie seinen Arm. Vor Zorn errötend, schüttelte er ihre Umarmung ab und ging davon. Tingeltangel reihte sich an Tingeltangel. Vor ihren Türen lockten Plakatbilder grotesker Mimen. Das Gewühl wurde immer dichter; Christof fiel die Unmenge von verbrecherischen Gesichtern auf, von verdächtigen Herumstreichern, gemeinen Bettlern, geschminkten, widerlich parfümierten Frauenzimmern. Er fühlte sich erstarren. Die Müdigkeit, die Schwäche, der fürchterliche, ihn mehr und mehr umklammernde Ekel verursachten ihm Schwindel. Er biß die Zähne zusammen und ging schneller. Je mehr er sich der Seine näherte, um so dichter wurde der Nebel. Das Wagengewühl wurde unentwirrbar. Ein Pferd glitt aus und stürzte auf die Seite. Der Kutscher schlug, um es wieder hoch zu bringen, darauf los; das unglückliche, von seinem Zaumzeug gewürgte Tier mühte sich ab, fiel jämmerlich zurück und blieb regungslos liegen, wie tot. Dieses alltägliche Schauspiel wurde für Christof der Tropfen, der die Seele überfließen macht. Die Zuckungen dieses elenden Geschöpfes inmitten gleichgültiger Blicke brachten ihm seine eigne Nichtigkeit unter all diesen Tausenden so angstvoll zum Bewußtsein – der Widerwille, den er vor dieser menschlichen Viehherde, vor dieser unsauberen Atmosphäre, vor dieser feindlichen Seelenwelt empfand und den er seit einer Stunde krampfhaft zu unterdrücken versuchte, brach mit solcher Gewalt über ihn herein, daß er ihm die Kehle zuschnürte. Er bekam einen Weinkrampf. Die Vorübergehenden schauten erstaunt auf den großen Burschen mit dem vor Schmerz verzerrten Gesicht. Er ging weiter, während ihm die Tränen die Wangen herabrollten, ohne daß er sie zu trocknen suchte. Einen Augenblick blieb man wohl stehen, um ihm mit den Augen zu folgen; und wäre er fähig gewesen, in der Seele dieser ihm feindselig scheinenden Menge zu lesen, dann hätte er vielleicht bei einigen ein brüderliches Mitgefühl entdecken können, allerdings mit ein wenig Pariser Ironie gemischt. Aber er sah nichts mehr, seine Tränen machten ihn blind.

Er stand auf einem Platz bei einem großen Springbrunnen. Er badete seine Hände und tauchte sein Gesicht ins Becken. Ein kleiner Zeitungshändler sah seinem Tun neugierig zu und machte spöttische, doch nicht boshafte Bemerkungen; und er hob Christof den Hut auf, den er hatte fallen lassen. Die eisige Kälte des Wassers belebte Christof wieder. Er raffte sich zusammen. Er kehrte um und vermied dabei, sich umzuschauen; ans Essen dachte er nicht einmal mehr: es wäre ihm unmöglich gewesen, mit irgend jemandem, wer immer es wäre, zu reden; ein Nichts hätte genügt, die Tränenquelle wieder zu öffnen. Er war erschöpft. Er verlor die Richtung, irrte aufs Geratewohl umher und sah sich in dem Augenblick, wo er sich endgültig verlaufen glaubte, vor seinem Gasthof – er hatte sogar den Namen der Straße vergessen, in der er wohnte.

Er kehrte in seine abscheuliche Behausung zurück. Ohne etwas gegessen zu haben, mit brennenden Augen, Seele und Leib wie zerschlagen, sank er in einer Zimmerecke auf einen Stuhl; unfähig, sich zu rühren, verharrte er dort zwei Stunden. Endlich raffte er sich aus dieser Apathie auf und legte sich zu Bett. Er verfiel in eine fiebrige Betäubung, aus der er alle Augenblicke aufwachte, mit der Vorstellung, stundenlang geschlafen zu haben. Das Zimmer war stickig, er glühte vom Kopf bis zu den Füßen, hatte einen gräßlichen Durst und wurde von dummen Traumbildern heimgesucht, die sich auch dann noch an ihn klammerten, wenn er die Augen offen hatte; stechende Angstgefühle drangen gleich Messerstichen in ihn ein. Mitten in der Nacht wachte er auf, von so wilder Verzweiflung gepackt, daß er beinahe aufgeheult hätte; er stopfte sich die Bettdecke in den Mund, damit man ihn nicht hörte; er glaubte verrückt zu werden. Er setzte sich in seinem Bett auf und machte Licht. Er war in Schweiß gebadet. Er stand auf, öffnete seinen Koffer, um ein Taschentuch zu holen. Da berührte seine Hand eine alte Bibel, die seine Mutter zwischen seiner Wäsche verborgen hatte. Christof hatte niemals viel in diesem Buch gelesen; aber es in diesem Augenblick zu finden war ihm eine unaussprechliche Wohltat. Diese Bibel hatte Großvater und Großvaters Vater gehört. Die Familienoberhäupter hatten am Schluß auf eine leere Seite ihren Namen und bedeutende Lebensdaten eingetragen: Geburten, Hochzeiten, Todesfälle. Der Großvater hatte in seiner dicken Schrift mit Bleistift die Daten vermerkt, an denen er jedes Kapitel wieder und wieder gelesen hatte; voller vergilbter Papierschnitzel war das Buch, auf denen der Alte seine naiven Betrachtungen niedergeschrieben hatte. Diese Bibel hatte auf einem Brettchen über seinem Bett gestanden; während seiner vielen schlaflosen Stunden hatte er sie oft herabgenommen und sich mehr mit ihr unterhalten als in ihr gelesen. Sie hatte ihm bis zu seiner Todesstunde Gesellschaft geleistet, wie sie schon seinem Vater Gesellschaft geleistet hatte. Ein Jahrhundert von Trauer und Freuden der Familie erstand aus diesem Buch. Mit ihm fühlte sich Christof weniger verlassen.

Er schlug seine düstersten Seiten auf:

Muß nicht der Mensch immer im Streit sein auf Erden, und seine Tage sind wie eines Tagelöhners?...

Wenn ich mich legte, sprach ich: Wann werde ich aufstehen? Und der Abend ward mir lang; ich wälzte mich und wurde des satt bis zur Dämmerung...

Wenn ich gedachte, mein Bette soll mich trösten, mein Lager soll mir meinen Jammer erleichtern, so erschrecktest du mich mit Träumen und machtest mir Grauen durch Gesichte...

Warum tust du dich nicht von mir und lässest mich nicht, bis ich nur meinen Speichel schlinge? – Habe ich gesündigt, was tue ich dir damit, o du Menschenhüter...

Es begegnet dasselbe einem wie dem andern: Gott sucht den Gerechten heim wie den Gottlosen...

Wenn Gott mich tötet, lasse ich nicht ab, auf ihn zu hoffen...

Gemeine Seelen können die Wohltat nicht begreifen, die für einen Unglücklichen in solcher grenzenlosen Traurigkeit liegt. Jede Größe ist gut, und höchster Schmerz grenzt an Befreiung. Was niederschlägt, zu Boden drückt, was die Seele unheilbar zerstört, ist das Mittelmaß des Schmerzes und der Freude, das selbstsüchtige und armselige Leid, das nicht die Kraft hat, sich von dem verlorenen Vergnügen zu lösen, und um eines neuen Vergnügens willen heimlich zu jeder Erniedrigung bereit ist. Der herbe Hauch, der aus dem alten Buch stieg, entfachte in Christof neues Leben; der Wind vom Sinai, von der unermeßlichen Wüste und dem mächtigen Meer fegte die Miasmen fort. Christofs Fieber sank; ruhiger legte er sich wieder nieder und schlief in einem Zug bis zum Morgen durch. Als er die Augen öffnete, war der Tag gekommen. Noch deutlicher sah er nun die Scheußlichkeit seines Zimmers; er sah sein Elend und seine Verlassenheit; aber er schaute ihnen ins Gesicht. Die Verzagtheit war vorüber; nur eine männliche Schwermut blieb ihm zurück. Er wiederholte sich Hiobs Wort:

Wenn Gott mich tötet, lasse ich nicht ab, auf ihn zu hoffen...

Er erhob sich und begann voller Ruhe den Kampf.

Er beschloß, noch am selben Morgen die ersten Schritte zu tun. Zwei Menschen nur kannte er in Paris, zwei junge Leute aus seiner Gegend: seinen alten Freund Otto Diener, der mit einem Onkel, einem Tuchhändler im Quartier du Mail, assoziiert war, und einen kleinen Mainzer Juden, Silvan Kohn, der in einem großen Verlagshaus angestellt sein mußte, von dem er aber die Adresse nicht wußte.

Mit Diener war er, als er vierzehn oder fünfzehn Jahre alt war, sehr eng befreundet gewesen. Er hatte für ihn eine jener Kinderfreundschaften gehegt, die der Liebe vorangehen und die eigentlich schon Liebe sind. Auch Diener hatte ihn liebgehabt; der dicke Junge, der, schüchtern und steif, von der wilden Zügellosigkeit Christofs hingerissen worden war, hatte sich in lächerlicher Weise bemüht, ihn nachzuahmen, was Christof ärgerte und ihm gleichzeitig schmeichelte. Damals hatten sie weltumstürzende Pläne geschmiedet. Dann war Diener um seiner kaufmännischen Ausbildung willen auf Reisen gegangen, und sie hatten sich nicht mehr wiedergesehen; doch hatte Christof durch Landsleute, mit denen Diener in regelmäßiger Verbindung geblieben war, manchmal von ihm gehört.

Silvan Kohns Beziehungen zu Christof waren ganz anderer Art gewesen. Sie hatten sich als ganz kleine Buben in der Schule gekannt, wo der kleine Gauner ihm manchen Streich gespielt und Christof, wenn er die Schlingen merkte, in die er gefallen war, ihn gehörig durchgeprügelt hatte. Kohn verteidigte sich nicht; er ließ sich verhauen, ließ sich in den Dreck stoßen und heulte dazu; aber gleich darauf begann er mit unermüdlicher Bosheit von neuem – bis er eines Tages Angst bekam, weil Christof ihm ernsthaft gedroht hatte, ihn zu töten.

Christof ging frühzeitig aus. Unterwegs frühstückte er in einem Café. Er zwang sich trotz seiner Eitelkeit dazu, nicht eine Gelegenheit vorübergehen zu lassen, französisch zu sprechen. Da er nun einmal in Paris leben sollte, vielleicht Jahre hindurch, mußte er sich so schnell wie möglich den neuen Lebensbedingungen anpassen und seinen inneren Widerstand überwinden. Er zwang sich also, auf die spöttische Miene des Kellners, der sein Kauderwelsch anhörte, nicht zu achten, obgleich er grausam darunter litt; und ohne sich aus der Fassung bringen zu lassen, baute er schwerfällig seine unförmigen Sätze, die er hartnäckig so lange wiederholte, bis man ihn verstand.

Er machte sich auf die Suche nach Diener. Wie gewöhnlich, wenn er eine Idee im Kopf hatte, sah er nichts weiter ringsumher. Paris machte ihm bei diesem ersten Spaziergang den Eindruck einer alten, schlechtgehaltenen Stadt. Christof war an die Städte des neuen deutschen Kaiserreiches gewöhnt, die gleichzeitig sehr alt und doch sehr jung sind und in denen man den Stolz auf eine neue Macht emporwachsen fühlt. Er war unangenehm überrascht von den aufgerissenen Straßen, den kotigen Fahrdämmen, dem Gedränge der Leute, dem Durcheinander der Wagen – Fahrzeugen aller Art und jeder Form: ehrwürdigen Pferdeomnibussen, Dampfbahnen, elektrischen Bahnen und sonstigen anderen –, von den Bretterbuden auf den Fußsteigen, den Karussellen mit Holzpferden (oder vielmehr Ungeheuern, Drachen) auf den Plätzen, die mit Standbildern im Gehrock überfüllt waren; was war das für ein wahres Lausenest von mittelalterlicher Stadt, die zwar die Wohltaten des allgemeinen Stimmrechts empfangen hatte, von ihrer alten Bettelart aber nicht loskommen konnte! Der Nebel vom Abend vorher hatte sich in einen feinen, durchdringenden Regen verwandelt. In vielen Läden brannte Gas, obgleich es nach zehn Uhr war.

Nachdem Christof in dem Straßenlabyrinth herumgeirrt war, das den Place des Victoires umgibt, gelangte er zu dem gesuchten Geschäftshaus in der Rue de la Banque. Beim Eintreten meinte er im Hintergrund des langen und dunklen Ladens Diener zu sehen, inmitten von Angestellten damit beschäftigt, Ballen zu ordnen. Aber Christof war etwas kurzsichtig und verließ sich nicht auf seine Augen, obgleich sie ihn selten täuschten. Als er dem ihn empfangenden Kommis seinen Namen nannte, entstand unter den Leuten im Hintergrund eine gewisse Verwirrung, und nach kurzem Getuschel löste sich ein junger Mann aus der Gruppe und sagte auf deutsch:

„Herr Diener ist ausgegangen."

„Ausgegangen? Für lange Zeit?"

„Ich glaube. Er ist eben erst weggegangen."

Christof dachte einen Augenblick nach, dann sagte er: „Schön, ich werde warten."

Der überraschte Angestellte beeilte sich hinzuzufügen: „Das heißt, er kommt vielleicht nicht vor zwei oder drei Stunden zurück."

„Oh, das macht nichts", antwortete Christof mit Seelenruhe. „Ich habe in Paris nichts zu tun. Ich kann, wenn es sein muß, den ganzen Tag warten."

Der junge Mann sah ihn verblüfft an und meinte, er spaße. Christof aber dachte schon nicht mehr an ihn. Er hatte sich, den Rücken der Straße zugewandt, gleichmütig in eine Ecke gesetzt; und er schien gewillt, sich dort festzunisten.

Der Kommis kehrte in den Hintergrund zurück und flüsterte mit seinen Kollegen; in komischer Fassungslosigkeit suchten sie nach einem Mittel, den ungelegenen Menschen loszuwerden.

Nach einigen Minuten der Ungewißheit öffnete sich die Tür des Büros. Herr Diener erschien. Er hatte ein breites, rotes Gesicht, auf den Wangen und dem Kinn mit einem violetten Schmiß gezeichnet, einen blonden Schnurrbart, geschniegelte, auf der Seite gescheitelte Haare, einen goldenen Kneifer, goldene Knöpfe im Oberhemd und an den dicken Fingern Ringe. In der Hand hielt er Hut und Regenschirm. Mit ungezwungenem Gesicht kam er auf Christof zu. Christof, der auf seinem Stuhl vor sich hin träumte, sprang erstaunt empor. Er ergriff Dieners Hände und schrie mit lärmender Herzlichkeit auf ihn ein, worüber die Angestellten insgeheim lachten und Diener errötete. Die majestätische Persönlichkeit hatte ihre guten Gründe, die früheren Beziehungen zu Christof nicht mehr aufzunehmen, und hatte sich vorgenommen, ihn durch ihr imponierendes Wesen vom ersten Augenblick an in gebührendem Abstand zu halten. Kaum aber begegnete er wieder Christofs Blick, als er sich ihm gegenüber aufs neue wie ein kleiner Junge fühlte; er war wütend und beschämt darüber. Hastig stotterte er:

„Bitte in mein Arbeitszimmer... Wir können da besser reden."

Christof erkannte darin Dieners gewohnte Vorsicht.

In dem Arbeitszimmer aber, dessen Tür er sorgsam abschloß, beeilte sich Diener nicht, dem Freunde einen Stuhl anzubieten. Er blieb stehen und erklärte mit plumper Ungeschicklichkeit:

„Sehr erfreut... Ich wollte gerade ausgehen... Man meinte, ich sei schon ausgegangen... Aber ich muß gleich fort... Ich habe nur eine Minute... eine dringende Verabredung..."

Christof begriff, daß der Angestellte ihn eben belogen hatte und daß die Lüge mit Diener verabredet worden war, um ihn vor die Tür zu setzen. Das Blut stieg ihm zu Kopf; aber er hielt an sich und sagte trocken:

„Das hat keine Eile."

Das gab Diener einen Ruck. Solche Ungeniertheit empörte ihn.

„Was? Das eilt nicht?" sagte er. „Ein Geschäft..."

Christof sah ihm ins Gesicht.

„Nein."

Der dicke Bursche schlug die Augen nieder. Er haßte Christof dafür, daß er sich ihm gegenüber so feige fühlte. Voller Ärger stotterte er etwas. Christof unterbrach ihn.

„Sieh mal", sagte er, „du weißt..."

(Dies Duzen verletzte Diener, der sich vom ersten Augenblick an vergeblich bemüht hatte, zwischen Christof und sich die Schranke des Sie zu errichten.)

„... du weißt, warum ich hier bin?"

„Ja, ich weiß es", sagte Diener.

(Er war durch seine Korrespondenten von Christofs Krakeel und der gegen ihn eingeleiteten Verfolgung unterrichtet worden.)

„Dann weißt du also", fuhr Christof fort, „daß ich nicht zum Vergnügen hier bin. Ich habe fliehen müssen. Ich habe nichts. Ich muß leben."

Diener war auf einen Pump gefaßt. Er nahm ihn entgegen mit einem Gemisch von Befriedigung (denn er erlaubte ihm, sich Christof wieder überlegen zu fühlen) und Verlegenheit (denn er wagte nicht, ihn diese Überlegenheit so, wie er gern gewollt hätte, empfinden zu lassen).

„Ach", meinte er voller Wichtigkeit, „das ist sehr ärgerlich, höchst ärgerlich. Das Leben ist hier schwierig. Alles ist teuer. Wir haben riesige Unkosten. Und alle diese Angestellten..."

Christof unterbrach ihn verachtungsvoll:

„Ich bitte dich nicht um Geld."

Diener kam aus der Fassung. Christof fuhr fort:

„Dein Geschäft geht gut? Du hast eine anständige Kundschaft?"

„Ja, ja, nicht allzu schlecht, Gott sei Dank...", sagte Diener vorsichtig. (Er war mißtrauisch.)

Christof warf ihm einen wütenden Blick zu und fuhr fort:

„Du kennst viele Leute in der deutschen Kolonie?"

„Ja."

„Nun also, sprich von mir. Sie werden musikalisch sein. Sie haben Kinder. Ich werde Stunden geben."

Diener zeigte ein verlegenes Gesicht.

„Was gibt's noch?" meinte Christof. „Zweifelst du etwa daran, daß ich für einen solchen Beruf genug kann?"

Er bat um einen Dienst, aber es war so, als ob er es sei, der ihn leistete. Diener, der für Christof höchstens etwas um des Vergnügens willen getan hätte, ihn als seinen Schuldner zu wissen, war fest entschlossen, nicht den kleinen Finger für ihn zu rühren.

„Du kannst tausendmal mehr, als man dazu braucht... Nur..."

„Nun?"

„Nun ja, es ist schwierig, sehr schwierig, siehst du, deiner Lage wegen."

„Meine Lage?"

„Ja... nämlich die gewisse Geschichte... wenn man etwas davon erführe... es wäre... sehr peinlich für mich. Das kann mich in ein sehr schlechtes Licht bringen."

Er hielt inne, denn er sah, wie sich Christofs Gesicht vor Zorn verzerrte; und er beeilte sich hinzuzufügen:

„Es ist nicht meinetwegen... ich habe keine Furcht... Ach, wäre ich allein! Aber mein Onkel... Du weißt, das Haus gehört ihm, ohne ihn kann ich überhaupt nichts tun..."

Christofs Gesicht und die Explosion, die sich darauf vorbereitete, erschreckten ihn mehr und mehr, und er sagte hastig (er war im Grunde nicht schlecht; Geiz und Eitelkeit kämpften in ihm: er hätte Christof ganz gern verpflichtet, aber billig):

„Willst du fünfzig Francs?"

Christof wurde purpurrot. Er trat so drohend an Diener heran, daß sich dieser schleunigst bis an die Tür zurückzog, sie öffnete und im Begriff stand, um Hilfe zu rufen. Christof aber begnügte sich damit, sein verzerrtes Gesicht an ihn heranzubringen.

„Schwein!" sagte er mit hallender Stimme.

Er stieß ihn aus dem Wege und schritt, zwischen den Angestellten hindurch, hinaus. Auf der Schwelle spie er voller Ekel aus.

Mit großen Schritten lief er durch die Straßen. Er war trunken vor Zorn. Der Regen ernüchterte ihn. Wo ging er hin? Er wußte es nicht. Er kannte niemanden. Vor einer Buchhandlung blieb er gedankenlos stehen und schaute, ohne recht zu sehen, auf die ausgestellten Bücher. Auf einem Umschlag fiel ihm der Name eines Verlegers auf. Er fragte sich, warum. Nach einem Augenblick erinnerte er sich, daß es der Name des Hauses sein müsse, in dem Silvan Kohn angestellt war. Er notierte sich die Adresse ... Was lag ihm daran? Sicher würde er nicht hingehen ... Warum sollte er eigentlich nicht hingehen? Wenn dieser Schuft von Diener, der sein Freund gewesen war, ihn so empfing – was konnte er dann von einem Taugenichts erwarten, den er ohne viel Federlesens behandelt hatte und der ihn hassen mußte? Unnütze Demütigungen? Sein Blut empörte sich dagegen. – Aber ein Untergrund von Pessimismus, der ihm vielleicht aus seiner christlichen Erziehung geblieben war, drängte ihn dazu, die Gemeinheit der Leute bis aufs letzte auszukosten.

Ich habe kein Recht, mich zu zieren. Man muß erst alles versuchen, bevor man krepiert.

Eine Stimme in ihm fügte hinzu:

Und ich werde nicht krepieren.

Er versicherte sich von neuem der Adresse und ging zu Kohn, fest entschlossen, ihm bei der ersten Unverschämtheit ins Gesicht zu schlagen.

Das Verlagshaus befand sich in der Nähe der Madeleine-Kirche. Christof stieg zu einem Empfangszimmer im ersten Stock empor und fragte nach Silvan Kohn. Ein Angestellter in Livree antwortete ihm, den kenne er nicht. Der erstaunte Christof meinte, er habe schlecht ausgesprochen, und wiederholte seine Frage; aber der Angestellte beteuerte, nachdem er aufmerksam zugehört hatte, daß niemand dieses Namens dem Hause angehöre. Ganz außer Fassung gebracht, entschuldigte sich Christof und wollte schon wieder fortgehen, als sich im Hintergrunde eines Korridors eine Tür öffnete; er sah Kohn selber, der eine Dame begleitete. Unter dem Eindruck der Beleidigung, die er eben bei Diener erlitten hatte, war er im Augenblick zu glauben geneigt, daß ihn alle Welt zum Narren halte. Sein erster Gedanke war also, Kohn habe ihn kommen sehen und dem Diener Anweisung gegeben, zu sagen, er sei nicht da. Eine solche Schamlosigkeit benahm ihm den Atem. Empört wollte er hinausgehen, als er seinen Namen rufen hörte. Kohn hatte ihn mit seinen scharfen Augen von weitem erkannt; mit lächelndem Mund, mit ausgestreckten Händen und allen Anzeichen überströmender Freude eilte er auf ihn zu.

Silvan Kohn war klein, untersetzt, nach amerikanischer Weise glatt rasiert; er hatte eine zu rote Haut, zu schwarze Haare, ein breites, massiges Gesicht, verfettete Züge, kleine, zusammengekniffene, spähende Augen, einen etwas schiefen Mund, ein plumpes, verschlagenes Lächeln. Die Eleganz, mit der er angezogen war, suchte die Fehler seines Wuchses, seine hohen Schultern und seine breiten Hüften, zu verbergen. Das war das einzige, was seine Eitelkeit bedrückte; er hätte herzlich gern ein paar Fußtritte hingenommen, wenn er dafür zwei oder drei Spannen größer geworden wäre und eine dünnere Taille bekommen hätte; im übrigen war er von sich höchst befriedigt; er hielt sich für unwiderstehlich. Das tollste ist, daß er es war. Dieser kleine deutsche Jude, dieser Klotz, hatte sich zum Chronisten und Schiedsrichter der Pariser eleganten Welt gemacht. Er schrieb mit kompliziertem Raffinement nichtssagende Modeberichte. Er war der ritterliche Verfechter des guten französischen Stils, der französischen Eleganz, der französischen Galanterie, des französischen Geistes – Régence, Edelmann, Lauzun. Man machte sich über ihn lustig; aber das verhinderte durchaus nicht, daß er Erfolg hatte. Die, welche meinen, Lächerlichkeit töte in Paris, kennen Paris nicht. Es gibt Leute, die an ihrer Lächerlichkeit nicht nur nicht sterben, sondern von ihr leben; in Paris gelangt man durch Lächerlichkeit zu allem, selbst zu Ruhm, selbst zur Gunst der Frauen. Silvan Kohn konnte die Liebeserklärungen, die ihm seine Frankfurter Geschraubtheiten jeden Tag einbrachten, gar nicht mehr zählen.

Er hatte eine harte Aussprache und redete mit Kopfstimme.

„Na, das ist eine Überraschung!" rief er fröhlich und schüttelte Christofs Hand mit seinen dicken, kurzfingrigen Händen, die in eine allzu enge Haut gestopft schienen; er wollte Christof gar nicht mehr loslassen. Man hätte meinen können, er finde seinen besten Freund wieder. Er erkundigte sich nach allem, was Christof betraf, und dieser fragte sich, ob er sich über ihn lustig mache. Aber Kohn machte sich nicht lustig. Oder wenigstens nicht mehr als gewöhnlich. Kohn trug nichts nach: dazu war er zu intelligent. Daß Christof ihn schlecht behandelt hatte, war längst vergessen; und wenn er sich auch daran erinnert hätte, würde ihn das kaum bekümmert haben. Er war beglückt, vor einem alten Kameraden in der ganzen Wichtigkeit seiner neuen Stellung und mit seinen eleganten Pariser Manieren auftreten zu können. Er log nicht, wenn er seine Überraschung ausdrückte: ein Besuch Christofs war das letzte, an das er gedacht hätte; und war er auch erfahren genug, im voraus zu wissen, daß ein bestimmter Zweck damit verbunden sei, so war er doch durchaus geneigt, dem entgegenzukommen, nur weil darin eine Anerkennung seiner Macht lag.

„Und Sie kommen aus der Heimat? Wie geht's der Mama?" fragte er mit einer Vertraulichkeit, die Christof in jedem andern Augenblick verletzt hätte, die ihm aber jetzt, in dieser fremden Stadt, wohltat.

„Aber wie kommt es", fragte Christof, immer noch ein wenig mißtrauisch, „daß man mir eben geantwortet hat, Herr Kohn sei nicht da?"

„Herr Kohn ist auch nicht da", sagte Silvan Kohn lachend. „Ich nenne mich nicht mehr Kohn, ich nenne mich Hamilton."

Er unterbrach sich.

„Verzeihung", sagte er.

Er ging auf eine vorübergehende Dame zu, um ihr die Hand zu schütteln, und schnitt ihr ein paar lächelnde Grimassen. Dann kam er wieder und erklärte, daß das eine

Schriftstellerin sei, die durch ihre glühend sinnlichen Romane berühmt sei. Die moderne Sappho trug ein violettes Ordensbändchen auf ihrer Bluse, hatte üppige Formen und brennendblonde Haare über einem vergnügten und geschminkten Gesicht; mit männlicher Stimme, die den Akzent der Franche-Compté hatte, sagte sie hochtrabende Dinge.

Kohn fuhr fort, Christof auszufragen. Er erkundigte sich nach allen Leuten der Vaterstadt, fragte, was aus diesem und jenem geworden sei, und setzte seinen Stolz darein, sich aller zu erinnern. Christof hatte seine Antipathie vergessen. Er antwortete mit dankbarer Herzlichkeit, indem er eine Unmenge Einzelheiten auskramte, die Kohn absolut gleichgültig waren. Kohn unterbrach ihn von neuem.

„Verzeihung", sagte er noch einmal.

Und er ging, eine neue Besucherin zu begrüßen.

„Ja, was ist denn das?" fragte Christof. „Schreiben denn in Frankreich nur die Frauen?"

Kohn begann zu lachen und sagte geckenhaft:

„Frankreich ist eine Frau, mein Lieber; wenn Sie Erfolg haben wollen, so nützen Sie das aus."

Christof achtete nicht auf die Erklärung und fuhr in seinen Erzählungen fort. Um ein Ende zu machen, fragte Kohn:

„Wie, zum Teufel, sind Sie hergekommen?"

Christof dachte: Da haben wir's, Kohn weiß von nichts. Darum ist er so liebenswürdig. Wenn er es erfährt, wird es ganz anders werden.

Er hielt es für seine Ehrenpflicht, alles, was ihn am meisten bloßstellen konnte, zu erzählen: seinen Streit mit den Soldaten, die gegen ihn eingeleitete Verfolgung, seine Flucht aus dem Lande.

Kohn bog sich vor Lachen.

„Bravo, bravo!" schrie er. „Was für eine famose Geschichte!"

Er schüttelte ihm begeistert die Hand. Über jede lange

Nase, die man der Autorität drehte, war er entzückt; und dies machte ihm um so mehr Spaß, als er die Helden der Geschichte kannte: er fühlte die ganze Komik der Angelegenheit.

„Hören Sie", fuhr er fort. „Es ist zwölf Uhr vorbei. Machen Sie mir das Vergnügen und frühstücken Sie mit mir."

Christof nahm voller Dankbarkeit an, er dachte:

Er ist wirklich ein anständiger Mensch. Ich habe mich geirrt.

Sie gingen zusammen fort. Auf dem Wege brachte Christof aufs Geratewohl sein Ansinnen vor:

„Sie sehen jetzt, in welcher Lage ich mich befinde. Ich bin hierhergekommen, um Arbeit zu suchen, um Musikstunden zu geben und dabei abzuwarten, ob ich mich bekannt machen kann. Können Sie mich empfehlen?"

„Was für eine Frage!" meinte Kohn. „An wen Sie wollen! Ich kenne hier alle Welt und stehe Ihnen ganz zur Verfügung."

Er war glücklich, zeigen zu können, wie gut er angeschrieben war.

Christof erging sich in Dankesbezeigungen. Er fühlte sein Herz um eine große Last erleichtert.

Bei Tisch schlang er mit dem Appetit eines Menschen, der sich seit zwei Tagen nicht satt gegessen hat. Er hatte sich eine Serviette um den Hals gebunden und aß mit dem Messer. Kohn-Hamilton war über seine Gefräßigkeit und seine bäurischen Manieren im höchsten Grade entsetzt. Nicht weniger verletzte ihn die geringe Aufmerksamkeit, die sein Tischgenosse für seine Ruhmredigkeiten übrig hatte. Er wollte ihn durch die Schilderung seiner vornehmen Beziehungen und seines Glücks bei Frauen verblüffen; aber das war vergebliche Mühe; Christof hörte nicht zu und unterbrach ihn ohne Umstände. Seine Zunge löste sich, und er wurde vertraulich. Sein Herz war von Dankbarkeit geschwellt, und er berichtete naiv seine Zukunftspläne, was Kohn zu Tode langweilte. Vor allem geriet Kohn dadurch außer sich, daß Christof immer wieder über den Tisch hin seine Hand faßte und voller Rührung drückte. Und es setzte seinem Ärger die Krone auf, als Christof schließlich nach deutscher Sitte mit sentimentalen Worten auf die fernen Lieben und auf den *Vater Rhein** anstoßen wollte. Kohn sah entsetzt den Augenblick voraus, wo der andere zu singen beginnen würde. Die Nachbarn schauten ironisch zu ihnen herüber. Kohn schob dringende Angelegenheiten vor und stand auf. Christof hängte sich an ihn; er wollte wissen, wann er seine Empfehlung haben könne, wann er sich bei jemand vorstellen, wann er seine Stunden beginnen dürfe.

„Ich werde mich darum kümmern. Heute. Noch diesen Abend", versprach Kohn. „Ich werde gleich davon sprechen. Sie können ganz ruhig sein."

Christof ließ nicht locker:

„Wann kann ich Genaueres erfahren?"

„Morgen ... morgen ... oder übermorgen."

„Sehr schön. Ich werde morgen wiederkommen."

„Nein, nein", beeilte sich Kohn zu sagen, „ich werde Ihnen Nachricht geben. Machen Sie sich keine Umstände."

„Oh, das macht mir keine Umstände. Im Gegenteil! Ich habe unterdessen nichts anderes in Paris zu tun."

Teufel! dachte Kohn ... „Nein", fuhr er laut fort, „ich will Ihnen lieber schreiben. Sie würden mich in diesen Tagen nicht treffen. Geben Sie mir Ihre Adresse."

Christof diktierte sie ihm.

„Ausgezeichnet, ich schreibe Ihnen morgen."

„Morgen?"

„Morgen, Sie können darauf zählen."

Er machte sich aus Christofs Handgeschüttel los und ging schleunigst davon.

Uff, dachte er, ist das ein langweiliger Quälgeist!

Heimgekehrt, gab er dem Bürodiener die Weisung, daß er nicht da wäre, wenn „der Deutsche" wiederkäme. – Zehn Minuten später hatte er ihn vergessen.

Christof kehrte in sein Hundeloch zurück. Er war ganz gerührt.

Der gute Junge! Der gute Junge! dachte er. Wie ungerecht war ich gegen ihn, und er ist mir nicht einmal böse.

Sein Gewissen drückte ihn; er war nahe daran, an Kohn zu schreiben, wie leid es ihm täte, ihn früher so falsch beurteilt zu haben, und ihn wegen des Unrechts, das er ihm zugefügt hatte, um Verzeihung zu bitten. Die Tränen traten ihm in die Augen, wenn er daran dachte. Aber es fiel ihm weniger leicht, einen Brief als eine Partitur zu schreiben; und nachdem er zehnmal über die Tinte und die Feder des Hotels geflucht hatte, die in der Tat niederträchtig schlecht waren, nachdem er vier oder fünf Blätter beschmiert, durchgestrichen und zerrissen hatte, wurde er ungeduldig und wünschte alles zum Teufel.

Der übrige Tag wurde ihm lang; aber Christof war von seiner schlechten Nacht und seinen Wegen am Morgen so ermüdet, daß er schließlich auf seinem Stuhl einschlummerte. Er erwachte erst gegen Abend aus seiner Betäubung, um sich zu Bett zu legen; und er schlief zwölf Stunden ohne Unterbrechung.

Am nächsten Morgen wartete er schon von acht Uhr an auf die versprochene Antwort. Er zweifelte nicht an Kohns Pünktlichkeit. Er rührte sich nicht von Hause fort, weil er meinte, Kohn würde vielleicht, bevor er ins Büro ging, an seinem Hotel vorbeikommen. Um sich auch gegen Mittag nicht zu entfernen, ließ er sich sein Frühstück aus der Wirtschaft unten heraufbringen. Dann wartete er von neuem, denn er war sicher, daß ihn Kohn, wenn er aus dem Restaurant käme, besuchen würde. Er wanderte in seinem Zimmer hin und her, setzte sich nieder, begann wieder zu wandern, öffnete, wenn er Schritte auf der Treppe hörte, die Tür. Er empfand keinerlei Wunsch, in Paris spazierenzugehen, um sich die Wartezeit zu verkürzen. Er legte sich aufs Bett.

Seine Gedanken kehrten beständig zu seiner alten Mutter zurück, die gleichfalls in diesem Augenblick an ihn dachte – als einzige seiner gedachte. Unendliche Zärtlichkeit erfüllte ihn für sie, und es bedrückte ihn, sie verlassen zu haben. Aber er schrieb ihr nicht. Er wollte abwarten, bis er ihr von einer gesicherten Lebenslage berichten konnte, die er gefunden habe. Trotz ihrer tiefen Liebe wäre weder er noch sie auf den Gedanken gekommen, dem andern zu schreiben, nur um sich zu sagen, daß sie sich liebhätten: ein Brief war dazu da, Tatsächliches mitzuteilen. – Auf seinem Bett ausgestreckt, die Hände unter dem Kopf verschränkt, träumte er. Obgleich das Zimmer der Straße fern lag, erfüllte das Brausen von Paris die Stille. Das Haus zitterte. – Es wurde wieder Nacht, ohne daß ein Brief kam.

Ein anderer Tag begann, gleich dem vorhergehenden.

Am dritten Tag beschloß Christof, den diese freiwillige Gefangenschaft in Wut zu bringen begann, auszugehen. Aber Paris verursachte ihm seit dem ersten Abend einen instinktiven Widerwillen. Er hatte keine Lust, irgend etwas zu sehen: keinerlei Neugierde; er war allzusehr mit seinem Leben beschäftigt, als daß es ihm Spaß gemacht hätte, das der anderen zu betrachten; und die Erinnerungen an die Vergangenheit, die Monumente einer Stadt, ließen ihn gleichgültig. Kaum auf der Straße, langweilte er sich denn auch schon so, daß er, obgleich ursprünglich fest entschlossen, vor Ablauf von acht Tagen nicht zu Kohn zurückzukehren, geradenwegs zu ihm ging.

Der Diener, der die Anweisung erhalten hatte, sagte, daß Herr Hamilton in Geschäften verreist sei. Das war ein Schlag für Christof. Stammelnd fragte er, wann Herr Hamilton zurückkehren werde. Der Angestellte antwortete ihm aufs Geratewohl:

„In etwa zehn Tagen."

Betreten kehrte Christof nach Hause zurück und vergrub sich während der folgenden Tage in seinem Zimmer. Es war ihm unmöglich, sich an eine Arbeit zu machen. Mit Schrecken bemerkte er, daß seine kleinen Ersparnisse – das bißchen Geld, das seine Mutter ihm, sorgfältig in ein Taschentuch geknüpft, auf dem Grund seines Koffers geschickt hatte – sich schnell verringerten. Er aß wenig. Nur abends ging er in den Schankraum hinunter, wo er bei den Gästen schnell unter dem Namen „Preuße" oder „Sauerkraut" bekannt geworden war. – Er schrieb mit peinlichster Anstrengung zwei oder drei Briefe an französische Musiker, deren Namen ihm von ungefähr bekannt waren. Einer von ihnen war seit zehn Jahren tot. Er fragte an, ob sie ihn gütigst empfangen wollten. Die Orthographie war grotesk und der Stil mit den langen Perioden und den herkömmlichen Phrasen verschnörkelt, die man im Deutschen gewohnt ist. Er adressierte die Epistel „Au Palais de l'Académie de France". – Der einzige, der sie las, machte sich mit seinen Freunden darüber lustig.

Nach einer Woche ging Christof von neuem in den Verlag. Diesmal war ihm der Zufall günstig. Auf der Schwelle stieß er mit Silvan Kohn zusammen, der eben fortging. Kohn schnitt ein Gesicht, als er sich ertappt sah; aber Christof war so glücklich, daß er nichts davon merkte. Er hatte, seiner aufreizenden Gewohnheit nach, Kohns Hände gepackt und fragte ihn fröhlich:

„Sie waren auf Reisen? Sind Sie gut gereist?"

Kohn fügte sich in das Unvermeidliche, doch seine Stirn glättete sich nicht. Christof fuhr fort:

„Ich war schon einmal hier, Sie wissen doch? Man hat es Ihnen doch ausgerichtet? – Nun, was gibt's Neues? Sie haben von mir gesprochen? Was hat man Ihnen geantwortet?"

Kohn zog sich mehr und mehr in sich zusammen. Christof war über seine Steifheit erstaunt. Das war nicht mehr derselbe Mensch.

„Ich habe von Ihnen gesprochen", sagte Kohn, „aber ich weiß noch nichts; viel Zeit habe ich nicht gehabt. Ich war sehr in Anspruch genommen, seit wir uns sahen. Geschäfte bis über die Ohren. Ich weiß nicht, wie ich mit allem fertig werden soll. Man wird ganz kaputt. Ich werde schließlich noch krank werden."

„Fühlen Sie sich nicht wohl?" fragte Christof mit besorgter Anteilnahme.

Kohn streifte ihn mit einem spitzbübischen Blick und antwortete:

„Gar nicht wohl; ich weiß nicht, was ich seit ein paar Tagen habe. Ich fühle mich sehr leidend."

„Aber, mein Gott", rief Christof, indem er seinen Arm nahm, „pflegen Sie sich doch vor allem. Sie müssen sich ausruhen. Wie ärgerlich, daß ich Ihnen auch noch diese Mühe aufgeladen habe! Sie hätten es mir sagen sollen. Was haben Sie denn für Schmerzen?"

Er nahm die schlechten Ausreden des anderen so ernst, daß seine komische Arglosigkeit Kohn entwaffnete und eine stille Heiterkeit ihn überkam, die er nach Möglichkeit zu verbergen trachtete. Die Ironie ist den Juden ein so köstlicher Genuß (und eine ganze Anzahl von Christen in Paris sind in diesem Punkte Juden), daß sie besonders nachsichtig gegen alle Störer und selbst Feinde sind, die ihnen Gelegenheit geben, diese Ironie auf ihre Kosten zu betätigen. Übrigens konnte Kohn nicht umhin, sich durch das Interesse, das Christof an seiner Person nahm, gerührt zu fühlen. Er war geneigt, ihm gefällig zu sein.

„Mir kommt ein Gedanke", sagte er. „Würden Sie, solange Sie noch keine Stunden haben, musikalische Verlagsarbeiten übernehmen?"

Christof sagte voller Eifer zu.

„Ich habe, was Sie brauchen", meinte Kohn. „Ich bin mit dem Chef eines der größten musikalischen Verlagshäuser, Daniel Hecht, gut bekannt. Ich werde Sie vorstellen. Sie werden sehen, was es da zu tun gibt. Ich selbst, wissen Sie, verstehe nichts davon. Hecht aber ist ein echter Musiker. Sie werden sich ohne Schwierigkeit verständigen."

Sie verabredeten sich für den nächsten Tag. Kohn war nicht böse, Christof so loszuwerden, während er ihn obendrein verpflichtete.

Am nächsten Morgen holte Christof Herrn Kohn im Geschäft ab. Er hatte auf seinen Rat hin ein paar Kompositionen mitgebracht, um sie Hecht zu zeigen. Sie fanden ihn in seiner Musikalienhandlung bei der Oper. Hecht ließ sich durch ihr Kommen nicht stören. Kohn, der ihm die Hand drücken wollte, reichte er kühl zwei Finger, und den feierlichen Gruß Christofs beachtete er gar nicht. Auf Kohns Bitte ging er mit ihnen in ein Nebenzimmer. Stühle bot er ihnen nicht an. Er lehnte sich an den ungeheizten Kamin und starrte die Wand an.

Daniel Hecht war ein Mann von etwa vierzig Jahren, groß, kalt, sorgfältig angezogen; ein sehr ausgeprägter phönizischer Typ; er sah intelligent und unangenehm aus: ein verbissenes Gesicht, schwarzes Haar, ein langer, viereckiger assyrischer Königsbart. Er schaute einem fast niemals gerade ins Gesicht und hatte eine eisige, brutale Art zu sprechen, die wie eine Beleidigung traf, selbst wenn er nur guten Tag sagte. Diese Unverschämtheit war mehr scheinbar als tatsächlich. Sicherlich entsprach sie einem geringschätzigen Zug seines Wesens; aber sie wurde noch mehr durch das Automatische und Geschraubte in ihm verursacht. Juden dieser Art sind nicht selten, und die öffentliche Meinung will ihnen nicht wohl: sie hält diese unerbittliche Steifheit für Anmaßung, während sie doch oft nur der Ausdruck einer unheilbaren Ungeschicklichkeit von Leib und Seele ist.

Silvan Kohn stellte mit selbstgefälligem Geschwätz und übertriebenen Lobeserhebungen seinen Schützling vor. Christof, durch diesen Empfang aus der Fassung gebracht, Hut und Manuskript in der Hand, trat von einem Fuß auf den andern. Nachdem Kohn fertig war, wandte Hecht, der bis dahin von Christofs Anwesenheit keine Notiz genommen hatte, hochmütig diesem den Kopf zu und sagte, ohne ihn anzuschauen:

„Krafft... Christof Krafft... Ich habe diesen Namen nie gehört."

Für Christof war dieses Wort wie ein Faustschlag gegen die Brust; die Röte stieg ihm ins Gesicht. Er antwortete voller Zorn:

„Sie werden ihn später hören."

Hecht verzog keine Miene und fuhr, als ob Christof Luft sei, unerschütterlich fort:

„Krafft... Nein, kenne ich nicht."

Er gehörte zu den Leuten, für die es schon eine schlechte Note bedeutete, wenn sie jemand nicht kannten.

Deutsch fuhr er fort:

„Und Sie sind aus dem *Rheinland**? Es ist erstaunlich, wie viele Leute sich dort mit Musik befassen. Ich glaube, es gibt kaum einen dort, der nicht behauptet, Musiker zu sein."

Er wollte scherzen, nicht eine Unverschämtheit sagen; Christof aber nahm es anders auf. Er hätte widersprochen, wenn Kohn ihm nicht zuvorgekommen wäre.

„Bitte, entschuldigen Sie", sagte er zu Hecht. „Sie werden mir gerechterweise zugeben, daß ich nichts davon verstehe."

„Das macht Ihnen Ehre", antwortete Hecht.

„Wenn man, um Ihnen zu gefallen, nicht Musiker sein darf", sagte Christof trocken, „so tut es mir leid, Ihnen nicht dienen zu können."

Hecht fuhr, den Kopf noch immer zur Seite gewandt, mit derselben Gleichgültigkeit fort:

„Sie haben schon komponiert? Was haben Sie gemacht? *Lieder** natürlich?"

„*Lieder**, zwei Symphonien, symphonische Dichtungen, Quartette, Klavierstücke, Bühnenmusik", sagte Christof wütend.

„Man schreibt in Deutschland viel", meinte Hecht mit herablassender Höflichkeit.

Er war dem Neuankömmling gegenüber um so mißtrauischer, als dieser so viele Werke geschrieben hatte und er, Daniel Hecht, sie nicht kannte.

„Nun", sagte er, „ich könnte Sie vielleicht beschäftigen, da Sie mir von meinem Freund Hamilton empfohlen werden. Wir geben hier in diesem Augenblick eine Sammlung, eine *Jugendbibliothek,* heraus, in der wir leichte Klavierstücke publizieren. Könnten Sie den *Karneval* von Schumann vereinfachen und ihn sechs- und achthändig arrangieren?"

Christof fuhr auf:

„Und das bieten Sie mir an, mir, mir?"

Dieses naive „mir" machte Kohn großen Spaß; Hecht aber setzte eine beleidigte Miene auf.

„Ich sehe gar nicht ein, was Sie daran erstaunen kann. Das ist durchaus keine leichte Arbeit! Wenn sie Ihnen zu einfach scheint, um so besser! Das Weitere werden wir sehen: Sie sagen mir, daß Sie ein guter Musiker seien. Ich muß Ihnen glauben, aber schließlich kenne ich Sie nicht."

Für sich dachte er:

Wenn man all diesen Burschen glauben wollte, so wären sie fähig, selbst Johannes Brahms über den Löffel zu barbieren.

Ohne etwas zu erwidern (denn er hatte sich vorgenommen, seine Wutanfälle zu unterdrücken), setzte Christof den Hut auf und wandte sich zur Tür. Kohn hielt ihn lachend zurück.

„Warten Sie, warten Sie doch", sagte er.

Und indem er sich zu Hecht wandte:

„Er hat just ein paar seiner Stücke mitgebracht, damit Sie sich eine Vorstellung davon machen können."

„Ach", sagte Hecht gelangweilt. „Na gut, sehen wir's an."

Christof streckte ihm, ohne ein Wort zu sagen, die Manuskripte entgegen. Hecht warf nachlässig einen Blick darauf.

„Was ist das? *Eine Suite für Klavier*..." (Er las:) *„Ein Tageslauf*... Ach, ewig Programmusik..."

Trotz seiner scheinbaren Gleichgültigkeit las er mit großer Aufmerksamkeit. Er war ein ausgezeichneter Musiker und beherrschte seinen Beruf, über den er allerdings nicht hinaussah; von den ersten Takten an fühlte er genau, mit wem er es zu tun hatte. Er schwieg und blätterte mit hochmütiger Miene in dem Werk; er war von dem Talent, das sich ihm offenbarte, verblüfft. Aber sein angeborener Trotz und seine durch Christofs Art verletzte Eitelkeit verboten ihm, irgend etwas merken zu lassen. Schweigend las er es bis zu Ende, wobei er sich keine Note entgehen ließ.

„Ja", sagte er schließlich in gönnerhaftem Ton, „ganz gut geschrieben."

Eine harte Kritik hätte Christof weniger verletzt.

„Ich habe nicht nötig, daß man mir das sagt!" schrie er aufgebracht.

„Immerhin bilde ich mir ein", sagte Hecht, „daß Sie mir das Stück zeigen, damit ich sage, was ich darüber denke."

„Keineswegs."

„Dann weiß ich nicht", meinte Hecht gereizt, „was Sie eigentlich von mir wollen."

„Ich bitte Sie um Arbeit, um nichts anderes."

„Etwas anderes, als wovon ich Ihnen bereits sprach, kann ich Ihnen im Augenblick nicht anbieten. Auch dessen bin ich noch nicht sicher. Ich sagte, es könnte sich vielleicht machen."

„Und Sie haben keine andere Möglichkeit, einen Musiker wie mich zu beschäftigen?"

„Einen Musiker wie Sie?" sagte Hecht mit verletzender Ironie. „Mindestens ebenso gute Musiker wie Sie haben diese Tätigkeit nicht unter ihrer Würde gefunden. Manche, die ich nennen könnte und die jetzt in Paris wohlbekannt sind, waren mir deswegen dankbar."

„Dann sind sie eben jämmerliche Kerle!" brach Christof los. „Sie irren sich, wenn Sie meinen, mit einem von der

Sorte zu tun zu haben. Glauben Sie, mir mit Ihrer Art, einem nicht gerade ins Gesicht zu schauen und so obenhin zu sprechen, zu imponieren? Sie waren nicht einmal so gnädig, meinen Gruß zu erwidern, als ich hereinkam... Ja, wer sind Sie denn eigentlich, daß Sie glauben, so mit mir umgehen zu können? Sind Sie überhaupt ein Musiker? Haben Sie jemals etwas komponiert? Und Sie unterstehen sich, mich lehren zu wollen, wie man komponiert, mich, dem Komponieren das Leben bedeutet! – Und nachdem Sie meine Musik gelesen haben, wissen Sie mir nichts Besseres anzubieten, als große Musiker zu verstümmeln und aus ihren Werken Pfuschereien zu machen, damit die kleinen Mädchen danach tanzen können? Wenden Sie sich an Ihre Pariser, wenn die erbärmlich genug sind, sich von Ihnen schulmeistern zu lassen! Ich meinerseits ziehe es vor zu krepieren!"

Es war unmöglich, den Sturzbach aufzuhalten.

Hecht sagte eisig:

„Wie Sie wollen!"

Christof ging hinaus und ließ die Türen krachen. Hecht zuckte die Achseln und sagte zu dem lachenden Silvan Kohn:

„Er wird wiederkommen, ganz wie die andern."

Im Grunde imponierte ihm Christof. Er war intelligent genug, den Wert nicht nur der Werke, sondern auch der Menschen einzuschätzen. Unter der beleidigenden Wut Christofs hatte er eine Kraft gespürt, deren Seltenheit – ganz besonders in der Künstlerwelt – er kannte. Aber sein Selbstgefühl versteifte sich: um keinen Preis hätte er sich dazu bewegen lassen, sein Unrecht einzugestehen. Er fühlte das aufrichtige Bedürfnis, Christof Gerechtigkeit widerfahren zu lassen, aber er war unfähig dazu, solange sich Christof nicht vor ihm demütigte. Er wartete darauf, daß Christof zu ihm zurückkehre: sein trauriger Skeptizismus und seine Lebenserfahrung hatten ihn gelehrt, daß das Elend jeden Willen unwiderstehlich bricht.

Christof ging heim. Sein Zorn hatte tiefer Niedergeschlagenheit Platz gemacht. Er fühlte sich verloren. Die schwache Stütze, auf die er gezählt hatte, war niedergebrochen. Er zweifelte nicht daran, daß er sich einen Todfeind gemacht hatte, und zwar nicht allein in Hecht, sondern auch in Kohn, der ihn vorgestellt hatte. In einer feindlichen Stadt war er nun vollständiger Einsamkeit ausgeliefert. Außer Diener und Kohn kannte er niemanden. Seine Freundin Corinne, die schöne Schauspielerin, an die er sich in Deutschland angeschlossen hatte, war nicht in Paris; sie machte wieder eine Auslandstournee, und zwar durch Amerika, und diesmal für eigne Rechnung; denn sie war berühmt geworden; in den Zeitungen fand ihre Reise ein lärmendes Echo. Es blieb als Bekannte noch die kleine französische Lehrerin, die seinetwegen, ohne daß er es wollte, aus ihrer Stellung entlassen worden war und deren Andenken ihn lange Zeit wie ein Vorwurf verfolgt hatte; wie oft hatte er sich vorgenommen, sie aufzusuchen, wenn er einmal in Paris sein würde. Doch jetzt, da er in Paris war, merkte er, daß er nur eines vergessen hatte: ihren Namen. Unmöglich, sich ihn ins Gedächtnis zurückzurufen. Er erinnerte sich nur an den Vornamen: Antoinette. Welches Mittel hätte er übrigens gehabt, selbst wenn ihm der Name wieder eingefallen wäre, eine arme kleine Lehrerin in diesem menschlichen Ameisenhaufen wiederzufinden!

Er mußte sich so schnell wie möglich etwas verschaffen, wovon er leben konnte. Von seiner Barschaft waren noch fünf Francs übrig. Trotz seines Widerwillens überwand er sich daher, seinen Wirt, den dicken Gasthausbesitzer, zu fragen, ob dieser in dem Stadtviertel nicht Leute kenne, denen er, Christof, Klavierstunden geben könne. Ein Mieter, der nur einmal täglich aß und deutsch sprach, flößte dem Mann von vornherein mäßige Achtung ein; als er jetzt erfuhr, daß er nur Musiker sei, verlor er den letzten Respekt. Er war ein Franzose vom alten Schlag, für den die Musik ein Beruf für Nichtstuer ist. Er spottete:

„Klavier! – Sie klimpern Klavier? Mein Kompliment ... Allerdings komisch, so einen Beruf aus Neigung zu betreiben. Auf mich wirkt jede Musik, als ob es regnet ... Übrigens könnten Sie mir ja etwas beibringen. Was meint ihr dazu, ihr da?" rief er, indem er sich den trinkenden Arbeitern zuwandte.

Sie lachten schallend.

„Ein hübscher Beruf", meinte der eine. „Schmutzig wird man nicht dabei. Und außerdem gefällt's den Damen."

Christof verstand nur schlecht Französisch und Neckereien noch schlechter; er suchte nach Worten; er wußte nicht, ob er böse werden sollte. Die Frau des Wirts hatte Mitleid mit ihm.

„Na, na, Philippe, rede keinen Unsinn", sagte sie zu ihrem Mann. „Es ist immerhin möglich", fuhr sie, zu Christof gewandt, fort, „daß sich jemand findet, wie Sie ihn suchen."

„Wer denn?" fragte der Mann.

„Die kleine Grasset. Du weißt, man hat ihr ein Klavier gekauft."

„Ach, diese Zieraffen! Das stimmt."

Man teilte Christof mit, daß es sich um die Tochter des Fleischers handle: ihre Eltern wollten eine Dame aus ihr machen; sie würden vielleicht zugeben, daß sie Stunden nähme, wenn auch nur, um von sich reden zu machen. Die Frau des Hotelwirts versprach, sich darum zu kümmern.

Am nächsten Tag sagte sie zu Christof, daß die Fleischerin ihn sehen wolle. Er ging zu ihr. Er fand sie in ihrem Laden inmitten von Tierkadavern. Sie war eine stattliche Frau mit blühender Gesichtsfarbe und süßlichem Lächeln, die eine würdige Miene aufsetzte, als sie erfuhr, warum er zu ihr kam. Sofort ging sie auf die Geldfrage los und beeilte sich, auseinanderzusetzen, daß sie nicht viel ausgeben wolle, da das Klavier ja etwas Angenehmes, aber nichts Notwendiges sei; sie bot ihm einen Franc für die Stunde. Darauf fragte sie Christof mißtrauisch, ob er denn wenigstens etwas von Musik verstehe. Als er ihr sagte, daß er nicht nur etwas davon verstehe, sondern sogar komponiere, schien sie beruhigt und wurde liebenswürdiger: ihrer Eitelkeit war geschmeichelt; sie nahm sich vor, in der ganzen Nachbarschaft die Neuigkeit zu verbreiten, daß ihre Tochter bei einem Komponisten Stunden nehme.

Als Christof sich am nächsten Tag vor dem Klavier sitzen fand – einem entsetzlichen Instrument, das als Gelegenheitskauf erworben worden war und einen Ton wie eine Gitarre hatte –, neben der Fleischerstochter, deren kurze, dicke Finger über die Tasten taumelten, die unfähig war, einen Ton vom andern zu unterscheiden, die sich vor Langweile wand, die ihm von den ersten Augenblicken an ins Gesicht gähnte – als er die Oberaufsicht der Mutter und ihre Unterhaltung, ihre Ideen über Musik und musikalische Erziehung erdulden mußte, fühlte er sich so elend, so jämmerlich gedemütigt, daß er nicht einmal mehr die Kraft zur Empörung fand. Er kehrte von dort stets im Zustand tiefster Niedergeschlagenheit heim; an manchen Abenden konnte er nicht essen. Wie tief würde er noch sinken, wenn es mit ihm nach wenigen Wochen schon bis dahin gekommen war? Was hatte es ihm genützt, sich gegen Hechts Anerbieten aufzulehnen? Was er jetzt angenommen hatte, war noch erniedrigender.

Eines Abends übermannten ihn in seinem Zimmer die Tränen; er warf sich verzweifelt vor seinem Bett auf die Knie, er betete... Zu wem betete er? Zu wem konnte er beten? Er glaubte nicht an Gott, glaubte, daß es keinen Gott gebe... Aber er mußte beten, mußte zu sich beten. Nur die Minderwertigen beten niemals. Sie kennen nicht die Notwendigkeit starker Seelen, sich von Zeit zu Zeit in ihr Allerheiligstes zurückzuziehen. Den Demütigungen des Tages entronnen, fühlte Christof in der tönenden Stille seines Herzens die Gegenwart seines ewigen Wesens, seines Gottes. Die Wellen des elenden Lebens bewegten sich unter ihm: Welche Gemeinsamkeit bestand zwischen diesem Leben und ihm? Alle Schmerzen der Welt, die ingrimmig zerstören wollen, hatten sich an seinem Felsen gebrochen. Christof hörte das Pochen seiner Adern wie eine innere Brandung und eine Stimme, die wieder und wieder sprach:

„Ewiger... Ich bin... Ich bin..."

Er kannte sie wohl: soweit er sich zurückerinnern konnte, hatte er diese Stimme allzeit gehört. Es kam vor, daß er sie vergaß; oft entschwand ihr mächtiger und eintöniger Rhythmus für Monate seinem Gedächtnis; doch er wußte, daß sie, gleich dem Dröhnen des Ozeans in der Nacht, niemals aufhörte. Auch jetzt schöpfte er wie jedesmal, wenn er in diese Musik niedertauchte, neue Ruhe und Lebenskraft aus ihr. Beruhigt stand er wieder auf. Nein, in dem harten Leben, das er führte, war wenigstens nichts, dessen er sich schämen mußte; er konnte sein Brot essen, ohne zu erröten; jene, die es ihn um diesen Preis erkaufen ließen, hatten zu erröten. Nur Geduld! Die Zeit würde kommen...

Aber am nächsten Tage fehlte ihm die Geduld von neuem; und trotz aller seiner Anstrengungen brach eines Tages während der Stunde in ihm die Wut gegen die dumme Gans los, die zum Überfluß noch unverschämt wurde, sich über seine Aussprache lustig machte und mit affenartiger Bosheit das Gegenteil von dem tat, was er sagte. Auf Christofs Wutschreie antwortete ein Geheul des Dämchens, das erschrocken und empört war, weil ein Mann, den sie bezahlte, wagte, es ihr gegenüber an Respekt fehlen zu lassen. Sie schrie, daß er sie geschlagen habe (Christof hatte sie ziemlich derb am Arm gerüttelt). Die Mutter stürzte wie eine Furie herbei, überhäufte ihre Tochter mit Küssen und Christof mit Schimpfworten. Dann erschien der Fleischer und erklärte, er dulde nicht, daß ein lumpiger Preuße sich unterstehe, seine Tochter anzurühren. Christof, bleich vor Zorn, voller Scham, unentschlossen, ob er den Mann, die Frau oder die Tochter erwürgen solle, machte sich unter der Flut von Schimpfworten davon. Seine Wirtsleute sahen ihn verstört heimkehren und brachten ihn ohne große Mühe zum Erzählen der Geschichte; ihre Gehässigkeit gegenüber den Nachbarn hatte ihre Freude daran. Abends aber erzählte das ganze Stadtviertel, der Deutsche sei ein Rohling, der die Kinder schlage.

Christof versuchte es noch einmal bei Musikalienhändlern; es führte zu nichts. Er fand die Franzosen wenig entgegenkommend, und ihre undisziplinierte Geschäftigkeit verblüffte ihn. Er empfing den Eindruck einer anarchischen Gesellschaft, die von einer brummigen und despotischen Bürokratie beherrscht wurde.

Eines Abends, als er, entmutigt von der Nutzlosigkeit seiner Anstrengungen, über die Boulevards irrte, sah er Silvan Kohn, der ihm entgegenkam. Da er überzeugt war, daß sie miteinander entzweit wären, blickte er weg und versuchte, unbemerkt vorüberzukommen. Kohn aber rief ihn an.

„Ja, wo stecken Sie denn seit jenem famosen Tag?" fragte er lachend. „Ich wollte zu Ihnen kommen; aber ich habe Ihre Adresse verlegt... Bei Gott, mein Lieber, ich hätte Ihnen das nicht zugetraut. Sie haben sich heroisch aufgeführt."

Christof schaute Silvan Kohn überrascht und ein wenig verschämt an.

„Sind Sie mir nicht böse?"

„Ihnen böse sein? Welche Idee!"

Weit davon entfernt, ihm böse zu sein, hatte er sich vielmehr an der Art und Weise ergötzt, in der Christof Hecht abgeblitzt hatte: das war ihm ein prächtiger Augenblick gewesen. Ob Hecht oder Christof recht hatte, war ihm höchst gleichgültig; er beurteilte die Leute nur nach dem Grad des Vergnügens, das er an ihnen haben konnte; und er hatte in Christof eine Quelle höchster Komik entdeckt, von der er sich viel versprach.

„Sie hätten zu mir kommen sollen", fuhr er fort. „Ich erwartete Sie. Was haben Sie heute abend vor? Sie essen mit mir. Ich lasse Sie nicht aus. Wir werden unter uns sein: nur ein paar Künstler, die alle vierzehn Tage einmal zusammenkommen. Sie müssen den Kreis unbedingt kennenlernen. Kommen Sie. Ich stelle Sie vor."

Christof entschuldigte sich vergeblich mit seinem Anzug. Silvan Kohn nahm ihn mit.

Sie betraten ein Boulevardrestaurant und gingen in den ersten Stock hinauf. Christof fand sich inmitten einiger dreißig junger Leute zwischen zwanzig und fünfunddreißig Jahren, die lebhaft miteinander diskutierten. Kohn stellte ihn als soeben den deutschen Gefängnissen entwischt vor. Sie beachteten ihn in keiner Weise und unterbrachen nicht einmal ihre leidenschaftliche Unterhaltung, in die sich Kohn, kaum daß er da war, sofort kopfüber hineinstürzte.

Christof, durch diese Gesellschaft Auserwählter eingeschüchtert, schwieg und war ganz Ohr. Da er nur mit Mühe dem Schwall französischer Worte folgen konnte, gelang es ihm nicht, zu verstehen, welche großen künstlerischen Interessen abgehandelt wurden. Wie sehr er auch lauschte, er unterschied nichts als Worte wie „Trust", „Wucherankauf", „Fallen der Preise", „Höhe der Einnahmen", vermischt mit solchen wie „Würde der Kunst" und „Rechte des Schriftstellers". Endlich merkte er, daß es sich um geschäftliche Unternehmungen handelte. Eine Anzahl Autoren gehörte, wie es schien, zu einer Finanzgesellschaft und entrüstete sich über Versuche, die gemacht wurden, um eine Konkurrenzgesellschaft zu gründen, die der ihren das Ausbeutungsmonopol streitig machen wollte. Die Abtrünnigkeit einiger ihrer Verbündeten, die es für vorteilhaft gehalten hatten, mit Sack und Pack in das Konkurrenzhaus überzugehen, brachte sie zu wildester Empörung. Sie redeten von nichts Geringerem als vom Halsabschneiden. „... Entartung... Verrat... Entehrung... Verkaufte..."

Andre hielten sich nicht an die Lebenden: sie hatten es mit den Toten, deren kostenloser Nachdruck den Markt versperre. Die Werke Mussets waren anscheinend eben Gemeingut geworden und wurden viel zuviel gekauft. Daher verlangte man einen energischen Schutz des Staates, der die Meisterwerke der Vergangenheit mit hohen Steuern belegen sollte, um ihrem Vertrieb zu herabgesetzten Preisen entgegenzuarbeiten, den man heftig als unlauteren Wettbewerb mit der Künstlerware der Gegenwart bezeichnete.

Die einen wie die anderen unterbrachen sich, um mit anzuhören, wie hoch die Einnahme war, die das und das Stück am vorhergehenden Abend erzielt hatte. Alle waren außer sich über das Glück eines in beiden Welten berühmten Veteranen der dramatischen Kunst, den sie verachteten, aber noch mehr beneideten. – Von den Einnahmen der Autoren ging man zu denen der Kritiker über. Man unterhielt sich darüber, was einer ihrer bekannten Kollegen angeblich (zweifellos der reinste Klatsch!) für jede Premiere eines Boulevardtheaters bezog, damit er Gutes darüber schriebe. Er war ein ehrlicher Mann. Nachdem der Handel einmal abgeschlossen war, hielt er ihn redlich ein; seine besondere Kunst jedoch war – nach dem, was sie behaupteten –, das Lob des Stückes derartig zu halten, daß es so schnell wie möglich abfallen mußte, damit es recht oft Premieren gäbe. Dieser Bericht (oder die Berechnung) erregte Gelächter, aber keine Verwunderung.

Zwischendurch redeten sie große Worte; sie sprachen von „Dichtung", von „Kunst um der Kunst willen". In diesem Pfenniggeklimper klang das aber wie „Kunst um des Geldes willen"; diese neuerdings in die französische Literatur eingeführten Pferdehändlermanieren empörten Christof. Da er von Geldgeschäften nichts verstand, hatte er, als sie aufhörten, von Literatur oder vielmehr von Literaten zu sprechen, darauf verzichtet, der Unterhaltung zu folgen. Als er den Namen Victor Hugos vernahm, spitzte er von neuem die Ohren.

Man wollte wissen, ob Victor Hugo ein Hahnrei gewesen sei. Lang und breit stritten sie über die Liebschaft zwischen Sainte-Beuve und Frau Hugo. Hierauf sprachen sie über die Liebhaber von George Sand und über ihre jeweiligen Verdienste. Die Hauptbeschäftigung der damaligen literarischen Kritik bestand in dergleichen. Nachdem sie im Hause großer Männer alles ausgekundschaftet, die Wandschränke durchsucht, die Schiebladen gewendet und die Schränke geleert hatte, durchstöberte sie den Alkoven. Die Situation des Herrn von Lauzun, der platt auf dem Bauch unter dem Bett des Königs und der Montespan lag, gehörte zu denen, welche sie an ihrem Kultus der Geschichte und der Wahrheit besonders interessierte (alle Leute dieser Zeit trieben den Kultus der Wahrheit). Christofs Tischgenossen zeigten deutlich, wie sehr sie davon besessen waren: bei ihrem Aufspüren der Wahrheit wurden sie keiner Einzelheit überdrüssig. Sie stöberten in der Kunst der Gegenwart ebenso herum wie in der der Vergangenheit; und sie untersuchten mit derselben Leidenschaft für Genauigkeit das Privatleben manches ihrer bekanntesten Zeitgenossen. Es war eigentümlich, daß sie die geringsten Einzelheiten von Szenen kannten, die gewöhnlich jedes Zeugen entbehren. Man mußte glauben, daß die Beteiligten aus Liebe zur Wahrheit als erste dem Publikum genaue Auskunft gaben.

Christof fühlte sich mehr und mehr peinlich berührt und versuchte, mit seinen Nachbarn von andern Dingen zu sprechen. Keiner aber kümmerte sich um ihn. Zuerst hatten sie ihm wohl einige unbestimmte Fragen über Deutschland gestellt, Fragen, die ihm zu seinem großen Erstaunen die fast völlige Unwissenheit offenbarten, in der sich diese, wie es schien, feinen und gebildeten Menschen in bezug auf die einfachsten Dinge ihres Berufes – Literatur und Kunst – außerhalb von Paris befanden; höchstens hatten sie einige große Namen nennen hören: Hauptmann, Sudermann, Liebermann, Strauß (David, Johann oder Richard?); zwischen ihnen schlängelten sie sich aus Furcht vor irgendeiner schlimmen Verwechslung vorsichtig hindurch. Wenn sie

Christof gefragt hatten, so war es übrigens nur aus Höflichkeit geschehen, nicht aus Wißbegierde: die hatten sie nicht; kaum hatten sie auf seine Antworten achtgegeben; schleunigst waren sie auf ihre Pariser Angelegenheiten zurückgekommen, die die übrige Tischgesellschaft ergötzten.

Christof versuchte schüchtern, von Musik zu sprechen. Keiner dieser Literaten war musikalisch. Im Grunde sahen sie die Musik als eine untergeordnete Kunst an. Doch ihr seit einigen Jahren wachsender Erfolg ärgerte sie heimlich; und da sie nun einmal in Mode war, taten sie, als ob sie sich dafür interessierten. Vor allem schlugen sie um eine neue Oper großen Lärm, von der an sie ungefähr die Musik datierten oder doch wenigstens ein neues Zeitalter der Musik. Ihrer Unwissenheit und ihrem Snobismus entsprach diese Ansicht, die sie der Notwendigkeit enthob, von der übrigen Musik etwas zu kennen, durchaus. Der Komponist dieser Oper, ein Pariser, dessen Namen Christof zum erstenmal hörte, hatte, wie manche behaupteten, mit allem, was vor ihm war, reinen Tisch gemacht, alles aus einem Guß erneuert, die Musik wiedergeboren. Christof fuhr auf. Er wünschte sich nichts Besseres, als an das Genie zu glauben. Aber ein Genie dieses Schlages, das mit einem Hieb die Vergangenheit null und nichtig machte... Donnerwetter. Das war ein Kerl; wie, zum Teufel, hatte er das angestellt? – Er bat um Aufklärungen. Die andern, denen es recht schwer gefallen wäre, ihm solche zu geben, und die Christof zu Tode langweilte, wandten sich an den Musiker der Gesellschaft, den großen Musikkritiker Théophile Goujart, der sofort von Septimen und Nonen mit ihm zu reden anfing. Christof folgte ihm auf dieses Feld. Goujart verstand ungefähr soviel von Musik wie Sganarelle von Latein:

... Sie verstehen nicht Latein?
Nein.
(Mit Begeisterung) *Cabricias, arci thuram, catalamus, singulariter... bonus, bona, bonum...*

Da er sich jetzt einem Mann, der „Latein verstand", gegenübersah, zog er sich sofort vorsichtig in das Gestrüpp der Ästhetik zurück. Von diesem uneinnehmbaren Schlupfwinkel aus machte er sich daran, Beethoven, Wagner und die klassische Kunst hinzurichten, von denen ja nicht die Rede war (aber in Frankreich kann man keinen Künstler loben, ohne ihm alle, die nicht so sind wie er, als Sühnopfer darzubringen). Er verkündete den Anbruch einer neuen Kunst, die alle Überlieferungen der Vergangenheit unter die Füße trete. Er redete von einer musikalischen Sprache, die soeben von dem Christof Kolumbus der Pariser Musik entdeckt worden sei, einer Sprache, welche die der Klassiker zu einer toten und völlig überflüssigen mache.

Christof, der seine Meinung über den genialen Neuerer, dessen Werke er erst einmal ansehen wollte, zurückhielt, war mißtrauisch gegen diesen musikalischen Baal, dem man die gesamte Musik opferte. Er war empört, so von den Meistern reden zu hören; und es kam ihm nicht in den Sinn, daß er selbst vor kurzem in Deutschland noch ganz anders von ihnen gesprochen hatte. Er, der sich daheim als Revolutionär in der Kunst gefühlt hatte, er, der die andern durch seine Urteilskühnheit und seinen derben Freimut entrüstet hatte, fühlte sich in Frankreich bei den ersten Worten konservativ werden. Er wollte widersprechen, und er war so taktlos, es nicht als wohlerzogener Mensch zu tun, der Behauptungen vorbringt und sie nicht demonstriert, sondern als Fachmann, der Tatsachen heranholt und einen damit niederschlägt. Er schreckte nicht davor zurück, sich in technische Erörterungen einzulassen; und seine streitende Stimme erhob sich zu Tönen, die wohl geeignet waren, die Ohren einer auserlesenen Gesellschaft zu verletzen, bei der seine Gründe ebenso wie der Eifer, den er darauf verwandte, sie zu erhärten, gleichermaßen lächerlich wirkten. Der Kritiker beeilte sich, durch ein sogenanntes geistreiches Wort einer langweiligen Debatte ein Ende zu machen, bei der Christof voller Verblüffung gemerkt hatte, daß sein

Gegenüber nichts von dem wußte, wovon er redete. Von diesem Augenblick an stand die Meinung über den pedantischen und unmodernen Deutschen fest; und seine Musik wurde, bevor man sie kannte, abscheulich gefunden. Doch die Aufmerksamkeit dieser dreißig spöttischen jungen Leute, die alles Lächerliche schnell erfaßten, war jetzt auf diesen sonderbaren Menschen gelenkt worden, der mit seinen mageren Armen und riesenhaften Händen linkisch und heftig hin und her fuhr, wütende Blicke umherwarf und mit überlauter Stimme schrie. Silvan Kohn unternahm es, ihn seinen Freunden zur Belustigung vorzuführen.

Das Gespräch hatte sich jetzt ganz von der Literatur entfernt und drehte sich um die Frauen. Eigentlich waren es nur zwei Seiten eines und desselben Gegenstandes: denn in ihrer Literatur war eigentlich nur von Frauen die Rede und bei ihren Frauen nur von Literatur, so sehr gaben sich diese mit literarischen Dingen oder mit Literaten ab.

Man redete von einer tugendsamen, in der Pariser Gesellschaft wohlbekannten Dame, die angeblich soeben ihren Liebhaber mit ihrer Tochter verheiratet hatte, um ihn sich besser warmzuhalten. Christof rückte auf seinem Stuhl hin und her und schnitt unbewußt eine Grimasse des Ekels. Kohn bemerkte es. Er stieß seinen Nachbar mit dem Ellbogen an und ließ die Bemerkung fallen, daß das Gespräch den Deutschen zu begeistern scheine und dieser sicher vor Begierde brenne, die Dame kennenzulernen. Christof errötete, stotterte und brachte schließlich voller Zorn heraus, daß derartige Frauen die Peitsche verdienten. Ein Ausbruch homerischen Gelächters folgte seiner Behauptung, und Silvan Kohn wandte flötend ein, man dürfe eine Frau nicht anrühren, nicht einmal mit einer Blume... usw.... usw. (Er spielte in Paris den Don Juan.) Christof antwortete, eine derartige Frau sei nicht mehr und nicht weniger als eine Hündin, und für liederliche Hunde gebe es nur ein Mittel: die Peitsche. Man schrie Zeter und Mordio. Christof behauptete, daß ihre Galanterie Heuchelei sei und daß stets die, welche die Frauen am wenigsten achteten, am meisten von ihrer Achtung redeten; und er entrüstete sich über ihre Skandalgeschichten. Man entgegnete ihm, das sei durchaus nichts Skandalöses, sondern etwas ganz Natürliches; und alle stimmten darin überein, daß die Heldin der Geschichte nicht nur eine reizende Frau, sondern *die* Frau im wahrsten Sinne des Wortes sei. Der Deutsche entsetzte sich. Silvan Kohn fragte ihn arglistig, wie er sich denn die Frau vorstelle. Christof fühlte, daß man ihm eine Schlinge legte; aber von seinem Ungestüm und seiner Überzeugung mitgerissen, fiel er doch glatt herein. Er machte sich daran, diesen mokanten Parisern seine Ideen über die Liebe zu entwickeln. Er fand die Worte nicht, suchte sie sich schwerfällig zusammen und fischte aus seinem Gedächtnis unwahrscheinliche Ausdrücke, sagte zum Jubel der Zuhörerschaft Ungeheuerlichkeiten, ohne aus der Fassung zu kommen, mit erstaunlichem Ernst, mit rührender Sorglosigkeit gegenüber dem Lächerlichen seiner Lage. Denn es konnte ihm nicht entgehen, daß man sich in unverschämter Weise über ihn lustig machte. Schließlich verfing er sich in einem Satz, konnte nicht mehr heraus, schlug mit der Faust auf den Tisch und schwieg.

Man suchte ihn von neuem in die Diskussion zu treiben; aber er hatte schamhaft und ärgerlich die Ellbogen auf den Tisch gestemmt, runzelte die Brauen und rührte sich nicht mehr. Bis zum Ende des Diners brachte er die Zähne nicht mehr auseinander, es sei denn, um zu essen und zu trinken. Er trank im Gegensatz zu den Franzosen, die ihren Wein kaum anrührten, ungeheuer viel. Sein Nachbar ermunterte ihn dabei boshaft und füllte ihm das Glas, wenn er es gedankenlos geleert hatte, immer von neuem. Aber obgleich er solche Gelage nicht gewöhnt war, vor allem nach den Wochen der Entbehrung, wie er sie hinter sich hatte, hielt er gut stand und gab den anderen nicht das erhoffte lächerliche Schauspiel. Er blieb nur in sich vertieft; man beachtete ihn nicht weiter und glaubte, der Wein habe ihn schläfrig gemacht. Außer der Anstrengung, die es ihm verursachte, einer französischen Unterhaltung zu folgen, war er es überdrüssig, von nichts anderem als von Literatur reden zu hören – Schauspieler, Autoren, Verleger, Kulissengeschwätz oder Schlafzimmerklatsch der Literaten: die Welt schien aus nichts anderem zu bestehen. Inmitten all dieser neuen Gesichter und dieses Wortgetöses gelang es ihm nicht, irgendeine Physiognomie oder einen Gedanken festzuhalten. Seine kurzsichtigen Augen, die unbestimmt und zerstreut langsam die Runde um den Tisch machten, hafteten an den Leuten und schienen sie doch nicht zu sehen. Dennoch sah er sie, und besser als irgendeiner. Aber ihm selbst wurde das nicht bewußt. Er hatte nicht den Blick dieser Franzosen und dieser Juden, der wie mit Schnabelhieben alles und jedes, selbst das Allerwinzigste erhascht und im Nu zerpflückt. Wie ein Schwamm sog er sich lange schweigend mit allem voll; und er trug es mit sich fort. Es war ihm, als hätte er nichts gesehen, als erinnerte er sich an nichts. Viel später – nach Stunden, oft erst nach Tagen – merkte er, wenn er allein war und in sich hineinschaute, daß er alles eingefangen hatte.

Im Augenblick aber machte er nur den Eindruck eines klotzigen Deutschen, der sich mit Essen vollstopfte und einzig darauf bedacht war, keinen Bissen zu verlieren. Er faßte nichts auf, nur daß er sich, wenn er seine Tischgenossen sich beim Namen anrufen hörte, mit der Hartnäckigkeit des Betrunkenen fragte, warum so viele Franzosen ausländische Namen hätten: flämische, deutsche, jüdische, italienische, englisch- oder spanisch-amerikanische...

Er merkte nicht, daß man vom Tisch aufstand. Er allein blieb sitzen; und er träumte von den rheinischen Hügeln, den großen Wäldern und Äckern, Feldern, den Wiesen am Uferrand, von der alten Mutter. Einige Tischgäste standen noch plaudernd am andern Ende des Raumes. Die meisten waren schon fortgegangen. Endlich raffte sich Christof zusammen, stand ebenfalls auf und holte, ohne jemanden anzusehen, seinen Mantel und seinen Hut, die im Vorzimmer hingen. Nachdem er sich angezogen hatte, ging er, ohne sich zu verabschieden, davon; da bemerkte er durch eine halboffene Tür in einem Nebenzimmer etwas, das ihn anzog: ein Klavier. Seit mehreren Wochen hatte er kein Musikinstrument angerührt. Er trat ein, streichelte liebevoll die Tasten, setzte sich und begann zu spielen, den Hut noch auf dem Kopf, den Mantel über dem Rücken. Er hatte völlig vergessen, wo er sich befand. Er merkte nicht, wie zwei Personen lautlos hereinkamen, um ihm zuzuhören. Der eine war Silvan Kohn, der, Gott weiß, warum, eine Leidenschaft für Musik hatte. Er verstand nicht das geringste davon und hatte die schlechte ebenso gern wie die gute. Der andere war der Musikkritiker Théophile Goujart; dieser – bei ihm lag der Fall einfacher – verstand von Musik nichts und hatte sie auch nicht gern. Doch das hielt ihn nicht davon ab, über sie zu reden. Im Gegenteil: es gibt keine unabhängigeren Geister als die, die das, wovon sie reden, nicht verstehen; denn es ist ihnen gleichgültig, ob sie dies oder jenes darüber sagen.

Théophile Goujart war ein stämmiger, muskulöser Dickwanst. Er hatte einen schwarzen Bart, volle Stirnlocken, unter denen dicke, ausdruckslose Falten hervorkamen, ein schlechtmodelliertes, gleichsam plump in Holz geschnittenes Gesicht, kurze Arme, kurze Beine, eine fettgepolsterte Brust: er sah aus wie ein Holzhändler oder ein Lastträger aus der Auvergne. Er hatte gewöhnliche Manieren und eine anmaßende Art zu reden. Zur Musik war er auf dem Weg über die Politik gekommen, die zu jener Zeit das einzige Mittel in Frankreich war, etwas zu erreichen. Er hatte sich an das Glücksschiff eines Ministers seiner Provinz gehängt, zu dem er eine entfernte Verwandtschaft oder sonstwelche Beziehungen – als irgendein Sohn „des Bastards seines Apothekers" – entdeckt hatte. Minister dauern nicht ewig. Als der seine nahe am Kentern war, hatte Théophile Goujart das Schiff verlassen, nicht ohne zuvor alles, was er erraffen konnte, an sich zu nehmen, vor allem Ordensdekorationen, denn er liebte den Ruhm. Der Politik überdrüssig, die ihm seit einiger Zeit ziemlich derbe, seinem Vorgesetzten oder sogar ihm selbst zugedachte Püffe eingetragen hatte, suchte er Zuflucht gegen alle Stürme in einer vollkommen gesicherten Stellung, in der er die andern ärgern konnte, ohne selbst jemals geärgert zu werden. Die Kritik war dazu wie geschaffen. An einer der großen Pariser Zeitungen war gerade ein Posten für einen Musikkritiker frei. Der ihn innegehabt hatte, ein junger talentvoller Komponist, war verabschiedet worden, weil er sich darauf versteifte, von Werken und Autoren zu sagen, was er dachte. Goujart hatte sich niemals mit Musik beschäftigt; er verstand nichts davon: so wählte man ihn denn ohne Zögern. Der urteilsfähigen Leute war man überdrüssig; bei Goujart hatte man wenigstens nichts zu befürchten; er legte seinen Ansichten nicht eine lächerliche Bedeutung bei; er ließ sich von der Direktion alles vorschreiben und war immer bereit, giftige Kritiken und Reklamegeschrei zu veröffentlichen. Daß er nicht Musiker war, war von nebensächlicher Bedeutung. In Frankreich versteht bekanntlich jeder etwas von Musik. Goujart hatte sich die notwendigen Kenntnisse schnell angeeignet. Der Weg dazu war einfach: man brauchte sich in den Konzerten nur neben irgendeinen guten Musiker, womöglich neben einen Komponisten, zu setzen und ihn über das auszufragen, was er zu den aufgeführten Werken meinte. Nach einigen Monaten solcher Lehrzeit verstand man sich aufs Handwerk: das Gänschen konnte fliegen. Allerdings nicht gerade wie ein Adler; und der Himmel weiß, welche Dummheiten Goujart voller Autorität in seinem Blatt ablud. Er hörte und las alles kunterbunt durcheinander, verwirrte alles in seinem schwerfälligen Gehirn und wies die andern anmaßend zurecht. Er schrieb einen gespreizten, mit Kalauern ausstaffierten und mit feindseligen Pedanterien gespickten Stil; seine Geistesbeschaffenheit war die eines Schulaufsehers. Manchmal, wenn auch selten, hatte er sich scharfe Gegenhiebe zugezogen: in solchen Fällen stellte er sich taub und hütete sich wohl, zu antworten. Er war ein großer Schlauberger und dabei doch ein plumper Kerl, je nach den Umständen unverschämt oder seicht. Vor den verehrten Meistern in Amt und Würden machte er Bücklinge (nur ihnen gegenüber vermochte er musikalisches Verdienst ganz sicher zu bewerten). Die andern behandelte er von oben herab, und die Hungerleider beutete er aus. – Er war kein Dummkopf.

Trotz seines Rufes und seiner erworbenen Autorität wußte er im tiefsten Innern, daß er von Musik nichts verstand; und er hatte ein Gefühl dafür, daß Christof sehr genau darin Bescheid wußte. Wohl hätte er sich gehütet, das zu sagen; aber er war dessen sicher. – Und jetzt hörte er dem spielenden Christof zu; mit tiefsinniger, bedeutender Miene und ohne etwas zu denken, versuchte er zu verstehen; erkennen konnte er nicht das geringste in diesem Nebel von Noten, aber er nickte wie ein Kenner mit dem Kopf und richtete sich in seinen Beifallszeichen nach dem Augenblinzeln Silvan Kohns, der mit Mühe ruhig blieb.

Christof, dessen Bewußtsein nach und nach aus dem Dunst von Musik und Wein emportauchte, merkte allmählich etwas von der Pantomime, die sich hinter seinem Rücken abspielte; als er sich umdrehte, sah er die beiden Musikfreunde. Sofort stürzten sie auf ihn zu und schüttelten ihm kräftig die Hände – Silvan Kohn kreischte, er habe wie ein Gott gespielt, Goujart bestätigte mit gelehrter Miene, daß er die linke Hand von Rubinstein und die rechte von Paderewski habe (möglicherweise war es auch umgekehrt). Sie einigten sich beide auf die Erklärung, daß ein solches Talent nicht unter dem Scheffel bleiben dürfe, und sie machten sich anheischig, es ins rechte Licht zu stellen. Zunächst rechneten beide darauf, alle nur mögliche Ehre und allen denkbaren Nutzen für sich selber aus ihm herauszuschlagen.

Silvan Kohn lud Christof ein, schon am nächsten Tag zu ihm zu kommen, und stellte ihm das ausgezeichnete Klavier, das er besaß und das er niemals benutzte, liebenswürdig zur Verfügung. Christof, der vor zurückgehaltener Musik verging, nahm an, ohne sich lange bitten zu lassen, und machte von der Einladung Gebrauch.

An den ersten Abenden ging alles gut. Christof war überglücklich, spielen zu können; und Silvan Kohn legte sich eine gewisse Zurückhaltung auf und ließ ihm ruhig die Freude am Spiel. Auch er hatte einen ehrlichen Genuß davon. Infolge eines jener wunderlichen Phänomene, die jeder beobachten kann, wurde dieser Mensch, der weder musikalisch noch sonst künstlerisch veranlagt war, der das nüchternste, jeder Poesie, jeder tiefen Güte barste Herz hatte, durch diese Musik sinnlich ergriffen, von der er nichts verstand und die dennoch eine wollüstige Macht auf ihn ausübte. Unglücklicherweise konnte er nicht den Mund halten. Er mußte, während Christof spielte, unbedingt reden. Er begleitete die Musik mit begeisterten Ausrufen wie ein Snob im Konzert, oder er stellte alberne Betrachtungen darüber an. Dann schlug Christof aufs Klavier und erklärte, so könne er nicht weiterspielen. Kohn gab sich alle Mühe, still zu sein; aber es ging über seine Kraft: gleich fing er wieder an, zu grinsen, zu seufzen, zu pfeifen, zu trommeln, zu trällern, die Instrumente nachzuahmen. Und war das Stück zu Ende, so wäre er geplatzt, wenn er Christof nicht seine ungereimten Bemerkungen zum besten gegeben hätte.

Er war ein sonderbares Gemisch aus germanischer Sentimentalität, pariserischem Aufschneidertum und der ihm eigentümlichen Geckenhaftigkeit. Einmal kam er mit gezierten und anmaßenden Urteilen, ein andermal mit gesuchten Vergleichen, ein drittes Mal mit Unverschämtheiten, Zoten, Albernheiten und Possen. Um Beethoven loben zu können, entdeckte er in ihm Frivolitäten und eine schlüpfrige Sinnlichkeit. Die düstersten Gedanken erklärte er für elegante Tändelei. Das *Quartett in cis-Moll* schien ihm liebenswürdig keck. Das erhabene Adagio der *Neunten Symphonie* erinnerte ihn an Cherubini. Nach den drei Schlägen, mit denen die *Symphonie in c-Moll* beginnt, schrie er: „Draußen bleiben! Schon besetzt!" Die Schlacht im *Heldenleben** bewunderte er mit der Begründung, man erkenne darin das Rattern eines Automobils. Für jedes Stück hatte er Bilder zur Erklärung bei der Hand, und zwar kindische, unpassende Bilder. Man fragte sich, wie dieser Mensch Musik lieben könne. Und dennoch: er liebte sie; bei manchen Stellen, die er in der komischsten Art auffaßte, traten ihm Tränen in die Augen. Aber nachdem er durch eine Wagner-Szene gerührt worden war, klimperte er auf dem Klavier einen Galopp von Offenbach, oder er summte nach dem *Lied an die Freude* einen Tingeltangel-Schlager. Dann sprang Christof auf und brüllte vor Zorn. – Doch es war nicht das Schlimmste, wenn Silvan Kohn albern war; schlimmer war es, wenn er tiefe und feinsinnige Dinge sagen wollte, wenn er sich vor Christof aufspielen wollte, wenn Hamilton aus ihm sprach und nicht Silvan Kohn. In solchen Augenblicken schleuderte Christof einen haßerfüllten Blick auf ihn und schmetterte ihn mit kalt beleidigenden Worten nieder, die Hamiltons Eigenliebe verletzten. So endeten die Klavierabende häufig mit Streit. Aber am nächsten Tag hatte Kohn alles vergessen, und Christof, den seine Heftigkeit reute, fühlte sich verpflichtet, wiederzukommen.

Alles das wäre noch nichts gewesen, wenn Kohn sich hätte enthalten können, Leute einzuladen, die Christof anhören sollten. Er mußte aber mit seinem Musiker durchaus protzen. – Als Christof das erstemal bei Kohn drei oder vier kleine Juden und Kohns Geliebte traf, ein großes gepudertes Mädchen, das strohdumm war, fortwährend alberne Kalauer machte und nur vom Essen redete, sich aber für musikalisch hielt, weil sie jeden Abend in einer Revue des Théâtre des Variétés ihre Beine zeigte, machte er eine saure Miene. Beim zweitenmal erklärte er Silvan Kohn kurz und bündig, daß er nicht mehr bei ihm spielen werde. Silvan Kohn schwur bei allen Göttern, er werde niemanden mehr einladen. Aber heimlich machte er es doch weiter und verbarg seine Gäste in einem Nebenzimmer. Natürlich merkte Christof das schließlich; er ging wütend fort, und diesmal für immer.

Immerhin mußte er sich mit Kohn gutstellen, weil dieser ihn in kosmopolitische Familien einführte und ihm Stunden verschaffte.

Einige Tage später kam Théophile Goujart seinerseits, um Christof in seiner Behausung aufzusuchen. Er schien keinen Anstoß daran zu nehmen, ihn so schlecht untergebracht zu sehen. Im Gegenteil, er war sehr liebenswürdig. Er sagte zu ihm:

„Ich habe mir gedacht, es würde Ihnen vielleicht Vergnügen machen, ein bißchen Musik zu hören; und da ich überall Zutritt habe, wollte ich Sie abholen."

Christof strahlte. Er fand die Aufmerksamkeit feinsinnig und dankte voller Überschwang. Goujart war ganz anders, als er ihn am ersten Abend gesehen hatte. So unter vier Augen war er ohne Dünkelhaftigkeit; ein schüchterner, guter Kerl, der Belehrung suchte. Nur wenn er mit anderen zusammen war, nahm er sofort seine überlegene Miene wieder an und verfiel in seinen hochfahrenden Ton. Übrigens hatte sein Wunsch nach Belehrung immer einen praktischen Zweck. Was nicht aktuell war, ließ ihn gleichgültig. Momentan wollte er wissen, was Christof über eine Partitur dachte, die er bekommen hatte und deren Kritik ihm rechte Verlegenheit bereitete: denn er konnte kaum ihre Noten lesen.

Sie gingen zusammen in ein Symphoniekonzert. Dieselbe Eingangstür führte gleichzeitig in ein Tingeltangel. Durch einen gewundenen Gang gelangte man in einen Saal, in dem es einem den Atem verschlug: die Luft war zum Ersticken; die Sitze waren zu schmal und zu dicht nebeneinander; ein Teil des Publikums stand und versperrte alle Ausgänge: der in Frankreich übliche Platzmangel. Ein Mann, an dem ein unheilbarer Kummer zu nagen schien, dirigierte im Galopptempo eine Beethovensymphonie, als könnte er das Ende nicht erwarten. Der Gassenhauer eines Bauchtanzes aus dem anstoßenden Tingeltangel vermischte sich mit dem Trauermarsch der *Eroika*. Neues Publikum kam fortwährend, nahm seine Plätze ein und beäugte sich durch die Operngläser. Als schließlich das Kommen aufhörte, fing das Fortgehen an. Christof spannte alle Geisteskräfte an, um in diesem Jahrmarktslärm dem Faden des Werkes zu folgen; und mit einer energischen Anstrengung gelang es ihm, Vergnügen daran zu finden – denn das Orchester war gut, und Christof war seit langem jeder Orchestermusik entwöhnt. Plötzlich nahm ihn Goujart am Arm und sagte mitten im Konzert zu ihm:

„Jetzt wollen wir fort. Wir gehen in ein anderes Konzert."

Christof runzelte die Stirn; aber er erwiderte nichts und folgte seinem Führer. Sie durchwanderten halb Paris. Dann gelangten sie in einen anderen Saal, wo es nach Pferdestall roch und wo man zu anderen Stunden Ausstattungs- und Volksstücke spielte (der Musik in Paris geht's wie jenen armen Arbeitern, die sich zusammentun und zu zweit eine Schlafstelle mieten: sobald der eine aus dem Bett steigt, kriecht der andere unter die noch warmen Decken). Natürlich keine frische Luft: seit Ludwig XIV. halten die Franzosen frische Luft für ungesund; die hygienischen Vorschriften für die Theater sind noch wie einstmals in Versailles, so daß man nicht atmen kann. Ein Heldengreis ließ mit den Gesten eines Tierbändigers einen Akt von Wagner los: das unglückliche Tier – der Akt – ähnelte jenen Menagerielöwen, die sich entsetzt den Lampenlichtern gegenübersehen und die man peitschen muß, um ihnen ins Gedächtnis zurückzurufen, daß sie immerhin Löwen sind.

Dicke Pharisäerinnen und kleine dumme Gänse wohnten mit einem Lächeln auf den Lippen dieser Vorführung bei. Nachdem der Löwe schöngemacht, nachdem der Bändiger gegrüßt hatte und sie beide durch den Beifall des Publikums belohnt worden waren, zeigte Goujart das kühne Verlangen, Christof noch in ein drittes Konzert zu führen. Diesmal aber legte Christof die Hände um die Lehnen seines Sessels und erklärte, daß er sich nicht mehr von der Stelle rühren werde; er habe es satt, aus einem Konzert ins andere zu laufen und im Vorübergehen hier Symphoniefetzen, dort Konzertbrocken aufzuschnappen. Goujart versuchte ihm vergeblich auseinanderzusetzen, daß die Musikkritik in Paris ein Beruf sei, bei dem es mehr aufs Sehen als aufs Hören ankomme. Christof wandte ein, daß die Musik nicht dazu da sei, in der Droschke gehört zu werden, und daß sie Sammlung verlange. Dieser Mischmasch von Konzerten mache ihm übel: eines genüge ihm jeweils.

Er war durch diese Mannigfaltigkeit von Konzerten sehr überrascht. Er hatte, wie die meisten Deutschen, geglaubt, daß in Frankreich die Musik einen untergeordneten Rang einnähme; und er war darauf gefaßt gewesen, daß man sie ihm in kleinen, aber sehr sorgfältig zubereiteten Portionen vorsetzen würde. Nun bot man ihm gleich fünfzehn Konzerte in einer Woche. An jedem Abend der Woche fanden welche statt, und oft zwei oder drei zur selben Stunde in den verschiedenen Stadtvierteln. Am Sonntag waren es sogar immer vier gleichzeitig. Christof bewunderte diesen Musikhunger. Nicht weniger erstaunte ihn die Überfülle der Programme. Bis dahin hatte er gedacht, daß solche Tonschlemmereien, die ihn mehr als einmal in Deutschland angewidert hatten, eine Spezialität seiner Landsleute seien. Jetzt wurde er gewahr, daß die Franzosen es ihnen zuvortaten. Man schenkte ihnen ein gehöriges Maß voll: zwei Symphonien, ein Konzert, eine oder zwei Ouvertüren, einen Opernakt. Und von jeder möglichen Herkunft: deutsch, russisch, skandinavisch, französisch – Bier, Champagner,

Mandelmilch und Wein –, schluckten sie alles ohne Murren. Christof wunderte sich höchlich, daß diese französischen Vögelchen einen so großen Magen hatten. Sie bekamen nicht einmal Magendrücken! Das Faß der Danaiden... Auf dem Grunde blieb nichts zurück.

Es dauerte nicht lange, und Christof merkte, daß diese Unmenge Musik sich im ganzen auf sehr wenig beschränkte. Er fand in allen Konzerten dieselben Gesichter und dieselben Stücke. Diese umfangreichen Programme gingen nie über einen gewissen Kreis hinaus. Fast nichts vor Beethoven. Fast nichts nach Wagner. Aber was für Lücken zwischen beiden! Es war, als beschränkte sich die Musik auf fünf oder sechs berühmte Namen aus Deutschland, auf drei oder vier aus Frankreich und, seit der Französisch-Russischen Alliance, ein halbes Dutzend moskowitische Stücke. – Nichts von den alten Franzosen. Nichts von den großen Italienern. Nichts von den deutschen Riesen des siebzehnten und achtzehnten Jahrhunderts. Nichts von der modernen deutschen Musik, mit der einzigen Ausnahme von Richard Strauss, der, klüger als die andern, jedes Jahr persönlich kam, um dem Pariser Publikum seine neuen Werke aufzuzwingen. Nichts von belgischer Musik. Nichts von tschechischer Musik. Aber das erstaunlichste: fast nichts von der modernen französischen Musik. – Und dabei sprach alle Welt in geheimnisvollen Ausdrücken von ihr als von etwas Welterschütterndem. Christof lauerte auf jede Gelegenheit, etwas von ihr zu hören. Seine Wißbegierde war weitherzig und ohne jedwede Voreingenommenheit: er brannte vor Verlangen, Neues kennenzulernen und geniale Werke zu bewundern. Aber trotz aller Anstrengungen gelang es ihm nicht, etwas von ihr zu Gehör zu bekommen; denn drei oder vier artig geschriebene, aber kalte und bewußt komplizierte Stückchen, denen er kaum Beachtung geschenkt hatte, zählte er nicht mit.

Bis es ihm möglich wurde, sich eine eigene Meinung zu bilden, suchte Christof sich bei der Musikkritik zu unterrichten.

Das war nicht leicht. Sie glich dem polnischen Reichstag. Nicht allein widersprachen die Musikzeitungen einander nach Herzenslust, sondern jede widersprach, von Artikel zu Artikel, sich selbst. Hätte man alles lesen wollen, so hätte man darüber verrückt werden können. Glücklicherweise las jeder Redakteur nur seine eigenen Artikel, und das Publikum las überhaupt keinen. Christof aber, der sich ein genaues Bild von den französischen Musikern machen wollte, versteifte sich darauf, nichts auszulassen; und er bewunderte die heitere Seelenruhe dieses Volkes, das es sich im Widerspruch wohl sein ließ wie ein Fisch im Wasser.

Unter all diesen Meinungsverschiedenheiten fiel ihm eines auf: das lehrhafte Gehabe der Kritiken. Wie konnte man nur behaupten, daß die Franzosen liebenswürdige Phantasten seien, die an nichts glaubten? Die, welche Christof sah, waren mit mehr musikalischer Gelehrsamkeit aufgeputzt – selbst wenn sie nichts wußten – als die gesamte Kritik jenseits des Rheins.

Zu jener Zeit hatten die französischen Musikkritiker beschlossen, Musik zu studieren. Einige unter ihnen verstanden sogar etwas davon: das waren Originale, die sich die Mühe gegeben hatten, über ihre Kunst nachzusinnen und selbständig zu denken. Natürlich waren gerade die nicht sehr bekannt: sie blieben in ihren kleinen Zeitschriften vergraben; die Zeitungen waren, bis auf eine oder zwei Ausnahmen, nicht für sie da. Es waren wackere, kluge, interessante Leute, die durch ihre isolierte Stellung manchmal zu Paradoxen verführt wurden und deren Gewohnheit, immer zu sich selber zu sprechen, zur Unduldsamkeit im Urteil und zur Geschwätzigkeit führte. – Die andern hatten sich hastig die Anfangsgründe der Harmonielehre angeeignet; und sie standen bewundernd vor ihrer neuerworbenen Gelehrsamkeit. So wie Herr Jourdain, der eben die Regeln der Grammatik erlernt hat, staunten auch sie über ihr Wissen:

D, a, Da, F, a, Fa, R, a, Ra ... Ach! Wie schön das ist! — Ach, wie herrlich ist es doch, etwas zu wissen ...

Sie redeten nur noch von Thema und Gegenthema, von Ober- und Nebentönen, von Nonenreihen und großen Terzenschritten. Wenn sie die Harmonienfolgen genannt hatten, die sich auf einer Seite entfalteten, trockneten sie sich voller Stolz die Stirn: sie meinten, nun hätten sie das Stück erklärt; fast glaubten sie, es selber geschrieben zu haben. In Wirklichkeit hatten sie es nur in Schulausdrücken wiederholt, wie ein Gymnasiast, wenn er eine Seite von Cicero grammatikalisch analysiert. Aber es wurde den Besten unter ihnen so schwer, die Musik als eine Natursprache der Seele anzusehen, daß sie, wenn sie schon nicht eine Filiale der Malerei aus ihr machten, sie im Vorhof der Wissenschaft unterbrachten und sie auf harmonische Konstruktionsprobleme beschränkten. So gelehrte Leute hatten natürlich an den Musikern der Vergangenheit allerlei auszusetzen. Sie fanden bei Beethoven Fehler, klopften Wagner auf die Finger. Über Berlioz und Gluck machten sie sich lustig. Der augenblicklichen Mode galten nur Johann Sebastian Bach und Claude Debussy etwas. Allerdings begann jener, den man in den letzten Jahren recht abgenutzt hatte, schon etwas pedantisch, etwas verzopft, kurz, etwas altväterisch zu erscheinen. Ganz feine Leute rühmten geheimnisvoll Rameau und Couperin, den man den Großen nannte.

Unter diesen gelehrten Männern entbrannten heroische Kämpfe. Alle waren musikalisch; aber da sie es nicht alle in derselben Art waren, behauptete jeder, seine Manier sei die einzig gute, und schrie Wehe über die seiner Berufsgenossen. Sie behandelten sich gegenseitig als falsche Literaten und falsche Gelehrte und warfen sich Worte wie Idealismus und Materialismus, Symbolismus und Verismus, Subjektivismus und Objektivismus an den Kopf. Christof sagte sich, es sei nicht der Mühe wert, Deutschland zu verlassen, um in Paris den gleichen Streit wie in Deutschland wiederzufinden. Anstatt der guten Musik Dank zu wissen, daß sie ihnen allen so viele verschiedene Arten des Genusses bot, duldeten sie keinen anderen Standpunkt neben dem eigenen, und ein neues *Lutrin*, ein hitziger Krieg, teilte in diesem Augenblick die Musiker in zwei Heere: in das des Kontrapunkts und in das der Harmonie; wie die Dickender und die Spitzender verfochten die einen heftig, daß die Musik horizontal gelesen werden müsse, und die anderen, daß sie vertikal zu lesen sei. Diese wollten nur von saftigen Akkorden hören, von schmelzenden Verbindungen, von kräftigen Harmonien: sie sprachen von der Musik wie von einer Zuckerbäckerei. Jene gaben nicht zu, daß man sich überhaupt um das Ohr, dieses lumpige Ding, kümmere: Musik war für sie ein Vortrag, eine parlamentarische Versammlung, wo die Redner, ohne sich um ihre Nachbarn zu kümmern, alle auf einmal sprachen, bis sie zu Ende gekommen waren; um so schlimmer, wenn man sie nicht verstand; man konnte ihre Reden am andern Morgen im *Journal officiel* lesen: die Musik war da, um gelesen zu werden, und nicht, um gehört zu werden. Als Christof zum erstenmal von diesem Streit zwischen *Horizontalisten* und *Vertikalisten* reden hörte, meinte er, daß sie alle miteinander verrückt wären. Aufgefordert, zwischen dem Lager des *Nebeneinander* und dem Lager des *Übereinander* Partei zu ergreifen, antwortete er ihnen mit seinem gewohnten Wahlspruch, der nicht ganz der des Sosias war:

„Meine Herren, ich bin der Feind aller."

Und als sie weiter mit der Frage in ihn drangen:

„Harmonie oder Kontrapunkt, was ist für die Musik am wichtigsten?", antwortete er ihnen:

„Die Musik. Zeigen Sie mir also die Ihre."

Über ihre Musik waren sie alle einer Meinung. Diese unerschrockenen Kämpfer, die sich um die Wette miteinander herumschlugen, wenn sie nicht gerade einen berühmten Toten umbrachten, dessen Ruhm allzulange gedauert hatte, fanden sich in einer gemeinsamen Leidenschaft zusammen: in der Glut ihres musikalischen Patriotismus. Die Franzosen waren für sie das große musikalische Volk. Sie verkündeten in allen Tonarten den Niedergang Deutschlands. Christof fühlte sich dadurch nicht verletzt. Er hatte diesen Niedergang selber so nachdrücklich verkündet, daß er einem solchen Urteil nicht gut mit Überzeugung widersprechen konnte. Daß die französische Musik überlegen sein sollte, wunderte ihn aber; sah er doch in der Vergangenheit nur geringe Spuren davon. Jedoch behaupteten die französischen Musiker, daß ihre Kunst in sehr alten Zeiten herrlich gewesen sei. Um die französische Musik mehr zu feiern, fingen sie übrigens damit an, alles, was den französischen Ruhm des vergangenen Jahrhunderts ausgemacht hatte, ins Lächerliche zu ziehen, einen einzigen, tüchtigen, ganz einwandfreien Meister ausgenommen – der Belgier war. Nach dieser Hinrichtung hatte man es leichter, die archaischen Meister zu bewundern, die alle vergessen und von denen einige bis zum heutigen Tag völlig unbekannt geblieben waren. Im Gegensatz zu den Gemeindeschulen in Frankreich, welche die Welt von der Französischen Revolution an datierten, betrachteten die Musiker diese wie eine gewaltige Bergkette, die man erklimmen mußte, um hinter ihr das Goldene Zeitalter der Musik, das Dorado der Kunst, zu erschauen. Nach einer langen Finsternis sollte das Goldene Zeitalter wieder erstehen: die eherne Mauer begann einzustürzen; ein Zauberer der Töne ließ einen wundervollen Frühling neu erblühen; junger, zarter Flaum bekleidete den alten Baum der Musik; auf den Beeten der Harmonie öffneten tausend Blumen ihre lachenden Augen der neuen Morgenröte entgegen; man hörte die silbernen Quellen rieseln, hörte den frischen Sang der Bäche – es war eine Idylle.

Christof war begeistert. Doch als er die Zettel der Pariser Theater betrachtete, sah er dort immer die Namen von

Meyerbeer, von Gounod, von Massenet, sogar von Mascagni
und von Leoncavallo, die er nur allzugut kannte; und er
fragte seine Freunde, ob diese schamlose Musik, diese vor
Leidenschaft vergehenden Weiber, diese Kunstblumen,
diese Parfümerieläden die Gärten der Armida seien, die
sie ihm versprochen hatten. Sie erhoben beleidigt Einspruch: das waren nach ihrer Ansicht die letzten Spuren
eines sterbenden Zeitalters; niemand dachte mehr daran. –
In Wirklichkeit herrschten die *Cavalleria rusticana* in der
Opéra-Comique und *Der Bajazzo* in der Oper; Massenet
und Gounod erreichten die höchsten Aufführungsziffern;
und die musikalische Dreieinigkeit: *Mignon, Die Hugenotten* und *Faust*, hatte vergnügt das Kap der tausendsten
Aufführung umschifft. – Aber das waren Zufälligkeiten
ohne Bedeutung; man brauchte sie nur nicht zu sehen.
Wenn eine Tatsache eine Theorie dreist stört, ist nichts
einfacher, als sie abzuleugnen. Die französischen Kritiker
leugneten diese frechen Werke ab, sie leugneten das Publikum ab, das ihnen Beifall klatschte; und es hätte keines
starken Drängens bedurft, so hätten sie das ganze Operntheater abgeleugnet. Die Oper gehörte für sie zur Literatur und war folglich unrein. (Da sie alle Literaten waren,
verwahrten sie sich alle dagegen, es zu sein.) Alle Ausdrucksmusik, alle malende oder bestimmte Vorstellungen
erzwingende Musik, jede Musik, die etwas sagen wollte,
galt als unrein. – In jedem Franzosen steckt ein Robespierre. Er muß immer irgend jemanden oder irgend etwas
guillotinieren, um es rein werden zu lassen. – Die großen
französischen Kritiker erkannten nur die reine Musik an
und überließen die andere dem Pöbel.

Christof fühlte sich tief gedemütigt, wenn er darüber
nachdachte, wie pöbelhaft sein Geschmack war. Ein wenig
Trost fand er nur darin, daß alle jene Musiker, die das
Theater verachteten, dennoch für das Theater schrieben:
nicht einer war unter ihnen, der keine Opern komponierte.
– Aber höchstwahrscheinlich lag auch hier nur eine bedeu-

tungslose Zufälligkeit vor. Man mußte sie beurteilen, wie sie beurteilt sein wollten, also nach ihrer reinen Musik. Christof suchte ihre reine Musik.

Théophile Goujart führte ihn in die Konzerte einer Gesellschaft, die sich in den Dienst der nationalen Kunst gestellt hatte. Dort wurden die neuen Berühmtheiten ausgeheckt und mit mütterlicher Wärme gehegt. Es war ein großer Kreis von Gleichgesinnten, eine kleine Kirche mit mehreren Kapellen. Jede Kapelle hatte ihren Heiligen, jeder Heilige hatte seine Schutzbefohlenen, die dem Heiligen der Nebenkapelle gern Böses nachsagten. Christof machte zunächst zwischen all diesen Heiligen keinen großen Unterschied. Da er eine völlig andersgeartete Kunst gewohnt war, so verstand er natürlich nichts von dieser neuen Musik, verstand um so weniger, als er sie zu verstehen glaubte.

Alles schien ihm in ein beständiges Halbdunkel getaucht, erschien ihm wie eine Grau-in-grau-Malerei, in der sich die Linien verwischten, miteinander verschmolzen, für Augenblicke hervortraten, von neuem erloschen. Unter diesen Linien gab es harte, abstoßende und steife Gebilde, die wie mit dem Winkelmaß gezogen schienen, die mit Ecken, spitz wie die Ellbogen einer mageren Frau, aneinanderstießen. Auch wellige waren darunter, die sich wie Zigarrenrauch kräuselten. Aber alles war grau in grau. Gab es denn in Frankreich keine Sonne mehr? Christof, der seit seiner Ankunft in Paris nichts als Regen und Nebel gesehen hatte, war ziemlich geneigt, es anzunehmen; aber es ist die Aufgabe des Künstlers, Sonne zu schaffen, wenn keine da ist. Jeder von ihnen zündete wohl sein Lämpchen an; nur glich sein Licht dem der Glühwürmchen: es erwärmte nicht und erhellte kaum. Die Titel der Werke wechselten: manchmal sprachen sie vom Frühling, vom Mittag, von Liebe, von Lebensfreude, vom Streifen durch Wald und Feld; die Musik aber, die wechselte nicht; sie war gleichmäßig sanft, blaß, schläfrig, blutarm, bleichsüchtig. – Es war damals unter den Feinfühligen in Frankreich Mode, in der Musik leise zu reden. Und man tat recht daran; denn sobald man laut sprach, begann man zu schreien. Ein Mittelding gab es nicht. Man hatte nur die Wahl zwischen vornehmer Schläfrigkeit und Schmierenpathos.

Christof suchte die Betäubung, die ihn zu übermannen begann, von sich abzuschütteln und schaute sein Programm an; da sah er mit Überraschung, daß diese Nebelstreifen, die über den grauen Himmel hinzogen, ganz bestimmte Dinge darzustellen behaupteten. Denn trotz aller Theorien war diese reine Musik fast immer Programmusik oder zum mindesten Inhaltsmusik. Sie mochten noch so sehr die Literatur verleumden, sie brauchten doch eine literarische Krücke, auf die sie sich stützen konnten; meistens sehr sonderbare Krücken. Christof fiel es auf, wie ausgesucht kindisch die Gegenstände waren, die zu malen sie sich zwangen. Da gab es musikalische Obst- und Gemüsegärten, Hühnerhöfe, förmliche Menagerien, wahre botanische Gärten. Manche schufen nach den Gemälden des Louvre oder den Fresken der Oper Transkriptionen für Orchester oder Klavier. Sie setzten Cuyp, Baudry und Paul Potter in Musik; Erklärungen mußten helfen, hier den Apfel des Paris, dort die holländische Schenke oder das Hinterteil eines weißen Pferdes zu erkennen. Christof erschien das wie ein Spiel erwachsener Kinder, denen es nur auf Bilder ankam und die, da sie nicht zeichnen konnten, ihre Hefte mit allem, was ihnen durch den Kopf ging, vollschmierten und mit großen Buchstaben naiv darunterschrieben, das sei das Bild eines Hauses oder eines Baumes.

Neben diesen blinden Zeichenkünstlern, die mit den Ohren sahen, gab es auch Philosophen: ihre Musik handelte von metaphysischen Problemen, ihre Symphonien stellten den Kampf abstrakter Prinzipien dar, entwickelten ein Symbol oder eine Religion. Es waren dieselben Leute, die in ihren Opern juristische und soziale Zeitfragen behandelten: die Proklamation der Frauen- und der Bürgerrechte. Man brachte es fertig, die Ehescheidungsfrage, die Vaterschaftsklage und die Trennung von Kirche und Staat aufs Tapet zu bringen. Es gab kirchliche und weltliche Symbolisten unter ihnen. In ihren Opern traten philosophische Lumpensammler, soziologische Grisetten, prophetische Bäcker, apostolische Fischer auf. Schon Goethe hatte von Künstlern seiner Epoche gesprochen, die Kants Ideen in allegorischen Gemälden wiedergäben. Christofs Zeitgenossen brachten die Soziologie in Sechzehntelnoten. Zola, Nietzsche, Maeterlinck, Barrès, Jaurès, Mendès, das Evangelium und die Moulin Rouge speisten die Zisterne, aus der die Opern- und Symphoniekomponisten ihre Gedanken schöpften. Mancher unter ihnen rief, berauscht von Wagners Beispiel, aus: „Auch ich bin ein Dichter!", und sie schrieben selbstbewußt unter ihre Musikzeilen gereimte oder nicht gereimte Verschen im Stil von Schulaufsätzen oder von schwülstigen Feuilletons.

Alle diese Denker und Dichter waren Parteigänger der reinen Musik, aber sie konnten besser von ihr sprechen als sie schreiben. Immerhin geschah es manchmal, daß sie welche schrieben. Das wár dann Musik, die nichts sagen wollte. Zu ihrem Unglück brachten sie das oft fertig; ihre Musik sagte nicht das geringste, wenigstens nicht dem suchenden Christof. – Es muß indes gesagt werden, daß er den Schlüssel zu ihr nicht besaß.

Um eine fremde Musik zu verstehen, muß man sich die Mühe geben, ihre Sprache zu erlernen, und nicht meinen, man kenne sie von vornherein. Christof glaubte das wie jeder gute Deutsche. Das war entschuldbar. Selbst viele Franzosen verstanden sie nicht besser als er. Wie die Deutschen zur Zeit Ludwigs XIV., die sich so lange Mühe gaben, französisch zu sprechen, bis sie schließlich ihre eigene Sprache vergaßen, hatten die französischen Musiker des neunzehnten Jahrhunderts seit langem die ihre verlernt, so daß ihre Musik eine fremdländische Färbung angenommen hatte. Erst seit kurzem hatte eine Bewegung eingesetzt, in Frankreich französisch zu sprechen. Das gelang aber nicht allen: die Gewohnheit war mächtig; und ausgenommen bei einigen wenigen, war ihr Französisch belgisch oder bewahrte einen germanischen Hauch. Es war also nur natürlich, wenn ein Deutscher einen falschen Eindruck bekam und mit seiner gewohnten Sicherheit erklärte, das sei ein recht schlechtes Deutsch und ohne jeden Sinn, da er ja nichts davon verstand.

Christof machte es nicht anders. Die französischen Symphonien schienen ihm von einer abstrakten Dialektik, in der die musikalischen Themen einander entgegengestellt oder übereinandergesetzt waren wie bei arithmetischen Aufgaben; um ihre Kombination auszudrücken, hätte man sie ebensogut durch Zahlen oder Buchstaben ersetzen können. Der eine baute ein Werk auf der fortschreitenden Entfaltung einer musikalischen Phrase auf, die, da sie vollständig erst auf der letzten Seite des letzten Teils auftauchte, neun Zehntel des Werkes hindurch im Zustand der Larve blieb. Der andere türmte Variationen über ein Thema aufeinander, das allmählich vom Komplizierten zum Einfachen hinabstieg und erst am Schluß rein zum Vorschein kam. Das waren sehr kunstvolle Spielereien. Man muß gleichzeitig sehr alt und sehr kindlich sein, um daran Vergnügen zu finden. Die Erfinder kostete Derartiges unerhörte Anstrengungen. Sie verwandten Jahre darauf, eine Fantasie zu schreiben. Sie bekamen graue Haare über dem Suchen nach neuen Akkordverbindungen, um – was auszudrücken? Gleichviel! Wenn es nur eine neue Ausdrucksform war. Wie ein Organ das Bedürfnis erzeugt, sagt man, so erzeugt die Ausdrucksform schließlich den Gedanken: die Hauptsache ist, daß sie neu ist. Neues um jeden Preis! Sie hatten eine krankhafte Angst vor dem „schon Dagewesenen". Die Besten unter ihnen waren dadurch wie gelähmt. Man fühlte, daß sie stets ängstlich auf sich achtgaben, das, was sie schon geschrieben hatten, ausstrichen und sich fragten: „O mein Gott! Wo habe ich das doch schon gelesen?" – Es gibt Musiker – besonders in Deutschland –, die ihre Zeit damit hinbringen, die Gedanken anderer aneinanderzustückeln. Der Franzose dagegen schaute bei jeder seiner musikalischen Phrasen nach, ob sie sich nicht in seinen Verzeichnissen der Melodien fände, die schon von anderen verwendet waren, und dann begann er zu streichen, daran herumzukritzeln und die Form ihrer Nase zu ändern, bis sie keiner bekannten Nase mehr ähnlich sah noch überhaupt irgendeiner Nase.

Mit alledem führten sie Christof nicht hinters Licht: sie mochten sich noch so sehr in eine kunstvolle Form vermummen und übermenschliche Leidenschaften, Zitterkrämpfe des Orchesters aufführen oder unreine Akkorde, gequälte Eintönigkeiten, Deklamationen in der Art der Sarah Bernhardt pflegen, die immer neben dem Ton einsetzten und stundenlang weitergingen wie verschlafene Maulesel am Rand eines schlüpfrigen Abhangs – Christof fand unter dieser Maske immer wieder kalte, fade Seelchen, die in der Art der Gounod und Massenet aufdringlich parfümiert waren, aber noch weniger Natürlichkeit besaßen als diese. Und er erinnerte sich des ungerechten Wortes von Gluck, das dieser in bezug auf die Franzosen gesagt hatte:

„Laßt sie nur gewähren: sie kehren doch immer zu ihren' Gassenhauern zurück."

Nur strebten diese Leute danach, sie recht gelehrt aufzuputzen. Sie nahmen Volkslieder zu Themen von Symphonien, die lehrhaft wie Dissertationen der Sorbonne aussahen. Das war das große Modespiel. Sämtliche Volkslieder sämtlicher Länder kamen der Reihe nach dran. – Und damit schufen sie Neunte Symphonien und Francksche Quartette, nur noch viel schwieriger. Irgendeiner erfand ein vollkommen klares Thema. Schleunigst machte er sich daran, in die Mitte ein zweites einzufügen, das zwar nichts besagte, aber greulich gegen das erste abstach. – Und doch fühlte man, daß alle diese armseligen Leute so ruhig, so ausgeglichen waren.

Um dann diese Werke zu dirigieren, gebärdete sich ein junger korrekt gekleideter und verstört blickender Orchesterdirigent wie unsinnig, fuhr wie der Blitz hin und her und vollführte michelangeleske Gesten, als handelte es sich darum, Armeen von Beethoven oder Wagner auf die Beine zu bringen. Das Publikum – das einerseits aus Gesellschaftsmenschen bestand, die vor Langerweile starben, aber um alles in der Welt nicht auf die Ehre verzichtet hätten, eine ruhmreiche Langweile teuer zu bezahlen, andererseits aus kleinen Anfängern, die glücklich waren, einander ihre Schulweisheit darzutun, indem sie die Kunstgriffe herausfanden – zeigte eine frenetische Begeisterung, die der Gebärden des Dirigenten und des Getöses der Musik würdig war...

„Blödes Gerede...", sagte Christof.

(Denn er war ein echter Pariser geworden.)

Aber es ist leichter, hinter den Straßenjargon von Paris zu kommen als hinter seine Musik. Christof urteilte mit der Leidenschaft, die er für alles aufbrachte, und mit der angeborenen Unfähigkeit des Deutschen, die französische Kunst zu verstehen. Doch er war wenigstens aufrichtig und wünschte nichts anderes, als seine Irrtümer einzusehen, wenn man ihm bewies, daß er sich geirrt hatte. So hielt er sich denn auch durch sein Urteil durchaus nicht für gebunden und ließ die Tür für alle neuen Eindrücke, die es ändern konnten, weit offen.

Er mußte sofort anerkennen, daß in dieser Musik sehr viel Talent stecke, interessantes Material, eigenartige Einfälle von Rhythmen und Harmonien, Feinheit, Kraft und Glanz in der stofflichen Behandlung, Farbengeflimmer und ein ständiger Aufwand von Erfindung und Geist. Christof fand Vergnügen an diesem Wesen und machte es sich zunutze. Alle diese kleinen Meister besaßen unendlich mehr geistige Freiheit als die deutschen Musiker; sie verließen tapfer den breiten Weg und stürzten sich in die Wälder. Sie wollten sich gern verlaufen, aber sie waren so artige Kinderchen, daß es ihnen nicht gelang. Die einen stießen nach zwanzig Schritten wieder auf den breiten Weg. Die andern wurden sofort müde und blieben, wo sie gerade waren. Einige kamen beinahe bis zu neuen Pfaden, aber statt ihnen nachzugehen, setzten sie sich an den Wegrand und tändelten unter einem Baum. Was ihnen am meisten fehlte, waren der Wille, die Kraft; sie besaßen alle Gaben, außer einer: der des starken Lebens. Vor allem hatte es den Anschein, als würde diese Unzahl von Anstrengungen planlos verbraucht, als zersplittere sie sich unterwegs. Selten wurden sich diese Künstler ihrer Natur deutlich bewußt, selten verstanden sie es, ihre Kräfte auf ein gegebenes Ziel hin mit anhaltender Energie zusammenzuschließen. Es war dies das gewöhnliche Ergebnis der französischen Anarchie, die ungeheure Mittel an Talent und gutem Willen aufwendet und sie dann durch ihre Unsicherheit und durch Widersprüche zunichte zu machen pflegt. Es stand fast beispiellos da, wenn einer ihrer großen Musiker, ein Berlioz, ein Saint-Saëns – um nicht die modernsten zu nennen –, sich einmal nicht aus Mangel an Energie, aus Mangel an Überzeugung, vor allem aus Mangel an einer inneren Richtschnur in sich selber verrannt, hartnäckig sich selbst zerstört und verleugnet hatte.

Christof dachte mit dem unverschämten Hochmut der damaligen Deutschen:

Die Franzosen können ihre Zeit nur mit Erfindungen totschlagen, mit denen sie nichts anzufangen wissen. Sie bedürfen stets eines Meisters aus einem anderen Volk, eines Gluck oder eines Napoleon, der aus ihren Revolutionen etwas zu machen versteht.

Und er schmunzelte bei dem Gedanken an einen Achtzehnten Brumaire.

Indessen war inmitten der Anarchie eine einzelne Gruppe bestrebt, in den Köpfen der Künstler Ordnung und Zucht wiederherzustellen. Sie hatte sich vor allem einen lateinischen Namen beigelegt, um so das Andenken an eine kirchliche Institution wachzurufen, die vor etwa dreizehn- oder vierzehnhundert Jahren, zur Zeit der gotischen und vandalischen Einwanderung, geblüht hatte. Christof wunderte sich ein wenig, daß man so weit zurückging. Gewiß, es war gut, wenn man über seiner Zeit stand. Aber es war doch zu befürchten, daß die Höhe von vierzehnhundert Jahren einen etwas unbequemen Beobachtungsturm abgab, von dem man leichter den Bewegungen der Sterne als denen der heute lebenden Menschen folgen konnte. Christof beruhigte sich rasch, als er sah, daß die Söhne des heiligen Gregorius nur selten auf ihrem Turm blieben; sie stiegen nur hinauf, um die Glocken zu läuten. Die ganze übrige Zeit verbrachten sie unten in der Kirche. Christof wohnte einigen ihrer Gottesdienste bei, brauchte aber eine gewisse Zeit, bevor er merkte, daß man katholisch war; zuerst hatte er die Überzeugung gewonnen, daß man dem Ritus irgendeiner kleinen protestantischen Sekte folge. Ein demutsvoll anbetendes Publikum; fromme, unduldsame und angriffslustige Jünger; an ihrer Spitze ein sehr reiner, sehr kühler, eigensinniger und ein wenig kindlicher Mann, der die Unantastbarkeit der religiösen, sittlichen und künstlerischen Lehre verfocht, in abstrakten Ausdrücken das Evangelium der Musik dem kleinen Volk der Auserwählten deutete und in aller Ruhe Hochmut und Ketzerei verdammte. Ihnen schob er alle Sünden der Kunst und alle Laster der Menschheit zu: der Renaissance, der Reformation und dem neuzeitlichen Judentum, die er in denselben Sack warf. Die Musikjuden wurden in effigie verbrannt, nachdem man sie in schimpfliche Kostüme gesteckt hatte. Der gewaltige Händel bekam Hiebe. Einzig Johann Sebastian Bach wurde des Heils teilhaftig durch die Gnade des Herrn, der in ihm „einen Protestanten aus Versehen" erkannte.

Der Tempel der Rue Saint-Jacques waltete eines Apostelamtes; man rettete dort die Seelen und die Musik. Man lehrte methodisch die Regeln der Genialität. Arbeitsame Schüler befolgten diese Rezepte mit vielem Fleiß und unerschütterlicher Überzeugung. Man hätte meinen können, daß sie durch ihre frommen Anstrengungen abbüßen wollten, was der sündhafte Leichtsinn ihrer Großväter verschuldet hatte: der Auber, der Adam und jenes Erzverdammten, jenes teuflischen Esels Berlioz, des Teufels in Person, des Diabolus in musica. Mit lobenswertem Eifer und aufrichtiger Gläubigkeit verbreitete man den Kult der anerkannten Meister. Nach etwa zehn Jahren war ein ansehnliches Stück Arbeit geleistet; die französische Musik war dabei umgewandelt worden. Nicht nur die französischen Kritiker, sogar die französischen Musiker waren in die Musik eingedrungen. Es gab nunmehr Komponisten und sogar Virtuosen, die Bachs sämtliche Werke kannten! – Vor allem hatte man große Anstrengungen gemacht, den Stubenhockergeist der Franzosen zu bekämpfen. Diese Leute sitzen immer hinter dem Ofen und sind nur mit Mühe aus ihrem Winkel herauszubringen. Daher fehlt es ihrer Musik an Luft: sie ist eine Zimmerluftmusik, eine Sofamusik, eine Musik, die nicht wandert. Das gerade Gegenteil eines Beethoven, der komponierte, wenn er quer über die Felder lief, die Abhänge hinunterstolperte, bei Sonne und Regen mit großen Schritten dahinstürmte und mit seinen Gebärden, seinen Ausrufen die Herden aufschreckte. Bei den französischen Musikern war keine Gefahr, daß sie ihre Nachbarn durch das Getöse ihrer Offenbarung störten wie der Bonner Bär. Sie setzten beim Komponieren ihren Gedanken einen Dämpfer auf, und Vorhänge verhinderten, daß die Geräusche von draußen bis zu ihnen drangen.

Die Schola hatte versucht, frische Luft hereinzulassen. Sie hatte die Fenster nach der Vergangenheit hin geöffnet. Nach der Vergangenheit allein. Das hieß sie nach dem Hof öffnen und nicht nach der Straße. Es nützte nicht viel.

Kaum war das Fenster offen, so ließen sie die Rolläden herunter wie alte Damen, die sich vor dem Schnupfen fürchten. Ein bißchen mittelalterlicher Lufthauch drang wohl herein von Bach, von Palestrina, von Volksliedern. Aber was besagte das? Das Zimmer roch darum nicht weniger muffig. Im Grunde genommen befanden sie sich wohl dabei; sie fürchteten die großen modernen Strömungen. Und kannten sie mehr von der Kunst als die anderen, so lehnten sie auch mehr ab. Die Musik nahm in dieser Umgebung ein doktrinäres Wesen an; sie bedeutete kein Ausspannen: die Konzerte waren Geschichtsstunden und boten belehrende Beispiele. Die fortschrittlichen Gedanken wurden akademisch zurechtgemacht. Der große, stromartige Bach wurde, nachdem man ihn zur Artigkeit gebändigt hatte, in den Schoß der Kirche aufgenommen. Seine Musik erfuhr in den scholastischen Gehirnen die gleiche Umwandlung wie die wilde und sinnliche Bibel in englischen Köpfen. Man predigte einen aristokratischen Eklektizismus, der bestrebt war, die charakteristischen Merkmale von drei oder vier großen musikalischen Epochen zwischen dem sechsten und dem zwanzigsten Jahrhundert miteinander zu vereinen. Wäre es möglich gewesen, diese Lehre zu verwirklichen, so hätte die Musik das gleiche erreicht wie jener Vizekönig von Indien in seinen Bastardbauten, die er aus kostbarem, auf seinen Reisen in allen Weltenden zusammengerafftem Material aufführen ließ. Aber der gesunde französische Verstand bewahrte vor solchen Auswüchsen der Bildungsbarbarei; die guten Leute hüteten sich davor, ihre Theorien anzuwenden; sie machten es damit wie Molière mit seinen Ärzten: man nahm die Verordnung entgegen, aber man befolgte sie nicht. Die Tüchtigsten gingen ihren eigenen Weg. Die Herde befaßte sich in der Praxis mit gelehrten und höchst schwierigen kontrapunktischen Übungen; man nannte sie Sonaten, Quartette und Symphonien... „Sonate, was willst du von mir?" Sie wollte gar nichts, nur Sonate sein. Der Gedanke darin war abstrakt und dürr, ausgeklügelt und ohne Freudigkeit. Es war eine völlig papierene Kunst. Christof, der es den Franzosen zuerst hoch angerechnet hatte, daß sie Brahms nicht liebten, sagte sich jetzt, daß es in Frankreich viele kleine Brahmse gebe. Alle diese wackeren, fleißigen, gewissenhaften Arbeiter waren voller Tugenden. Christof schied von ihnen äußerst erbaut, aber im Innersten gelangweilt. Das war ja recht schön und gut ...

Doch draußen war solch herrliches Wetter!

Immerhin lebten in Paris unter den Musikern einige Unabhängige, die sich von jeder Schule losgesagt hatten. Das waren die einzigen, die Christof interessierten. Nur sie, die allein stehen, können den Maßstab für die Lebenskraft einer Kunst geben. Schulen und Cliquen können nur einer oberflächlichen Mode oder zurechtgemachten Theorien Ausdruck verleihen. Den Unabhängigen aber, die sich auf ihr wahres Selbst besinnen, ist es eher möglich, in sich das wahre Denken ihrer Zeit und ihrer Nation zu finden. Allerdings sind sie gerade dadurch für einen Fremden noch schwerer verständlich als die andern.

So ging es Christof, als er zum erstenmal das vielgenannte Werk hörte, von dem die Franzosen mit tausend Übertreibungen redeten und das manche als die größte musikalische Umwälzung ausschrien, die seit zehn Jahrhunderten vollbracht worden sei. (Es kam ihnen nicht auf ein paar Jahrhunderte an, sie schauten ja kaum aus ihrem eigenen heraus.)

Théophile Goujart und Silvan Kohn führten Christof in die Opéra-Comique, um *Pelleas und Melisande* zu hören. Sie waren ganz stolz darauf, ihm dieses Werk zu zeigen: man hätte meinen können, sie hätten es selbst geschaffen. Sie gaben Christof zu verstehen, daß er hier seinen Weg nach Damaskus finden werde. Die Vorstellung hatte schon begonnen, als sie noch immer in ihren Kommentaren fort-

fuhren. Christof hieß sie schweigen und lauschte mit gespanntester Aufmerksamkeit. Nach dem ersten Akt neigte er sich zu Silvan Kohn, der ihn mit glänzenden Augen fragte:
„Na, alter Praktikus, was sagen Sie dazu?"
Und Christof sagte:
„Geht das die ganze Zeit so weiter?"
„Ja."
„Aber das ist ja nichts."
Kohn widersprach laut und schalt ihn einen Philister.
„Das ist gar nichts", fuhr Christof fort. „Keine Musik. Keine Entwicklung. Keine Aufeinanderfolge. Kein Zusammenhang. Sehr feine Harmonien. Recht gute, recht geschmackvolle kleine Orchestereffekte. Aber es steckt doch nichts, gar nichts darin ..."
Er begann von neuem zuzuhören. Nach und nach ging ihm ein Licht auf. Er begann in dem Halbdunkel etwas zu unterscheiden. Ja, er begriff wohl, daß hier mit gewolltem Maßhalten Partei ergriffen wurde gegen das Wagnersche Ideal, das die Handlung in den Fluten der Musik ertränkte; aber er fragte sich ein wenig ironisch, ob man diesem Ideal der Aufopferung nicht etwa deshalb diene, weil man dem entsagte, was man nicht besaß. Er spürte in dem Werk die Furcht vor der Mühe, das Suchen nach einer Wirkung, die mit einem Mindestmaß von Anstrengung erreicht werden konnte, den trägen Verzicht auf den harten Kampf, wie ihn das mächtige Gefüge Wagnerscher Tonwerke verlangte. Er verschloß sich nicht dem Eindruck des einfachen, schlichten, bescheidenen, gedämpften Vortrags, wenn er ihn auch als eintönig empfand und ihn als Deutscher für unwahr hielt (er fand sogar, daß, je mehr diese Tonsprache versuchte, wahr zu sein, sie nur um so mehr enthüllte, wie wenig die französische Sprache für die Musik geschaffen sei: zu logisch, zu formhaft, zu bestimmt umrissen, eine in sich vollkommene, aber hermetisch abgeschlossene Welt). Immerhin war der Versuch eigenartig, und Christof begrüßte freudig den Geist der revolutionären Auflehnung gegen das

gewaltsame Pathos der Wagnerschen Kunst. Der französische Musiker schien sich mit ironischer Zurückhaltung bemüht zu haben, alle leidenschaftlichen Gefühle mit halber Stimme vortragen zu lassen. Liebe und Tod waren ohne Schrei. Nur durch ein kaum merkliches Erzittern der melodischen Linie, ein Zucken im Orchester, gleich dem Kräuseln der Mundwinkel, wurde man sich des Dramas bewußt, das sich in den Seëlen abspielte. Man hätte meinen können, der Künstler zittere davor, sein Inneres preiszugeben. Er war ein Genie des guten Geschmacks – in gewissen Augenblicken nicht, da der Massenet, der in allen französischen Herzen schlummert, aufwachte, um in Lyrismen zu schwelgen. Dann fand man die allzu blonden Haare, die gar zu roten Lippen wieder – die Bürgersfrau der dritten Republik, die sich als große Liebeskünstlerin aufspielt. Aber diese Augenblicke waren selten: sie bedeuteten ein Nachlassen des Zwanges, den der Komponist sich auferlegte; überall sonst herrschte in dem Werk eine raffinierte Schlichtheit, eine Einfachheit, die gar nicht einfach, die das Erzeugnis des Willens war, die zarte Blüte einer alten Kultur. Der junge Barbar Christof konnte nur zur Hälfte Geschmack daran finden. Vor allem ärgerte ihn die Handlung des Dramas, die Dichtung. Er meinte eine alternde Pariserin zu sehen, die das Kind spielte und sich Märchen erzählen ließ. Das war nicht mehr das wagnerische Quakquak, sentimental und schwerfällig wie eine dicke Rheintochter. Aber das französisch-belgische Quakquak mit seinen Ziererein und Salonalbernheiten war um nichts besser – „Die Haare", „Das Väterchen", „Die Tauben" –, mitsamt der ganzen Geheimniskrämerei zum gefälligen Gebrauch für Weltdamen. Die Seelen der Pariser spiegelten sich in diesem Stück, das ihnen wie ein geschmeicheltes Gemälde das Bild ihres entnervten Fatalismus, ihres Boudoir-Nirwanas, ihrer weichlichen Melancholie zurückwarf. Von Willenskraft keine Spur. Niemand wußte, was er wollte. Niemand wußte, was er tat.

„Ich kann nichts dafür. Ich kann nichts dafür...", seufzten die großen Kinder. Die ganzen fünf Akte lang, die in beständiger Dämmerung spielten – in Wäldern, Höhlen, unterirdischen Gewölben, Sterbegemächern –, kämpften diese kleinen exotischen Vögel kaum. Arme kleine Vögel! Hübsch, matt und fein... Wie sie Angst hatten vor dem allzu hellen Licht, vor der Brutalität in Gebärden, Worten, Leidenschaften, vor dem Leben! – Das Leben ist nicht fein. Das Leben faßt man nicht mit Handschuhen an...

Christof hörte schon den Donner der Kanonen daherrollen, die diese erschöpfte Zivilisation, dieses hinsterbende kleine Griechenland zerschmettern würden.

War es dies Gefühl wehmütigen und zugleich stolzen Mitleids, das ihm trotz allem eine Zuneigung für das Werk abnötigte? Jedenfalls fesselte es ihn mehr, als er zugeben wollte. Obgleich er Silvan Kohn nach Schluß des Theaters beständig antwortete, daß es sehr fein sei, sehr fein, aber daß ihm der *Schwung** fehle und daß ihm nicht genug Musik darin sei, hütete er sich doch wohl, *Pelleas* mit den anderen französischen Musikwerken zusammenzuwerfen. Er fühlte sich von dieser Lampe mitten im Nebel angezogen. Er gewahrte sogar noch andere, lebhafte, phantastische Lichtscheine, die ringsum flackerten. Diese Irrlichter erregten seine Neugier. Er hätte sich ihnen gern genähert, um zu sehen, was sie eigentlich glänzen machte, aber sie waren nicht leicht zu fassen. Die freien Musiker, die Christof nicht verstand und die ihn um so mehr zur Beobachtung reizten, waren wenig zugänglich. Das große Bedürfnis nach Sympathie, das Christof beseelte, schien ihnen zu fehlen. Außer einem oder zwei schienen sie wenig zu lesen, wenig zu kennen, wenig kennenlernen zu wollen. Fast alle lebten abseits, tatsächlich und mit Willen einsam, in einen engen Kreis eingeschlossen, sei es aus Stolz, aus

Scheu, aus Widerwillen oder aus Gleichgültigkeit. So wenige ihrer waren, zerfielen doch auch sie in kleine gegnerische Gruppen, die nicht miteinander auskommen konnten. Sie waren äußerst empfindlich und konnten weder ihre Feinde noch ihre Rivalen, ja nicht einmal ihre Freunde ertragen, wenn diese wagten, einen andern Musiker als sie zu bewundern, oder sich erlaubten, sie zu kalt oder zu übertrieben, auf zu banale oder zu absonderliche Art zu loben. Sie zufriedenzustellen war daher äußerst schwierig. Jeder von ihnen hatte schließlich einen Kritiker zum Bevollmächtigten, der eifersüchtig am Fuß des Götzen Wache hielt. Kein anderer durfte ihn anrühren. – Wenn sie nur von sich selbst verstanden wurden, so wurden sie darum nicht besser verstanden. Von ihrer eigenen und ihrer Parteigänger Meinung umschmeichelt und entstellt, verloren sie den Boden der Einsicht in ihre Kunst und ihren Genius. Liebenswürdige Phantasten hielten sich für Reformatoren. Epigonenhafte Künstler gebärdeten sich als Rivalen Wagners. Fast alle waren Opfer des Überbietens. Jeden Tag mußten sie höher springen, als sie am Abend vorher gesprungen waren, und vor allem höher als ihre Nebenbuhler. Diese Zirkuskunststücke gelangen ihnen nicht immer und hatten außerdem nur für einige Berufsgenossen Anziehungskraft. Sie kümmerten sich nicht um das Publikum, und das Publikum kümmerte sich nicht um sie. Ihre Kunst war eine Kunst ohne Volk, eine Musik, die nur aus der Musik und dem Technischen ihre Nahrung zog. Nun aber hatte Christof, ob mit Recht oder zu Unrecht, den Eindruck, daß keine Musik mehr als die französische einer Stütze außerhalb ihrer selbst bedürfte. Diese schmiegsame Schlingpflanze konnte ohne Stütze nicht bestehen, sie konnte der Literatur nicht entbehren. In sich selbst trug sie keine wirkliche Daseinsberechtigung. Sie war kurzatmig, blutarm, willenlos. Wie ein schmachtendes Weib war sie, das auf einen Mann wartet, der es nimmt. Aber diese byzantinische Kaiserin mit dem schmächtigen, blutlosen und edelsteinbehangenen Leib war von Eunuchen umgeben: von Snobs, Ästheten und Kritikern. Die Nation war nicht musikalisch. Und die ganze seit zwanzig Jahren lärmend verkündete Begeisterung für Wagner, Beethoven, Bach oder Debussy reichte kaum über eine gewisse Kaste hinaus. Die Überfülle von Konzerten, die verheerende Flut von Musik um jeden Preis entsprach keiner tatsächlichen Entwicklung des allgemeinen Geschmacks. Alles war einfach ein Modezwang, der nur die Elite etwas anging und sie verdarb. Wahrhaft geliebt wurde die Musik nur von einer Handvoll Menschen, doch das waren nicht immer die, die sich am meisten mit ihr beschäftigten; Komponisten und Kritiker. Überhaupt, wie wenige Musiker gibt es in Frankreich, die wahrhafte Liebe zur Musik hegen!

So dachte Christof; und er vergaß dabei, daß es überall so ist und daß selbst in Deutschland die wahren Musiker dünn gesät sind. Die wirklich in der Kunst zählen, das sind nicht die Tausende, die nichts davon verstehen, es ist vielmehr die Handvoll Menschen, die die Kunst lieben und ihr in stolzer Demut dienen. Hatte er die in Frankreich gesehen? Von den Schaffenden und Kritikern arbeiteten die Besten in der Stille, fern dem Lärm, wie Franck es getan hatte, wie es die begabtesten Komponisten der Gegenwart und so unendlich viele Künstler taten, die ihr ganzes Leben lang im Schatten standen, vielleicht nur, damit später irgendein Journalist den Ruhm genösse, sie zu entdecken und sich ihren Freund zu nennen. Und nicht anders das kleine Heer unbekannter arbeitsamer Gelehrten, die ohne Ehrgeiz, ohne an sich selbst zu denken, Stein für Stein die Größe des einstigen Frankreichs wieder aufbauten oder, wenn sie sich der musikalischen Erziehung des Landes widmeten, die Größe des künftigen Frankreichs vorbereiteten. Wie viele Köpfe gab es doch unter ihnen, deren Reichtum, deren Freiheit, deren universelle Wißbegierde Christof angezogen haben würde, hätte er sie nur kennengelernt! Aber kaum zwei oder drei von ihnen hatte er flüchtig getroffen; er kannte sie nur durch Karikaturen ihrer Ideen. Er erblickte nur ihre Fehler, die von den Nachäffern der Kunst und den Geschäftsreisenden der Presse abgeschrieben und übertrieben wurden.

Was ihn vor allem an diesem musikalischen Plebs anwiderte, war ihr Formkultus. Niemals sprachen diese Leute von etwas anderem als von der Form. Vom Gefühl, vom Charakter, vom Leben nicht ein Wort. Nicht einer von ihnen ahnte, daß jeder wahre Musiker in einem tönenden Universum lebt und daß seine Tage wie ein Strom von Musik durch ihn hindurchfluten. Musik ist die Luft, die er atmet, der Himmel, der sich über ihm wölbt. Seine Seele selber ist Musik; Musik ist alles, was er liebt, haßt, leidet, fürchtet, hofft. Eine musikalische Seele, die einen schönen Körper liebt, erblickt ihn als Musik. Geliebte Augen, die sie entzücken, sind weder blau noch grau, noch braun: sie sind Musik; ihr Anblick erweckt den Eindruck eines köstlichen Akkordes. Diese innere Musik ist tausendmal reicher als die, die zum Ausdruck kommt, und das Klavier ist dem unterlegen, der darauf spielt. Das Genie ermißt man an der Kraft des Lebens, das das unvollkommene Instrument der Kunst heraufzubeschwören sucht. – Wie viele Menschen in Frankreich aber ahnen das? Diesem Volk von Chemikern scheint die Musik nur die Kunst, Töne aneinanderzureihen. Sie halten das Alphabet für das Buch. Christof zuckte die Achseln, wenn er sie sagen hörte, man müsse, um die Kunst zu verstehen, vom Menschen absehen. Dies Paradoxon erfüllte sie mit großer Genugtuung; denn sie glaubten sich dadurch ihre Musikalität zu beweisen. So war es bei allen bis hinab zu Goujart, dem Strohkopf, der es nie begriff, wie man eine Musikseite auswendig behalten konnte (er hatte versucht, sich dies Geheimnis von Christof erklären zu lassen)! Er wollte Christof beweisen, daß die Seelengröße Beethovens und die Sinnlichkeit Wagners nicht mehr mit ihrer Musik zu tun hätten als das Modell eines Malers mit seinen Bildnissen!

„Das beweist", antwortete ihm Christof schließlich ungeduldig, „daß ein schöner Körper für Sie keinen künstlerischen Wert hat! Nicht mehr als eine große Leidenschaft! Armer Mann! – Sie können sich nicht vorstellen, wie sehr die Schönheit einer vollkommenen Gestalt die Schönheit der sie nachbildenden Malerei steigert, so wie die Schönheit einer großen Seele die Schönheit der Musik, die sie widerspiegelt, erhöht? – Armer Mann! – Nur das Handwerkliche bedeutet Ihnen etwas? Ist nur die Arbeit als solche vollendet, so läßt es Sie gleichgültig, was sie bedeutet? – Armer Mann! – Sie sind wie jene Leute, die nicht hören, was ein Redner spricht, die aber dem Klang seiner Stimme lauschen, verständnislos seinen Gebärden folgen und dann finden, er spreche doch verteufelt gut... Armer Mann! Armer Mann! Verkümmerter Kerl!"

Christof verdroß jedoch nicht nur diese oder jene Theorie, sondern überhaupt jede Theorie. Er war schon ganz zermürbt von diesem endlosen Hinundhergerede, diesen byzantinischen Disputationen, diesen ewigen Musikergesprächen über Musik und immer nur über Musik. Dem besten Musiker konnte man dadurch auf immer seine Kunst verleiden. Wie Mussorgski dachte Christof, daß die Musiker gut daran täten, von Zeit zu Zeit ihren Kontrapunkt und ihre Harmonien um guter Bücher und einiger Lebenserfahrung willen beiseite zu lassen. Die Musik allein genügt für den Musiker nicht: so wird er nicht dazu kommen, das Jahrhundert zu beherrschen und sich über das Nichts zu erheben... Das Leben gilt es! Das ganze Leben! Alles sehen, alles erkennen. Die Wahrheit lieben, suchen, umarmen, die Wahrheit – die schöne Penthesilea, Königin der Amazonen, die den beißt, der sie küßt.

Er hatte genug von dem musikalischen Geschwätz, von den Werkstätten zur Herstellung von Akkorden! Alle diese Albernheiten der Harmonieküche würden ihn niemals eine neue Harmonie finden lehren, die ein lebendiges Wesen wäre und nicht eine Mißgeburt!

Er wandte sich ab von diesen Ebenbildern des Famulus Wagner, die über ihren Destilliergläsern hockten, um irgendeinen Homunkulus in der Flasche auszubrüten; er ließ die französische Musik Musik sein und suchte die literarischen Kreise und die Pariser Gesellschaft kennenzulernen.

Gleich Millionen anderer Menschen in Frankreich machte Christof die Bekanntschaft der französischen Literatur seiner Zeit zuerst durch die Tageszeitungen. Da ihm viel daran lag, sich so schnell wie möglich der Pariser Art zu denken anzupassen und sich dabei gleichzeitig in der Sprache zu vervollkommnen, zwang er sich, die Zeitungen, die man ihm als die pariserischsten bezeichnete, mit größter Gewissenhaftigkeit durchzulesen. Am ersten Tag las er unter den Schauerberichten, deren Erzählung und deren Momentaufnahmen mehrere Seiten füllten, die Geschichte eines Vaters, der bei seiner fünfzehnjährigen Tochter schlief. Die Sache war als ganz natürlich und sogar recht rührend dargestellt. Am zweiten Tag las er in derselben Zeitung die Geschichte von einem Vater und dessen zwölfjährigem Sohn, die beide bei demselben Mädchen schliefen. Am dritten Tag las er die Geschichte eines Bruders, der bei seiner Schwester schlief. Am vierten von zwei Schwestern, die beieinander schliefen. Am fünften... Am fünften warf er die Zeitung voller Ekel von sich und sagte zu Silvan Kohn:

„Zum Donnerwetter! Was ist denn mit euch los? Seid ihr krank?"

Silvan Kohn begann zu lachen und sagte:

„Das ist Kunst."

Christof zuckte die Achseln.

„Sie machen sich über mich lustig."

Kohn lachte noch mehr.

„In keiner Weise. Da, sehen Sie einmal."

Er zeigte Christof eine kürzlich veranstaltete Rundfrage über Kunst und Sittlichkeit, aus der hervorging, daß „die

Liebe alles heilige", daß „die Sinnlichkeit der Gärungsstoff der Kunst sei"; daß „die Kunst nicht unmoralisch sein könne", daß „die Sittlichkeit eine Überlieferung jesuitischer Erziehung sei" und daß einzig „die Ungeheuerlichkeit der Begierde" Geltung habe. – Eine Reihe von literarischen Zeugnissen bescheinigte in den Zeitungen die künstlerische Reinheit eines Romans, der die Sitten der Zuhälter schilderte. Unter den Antwortenden waren Berühmtheiten der zeitgenössischen Literatur oder ernste Kritiker. Ein bürgerlicher und katholischer Familiendichter gab seinen Künstlersegen einem sorgfältig ausgeführten Gemälde der üblen griechischen Sitten. Lyrische Lobpreisungen feierten Romane, in denen mit großem Fleiß die Arten der Ausschweifung in den verschiedenen Zeitaltern dargestellt wurden: in Rom, Alexandrien, Byzanz, der italienischen und französischen Renaissance, dem Grand Siècle... Es war ein vollständiger Lehrkurs. Ein anderer Studienzyklus umfaßte die verschiedenen Länder des Erdballs: gewissenhafte Schriftsteller hatten sich mit Benediktinergeduld dem Studium der Freudenhäuser in allen fünf Erdteilen gewidmet. Man fand unter diesen Geographen und Historikern der Lust geachtete Dichter und vorzügliche Schriftsteller. Man unterschied sie von den andern nur durch ihre Gelehrsamkeit. Sie erzählten in untadeligen Ausdrücken archaische Zoten.

Das betrübendste war, tüchtige Leute und wirkliche Künstler, Männer, die berechtigtes Ansehen in der französischen Literatur genossen, aufs eifrigste bemüht zu sehen, in diesem Handwerk, für das sie nicht geschaffen waren, etwas zu leisten. Manche quälten sich damit ab, wie die andern Schmutzereien zu schreiben, die von den Morgenzeitungen in Fortsetzungen verbreitet wurden. Regelmäßig an bestimmten Tagen, wöchentlich ein- oder zweimal, legten sie ihre Eier; und das dauerte jahrelang. Sie legten ihre Eier immer weiter, hatten nichts mehr zu sagen und zermarterten sich das Gehirn, um irgend etwas Neues herauszuquetschen, etwas Abgeschmacktes, Unsinniges: denn das überfütterte Publikum wurde aller dieser Gerichte überdrüssig und fand bald die Ausmalung der schamlosesten Lüste fade; man mußte alles überbieten, immerfort überbieten – die andern überbieten und sich selbst. Und so überhitzten sie ihr eignes Blut, preßten ihre eignen Eingeweide aus: es war ein jämmerliches und groteskes Schauspiel.

Christof kannte nicht alle Kehrseiten dieses traurigen Berufes, und hätte er sie gekannt, so wäre er darum nicht nachsichtiger gewesen: denn nichts in der Welt entschuldigte in seinen Augen einen Künstler, der seine Kunst für dreißig Silberlinge verkaufte...

(„Nicht einmal für das Wohlergehen derer, die er liebt?"
„Nicht einmal dafür!"
„Das ist nicht menschlich."
„Es handelt sich nicht darum, menschlich, sondern ein Mann zu sein... Menschlich! – Gott segne eure bleichsüchtige Humanitätsduselei! – Man liebt nicht zwanzig Dinge auf einmal, man dient nicht mehreren Göttern...")

Christof, dessen Blick bei seinem arbeitsamen Leben kaum je über den Gesichtskreis seiner deutschen Kleinstadt hinausgedrungen war, konnte nicht ahnen, daß diese künstlerische Sittenverderbnis, die sich in Paris so breitmachte, fast allen Großstädten gemeinsam war. Die ererbten Vorurteile des „keuschen Deutschlands" gegen die „lateinische Unmoral" erwachten in ihm. Nun hätte ihm Silvan Kohn zwar mit Leichtigkeit das entgegenhalten können, was sich an den Ufern der Spree abspielte, und auf die erschreckende Fäulnis einer Elite des kaiserlichen Deutschlands hinweisen können, deren Schändlichkeit noch abstoßender durch Roheit wurde. Doch Silvan Kohn dachte nicht daran, dies auszunutzen; ihn entrüstete das ebensowenig wie die Pariser Sitten. Er dachte ironisch: Jedes Volk hat seine Bräuche, und er fand die seiner Umwelt so natürlich, daß Christof glauben konnte, sie seien die eigenste Natur der Nation. So ließ er es, ebenso wie seine Landsleute, nicht daran fehlen, in dem Geschwür, das an allen geistigen Aristokratien Europas zehrt, ein der französischen Kunst besonders eigenes Gebrechen, den Niedergang der lateinischen Völker zu erblicken.

Diese erste Berührung mit der Pariser Literatur war für Christof peinlich, und er brauchte Zeit, sie nach und nach zu vergessen. Dabei fehlte es nicht an Werken, die sich nicht ausschließlich mit dem befaßten, was einer jener Schriftsteller vornehm als „den Sinn für die fundamentalen Vergnügungen" bezeichnete. Von den schönsten und besten jener Werke aber drang nichts bis zu ihm. Sie gehörten nicht zu denen, die den Beifall eines Silvan Kohn und seiner Freunde suchen; sie kümmerten sich nicht um diese Leute, und diese Leute kümmerten sich nicht um sie: sie übersahen einander. Von ihnen hatte Silvan Kohn niemals mit Christof gesprochen. Er war der Überzeugung, daß er und seine Freunde die französische Kunst verträten und daß es außer denen, die durch ihre Meinung zu großen Männern gestempelt waren, kein Talent, keine Kunst, kein Frankreich gäbe. Von den Dichtern, die der zeitgenössischen französischen Literatur zur Ehre gereichten und die Frankreichs Krone bildeten, wußte Christof nichts. Von den Romanen, die über den Sumpf der Mittelmäßigkeit hinausragten, kamen ihm nur ein paar Bücher von Barrès und Anatole France in die Hände. Aber er beherrschte die Sprache noch zu wenig, um die gelehrte Ironie des einen und den ausgeklügelten Sensualismus des anderen ganz genießen zu können. Er verbrachte einige Zeit damit, die in dem literarischen Treibhaus von Anatole France künstlich gezogenen Orangenbäumchen neugierig zu betrachten und die schwanken Narzissen, die den Seelenfriedhof von Barrès schmückten. Er hielt sich auch einige Augenblicke bei dem Genie Maeterlincks auf, das von beidem, vom Erhabenen wie vom Einfältigen, ein wenig hatte; ein weltlicher, eintöniger Mystizismus entstieg ihm. Er schüttelte ihn ab, fiel dann in den schwerfälligen Strom der schlammigen

Romantik Zolas, die er bereits kannte, und entfloh ihr – doch nur, um sich ganz und gar in einer Hochflut von Literatur zu ertränken.

Ein Odor di femmina erhob sich von diesen überschwemmten Ebenen. In der damaligen Literatur wimmelte es von Weibern und weibischen Männern. – Es ist gut, daß die Frauen schreiben, wenn sie die Aufrichtigkeit besitzen, das zu schildern, was kein Mann ganz und gar zu sehen verstanden hat: den Grund der weiblichen Seele. Aber nur eine kleine Anzahl wagte das zu tun, die Mehrzahl schrieb nur, um den Mann anzulocken: sie waren in ihren Büchern ebenso verlogen wie in ihren Salons; sie schmückten sich auf abgeschmackte Weise und liebäugelten mit dem Leser. Seitdem sie ihre kleinen Unsauberkeiten keinem Beichtvater mehr vortrugen, erzählten sie sie dem Publikum. Es war eine Flut von fast immer schlüpfrigen, immer manierierten Romanen, in einer Sprache, die zu lispeln schien, einer Sprache, die wie ein Parfümladen duftete, die einen aufdringlichen, heißen und süßlich-faden Geruch an sich hatte. Der durchzog diese ganze Literatur. Christof dachte mit Goethe: *Doch unsere Dichterinnen möchten immer dichten und schreiben, soviel sie wollten. Wenn nur unsere Männer nicht wie die Weiber schrieben! Aber das ist es, was mir nicht gefällt.* Nur mit Widerwillen sah er diese Schöntuerei, diese zweideutige Koketterie, diese Empfindelei, die sich mit Vorliebe für Geschöpfe verausgabte, die der Anteilnahme am wenigsten würdig waren. Mit Ekel empfand er diesen Stil von Geziertheit und roher Sinnlichkeit, diese Fuhrknechtspsychologie.

Christof wurde sich jedoch bewußt, daß er zu keinem Urteil kommen konnte. Der Lärm auf dem Jahrmarkt der Worte betäubte ihn. Unmöglich war es, die hübschen Flötenweisen, die sich dazwischen verloren, zu vernehmen. Denn selbst unter diesen nur zum Ergötzen bestimmten Werken gab es welche, aus deren Grund der klare Himmel und die harmonische Linie attischer Hügel lächelte – Arbeiten mit viel Talent, viel Grazie, voll der Süße des Lebens, voll Anmut des Stils und von einer Geistigkeit, wie sie den schmachtenden Jünglingen des Perugino und des jungen Raffael eigen ist, die mit halbgeschlossenen Augen ihrem Liebestraum zulächeln. Christof bemerkte nichts davon. Nichts vermochte ihm die geistigen Strömungen zu offenbaren. Selbst einem Franzosen wäre es schwer geworden, sich darin auszukennen. Das einzige, was er feststellen konnte, war der Überfluß an Literatur, der wie eine öffentliche Plage wirkte. Es war, als schriebe alle Welt: Männer, Frauen, Kinder, Offiziere, Komödianten, Leute aus der großen Welt und Zuchthäusler. Eine wahre Seuche.

Christof gab es vorläufig auf, sich eine Meinung zu bilden. Er fühlte, daß ein Führer wie Silvan Kohn ihn nur vollends in die Irre führen konnte. Die Erfahrungen, die er in einem literarischen Kreise Deutschlands gemacht hatte, erfüllten ihn berechtigterweise mit Mißtrauen. Büchern und Zeitschriften gegenüber war er skeptisch: wußte man, ob sie nicht einfach die Ansichten von einigen hundert Müßiggängern wiedergaben oder ob der Schriftsteller selber nicht etwa sein einziges Publikum war? Ein richtiges Bild der Gesellschaft zeichnete das Theater. Es nahm im täglichen Leben von Paris einen ungeheuren Raum ein. Es war ein pantagruelisches Restaurant, das den Appetit dieser zwei Millionen Menschen dennoch nicht zu stillen vermochte. Einige dreißig große Theater, dazu Vorstadtbühnen, Konzertcafés, verschiedene Singspielhallen – wohl gegen hundert Säle waren Abend für Abend fast ganz voll. Eine Unzahl von Schauspielern und Angestellten. Die vier subventionierten Theater beschäftigten allein nahezu dreitausend Menschen und hatten zehn Millionen Ausgaben. Ganz Paris war erfüllt vom Ruhme der Komödianten. Auf Schritt und Tritt gaben zahllose Photographien, Zeichnungen, Karikaturen ihre Grimassen wieder, die Grammophone wiederholten ihr Genäsel, die Zeitungen ihre Urteile über Kunst und Politik. Sie hatten ihre besondere Presse. Sie veröffentlichten ihre Memoiren, die heroisch und intim waren. Inmitten der übrigen Pariser, jener müßigen großen Kinder, die ihre Zeit mit gegenseitiger Nachäfferei verbrachten, schwangen diese vollkommenen Affen das Zepter; und die dramatischen Dichter waren ihre ersten Minister. Christof bat Silvan Kohn, ihn in dieses Reich des Widerscheins und der Schatten einzuführen.

Silvan Kohn aber war in diesem Reiche ein ebensowenig zuverlässiger Führer wie in dem der Bücher, und die ersten Eindrücke, die Christof von den Pariser Theatern empfing, waren daher nicht weniger abstoßend als die seiner ersten Lektüre. Ihm schien überall der gleiche Geist der Hirnprostitution zu herrschen.

Die Händler der Vergnügungen bildeten zwei Schulen. Die eine war von der guten alten Art, der nationalen Art: mit aufrichtiger Lust an schmutzigem Behagen, Freude am Häßlichen, am reichlichen Verdauen, am Mißgestalteten, an halbbekleideten Leuten, Wachtstubenspäßen, gegerbten und gepfefferten Geschichten, an Hautgout-Geruch und an verschwiegenen Hinterstübchen. Dieser „männliche Freimut", wie sie das nannten, behauptete, Ausgelassenheit und Sittlichkeit zu vereinen, weil nach vier Akten voller Gemeinheit der Triumph des Kodex wiederhergestellt wurde, indem der Zufall irgendeiner Verwicklung die legitime Frau in das Bett des Ehemannes warf, den sie hatte betrügen wollen (war das Gesetz nur gerettet, so war es die Tugend auch): diese liederliche Ehrbarkeit, welche die Ehe verteidigt, indem sie ihr das Auftreten des Lasters gibt – war der gallische Geschmack. Die andere Schule war Modern style. Sie war viel raffinierter und viel widerlicher. Die verpariserten Juden (und die verjudeten Christen), die beim Theater überhandnahmen, hatten dort jenen Gefühlsmischmasch eingeführt, der das Kennzeichen eines entarteten Weltbürgertums ist. Diese Söhne, die sich ihrer

Väter schämten, waren bestrebt, das Gewissen ihrer Rasse zu verleugnen; und das gelang ihnen nur zu gut. Hatten sie ihre jahrhundertealte Seele abgestreift, so blieb ihnen nur noch so viel Persönlichkeit, die geistigen und sittlichen Werte der anderen Völker in sich zusammenzumengen; sie machten ein buntes Allerlei daraus, eine Olla podrida: das war ihre Art zu genießen. Die damaligen Beherrscher des Theaters in Paris verstanden es glänzend, Schmutz und Empfindung zusammenzuwerfen, der Tugend einen Hauch von Laster, dem Laster einen Hauch von Tugend zu verleihen und alle Beziehungen zwischen Alter, Geschlecht, Familie, Zuneigung auf den Kopf zu stellen. Ihre Kunst erhielt so einen Duft sui generis, der gleichzeitig gut und schlecht roch, das heißt also sehr schlecht; sie nannten das „Amoralismus".

Einer ihrer Lieblingshelden war damals der verliebte Alte. Ihr Theater besaß eine reiche Galerie seiner Bildnisse. In der Ausmalung dieses Typus hatten sie Gelegenheit zu tausend Feinheiten. Einmal hatte der sechzigjährige Held seine Tochter zur Vertrauten; er erzählte ihr von seiner Geliebten, sie ihm von ihren Liebhabern; sie gaben sich geschwisterliche Ratschläge; der gute Vater half seiner Tochter bei ihren Ehebrüchen; die gute Tochter spielte die Vermittlerin bei der ungetreuen Geliebten; flehte sie an, wiederzukehren, führte sie in den Schoß der Familie zurück. Ein anderes Mal machte sich der würdige Greis selber zum Vertrauten seiner Geliebten. Er plauderte mit ihr von ihren Liebhabern, forderte sie zur Schilderung ihrer Ausschweifungen auf und fand schließlich sogar Vergnügen daran. Man sah auch Liebhaber, vollendete Gentlemen, die als Geschäftsführer bei ihren früheren Geliebten eintraten, ihren Betrieb und ihre Liebesaffären überwachten. Die Damen der Gesellschaft stahlen. Die Männer waren Kuppler, die Töchter Lesbierinnen. Alles das in der besten Gesellschaft: der reichen Gesellschaft – der einzigen, die zählte. Denn sie erlaubte, unter dem Deckmantel der Verführungen zum Luxus, den Kunden verdorbene Ware anzubieten. So zurechtgeschminkt, fand diese raschen Absatz auf dem Markt; die jungen Frauen und die alten Herren taten sich gütlich daran. Ein wahrer Leichengeruch und ein Dunst von Räucherkerzen stiegen daraus empor.

Ihr Stil war nicht weniger gemischt als ihre Gefühle. Sie hatten sich ein Kauderwelsch von Ausdrücken aller Klassen und aller Länder zusammengebraut: pedantische und überbrettelhafte, klassische, lyrische, gespreizte, schmierige und pöbelhafte, ein Gemisch von Ungereimtheiten, Ziereien, Roheiten und Geistreicheleien, deren Tonfall fremdländisch klang. Bei all ihrer Ironie und ihrem possenhaften Humor hatten sie zwar nicht viel natürlichen Geist, aber vermöge ihrer Gewandtheit wußten sie sich ziemlich geschickt Geist nach Pariser Muster zu fabrizieren. War auch der Edelstein nicht immer von reinstem Wasser, die Fassung beinahe stets von barockem Geschmack und überladen, so funkelte er doch zum mindesten bei Licht, und mehr brauchte er ja nicht. Im übrigen waren sie intelligent und gute, freilich kurzsichtige Beobachter; ihre Augen waren seit Jahrhunderten durch das beständige Kontorleben verbildet; sie untersuchten die Gefühle mit der Lupe, vergrößerten die Kleinigkeiten und sahen das Große nicht; mit ihrem ausgeprägten Geschmack für Flitterkram waren sie unfähig, irgend etwas anderes zu schildern als das, was für ihren Emporkömmlingssnobismus das Ideal der eleganten Welt ausmachte: eine Handvoll erschöpfter Lebemänner und Abenteurer, die einander den Genuß irgendwelchen gestohlenen Geldes und irgendwelcher sittenloser Weibchen streitig machten.

Bisweilen aber erwachte die wahre Natur dieser jüdischen Schriftsteller und stieg aus den Tiefen ihres Wesens empor, wenn irgendein Wort ein rätselhaftes Echo in ihnen erweckt hatte. Dann entstand eine sonderbare Verquickung von Jahrhunderten und von Rassen; ein Wüstenhauch trug übers Meer herüber den muffigen Geruch türkischer Basare in die Pariser Alkoven, das Flimmern des Sandes, Halluzinationen, trunkene Sinnlichkeit, gewaltige Schmähreden, rasende Nervenzustände, fast Krämpfe, tolle Zerstörungswut – Simson, der sich nach jahrhundertelanger Gefangenschaft im Dunkeln plötzlich wie ein Löwe aufrichtet und voller Wut die Säulen des Tempels schüttelt, daß sie über ihm und über der feindlichen Masse zusammenstürzen.

Christof hielt sich die Nase zu und sagte zu Silvan Kohn:

„Kraft ist darin; aber sie stinkt. Genug! Wir wollen etwas anderes sehen."

„Was?" fragte Silvan Kohn.

„Frankreich."

„Das ist es ja", sagte Kohn.

„Das ist nicht möglich", meinte Christof. „Frankreich ist nicht so."

„Das ist Frankreich, ebenso wie Deutschland."

„Das glaube ich nicht. Ein Volk, das so wäre, hätte keine zwanzig Jahre mehr zu leben: es riecht schon nach Verwesung. Es muß noch etwas anderes dasein."

„Besseres ist nicht da."

„Aber etwas anderes", beharrte Christof.

„Oh, wir haben natürlich auch schöne Seelen", sagte Silvan Kohn, „und auch Theater für schöne Seelen. Suchen Sie so etwas? Das können Sie haben:"

Und er führte Christof ins Théâtre-Français.

Man spielte an jenem Abend ein modernes Lustspiel in Prosa, das eine juristische Frage behandelte.

Schon nach den ersten Worten wußte Christof nicht mehr, wo sich die Geschichte abspielte. Die Stimmen der Schauspieler waren übertrieben voll, feierlich, langsam, abgemessen; alle Silben betonten sie, als wollten sie Vortragsstunden geben, und mit ihren tragischen Glucksern schienen sie fortwährend Alexandriner zu skandieren. Ihre Gebärden waren feierlich, fast priesterlich. Die Heldin, deren Morgenrock sie wie ein griechisches Peplon umhüllte, spielte mit erhobenen Armen und gesenktem Haupt beständig Antigone und lächelte ein ewig opferbereites Lächeln, während sie die tiefsten Töne ihrer schönen Altstimme bildete. Der edle Vater wandelte mit dem Schritt eines Heerführers einher, bewegte sich mit todesdüsterer Würde und entfaltete eine wahre Bratenrockromantik. Der junge Liebhaber malträtierte krampfhaft seine Kehle, um sich Tränen auszupressen. Das Stück war im Stil einer Feuilletontragödie geschrieben: abstrakte Worte, bürokratische Beiwörter, akademische Umschreibungen. Nicht eine Bewegung, nicht ein unerwarteter Schrei. Von Anfang bis zu Ende ein Uhrwerk, ein festgesetztes Problem, ein dramatisches Schema, das Gerippe eines Stückes und darüber kein Fleisch, sondern Buchphrasen. Diese sich kühn gebärdenden Erörterungen bargen im Grunde ängstliche Gedanken, offenbarten die Seele eines steifen kleinen Spießbürgers.

Die Heldin war von ihrem unwürdigen Mann, von dem sie ein Kind hatte, geschieden und nun mit einem braven Menschen, den sie liebte, wieder verheiratet. Es galt zu beweisen, daß selbst in diesem Fall die Scheidung von der Natur wie von dem allgemeinen Vorurteil verdammt werde. Nichts war leichter: der Autor richtete es so ein, daß der erste Mann die Frau noch einmal durch Überrumpelung gewann. Statt sich nun ganz schlicht an die Natur zu halten, die Gewissensbisse, vielleicht eine tiefe Beschämung der Frau verlangt, aber auch den Wunsch in ihr erregt hätte, den zweiten, den braven Mann um so mehr zu lieben, entwickelte man einen Fall von heldenhaftem Gewissen, wider alle Natur. Es gehört wenig dazu, widernatürlich tugendhaft zu sein! Die französischen Schriftsteller sehen nicht so aus, als seien sie mit der Tugend sehr vertraut: wenn sie von ihr sprechen, ist der Ton immer gezwungen; man kann unmöglich noch daran glauben. Es ist, als habe man immer mit Corneilleschen Helden, mit Tragödienkönigen zu tun. – Und sind sie nicht Könige, diese Millionärhelden, diese Heldinnen, die alle mindestens ein Haus in Paris und zwei oder drei Schlösser besitzen? Reichtum ist für diese Art Schriftsteller eine Schönheit, ja beinahe eine Tugend.

Die Zuhörerschaft erschien Christof noch erstaunlicher als das Stück. Keine dieser Unwahrscheinlichkeiten brachte sie aus der Fassung. Sie lachten an den richtigen Stellen, wo der Schauspieler einen Satz sagte, bei dem man lachen sollte und den er im voraus ankündigte, damit man Zeit hatte, sich aufs Lachen vorzubereiten. Und in den Augenblicken, wo die tragischen Gliederpuppen nach ihren heiligsten Vorschriften glucksten, brüllten oder in Ohnmacht fielen, schneuzte sich das Publikum, hüstelte und war bis zu Tränen gerührt.

„Und da sagt man, die Franzosen seien leichtfertig!" rief Christof nach der Vorstellung verwundert aus.

„Jedes zu seiner Zeit", sagte Silvan Kohn spöttelnd. „Sie wollten Tugend? Sie sehen, es gibt noch welche in Frankreich."

„Aber das ist keine Tugend", widersprach Christof, „das ist Rederei!"

„Die Tugend auf dem Theater ist bei uns immer beredt", sagte Silvan Kohn.

„Eine Gerichtssaaltugend", sagte Christof, „der Geschwätzigste bekommt die Palme. Ich hasse die Advokaten. Habt ihr in Frankreich keine Dichter?"

Silvan Kohn führte ihn zu den poetischen Schauspielen.

Es gab Dichter in Frankreich. Es gab sogar große Dichter. Aber ihnen war das Theater verschlossen. Es gehörte den Reimkünstlern. Das Theater ist für die Dichtung, was die Oper für die Musik ist. Wie Berlioz sagte: Sicut amori lupanar.

Christof sah Prinzessinnen, die aus Heiligkeit Kurtisanen waren, ihre Ehre dareinsetzten, sich zu prostituieren, und die man mit Christus verglich, der den Kalvarienberg erklimmt. Er sah Freunde, die ihren Freund aus lauter Ergebenheit betrogen; tugendhafte Ehen zu dritt; heldenmütige Hahnreie (der Typus war wie die heilige Prostituierte europäische Ware geworden; das Beispiel des Königs Marke hatte ihnen den Kopf verdreht: wie der Hirsch des heiligen Hubertus zeigten sie sich nur noch mit einer Gloriole). Christof sah auch Kokotten, die gleich Ximene zwischen Leidenschaft und Pflicht schwankten: die Leidenschaft trieb sie zu einem neuen Liebhaber, die Pflicht gebot, bei dem früheren zu bleiben, einem alten, der ihnen Geld gab und den sie überdies betrogen. Zuletzt wählten sie edelmütig die Pflicht. – Christof fand, daß diese Pflicht von schmutzigem Eigennutz nicht sehr verschieden sei; aber das Publikum war zufrieden. Das Wort „Pflicht" genügte ihm; an der Sache lag ihm nichts: die Flagge deckte die Ware.

Der Höhepunkt der Kunst war erreicht, wenn sich die sexuelle Unmoral mit dem Corneilleschen Heldentum zu verbinden wußte. Dann fand das Pariser Publikum Befriedigung für alles: für seine geistige Libertinage und seine rhetorische Tugend. – Übrigens muß man ihm Gerechtigkeit widerfahren lassen: es hatte weit mehr übrig für Geschwätzigkeit als für Lüsternheit. Beredsamkeit machte sein ganzes Entzücken aus. Für einen schönen Vortrag hätte es sich prügeln lassen. Ob man ihm Tugend oder Laster, unsinnigstes Heldentum oder gemeinstes Lumpentum vorsetzte – es schluckte jede Pille, wenn sie nur mit klingenden Reimen und hochtrabenden Worten vergoldet war. Alles gab Stoff zu Tiraden. Alles war Phrase. Alles war Spiel. Wenn Victor Hugo seinen Donner hören ließ, setzte er (wie sein Apostel Mendès sagte) schnell einen Dämpfer darauf, damit nicht einmal ein kleines Kind erschrecke... (Der Apostel war überzeugt, ein Lob damit auszusprechen.) – Niemals fühlte man in ihrer Kunst eine Naturgewalt. Alles machten sie zu einem Gegenstand der guten Gesellschaft: Liebe, Leiden und Tod. Wie in der Musik – ja noch viel mehr als in der Musik, die in Frankreich eine jüngere und verhältnismäßig naivere Kunst war – hatten sie eine wahre Angst vor dem „schon Dagewesenen". Die Begabtesten bemühten sich kaltblütig, alles von der entgegengesetzten Seite her zu behandeln. Das Rezept war einfach: man wählte eine schöne Sage oder ein Märchen und ließ es das genaue Gegenteil von dem ausdrücken, was es ursprünglich besagte. So entstand ein Blaubart, den seine Frauen schlugen, oder ein Polyphem, der sich aus Güte, um sich dem Glück von Acis und Galatea zu opfern, das Auge ausriß. Bei alledem wurde nichts ernst genommen als die Form. Überdies schien es Christof (aber er war ein schlechter Beurteiler), daß diese großen Meister der Form viel eher Kleinmeister und Meister im Nachahmen wären als große Schriftsteller und kühne Schöpfer eines eigenen Stils.

Sie spielten Künstler. Sie spielten Dichter. Nirgends breitete sich der poetische Betrug mit soviel Unverschämtheit aus wie im Heldendrama. Vom Helden hatten sie eine schnurrige Vorstellung:

Hauptsache ist, daß er habe eine Seele, schön und
   prächtig,
Adlerblicke, die Stirne hoch wie eines Portikus Mauer,
die Miene rührend, strahlend, ernst und mächtig,
traumvoll die Augen, das Herz voller Schauer.

Solche Verse wurden ernst genommen. Unter der lächerlichen Vermummung solcher großen Worte und buntscheckigen Phrasen, solcher Theaterparaden mit Blechdegen und Papphelmen fand man immer wieder die unheilbare Seichtheit eines Sardou, des unermüdlichen Possenreißers, der aus der Geschichte ein Kasperletheater machte. Was entsprach denn in der Wirklichkeit dem albernen Heldentum eines Cyrano? Diese Leutchen setzten ja Himmel und Erde in Bewegung. Sie ließen den Kaiser und seine Legionen, die Rotten der Liga, die Kondottieri der Renaissance aus ihren Gräbern auferstehen, entfesselten alle menschlichen Wirbelstürme, die den Erdball verwüstet hatten – und das alles, um irgendeinen Marionettenmann vorzuführen, der bei all den Metzeleien ungerührt blieb, von Reiterscharen und einem Harem von Sklavinnen umgeben war und sich dabei in der Liebe eines kleinen romantischen Toren zu einer Frau verzehrte, die er zehn oder fünfzehn Jahre zuvor gesehen. Oder sie stellten einen König Heinrich IV. hin, der sich ermorden ließ, weil seine Mätresse ihn nicht liebte.

So spielten diese Leutchen Könige und Condottieri hinterm Ofen. Sie waren würdige Nachkommen jener berühmten Trottel aus der Zeit des *Großen Cyrus,* jener Idealgascogner – Scudéry, La Calprenède –, diese Sänger falschen Heldentums, des unmöglichen Heldentums, das des wahren Heldentums Feind ist ... Christof merkte mit Erstaunen, daß den Franzosen, die doch als feinfühlig galten, der Sinn für das Lächerliche abging.

Am schlimmsten aber war es, wenn die Religion in Mode war. Dann lasen Schauspieler während der Fastenzeit im Théâtre de la Gaîté unter Orgelbegleitung Predigten von Bossuet vor. Israelitische Schriftsteller schrieben für israelitische Schauspielerinnen Tragödien über die heilige Therese. Man spielte den *Leidensweg* in der Bodinière, das *Jesuskind* im Ambigu, die *Passion* im Théâtre de la Porte-Saint-Martin, *Jesus* im Odéon, Orchestersuiten aus *Christus* im Botanischen Garten. Irgendein glänzender Causeur, ein Dichter der Wollust, hielt im Théâtre du Châtelet einen Vortrag über die Erlösung. Natürlich war das, was die Snobs aus dem ganzen Evangelium am besten behielten, die Geschichten von Pilatus und Magdalena: *Was ist Wahrheit?* und die törichte Jungfrau. Ihre Boulevardchristusse waren widerliche Schwätzer, die gut Bescheid wußten über die letzten Kniffe weltlicher Kasuistik.

Christof sagte:

„Das ist das Schlimmste von allem. Das ist die Lüge in Person. Ich ersticke. Fort von hier!"

Dennoch behauptete sich unter diesen modernen Gewerben eine große klassische Kunst, gleich den Ruinen antiker Tempel zwischen den anmaßenden Bauten des heutigen Roms. Doch war Christof noch nicht imstande, diese Kunst zu schätzen, Molière ausgenommen. Es fehlte ihm die innige Vertrautheit mit der Sprache und folglich das Verständnis für den Genius der Nation. Nichts blieb ihm so fremd wie die Tragödie des siebzehnten Jahrhunderts – das dem Fremden am schwersten zugängliche Gebiet der französischen Kunst, gerade weil es im Herzen Frankreichs selber ruht. Er fand diese Kunst erdrückend langweilig, kalt, trocken und in ihrer Geziertheit und Schulmeisterei abstoßend. Eine dürftige oder gezwungene Handlung, die Personen so abstrakt wie rhetorische Beweise oder so seicht wie eine Unterhaltung von Frauen der großen Welt. Eine Karikatur antiker Stoffe und Helden. Eine Auslage von Vernunft, von Begründungen, von Spitzfindigkeiten, von Psychologie, von altmodischer Archäologie. Reden, Reden: die ewige französische Geschwätzigkeit. Christof weigerte sich ironisch, darüber zu entscheiden, ob das schön oder nicht schön sei; nichts von alledem interessierte ihn: es war ihm ganz gleichgültig, welche Behauptungen die Redner im *Cinna* der Reihe nach verteidigen mochten und welche dieser Sprechmaschinen schließlich den Sieg davontrug.

Er stellte übrigens fest, daß das französische Publikum nicht seiner Ansicht war, sondern lebhaft Beifall klatschte. Das förderte die Aufklärung des Mißverständnisses keineswegs: er sah jene Dramenkunst durch das Medium Publikum hindurch, und er erkannte in den modernen Franzosen gewisse Züge der Klassiker wieder, freilich entstellt. So wie ein allzu scharfer Blick in dem verblühten Gesicht einer alten Kokotte die reinen Züge ihrer Tochter wiederfindet: solcher Anblick ist wenig geeignet, die Liebesillusion zu nähren! – Die Franzosen bemerkten, gleich den Mitgliedern einer Familie, die einander zu sehen gewohnt sind, die Ähnlichkeit nicht. Christof aber fiel sie auf, und er übertrieb sie fortan: er erblickte nur noch sie. Die Kunst, die ihn umgab, erschien ihm als die Karikatur der großen Vorfahren, und die großen Vorfahren wiederum erschienen ihm wie Karikaturen. Er unterschied Corneille nicht mehr von der Nachkommenschaft poetischer Schönredner, die sich eifrig bemühten, überall erhabene und widersinnige Gewissensstreitigkeiten anzubringen. Und Racine verschmolz mit seiner Gefolgschaft kleiner Pariser Psychologen, die sich anspruchsvoll über ihre eigenen Herzen beugten.

Alle diese alten Schüler kamen über ihre Klassiker nicht hinaus. Die Kritiker stritten unentwegt über *Tartüff* und *Phädra* weiter. Sie wurden dessen nie müde. Sie ergötzten sich als Greise noch an denselben Scherzen, die sie als Kinder entzückt hatten. Und so würde es wohl bis zum Untergang der Rasse bleiben. In keinem Land der Welt war der Kultus der Vorfahren so fest eingewurzelt. Die übrige Welt war ihnen gleichgültig. Wie viele gab es, die nichts gelesen hatten und auch nichts anderes lesen wollten als das, was unter dem Großen König in Frankreich geschrieben worden war! Die Theater spielten weder Goethe noch Schiller, weder Kleist noch Grillparzer, noch Hebbel, weder Strindberg noch Lope de Vega, noch Calderon, noch irgendeinen der Großen irgendeiner anderen Nation, das antike Griechenland ausgenommen, dessen Erben sie sich nannten (wie alle europäischen Völker). Ab und zu zeigten sie das Bedürfnis, Shakespeare in ihre Gesellschaft aufzunehmen. Das war der Prüfstein. Es gab unter ihnen zwei Darstellerschulen: die einen spielten *König Lear* mit bürgerlichem Realismus wie ein Lustspiel von Emile Augier; die andern machten aus *Hamlet* eine Oper mit Bravourarien und Stimmübungen nach Victor Hugo. Es fiel ihnen nicht im mindesten ein, daß die Wirklichkeit poetisch sein könne noch daß die Dichtung eine spontane Sprache für von Leben überströmende Herzen sei.

Shakespeare schien unwahr. Man kam von ihm rasch zu Rostand zurück.

Dabei hatte man seit zwanzig Jahren kräftige Anstrengungen gemacht, das Theater zu verjüngen. Die engen Grenzen der Pariser Literatur hatten sich erweitert; mit einem Anschein von Kühnheit machte sie sich an alles. Zwei- oder dreimal hatte sogar das Schlachtgetümmel der Außenwelt, das öffentliche Leben, mit kräftigem Stoß die Schranke der Überlieferungen durchbrochen. Aber man beeilte sich, die Bruchstellen wieder auszubessern. Alle miteinander waren sie weichliche Priester, die Angst hatten, die Dinge zu sehen, wie sie sind. Gesellschaftsgeist, klassische Überlieferung, geistige und formale Routine, Mangel an tiefem Ernst hinderten sie, ihre Kühnheiten bis zum Ende zu verfolgen. Die packendsten Probleme wurden ausgeklügeltes Spiel; und alles führte wieder auf Weibergeschichten – Dirnengeschichten. Welch traurige Figur machten auf ihren Gauklerbühnen die Schatten der großen Männer: die heroische Anarchie Ibsens, das Evangelium Tolstois, der Übermensch Nietzsches!

Die Pariser Schriftsteller gaben sich große Mühe, den Anschein zu erwecken, daß sie etwas Neues erdächten. Im Grunde waren sie alle konservativ. In keiner andern europäischen Literatur herrschte allgemeiner das Vergangene, „das Ewiggestrige": in den großen Revuen, den großen Zeitungen wie in den subventionierten Theatern und den Akademien. Paris war in der Literatur, was London in der Politik war: die Bremse des europäischen Geistes. Die Académie française war eine Art Oberhaus. Einrichtungen des Ancien régime drängten der neuen Gesellschaft beharrlich ihren Geist von Anno dazumal auf. Die revolutionären Elemente wurden abgestoßen oder schnellstens aufgesogen. Sie wünschten sich nichts Besseres. Selbst wenn die Regierung in der Politik eine sozialistische Haltung zur Schau trug, ließ sie sich in der Kunst von den akademischen Schulen ins Schlepptau nehmen. Gegen die Akademien kämpften nur die Cliquen; doch es wurde äußerst schlecht gekämpft. Denn sobald es einer vermochte, wechselte er aus der Clique in eine Akademie hinüber und wurde akademischer als die anderen. Übrigens war jeder Schriftsteller, ob er nun der Vorhut oder dem Train der Armee angehörte, der Gefangene seiner Truppe und ihrer Ideen. Die einen hüllten sich in ihr akademisches, die andern in ihr revolutionäres *Credo*, und zu guter Letzt kam es überall auf dasselbe heraus.

Um Christof aufzumuntern, schlug ihm Silvan Kohn vor, noch ein Theater von ganz besonderer Art zu besuchen, wo das Raffinierteste geboten wurde. Dort sah man Morde, Notzüchtigungen, Rasereien, Martern, ausgerissene Augen, aufgeschlitzte Bäuche – alles, was an den Nerven rütteln konnte und die versteckte Barbarei einer überzivilisierten Elite zu befriedigen vermochte. Das übte auf ein Publikum von hübschen Frauen und Lebemännern seine Anziehungskraft aus – auf dieselben, die tapfer ganze Nachmittage in der Stickluft der Säle des Justizpalastes zubrachten, um schwatzend, lachend und Bonbons knabbernd die Skandalprozesse zu verfolgen. Christof aber weigerte sich empört. Je mehr er von dieser Kunst kennenlernte, desto deutlicher verspürte er den Geruch, der von Anfang an, zuerst versteckt, dann hartnäckig erstickend, auf ihn eingedrungen war: den Geruch des Todes.

Der Tod war überall unter diesem Luxus und diesem Gelärm. Christof wußte sich jetzt den Widerwillen zu deuten, den er manchem dieser Werke gegenüber sofort empfunden hatte. Nicht ihre Unsittlichkeit hatte ihn verletzt. Moral, Unmoral, Amoral – solche Worte bedeuteten nichts. Christof hatte sich niemals moralische Theorien zurechtgemacht; er liebte manche sehr großen Dichter und sehr großen Musiker der Vergangenheit, die keine Tugendspiegel gewesen waren; wenn das Glück ihm einen großen

Künstler zuführte, dann fragte er ihn nicht nach seinem Beichtzettel; er fragte ihn vielmehr: Bist du gesund?

Gesund sein, das war die Hauptsache. *Mir will das kranke Zeug nicht munden, Autoren sollten erst gesunden,* hat Goethe gesagt.

Die Pariser Schriftsteller waren krank; oder wenn einer gesund war, so schämte er sich dessen; er suchte es vor sich zu verbergen und sich eine hübsche Krankheit beizulegen. Ihr Übel zeigte sich nicht an diesem oder jenem Zug ihrer Kunst: an der Vergnügungssucht, an der überspannten Freiheit des Denkens, an ihrer alles zerstörenden Kritik. Alle diese Züge waren, je nach dem Fall, gesund oder ungesund; in ihnen lag kein Todeskeim. Wenn der Tod da war, so kam er nicht aus diesen Kräften, sondern aus dem Gebrauch, den diese Leute von ihnen machten; in ihnen selber saß der Tod. – Auch er, Christof, hatte ja Freude an Vergnügungen. Auch er liebte Ungebundenheit. Er hatte sich die schlechte Meinung seiner deutschen Kleinstadt zugezogen, weil er vieles mit Freimut verteidigte, was er hier, von den Parisern gepredigt, wiederfand und was ihn nun, da diese es predigten, anwiderte. Gewiß waren es dieselben Dinge. Aber jetzt klangen sie ganz anders. Wenn Christof in seiner Ungeduld das Joch der großen Meister der Vergangenheit abschüttelte, wenn er gegen die pharisäische Ästhetik und Moral zu Felde zog, so war das für ihn kein Spiel wie für jene Schöngeister; ihm war es ernst damit, furchtbar ernst; und seiner Auflehnung Ziel war das Leben, das fruchtbare, von künftigen Jahrhunderten schwangere Leben. Bei diesen Leuten aber trieb alles dem unfruchtbaren Genuß zu. Unfruchtbar. Unfruchtbar. Das war das treffende Wort. Eine unfruchtbare Ausschweifung des Denkens und der Sinne war es. Eine glänzende, geistvolle, gewandte Kunst – eine schöne Form, gewiß, eine Überlieferung von Schönheit, die sich trotz fremdländischer Anschwemmungen unzerstörbar erhielt –, ein Theater, das Theater war, ein Stil, der ein Stil war. Verfasser, die ihr

Handwerk verstanden. Schriftsteller, die schreiben konnten; das immer noch schöne Gerippe einer Kunst, eines Denkens, die einst kraftvoll gewesen waren. Aber doch nur ein Gerippe. Klingende Worte, tönende Sätze, metallisches Aufeinanderklirren von Ideen im Leeren, Geistreicheleien, von Sinnlichkeit besessene Gehirne und klügelnder Verstand. Das alles war zu nichts nutz als zu egoistischem Genießen. Es trieb dem Tode zu. Es war ein Phänomen, ähnlich dem der furchtbaren Entvölkerung Frankreichs, die Europa im stillen beobachtete – berechnete. So viel an Geist, an Intelligenz, an verfeinerter Sinnlichkeit verausgabte sich in einer Art schmachvoller Onanie! Sie ahnten nichts davon. Sie lachten. Das war noch das einzige, was Christof beruhigte: diese Leute konnten noch gut lachen; dann war noch nicht alles verloren. Weit weniger gefielen sie ihm, wenn sie den Versuch machten, sich ernst zu nehmen; und nichts verletzte ihn so sehr wie Schriftsteller, die in der Kunst nur einen Gegenstand des Vergnügens suchten, sich dabei wie Priester einer selbstlosen Religion gebärden zu sehen.

„Wir sind Künstler", sagte Silvan Kohn immer wieder wohlgefällig. „Wir schaffen Kunst um der Kunst willen. Die Kunst ist immer rein; es gibt nur keusche Kunst. Wir erforschen das Leben als Vergnügungsreisende, denen alles Freude macht. Wir sind die Sammler seltener Genüsse, die ewigen Don Juans der Schönheit."

„Heuchler seid ihr!" parierte Christof schließlich rücksichtslos. „Entschuldigen Sie, wenn ich Ihnen das sage. Ich glaubte bisher, nur mein Vaterland wäre so. In Deutschland besitzen wir die Heuchelei, immer von Idealismus zu reden und dabei das eigene Interesse zu verfolgen, ja uns sogar für Idealisten zu halten, während wir nur an unsern Eigennutz denken; aber ihr seid weit schlimmer: ihr deckt mit dem Namen Kunst und Schönheit (groß geschrieben) eure nationale Unzucht – falls ihr nicht gar eure Pilatusmoral unter dem Namen der Wahrheit, der Wissenschaft und der geistigen Pflicht verbergt, einer Pflicht, die sich um die möglichen Folgen ihrer erhabenen Forschungen nicht bekümmert. Kunst um der Kunst willen! – Ein wundervoller Glaube! Aber ein Glaube nur für Starke. Kunst! Das Leben umkrallen wie der Adler die Beute, es in den Äther emportragen, sich mit ihm zum Licht emporschwingen! – Dazu braucht man Klauen, weite Flügel und ein kraftvolles Herz. Ihr seid aber nur Spatzen, die irgendein Stück Aas, das sie gefunden haben, auf der Stelle zerfetzen und sich kreischend darum balgen... Kunst um der Kunst willen... Unglückliche! Die Kunst ist nicht ein gemeines Fressen, das jedem gewöhnlichen Vorübergehenden erreichbar ist. Ein Genuß ist sie, gewiß, und der berauschendste von allen. Aber ein Genuß, der nur der Preis hartnäckigen Kampfes ist, der Lorbeer, der die siegende Kraft krönt. Kunst ist gebändigtes Leben, ist die höchste Beherrscherin des Lebens. Will man Cäsar sein, so muß man die Seele eines Cäsar haben. Ihr aber seid nur Theaterkönige: ihr spielt eine Rolle, an die ihr nicht einmal glaubt. Und wie gewisse Schauspieler, die sich ihrer Häßlichkeit rühmen, macht ihr Literatur aus der eurigen. Liebevoll hegt ihr die Krankheiten eures Volkes, seine Scheu vor Anstrengung, seine Sucht nach Vergnügungen, nach grobsinnlichen Vorstellungen, nach einem trügerischen Humanitarismus, nach allem, was den Willen wollüstig einlullt und ihm jeden Anlaß zum Handeln nehmen kann. Ihr führt es geradenwegs zum Opiumrauchen. Und ihr wißt es genau, wenn ihr's auch nicht sagt: Am Ziel steht der Tod. – Ich aber sage euch: Wo der Tod ist, da ist keine Kunst. Kunst heißt: das Leben fördern. Aber die ehrlichsten unter euren Schriftstellern sind so feige, daß sie, selbst wenn ihnen die Binde von den Augen gefallen ist, so tun, als ob sie nichts sähen; sie haben die Stirn, zu sagen:

Gefährlich ist es, das gebe ich zu; irgendein Gift ist darin; aber es ist doch so talentvoll!

Als wenn der Strafrichter von einem Ganoven sagen wollte:
Er ist ein Lump, gewiß; aber er hat doch soviel Talent!"

Christof fragte sich, wozu die französische Kritik eigentlich dasei. Es fehlte ja nicht an Kritikern; es wimmelte von ihnen in der französischen Kunst. Man sah schließlich vor lauter Kritik nicht mehr die Werke, sie verschwanden unter ihr.

Christof war im allgemeinen der Kritik gegenüber nicht empfindlich. Es widerstrebte ihm schon, die Nützlichkeit jener Unzahl von Künstlern zuzugeben, die gleichsam einen vierten oder fünften Stand in der modernen Gesellschaft bildeten. Er erblickte darin das Zeichen einer müden Epoche, die es andern überläßt, das Leben zu betrachten – die per procura empfindet. Mit um so mehr Recht fand er es etwas beschämend, daß die Zeit nicht einmal mehr fähig war, mit eigenen Augen diesen Reflex des Lebens zu betrachten, sondern daß sie selbst dazu wiederum Vermittler brauchte, Spiegel für jenen Reflex, kurzum Kritiker. Zum mindesten hätten diese Spiegel getreuer sein müssen. Aber sie gaben nichts wieder als die Unsicherheit der Menge, die sich um sie herum drängte. Sie glichen jenen Museumsspiegeln, die mit der bemalten Decke zugleich die Gesichter der Neugierigen widerspiegeln, die sie darin zu sehen versuchen.

Es hatte eine Zeit gegeben, in der sich die Kritiker in Frankreich eines ungeheuren Ansehens erfreuten. Das Publikum beugte sich vor ihrem Urteil, und es war nicht weit davon entfernt, sie als den Künstlern überlegen, als intelligente Künstler anzusehen (die beiden Wörter scheinen nicht zusammenzugehen). Hernach hatten sie sich mit außerordentlicher Schnelligkeit vermehrt; es gab zu viele Auguren: das verdirbt das Handwerk. Wenn es so viele Leute gibt, von denen jeder behauptet, nur er besitze die alleinige Wahrheit, so glaubt man ihnen nicht mehr, und sie glauben sich schließlich selbst nicht mehr. Entmutigung trat ein: im Handumdrehen verfielen sie nach französischer Art aus einer Übertreibung in die andere. Nachdem sie verkündet hatten, daß sie alles wüßten, verkündeten sie jetzt öffentlich, daß sie nichts wüßten. Sie setzten ihre Ehre, ja ihre Eitelkeit darein, nichts zu wissen. Renan hatte die verweichlichten Zeitgenossen gelehrt, daß es nicht vornehm sei, irgend etwas zu behaupten, ohne es sofort wieder zu verneinen oder doch wenigstens in Frage zu stellen. Er gehörte nicht zu denen, von welchen Christus sagt: *Eure Rede aber sei: Ja, ja, nein, nein; was darüber ist, das ist vom Übel.* Die ganze französische Elite hatte sich für dieses doppelzüngige Credo begeistert. Geistige Trägheit und Charakterschwäche waren dabei auf ihre Rechnung gekommen. Man sagte von einem Werk nicht mehr, es sei gut oder schlecht, wahr oder falsch, klug oder dumm. Man sagte:

„Es könnte sein ... Es wäre nicht unmöglich ... Ich habe keine Ahnung davon ... Ich wasche meine Hände in Unschuld."

Wenn man einen Dreck spielte, sagten sie nicht:
„Das ist ein Dreck."
Sie sagten:
„Hoher Herr Sganarelle, ändern Sie, bitte, diese Art zu reden. Unsere Philosophie gebietet, von allem unbestimmt zu reden; und aus diesem Grunde dürfen Sie nicht sagen: ‚Das ist Dreck', sondern: ‚Mich dünkt ... Es scheint mir, daß wir es hier mit Dreck zu tun haben ... Aber es ist nicht sicher, daß dem so ist. Möglicherweise könnte es ein Meisterwerk sein. Und wer weiß, ob es nicht eins ist?' "

Die Gefahr, daß man sie beschuldigen könnte, die Künste zu tyrannisieren, bestand nicht mehr. Ehedem hatte sie Schiller zurechtgewiesen und den Pressetyrannen seiner Zeit in Erinnerung gebracht, was er ohne Umschweife *Bedientenpflicht* nannte:

*Rein zuerst sei das Haus, in welchem die Königin
  einzieht.*
*Frisch denn, die Stuben gefegt! Dafür, ihr Herrn,
  seid ihr da.*
*Aber, erscheint sie selbst, hinaus vor die Türe,
  Gesinde!*
*Auf den Sessel der Frau pflanze die Magd sich
  nicht hin.*

Man mußte indes den heutigen Kritikern Gerechtigkeit widerfahren lassen. Sie setzten sich nicht mehr auf den Sessel der Frau. Da man wollte, daß sie Bediente seien, so waren sie es. Allerdings schlechte Bediente: sie fegten nicht; die Wohnung war ein Schmutzloch. Statt für Ordnung und Sauberkeit zu sorgen, verschränkten sie lieber die Arme und überließen die Arbeit dem Herrn, der Tagesgottheit: dem allgemeinen Wahlrecht.

Allerdings machte sich im bürgerlichen Bewußtsein seit einiger Zeit eine Gegenbewegung bemerkbar. Ein paar brave Leute hatten – wenn auch noch recht schwach – einen Feldzug zur Gesundung der Öffentlichkeit unternommen; Christof aber merkte davon in seiner Umgebung nichts. Übrigens schenkte man ihnen kein Gehör oder machte sich über sie lustig. Wenn es ab und zu vorkam, daß ein kraftvoller Künstler seine Stimme gegen die unlautere Kunst erhob, die in Mode war, so erwiderten die Schriftsteller hochfahrend, das Recht sei auf ihrer Seite, denn das Publikum sei zufrieden. Das genügte, um alle Einwände zum Schweigen zu bringen. Das Publikum hatte gesprochen: oberstes Gesetz der Kunst! Niemandem kam es in den Sinn, daß man das Zeugnis eines verdorbenen Publikums zugunsten derer, die es verdarben, verwerfen könne und daß der Künstler dazu dasei, dem Publikum zu gebieten, doch nicht das Publikum dem Künstler. Die Religion der Zahl – der Zahl der Zuschauer und der des Ertrags – beherrschte den künstlerischen Sinn dieser verkrämerten Demokratie. In der Gefolgschaft der Autoren dekretierten die Kritiker gefügig, die Hauptaufgabe des Kunstwerks sei, zu gefallen. Der Erfolg sei ausschlaggebend, und wenn der Erfolg anhalte, so habe man sich dem zu beugen. Sie bemühten sich also, die Schwankungen der Vergnügungsbörse vorauszuwittern und in den Augen des Publikums zu lesen, was es von den Werken dachte. Spaßig war, daß sich das Publikum seinerseits bemühte, in den Augen der Kritik zu lesen, was es von den Werken zu halten habe. So sahen beide einander an; und einer sah in des anderen Augen nur die eigene Unschlüssigkeit.

Und doch wäre eine unerschrockene Kritik niemals nötiger gewesen. In einer anarchischen Republik hat die Mode, die in der Kunst ja allmächtig ist, nur selten die Rückzugsmöglichkeiten wie in einem konservativen Staat; sie strebt immer vorwärts, und es findet ein fortwährendes Überbieten in einer falschen Geistesfreiheit statt, der fast niemand zu widerstehen wagt. Die Menge ist unfähig, sich zu äußern; sie ist im Grunde entsetzt; aber keiner wagt zu sagen, was jeder im geheimen fühlt. Wie groß würde die Macht der Kritiker sein, wenn sie stark wären, wenn sie nur wagten, stark zu sein! Ein kraftvoller Kritiker (dachte Christof, der junge Despot) könnte sich in wenigen Jahren zum Napoleon des öffentlichen Geschmacks aufschwingen und die Kranken in der Kunst ins Irrenhaus befördern. Aber es gibt keinen Napoleon mehr... Erstens leben alle Kritiker in der verseuchten Atmosphäre: sie spüren sie nicht mehr. Zweitens wagen sie nicht zu reden. Sie kennen einander alle, sie bilden eine kleine Zunft, in der alle mehr oder weniger aufeinander angewiesen sind und Rücksichten aufeinander nehmen müssen: keiner ist unabhängig. Dazu müßte man auf das gesellige Leben, ja beinahe auf Freundschaften verzichten. Wer aber hat dazu den Mut, in einer erschlafften Epoche, in der die Besten bezweifeln, daß die Gerechtigkeit einer Kritik die Unannehmlichkeiten aufwiegt, welche sie dem eintragen kann, der sie übt? Wer wollte sich aus Pflichtgefühl dazu verdammen, aus seinem Leben eine Hölle zu machen? Wer wollte es wagen, der öffentlichen Meinung die Stirn zu bieten: gegen die Dummheit des Publikums kämpfen, die Minderwertigkeit der Tagessieger bloßstellen, den unbekannten, einsamen, von unwissenden und übelwollenden Kritikern zerfleischten Künstler verteidigen, die königlichen Gedanken den Untertanengehirnen aufzwingen? – Es kam vor, daß Christof mit anhörte, wie Kritiker am Abend einer Premiere in den Theatergängen zueinander sagten:

„Na, ist das ein elendes Zeug! Das wird ein Durchfall!"

Aber in ihrem Bericht am nächsten Morgen sprachen sie von einem Meisterwerk, einem neuen Shakespeare und von den Schwingen des Genius, dessen Flügelschlag über ihren Häuptern dahingerauscht sei.

„Talent fehlt eurer Kunst nicht so sehr wie Charakter", sagte Christof zu Silvan Kohn. „Ihr brauchtet eher einen großen Kritiker, einen Lessing, einen..."

„Einen Boileau?" sagte Silvan Kohn spöttelnd.

„Vielleicht eher einen Boileau als zehn geniale Künstler."

„Wenn wir einen Boileau hätten", sagte Silvan Kohn, „so würde man nicht auf ihn hören."

„Wenn man nicht auf ihn hören würde, wäre er kein Boileau", erwiderte Christof. „Ich versichere Ihnen: An dem Tage, an dem ich, so ungeschickt ich auch bin, euch die nackte Wahrheit sagen wollte – an dem Tage würdet ihr mich schon anhören, und ihr hättet sie einfach zu schlucken!"

„Mein alter Junge!" grinste Silvan Kohn.

Er schien von der allgemeinen Schlaffheit so überzeugt und auch so ganz mit ihr einverstanden, daß Christof, als er ihn ansah, plötzlich empfand, wie sehr doch dieser Mensch hundertmal mehr als er selber ein Fremder in Frankreich war.

„Es ist nicht möglich", sagte er von neuem, wie an jenem Abend, als er angewidert aus einem Boulevardtheater weggegangen war. „Es muß noch etwas anderes geben."

„Was vermissen Sie noch?" fragte Kohn.

Christof erwiderte hartnäckig:

„Frankreich."

„Frankreich – das sind wir!" rief Silvan Kohn und lachte laut auf.

Christof sah ihn einen Augenblick lang starr an, dann schüttelte er den Kopf und wiederholte seinen Kehrreim:

„Es muß noch etwas anderes geben."

„Nun, mein Lieber, so suchen Sie es", sagte Silvan Kohn und lachte noch mehr.

Christof konnte lange suchen. Sie hatten es gut versteckt.

ZWEITER TEIL

Je schärfer Christof in den Gedankenbottich sah, in dem die Pariser Kunst gärte, um so stärker drängte sich ihm ein Eindruck auf: das Übergewicht der Frau in dieser kosmopolitischen Gesellschaft. Sie nahm darin einen unsinnigen, übermäßigen Platz ein. Es genügte ihr nicht mehr, die Gefährtin des Mannes zu sein. Es genügte ihr nicht einmal mehr, ihm gleichgestellt zu werden. Ihr Vergnügen mußte für den Mann das oberste Gesetz sein. Und der Mann gab sich dazu her. Wenn ein Volk altert, legt es den Willen, den Glauben, jedes Ziel des Lebens in die Hände der Spenderin der Freuden nieder. Die Männer formen die Werke; die Frauen aber formen die Männer (wenn sie sich nicht etwa auch an die Werke heranmachen, wie es im damaligen Frankreich der Fall war); und von dem, was sie formen, wäre es richtiger, zu sagen, daß sie es entformen. Das Ewigweibliche hat zweifellos von jeher mit hinanziehender Kraft auf die Besten eingewirkt; aber für den Durchschnittsmann und für erschöpfte Epochen gibt es, wie jemand einmal sagte, ein anderes, nicht weniger Ewigweibliches, das sie hinabzieht. Und dieses Ewigweibliche beherrschte die Gedanken, war König der Republik.

Christof beobachtete in den Salons, zu denen ihm sein Virtuosentalent und Silvan Kohns Vermittlung Zutritt verschafft hatten, neugierig die Pariserinnen. Wie die meisten Fremden übertrug er ohne Nachsicht auf alle Französinnen die Beobachtungen, die er an zwei oder drei Typen gemacht hatte, denen er begegnet war: junge Frauen, nicht sehr groß, ohne viel Frische, mit geschmeidiger Gestalt, gefärbtem Haar, einem liebenswürdigen, für ihren Körper etwas zu großen Kopf, den meist ein großer Hut bedeckte; klare Züge, etwas gedunsenes Fleisch; eine ziemlich wohlgeformte, oft gewöhnliche, stets charakterlose kleine Nase; wache Augen, aber ohne tieferes Leben, die sich so glänzend und groß wie nur möglich zu machen suchten; einen gut gezeichneten, beherrschten Mund; ein volles Kinn, das, wie die ganze untere Gesichtshälfte, die materielle Gesinnung dieser eleganten Wesen verriet, die, trotz aller Liebeleien und Intrigen, niemals die Rücksicht auf die Gesellschaft und ihren Haushalt aus den Augen verloren. Hübsch, aber ohne Rasse waren sie. Bei fast allen diesen Weltdamen merkte man die sittlich verdorbene Bürgersfrau – oder eine, die es gern sein wollte – mit allen Überlieferungen ihrer Klasse: Vorsicht, Sparsamkeit, Kälte, praktischem Sinn, Egoismus. Ein armseliges Leben. Ihre Vergnügungssucht entsprang mehr einer Neugier des Gehirns als einem Bedürfnis der Sinne. Sie besaßen eine entschiedene, wenn auch auf das Mittelmäßige gerichtete Willenskraft. Sie kleideten sich vorzüglich. Sie hatten feine, automatische Bewegungen. Mit kleinen, zarten Berührungen der äußeren oder inneren Handfläche tätschelten sie ihre Haare und ihre Kämme, stets setzten sie sich so, daß sie sich spiegeln – und die andern beobachten – konnten, sei es in einem nahen oder fernen Spiegel oder, wenn es beim Essen, beim Tee war, in den geputzten, glänzenden Löffeln, Messern, silbernen Kaffeekannen, in denen sie mit einem Streifblick ihr Spiegelbild auffingen, das sie mehr interessierte als alles andere. Bei den Mahlzeiten befolgten sie strenge Gesundheitsregeln: tranken nur Wasser und enthielten sich aller Gerichte, die ihrem Ideal, ihrer Puderweiße, hätten schaden können.

Es gab ziemlich viele Jüdinnen in den Kreisen, die Christof besuchte, und er fühlte sich von ihnen angezogen, obgleich er sich seit seiner Begegnung mit Judith Mannheim kaum mehr Illusionen über sie machte. Silvan Kohn hatte ihn in einige jüdische Salons eingeführt, in denen er mit der gewohnten Intelligenz dieser Rasse, die Intelligenz liebt, empfangen wurde. Christof begegnete dort beim Essen Finanzleuten, Ingenieuren, Zeitungsmachern, internationalen Maklern, Sklavenhändlertypen – den Geschäftsleuten der Republik. Sie waren scharfblickend und energisch, gegen andere gleichgültig, liebenswürdig, mitteilsam und verschlossen. Christof hatte manchmal das Gefühl, daß sich hinter diesen harten Stirnen vergangene oder zukünftige Verbrechen der Männer verbargen, die da um den üppigen, mit Fleisch und Blumen beladenen Tisch zusammensaßen. Fast alle waren häßlich. Dagegen machte die Frauenschar in dem Gesamtbild einen ziemlich glänzenden Eindruck. Man durfte sie indes nicht aus zu großer Nähe betrachten. Der Farbe und den Zügen der meisten fehlte die Feinheit. Aber sie besaßen Frische, ein Äußeres, das ziemlich starke Lebenskraft verriet, schöne Schultern, die den Blicken stolz entgegenblühten, und eine angeborene Kunst, aus ihrer Schönheit und sogar aus ihrer Häßlichkeit eine Männerfalle zu machen. Ein Künstler hätte in manchen den alten römischen Typus, Frauen aus der Zeit Neros und Hadrians, wiedergefunden. Man sah auch an Palma Vecchio erinnernde Gestalten von wollüstigem Ausdruck, mit schwerem Kinn, festem Halsansatz, Gestalten von fast tierhafter Schönheit. Andere hatten üppiges, gelocktes Haar, brennende, kecke Augen; man spürte, sie waren schlau, scharf, zu allem bereit, männlicher als die anderen Frauen und dennoch weiblicher. Von dieser Herde hob sich da und dort auch ein vergeistigteres Profil ab. Seine reinen Züge gingen noch hinter Rom zurück, zum Lande Labans: man glaubte in ihm die Poesie des Schweigens, die Harmonie der Wüste zu spüren. Wenn sich aber Christof näherte und vernahm, was für Reden Rebekka mit Faustina, der Römerin, oder mit St. Barbara, der Venezianerin, tauschte, so fand er eine Pariser Jüdin wie die anderen, noch pariserischer als eine Pariserin, noch gekünstelter und gefälschter, die seelenruhig Bosheiten sagte und

Leib und Seele der Menschen mit ihren Madonnenaugen entblößte.

Christof irrte von Gruppe zu Gruppe, ohne in einer aufgehen zu können. Die Männer redeten mit Leidenschaft von der Jagd, mit Roheit von der Liebe, nur vom Gelde mit einer sicheren, kalten und spöttischen Folgerichtigkeit. Im Rauchzimmer sprach man von Geschäften. Christof hörte, wie man von einem geschniegelten Herrn, der sich, ein Ordensbändchen im Knopfloch, zwischen den Sesseln der Damen hindurchschlängelte und schwerfällige Liebenswürdigkeiten schnarrte, sagte:

„Was! Er ist also in Freiheit?"

In einer Salonecke unterhielten sich zwei Damen über die Liebschaften einer jungen Schauspielerin und einer Dame der Gesellschaft. Manchmal wurde musiziert. Man bat Christof, zu spielen. Pausbäckige, schweißtriefende Dichterinnen trugen in apokalyptischem Ton Verse von Sully-Prudhomme und Auguste Dorchain vor. Ein berühmter Komödiant deklamierte feierlich eine „mystische Ballade" mit Celestabegleitung. Musik und Verse waren so albern, daß Christof ganz krank davon wurde. Aber die Römerinnen waren entzückt und lachten aus vollem Herzen, wobei sie ihre prächtigen Zähne zeigten. Man spielte auch Ibsen. Der Kampf eines großen Mannes gegen die Stützen der Gesellschaft endete damit, daß er ihnen Unterhaltungsstoff lieferte!

Ferner hielten sich natürlich alle für verpflichtet, ihre Ansichten über Kunst von sich zu geben. Das war nun ganz widerwärtig. Besonders die Frauen waren darauf erpicht, aus Koketterie, aus Höflichkeit, aus Langweile, aus Dummheit über Ibsen, Wagner, Tolstoi zu reden. War die Unterhaltung einmal auf diesem Feld, so gab es kein Mittel, sie aufzuhalten. Das Übel steckte an. Christof mußte die Gedanken der Bankiers, der Makler und Sklavenhändler über Kunst anhören. Er konnte sich noch so sehr bemühen, eine Antwort zu vermeiden, das Gespräch auf etwas anderes zu bringen: man versteifte sich darauf, mit ihm von Musik und großer Dichtung zu reden. Ganz wie Berlioz sagte: „Diese Leute gebrauchen dergleichen Ausdrücke mit der größten Kaltblütigkeit: man könnte meinen, sie sprächen von Wein, Weibern oder andern Schweinereien." Ein Irrenarzt erkannte in einer Heldin von Ibsen eine seiner Patientinnen wieder, nur sei sie noch viel dümmer. Ein Ingenieur versicherte voller Überzeugung, die sympathische Gestalt in *Nora* sei der Ehemann. Der große Komödiant – ein berühmter Komiker – stotterte tiefe Gedanken über Nietzsche und Carlyle hervor; er erzählte Christof, daß er kein Gemälde von Velázquez sehen könne (der gerade die Tagesgottheit war), „ohne daß ihm dicke Tränen die Wangen herabliefen". Immerhin – vertraute er Christof an –, so hoch er die Kunst auch stelle, noch höher stelle er die Lebenskunst, die Tat; und wenn er sich eine Rolle hätte wählen dürfen, so hätte er nach der Bismarcks gegriffen. Manchmal war ein sogenannter geistreicher Mann da, wodurch die Unterhaltung aber nicht wesentlich gehoben wurde. Christof verglich, was solch einer angeblich und was er wirklich sagte. Meistens sagten diese Berühmtheiten gar nichts, sie ließen es bei einem rätselhaften Lächeln bewenden; sie lebten von ihrem Ruf und setzten ihn keinesfalls aufs Spiel. Auszunehmen waren ein paar Schönredner, meist Südfranzosen. Sie sprachen über alles. Sie hatten gar kein Gefühl für Werte; alles lag auf derselben Ebene. Für sie waren ein Shakespeare, ein Molière oder selbst ein Christus gleichbedeutend. Sie verglichen Ibsen mit Dumas dem Jüngeren, Tolstoi mit George Sand; und natürlich geschah das, um zu zeigen, daß in Frankreich alles zuerst dagewesen sei. Gewöhnlich kannten sie keine einzige fremde Sprache. Aber das störte sie nicht. Es war ihrer Zuhörerschaft so unwichtig, ob sie die Wahrheit sagten! Wichtig war, daß sie amüsante Sachen sagten, die der nationalen Eigenliebe soviel wie möglich schmeichelten. Die Ausländer hatten ein dickes Fell – ausgenommen der Tagesgötze, denn einen brauchte die Mode immer: gleichviel ob Grieg oder Wagner, Nietzsche oder Gorki oder d'Annunzio. Lange indes währte es nicht, und das Götterbild war sicher, eines Morgens in den Kehricht zu kommen.

Augenblicklich war Beethoven der Abgott. Beethoven – wer hätte das gedacht? – war in Mode. Wenigstens in der großen Welt und bei den Literaten, denn die Musiker hatten sich sofort wieder von ihm losgesagt, gemäß dem Schaukelsystem, das eins der Gesetze des künstlerischen Geschmacks in Frankreich ausmacht. Ein Franzose muß, um zu wissen, was er selbst denkt, wissen, was sein Nachbar denkt, damit er dasselbe oder das Gegenteil denken kann. So hatten auch die vornehmsten unter den Musikern, als sie sahen, daß Beethoven volkstümlich wurde, angefangen, ihn für sich nicht mehr vornehm genug zu finden; sie behaupteten, der allgemeinen Meinung voraus zu sein und ihr niemals zu folgen; lieber wollten sie ihr den Rücken wenden, als je mit ihr einig sein. Also begannen sie, Beethoven als tauben Alten zu behandeln, der mit heiserer Stimme schrie; und manche behaupteten, daß er wohl ein achtbarer Sittenprediger, aber ein überschätzter Musiker sei. – Solche schlechten Witze waren nicht nach Christofs Geschmack. Die Begeisterung der Gesellschaft erfreute ihn ebensowenig. Wäre Beethoven in diesem Augenblick nach Paris gekommen, so wäre er der Löwe des Tages geworden; wie ärgerlich für ihn, daß er schon bald ein Jahrhundert tot war. Übrigens zählte seine Musik in dieser Begeisterungswelle nicht soviel wie seine mehr oder weniger romantischen Lebensumstände, die sentimentale Biographien verbreitet hatten. Seine leidenschaftliche Maske mit dem Löwenmaul war zur Romanfigur geworden. Die Damen bejammerten ihn; sie gaben zu verstehen, daß er nicht gar so unglücklich gewesen wäre, wenn sie ihn gekannt hätten; und ihr edles Herz neigte um so mehr dazu, sich ihm anzubieten, als keinerlei Gefahr bestand, daß Beethoven sie beim Wort nahm: der alte Knabe hatte nichts mehr nötig. – Ebendarum entdeckten die Virtuosen, die Orchesterdirigenten, die Impresarios in sich auch solche Schätze des Mitleids für ihn; und sie heimsten als Beethoven-Vertreter die Ehrenbezeigungen ein, die ihm galten. Pomphafte Musikfeste zu großen Preisen boten den Leuten der Gesellschaft Gelegenheit, ihre Freigebigkeit zu zeigen – und manchmal auch Beethovensche Symphonien zu entdecken. Ein Komitee von Schauspielern, von Leuten der Welt und der Halbwelt, von Politikern, die von der Republik beauftragt waren, die Schicksale der Kunst zu lenken, taten der Welt kund, daß sie Beethoven ein Denkmal errichten würden; man sah auf der Liste unter ein paar braven Leuten, die den andern als Freibrief dienten, jenes ganze Lumpenpack, das den lebenden Beethoven mit Füßen getreten haben würde.

Christof schaute und hörte. Er biß die Zähne zusammen, um keine Ungeheuerlichkeiten über seine Lippen zu lassen. Den ganzen Abend blieb er krampfhaft angespannt. Er konnte weder reden noch schweigen. Zu reden ohne Freude oder inneren Drang, rein aus Höflichkeit und weil nun einmal geredet werden mußte, schien ihm demütigend. Seine innersten Gedanken mitzuteilen war ihm nicht gestattet. Plattheiten zu sagen war ihm unmöglich. Und er hatte auch nicht das Talent, im Schweigen höflich zu sein. Sah er seinen Nachbarn an, so tat er es zu fest und zu durchdringend; er studierte ihn wider Willen, und der andere fühlte sich dadurch verletzt. Wenn er sprach, dann glaubte er allzusehr an das, was er sagte. Alle Welt wurde dadurch vor den Kopf gestoßen, und sogar er selber. Er fühlte wohl, daß er nicht an seinem Platze sei. Er besaß Sinn und Verstand genug, um zu empfinden, daß seine Anwesenheit die Harmonie des Ortes störte; daher verletzte sein Benehmen ihn selber ebensosehr wie seine Gastgeber. Er grollte sich und ihnen.

Wenn er sich endlich mitten in der Nacht auf der Straße

wiederfand, drückte ihn der Überdruß derart nieder, daß er nicht die Kraft fand, zu Fuß nach Haus zu gehen; er hatte Lust, sich mitten auf der Straße hinzuwerfen, wie er schon zwanzigmal nahe daran gewesen war, es zu tun, als er als kleiner Virtuose aus dem großherzoglichen Schloß vom Vorspielen kam. Manchmal, wenn er nur noch fünf oder sechs Francs für den Rest der Woche besaß, gab er zwei für einen Wagen aus. Hastig warf er sich hinein, nur um schneller zu entfliehen; und während er so davongetragen wurde, stöhnte er vor innerer Erschöpfung. Zu Hause, in seinem Bett, im Schlaf, stöhnte er noch... Und dann brach er wieder plötzlich in Lachen aus, wenn er an ein lächerliches Wort zurückdachte. Er überraschte sich dabei, wie er es wiederholte und die Gebärden nachahmte. Am nächsten Morgen und noch mehrere Tage nachher kam es vor, daß er während eines einsamen Spaziergangs wie ein Tier knurrte... Warum besuchte er diese Leute? Warum ging er immer wieder zu ihnen hin? Warum zwang er sich dazu, die Grimassen und Bewegungen der anderen mitzumachen und zu tun, als ob er an etwas Anteil nähme, das ihn langweilte? – Langweilte es ihn wirklich? – Noch vor einem Jahr hätte er solche Gesellschaft nicht ertragen können. Jetzt machte sie ihm Spaß, obwohl sie ihn aufreizte. Schlich sich etwas von der Pariser Gleichgültigkeit in ihn ein? Manchmal fragte er sich voller Besorgnis, ob er denn nicht mehr so stark wie früher sei. Aber im Gegenteil: er war stärker. In einer fremden Umgebung war er freieren Geistes. Wider Willen öffneten sich seine Augen für die große Komödie der Welt.

Übrigens mußte er wohl oder übel dieses Leben fortsetzen, wenn er wollte, daß seine Kunst in der Pariser Gesellschaft bekannt werde, die sich für die Werke nur interessiert, soweit sie die Künstler kennt. Und er mußte danach trachten, bekannt zu werden, wenn er unter diesen Philistern Stunden geben wollte, was er nötig hatte, um zu leben.

Und dann hat man auch ein Herz; und wider Willen bindet sich das Herz; es findet Anschluß, in welcher Umgebung es auch sei; und fände es keinen, so könnte es nicht leben.

Unter den jungen Mädchen, die Christof zu Schülerinnen hatte, befand sich die Tochter eines reichen Automobilfabrikanten, Colette Stevens. Ihr Vater war Belgier, naturalisierter Franzose, der Sohn eines in Antwerpen lebenden Anglo-Amerikaners und einer Holländerin; ihre Mutter war Italienerin. Es war eine echte Pariser Familie. Christof erblickte – wie viele andere – in Colette Stevens den Typus des französischen jungen Mädchens.

Sie war achtzehn Jahre alt, hatte schwarze, samtene Augen, mit denen sie die jungen Leute sanft anschaute, eine Iris, die mit ihrem feuchten Glanz wie bei einer Spanierin das ganze Auge füllte, ein etwas langes und phantastisches Näschen, das sie beim Sprechen leicht rümpfte und bewegte, indem sie das Mäulchen eigenwillig verzog, wuschelige Haare, ein unregelmäßiges Gesichtchen, eine nicht eben feine, mit Puder bedeckte Haut, etwas gedunsene, grobe Züge; sie sah wie eine rundliche kleine Katze aus.

Ihre Gestalt war von geradezu winzigen Proportionen; sie war sehr gut angezogen, verführerisch, aufreizend und hatte ein geziertes, gespreiztes, albernes Benehmen; sie spielte das kleine Mädchen, wiegte sich zwei Stunden lang in ihrem Schaukelstuhl und gab nur kurze Ausrufe von sich, wie: „Wirklich? Nicht möglich...!"

Bei Tisch, wenn es ein Gericht gab, das sie mochte, klatschte sie in die Hände; im Salon paffte sie Zigaretten, trug vor Männern eine übertriebene Zärtlichkeit für ihre Freundinnen zur Schau, warf sich ihnen an den Hals, streichelte ihnen die Hände, flüsterte ihnen ins Ohr, plapperte Naivitäten, verstand es auch wunderbar, mit sanfter, zarter Stimme Bosheiten zu sagen, wußte sogar gelegentlich sehr gewagte Dinge zu reden, scheinbar ohne sie anzurühren, und verstand es noch besser, sich welche sagen zu lassen. Sie hatte die unschuldige Miene eines artigen kleinen Mädchens und glänzende Augen unter schweren Lidern, listige und wollüstige Augen, die boshafte Seitenblicke warfen, auf allen Klatsch in der Unterhaltung lauerten, alle Unanständigkeiten gierig erspähten und hier und da irgendein Herz zu erangeln suchten.

Christof gefielen alle diese Albernheiten, diese Kätzchenkunststücke, diese geheuchelte Kindlichkeit ganz und gar nicht. Er hatte anderes zu tun, als auf die Kniffe eines frivolen kleinen Mädchens einzugehen oder sie auch nur vergnügt zu betrachten. Er hatte sein Brot zu verdienen, sein Leben und sein Denken vor dem Tod zu bewahren. Diese Salonpapageien interessierten ihn einzig, damit sie ihm hierzu die Mittel verschafften. Für ihr Geld gab er ihnen mit krauser Stirn gewissenhaft seine Stunden und war mit gespanntem Sinn bei seiner Pflicht, damit er weder durch die Langeweile, die sie ihm verursachte, noch durch die Neckereien seiner Schülerinnen zerstreut werde, falls diese ebenso kokett wie Colette Stevens waren. Er schenkte ihr kaum mehr Aufmerksamkeit als Colettes kleiner Kusine, einem schweigsamen, schüchternen Kind von zwölf Jahren, das die Stevens bei sich aufgenommen hatten und das Christof gleichfalls im Klavierspiel unterrichtete.

Colette aber war zu klug, um nicht zu empfinden, daß Christof gegenüber alle ihre Reize vergebens verschwendet waren, und zu geschmeidig, um sich nicht sofort seiner Art anzupassen. Sie brauchte sich dazu nicht einmal Mühe zu geben. Es war ein Instinkt ihrer Natur. Sie war ein Weib. Sie war wie eine Welle ohne Form; alle Seelen, die ihr begegneten, waren für sie Gefäße, deren Formen sie sogleich aus Neugierde, aus Bedürfnis annahm. Um zu sein, bedurfte sie beständig eines anderen. Ihre ganze Persönlichkeit bestand darin, daß sie nie dieselbe blieb. Sie wechselte die Gefäße oft.

Christof reizte sie aus sehr vielen Gründen, vor allem, weil sie merkte, daß sie ihn nicht anzog; dann auch, weil er anders war als alle jungen Leute, die sie kannte. Noch niemals hatte sie eine Schale von solcher Form und solcher Härte erprobt. Schließlich zog er sie auch an, weil sie als gewiegte Kennerin, die beim ersten Blick den wahren Wert von Porzellangefäßen und von Leuten erkannte, sich dessen vollkommen bewußt war, daß Christof wenngleich keine Eleganz, so doch eine Solidität besaß, die ihr keine ihrer Pariser Nippsachen zu bieten hatte.

Wie die meisten müßigen jungen Mädchen trieb sie Musik, und zwar viel und wenig. Das heißt, sie war fast immer damit beschäftigt und kannte doch fast nichts davon. Den ganzen Tag klimperte sie auf dem Klavier, aus Langeweile, aus Pose, aus Sinnlichkeit. Manchmal machte sie Musik, als ob sie radelte. Ein andermal spielte sie gut, sehr gut, mit Geschmack, mit Seele (fast hätte man meinen können, sie hätte eine: dazu genügte, daß sie sich in jemanden hineinversetzte, der eine Seele hatte). Ehe sie Christof kennenlernte, hatte sie es fertiggebracht, Massenet, Grieg, Thomé zu lieben. Aber seitdem sie Christof kannte, brachte sie es auch fertig, sie nicht mehr zu lieben. Jetzt spielte sie Bach und Beethoven recht ordentlich (was wirklich nicht viel sagen will); das stärkste jedoch war, daß sie sie liebte. Im Grunde waren es freilich weder Beethoven noch Thomé, weder Bach noch Grieg, die sie liebte, sondern es waren die Noten, die Töne, ihre Finger, die über die Tasten liefen, die Saitenschwingungen, die über ihre Nerven strichen, als wären diese ebenfalls Saiten, und sie wollüstig kitzelten.

Christof fand Colette immer vor ihrem Klavier sitzen, wenn er in den mit etwas verblaßten Gobelins geschmückten Salon des aristokratischen Hauses trat, wo auf einer Staffelei in der Mitte des Raumes das Bildnis der robusten Frau Stevens prangte; ein Modemaler hatte sie schmachtend wie eine Blume ohne Wasser, mit ersterbenden Augen, den Körper zur Spirale verdreht, dargestellt, um die Erlesenheit ihrer Millionärsseele auszudrücken; die Glastüren dieses großen Salons schauten auf alte schneebepuderte Bäume. Hier saß Colette, wiederholte bis in die Unendlichkeit dieselben Stellen und ließ sich die Ohren von weichlichen Dissonanzen umschmeicheln.

„Ach!" rief Christof beim Eintreten. „Da sitzt ja die Katze immer noch und schnurrt!"

„Unhöflicher Mensch...", sagte sie lachend.

(Und sie reichte ihm ihre etwas feuchte Hand.)

„... Hören Sie das. Ist das nicht hübsch?"

„Sehr hübsch", sagte er in gleichgültigem Ton.

„Sie hören nicht zu... Wollen Sie wohl zuhören!"

„Ich höre... Es ist ja immer dasselbe."

„Ach! Sie sind nicht musikalisch!" rief sie verärgert.

„Als ob es sich um Musik handelte!"

„Wie? Ist das keine Musik? – Und was sonst, bitte?"

„Sie wissen es sehr gut; und ich werde es Ihnen nicht sagen, weil das unschicklich wäre."

„Ein Grund mehr, es zu sagen."

„Sie wünschen es? – Um so schlimmer für Sie! – Nun also, wissen Sie, was Sie mit Ihrem Klavier anstellen? – Sie flirten mit ihm."

„Warum nicht gar!"

„Allerdings. Sie sagen zu ihm: Liebes Klavier, liebes Klavier, sage mir ein paar nette Worte und noch ein paar, streichle mich doch, gib mir ein Küßchen!"

„Wollen Sie wohl schweigen!" sagte Colette, halb lachend, halb böse. „Sie haben nicht die leiseste Ahnung von Respekt."

„Nicht die leiseste."

„Sie sind wirklich ungezogen... Und übrigens, wenn es auch so wäre, ist das etwa nicht die rechte Art, Musik zu lieben?"

„Oh! Ich bitte Sie, lassen Sie die Musik aus dem Spiel!"

„Aber so ist die Musik ja! Ein schöner Akkord ist wie ein Kuß."

„Ich habe Ihnen das nicht vorgesagt."

„Ist es nicht wahr? – Warum zucken Sie die Achseln? Warum schneiden Sie ein Gesicht?"

„Weil mich das anwidert."

„Immer besser!"

„Es widert mich an, von Musik wie von etwas Liederlichem reden zu hören... Oh, Sie sind nicht schuld daran! Ihre Kreise sind schuld daran. Diese ganze abgeschmackte Gesellschaft, die um Sie herum lebt, betrachtet ja die Kunst wie eine Art erlaubter Ausschweifung... Na, genug davon! Spielen Sie mir Ihre Sonate vor."

„Ach nein, plaudern wir noch ein wenig."

„Ich bin nicht zum Plaudern hier, sondern um Ihnen Klavierstunden zu geben... Also los, marsch!"

„Sie sind ja sehr höflich!" meinte Colette empört, im Grunde jedoch entzückt von dieser groben Art.

Sie spielte ihr Stück und gab sich alle Mühe dabei; da sie geschickt war, gelang ihr das ganz nett, manchmal sogar recht gut. Christof fiel darauf nicht herein und lachte bei sich selbst über die Gewandtheit dieses „verdammten Frauenzimmers, das spielte, als ob es empfände, was es spielte, obgleich es gar nichts dabei fühlte". Er konnte nicht umhin, deswegen eine belustigte Zuneigung für sie zu empfinden. Colette ergriff ihrerseits jeden Vorwand, die Unterhaltung wieder aufzunehmen, die sie weit mehr fesselte als ihre Klavierstunde. Christof konnte sich noch so sehr sträuben und vorgeben, daß er nicht sagen könne, was er denke, ohne Gefahr zu laufen, sie zu verletzen: es gelang ihr immer, ihn zum Reden zu bringen; und je verletzender er war, um so weniger zeigte sie sich gekränkt: es machte ihr Spaß. Da die Schlaue aber fühlte, daß Christof nichts mehr liebte als Aufrichtigkeit, so bot sie ihm kühn Trotz und stritt auf Tod und Leben mit ihm herum. Sie trennten sich als gute Freunde.

Dennoch hätte sich Christof niemals die geringste Illusion über diese Salonfreundschaft gemacht, niemals wäre die geringste Vertraulichkeit zwischen ihnen aufgekommen, hätte ihm Colette nicht eines Tages etwas anvertraut, was ihr ebenso der Augenblick wie ihr Verführungsinstinkt eingaben.

Am Abend vorher war bei ihren Eltern ein Empfang gewesen. Sie hatte wie toll gelacht, geschwatzt, geflirtet; am folgenden Morgen aber, als Christof kam, um ihr Stunde zu geben, war sie matt, hatte erschöpfte Züge, graue Haut und ein ganz eingefallenes Gesicht. Sie redete kaum ein paar Worte, sah aus wie erloschen. Sie setzte sich ans Klavier, spielte schlaff, verdarb ihre Läufe, versuchte es noch einmal, verpatzte sie wieder, unterbrach sich mit einem Ruck und sagte:

„Ich kann nicht... Bitte, entschuldigen Sie... Wenn Sie erlauben, warten wir ein wenig..."

Er fragte sie, ob sie krank sei. Sie verneinte.

Sie sei nicht sehr gut aufgelegt... Manchmal komme das so über sie... Es sei lächerlich, man dürfe ihr deswegen nicht böse sein.

Er schlug ihr vor, er wolle an einem andern Tag wiederkommen; aber sie drang in ihn zu bleiben.

„Nur einen Augenblick... vielleicht wird es gleich besser sein... Wie dumm ich bin, nicht wahr?"

Er fühlte wohl, daß sie nicht in ihrer gewohnten Verfassung sei; aber er wollte sie nicht ausfragen; um von etwas anderem zu reden, sagte er:

„Das haben Sie davon, daß Sie gestern abend so glänzend waren! Sie haben Ihre Kräfte zu sehr vergeudet."

Sie zeigte ein kleines ironisches Lächeln.

„Man kann von Ihnen nicht dasselbe sagen", antwortete sie.

Er lachte freimütig.

„Ich glaube, Sie haben nicht ein Wort geredet."

„Nicht eins."

„Und doch waren interessante Leute da."

„Ja, herrliche Schwätzer, geistreiche Leute. Ich fühle mich wie verloren unter Ihren marklosen Franzosen, die alles verstehen, alles erklären, alles entschuldigen und nichts fühlen. Leute, die stundenlang von Liebe und Kunst reden. Ist das nicht widerlich?"

„Die Kunst dürfte Sie doch immerhin interessieren, wenn auch nicht gerade die Liebe."

„Man redet von solchen Dingen nicht, man tut sie."

„Aber wenn man sie nicht tun kann?" sagte Colette mit einer kleinen Grimasse.

Christof antwortete lachend:

„Dann überlassen Sie's andern. Nicht jeder ist für die Kunst geschaffen."

„Auch nicht für die Liebe?"

„Auch nicht für die Liebe."

„Gott erbarme sich! Und was bleibt uns dann übrig?"

„Ihr Haushalt."

„Danke!" sagte Colette gekränkt.

Sie legte ihre Hände wieder auf das Klavier, versuchte von neuem, verdarb wieder ihre Läufe, schlug auf die Tasten und seufzte.

„Ich kann nicht! – Es ist klar, ich bin zu nichts nutz. Ich glaube, Sie haben recht. Die Frauen taugen zu gar nichts."

„Es ist immer schon etwas, wenn Sie es eingestehen", meinte Christof gutmütig.

Sie sah ihn mit der Miene eines gescholtenen kleinen Mädchens an und sagte:

„Seien Sie nicht so hart!"

„Ich sage von den guten Frauen nichts Böses", erwiderte Christof fröhlich. „Eine gute Frau ist das Paradies auf Erden. Nur eben, das Paradies auf Erden..."

„Ja, das hat noch niemand gesehen."

„Ich bin nicht pessimistisch. Ich sage: Ich persönlich habe es nicht gesehen; aber es ist sehr wohl möglich, daß es vorhanden ist. Ich bin sogar entschlossen, es zu finden, falls es besteht. Nur ist das nicht leicht. Eine gute Frau und ein genialer Mann sind beide gleich selten."

„Und alle übrigen Männer und Frauen zählen nicht?"

„Im Gegenteil! Nur die übrigen zählen ... für die Welt."

„Aber für Sie?"

„Für mich sind sie nicht vorhanden."

„Wie hart Sie sind!" wiederholte Colette.

„Ein wenig. Ein paar Leute müssen es wohl sein. Wenn es auch nur im Interesse der andern wäre! – Wenn es nicht hier und dort in der Welt ein paar Kiesel gäbe, so würde sie zu Brei zerfließen."

„Ja, Sie haben recht, Sie sind glücklich, weil Sie stark sind", sagte Colette traurig. „Aber seien Sie nicht zu streng gegen die andern, vor allem gegen die Frauen, die es nicht sind ... Sie wissen nicht, wie sehr unsere Schwachheit auf uns lastet. Weil Sie uns lachen, flirten, Albernheiten begehen sehen, glauben Sie, wir hätten nichts anderes im Kopf, und Sie verachten uns. Ach! Wenn Sie wüßten, was sich alles im Kopf der Weibchen von fünfzehn bis achtzehn Jahren abspielt, die in Gesellschaft gehen und die Art Erfolg haben, die ihr überströmendes Leben zuläßt – könnten Sie sie nur nachher sehen, wenn sie reichlich getanzt und Nichtigkeiten geschwatzt haben, paradoxe und bittere Dinge, über die man lacht, weil sie selbst lachen; wenn sie den Dummköpfen ein wenig von sich selbst preisgegeben und in den Augen eines jeden nach dem Licht gesucht haben, das man niemals darin findet – könnten Sie sie nur sehen, wenn sie nachts heimkehren und sich in ihr stilles Zimmer einschließen und sich in Todesqualen der Verlassenheit auf die Knie werfen!"

„Ist das möglich?" sagte Christof betroffen. „Wie? Sie leiden? So sehr leiden Sie?"

Colette antwortete nicht; aber die Tränen traten ihr in die Augen. Sie versuchte zu lächeln und streckte Christof die Hand hin: er ergriff sie bewegt.

„Arme Kleine!" sagte er. „Wenn Sie so unglücklich sind,

warum tun Sie nichts, um aus diesem Leben herauszukommen?"

„Was sollen wir denn tun? Da ist nichts zu machen. Ihr Männer, ihr könnt euch frei machen, könnt tun, was ihr wollt. Wir aber, wir sind für immer in den Kreis der gesellschaftlichen Pflichten und Vergnügungen eingeschlossen. Wir können nicht heraus."

„Wer hindert Sie, sich loszumachen wie wir, einen Beruf zu ergreifen, der Ihnen gefällt und Ihnen die Unabhängigkeit ebenso sichert wie uns?"

„Wie Ihnen? Armer Herr Krafft! Er sichert sie Ihnen nicht allzusehr! – Nun, er gefällt Ihnen wenigstens. Für welchen Beruf aber sind wir geschaffen? Nicht einer interessiert uns. – Ja, ich weiß wohl, wir befassen uns jetzt mit allem; wir tun, als ob wir uns für eine Menge Dinge begeisterten, die uns nichts angehen; wir möchten uns so gern für etwas erwärmen! Ich mache es wie die anderen. Ich betätige mich bei wohltätigen Stiftungen, in Wohlfahrtskomitees. Ich besuche die Vorlesungen in der Sorbonne, die Vorträge von Bergson und Jules Lemaître, historische Konzerte, klassische Matineen, und ich mache mir Notizen, Notizen... Ich weiß nicht, was ich schreibe! – Und ich suche mir einzureden, daß mich das fesselt oder daß es doch wenigstens von Nutzen ist. Ach! Wie gut ich das Gegenteil weiß, wie gleichgültig mir das alles ist und wie ich mich langweile! Fangen Sie nicht wieder an, mich zu verachten, weil ich Ihnen offen sage, was jedermann denkt. Ich bin keine größere Gans als die andern. Was aber können mir Philosophie und Geschichte und Wissenschaft wohl bedeuten? Und die Kunst – Sie sehen ja, ich klimpere, ich pinsele, ich mache kleine Aquarellpfuschereien – aber füllt das ein Leben aus? Das unsere hat nur einen einzigen Zweck: das ist die Ehe. Aber glauben Sie, es sei ein Vergnügen für uns, sich mit einem dieser Individuen zu verheiraten, die ich ebensogut kenne wie Sie? Ich sehe sie, wie sie sind. Ich bin leider nicht wie eure deutschen Gretchen, die es verstehen, sich immer Illusionen zu machen... Ist es nicht schrecklich? Man blickt um sich, sieht welche, die sich verheiratet haben, und die, mit denen sie sich verheiratet haben, und man weiß, einst wird man es wie sie machen müssen, sich Körper und Geist entstellen und gewöhnlich werden wie sie! – Ich versichere Ihnen, es gehört Stoizismus dazu, um ein solches Leben und seine Pflichten auf sich zu nehmen. Nicht alle Frauen bringen das fertig... Und die Zeit verstreicht, die Jahre gehen dahin, die Jugend vergeht; und doch war viel Hübsches, viel Gutes in uns, das zu nichts nütze ist, täglich zugrunde gehen muß und das man, ob man will oder nicht, an Dummköpfe wird verschwenden müssen, an Wesen, die man verachtet und die einen verachten werden! – Und niemand versteht uns! Man behauptet, daß wir den Leuten ein Rätsel seien. Das geht noch an für die Männer, die uns abgeschmackt und absonderlich finden. Aber die Frauen sollten uns verstehen; sie waren einmal wie wir; sie brauchten nur zurückzudenken... Aber nein. Von ihnen kommt keine Hilfe. Selbst unsere Mütter haben keine Ahnung von uns und bemühen sich nicht, uns wirklich zu kennen. Sie trachten einzig danach, uns zu verheiraten. Im übrigen: lebe, stirb, richte dich ein, wie du magst! Die Gesellschaft überläßt uns der völligen Verlassenheit."

„Verlieren Sie den Mut nicht", sagte Christof. „Jeder muß das Leben an sich selber erfahren. Wenn Sie tapfer sind, wird alles gut gehen. Suchen Sie außerhalb Ihrer Welt. Es muß doch immerhin noch ein paar anständige Männer in Frankreich geben."

„Gewiß. Ich kenne welche. Aber sie sind so langweilig! – Und dann will ich Ihnen etwas sagen: Die Welt, in der ich lebe, mißfällt mir; aber ich glaube nicht, daß ich jetzt noch irgendwo anders leben könnte. Ich habe mich daran gewöhnt. Ich brauche ein gewisses Wohlleben, eine gewisse Verfeinerung im Luxus und in der Gesellschaft, die das Geld allein allerdings nicht geben kann, zu der es aber unerläßlich ist. Das ist nicht gerade hervorragend, ich weiß es. Aber ich kenne mich, ich bin schwach... Ich bitte Sie, wenden Sie sich nicht von mir, weil ich Ihnen meine kleinen Feigheiten eingestehe. Hören Sie mich mit Güte an. Es tut mir so wohl, mit Ihnen zu reden. Ich fühle, wie stark, wie gesund Sie sind: ich habe volles Vertrauen zu Ihnen. Seien Sie ein wenig mein Freund, wollen Sie?"

„Ich will sehr gern", sagte Christof, „was aber könnte ich tun?"

„Mich anhören, mir raten, mir Mut machen. Ich bin oft in einer solchen Verzweiflung! Dann weiß ich nicht mehr, was ich tun soll. Ich sage mir: Wozu kämpfen? Wozu mich quälen? Dies oder das, was liegt daran? Ganz gleich, wer! Ganz gleich, was! – Das ist ein entsetzlicher Zustand. Ich will ihm nicht gänzlich verfallen. Helfen Sie mir! Helfen Sie mir!"

Sie sah niedergedrückt, um zehn Jahre gealtert aus; sie blickte Christof mit guten Augen unterwürfig und flehend an. Er versprach alles, was sie wollte. Da belebte sie sich, lächelte, wurde wieder heiter.

Und am Abend lachte und flirtete sie wie gewöhnlich.

Von diesem Tag an führten sie regelmäßig vertraute Gespräche. Sie waren miteinander allein: sie konnte ihm anvertrauen, was sie wollte; er gab sich sehr viel Mühe, sie zu verstehen und ihr zu raten; sie hörte die Ratschläge, wenn nötig, die Ermahnungen, ernsthaft, aufmerksam wie ein artiges kleines Mädchen an: das zerstreute sie, interessierte sie, gab ihr sogar Halt; sie dankte mit einem gerührten und koketten Augenaufschlag. Aber an ihrem Leben wurde dadurch nichts geändert, es war nur um eine neue Zerstreuung bereichert.

Ihr Tag war eine Folge von Verwandlungen. Äußerst spät, gegen Mittag, stand sie auf. Sie hatte schlaflos gelegen; vor dem Morgengrauen pflegte sie kaum einzuschlafen. Den ganzen Tag über tat sie nichts. Immer wieder kam sie auf einen Vers zurück, einen Gedanken, einen Gedankenbrocken, eine Erinnerung an ein Gespräch, eine Musikstelle, die Vorstellung eines Gesichtes, das ihr gefallen hatte. Völlig wach wurde sie erst von vier oder fünf Uhr nachmittags an. Bis dahin hatte sie schwere Lider, ein aufgedunsenes Gesicht, eine brummige, verschlafene Miene. Kamen aber ein paar gute Freundinnen, die ebenso schwatzlustig und auf alle Pariser Klatschereien ebenso erpicht waren wie sie, dann wurde sie munter. Sie stritten miteinander ins Blaue hinein über die Liebe. Die Psychologie der Liebe: das war neben der Toilette, dem Klatsch, den Lästereien der ewige Gesprächsstoff. Sie hatte auch ihren Kreis von jungen Nichtstuern, die zwei oder drei Stunden täglich bei Weiberröcken zubringen mußten und denen Weiberröcke gut angestanden hätten. Denn sie hatten Weibchenseelen, und entsprechend waren auch ihre Unterhaltungen. Christof hatte seine besondere Stunde: die Beichtstunde. Dann wurde Colette sofort ernst und gesammelt. Sie war wie die junge Französin, von der Bodley erzählt, die im Beichtstuhl „ein ruhig vorbereitetes Thema entwickelte, ein wahres Musterbeispiel von durchsichtiger Ordnung und Klarheit, in dem alles, was gesagt werden mußte, in schöner Reihenfolge aufgesetzt und in deutliche Kategorien abgeteilt war". – Nachdem das geschehen war, tollte sie um so ärger. Je mehr der Tag sich neigte, desto mehr verjüngte sie sich. Am Abend ging man ins Theater; und da war es ein stets sich wiederholendes Vergnügen, immer dieselben Gestalten wiederzuerkennen; das Vergnügen galt nicht dem aufgeführten Stück, sondern den Schauspielern, die man kannte und deren bekannte Wunderlichkeiten man wieder einmal durchhechelte. Mit den Bekannten, die einen in der Loge besuchten, tauschte man Bosheiten über die Leute in den andern Logen aus oder auch über die Schauspielerinnen. Man fand, die Naive habe eine Stimme „wie eine geronnene Mayonnaise" oder die Tragödin habe ein

Kleid „wie ein Lampenschirm". – Oder man besuchte wohl auch eine Abendgesellschaft, wo das Vergnügen darin bestand, sich zu zeigen, wenn man hübsch war (das hing von den Tagen ab: nichts ist unbeständiger als Pariser Hübschheit); man erneuerte seinen Vorrat an Kritiken über die Leute, über ihre Toiletten und ihre körperlichen Fehler. Von wirklicher Unterhaltung war keine Rede. Spät kehrte man heim. Es wurde einem schwer, schlafen zu gehen (es war die Zeit, wo man sich am muntersten fühlte). Man trödelte an seinem Tisch herum. Man blätterte in einem Buch. Man lachte vor sich hin in der Erinnerung an ein Wort oder eine Gebärde. Man langweilte sich. Man war sehr unglücklich. Man konnte nicht einschlafen. Und in der Nacht hatte man plötzlich Anfälle von Verzweiflung.

Christof, der Colette nur von Zeit zu Zeit ein paar Stunden sah und nur einigen ihrer Verwandlungen beiwohnen konnte, hatte es schon recht schwer, sich auszukennen. Er fragte sich, in welchem Augenblick sie aufrichtig sei, ob sie es immer sei oder nie. Colette selber hätte es nicht sagen können. Sie war wie die meisten jungen Mädchen, die nur müßiges, gefesseltes Begehren sind, völlig im unklaren über sich. Sie wußte nicht, was sie war, weil sie nicht wußte, was sie wollte, und weil sie es nicht wissen konnte, bevor sie es erprobt hatte. Also erprobte sie es denn in ihrer Art mit möglichst viel Freiheit und möglichst wenig Gefahr, wobei sie versuchte, sich ihrer Umgebung völlig anzupassen und deren sittlichen Maßstab anzunehmen. Es lag ihr nichts daran, eine Auswahl zu treffen. Am liebsten hätte sie es allen recht gemacht, um aus allen etwas herauszuschlagen.

Doch bei einem Freund wie Christof war das nicht so leicht. Er ließ wohl zu, daß man ihm Menschen vorzog, die er nicht achtete oder sogar verachtete. Aber er wollte nicht, daß man ihn auf die gleiche Stufe mit ihnen stellte. Jeder nach seinem Geschmack; aber man sollte wenigstens einen haben.

Er war um so weniger zur Geduld geneigt, als Colette Vergnügen daran zu finden schien, alle jenen jungen Leutchen um sich zu versammeln, die Christof am meisten in Harnisch bringen konnten: widerliche kleine Snobs, meist reich und auf jeden Fall Müßiggänger, oder solche, die bei irgendeinem Ministerium irgendeine Sinekure hatten, was auf dasselbe herauskam. Alle schrieben oder behaupteten doch, zu schreiben. Das war unter der Dritten Republik eine wahre Neurose. Vor allem aber war es eine Form der Eitelkeit von Nichtstuern, da die geistige Arbeit am schwersten zu beurteilen war und den meisten Bluff erlaubte. Sie sprachen von ihren großen Arbeiten nur mit ein paar zurückhaltenden, aber ehrfurchtsvollen Worten. Sie schienen von der Bedeutung ihrer Aufgabe durchdrungen und von ihrer Bürde zu Boden gedrückt. In der ersten Zeit empfand Christof einige Verlegenheit, weil er von ihren Werken und ihren Namen so gar nichts wußte. Schüchtern suchte er sich zu unterrichten; vor allem hätte er gern gewußt, was der eine von ihnen geschrieben hatte, der, aus ihren Reden zu schließen, ein Meister der dramatischen Kunst sein mußte. Er war höchst überrascht, zu erfahren, daß dieser große Dramatiker einen einzigen Akt geschaffen hatte, und das war ein Auszug aus einem Roman, der seinerseits aus einer Reihe von Novellen oder vielmehr Stimmungsbildern zusammengesetzt war, die er im Lauf der letzten zehn Jahre in einer ihrer Zeitschriften veröffentlicht hatte. Die andern trugen kein schwereres Gepäck: ein paar Akte, einige Erzählungen, einige Verse. Manche waren wegen eines Aufsatzes berühmt. Andere wegen eines Buches, „das sie vorhatten". Für langatmige Werke hegten sie Verachtung. Die größte Bedeutung schienen sie der Wortanordnung in einem Satz beizumessen. Indessen kehrte das Wort „Gedanke" in ihren Reden immer wieder; aber es schien nicht denselben Sinn wie in der Umgangssprache zu haben: sie wandten es auf Einzelheiten des Stils an. Dennoch gab es auch unter ihnen große Denker und große Ironiker, die, wenn sie schrieben, ihre tiefen und feinen Aussprüche in Kursivschrift setzten, damit man deren Wichtigkeit ja nicht übersehe.

Alle trieben sie den Kultus des Ich: den einzigen, den sie kannten. Sie suchten die andern daran teilnehmen zu lassen. Unglücklicherweise aber waren die andern schon versehen. In ihrer Art, zu sprechen, zu gehen, zu rauchen, eine Zeitung zu lesen, einander zu grüßen, in der Haltung von Kopf und Augen, in allem waren sie beständig auf ein Publikum bedacht. Schauspielerei ist bei jungen Leuten natürlich, und das um so mehr, je unbedeutender, das heißt unbeschäftigter sie sind. Der Weiblichkeit gegenüber stürzen sie sich besonders in Unkosten: denn sie begehren sie und wünschen – das noch mehr – von ihr begehrt zu werden. Doch sie schlagen auch für den ersten besten ihr Rad: für einen Fremden, dessen Weg sie kreuzen und von dem sie nicht mehr als einen verdutzten Blick erwarten können. Christof begegnete häufig solchen kleinen Pfauen: Farbenklecksern, Virtuosen, jungen Komödianten, die sich ihren Kopf nach einem bekannten Porträt zurechtmachten: van Dyck, Rembrandt, Velázquez, Beethoven, oder auch nach einer zu spielenden Rolle: der begabte Maler, der tüchtige Musiker, der wackere Arbeiter, der tiefe Denker, der lustige Kerl, der ungehobelte Mensch, der Naturbursche... Sie warfen im Vorübergehen einen Seitenblick, um zu sehen, ob man sie auch bemerke. Wenn Christof sie kommen sah und sie sich ihm genähert hatten, wandte er boshaft die Augen mit gleichgültigem Blick nach der andern Seite. Aber ihre Enttäuschung hielt nicht lange an: zwei Schritte weiter spreizten sie sich für den nächsten Vorübergehenden. – Die Leutchen in Colettes Salon waren gerissener; sie verstellten sich mehr geistig; sie kopierten zwei oder drei Vorbilder, die selber keine Originale waren. Oder sie mimten auch eine Idee: die Kraft, die Freude, das Mitleid, die Kameradschaftlichkeit, den Sozialismus, den Anarchismus, den Glauben, die Freiheit; alles gab Rollen für sie ab. Sie besaßen ein Talent, die wertvollsten Gedanken zu einer literarischen Angelegenheit zu machen und die heldenmütigste Regung des menschlichen Herzens zu einer modischen Krawatte.

Ganz und gar in ihrem Element aber waren sie bei der Liebe: das war ihr Bereich. Die Kasuistik der Lust barg keinerlei Geheimnis für sie; dank ihrer Gewandtheit, ersannen sie neue Fälle, um dann die Ehre zu haben, sie zu bewältigen. Das ist zu jeder Zeit die Beschäftigung derer gewesen, die keine andere haben: da sie nicht lieben, „liebeln" sie; vor allem aber erklären sie die Liebe. Die Kommentare waren ausgiebiger als der bei ihnen recht dürftige Text. Die Soziologie mußte die heikelsten Gedanken würzen: alles lief damals unter dem Banner der Soziologie; welches Vergnügen man auch an der Befriedigung seiner Laster fand, es hätte was gefehlt, wenn man sich nicht eingeredet hätte, man arbeite für die neue Zeit. Diese Art von Sozialismus, der erotische Sozialismus, war höchst pariserisch.

Eins der Probleme, die zur Zeit jenen kleinen Liebeshof begeisterten, war die Gleichheit von Frau und Mann in der Ehe und in ihrem Recht auf Liebe. Ein paar Skandinavier oder Schweizer, brave junge Leutchen, die ehrsam, protestantisch und ein wenig lächerlich waren, hatten die Gleichstellung in der Tugend verlangt: die Männer sollten unberührt wie die Frauen in die Ehe treten. Die Pariser Kasuistiker verlangten eine Gleichstellung anderer Art, Gleichstellung in der Unanständigkeit: die Frauen sollten beschmutzt wie die Männer in die Ehe treten dürfen – das Recht auf Liebhaber besitzen. Die Pariser hatten die Ehebrecherin in der Phantasie wie in der Praxis dermaßen verbraucht, daß sie ihnen abgeschmackt zu erscheinen begann; man suchte sie in der literarischen Welt durch eine eigenartige Erfindung zu ersetzen: die Prostitution der jungen Mädchen – versteht sich: die ordnungsgemäße, allgemeine, tugendsame, schickliche, familiäre und obendrein soziale Prostitution. Ein talentvolles Buch, das soeben erschienen war, beanspruchte in dieser Frage Autorität: es untersuchte auf vierhundert Seiten mit geschwätziger Pedanterie „nach allen Regeln der Baconschen Methode die beste Art, die Lust zu betreiben". Es war ein vollständiger Lehrkursus der freien Liebe, in dem beständig von Eleganz, von Schicklichkeit, von gutem Geschmack, Vornehmheit, Schönheit, Wahrheit, Schamhaftigkeit, Sittlichkeit geredet wurde – eine Fibel für die jungen Damen der Gesellschaft, die sich schlecht aufführen wollten. Das war augenblicklich das Evangelium, an dem sich der kleine Hof Colettes entzückte und das man dort erläuterte. Selbstverständlich ließen auch die Beteiligten nach gewohnter Schülerart alles beiseite, was hinter diesen Paradoxen an Richtigem, an verhältnismäßig Menschlichem und gut Beobachtetem zu finden sein mochte, und behielten nur das Schlimmste. Sie versäumten nie, sich aus diesem Beet süßer Blümchen die giftigsten herauszupflücken, Aphorismen in der Art wie: „Der Reiz der Wollust kann den Geschmack an der Arbeit nur steigern"; „Es ist ungeheuerlich, wenn eine Jungfrau Mutter wird, ohne den Genuß gekannt zu haben"; „Der Besitz eines reinen Mannes ist für die Frau die natürliche Vorbereitung für eine überlegt bewirkte Mutterschaft"; es sei die Aufgabe der Mütter, „für die Freiheit der Töchter mit demselben Zartgefühl und Schicklichkeitsempfinden zu sorgen, das sie aufwenden, die Freiheit ihrer Söhne zu schützen"; und die Zeit werde kommen, „da die jungen Mädchen mit ebensoviel Selbstverständlichkeit von ihrem Geliebten nach Hause kämen wie jetzt aus der Stunde oder vom Tee bei ihren Freundinnen".

Colette erklärte lachend solche Vorschriften für höchst vernünftig.

Christof waren dergleichen Vorschläge entsetzlich. Er übertrieb ihre Bedeutung und das Unheil, das sie anrichten konnten. Die Franzosen haben zuviel Geist, um ihre Literatur in Anwendung zu bringen. Diese Diderots im kleinen, diese Miniaturausgaben des großen Dionysos, sind im gewöhnlichen Leben, wie der geniale Panurg der Enzyklopädie, ebenso anständige, sogar ebenso gottesfürchtige Bürgersleute wie die andern. Gerade weil sie im Handeln so schüchtern sind, macht es ihnen Spaß, in Gedanken ihre Handlungen bis an die Grenzen des Möglichen zu treiben. Das ist ein Spiel, bei dem man nichts zu befürchten braucht.

Christof aber war kein französischer Dilettant.

Unter all den jungen Leuten, die Colette umgaben, war einer, den sie vorzuziehen schien. Natürlich war gerade er Christof von allen am unerträglichsten.

Er war einer jener Söhne reichgewordener Kleinbürger, die aristokratische Literatur machen und die Patrizier der Dritten Republik spielen. Er hieß Lucien Lévy-Cœur. Er hatte weit auseinanderliegende Augen mit lebhaftem Blick, eine gebogene Nase, starke Lippen, einen blonden Spitzbart in der Art van Dycks, einen Ansatz zu einer frühen Glatze, die ihm nicht schlecht stand, eine sanfte Spreehart, elegante Manieren, feine, weiche Hände, die einem förmlich in der Hand zerflossen. Er beobachtete stets die größte Höflichkeit, eine überfeine Ritterlichkeit, selbst denen gegenüber, die er nicht leiden konnte und die er über Bord zu werfen trachtete.

Christof hatte ihn bereits bei dem ersten Literatendiner getroffen, zu dem ihn Silvan Kohn mitgenommen hatte; und obgleich sie kein Wort gewechselt hatten, genügte doch der Ton seiner Stimme, Christof eine Antipathie gegen ihn einzuflößen, die er sich selber nicht erklären konnte; erst später sollte er ihre tiefen Gründe verstehen lernen. Es gibt eine Liebe auf den ersten Blick. Es gibt auch einen solchen Haß oder – um zarte Seelen nicht zu verletzen, denen dies Wort, wie alle Leidenschaften, Furcht einflößt – einen Instinkt des gesunden Geschöpfes, das den Feind wittert und sich verteidigt.

Christof gegenüber vertrat Lévy-Cœur den Geist der

Ironie und der Zersetzung, der sich leise, höflich, schleichend an alles Große in der absterbenden alten Gesellschaft heranwagt: an die Familie, die Ehe, die Religion, das Vaterland; in der Kunst an alles Männliche, Reine, Gesunde, Volkstümliche; an jeden Glauben an eine Idee, an Gefühle, an große Männer, an den Menschen. Im Grunde dieses ganzen Denkens saß weiter nichts als ein mechanisches Vergnügen an der Zersetzung, der Zersetzung bis zum Äußersten, ein tierisches Bedürfnis, das Denken zu benagen, der Instinkt eines Wurms. Und neben diesem Ideal eines geistigen Nagetieres die Sinnlichkeit einer Dirne, aber einer Blaustrumpfdirne: denn bei ihm war oder wurde alles Literatur. Alles war ihm literarischer Stoff: sein Glück bei Frauen, seine Laster und die Laster seiner Freunde. Er hatte Romane und Stücke geschrieben, in denen er mit viel Talent das Privatleben seiner Eltern erzählte, ihre intimen Abenteuer, die seiner Freunde und seine eigenen, unter anderem seine Liebschaft mit der Frau seines besten Freundes. Die Porträts waren mit großer Kunst gezeichnet; jeder lobte ihre Ähnlichkeit: das Publikum, die Frau und der Freund. Er konnte das Vertrauen oder die Gunst einer Frau nicht genießen, ohne in einem Buch darüber zu berichten. Man sollte annehmen, daß solche Indiskretionen ihn und seine „Teilhaber" auseinandergebracht hätten. Aber davon war nicht die Rede: es war ihnen kaum ein wenig unangenehm; der Form halber widersprachen sie: im Grunde waren sie entzückt, daß man sie ganz nackt der Öffentlichkeit zeigte; wenn man ihnen nur eine Maske vor dem Gesicht ließ, war ihr Schamgefühl beruhigt. Von seiner Seite lag in solchen Klatschereien keinerlei Rache, vielleicht nicht einmal Skandalsucht. Er war kein schlechterer Sohn, kein schlechterer Liebhaber als der Durchschnittsmensch. In denselben Kapiteln, in denen er seinen Vater, seine Mutter und seine Geliebte frech entblößte, standen Seiten, auf denen er mit poetischer Zärtlichkeit und Anmut von ihnen sprach. Er hatte auch wirklich einen ausgeprägten Familiensinn; er gehörte aber zu den Leuten, die, was sie lieben, nicht zu achten brauchen; im Gegenteil, wo sie ein wenig verachten können, lieben sie um so mehr; der Gegenstand ihrer Zuneigung scheint ihnen dann näher, menschlicher. Solche Gesellschaftsmenschen sind am wenigsten fähig, das Heldentum und vor allem die Reinheit zu begreifen. Beinahe halten sie beides für eine Lüge oder eine geistige Schwäche. Im übrigen sind sie selbstverständlich überzeugt, daß sie die Großen der Kunst besser als irgend jemand verstehen, und urteilen über sie mit gönnerhafter Vertraulichkeit.

Lévy-Cœur verstand sich trefflich mit der verdorbenen Jugend der reichen, nichtstuerischen Bürgerkreise. Er war für sie ein Gefährte, eine Art verderbter Kammerdiener, nur freier und aufgeklärter; sie ließen sich von ihm bilden und beneideten ihn. Sie legten sich ihm gegenüber keinen Zwang an; und, die Lampe der Psyche in der Hand, studierten sie neugierig den nackten Hermaphroditen, der sie gewähren ließ.

Christof konnte nicht begreifen, daß ein junges Mädchen wie Colette, die eine zarte Natur zu haben schien und den rührenden Wunsch, der erniedrigenden Abnutzung des Lebens zu entfliehen, sich in solcher Gesellschaft wohl fühlen konnte... Christof war indes kein Seelenkenner. Lucien Lévy-Cœur war es hundertmal mehr als er. Christof war der Vertraute Colettes, Colette aber die Vertraute von Lucien Lévy-Cœur. Das verschaffte diesem ein großes Übergewicht. Es ist süß für eine Frau, zu glauben, daß sie es mit einem Mann zu tun hat, der schwächer ist als sie. Das befriedigt ihre niedrigsten Triebe und gleichzeitig auch ihr Bestes: den mütterlichen Instinkt. Lucien Lévy-Cœur wußte genau: eines der sichersten Mittel, ein Frauenherz zu rühren, besteht darin, diese geheimnisvolle Saite zum Schwingen zu bringen. Andererseits aber fühlte sich Colette mit ihren Instinkten, auf die sie nicht sehr stolz war, die sie sich aber wohl hütete zu unterdrücken, auch schwach und ziemlich feige. Es paßte ihr daher, sich durch die kühn berechneten Beichten ihres Freundes davon überzeugen zu lassen, daß die anderen ebenso seien und daß man die menschliche Natur nehmen müsse, wie sie ist. Sie erlaubte sich dann die Genugtuung, die ihr angenehmen Neigungen nicht zu bekämpfen, und den Luxus, sich zu sagen, daß es so sein müsse, daß die Weisheit gebiete, sich nicht dagegen aufzulehnen, sondern dem gegenüber, was man – „leider!" – nicht verhindern könne, nachsichtig zu sein. Das war eine Weisheit, deren Ausübung durchaus nicht unbehaglich war.

Auf den, der das Leben mit heiterer Ruhe zu betrachten weiß, übt der beständige Gegensatz, der im Schoße der Gesellschaft zwischen der äußersten Verfeinerung der scheinbaren Zivilisation und der tiefen Animalität besteht, einen starken Reiz aus. Jeder Salon, der sich nicht nur aus Fossilien und versteinerten Seelen zusammensetzt, zeigt, zwei Erdschichten gleichend, zwei übereinanderliegende Gesprächsschichten: die eine, aller Welt verständlich, zwischen den Intelligenzen; die andere, die wenigen bewußt wird und doch die stärkere ist, zwischen den Instinkten, zwischen dem Tierischen. Diese beiden Gesprächsschichten stehen oft im Widerspruch zueinander. Während der Verstand hergebrachte Redensarten tauscht, reden die Leiber von Begehren, Widerwillen oder noch öfter von Neugierde, Überdruß, Ekel. Das Tier, ob es auch durch jahrhundertelange Zivilisation gebändigt und ebenso abgestumpft ist wie die elenden Löwen im Käfig, träumt ständig von seinem Fraß.

Christof aber war noch nicht zu diesem geistigen Gleichmut gelangt, den nur das Alter und der Tod der Leidenschaften mit sich bringt. Er hatte Colette gegenüber seine Beichtigerrolle sehr ernst genommen. Sie hatte ihn um Hilfe gebeten, und er sah, wie sie sich mutwillig der Gefahr aussetzte. So verbarg er denn seine Feindseligkeit gegen Lucien Lévy-Cœur nicht länger. Dieser hatte Christof gegenüber zunächst eine untadelhafte und ironische Höflichkeit gewahrt. Auch er witterte den Feind; aber er hielt ihn nicht für gefährlich: scheinbar ohne es zu beabsichtigen, machte er ihn lächerlich. Übrigens hätte er sich nichts Besseres gewünscht, als daß Christof ihn bewunderte, um im guten Einvernehmen mit ihm zu bleiben: das aber konnte er niemals erreichen; und er fühlte es genau, denn Christof konnte sich nicht verstellen. Daraufhin war Lucien Lévy-Cœur unmerklich aus einem ganz abstrakten Gedankenwiderstand zu einem persönlichen, sorgfältig verschleierten kleinen Krieg übergegangen, dessen Preis Colette sein sollte.

Diese hielt zwischen beiden Freunden die Waage. Christofs Talent und sittliches Übergewicht gefielen ihr; aber die amüsante Unmoral und die geistreiche Art Lucien Lévy-Cœurs gefielen ihr ebenfalls; und im Grunde machte sie ihr mehr Spaß. Christof sparte nicht mit Vorwürfen: sie hörte sie mit einer rührenden Demut an, die ihn entwaffnete. Sie war recht gutmütig, aber aus Schwäche, ja sogar aus Güte mangelte es ihr an Freimut. Halb spielte sie Komödie; sie tat, als dächte sie wie Christof. Sie erkannte sehr wohl den Wert eines Freundes, wie er einer war; aber sie wollte einer Freundschaft keinerlei Opfer bringen; nichts und niemandem wollte sie Opfer bringen: was ihr am bequemsten und am angenehmsten war, das wollte sie. So verbarg sie denn vor Christof, daß sie Lucien Lévy-Cœur stets empfing; sie log mit der reizenden Natürlichkeit junger Damen von Welt, die von Kindheit an in dieser Kunst erfahren sind, die für jeden höchst notwendig ist, der es fertigbringen muß, alle seine Freunde zu behalten und alle zufriedenzustellen. Als Entschuldigung sagte sie sich, es geschehe, um Christof nicht weh zu tun; in Wahrheit aber geschah es, weil sie fühlte, daß er recht hatte, und nichtsdestoweniger tun wollte, was ihr gefiel, ohne sich dabei mit ihm zu überwerfen. Christof argwöhnte diese Kniffe mitunter; er grollte dann und war barsch zu ihr. Sie aber fuhr fort, das bekümmerte, zärtliche, etwas traurige kleine Mädchen zu spielen; sie machte ihm sanfte Augen –

feminae ultima ratio. Der Gedanke, daß sie Christofs Freundschaft verlieren könnte, betrübte sie wirklich; also war sie verführerisch und ernsthaft; und es gelang ihr in der Tat, Christof für einige Zeit zu entwaffnen. Früher oder später jedoch mußte es zu einer Auseinandersetzung kommen. In Christofs Ärger mischte sich, ihm unbewußt, ein klein wenig Eifersucht. Und in Colettes schmeichlerische Kniffe mischte sich auch ein wenig, ein ganz klein wenig Liebe. Der Bruch mußte dadurch nur um so heftiger werden.

Eines Tages, als Christof Colette auf frischer Tat bei einer Lüge ertappt hatte, setzte er ihr die Pistole auf die Brust: sie habe zwischen Lucien Lévy-Cœur und ihm zu wählen. Sie versuchte auszuweichen; und schließlich pochte sie auf ihr Recht, so viele Freunde zu haben, wie es ihr gefiele. Sie hatte völlig recht; und Christof sagte sich, daß er sich lächerlich mache; aber er wußte auch, daß er sich nicht aus Egoismus so anspruchsvoll zeigte; er hatte für Colette eine aufrichtige Zuneigung gefaßt; er wollte sie retten, und sollte es selbst gegen ihren Willen geschehen. So drängte er sie denn in ungeschickter Weise. Sie verweigerte die Antwort. Er sagte zu ihr:

„Colette, wollen Sie denn, daß wir nicht mehr Freunde sind?"

Sie meinte:

„Aber nein, bitte, reden Sie nicht so. Es würde mir sehr viel Kummer machen, wenn Sie nicht mehr mein Freund wären."

„Aber Sie würden unserer Freundschaft nicht das geringste Opfer bringen?"

„Opfer! Was für ein unsinniges Wort!" sagte sie. „Warum muß man denn immer eins dem andern opfern? Das sind dumme christliche Ideen. Im Grunde sind Sie, ohne daß Sie's wissen, ein alter Klerikaler."

„Das ist schon möglich", sagte er, „für mich heißt es: ganz das eine oder ganz das andere. Zwischen Gut und Böse finde ich keinen Mittelweg, auch nicht von Haaresbreite."

„Ja, ich weiß", sagte sie. „Gerade deswegen habe ich Sie gern. Ich habe Sie wirklich gern; aber..."

„Aber Sie haben auch den andern sehr gern?"

Sie lachte, schaute ihn mit ihren schmeichelndsten Augen an und sagte mit ihrer sanftesten Stimme:

„Bleiben Sie!"

Er war nahe daran, noch einmal nachzugeben. Aber Lucien Lévy-Cœur trat gerade ein, und dieselben Schmeichelaugen und dieselbe sanfte Stimme empfingen auch ihn. Christof sah einige Zeit schweigend zu, wie Colette ihre kleinen Schauspielereien trieb; dann ging er fort, entschlossen, mit ihr zu brechen. Sein Herz war schwer. Es war so dumm, sich immer wieder anzuschließen, immer wieder in die Falle zu gehen.

Als er daheim mechanisch seine Bücher ordnete, öffnete er zufällig seine Bibel und las:

Und der Herr spricht: Darum, daß die Töchter Zions stolz sind und gehen mit aufgerichtetem Hals, mit geschminkten Angesichtern, treten einher und schwänzen und haben köstliche Schuhe an ihren Füßen, so wird der Herr die Scheitel der Töchter Zions kahl machen, und der Herr wird ihr Geschmeide wegnehmen...

Er lachte hell auf, als er dabei an Colettes Treiben dachte; und er begab sich in guter Laune zur Ruhe. Dann dachte er, daß doch auch er durch die Verderbtheit von Paris recht angesteckt sein müsse, wenn die Bibel ihm eine komische Lektüre geworden war. Nichtsdestoweniger aber wiederholte er sich in seinem Bett noch einmal den Ausspruch des großen Richters, des Spaßmachers; und er suchte sich die Wirkung auf dem Kopf seiner jungen Freundin vorzustellen. Lachend wie ein Kind, schlief er ein. Er dachte schon nicht mehr an seinen neuen Kummer. Einer mehr, einer weniger... Er begann sich daran zu gewöhnen.

Er hörte nicht auf, Colette Klavierstunden zu geben; aber er vermied von nun an die Gelegenheiten, die sie ihm bot, ihre freundschaftlichen Gespräche fortzusetzen. Sie mochte sich noch so sehr betrüben, ärgern und alle ihre kleinen Komödien aufführen: er blieb hart. Sie schmollten miteinander; schließlich fand sie selbst Vorwände, Stunden ausfallen zu lassen, und er fand ebenfalls welche, um den Einladungen zu den Abendgesellschaften der Stevens zu entgehen.

Er hatte genug von der Pariser Gesellschaft; er konnte diese Leere, diesen Müßiggang, diese sittliche Ohnmacht, diese Neurasthenie, diese sinn- und ziellos sich selbst verzehrende Hyperkritik nicht mehr ertragen. Er fragte sich, wie ein Volk in dieser stagnierenden Atmosphäre von Kunst um der Kunst willen und von Vergnügen um des Vergnügens willen leben könne. Indessen lebte dieses Volk; es war groß gewesen, es spielte noch immer eine ziemlich gute Rolle in der Welt; wenigstens dem, der es von weitem sah, mochte es noch immer so scheinen. Woher nahm es nur seine Lebenskraft? Es glaubte ja an nichts, an nichts als an Vergnügen ...

Als Christof in seinen Betrachtungen da angelangt war, stieß er in der Straße auf einen brüllenden Haufen junger Männer und Frauen, die einen Wagen zogen; ein alter Priester saß darin und teilte nach rechts und links seinen Segen aus. Ein Stück weiter sah er, wie französische Soldaten mit Beilhieben die Türen einer Kirche einschlugen und von ordengeschmückten Herren mit Stuhlhieben empfangen wurden. Er wurde gewahr, daß die Franzosen dennoch an irgend etwas glaubten – wenn er auch noch nicht begriff, an was. Man setzte ihm auseinander, daß sich nach einem Jahrhundert des gemeinsamen Lebens der Staat von der Kirche trenne und daß der Staat die Kirche, da sie nicht gutwillig gehen wolle, kraft seines Rechtes und seiner Gewalt vor die Tür setze. Christof fand diese Handlungsweise nicht sehr höflich, aber er war **des** anarchistischen Dilettantismus der Pariser Künstler so überdrüssig, daß es ihm Spaß machte, Leute zu treffen, die bereit waren, sich den Schädel wegen irgendeiner noch so albernen Sache einschlagen zu lassen.

Er merkte bald, daß es viele solcher Leute in Frankreich gab. Die politischen Zeitungen lieferten sich Schlachten wie die Homerischen Helden; täglich veröffentlichten sie Aufrufe zum Bürgerkrieg. Allerdings blieb es meist bei Worten, und es kam selten zu Schlägen. Doch fehlte es nicht an naiven Gemütern, die Moral, die andere schrieben, in die Tat umzusetzen. Man konnte dann sonderbare Schauspiele erleben: Departements, die sich von Frankreich zu trennen gedachten, desertierende Regimenter, niedergebrannte Präfekturgebäude, Steuereinnehmer zu Pferde an der Spitze von Gendarmeriekompanien, sensenbewaffnete Bauern, die Kessel mit siedendem Wasser bereithielten, um die von den Freidenkern im Namen der Freiheit berannten Kirchen zu verteidigen, Volkserlöser, die auf Bäume stiegen, um zu den südlichen Weinprovinzen zu sprechen, die sich gegen die nördlichen Alkoholprovinzen erhoben hatten. Bald hier, bald dort Tausende von Menschen, die sich, ganz erhitzt vom Schreien, die Fäuste zeigten und sich schließlich ordentlich verprügelten. Die Republik schmeichelte dem Volk – und dann ließ sie es niedersäbeln. Das Volk schlug seinerseits einigen Kindern des Volkes – Offizieren und Soldaten – die Köpfe ein. So bewies einer dem anderen die Güte seiner Sache und seiner Fäuste. Wenn man das von fern durch die Brille der Zeitungen hindurch ansah, glaubte man sich um mehrere Jahrhunderte zurückversetzt. Christof entdeckte, daß Frankreich, das skeptische Frankreich, ein Volk von Fanatikern war. Aber es war ihm unmöglich, zu erkennen, in welchem Sinne. Für oder gegen die Religion? Für oder gegen die Vernunft? Für oder gegen das Vaterland? – Sie waren fanatisch in jedem Sinn. Sie schienen es aus reiner Freude am Fanatismus zu sein.

Eines Abends kam er über diese Frage in ein Gespräch mit einem sozialistischen Abgeordneten, den er manchmal im Salon der Stevens getroffen hatte. Obgleich er schon mit ihm gesprochen hatte, ahnte er nichts von den Eigenschaften seines Gegenübers; bis dahin hatten sie sich immer nur über Musik unterhalten. Er war sehr erstaunt, zu erfahren, daß dieser Weltmann der Führer einer hitzigen Partei war.

Achilles Roussin war ein blondbärtiger schöner Mann mit blühendem Gesicht, einer etwas schnarrenden Art zu sprechen und von freundlichem Wesen; hinter seinem recht weltmännischen Auftreten barg sich ein Rest von Gewöhnlichkeit: von Zeit zu Zeit entschlüpften ihm bäurische Bewegungen – er hatte eine gewisse Art, sich in Gesellschaft die Nägel zu bearbeiten, eine höchst volkstümliche Gewohnheit, mit niemandem sprechen zu können, ohne ihn am Rock zu fassen, nach seiner Hand zu greifen, ihm die Arme zu tätscheln –; er war ein starker Esser, ein tüchtiger Zecher, ein Lebemann, ein lachlustiger Kerl; er hatte die Triebe eines Mannes aus dem Volke, der die Macht an sich reißen will; er war geschmeidig, wechselte je nach Umgebung und Gegenüber geschickt sein Benehmen, war mit Überlegung überschwenglich, wußte zuzuhören und paßte sich sofort allem an, was er hörte; übrigens war er sympathisch, intelligent und an allem interessiert, teils aus angeborenem, teils aus erworbenem Geschmack, teils auch aus Eitelkeit; er war anständig, soweit ihm sein Vorteil nicht das Entgegengesetzte befahl und wo es gefährlich gewesen wäre, es nicht zu sein.

Er hatte eine recht hübsche Frau, groß, wohlgestalt, fest gebaut, von eleganter Figur, die nur in ihren kostbaren Toiletten etwas eingepreßt schien, wodurch die kräftigen Rundungen ihres Körpers allzu stark hervortraten; das Gesicht war von krausem schwarzem Haar umrahmt, die Augen waren groß, schwarz und schwer, das Kinn ein wenig aufwärts gebogen; das Gesicht war breit, im ganzen jedoch recht anmutig, nur entstellten es die kleinen Grimassen der kurzsichtig blinzelnden Augen und des zugespitzten Mundes. Ihr Gang war gespreizt, ruckend wie bei gewissen Vögeln, und ihre Sprache geziert; aber sie war gutmütig und voller Liebenswürdigkeit. Sie stammte aus einer reichen bürgerlichen Kaufmannsfamilie von offenem Geist und biederm Schlag, und sie hing an den unzähligen Pflichten der Gesellschaft wie an einer Religion, ganz zu schweigen von den künstlerischen und sozialen Pflichten, die sie sich außerdem noch auferlegte, als da sind: einen Salon halten, die Kunst in den Volkshochschulen verbreiten, sich um philanthropische Werke und um Kinderpflege bekümmern – und zwar ohne große Herzenswärme, ohne tieferes Interesse, aus einem Gemisch von angeborener Güte, Snobismus und unschuldiger Pedanterie der jungen gebildeten Frau, die beständig eine Lektion herzusagen scheint und ihre Eitelkeit dareinsetzt, sie gut zu können. Sie hatte das Bedürfnis, sich zu beschäftigen, aber sie hatte nicht das Bedürfnis, innerlich an dem teilzunehmen, womit sie sich beschäftigte. Das alles ähnelte der fieberhaften Tätigkeit jener Frauen, die immer ein Strickzeug zwischen den Fingern halten und ohne Unterlaß die Nadeln bewegen, als hinge das Heil der Welt von dieser Arbeit ab, von der sie selber nicht einmal Nutzen haben. Und dann spielte auch bei ihr – wie bei den „Strickerinnen" – die kleine Eitelkeit der ehrbaren Frau mit, die durch ihr Beispiel den andern Frauen Moral predigt.

Der Abgeordnete hegte für sie eine zärtliche Verachtung. Er hatte sich seine Frau außerordentlich gut ausgesucht, für sein Vergnügen wie für seine Seelenruhe. Er freute sich ihrer Schönheit und verlangte von ihr nicht mehr; und sie verlangte nicht mehr von ihm. Er liebte sie und betrog sie. Sie ließ es sich gefallen, vorausgesetzt, daß auch sie ihr Teil erhielt. Vielleicht fand sie sogar ein gewisses Vergnügen daran. Sie war ruhig und sinnlich, hatte die Seelenverfassung einer Haremsdame.

Um ihre zwei hübschen Kinder zwischen vier und fünf

Jahren kümmerte sie sich als gute Familienmutter mit demselben liebenswürdigen und kalten Fleiß, den sie auch auf die Politik ihres Mannes und die letzten Erscheinungen in Kunst und Mode verwandte. Und so zeigte ihr Heim ein sonderbares Gemisch von fortschrittlichen Theorien, von ultradekadenter Kunst, von gesellschaftlicher Regsamkeit und bürgerlichem Empfinden.

Sie luden Christof zu sich ein. Frau Roussin war sehr musikalisch und spielte reizend Klavier; sie hatte einen zarten und festen Anschlag; mit ihrem kleinen Kopf, ihrem fest auf die Tasten gerichteten Blick und den hüpfenden Fingern sah sie wie eine pickende Henne aus. Obgleich sie recht begabt und in der Musik gebildeter als die meisten Französinnen war, ließ sie der tiefe innere Sinn der Musik so kalt wie einen Karpfen: Musik war für sie eine Folge von Noten, von Rhythmen und Abstufungen, die sie gewissenhaft anhörte oder wiedergab; Seele suchte sie darin nicht, da sie selber keiner bedurfte. Diese liebenswürdige, kluge, schlichte Frau, die immer geneigt war, anderen nützlich zu sein, kam Christof mit der Freundlichkeit entgegen, die sie für alle hegte. Christof wußte ihr dafür geringen Dank; er brachte ihr wenig Sympathie entgegen: er fand sie leer. Vielleicht verzieh er ihr auch nicht, ohne sich dessen bewußt zu werden, daß sie so entgegenkommend den Besitz ihres Mannes, dessen Abenteuer ihr nicht unbekannt waren, mit seinen Geliebten teilte. Gleichgültiges Hinnehmen aber entschuldigte er von allen Sünden am wenigsten.

Enger schloß er sich Achilles Roussin an. Roussin liebte die Musik wie die anderen Künste in derber Weise, aber aufrichtig. Wenn er an einer Symphonie Wohlgefallen hatte, machte er ein Gesicht, als schliefe er mit ihr. Er hatte nur eine oberflächliche Bildung, verstand indes, sie zur Geltung zu bringen; seine Frau war ihm dabei nicht unnützlich gewesen. Für Christof interessierte er sich, weil er in ihm einen kraftvollen Plebejer gleich sich selber sah. Übrigens war er darauf gespannt, ein Original dieser Art aus der Nähe zu beobachten (in der Menschenbeobachtung ermüdete seine Wißbegierde niemals) und dessen Eindrücke von Paris kennenzulernen. Christofs Offenheit und die Derbheit seiner Bemerkungen machten ihm Spaß. Er war skeptisch genug, ihre Richtigkeit anzuerkennen. Daß Christof Deutscher war, störte ihn nicht: im Gegenteil! Er rühmte sich seiner Erhabenheit über vaterländische Vorurteile. Und alles in allem war er aufrichtig „menschlich" (das war seine beste Eigenschaft); er fühlte mit allem, was Mensch war. Das hinderte ihn jedoch nicht, an seiner feststehenden Überzeugung von der Überlegenheit des Franzosen – alte Rasse, alte Kultur – gegenüber dem Deutschen festzuhalten und sich über den Deutschen lustig zu machen.

Christof sah bei Achilles Roussin andere Politiker und Minister von gestern oder morgen. Mit jedem einzelnen würde er sich gern unterhalten haben, wenn ihn diese hohen Standespersonen nur dessen würdig erachtet hätten. Im Gegensatz zu der allgemeinen Ansicht fand er ihre Gesellschaft interessanter als die der ihm bekannten Literaten. Ihr Geist war lebendiger, den Leidenschaften und den großen Fragen der Menschheit zugänglicher. Meist aus dem Süden Frankreichs stammend, waren sie glänzende Gesellschafter, dabei aber erstaunlich dilettantisch; für sich betrachtet, waren sie es fast ebensosehr wie die Schriftsteller. Selbstverständlich waren sie in allem, was Kunst, besonders fremde Kunst, betraf, höchst unwissend; aber alle behaupteten mehr oder weniger, etwas davon zu verstehen, und oft liebten sie sie wirklich. Es gab Ministerräte, die den Literatenkreisen kleiner Zeitschriften glichen. Einer schrieb Theaterstücke, ein anderer kratzte auf der Geige und war wütender Wagnerianer. Ein dritter schmierte Bilder. Und alle sammelten impressionistische Gemälde, lasen dekadente Bücher und setzten ihre Eitelkeit darein, einer überaristokratischen Kunst Geschmack abzugewinnen, die fast immer der Todfeind ihrer Überzeugungen war. Christof fühlte sich unangenehm berührt, wenn er diese sozialistischen oder radikalsozialistischen Minister, diese Apostel der hungernden Klasse, sich als Kenner in raffinierten Genüssen aufspielen sah. Sicher war das ihr Recht; aber sehr anständig wollte es ihm nicht scheinen.

Am merkwürdigsten aber wurde es, wenn diese Leute, die in ihrer Privatunterhaltung Skeptiker, Sensualisten, Nihilisten, Anarchisten waren, ans Handeln gingen: sofort wurden sie Fanatiker. Die größten Dilettanten unter ihnen gebärdeten sich, kaum daß sie zur Macht gelangt waren, wie kleine orientalische Despoten; sie waren von der Manie besessen, alles nach ihrem Kopf zu leiten und nichts ungeschoren zu lassen: ihr Geist war skeptisch und ihr Temperament tyrannisch. Sie hatten die Macht, den großartigen Mechanismus der Zentralverwaltung, den einst der größte aller Despoten geschaffen hatte, zu gebrauchen, und die Versuchung, ihn zu mißbrauchen, war zu groß. Daraus ergab sich eine Art republikanischen Kaisertums, dem sich in den letzten Jahren noch ein atheistischer Katholizismus aufgepfropft hatte.

Eine Zeitlang hatten die Politiker kaum etwas anderes als die Herrschaft über die Leiber – lies: Vermögen – beansprucht; die Seelen ließen sie ziemlich ungestört, da Seelen sich nicht zu Geld machen ließen. Und die Seelen kümmerten sich ihrerseits nicht um Politik; sie ging unter ihnen oder über ihnen weiter; die Politik wurde in Frankreich als eine einträgliche, aber etwas anrüchige Abart von Handel und Industrie angesehen. Die geistigen Arbeiter verachteten die Politiker und umgekehrt. Seit kurzem aber war eine Annäherung und bald darauf ein Bündnis zwischen den Politikern und der schlimmsten Klasse der Intellektuellen zustande gekommen. Eine neue Macht war aufgetreten, die sich die unumschränkte Herrschaft über die Gedanken anmaßte: das waren die Freidenker. Sie hatten mit der andern Macht angebandelt, die in ihnen ein vervollkommnetes Triebwerk des politischen Despotismus sah. Es lag ihnen viel weniger daran, die Kirche zu zerstören, als sie zu ersetzen; und wirklich bildeten sie eine Kirche des freien Gedankens, die ihre Katechismen und ihre Zeremonien hatte, ihre Taufen, Einsegnungen, Hochzeiten, ihre regionalen, nationalen, ja sogar ökumenischen Konzilien in Rom. Ein unglaublicher Witz war es, daß sich diese Tausende von armen Tieren zu Herden zusammenschließen mußten, um „freiheitlich zu denken". Allerdings bestand ihre Gedankenfreiheit darin, die der anderen im Namen der Vernunft zu untersagen: denn sie glaubten an die Vernunft wie die Katholiken an die Heilige Jungfrau; die einen wie die anderen, ohne zu ahnen, daß die Vernunft ebenso wie die Heilige Jungfrau nichts aus sich selber ist und daß beider Quellen woanders liegen. Und ebenso wie die katholische Kirche über ihre Heere von Mönchen und Ordensgesellschaften verfügte, die heimlich durch die Adern der Nation schlichen, ihr Gift verbreiteten und jedes gegnerische Leben vernichteten, so hatte die antikatholische Kirche ihre Freimaurer, deren Mutterhaus, die Großloge, ein genaues Register aller Geheimberichte führte, die ihr ihre treuen Angeber aus allen Winkeln Frankreichs täglich zusandten. Der republikanische Staat förderte unterderhand die geheiligte Spionage dieser Bettelmönche und Jesuiten der Vernunft, die über die Armee, die Universität, über alle Staatskörper eine Schreckensherrschaft ausübten; und er merkte nicht, daß sie, während sie ihm scheinbar dienten, es darauf anlegten, sich nach und nach an seine Stelle zu setzen, und daß er ganz allmählich einer atheistischen Priesterherrschaft entgegenging, welche die der Jesuiten von Paraguay um nichts zu beneiden brauchte.

Einige dieser Pfaffen sah Christof bei Roussin; einer immer götzendienerischer als der andere. Augenblicklich frohlockten sie, weil sie das Kruzifix von den Richtertischen fortgeschafft hatten. Sie meinten, durch das Zerbrechen einiger Holzstücke die Religion vernichtet zu haben. Andere nahmen die Jungfrau von Orleans und ihre Marienfahne, die sie soeben den Katholiken entrissen hatten, für sich in Anspruch. Einer der neuen Kirchenväter, ein General, der die Franzosen der anderen Kirche bekriegte, hatte soeben eine antiklerikale Rede zu Ehren von Vercingetorix gehalten: er feierte in dem gallischen Brennus, dem das Freidenkertum ein Standbild errichtet hatte, ein Kind des Volkes und den ersten Vorkämpfer Frankreichs gegen Rom (das heißt: die Kirche). Ein Marineminister gab, um die Flotte zu läutern und die Katholischen zur Wut zu reizen, einem Panzerschiff den Namen *Ernest Renan*. Andere Freigeister machten sich an die Läuterung der Kunst. Sie reinigten die Klassiker des siebzehnten Jahrhunderts aufs gründlichste und erlaubten nicht, daß der Name Gottes die Fabeln von La Fontaine besudele. Ebensowenig ließen sie ihn in der alten Musik stehen; und Christof hörte, wie einer von ihnen, ein alter Radikaler, sich empörte (Goethe hat gesagt: *In seinem Alter so radikal zu sein ist der Gipfel aller Tollheit*), daß man es wagte, in einem Volkskonzert die frommen *Lieder** Beethovens aufzuführen. Er verlangte, daß man ihnen andere Worte unterlege.

Andere, noch radikalere, wollten, daß man ganz einfach und reinlich jede religiöse Musik abschaffe sowie die Schulen, in denen man sie lehrte. Vergeblich erklärte ein Direktor der Kunsthochschule, der in diesem Böotien für einen Athener galt, man müsse die Musiker immerhin Musik lehren, denn, sagte er, „wenn ihr einen Soldaten in die Kaserne schickt, lehrt ihr ihn nach und nach, sein Gewehr zu bedienen und zu schießen. Genauso ist es mit dem jungen Komponisten: Der Kopf wimmelt von Ideen; aber sie sind noch nicht geordnet." Und von seinem eigenen Mut erschreckt, beteuerte er bei jedem Satz: „Ich bin ein alter Freidenker... Ich bin ein alter Republikaner..." Kühn verkündete er, daß es ihm ganz gleich sei, ob „die Kompositionen von Pergolesi Opern oder Messen seien; es handle sich darum, ob sie Werke der Menschheitskunst seien". – Doch mit unerbittlicher Logik erwiderte dem „alten Freidenker", dem „alten Republikaner", sein Gegner, „es gebe zweierlei Musik: solche, die man in den Kirchen, und solche, die man anderswo sänge". Die erste sei die Feindin der Vernunft und des Staates; und die Staatsvernunft müsse sie unterdrücken.

Alle diese Tröpfe wären eher lächerlich als gefährlich gewesen, hätten nicht hinter ihnen Männer von wirklichem Wert gestanden, auf die sie sich stützten und die ebenso wie sie – vielleicht noch mehr – Fanatiker der Vernunft waren. Tolstoi spricht irgendwo von jenen „epidemischen Einflüssen", die in der Religion, der Philosophie, der Politik, der Kunst, der Wissenschaft herrschen, von jenen „unsinnigen Einflüssen, deren Torheit die Menschen erst erkennen, wenn sie sich von ihnen befreit haben, die ihnen aber, solange sie in ihrem Bann stehen, so wahr erscheinen, daß sie es nicht einmal für nötig halten, über sie zu streiten". So die Tulpenliebhaberei, der Hexenglauben, die Verirrungen literarischer Moden. – Eine dieser Tollheiten war die Religion der Vernunft. Sie war den Dümmsten und den Gescheitesten gemeinsam, den „Unterveterinären" der Kammer und gewissen erleuchtetsten Köpfen der Universität. Bei diesen war sie noch gefährlicher als bei jenen; denn dort ging sie mit einem frommen und dummen Optimismus zusammen, der ihre Spannkraft lähmte; bei diesen hingegen war alle Kraft dadurch gespannt und ihr Schwert durch einen fanatischen Pessimismus geschärft, der sich keinerlei Illusion über den tief eingewurzelten Gegensatz von Natur und Vernunft machte und der dadurch nur um so heftiger den Kampf der abstrakten Freiheit, der abstrakten Gerechtigkeit, der abstrakten Wahrheit gegen die schlechte Natur unterstützte. Alledem lag etwas von kalvinistischem, jansenistischem, jakobinischem Idealismus zugrunde, ein alter Glaube an die unverbesserliche Sündhaftigkeit des Menschen, die einzig der unbeugsame Stolz der Erwählten brechen kann und muß, die der Atem der Vernunft – der

Geist Gottes – umweht. Das war ein echt französischer Typus, der Typus des intelligenten Franzosen, der nicht „menschlich" ist. Ein Kiesel, hart wie Eisen: nichts dringt in ihn ein, und alles, was mit ihm in Berührung kommt, zerschlägt er.

Christof war von den Unterhaltungen, die er bei Achilles Roussin mit einigen von diesen verrückten Vernünftlern führte, gänzlich niedergeschmettert. Sie warfen seine Ansichten über Frankreich völlig um. Er hatte nach der üblichen Meinung die Franzosen für ein ausgeglichenes, geselliges, duldsames, freiheitsliebendes Volk gehalten. Und er fand Abstraktionsfanatiker, an Logik Erkrankte, die immer bereit waren, die übrigen einem ihrer Syllogismen zu opfern. Beständig redeten sie von Freiheit; dabei war niemand weniger dazu geschaffen, sie zu verstehen und sie zu ertragen. Nirgends gab es Charaktere, die aus geistiger oder rechthaberischer Leidenschaft kältere und grausamere Despoten waren.

Und dies war nicht nur bei einer Partei der Fall. Alle Parteien waren so. Sie wollten nichts außerhalb, oberhalb ihrer politischen oder religiösen Formel, ihres Vaterlandes, ihrer Provinz, ihrer Gruppe, ihres engen Gehirns sehen. Da gab es Antisemiten, die alle Kraft ihres Wesens in einem wütenden und ohnmächtigen Haß gegen alle mit Glücksgütern Gesegneten verausgabten: denn sie haßten alle Juden und nannten Juden alle, die sie haßten. Nationalisten gab es, die alle andern Nationen haßten (waren sie sehr gutmütig, so begnügten sie sich mit Verachtung) und die sogar in der eigenen Nation alle, die nicht ebenso wie sie dachten, Ausländer oder Abtrünnige oder Verräter nannten. Es gab ferner Antiprotestanten, die sich einredeten, alle Protestanten seien Engländer oder Deutsche, und sie am liebsten sämtlich aus Frankreich verbannt hätten. Es gab die Leute des Westens, die östlich vom Rhein nichts gelten ließen; und die Leute des Nordens, die von allem südlich der Loire nichts wissen wollten; und die Leute des Südens, die alle nördlich der Loire Barbaren nannten; und es gab welche, die sich ihrer germanischen Abstammung rühmten; und solche, die sich ihrer gallischen Abstammung rühmten; und die allerverrücktesten von allen, die „Römer", die auf die Niederlage ihrer Väter stolz waren; und die Bretonen und die Lothringer und die Provenzalen und die Albigenser; und die aus Carpentras, aus Pontoise und aus Quimper-Corentin: jeder erkannte nur sich an, schuf sich ein Adelsprädikat daraus, er selbst zu sein, und gab nicht zu, daß man auch anders sein könne. Gegen solche Sippschaften ist nichts auszurichten: sie hören auf keinerlei Vernunftgründe; sie sind dafür geschaffen, die übrige Welt zu verbrennen oder selbst verbrannt zu werden.

Christof dachte, welch Glück es sei, daß ein solches Volk die Republik habe; denn alle diese kleinen Tyrannen vernichteten sich gegenseitig. Wäre aber einer von ihnen Kaiser oder König gewesen, so hätte kein anderer mehr Raum zum Leben gehabt.

Christof wußte nicht, daß den vernunftbesessenen Völkern eine Tugend bleibt, die sie rettet: die Inkonsequenz.

Den französischen Politikern fehlte sie nicht. Ihre Herrschsucht wurde durch den Anarchismus gemildert; unaufhörlich pendelten sie von einem zum andern Pol. Stützten sie sich links auf die Fanatiker des Gedankens, so stützten sie sich rechts auf die Anarchisten des Gedankens. Ihnen zur Seite sah man einen ganzen Haufen dilettantischer Sozialisten und kleiner Streber, die sich wohl hüteten, am Kampf teilzunehmen, bevor er gewonnen war, aber Schritt für Schritt dem Heer des Freidenkertums folgten und sich nach jedem seiner Siege auf die Beute stürzten. Nicht für die Vernunft arbeiteten die Streiter der Vernunft... Sic vos non vobis... Sie arbeiteten für die kosmopolitischen Profithascher, die die Überlieferungen des Landes fröhlich mit Füßen traten und die den einen Glauben zerstörten, nicht, um ihn durch einen andern zu ersetzen, sondern um sich selbst einzunisten.

In jener Gesellschaft fand Christof Lucien Lévy-Cœur wieder. Er war nicht allzu erstaunt, zu erfahren, daß Lucien Lévy-Cœur Sozialist sei. Er dachte nur, der Sozialismus müsse seines Sieges sehr sicher sein, da Lucien Lévy-Cœur sich zu ihm schlage. Aber er wußte nicht, daß Lucien Lévy-Cœur Mittel und Wege gefunden hatte, im gegnerischen Lager genau ebenso gern gesehen zu werden, und daß es ihm gelungen war, sich dort mit den antiliberalsten Persönlichkeiten der Politik und der Kunst anzufreunden, ja sogar mit Antisemiten. Er fragte Achilles Roussin:

„Wie können Sie solche Menschen um sich behalten?"

Roussin antwortete:

„Er ist so talentvoll! Und dann arbeitet er für uns, er reißt die alte Welt nieder."

„Ich sehe wohl, daß er niederreißt", sagte Christof. „Er reißt so gut nieder, daß ich nicht weiß, womit Sie wieder aufbauen wollen. Sind Sie sicher, daß Ihnen noch genug Bauholz für Ihr neues Haus bleibt? Die Würmer haben sich schon auf Ihrem Bauplatz niedergelassen."

Lucien Lévy-Cœur war nicht der einzige, der den Sozialismus benagte. Die sozialistischen Blätter waren voll von diesen kleinen Literaten der Kunst um der Kunst willen, diesen Luxusanarchisten, die sich aller Straßen, die zum Erfolg führen konnten, bemächtigt hatten. Sie versperrten den anderen alle Wege und füllten die Zeitungen, die sich Volksorgane nannten, mit ihrem verkommenen Dilettantismus und mit Struggle for life. Sie begnügten sich nicht mit Stellungen: sie brauchten Ruhm. Zu keiner Zeit hatte man so viele eilfertig errichtete Statuen gesehen, so viele Reden von gipsernen Genies vernommen. Zu Ehren irgendeines der großen Männer aus der Sippschaft wurden von den gewohnheitsmäßigen Tellerleckern des Ruhms regelmäßig Bankette veranstaltet, und zwar nicht aus Anlaß einer seiner Leistungen, sondern einer seiner Dekorierungen: denn das war ihnen das wichtigste.

Ästheten, Übermenschen, Metöken, sozialistische Minister, alle fanden sich zusammen, um eine Beförderung in die Ehrenlegion zu feiern, die jener korsische Offizier gegründet hatte.

Roussin machte Christofs Erstaunen Spaß. Er fand keineswegs, daß der Deutsche seine Partner zu schlecht beurteilte. Er selber redete, wenn sie unter sich waren, ohne Schonung von ihnen. Er kannte besser als irgend jemand ihre Dummheit und ihre Schliche; aber das hinderte ihn nicht, sie zu stützen, damit auch sie ihn hielten. Und wenn er sich im vertrauten Gespräch auch keinen Zwang auferlegte und vom Volke in verächtlichen Ausdrücken sprach, so war er auf der Rednertribüne ein anderer Mann. Da sprach er mit Kopfstimme, schlug scharfe, näselnde, donnernde, feierliche Töne an, tremolierte und blökte, machte große, ausholende und zitternde Gebärden wie Flügelschläge; er spielte Mounet-Sully.

Christof bemühte sich, zu durchschauen, wieweit Roussin an seinen Sozialismus glaubte. Es war klar, daß er im Grunde nicht daran glaubte: er war allzu skeptisch. Und doch glaubte er mit einem Teil seines Denkens daran; und obgleich er ganz genau wußte, daß es nur ein Teil (und vielleicht nicht der bedeutendste) war, hatte er sein Leben und Betragen danach eingerichtet, weil es ihm so am bequemsten war. Nicht nur sein praktisches Interesse kam in Frage, sondern auch sein Lebensinteresse, der Zweck seines Daseins und Tuns. Seine sozialistische Glaubenslehre war für ihn selbst eine Art Staatsreligion. – Die meisten Leute leben so. Ihr Leben beruht auf religiösen oder sittlichen oder sozialen oder rein praktischen Glaubenssätzen (auf dem Glauben an ihren Beruf, an ihre Arbeit, an die Nützlichkeit ihrer Rolle im Leben), an die sie im Grunde nicht glauben. Aber sie wollen es nicht wissen, denn sie bedürfen, um zu leben, dieses Scheinglaubens – dieser „Staatsreligion", deren Priester ein jeder ist.

Roussin war keiner der Schlimmsten. Wie viele andere in der Partei „betrieben" Sozialismus oder Radikalismus – man konnte nicht einmal sagen, aus Ehrgeiz, denn dieser Ehrgeiz war so kurzsichtig, daß er nicht weiter als bis zum unverzüglichen Beutezug und zu ihrer Wiederwahl ging. Diese Leute erweckten den Anschein, als glaubten sie an eine neue Gesellschaft. Vielleicht hatten sie früher einmal daran geglaubt und markierten nun den Glauben weiter; in Wirklichkeit aber war es ihnen um nichts anderes zu tun, als von den Überbleibseln der absterbenden Gesellschaft zu leben. Eine kurzsichtige Zweckdienlichkeitstheorie stand im Dienste dieses genießerischen Nihilismus. Die großen Zukunftsinteressen wurden dem Eigennutz der Stunde geopfert. Man zerstückelte die Armee, ja, man hätte das Vaterland zerstückelt, nur um den Wählern zu gefallen. An Verstand fehlte es nicht: man war sich ganz klar über das, was man hätte tun sollen, aber man tat es nicht, weil es zu viele Anstrengungen gekostet hätte. Man wollte sein Leben und das der Nation mit den geringsten Mühen und Opfern einrichten. Von der obersten bis zur untersten Sprosse der Leiter herrschte die gleiche Moral: möglichst viel Vergnügen mit möglichst wenig Anstrengung. Diese unmoralische Moral war der einzige Leitfaden inmitten des politischen Wirrwarrs, wo die Führer das Beispiel der Anarchie gaben, wo man eine zusammenhanglose Politik trieb, die zehn Hasen auf einmal jagte und sie unterwegs alle nacheinander laufenließ, wo eine kriegerische Diplomatie neben einem friedliebenden Kriegsministerium bestand, wo Kriegsminister das Heer zerstörten, um es zu veredeln, Marineminister die Arsenalarbeiter aufwiegelten, Kriegsinstrukteure die Schrecken des Krieges predigten, wo es dilettantische Offiziere, dilettantische Richter, dilettantische Revolutionäre, dilettantische Politiker gab. Eine allgemeine politische Sittenverderbnis herrschte. Jeder erwartete vom Staat, mit Stellen, mit Orden, mit Pensionen versorgt zu werden; und der Staat versäumte wirklich nicht, seine Klientel damit zu überschütten: die Jagdbeute an Ehren und Ämtern, die den Söhnen, den Neffen, Großneffen und Lakaien der Macht zuteil wurde; die Abgeordneten bewilligten einander Gehaltszulagen; es herrschte eine zügellose Vergeudung der Geldmittel, Stellen und Titel, aller Kräfte des Staates. – Und als ein unheilvolles Echo des oben gegebenen Beispiels kam die Sabotage unten: Lehrer, die die Verachtung der Obrigkeit und die Auflehnung gegen das Vaterland lehrten, Postbeamte, die Briefe und Depeschen verbrannten, Fabrikarbeiter, die Sand oder Schmirgel in die Triebwerke der Maschinen warfen, Arsenalarbeiter, die die Arsenale zerstörten, die Einäscherung von Schiffen, eine ungeheuerliche Verschleuderung von Arbeit durch die Arbeiter selbst – die Vernichtung nicht der Reichen, sondern des Reichtums der Welt.

Um das Werk zu krönen, gefiel sich eine geistige Elite darin, diesen Selbstmord eines Volkes im Namen der geheiligten Rechte auf Glück mit Vernunft und mit Recht zu begründen. Eine krankhafte Humanitätsschwärmerei untergrub die Fähigkeit, Gut und Böse zu unterscheiden, bejammerte die „nichtverantwortliche und geheiligte" Person der Verbrecher, streckte vor dem Verbrechen die Waffen und lieferte ihm die Gesellschaft aus.

Christof dachte:

Frankreich ist von Freiheit besoffen. Wenn es gehörig phantasiert hat, wird es toll und voll hinschlagen. Und wenn es aufwacht, wird es im Loch sitzen.

Am meisten verletzte Christof an diesem Demagogentum, daß die schlimmsten politischen Gewalttaten kaltblütig von Männern ausgeführt wurden, deren unzuverlässigen Charakter er kannte. Das Mißverhältnis zwischen diesen schwankenden Geschöpfen und der schroffen Tat, die sie entfesselten oder guthießen, war zu empörend. Es schien, als lebten in ihnen zwei sich widersprechende Elemente: ein haltloser Charakter, der an nichts glaubte, und ein klügelnder Verstand, der das Leben plünderte, ohne auf irgend etwas zu achten. Christof fragte sich, wie es möglich sei, daß das friedfertige Bürgertum, die Katholiken, die in jeder Art geplagten Offiziere, sie nicht allesamt zum Teufel jagten. Da er nichts verbergen konnte, war es Roussin nicht schwer, seine Gedanken zu erraten. Er begann zu lachen und sagte:

„Sie oder ich würden das sicherlich tun, nicht wahr? Aber bei denen besteht keine Gefahr. Das sind arme Teufel, die nicht fähig sind, auch nur im geringsten energisch Partei zu ergreifen; sie können nur Beschwerden vorbringen. Eine verdorbene Aristokratie, die, vom Klub- und Sportleben abgestumpft, sich an Amerikaner und Juden wegwirft, beweist ihren modernen Geist dadurch, daß sie an der beleidigenden Rolle, die man sie in den Modestücken spielen läßt, Vergnügen zeigt und die Beleidiger feiert. Das Bürgertum ist nörglerisch, liest nichts, versteht nichts, will nichts verstehen und kann nichts anderes als lästern, beißend, ohne jeden Zweck ins Leere hinein lästern – es kennt nur eine Leidenschaft: auf seinem Geldsack schlafen und alle hassen, die es stören, ja sogar die, welche arbeiten: denn es fühlt sich schon gestört, wenn andre arbeiten, während es duselt... Wenn Sie diese Leute kennten, so fänden Sie uns zuletzt noch sympathisch."

Christof aber empfand vor den einen wie vor den andern nur großen Ekel: denn er war nicht der Ansicht, daß die Gemeinheit der Verfolgten die der Verfolger entschuldige. Er hatte bei den Stevens oft Typen dieses reichen, mürrischen Bürgertums getroffen, das ihm Roussin schilderte:

... l'anime triste di coloro,
Che visser senza infamia e senza lodo ...

Er sah nur allzusehr die Gründe ein, die Roussin und seine Freunde hatten, nicht allein ihrer Macht über die Leute sicher zu sein, sondern auch ihres Rechts, sie zu miß-

brauchen. An Werkzeugen zur Unterdrückung fehlte es
ihnen nicht. Tausende von willenlosen Beamten leisteten
blinden Gehorsam. Höfische Sitten herrschten in dieser Republik
ohne Republikaner; sozialistische Zeitungen feierten
begeistert durchreisende Könige, Bedientenseelen lagen vor
Titeln, Tressen, Orden auf dem Bauch; um sie an der Leine
zu halten, brauchte man ihnen nur ein paar Knochen zum
Fraß oder die Ehrenlegion hinzuwerfen. Hätte ein König
versprochen, alle Bürger Frankreichs zu adeln, so wären
alle Bürger Frankreichs königstreu gewesen.

Die Politiker hatten freies Spiel. Von den drei Ständen
von 1789 war der erste vernichtet; der zweite geächtet oder
verdächtig; der dritte schlief siegessatt. Und was den vierten
Stand betraf, der sich jetzt drohend und eifersüchtig
erhob, so war es nicht schwierig, seiner Herr zu werden.
Die entartete Republik behandelte ihn, wie das entartete
Rom die Barbarenhorden behandelte, die aus seinen Grenzen
zu vertreiben es nicht mehr die Kraft hatte: es umwarb
sie; und bald wurden sie seine besten Wachhunde. Die
bürgerlichen Minister, die sich Sozialisten nannten, zogen
heimtückisch die intelligentesten und kräftigsten der Arbeiterelite
an sich; sie trennten die Häupter der Proletarier
von der Partei ab, flößten sich ihr frisches Blut ein und
stopften sie als Gegengabe mit bürgerlicher Ideologie voll.

Ein merkwürdiges Beispiel für solche Versuche zur Besitzergreifung
vom Volk durch das Bürgertum waren die
Volkshochschulen. Sie waren kleine Basare verworrener
Kenntnisse de omni re scibili. Man behauptete dort, wie ein
Prospekt sagte, „alle Zweige des physischen, biologischen,
soziologischen Wissens zu lehren: Astronomie, Kosmologie,
Anthropologie, Ethnologie, Physiologie, Psychologie,
Psychiatrie, Geographie, Linguistik, Ästhetik, Logik" und
so weiter. Das Gehirn des Pico della Mirandola hätte davon
platzen können.

Gewiß lag darin ursprünglich, lag darin noch immer in manchen dieser Bestrebungen ein aufrichtiger Idealismus, ein Bedürfnis, Wahrheit, Schönheit, geistiges Leben an alle auszuteilen, das nicht ohne Größe war. Diese Arbeiter, die nach harter Tagesmühe kamen, um sich in die Stickluft enger Vortragssäle zu pferchen, und deren Wissensdurst stärker war als ihre Müdigkeit, boten ein rührendes Schauspiel. Wie sehr aber hatte man die armen Leute mißbraucht! Auf ein paar wahre, kluge und menschliche Apostel, auf ein paar gütige Herzen, die allerdings mehr gute Absichten als Geschick hatten, kamen wie viele Dummköpfe, Schwätzer, Intriganten, ungelesene Schriftsteller, zuhörerlose Redner, Lehrer, Pastoren, Rezitatoren, Pianisten und Kritiker, die das Volk mit ihren Erzeugnissen überschwemmten. Jeder suchte nur seine Ware loszuwerden. Am gesuchtesten waren natürlich die Marktschreier, die philosophischen Schönredner, die scheffelweise Gemeinplätze austeilten und das sozialistische Paradies verhießen.

Die Volkshochschulen waren daneben auch ein Absatzgebiet für ultraaristokratische Kunstwerke: dekadente Graphik, Dichtung und Musik. Man wollte den Aufstieg des Volkes, damit das Denken verjüngt, die Rasse erneuert werde. Und man begann damit, ihm alle überfeinerten Genüsse des Bürgertums einzuimpfen! Voller Gier nahm das Volk sie auf, nicht, weil sie ihm gefielen, sondern weil sie bürgerlich waren. Christof, den Frau Roussin in eine solche Volkshochschule führte, hörte dort, wie man dem Volk Sachen von Debussy zwischen dem *Guten Lied* von Gabriel Fauré und einem der letzten Quartette von Beethoven vorspielte. Er war selber erst nach vielen Jahren durch eine langsame Entwicklung seines Geschmacks und seines Denkens zum Verständnis der letzten Werke Beethovens vorgedrungen und fragte daher voller Mitleid einen seiner Nachbarn:

„Aber verstehn Sie denn das?"

Der andere blähte sich wie ein gereizter Hahn und sagte: „Na klar! Warum soll ich das nicht ebensogut wie Sie verstehen?"

Und zum Beweis, daß er verstanden habe, rief er nach einer Fuge: „Da capo!", wobei er Christof herausfordernd ansah.

Christof machte sich bestürzt davon; ihm war klar, daß es diesen Kerlen gelungen sei, die Nation bis zu ihren lebendigen Quellen zu vergiften: es gab kein Volk mehr.

„Selber Volk!" sagte einmal ein Arbeiter zu einem jener braven Menschen, die Volksbühnen zu gründen suchten. „Ich bin ebensogut Bürger wie Sie!"

An einem schönen Abend, als der weiche Himmel sich gleich einem Perserteppich mit warmen, ein wenig verblaßten Farben über die dunkelnde Stadt spannte, ging Christof von Notre-Dame bis zum Invalidendom die Kais entlang. Die Türme der Kathedrale hoben sich in die sinkende Nacht, wie die Arme Mosis sich während der Schlacht emporreckten. Aus dem Dickicht der Häuser blitzte die ziselierte Goldspitze der Sainte-Chapelle auf – ein blühender heiliger Dorn. Am andern Ufer des Flusses erschien das königliche Antlitz des Louvre, in dessen matten Augen der Widerschein des Sonnenuntergangs einen letzten Schimmer von Leben entzündete. Weit draußen auf dem Invalidenfeld, hinter seinen Gräben und seinen stolzen Mauern, schwebte in majestätischer Einsamkeit die dunkelgoldene Kuppel gleich einer Symphonie ferner Siege. Und auf dem Hügel erklang der Triumphbogen wie ein heldischer Marsch, wie der übermenschliche Gleichschritt der kaiserlichen Legionen.

Und Christof hatte plötzlich den Eindruck von einem toten Riesen, dessen ungeheure Glieder die Ebene bedeckten. Das Herz von Grauen zusammengekrampft, stand er still und betrachtete die gigantischen versteinten Reste einer von der Erde verschwundenen Fabelrasse, deren Schritt die ganze Erde vernommen hatte – jener Rasse, die, vom Invalidendom behelmt, vom Louvre gegürtet, den Himmel mit tausend Armen ihrer Kathedralen umarmte und die Welt mit dem Napoleonischen Bogen überspannte, unter dem heute Liliput wimmelte.

Ohne daß er danach getrachtet hätte, war Christof in den Pariser Kreisen, in die ihn Silvan Kohn und Goujart eingeführt hatten, zu einer kleinen Berühmtheit geworden. Das Eigenartige seiner Erscheinung, die man bei den Erstaufführungen der Theater und in den Konzerten stets mit dem einen oder dem andern seiner beiden Freunde bemerkte, seine kraftvolle Häßlichkeit, ja selbst das Lächerliche seiner Persönlichkeit, seiner Haltung, seines heftigen und linkischen Benehmens, die wunderlich widerspruchsvollen Einfälle, die er manchmal vorbrachte, sein grob zugehauener, aber umfassender und kräftiger Verstand und die romanhaften Berichte, die Silvan Kohn über seine Streiche in Deutschland, über seine Händel mit der Polizei und seine Flucht nach Frankreich verbreitete, hatten die müßige und geschäftige Neugier dieses großen internationalen Hotelsalons, zu dem das Tout-Paris geworden ist, auf ihn gelenkt. Solange er sich im Hintergrund hielt, beobachtete, zuhörte und, bevor er sich näher aussprach, zu verstehen suchte, solange man seine Werke und seine tieferen Gedanken nicht kannte, war er ziemlich gern gesehen. Die Franzosen wußten ihm Dank dafür, daß er es in Deutschland nicht ausgehalten hatte. Vor allem berührten Christofs ungerechte Urteile über die deutsche Musik die französischen Musiker wie eine persönliche Ehrung (in Wahrheit handelte es sich um schon veraltete Urteile, von denen er die meisten heute nicht mehr unterschrieben hätte: um ein paar Aufsätze, die er einmal in einer deutschen Zeitschrift veröffentlicht hatte, und um deren durch Silvan

Kohn aufgebauschte und herumgetragene Paradoxa). Christof erregte Aufmerksamkeit und störte nicht; niemandem nahm er den Platz weg. Es hätte nur an ihm gelegen, ein großer Mann in einem Künstlerkreis zu werden. Er brauchte nur nichts oder sowenig wie möglich zu schreiben, vor allem nichts von sich aufführen zu lassen und einen Teil seiner Gedanken den Goujarts und ihresgleichen zu überlassen, allen jenen, die sich mit einiger Veränderung das berühmte Wort zum Wahlspruch genommen haben:

Mein Glas ist nicht groß; aber ich trinke... aus dem der anderen.

Eine starke Persönlichkeit wirkt mit ihrer Ausstrahlung vor allem auf junge Leute, die zumeist mehr fühlen als handeln. An ihnen fehlte es in Christofs Umgebung nicht. Im allgemeinen gehörten sie zu jenen Müßiggängern, die ohne Willen, ohne Ziel, ohne Daseinszweck dahinleben, die Furcht haben vor ihrem Arbeitstisch, Furcht, mit sich selber allein zu sein, die ewig in einem Sessel herumliegen, aus dem Café ins Theater irren und nach jedem Vorwand haschen, nicht nach Haus zu gehen, damit sie sich selber nicht ins Gesicht zu schauen brauchen. Sie kamen, ließen sich nieder, schleppten ganze Stunden mit jenen nichtssagenden Gesprächen hin, aus denen man mit einem Empfinden von Magenerweiterung hervorgeht, angewidert, übersättigt und doch hungrig, mit dem Bedürfnis weiterzuschwatzen, und doch voller Ekel davor. Sie umkreisten Christof wie Fausts Pudel, wie „lauernde Nachtmahre", die eine Seele erhaschen möchten, um sich am Leben festzuklammern.

Ein eitler Tropf hätte an diesem Parasitenhof Vergnügen gefunden; aber Christof liebte es nicht, den Götzen zu spielen. Übrigens schreckte ihn die idiotische Feinsinnigkeit seiner Bewunderer ab, die in dem, was er tat, die abgeschmacktesten, renanschen, nietzscheschen, rosenkreuzlerischen hermaphroditischen Intentionen fanden. Er setzte sie vor die Tür. Für eine passive Rolle war er nicht geschaffen. Bei ihm zielte alles auf die Tat ab. Er beobachtete, um zu verstehen; und er wollte verstehen, um zu handeln. Er war frei von Vorurteilen, erkundigte sich nach allem, studierte in seiner Kunst alle Gedankenformen und Ausdrucksmöglichkeiten anderer Länder und anderer Zeiten. Jede, die ihm wahr schien, beutete er aus. Im Gegensatz zu den französischen Künstlern, die er studierte, gewandten Erfindern neuer Formen, die sich in unaufhörlichem Erfinden erschöpften und das Erfundene unterwegs im Stich ließen, suchte er die musikalische Sprache weit weniger zu erneuern, als sie mit größerer Energie zu sprechen; er war nicht darauf aus, ungewöhnlich, sondern stark zu sein. Diese leidenschaftliche Kraft widerstrebte dem französischen Genius der Feinheit und des Maßes; sie verachtete den Stil um des Stiles willen. Die besten französischen Künstler machten Christof den Eindruck von Luxusarbeitern. Einer der vorzüglichsten Pariser Dichter hatte sich sogar damit vergnügt, selber „die Gewerbeliste der französischen zeitgenössischen Dichtung aufzustellen, in der jeder mit seinen Waren, seinen Erzeugnissen oder Ladenhütern" genannt war, und er zählte „die Kristalleuchter, die Perserteppiche, die goldenen und bronzenen Medaillen, die Spitzen für Witwen von Stande, die vielfarbigen Skulpturen, die geblümten Fayencen" auf, die aus der Werkstätte dieses oder jenes seiner Berufsgenossen stammten. Er selbst stellte sich vor als einen, der „in einem Winkel der großen literarischen Arbeitsstube alte Gobelins ausbessert oder außer Gebrauch gestellte Partisanen putzt". – Diese Auffassung des Künstlers als eines guten Arbeiters, der einzig auf die Vervollkommnung seines Handwerks bedacht ist, war nicht ohne Schönheit. Aber sie genügte Christof nicht; erkannte er auch ihren handwerklichen Wert, so verachtete er doch die Ärmlichkeit der Lebensauffassung, die sie gewöhnlich verdeckte. Er begriff es nicht, daß man schrieb, um zu schreiben. Er sagte nicht Worte, er sagte Dinge – wollte Dinge sagen.

Ei dice cose, e voi dite parole...

Nach einer Zeit der Ruhe, in der Christof nur damit beschäftigt gewesen war, eine neue Welt in sich zu verarbeiten, überkam seinen Geist ein plötzlicher Schaffensdrang. Der Gegensatz, den er zwischen sich und Paris empfand und der seine Persönlichkeit anspornte, verhundertfachte seine Kraft. Die überströmenden Leidenschaften verlangten gebieterisch nach Ausdruck. Sie waren von verschiedenster Art; alle aber befeuerten ihn mit derselben Glut. Er mußte Werke schmieden, mußte in ihnen entladen, was ihm das Herz schwellte: die Liebe wie den Haß, den Willen wie den Verzicht, alle Dämonen, die in seinem Innern aufeinanderprallten, da allen ein gleiches Lebensrecht zukam. Kaum hatte er sich in einem Werk von einer Leidenschaft befreit – manchmal fand er nicht einmal die Geduld, das Werk zu Ende zu führen –, so stürzte er sich bereits in eine entgegengesetzte Leidenschaft. Aber der Widerspruch war nur scheinbar: wandelte er sich auch beständig, er blieb doch stets derselbe. Alle seine Werke waren verschiedene Wege zum selben Ziel; seine Seele war ein Berg: er stieg auf allen Pfaden hinauf; die einen führten schattig in sanften Windungen hinan, die anderen stiegen, von der Sonne ausgedörrt, holperig empor; alle aber führten zu Gott, der auf dem Gipfel thronte. Liebe, Haß, Wille, Verzicht, alle menschlichen Kräfte rühren in ihrer höchsten Steigerung an die Ewigkeit, haben schon Anteil an ihr. Ein jeder trägt sie in sich: der Fromme und der Gottesleugner, der, der das Leben überall sieht, und der, der es überall verneint, und auch jener, der an allem, am Leben und an der Verneinung, zweifelt – also auch Christof, dessen Seele alle diese Gegensätze gleichzeitig umfaßte. Alle Gegensätze lösen sich auf in der ewigen Kraft. Das Wesentliche für Christof war, diese Kraft in sich und andern zu erwecken, Scheite auf den Holzstoß zu werfen, damit die Glut der Ewigkeit aufflamme. Eine große Flamme war aus seinem Herzen aufgelodert, inmitten der wollüstigen Nacht von Paris. Von jedem Glauben wähnte er sich frei und war doch ganz und gar nur eine Glaubensfackel.

Nichts konnte der französischen Ironie eine bessere Angriffsfläche bieten. Der Glaube ist eines der Gefühle, die eine überfeinerte Gesellschaft am wenigsten verzeiht; denn sie hat ihn verloren. An der dumpfen oder höhnischen Feindseligkeit, die die meisten Leute den Träumen junger Menschen gegenüber zeigen, hat sehr oft der bittere Gedanke Anteil, daß sie selber einstmals so waren, daß sie den gleichen Ehrgeiz besaßen und ihn nicht verwirklichten. Alle, die ihre Seele verleugnet haben, alle, die ein Werk in sich trugen und es nicht vollbrachten, denken:

Warum sollen die anderen etwas tun, was auch ich erträumte und nicht ausführen konnte? Das will ich nicht.

Wie manche Hedda Gabler gibt es unter den Menschen! Wieviel dumpfe Böswilligkeit sucht neue und freie Kräfte zu zerstören, wieviel Wissenschaft wird darauf verwandt, sie durch Schweigen, durch Ironie, durch Mißbrauch, durch Entmutigung – und durch irgendeine heimtückische Verführung im geeigneten Augenblick zu vernichten!

Der Typus ist in allen Ländern der gleiche. Christof kannte ihn, weil er ihm schon in Deutschland begegnet war. Gegen diese Art Leute war er gewappnet. Sein Verteidigungssystem war einfach: er griff als erster an; sobald sie gegen ihn loszogen, erklärte er den Krieg; er zwang solche gefährlichen Freunde, seine Feinde zu werden. Aber war diese freimütige Politik zur Wahrung seiner Persönlichkeit auch die wirksamste, so war sie weit weniger geeignet, ihm seine Künstlerlaufbahn zu erleichtern. Christof verfiel von neuem in seine deutschen Irrtümer. Seine Natur brach immer durch. Nur etwas hatte sich geändert: seine Laune; sie war äußerst heiter.

Jedem, der es hören wollte, setzte er fröhlich seine wenig maßvollen Kritiken über französische Künstler auseinander: so zog er sich viele Feindschaften zu. Er übte nicht einmal die Vorsicht, sich, wie es vernünftige Leute tun, den

Stützpunkt einer kleinen Clique zu erhalten. Es wäre ihm ein leichtes gewesen, Künstler zu finden, die gern bereit waren, ihn zu bewundern, falls auch er ihnen Bewunderung zollte. Manche bewunderten ihn sogar als erste in der Erwartung auf Rückzahlung. Sie betrachteten den, welchen sie lobten, als einen Schuldner, bei dem sie im gegebenen Augenblick stets ihre Außenstände einfordern konnten. Es war gut angelegtes Geld. – Es war aber bei Christof sehr schlecht angelegtes Geld. Noch schlimmer, er hatte die Unverschämtheit, die Werke derer, die die seinen gut fanden, minderwertig zu nennen. Sie trugen ihm das, ohne es auszusprechen, aufs schwerste nach und nahmen sich vor, ihm bei der ersten Gelegenheit mit der gleichen Münze heimzuzahlen.

Eine der vielen Ungeschicklichkeiten, die Christof beging, war, daß er gegen Lucien Lévy-Cœur zu Felde zog. Überall auf seinem Wege fand er ihn; und er konnte eine ungewöhnliche Abneigung gegen dieses sanfte, höfliche Geschöpf nicht verbergen, das scheinbar nichts Böses tat, sogar mehr Güte als er selber zu besitzen schien und auf jeden Fall sehr viel mehr Maß zeigte. Er forderte ihn zu Auseinandersetzungen heraus; und so unbedeutend auch der Gegenstand der Erörterung sein mochte, jedesmal nahm sie durch Christofs Schuld unversehens eine Schärfe an, die die Zuhörerschaft überraschte. Es war, als suche Christof beständig einen Vorwand, um mit gesenktem Kopfe auf Lucien Lévy-Cœur loszugehen; niemals aber konnte er ihn fassen. Selbst wenn Lucien Lévy-Cœur offensichtlich unrecht hatte, verstand er dank seiner überlegenen Gewandtheit doch stets die bessere Rolle zu spielen; er verteidigte sich mit einer Höflichkeit, die den Mangel an guten Formen bei Christof ersichtlich machte. Dieser sprach nicht nur ein sehr schlechtes Französisch, durchsetzt mit Straßenausdrücken, ja sogar mit ziemlich gewöhnlichen Wörtern, die er sofort erfaßt hatte, um sie dann, wie viele Fremde, zur Unzeit anzuwenden – er war überhaupt unfähig, der

Taktik Lucien Lévy-Cœurs entgegenzuwirken; wütend focht er gegen dessen ironische Sanftmut an. Alle Welt gab ihm unrecht, denn man sah nicht, was Christof dunkel fühlte: die Heuchelei dieser Sanftmut, die an eine Kraft prallte, die nicht verwundet werden konnte, und diese ohne Aufsehen in der Stille zu ersticken suchte. Er hatte es nicht eilig, denn er gehörte zu denen, die gleich Christof sich auf die Zeit verlassen; ihm aber war dabei um die Vernichtung zu tun, Christof um den Aufbau. Es kostete Lévy-Cœur keine Mühe, Silvan Kohn und Goujart von Christof abwendig zu machen, so wie er ihn auch nach und nach aus dem Salon der Stevens verdrängt hatte. Er schaffte rings um ihn Leere.

Christof ließ sich das selber angelegen sein. Da er keiner Partei angehörte oder, besser gesagt, gegen alle Parteien war, machte er es niemandem recht. Er liebte die Juden nicht; aber die Antisemiten liebte er noch weniger. Diese Massenfeigheit, die gegen eine mächtige Minderheit aufstand, nicht, weil sie schlecht, sondern weil sie mächtig war, diese Herausforderung aller niederen Instinkte der Eifersucht und des Hasses stieß ihn ab. So hielten ihn die Juden für einen Antisemiten, die Antisemiten für einen Juden. Und die Künstler witterten in ihm den Feind. In der Kunst gab sich Christof instinktiv deutscher, als er war. Aus Auflehnung gegen die wollüstige Seelenruhe einer gewissen Pariser Musik feierte er den gewalttätigen Willen, einen männlichen und gesunden Pessimismus. Wenn die Freude erschien, so geschah dies mit einem Mangel an Geschmack, einer plebejischen Begeisterung, die ganz dazu angetan war, alle bis zu den aristokratischen Beschützern der Volkskunst zu empören. Es war eine kenntnisreiche und harte Form. Ja, er war aus Widerspruch nicht weit davon entfernt, eine scheinbare Nachlässigkeit des Stils und völlige Gleichgültigkeit gegen äußerliche Originalität zu betonen, die für französische Musiker sehr fühlbar sein mußten. So begruben denn die, denen er einige seiner Werke unterbreitete, ihn ohne nähere Prüfung mit unter der Verachtung, die sie für das verspätete Wagnertum der deutschen Schule empfanden. Christof bekümmerte das kaum; er lachte innerlich und wiederholte sich die Verse eines entzückenden Musikers der französischen Renaissance, die er zu seinem Gebrauch zurechtmachte:

Laß gut sein und sei nicht verdutzet, daß man spricht:
„Christof hat den Kontrapunkt mitnichten so wie der.
Er hat die gleiche Harmonie wie jener nicht!" –
Ich habe was, das nicht schon hat ein anderer.

Aber als er den Versuch machen wollte, seine Werke in Konzerten spielen zu lassen, fand er verschlossene Türen. Man hatte schon gerade genug damit zu tun, die Werke junger französischer Musiker aufzuführen – oder nicht aufzuführen. Für einen unbekannten Deutschen war kein Raum da.

Christof versteifte sich nicht auf weitere Anstrengungen. Er schloß sich zu Hause ein und vergrub sich von neuem in die Arbeit. Ihm lag wenig daran, ob ihn die Leute in Paris hörten oder nicht, er schrieb zu seinem Vergnügen und nicht um des Erfolges willen. Der wahre Künstler bekümmert sich nicht um die Zukunft seines Werkes. Er ist wie die Maler der Renaissance, die freudig Hausfassaden bemalten, wenn sie auch wußten, daß in zehn Jahren nichts mehr davon geblieben sein würde. Christof arbeitete also in Frieden und wartete auf bessere Zeiten, als ihm von unerwarteter Seite Hilfe kam.

Christof fühlte sich zu jener Zeit zur dramatischen Form hingezogen. Er wagte nicht, sich der Flut seines inneren Lyrismus frei hinzugeben. Er fühlte das Bedürfnis, ihn in festumrissene Themen zu leiten. Und zweifellos ist es für ein junges Genie, das seiner selbst noch nicht Herr, ja sich noch nicht einmal über seine Wesensart klar ist, gut, sich freiwillige Grenzen zu ziehen, in die es seine Seele, die ihm entgleiten will, verschließen kann. Das sind notwendige Schleusen, die ihm ermöglichen, den Gedankenlauf zu leiten. – Leider fehlte Christof ein Dichter; er war genötigt, sich seine Vorwürfe aus der Legende oder der Geschichte selbst zurechtzuzimmern.

Unter den Visionen, die seit einigen Monaten in ihm wogten, waren auch biblische Bilder. – Die Bibel, die ihm seine Mutter als Gefährtin in die Verbannung mitgegeben hatte, war ihm eine Quelle von Träumen geworden. Obgleich er sie nicht im religiösen Sinne las, war ihm die sittliche oder, besser gesagt, lebensvolle Energie dieser hebräischen Ilias ein Bronnen, in dem er abends seine nackte Seele badete, die der Dunst und der Unrat von Paris beschmutzt hatten. Um den geheiligten Sinn des Buches kümmerte er sich nicht; aber es war ihm dennoch ein heiliges Buch durch den Hauch wilder Natur und ursprünglicher Persönlichkeiten, den er daraus verspürte. Er sog in sich die Hymnen der vom Glauben verzehrten Erde, der bebenden Berge, der frohlockenden Himmel und der menschlichen Löwen.

Eine der Gestalten des Buches, für die er eine besondere Zärtlichkeit empfand, war der junge David. Er lieh ihm nicht das ironische Lächeln eines Florentiner Straßenjungen noch die tragische Spannung, die Verrocchio und Michelangelo ihren erhabenen Werken gegeben hatten: er kannte sie nicht. Er sah seinen David als einen poetischen Hirten mit jungfräulichem Herzen, in dem das Heldentum schlummert, als einen Siegfried des Südens von verfeinerter, schönerer Rasse, harmonischer an Leib und Seele. Denn er mochte sich noch so sehr gegen den lateinischen Geist auflehnen: dieser Geist durchdrang ihn doch. Nicht die Kunst allein wirkt auf die Kunst ein, nicht der Gedanke allein, sondern alles, was uns umgibt: die Menschen und die Dinge, die Gebärden und die Bewegungen, die Linien und das Licht. Die Atmosphäre von Paris übt eine sehr starke Wirkung aus: sie formt die widerspenstigsten Seelen. Und eine germanische Seele ist weniger als jede andere imstande, zu widerstehen; vergeblich hüllt sie sich in ihren Nationalstolz; sie verliert von allen europäischen Seelen am schnellsten ihre Nationalität. Christofs Seele hatte, ohne daß er es ahnte, bereits begonnen, aus der lateinischen Kunst eine Besonnenheit, eine Klarheit der Empfindungen und in gewissem Grade sogar eine plastische Schönheit anzunehmen, die sie sonst niemals erhalten hätte. Sein *David* war der Beweis dafür.

Er wollte die Begegnung mit Saul und den Kampf mit Goliath neu schildern und hatte sie sich als ein symphonisches Bild mit zwei Personen gedacht.

Auf einer einsamen Hochebene liegt im blühenden Heidekraut der kleine Hirt und träumt in der Sonne. Das heitere Licht, das Summen der Insekten, das sanfte Erschauern der Gräser, das Silbergeläute weidender Herden, der kraftvolle Hauch der Erde wiegen die Träume des seiner göttlichen Bestimmung unbewußten Kindes. Lässig mischt es seine Stimme und die Töne seiner Flöte in die harmonische Stille; und dieser Gesang ist von so ruhevoller Freude, so durchsichtiger Klarheit, daß man bei ihm weder an Schmerz noch an Freude denkt, sondern meint, es sei eben so, es könne gar nicht anders sein... Plötzlich breiten sich große Schatten über die Ebene; die Luft ist still; das Leben scheint in die Adern der Erde zurückzuströmen. Nur der Flötensang geht ruhig weiter. Da naht Saul, von Gesichten gejagt. Der wahnsinnige König, ein Spielball des Nichts, tobt wie eine wütende, sich selbst verzehrende Flamme, die der Sturm peitscht. Er fleht die Leere an, die ihn umgibt und ihn erfüllt, er flucht ihr, bietet ihr Trotz. Und wie er dann außer Atem auf die Heide niederfällt, taucht in der Stille wieder das Lächeln des nicht unterbrochenen Hirtenliedes auf. Da bezwingt Saul sein wildklopfendes Herz und nähert sich schweigend dem hingestreckten Kinde, und schweigend betrachtet er es; dann setzt er sich neben den Knaben und legt seine fiebernde Hand auf das Haupt des Hirten. David wendet sich um, ohne sich stören zu lassen, und schaut den König an. Er lehnt seinen Kopf an Sauls Knie und beginnt sein Lied von neuem. Der Abend dämmert; David entschlummert im Singen, und Saul weint. Und in der Sternennacht erhebt sich wieder der Freudenhymnus der neubelebten Natur und das Danklied der genesenden Seele.

Als Christof diese Szene schrieb, hatte er sich nur um seine eigene Freude gekümmert, an die Mittel der Ausführung hatte er nicht gedacht; und vor allem war ihm nie der Gedanke gekommen, daß man die Szene aufführen könnte. Er bestimmte sie für Konzerte, für den Tag, da man geruhen würde, sie anzunehmen.

Eines Abends sprach er mit Achilles Roussin darüber und versuchte auf dessen Bitte hin, ihm am Klavier einen Begriff von der Komposition zu geben; zu seinem großen Erstaunen war Roussin Feuer und Flamme für das Werk und erklärte, es müsse um jeden Preis auf einer Pariser Bühne aufgeführt werden; er wolle dafür sorgen. Noch viel erstaunter war er, als er nach einigen Tagen merkte, daß Roussin die Geschichte ernst nahm; und seine Verwunderung grenzte an Verblüffung, als er erfuhr, daß Silvan Kohn, Goujart und sogar Lucien Lévy-Cœur sich dafür einsetzten. Er mußte zugeben, daß der persönliche Groll dieser Leute vor der Liebe zur Kunst verstummte; das überraschte ihn sehr. Er selbst drängte am wenigsten zur Aufführung seines Werkes. Es war nicht fürs Theater geschrieben, es war ein Unsinn, es dort zu spielen. Roussin aber war so hartnäckig, Silvan Kohn so überzeugend und Goujart so bestimmt, daß Christof sich verführen ließ. Er wurde schwach. Er hatte so große Lust, seine Musik zu hören!

Roussin wurde alles leicht. Direktoren und Künstler strengten sich an, ihm gefällig zu sein. Eine Zeitung veranstaltete eben eine Gala-Matinee zu einem wohltätigen

Zweck. Es wurde beschlossen, bei dieser Gelegenheit den *David* aufzuführen. Man brachte ein gutes Orchester zusammen. Roussin behauptete, einen idealen David gefunden zu haben.

Die Proben begannen. Das Orchester machte sich beim ersten Male ganz leidlich, obgleich es nach französischer Art wenig an Zucht gewöhnt war. Der Saul hatte eine etwas müde, aber ansehnliche Stimme; und er verstand seine Kunst. Die Sängerin des *David* war eine schöne, stattliche, dicke, wohlgestalte Person mit einer sentimentalen und gewöhnlichen Stimme, die sich schwerfällig in melodramatischen Tremolos und Tingeltangelmanieren erging. Christof verzog das Gesicht. Von den ersten Takten an, die sie sang, war es ihm klar, daß sie die Rolle nicht behalten könne. Bei der ersten Orchesterpause suchte er den Impresario auf, der die geschäftliche Leitung des Konzerts hatte und mit Silvan Kohn der Probe beiwohnte. Als der Impresario ihn kommen sah, richtete er mit strahlendem Gesicht das Wort an ihn:

„Nun, sind Sie zufrieden?"

„Ja", sagte Christof, „ich glaube, es wird sich machen. Nur eins geht nicht: die Sängerin. Das muß geändert werden. Bringen Sie es ihr freundlich bei, Sie sind das ja gewohnt ... Es wird Ihnen ein leichtes sein, eine andere für mich zu finden."

Der Impresario schien verblüfft; er sah Christof an, als wisse er nicht, ob dieser im Ernst rede; dann sagte er:

„Aber das ist ja unmöglich!"

„Warum soll das unmöglich sein?" fragte Christof.

Der Impresario wechselte mit Silvan Kohn einen raschen, verständnisinnigen Blick und fing wieder an:

„Sie hat doch soviel Talent!"

„Gar keins hat sie", sagte Christof.

„Nanu! – Eine so schöne Stimme!"

„Sie hat überhaupt keine."

„Und dann, eine so schöne Erscheinung!"

„Ich pfeif drauf."

„Immerhin schadet das doch nicht", meinte Silvan Kohn lachend.

„Ich brauche einen David, und zwar einen David, der singen kann; eine schöne Helena kann ich nicht brauchen", sagte Christof.

Der Impresario rieb sich verlegen die Nase.

„Das ist sehr unangenehm, sehr unangenehm...", meinte er. „Sie ist doch eine ausgezeichnete Künstlerin... Wirklich! Vielleicht ist sie heute nicht gut bei Stimme. Sie sollten es noch einmal versuchen."

„Ich will gern", sagte Christof, „aber es ist verlorene Zeit."

Die Probe ging weiter. Es wurde noch schlimmer. Christof konnte es kaum bis zum Ende aushalten; er wurde nervös; erst machte er der Sängerin kalt, doch höflich Einwände; schließlich aber wurden diese trocken und schneidend trotz der ersichtlichen Mühe, die sie sich gab, ihn zufriedenzustellen, und der liebäugelnden Blicke, die sie ihm zuwarf, um seine Gunst zu erobern. Der Impresario unterbrach die Probe klugerweise in dem Augenblick, wo die Sache eine bedenkliche Wendung zu nehmen drohte. Um den schlechten Eindruck von Christofs Bemerkungen zu beschönigen, bemühte er sich um die Sängerin und überschüttete sie mit faustdicken Schmeicheleien. Christof, der mit schlecht verhehlter Ungeduld seinem Treiben zusah, winkte ihn schließlich herrisch heran und sagte:

„Alles Reden ist überflüssig. Ich will diese Person nicht. Ich weiß, es ist unangenehm; aber ich habe sie nicht ausgesucht. Richten Sie das ein, wie Sie wollen."

Der Impresario verbeugte sich mit verärgerter Miene und sagte gleichgültig:

„Ich kann da nichts machen. Wenden Sie sich an Herrn Roussin."

„Was geht das Herrn Roussin an?" fragte Christof. „Ich will ihn mit diesen Geschichten nicht langweilen."

„Das wird ihn nicht langweilen", sagte Silvan Kohn ironisch. Und er zeigte auf Roussin, der gerade hereinkam.

Christof ging sofort auf ihn los. Roussin rief ihm in vorzüglicher Laune zu:

„Ja, was denn! Schon zu Ende? Ich hoffte, noch einen Teil zu hören. Nun also, mein lieber Meister, was sagen Sie dazu? Sind Sie zufrieden?"

„Alles geht sehr gut", sagte Christof. „Ich habe Ihnen unendlich viel zu danken..."

„Aber nein, nein!"

„Nur eines kann so nicht gehen."

„Reden Sie, reden Sie. Wir machen das schon. Mir liegt daran, daß Sie zufrieden sind."

„Nun also, es handelt sich um die Sängerin. Unter uns gesagt, sie ist greulich."

Das strahlende Gesicht Roussins erstarrte plötzlich. Mit strenger Miene sagte er:

„Sie setzen mich in Erstaunen, mein Bester."

„Sie taugt nichts, nicht das geringste", fuhr Christof fort. „Sie hat weder Stimme noch Geschmack, kann nichts und hat nicht eine Spur von Talent. Seien Sie froh, daß Sie sie eben nicht gehört haben..."

Mehr und mehr verletzt, schnitt Roussin Christof das Wort ab und sagte in schneidendem Ton:

„Ich kenne Mademoiselle de Sainte-Ygraine. Sie ist eine sehr talentvolle Künstlerin. Ich hege die größte Bewunderung für sie. Alle geschmackvollen Leute in Paris denken wie ich."

Und er wandte Christof den Rücken. Christof sah, wie er der Schauspielerin den Arm bot und mit ihr hinausging. Da er verdutzt stehenblieb, kam Silvan Kohn, der den Auftritt mit Wonne verfolgt hatte, nahm seinen Arm und sagte, während sie zusammen die Theatertreppe hinabstiegen, lachend zu ihm:

„Aber wissen Sie denn nicht, daß sie seine Geliebte ist?"

Christof begriff. Für sie also und nicht für ihn setzte man das Werk in Szene! Nun erklärten sich Roussins Begeisterung, seine Ausgaben, der Eifer seiner Helfershelfer. Von Silvan Kohn erfuhr er jetzt die Geschichte der Sainte-Ygraine: Sie war eine Tingeltangelsängerin, die in verschiedenen kleinen Theatern erfolgreich aufgetreten war und die nun der vielen ihresgleichen eigene Ehrgeiz gepackt hatte, sich auf einer ihres Talentes würdigeren Bühne hören zu lassen. Sie rechnete darauf, daß sie durch Roussin an die Opéra oder an die Opéra-Comique gelangen würde; und Roussin, der sich nichts Besseres wünschte, hatte in der Aufführung des *David* eine Gelegenheit entdeckt, dem Pariser Publikum die lyrischen Talente der neuen Tragödin in einer Rolle, die fast keinerlei dramatische Handlung erforderte und die Schönheit ihrer Formen ins beste Licht setzte, ohne Risiko zu offenbaren.

Christof hörte die Geschichte bis zu Ende an; dann machte er sich von Silvan Kohns Arm los und brach in Lachen aus. Er lachte, lachte lange. Als er genug gelacht hatte, sagte er:

„Ihr widert mich an. Alle widert ihr mich an. Die Kunst zählt bei euch nicht. Immer dreht es sich um Weibergeschichten. Eine Oper setzt man für eine Tänzerin, für eine Sängerin, für die Geliebte des Herrn Soundso oder der Frau Soundso in Szene. Ihr denkt nur an eure Schweinereien. Wissen Sie, ich bin Ihnen deswegen nicht böse: ihr seid nun einmal so, bleibt ruhig so, wenn es euch gefällt, und manscht in eurem Trog herum. Aber wir müssen uns trennen: wir sind nicht dazu geschaffen, zusammen zu leben. Guten Abend."

Er ließ ihn stehen; und heimgekehrt, schrieb er an Roussin, daß er sein Stück zurückziehe; die Gründe hierfür verbarg er ihm nicht.

Das war der Bruch mit Roussin und seiner ganzen Sippschaft. Die Folgen machten sich sofort fühlbar. Die Zeitungen hatten einen gewissen Lärm für die geplante Aufführung geschlagen, und die Geschichte von dem Zwist des Komponisten mit seiner Sängerin gab Anlaß zu vielen Klatschereien. Ein Konzertdirektor war vorwitzig genug, das Werk in einer seiner sonntäglichen Matineen aufzuführen. Dieser Glückszufall wurde Christof unheilvoll. Das Werk wurde gespielt – und ausgepfiffen. Alle Freunde der Sängerin hatten sich das Wort gegeben, dem unverschämten Musiker eine Lektion zu erteilen; und das übrige Publikum, von dem symphonischen Gedicht gelangweilt, schloß sich willfährig dem Wahrspruch der sachverständigen Leute an. Um das Unglück voll zu machen, war Christof unklugerweise auf den Vorschlag eingegangen, sich im selben Konzert in einer Fantasie für Klavier und Orchester hören zu lassen, um auch sein Virtuosentalent einmal zu zeigen. Die böswillige Gesinnung der Hörer, die während des *David* durch den Wunsch, die Vortragenden zu schonen, etwas zurückgehalten worden war, ließ sich nun, da ihnen der Komponist in Person gegenüberstand, freien Lauf; sein Spiel war übrigens nicht allzu korrekt. Christof, den der Lärm im Zuschauerraum reizte, hörte brüsk mitten im Stück auf; mit spöttischer Miene blickte er auf das jäh verstummte Publikum, spielte *Malbrough s'en va-t-en guerre!* und sagte unverschämt:

„Da habt ihr, was ihr braucht."

Dann stand er auf und ging fort.

Das gab einen schönen Tumult! Man schrie, er habe das Publikum beleidigt; er solle zurückkommen und sich entschuldigen. Die Zeitungen am nächsten Morgen sprachen in voller Übereinstimmung die Verdammung über den grotesken Deutschen aus, dem der Pariser gute Geschmack das Urteil gesprochen habe.

Und dann kam wieder die Leere, die absolute, vollständige Leere. Christof sah sich wiederum einsam, in der fremden, feindlichen großen Stadt einsamer als je. Er machte sich nichts daraus. Er begann zu glauben, daß dies sein Schicksal sei, daß es sein ganzes Leben so bleiben würde.

Er wußte nicht, daß eine große Seele niemals einsam ist, daß sie, vom Geschick noch so sehr der Freunde beraubt, sich schließlich welche schafft, denn sie strahlt die sie erfüllende Liebe rings um sich aus; und so war er auch zu dieser Stunde, in der er sich für immer vereinsamt glaubte, reicher an Liebe als die Glücklichsten der Welt.

Bei den Stevens lebte ein kleines Mädchen von dreizehn oder vierzehn Jahren, dem Christof zur gleichen Zeit wie Colette Stunden gegeben hatte. Es war eine Kusine Colettes und hieß Grazia Buontempi. Es war ein Mädelchen mit goldschimmernder Haut, zart geröteten Bäckchen, vollen ländlich gesunden Wangen, einem etwas hochstrebenden Näschen, großem, gutgeschnittenem Mund, der immer leicht geöffnet war, rundem, sehr weißem Kinn, ruhigen, sanft lächelnden Augen, einer runden Stirn, von einer Fülle langen, seidigen Haars umrahmt, das ohne Locken in leichten, ruhigen Wellen an den Wangen herunterfiel. Eine kleine Madonna von Andrea del Sarto mit großem Gesicht und einem schönen, stillen Blick.

Sie war Italienerin. Ihre Eltern wohnten fast das ganze Jahr auf dem Lande, auf einem großen Gut in Norditalien, inmitten weiter Ebenen, Felder, kleiner Kanäle. Von der Dachterrasse sah man zu seinen Füßen die Flut goldener Reben, aus der hier und dort die schwarzen Spindeln der Zypressen auftauchten. Weiterhin Felder auf Felder. Und Schweigen. Man hörte die pflügenden Rinder brüllen und den gellenden Ruf der Bauern am Pflug:

„Ihi! – Fat innanz'!"

Die Zikaden sangen in den Bäumen und die Frösche am Rande des Wassers. Und des Nachts unter den Silberströmen des Mondes nichts als unendliche Stille. In der Ferne feuerten von Zeit zu Zeit die Erntewächter, die in Reisighütten schliefen, ihre Gewehre ab, um den Dieben zu zeigen, daß sie wachten. Für den, der das Geräusch im Halbschlaf hörte, hatte es keine andere Bedeutung als der Schlag einer friedlichen Uhr, die in der Ferne die Stunden der Nacht verkündet. Und wieder breitete sich die Stille der Nacht über die Seele gleich einem weitfaltigen, weichen Mantel.

Das Leben schien rings um die kleine Grazia entschlummert. Man kümmerte sich wenig um sie. Ruhig wuchs sie in der schönen Stille, die sie umhüllte, heran, ohne Fieber, ohne Hast. Sie war träge, liebte herumzuschlendern und lange zu schlafen. Stundenlang konnte sie im Garten liegen. Sie ließ sich von der Stille treiben gleich einer Mücke auf einem sommerlichen Bach. Und manchmal begann sie plötzlich und grundlos zu laufen. Sie lief geschmeidig, ohne Steifheit, wie ein kleines Tier, Kopf und Brust leicht nach rechts geneigt. Wie ein Zicklein, das aus Freude am Springen zwischen den Steinen umherklettert und -gleitet. Sie plauderte mit Hunden und Fröschen, mit Gräsern und Bäumen, mit den Bauern und den Tieren des Wirtschaftshofes. Alle kleinen Geschöpfe um sie herum liebte sie unsäglich, auch die großen; denen gegenüber aber gab sie sich nicht so frei. Sie sah sehr wenig Menschen. Das Gut lag einsam, fern von der Stadt. Selten ertönte auf dem staubigen Weg der schleppende Tritt eines schwerfälligen Bauern oder der Schritt einer schönen Bäuerin, die mit leuchtenden Augen im gebräunten Gesicht, mit erhobenem Kopf und vorgewölbter Brust in wiegendem Rhythmus dahinwanderte. Tagelang lebte Grazia allein in dem schweigenden Park; sie sah niemanden; sie langweilte sich niemals; sie fürchtete sich vor nichts.

Einmal kam ein Vagabund herein, um in dem verlassenen Hof ein Huhn zu stehlen. Er blieb bestürzt vor dem im Gras hingestreckten kleinen Mädchen stehen, das eine große Butterschnitte aß und ein Lied summte. Sie sah ihn ruhig an und fragte, was er wolle. Er sagte:

„Gib mir etwas, oder ich werde böse."

Sie streckte ihm ihre Butterschnitte hin und sagte mit ihren lächelnden Augen:

„Man darf nicht böse werden."
Darauf ging er fort.

Ihre Mutter starb. Ihr sehr guter und sehr schwacher Vater war ein alter Italiener echten Schlages, derb, vertrauenerweckend, herzlich, aber etwas kindlich und ganz und gar unfähig, die Erziehung der Kleinen zu leiten. Frau Stevens, die Schwester des alten Buontempi, die zum Begräbnis gekommen war, hatte die Vereinsamung des Kindes betroffen gemacht. Sie beschloß, es für einige Zeit nach Paris mitzunehmen, um es von seiner Trauer abzulenken. Grazia weinte und der alte Papa auch; doch wenn Frau Stevens etwas beschlossen hatte, blieb einem nur übrig, sich zu fügen; niemand konnte ihr widerstehen. Sie war der stärkste Wille in der Familie; und in ihrem Pariser Hause befehligte sie alle: ihren Mann, ihre Tochter und ihre Liebhaber – denn sie widmete sich gleichzeitig ihren Pflichten und ihrem Vergnügen: eine praktische und leidenschaftliche Frau –, im übrigen ganz Weltdame und sehr geschäftig.

Die nach Paris verpflanzte stille Grazia faßte eine bewundernde Liebe zu ihrer schönen Kusine Colette, der das Spaß machte. Man führte den holden kleinen Wildling in die Welt ein, man nahm ihn ins Theater mit. Man behandelte sie weiter als Kind, und sie selbst hielt sich für ein Kind, als sie es schon nicht mehr war. Sie hatte Gefühle, die sie verbarg und die sie ängstigten: unendliche Zärtlichkeitsausbrüche für einen Gegenstand oder für ein Wesen. In Colette war sie heimlich verliebt: sie stahl ihr ein Band, ein Taschentuch; oft konnte sie in ihrer Gegenwart nicht ein einziges Wort herausbringen; und wenn sie sie erwartete, wenn sie wußte, daß sie sie sehen würde, zitterte sie vor Ungeduld und Glück. Wenn sie im Theater ihre hübsche Kusine im ausgeschnittenen Kleid in die Loge treten und aller Augen auf sie gerichtet sah, ging ein demütiges, zärtliches, von Liebe überströmendes Lächeln über ihr Gesicht; ihr Herz schmolz, wenn Colette das Wort an sie richtete.

Sie saß in ihrem weißen Kleid mit ihren schönen schwarzen Haaren, die sich ungefesselt um ihre braunen Schultern bauschten, und knabberte an der Spitze ihrer langen Handschuhe oder bohrte aus Langeweile den Finger in die Handschuhöffnung – und jeden Augenblick wandte sie sich während des Schauspiels zu Colette hin, um einen freundschaftlichen Blick zu erhaschen, um das Vergnügen zu teilen, das sie empfand, und mit ihren klaren braunen Augen zu sagen:
Ich habe dich so lieb.
Ging man in der Umgebung von Paris in den Wäldern spazieren, so wandelte sie in Colettes Schatten, setzte sich zu ihren Füßen nieder, lief voraus und brach die Zweige, die sie hätten stören können, legte ihr Steine über die Pfützen. Und als Colette sie eines Abends im Garten fröstelnd um ihr Schultertuch bat, stieß sie vor Vergnügen einen kleinen Schrei aus – nachher schämte sie sich deswegen –, einen Glücksschrei, weil die Vielgeliebte sich in etwas hüllte, das ihr gehörte, und es ihr dann, durchtränkt von dem Duft ihres Körpers, wiedergab.
Es gab auch Bücher, manche Stellen bei Dichtern, die sie im verborgenen las (denn man gab ihr immer weiter Kinderbücher), die ihr köstliche Erregungen verursachten. Noch mehr geschah das bei gewisser Musik, obgleich man ihr sagte, daß sie nichts davon verstehen könne; sie selber redete sich ein, daß sie nichts davon verstehe – doch sie war ganz bleich und feucht vor Bewegung. Was in diesen Augenblicken in ihr vorging, wußte niemand.
Im übrigen war sie ein gefügiges Mädelchen, verträumt, träge, ein bißchen leckermäulig; sie errötete wegen eines Nichts, schwieg manchmal stundenlang, schwatzte dann wieder voller Redseligkeit, lachte und weinte leicht, brach plötzlich in Schluchzen aus oder stimmte unvermittelt ein Kindergelächter an. Sie lachte gern und freute sich an den geringsten Kleinigkeiten. Niemals versuchte sie, die Dame zu spielen. Sie blieb Kind. Vor allem war sie gut; sie konnte es nicht über sich bringen, jemandem weh zu tun, und sie

selber schmerzte das leiseste böse Wort, das man ihr gab. Sie war sehr bescheiden, blieb immer im Hintergrund, war stets bereit, alles, was sie Schönes und Gutes zu sehen glaubte, zu lieben und zu bewundern, und schmückte die andern mit Eigenschaften, die sie nicht besaßen.

Man kümmerte sich um ihre Erziehung, die sehr im Rückstand war. So kam es, daß sie von Christof Klavierstunden erhielt.

Das erste Mal sah sie ihn bei einer großen Abendgesellschaft ihrer Tante. Christof, unfähig, sich irgendeinem Publikum anzupassen, spielte ein endloses Adagio, bei dem alle Welt gähnte: wenn es zu Ende schien, fing es wieder von vorne an; man fragte sich, ob es jemals enden würde. Frau Stevens kochte vor Ungeduld. Colette amüsierte sich wie toll: sie kostete die ganze Lächerlichkeit der Sache aus und war Christof nicht böse, daß er in diesem Punkt kein Gefühl hatte; sie empfand ihn als eine Kraft, und das war ihr sympathisch; aber es war zugleich komisch, und sie hätte sich wohl gehütet, ihn zu verteidigen. Einzig die kleine Grazia war von der Musik bis zu Tränen gerührt. Sie verbarg sich in einem Winkel des Salons. Zum Schluß eilte sie weg, um ihre Bewegung zu verbergen, dann aber auch, weil es sie schmerzte, mit anzusehen, daß man sich über Christof lustig machte.

Einige Tage später kam Frau Stevens bei Tisch darauf zu sprechen, daß sie bei Christof Klavierstunden nehmen solle. Grazia wurde so verstört, daß sie den Löffel in den Suppenteller zurückfallen ließ und sich sowie ihre Kusine bespritzte. Colette meinte, sie brauche wohl zunächst Unterricht im guten Betragen bei Tisch. Frau Stevens fügte hinzu, in diesem Fall werde man sich nicht gerade an Christof wenden müssen. Grazia war glücklich, weil man sie gleichzeitig mit Christof schalt.

Christof begann seine Stunden. Sie war ganz steif und starr, ihre Arme schienen an den Körper festgeklebt, sie konnte sich nicht rühren; und wenn Christof seine Hand auf ihr Händchen legte, um die Haltung ihrer Finger zu verbessern und sie auf den Tasten zurechtzusetzen, meinte sie ohnmächtig zu werden. Sie zitterte davor, in seiner Gegenwart schlecht zu spielen; aber sie mochte bis zum Krankwerden üben und bis ihre Kusine vor Ungeduld aufschrie – war Christof da, so spielte sie immer schlecht; der Atem ging ihr aus, ihre Finger waren steif wie Holz oder weich wie Watte. Sie stockte bei jeder Note und betonte widersinnig; Christof schalt sie und ging ärgerlich fort: dann hätte sie sterben mögen.

Er schenkte ihr keinerlei Beachtung; nur Colette beschäftigte ihn. Grazia beneidete ihre Kusine um ihre Vertrautheit mit Christof; aber obgleich sie darunter litt, freute sich ihr gutes kleines Herz für Colette wie für Christof; sie fand Colette sich selbst so überlegen, daß es ihr natürlich vorkam, wenn diese alle Ehren einheimste. – Erst als sie zwischen ihrer Kusine und Christof wählen mußte, fühlte sie ihr Herz gegen jene Partei nehmen. Mit weiblichem Ahnungsvermögen erkannte sie sehr wohl, daß Christof unter den Koketterien Colettes und unter Lévy-Cœurs beharrlicher Kurmacherei litt. Lévy-Cœur mochte sie rein instinktiv nicht leiden, und er war ihr zuwider von dem Augenblick an, als sie merkte, daß Christof ihn nicht ausstehen konnte. Sie begriff nicht, wie es Colette Spaß machen konnte, ihn Christof als Nebenbuhler gegenüberzustellen. Sie begann insgeheim, streng über sie zu urteilen; sie kam hinter einige ihrer kleinen Lügen, und unvermittelt änderte sie das Benehmen ihr gegenüber. Colette merkte es, ohne die Ursache zu ahnen. Sie tat, als hielte sie es für Kleine-Mädchen-Launen. Sicher aber war, daß sie ihre Macht über Grazia verloren hatte: eine unbedeutende Tatsache zeigte es ihr. Eines Abends, als sie beide im Garten spazierengingen, wollte Colette mit koketter Zärtlichkeit Grazia unter ihrem Mantel gegen einen beginnenden kleinen Platzregen schützen. Grazia aber, für die es wenige Wochen zuvor ein unaussprechliches Glück bedeutet hätte, sich an der Brust ihrer lieben Kusine zu bergen, wich kalt zur Seite. Und als Colette sagte, daß sie ein Musikstück, das Grazia spielte, häßlich finde, hinderte das Grazia nicht, es zu spielen und zu lieben.

Sie achtete nur noch auf Christof. Mit zärtlichem Ahnungsvermögen durchschaute sie, woran er litt. Allerdings übertrieb sie bei sich in ihrem besorgten und kindlichen Aufmerken das Ganze sehr. Sie glaubte, Christof liebe Colette, während er doch nur eine anspruchsvolle Freundschaft für sie hegte. Sie dachte, er sei unglücklich, und war um seinetwillen gleichfalls unglücklich. Die arme Kleine wurde für ihre liebevolle Besorgnis kaum belohnt: sie mußte es entgelten, wenn Colette Christof außer sich gebracht hatte. Seine schlechte Laune ließ er an seiner kleinen Schülerin aus, indem er die Fehler in ihrem Spiel ungeduldig tadelte. Eines Morgens, als Colette ihn noch mehr als gewöhnlich aufgeregt hatte, setzte er sich mit solchem Ungestüm ans Klavier, daß Grazia ihr weniges Können vollends verlor; sie patschte drauflos. Voller Zorn warf er ihr die falschen Noten vor; nun ging erst recht alles drunter und drüber. Er wurde wütend, schüttelte ihre Hände und schrie, daß sie niemals etwas Ordentliches zustande bringen werde; sie möge sich mit Kochen, mit Nähen, mit allem, was sie wolle, abgeben, aber um Himmels willen nicht Musik machen! Es lohne nicht der Mühe, die Leute mit ihren falschen Noten zu martern. Darauf ließ er sie mitten in der Stunde sitzen. Und die arme Grazia weinte heiße Tränen, weniger über den Kummer, den ihr die demütigenden Worte bereiteten, als aus Kummer darüber, daß sie, sosehr sie es auch wünschte, Christof keine Freude machen konnte und sogar die Pein dessen, den sie liebte, durch ihre Dummheit noch vergrößerte.

Weit mehr noch litt sie, als Christof aufhörte, die Stevens zu besuchen. Am liebsten wäre sie heimgekehrt. Dieses bis in seine Träume gesunde Kind, dessen innerste Seele sich eine ländlich stille Heiterkeit bewahrt hatte, fühlte sich in dieser Stadt, mitten unter den neurasthenischen und geschäftigen Pariserinnen, nicht wohl. Sie hatte schließlich die Menschen ihrer Umgebung ziemlich richtig beurteilen gelernt, wenn sie auch nicht wagte, dem Ausdruck zu geben. Aus Güte, aus Bescheidenheit, aus Mangel an Selbstvertrauen war sie schüchtern und schwach wie ihr Vater. Sie ließ sich von ihrer selbstherrlichen Tante und von ihrer ans Tyrannisieren gewöhnten Kusine beherrschen. Ihrem alten Papa, dem sie regelmäßig lange, zärtliche Briefe schickte, wagte sie nicht zu schreiben:

Bitte, nimm mich zurück.

Und der alte Papa wagte trotz seiner Sehnsucht nicht, sie zurückzuholen, denn Frau Stevens hatte auf seine schüchternen Andeutungen geantwortet, Grazia sei gut aufgehoben, wo sie sei, weit besser, als wenn sie mit ihm lebe; und ihre Erziehung erfordere es, daß sie bleibe.

Aber es kam ein Augenblick, wo die Verbannung für die kleine Seele des Südens allzu schmerzvoll wurde und wo sie dem Lichte wieder zufliegen mußte. – Das war nach Christofs Konzert. Sie war mit den Stevens hingegangen, und es war furchtbar für sie, diesem garstigen Schauspiel beizuwohnen, bei dem sich eine Menge damit belustigte, einen Künstler zu beschimpfen... Einen Künstler? Den, der in Grazias Augen das Bild der Kunst selber war, die Verkörperung alles Göttlichen im Leben. Sie hätte weinen und davonlaufen mögen. Und sie mußte bis zuletzt den Lärm mit anhören, das Pfeifen und Zischen, und später bei ihrer Tante die unfreundlichen Bemerkungen, das reizende Lachen Colettes, die mit Lucien Lévy-Cœur mitleidige Reden tauschte. Sie flüchtete sich in ihr Zimmer, in ihr Bett, und schluchzte bis in die Nacht hinein. Sie sprach zu Christof, tröstete ihn, sie hätte ihr Leben für ihn hingeben wollen, sie war verzweifelt, nichts, gar nichts tun zu können, um ihn glücklich zu machen. Von da an wurde es ihr unmöglich, in Paris zu bleiben. Sie flehte ihren Vater an, sie zurückkommen zu lassen. Sie schrieb:

„Ich kann hier nicht mehr leben, ich kann nicht mehr, ich sterbe, wenn Du mich länger hier läßt."

Ihr Vater kam sofort; und so peinlich es ihnen beiden war, der schrecklichen Tante Trotz zu bieten, sie fanden in einer verzweifelten Willensaufbietung doch die Kraft dazu.

Grazia kehrte in den großen verschlafenen Park zurück. Beglückt fand sie die teure Natur und die Geschöpfe wieder, die sie liebhatte. Ihr schmerzbewegtes Herz, das nun mit jedem Tag froher wurde, hatte etwas von der Schwermut des Nordens aufgenommen und bewahrte es einige Zeit, bis die Sonne den Nebelschleier nach und nach zerstreute. Manches Mal dachte sie an den unglücklichen Christof. Wenn sie im Grase lag und den vertrauten Fröschen und Zikaden lauschte oder am Klavier saß, mit dem sie sich öfter als früher unterhielt, träumte sie von dem Freund, den sie sich erwählt hatte. Ganz leise plauderte sie stundenlang mit ihm, und es wäre ihr nicht unmöglich erschienen, wenn er eines Tages die Tür geöffnet hätte und hereingekommen wäre. Sie schrieb ihm, und nach langem Zögern sandte sie ihm einen nicht unterzeichneten Brief, den sie mit klopfendem Herzen eines Morgens heimlich in den Kasten des drei Kilometer entfernten Dorfes an der andern Seite der großen Äcker warf – einen guten, rührenden Brief, der ihm sagte, daß er nicht allein sei, daß er den Mut nicht verlieren dürfe, daß man seiner gedenke, daß man ihn liebe, daß man zu Gott für ihn bete – einen armen Brief, der sich dummerweise unterwegs verirrte und den er niemals erhielt.

Dann rollten die einförmigen und heiteren Tage im Leben der fernen Freundin weiter ab. Und der italienische Friede, der Genius der Ruhe, des stillen Glückes, der stummen Beschaulichkeit kehrten in das reine, stille Herz zurück, auf dessen Grunde das Andenken Christofs gleich einer reglosen kleinen Flamme weiterbrannte.

Christof indes wußte nichts von der kindlichen Zuneigung, die von fern über ihm wachte und die später in seinem Leben soviel Raum einnehmen sollte. Und ebenso ahnte er nicht, daß demselben Konzert, in dem man ihn beschimpft hatte, der beiwohnte, der sein Freund werden sollte, sein lieber Gefährte, der Seite an Seite und Hand in Hand mit ihm wandern sollte.

Er war allein. Er glaubte sich allein. Übrigens war er dadurch in keiner Weise niedergedrückt. Er empfand nicht mehr die bittere Traurigkeit, die ihn einst in Deutschland bedrängt hatte. Er war stärker, reifer: er wußte, daß es so sein müsse. Seine Illusionen über Paris waren geschwunden, die Menschen waren überall die gleichen. Man mußte suchen, sich damit abzufinden, und durfte sich nicht auf einen kindlichen Kampf gegen die Welt versteifen; es galt, zu sein, was man war, voller Ruhe. Wie Beethoven sagte: *Wenn wir an das Leben die Kräfte unseres Lebens verausgaben, was bleibt uns da noch für das Edelste, für das Beste?* Kraftvoll war er sich seiner Natur und seines Menschenschlages bewußt geworden, die er einst so hart beurteilt hatte. Je mehr ihn die Pariser Atmosphäre bedrückte, um so mehr fühlte er das Bedürfnis, sich zu seinem Vaterland zu flüchten, zu den Dichtern und Musikern, in denen das Beste der Heimat sich verdichtet hat. Sobald er ihre Werke öffnete, wurde sein Zimmer vom Rauschen des besonnten Rheins erfüllt und von dem warmen Lächeln der alten, zurückgelassenen Freunde.

Wie undankbar war er gegen sie gewesen! Wie hatte er nur früher den Schatz ihrer treuherzigen Güte verkennen können? Voller Scham dachte er an all die Übertreibungen und Ungerechtigkeiten, die er, als er noch in Deutschland war, über sie geäußert hatte. Damals sah er nur ihre Fehler, ihr feierliches und linkisches Wesen, ihren tränenreichen Idealismus, ihre kleinen Gedankenlügen, ihre kleinen Feigheiten. Ach, wie wenig bedeutete das neben ihren großen Tugenden! Wie hatte er nur so grausam gegen Schwächen sein können, die sie ihm in diesem Augenblick fast noch rührender machten: denn sie wurden dadurch menschlicher! Gerade deshalb wurde er jetzt am meisten von denen angezogen, gegen die er am ungerechtesten gewesen war. Was hatte er nicht alles gegen Schubert und gegen Bach gesagt! Und wie fühlte er sich ihnen jetzt so nah! Jetzt, da er, fern den Seinen, in der Verbannung war, neigten sich diese großen Seelen, deren Lächerlichkeiten er ungeduldig hervorgezerrt hatte, ihm zu und sagten mit gütigem Lächeln zu ihm:

Bruder, wir sind da. Mut! Auch wir haben ein Übermaß von Elend gehabt... Bah! Man wird doch damit fertig...

Er hörte den Ozean der Seele Johann Sebastian Bachs tosen: die Stürme, die wehenden Winde, die fliehenden Lebenswolken; die Völker, trunken von Freude, von Schmerz, von Wut, und den sanftmütigen Christus, den Friedensfürsten, der über ihnen schwebt; die von Wächterrufen erweckten Städte, die sich mit Freudengeschrei dem himmlischen Bräutigam entgegendrängen, dessen Schritte die Welt erschüttern; die wunderbare Schatzkammer an Gedanken, Leidenschaften, musikalischen Formen, heldenhaftem Leben, an Gesichten eines Shakespeare, Prophezeiungen eines Savonarola, an pastoralen, epischen, apokalyptischen Visionen, eingeschlossen in dem engen Körper des kleinen thüringischen *Kantors** mit dem Doppelkinn, mit den kleinen glänzenden Augen unter faltigen Lidern und den hochgezogenen Brauen... Er sah ihn so deutlich: schwermütig, offenherzig, ein wenig lächerlich, das Hirn mit Allegorien und Symbolen der Gotik und des Rokokos vollgestopft, hitzig, starrköpfig, heiter, voller Lebensleidenschaft und Todessehnsucht... Er sah ihn in seiner Schule: ein genialer Schulmeister, inmitten seiner schmutzigen, rohen, bettelhaften, räudigen Schüler mit den kreischenden Stimmen, dieser Nichtsnutze, mit denen er sich herumzankte, sich manchmal wie ein Packträger herumschlug und von denen ihn einmal einer prügelte... Er sah ihn in seiner Familie, mitten unter seinen einundzwanzig Kindern, von denen dreizehn vor ihm starben und eines idiotisch war; die andern waren gute Musiker und spielten ihm kleine Konzerte vor... Krankheiten, Begräbnisse, heftige Auseinandersetzungen, Geldverlegenheiten, sein verkanntes Genie; und über allem seine Musik, sein Glaube, die Befreiung und das Licht, die geahnte, vorgefühlte, gewollte, erfaßte Seligkeit; Gott, der Atem Gottes, der seine Gebeine verbrannte, sein Haar sträubte, aus seinem Munde blitzte... O Kraft, Kraft! Glückseliger Donner von Kraft!

Christof trank diese Kraft in langen Zügen in sich hinein. Er fühlte das Wohltätige dieser musikalischen Gewalt, die deutsche Seelen durchströmt. Was tat es, daß sie manchmal mittelmäßig oder selbst plump war? Das Wesentliche: sie war da, sie strömte breit und voll. In Frankreich war die Musik Tropfen für Tropfen durch pasteursche Filter in sorgfältig verschlossene Flaschen gefüllt. Und diese faden Wassertrinker spielten die von den Strömen deutscher Musik Angeekelten! Sie klaubten die Fehler des deutschen Genies heraus!

Arme Knirpse! dachte Christof, ohne sich zu entsinnen, daß er selbst einst fast ebenso lächerlich gewesen war. Sie finden Fehler bei Wagner und Beethoven! Sie möchten Genies ohne Fehl und Tadel! Als ob sich der Sturmwind darum kümmerte, ob sein Atem die schöne Ordnung der Dinge zerstört!

Seiner Kraft froh, lief er in Paris umher. War er unverstanden – um so besser! Desto freier würde er sein. Um, wie es die Aufgabe des Genies ist, eine Welt zu schaffen, die sich in allen ihren Teilen nach inneren Gesetzen organisch aufbaut, muß man ganz und gar in ihr leben. Ein Künstler ist niemals zu einsam. Gefährlich nur ist es, wenn er seine Gedankenwelt in einem entstellenden oder verkleinernden Spiegel sieht. Andern darf man nichts von dem sagen, was man vorhat, bevor es getan ist: sonst findet man den Mut nicht mehr, es zu Ende zu führen; denn es wäre der eigene Gedanke nicht mehr, den man in sich sähe, sondern der erbärmliche Gedanke der andern.

Jetzt, da ihn nichts mehr in seinen Träumen störte, sprudelten sie gleich Quellen aus allen Winkeln seiner Seele und zwischen allen Steinen seines Weges hervor. Er lebte in einem visionären Zustand. Alles, was er sah und hörte, beschwor in ihm Geschöpfe und Dinge herauf, die anders waren als das, was er sah und hörte. Er brauchte sich nur vom Leben treiben zu lassen, um überall, rings um sich her das Leben seiner Helden wiederzufinden. Die Eindrücke suchten ihn von selber auf. Die Augen der Vorübergehenden, der Ton einer vom Wind herangetragenen Stimme, das Licht auf einer Rasenfläche, die singenden Vögel in den Bäumen des Jardin du Luxembourg, eine fern anschlagende Klosterglocke, der blasse Himmel, das kleine Himmelsstückchen, das er vom Innern seines Zimmers aus sah, die Geräusche und die Nuancen der verschiedenen Tagesstunden – er nahm sie nicht in sich wahr, sondern in den Wesen, die er träumte. – Christof war glücklich.

Indessen war seine Lage schwieriger als je. Die wenigen Klavierstunden, die seine einzige Hilfsquelle waren, hatte er verloren. Es war September, die Pariser Gesellschaft war auf Reisen; und es war nicht leicht, neue Schüler zu finden. Der einzige, den er hatte, war ein intelligenter, etwas verdrehter Ingenieur, der sich mit vierzig Jahren in den Kopf gesetzt hatte, ein großer Geiger zu werden. Christof spielte nicht besonders gut Violine, aber er verstand sich immerhin besser darauf als sein Schüler; und eine Zeitlang gab er ihm drei Stunden wöchentlich, zu zwei Francs die Stunde. Aber nach anderthalb Monaten wurde der Ingenieur der Sache überdrüssig und entdeckte plötzlich als seine Hauptbegabung die Malerei. Am Tage, als er Christof von dieser Entdeckung Mitteilung machte, lachte dieser sehr; doch als er ausgelacht hatte, überschlug er seine Finanzen und stellte fest, daß er gerade noch die zwölf Francs in der Tasche hatte, die sein Schüler ihm eben für seine letzten Stunden bezahlt hatte. Das regte ihn nicht weiter auf, er sagte sich nur, daß er sich entschieden auf die Suche nach anderen Unterhaltsmitteln machen müsse: es hieß also von neuem bei Verlegern herumlaufen. Das war nicht vergnüglich... Bah – es war überflüssig, sich deswegen im voraus zu quälen! Heute war so schönes Wetter. Und er ging nach Meudon.

Er hatte einen wahren Heißhunger auf Bewegung. Der Marsch ließ ganze Saaten von Musik in ihm aufkeimen. Wie eine Honigwabe war er davon erfüllt; und er lachte dem goldenen Gesumm seiner Bienen zu. Meistens war es eine sehr modulierende Musik; und aufbäumende, beharrliche halluzinierende Rhythmen... Versucht doch, Rhythmen zu schaffen, wenn ihr in eurem Zimmer eingesperrt seid! Da werden dann so spitzfindige, unbewegte Harmonien zusammengebraut wie von diesen Parisern!

Als er vom Wandern müde war, streckte er sich im Walde aus. Die Bäume waren halb entblättert, der Himmel blau wie die Blüte des Immergrüns. Christof versank in eine Träumerei, die bald die Färbung des sanften Lichtes annahm, das aus Oktoberwolken fällt. Sein Blut pochte. Er hörte die drängenden Fluten seiner Gedanken vorbeirauschen. Von allen Seiten des Horizontes kamen sie heran: junge und alte Welten, die miteinander kämpften, Teilchen vergangener Seelen, alte Gäste, Schmarotzer, die in ihm lebten gleich dem Volk einer Stadt. Das alte Wort Gottfrieds vor Melchiors Grab kam ihm wieder in den Sinn: er war ein lebendes Grab, voll von sich regenden Toten – sein ganzes unbekanntes Geschlecht. Er lauschte dieser Schar von Lebenden, es machte ihm Freude, die Orgel dieses vielhundertjährigen Waldes brausen zu lassen, der wie der Wald Dantes von Ungeheuern erfüllt war. Jetzt fürchtete er sie nicht mehr wie in seiner ersten

Jugend. Denn der Meister war jetzt da: sein Wille. Er empfand helle Freude daran, die Peitsche knallen zu lassen, damit die Tiere aufheulten und er besser den Reichtum seiner inneren Menagerie fühlte. Er war nicht einsam. Es bestand keine Gefahr, daß er es jemals sein würde. Er ganz allein war ein ganzes Heer, Jahrhunderte von frohen und gesunden Kraffts. Gegen das feindliche Paris, gegen ein Volk stand ein ganzes Volk: es war ein gleicher Kampf.

Er hatte das bescheidene – zu teure – Zimmer, das er bewohnte, verlassen, um im Stadtviertel Montrouge eine Mansarde zu beziehen, die mangels sonstiger Vorzüge sehr luftig war. Es herrschte ständig Zugluft darin. Aber er mußte atmen können. Von seinem Fenster hatte er eine weite Aussicht über die Schornsteine von Paris. Der Umzug hatte nicht lange gedauert: ein Handwagen, den Christof selber zog, hatte genügt. Von seiner ganzen Einrichtung war außer seinem alten Koffer der wertvollste Gegenstand für ihn einer jener Gipsabgüsse von Beethovens Totenmaske, die so verbreitet sind. Er hatte sie mit einer Sorgfalt eingepackt, als handle es sich um das kostbarste Kunstwerk. Er trennte sich nicht von ihr. Inmitten von Paris war sie seine Insel. Und auch sein moralisches Barometer war sie. Klarer als sein eigenes Gewissen zeigte ihm die Maske die Temperatur seiner Seele, seine geheimsten Gedanken: bald den wolkenbeladenen Himmel, bald den Windstoß der Leidenschaften, bald die machtvolle Ruhe.

Mit dem Essen mußte er sich sehr einschränken. Er aß täglich einmal, um ein Uhr mittags. Er hatte sich eine dicke Wurst gekauft und sie an seinem Fenster aufgehängt; mit einer ordentlichen Scheibe, einem tüchtigen Stück Brot und einer Tasse Kaffee, die er sich selbst braute, bereitete er sich ein Göttermahl. Aber er hätte deren wohl zwei vertragen können. Ganz ärgerlich war er auf seinen guten

Appetit. Er fuhr sich hart an und schalt sich einen Vielfraß, der nur an seinen Bauch denke. Einen Bauch hatte er freilich kaum; er war ausgemergelter als ein magerer Hund. Im übrigen zäh, mit einer eisernen Konstitution und immer freiem Kopf.

Um den nächsten Tag sorgte er sich nicht allzusehr. Solange das Geld für den Tag genügte, beunruhigte er sich nicht. Als er gar nichts mehr hatte, entschloß er sich endlich, seinen Rundgang zu den Verlegern anzutreten. Nirgends fand er Arbeit. Unverrichtetersache kehrte er heim, als er an dem Musikladen vorbeikam, wo er früher einmal durch Silvan Kohn Daniel Hecht vorgestellt worden war; er ging hinein, ohne sich daran zu erinnern, daß er hier schon einmal unter wenig angenehmen Umständen gewesen war. Die erste Person, die er sah, war Hecht. Er wollte sofort kehrtmachen; aber es war zu spät: Hecht hatte ihn gesehen. Christof wollte sich nicht den Anschein geben, als wiche er zurück; er ging auf Hecht zu, wußte nicht recht, was er sagen sollte, und machte sich bereit, ihm mit so viel Selbstbewußtsein Trotz zu bieten, als nötig sei: denn er war überzeugt, Hecht werde ihm gegenüber mit Unverschämtheiten nicht sparen. Nichts dergleichen geschah. Hecht reichte ihm kühl die Hand: mit einer banalen Höflichkeitsformel erkundigte er sich nach seiner Gesundheit und wies, ohne auch nur darauf zu warten, daß Christof eine Bitte an ihn richte, auf die Tür zu seinem Arbeitszimmer, indem er, ihn durchlassend, beiseite trat. Insgeheim war er glücklich über diesen Besuch, den sein Hochmut zwar vorausgesehen, den er aber nicht mehr erwartet hatte. Ohne es sich merken zu lassen, hatte er Christof sehr aufmerksam verfolgt und sich keine Gelegenheit entgehen lassen, seine Musik kennenzulernen; er hatte der berühmten Aufführung des *David* beigewohnt; und die feindselige Haltung des Publikums hatte ihn bei seiner Verachtung für dieses um so weniger in Erstaunen gesetzt, als er die ganze Schönheit des Werkes durchaus empfunden hatte. Es waren in Paris vielleicht nicht zwei Personen fähiger als Hecht, die künstlerische Eigenart Christofs zu würdigen. Aber er hätte sich wohl gehütet, ihm etwas davon zu sagen, nicht nur, weil er von Christofs Haltung ihm gegenüber verletzt war, sondern weil es ihm überhaupt unmöglich war, liebenswürdig zu sein: das war eine besondere Unbeholfenheit seiner Natur. Er war aufrichtig geneigt, Christof zu helfen; aber er hätte keinen Schritt dazu getan: er wartete, daß Christof ihn darum bitte. Und jetzt war Christof gekommen. Doch anstatt großmütig die Gelegenheit zu ergreifen, die Erinnerung an ihre Mißverständnisse auszulöschen, indem er seinem Besucher jede Demütigung ersparte, verschaffte er sich die Genugtuung, ihn die Absicht seines Besuches lang und breit auseinandersetzen zu lassen, und er bestand darauf, ihm wenigstens für das eine Mal die Arbeiten aufzuzwingen, die Christof früher zurückgewiesen hatte. Er gab ihm auf, für den nächsten Morgen fünfzig Musikseiten für Mandoline und Gitarre umzusetzen. Durch Christofs Unterwerfung befriedigt, fand er dann weniger unangenehme Beschäftigungen für ihn, stets aber so ohne alle Freundlichkeit, daß es unmöglich war, ihm dafür Dank zu wissen; Christof mußte schon sehr in Not sein, wenn er sich von neuem an ihn wandte. Jedenfalls wollte er sein Geld noch lieber durch diese Arbeiten verdienen, so ärgerlich sie auch waren, als ein Geschenk von Hecht annehmen, wie Hecht es ihm einmal anbot – sicher mit aufrichtigem Herzen. Christof aber hatte Hechts Absicht gefühlt, ihn zuerst zu demütigen; war er gezwungen, seine Bedingungen anzunehmen, so weigerte er sich wenigstens, seine Wohltaten zu empfangen; für ihn arbeiten wollte er gern – gebend und immer wieder gebend, war er mit Hecht quitt –, schulden aber wollte er ihm nichts. Er war nicht wie Wagner, der um seiner Kunst willen zum schamlosen Bettler wurde; er stellte seine Kunst nicht über sich selbst; an dem Brot, das er sich nicht selbst verdient hätte, wäre er erstickt. – Eines Tages, als er die Arbeit zurücktrug, mit der er die Nacht verbracht hatte, traf er Hecht bei Tisch an. Hecht merkte seine Blässe und die Blicke, die er unwillkürlich auf die Gerichte warf, und kam zu der Gewißheit, daß er nichts gegessen habe. Er lud ihn zu Tisch. Die Absicht war gut; aber Hecht ließ so plump fühlen, daß er Christofs Bedrängnis gemerkt habe, daß seine Einladung einem Almosen glich. Christof wäre eher Hungers gestorben, als etwas anzunehmen. Er konnte es nicht ablehnen, sich an den Tisch zu setzen (Hecht hatte mit ihm zu sprechen), aber er rührte nichts an. Er behauptete, er komme eben vom Mittagessen. Sein Magen krampfte sich vor Hunger zusammen.

Christof wäre gern von Hecht losgekommen; aber die andern Verleger waren noch schlimmer. – Es gab auch reiche Dilettanten, die einen musikalischen Gedankenfetzen zutage förderten, doch nicht fähig waren, ihn niederzuschreiben. Sie ließen Christof kommen, sangen ihm das Ergebnis ihrer mühsamen Arbeit vor und fragten:

„He! Ist das nicht schön?"

Sie gaben es ihm zum „Ausarbeiten" (das heißt, er mußte es vollständig schreiben) – und so erschien es unter ihrem Namen bei einem großen Verleger. Danach waren sie überzeugt, daß das Stück von ihnen sei. Christof kannte einen darunter – einen Edelmann von gutem Namen –, einen langen, beweglichen Herrn, der ihn sofort „lieber Freund" nannte, ihn unter den Arm faßte, ihm stürmische Begeisterung bezeigte, ihm Witze ins Ohr sagte, Unsinn und Ungehörigkeiten zusammenfaselte, die er mit verzückten Ausrufen untermischte: Beethoven, Verlaine, Offenbach, Yvette Guilbert... Der ließ ihn arbeiten und versäumte dann, ihn zu bezahlen. Er beglich seine Schuld mit Frühstückseinladungen und Händedrücken. Zu guter Letzt sandte er Christof zwanzig Francs. Christof erlaubte sich den törichten Luxus, sie ihm zurückzuschicken. An jenem Tage hatte er keine zwanzig Sous mehr in der Tasche; und er mußte eine 25-Centimes-Marke kaufen, um an seine Mutter zu schreiben. Es war der Geburtstag der alten

Luise, und um nichts in der Welt hätte Christof ihn versäumen mögen: die gute Frau zählte allzusehr auf den Brief ihres Jungen, sie hätte ihn nicht entbehren können. Seit einigen Wochen schrieb sie ihm trotz der Mühe, die es sie kostete, etwas häufiger. Sie litt unter ihrer Einsamkeit. Aber sie hätte sich nicht dazu entschließen können, Christof nach Paris zu folgen: sie war zu ängstlich, hing zu sehr an ihrer kleinen Stadt, an ihrer Kirche, ihrem Haus, und sie hatte Furcht vor dem Reisen. Und im übrigen, wenn sie hätte kommen wollen, würde Christof kein Geld für sie gehabt haben: er hatte für sich selber nicht an allen Tagen genug.

Einmal machte ihm eine Sendung große Freude, die von Lorchen kam, der jungen Bäuerin, um derentwillen er mit preußischen Soldaten in Händel geraten war: sie schrieb ihm, daß sie sich verheirate; außerdem gab sie ihm Nachricht über die Mutter und sandte ihm einen Korb Äpfel und eine Portion Brotkuchen, den er ihr zu Ehren essen sollte. Das kam hübsch zur rechten Zeit. An jenem Abend war bei Christof Fasten, Quatember und Aschermittwoch: von der am Fenster aufgehängten Wurst war nur noch die Schnur übrig. Christof verglich sich mit den heiligen Anachoreten, denen ein Rabe auf ihrem Felsen Nahrung bringt. Aber der Rabe hatte wahrscheinlich viel zu tun, um alle Anachoreten zu nähren, denn er kam nicht wieder.

Trotz aller Kümmernisse bewahrte Christof seine Munterkeit. Aus seiner Waschschüssel machte er die Bütte für die große Wäsche, und wenn er seine Stiefel wichste, pfiff er wie eine Amsel. Er tröstete sich mit den Worten von Berlioz: *Erheben wir uns über die kleinen Ärgernisse des Lebens; singen wir mit leichter Stimme den heiteren wohlbekannten Refrain: Dies irae* ... Er sang es manchmal zur Empörung seiner Nachbarn, die besonders verdutzt waren, wenn sie hörten, wie er sich mitten darin mit hellem Gelächter unterbrach.

Er führte ein streng keusches Leben. „Die Liebhaberlaufbahn ist eine Laufbahn von Müßiggängern und Reichen", hat einmal jemand gesagt. Christofs Elend, seine Jagd nach dem täglichen Brot, seine außergewöhnliche Mäßigkeit und sein Schaffensfieber ließen ihm weder Zeit noch Lust, an sinnliche Freuden zu denken. Er war in dieser Hinsicht nicht allein gleichgültig; aus Widerspruch gegen Paris hatte er sich in eine Art sittlichen Asketentums gestürzt. Er empfand ein leidenschaftliches Bedürfnis nach Reinheit und einen Abscheu vor jeder Beschmutzung. Nicht etwa, daß er gegen Leidenschaften gefeit war. Zu andern Zeiten wäre er ihnen ausgeliefert gewesen. Aber diese Leidenschaften blieben keusch, selbst wenn er ihnen nachgab: denn er suchte in ihnen nicht die Wollust, sondern vollständige Selbsthingabe und die Fülle des Seins. Und wenn er sah, daß er sich getäuscht hatte, wies er sie voller Zorn von sich. Unzucht war für ihn nicht bloß eine Sünde wie alle andern. Sie war wirklich die Todsünde, welche die Quellen des Lebens vergiftet. Das zu verstehen fällt allen jenen nicht schwer, bei denen der alte christliche Untergrund nicht völlig unter fremden Anschwemmungen begraben ist, und allen denen, die sich noch heute als Söhne kraftvoller Geschlechter fühlen, die mit heldenhafter Zucht die Kultur des Abendlandes aufbauten. Christof verachtete die kosmopolitische Gesellschaft, deren einziges Ziel, deren Credo das Vergnügen war. – Gewiß ist es gut, das Glück zu suchen, es für die Menschen zu wollen und die durch zwanzig Jahrhunderte gotischen Christentums auf die Menschheit geladenen niederdrückenden pessimistischen Glaubenslehren zu bekämpfen. Aber nur unter der Bedingung, daß es aus einem edlen Glauben geschieht, der das Wohl der andern will. Worum handelt es sich statt dessen? Um den erbärmlichsten Egoismus. Eine Handvoll Genießer versuchen, ihren Sinnen das Maximum von Lust bei einem Minimum von Gefahr zu verschaffen, und lassen es sich gern gefallen, daß die andern dafür büßen. – Ja, freilich, man kennt ihren Salonsozialismus! – Aber wissen sie nicht besser als alle anderen, daß ihre wollüstigen Lehren nur für das Volk der Fetten, für eine gemästete „Elite" taugen und daß sie für die Armen Gift sind?

Der Weg der Lust ist ein Weg der Reichen.

Christof war weder reich noch dafür geschaffen, es zu werden. Hatte er eben etwas Geld verdient, so gab er es schleunigst für Musik wieder aus; er entzog sich das Essen, um in Konzerte zu gehen. Er nahm die letzten Plätze ganz oben im Théâtre du Châtelet, und dann schlug er sich mit Musik voll; das ersetzte ihm Abendessen und Geliebte. Er brachte einen solchen Glückshunger und so viel natürliche Genußfähigkeit mit, daß die Unvollkommenheiten des Orchesters ihn nicht zu stören vermochten; zwei oder drei Stunden blieb er in einem Zustand glückseliger Betäubung, ohne daß Geschmacksfehler und falsche Noten etwas anderes in ihm auslösten als ein nachsichtiges Lächeln: seine Kritik hatte er vor der Tür gelassen; er kam, um zu lieben, und nicht, um zu richten. Rings um ihn gab sich das Publikum, reglos wie er, mit halbgeschlossenen Augen der großen Sturmflut von Träumen hin. Christof hatte den Eindruck eines im Dunkeln zusammengekauerten Volkes, das gleich einer riesenhaften Katze sich in sich selbst vergrub und über Halluzinationen von Wollust und Bluttaten brütete. Geheimnisvoll hoben sich in dem dichten, übergoldeten Halbdunkel gewisse Gesichter ab, deren ungekannter Reiz, deren stumme Begeisterung Christofs Blicke und sein Herz anzogen; er schloß sich ihnen an; er hörte durch sie hindurch; er verschmolz schließlich Leib und Seele mit ihnen. Es geschah, daß eines von ihnen dessen gewahr wurde und daß sich von ihm zu Christof während der Dauer des Konzertes eine jener dunklen Zuneigungen webte, die bis zum innersten Wesensgrunde dringen, ohne daß irgend etwas davon bleibt, wenn das Konzert einmal zu Ende und der Strom unterbrochen ist, der die Seelen einte. Das ist ein Zustand, der allen, die Musik lieben, wohlbekannt ist, vor allem, wenn sie jung sind und sich am meisten hingeben: das Wesen der Musik ist so sehr Liebe, daß man sie nur dann ganz genießt, wenn man sie in einem andern genießt und daher im Konzert instinktiv nach Augen in der Menge sucht, nach einem Freund, mit dem man eine Freude teilen kann, die für den einzelnen allein zu groß ist.

Unter diesen Freunden einer Stunde, die sich Christof manchmal wählte, um die Wonne der Musik voller einzusaugen, zog ihn ein Gesicht an, das er bei jedem Konzert wiedersah. Es war eine kleine Grisette, die Musik über alles lieben mußte, ohne irgend etwas davon zu verstehen. Sie hatte ein animalisches kleines Profil, ein gerades Näschen, das kaum über die Linie des leicht vorgeschobenen Mundes und des zarten Kinns hervorragte, feine, geschwungene Brauen, klare Augen: eines jener unbekümmerten Gesichtchen, unter deren Schleier man Frohsinn und Lachen ahnt, umhüllt von einem gleichmütigen Frieden. Diese kleinen lasterhaften Mädchen, diese bubenhaften Arbeiterinnen spiegeln vielleicht noch am ehesten die entschwundene Heiterkeit antiker Statuen und Raffaelscher Gestalten wider. Ihr Leben besteht nur aus einem Augenblick, dem ersten Erwachen der Lust; sie welken rasch. Aber sie haben wenigstens eine holde Stunde gelebt.

Christof genoß ihren Anblick: ein liebes Gesicht tat seinem Herzen wohl; er verstand es, sich daran zu freuen, ohne zu begehren; er schöpfte Freude, Kraft, Frieden, fast Tugend daraus. Sie – das versteht sich von selbst – hatte schnell gemerkt, daß er sie anschaute; und es hatte sich unversehens ein magnetischer Strom zwischen ihnen hergestellt. Und da sie sich bei fast allen Konzerten auf ungefähr denselben Plätzen wiederfanden, hatte es nicht lange gedauert, bis sie gegenseitig ihren Geschmack kannten. Bei gewissen Stellen tauschten sie einen Blick des Einverständnisses; liebte sie etwas ganz besonders, dann streckte sie leicht die Zunge heraus, als wollte sie sich die Lippen lecken; oder sie schob, um anzudeuten, daß sie dies oder jenes nicht gut fände, ihr hübsches Mäulchen verächtlich vor. Bei ihren kleinen Mienen war auch ein wenig unschuldige Schauspielerei, wovon sich kaum jemand frei machen kann, wenn er sich beobachtet fühlt. Bei ernsten Stücken wollte sie sich manchmal einen bedeutenden Ausdruck geben; ihr Profil war ihm zugewandt, sie schien ganz Hingebung, aber ihre Wange lächelte, und sie beobachtete von der Seite, ob er zu ihr hinsehe. Ohne jemals ein Wort miteinander geredet und ohne je versucht zu haben, einander am Ausgang zu begegnen (wenigstens Christof tat es nicht), waren sie sehr gute Freunde geworden.

Schließlich fügte es der Zufall, daß sie bei einem Abendkonzert ihre Plätze nebeneinander fanden. Nach einem Augenblick lächelnden Zögerns begannen sie freundschaftlich miteinander zu plaudern. Sie hatte eine reizende Stimme und sagte sehr viel Dummheiten über Musik; denn sie verstand nichts davon, wollte sich aber den Anschein geben, als verstände sie etwas; doch sie liebte sie leidenschaftlich. Sie liebte die schlechteste und die beste, Massenet und Wagner; nur die mittelmäßige langweilte sie. Musik war für sie Wollust; sie trank sie mit allen Poren ihres Körpers, wie Danae den Goldregen. Das Vorspiel zu *Tristan* machte sie halb ohnmächtig. Und in der *Eroika* genoß sie es, wie eine Beute in der Schlacht davongetragen zu werden. Sie belehrte Christof, daß Beethoven taubstumm gewesen sei und daß sie ihn trotzdem, hätte sie ihn gekannt, sehr geliebt haben würde, obgleich er arg häßlich gewesen sei. Christof widersprach. Beethoven sei nicht so häßlich gewesen; darauf stritten sie über Schönheit und Häßlichkeit; und sie gab zu, daß alles vom Geschmack abhänge; was für den einen schön sei, sei es für den andern nicht: man sei eben nicht der Louisdor, man könne nicht jedermann gefallen. – Es war ihm lieber, wenn sie nicht sprach: dann verstand er sie weit besser. Während *Isoldes Liebestod* streckte sie ihm die Hand hin; sie war ganz feucht; er behielt sie bis zum Ende des Stückes in der seinen; durch ihre verschlungenen Finger fühlten sie den Strom der Musik fließen.

Sie verließen das Konzert miteinander; es war beinahe Mitternacht. Plaudernd stiegen sie ins Quartier latin hinauf; sie hatte seinen Arm genommen, und er begleitete sie beinahe bis zu ihrer Wohnung; aber als sie an der Tür angekommen waren und sie sich anschickte, ihm den Weg zu zeigen, verließ er sie, ohne auf ihre auffordernden Blicke zu achten. Im ersten Augenblick war sie verblüfft, dann wütend; dann bog sie sich vor Lachen über seine Dummheit; und dann, als sie in ihrem Zimmer war und sich auszog, wurde sie von neuem böse, und schließlich weinte sie still. Als sie ihn im Konzert wiedersah, wollte sie verletzt, gleichgültig, ein wenig spröde tun. Aber er war so jungenhaft gut, daß ihr Entschluß nicht standhielt. Sie begannen wieder miteinander zu plaudern; nur bewahrte sie ihm gegenüber jetzt eine gewisse Zurückhaltung. Er sprach herzlich, aber mit großer Höflichkeit zu ihr von Ernstem, Schönem, von der Musik, die sie hörten, und was sie ihm bedeutete. Sie hörte ihm aufmerksam zu und versuchte, wie er zu denken. Der Sinn seiner Worte entging ihr oft; aber sie glaubte ihnen trotzdem. Sie empfand für Christof eine dankbare Hochachtung, die sie ihm jedoch kaum zeigte. In schweigender Übereinstimmung trafen sie sich nur im Konzert. Einmal begegnete er ihr mitten unter Studenten. Sie grüßten sich feierlich. Zu niemandem sprach sie von ihm. Im Grunde ihrer Seele besaß sie einen kleinen geheiligten Bezirk, etwas Schönes, Reines, Trostreiches.

So begann Christof einzig durch seine Gegenwart, nur durch die Tatsache seines Daseins, einen beruhigenden Einfluß auszuüben; überall, wo er vorüberging, hinterließ er unbewußt eine Spur seines inneren Lichts. Er selber ahnte es am wenigsten. In seiner Nähe, in seinem Hause, lebten

Leute, die er niemals gesehen hatte und die, ohne es selber zu ahnen, nach und nach seine wohltuende Ausstrahlung verspürten.

Seit mehreren Wochen hatte Christof kein Geld mehr, ins Konzert zu gehen, selbst nicht, wenn er fastete; und in seinem Dachzimmer fühlte er sich, jetzt, wo der Winter kam, ganz erstarrt; er konnte nicht bewegungslos an seinem Tisch sitzen bleiben. Also ging er hinunter und wanderte, um sich zu erwärmen, in Paris umher. Er besaß die Gabe, für Augenblicke die wimmelnde Stadt, die ihn umgab, zu vergessen und sich in die Unendlichkeit von Raum und Zeit zu flüchten. Es genügte, daß er über der lärmenden Straße den toten, eisigen Mond erblickte, der im Schlund des Himmels hing, oder die Sonnenscheibe, die durch den weißen Nebel rollte; und der Straßenlärm verlosch. Paris sank in grenzenlose Leere, dies ganze Leben erschien ihm nur wie das Gespenst eines Lebens, das vor langer, langer Zeit einmal gewesen war – vor vielen Jahrhunderten... Das kleinste, den gewöhnlichen Menschen unbemerkbare Zeichen des großartig wilden Lebens der Natur, das von der Livree der Zivilisation, so gut es eben gehen will, verdeckt wird, genügte, dieses Leben vor seinen Augen ganz und gar auferstehen zu lassen. Das Gras, das zwischen den Pflastersteinen wuchs, der Sprößling eines in seinem gußeisernen Kranz erstickten Baumes, ohne Licht und Erde auf einem dürren Boulevard; ein Hund, ein Vogel, die vorbeistrichen, letzte Spuren einer Fauna, die den Erdkreis in seinem Uranfang erfüllte und die der Mensch zerstört hat; ein Schwarm Mücken; die unsichtbare Epidemie, die ein Stadtviertel auszehrte – das genügte, daß der Atem des Erdgeistes Christof mitten in der Stickluft dieses menschlichen Treibhauses ins Gesicht schlug und seine Tatkraft peitschte.

Während seiner langen Spaziergänge, die er oft schon nüchtern machte, und nachdem er tagelang mit niemandem gesprochen hatte, träumte er unaufhörlich. Die Entbehrungen und das Schweigen steigerten diese krankhafte Anlage noch. Nachts schlief er unruhig, hatte ermattende Träume: immer sah er das alte Haus und das Zimmer wieder, in dem er als Kind gelebt hatte; er wurde von musikalischen Einfällen verfolgt. Tagsüber unterhielt er sich mit den Geschöpfen seines Inneren und denen, die er liebte, den Abwesenden und den Toten.

An einem feuchten Dezembernachmittag, als der Reif die erstarrten Rasenflächen bedeckte, als die Dächer der Häuser und der grauen Kirchen sich im Nebel auflösten, die schmächtigen und verkrümmten Bäume mit ihren nackten Zweigen im Dunste verschwammen und Meerespflanzen auf dem Grund des Ozeans glichen, ging Christof, der seit dem vorhergehenden Abend fröstelte und gar nicht warm werden konnte, in den Louvre, den er kaum kannte.

Die Malerei hatte ihn bisher wenig angesprochen. Er war zu sehr in sein inneres Universum vertieft, um die Welt der Farben und Formen so recht zu erfassen. Sie wirkten auf ihn nur durch ihre musikalische Resonanz, die ihm bloß ein entstelltes Echo übermittelte. Gewiß erfaßte sein Instinkt dunkel, daß die gleichen Gesetze für die Harmonie der sichtbaren Formen wie der Klangformen gelten, und er ahnte die tiefen Grundwasser der Seele, aus denen die beiden Ströme der Farben und der Töne quellen, die die beiden sich gegenüberliegenden Abhänge des Lebens bespülen. Aber er kannte nur den einen der beiden Abhänge und ging im Königreich des Auges in der Irre. So entging ihm das Geheimnis des köstlichen Reizes, vielleicht des natürlichsten an dem klaräugigen Frankreich, der Königin in der Welt des Lichtes.

Wäre er übrigens in bezug auf die Malerei auch wißbegieriger gewesen, so war Christof doch allzusehr Deutscher, um sich an ein so ganz verschiedenes Sehen der Dinge zu gewöhnen. Er gehörte nicht zu den allermodernsten Deutschen, welche die Art germanischen Empfindens verleugnen und sich einreden, daß der französische Impressionismus oder das achtzehnte Jahrhundert sie in Verzückung versetzt – falls sie nicht zufällig die feste Überzeugung haben, besseres Verständnis dafür zu haben als die Franzosen selber. Christof war vielleicht ein Barbar; aber er war es frank und frei. Bouchers rosige kleine Hinterteile, Watteaus feiste Kinne, die gelangweilten Schäfer und die dicken, in ihre Korsetts eingeschnürten Schäferinnen, alle diese Seelen aus Schlagsahne, die tugendhaften Schmachtaugen von Greuze, die hochgezogenen Hemdchen Fragonards, die poetische Entkleidungskunst flößten ihm nicht viel mehr Interesse ein als eine elegante unanständige Zeitschrift. Die reiche und glänzende Harmonie darin verspürte er nicht; die wollüstigen, manchmal melancholischen Träume dieser alten Zivilisation, der verfeinertsten von Europa, waren ihm fremd. Dem französischen siebzehnten Jahrhundert mit seiner formensteifen Frömmigkeit und seinen pomphaften Porträts vermochte er ebensowenig Geschmack abzugewinnen; die etwas kalte Zurückhaltung unter den ernstesten jener Meister, ein gewisses Grau der Seele, das sich über das stolze Werk des Nicolas Poussin und über die bleichen Gestalten des Philippe de Champaigne breitet, hielten Christof von der alten französischen Kunst fern. Und von der neuen kannte er nichts. Hätte er sie gekannt, würde er sie verkannt haben. Der einzige moderne Maler, dessen Zauber er in Deutschland empfunden hatte, der Baseler Böcklin, hatte ihn keineswegs auf die lateinische Kunst vorbereitet. Christof bewahrte in seiner Erinnerung noch den gewaltigen Eindruck dieses brutalen Genies, das den Geruch der Erde atmete und den fahlen roten Dunst tierisch heldenhafter Geschlechter, die es aus ihr heraufbeschworen hatte. Seine Augen, von dem grellen Licht geblendet und an die leidenschaftliche Buntheit dieses trunkenen Wilden gewöhnt, hatten Mühe, sich auf die Halbtöne, die gebrochenen weichen Harmonien der französischen Kunst einzustellen.

Aber man lebt nicht ungestraft in einer fremden Welt. Man empfängt ihre Prägung. Man mag sich noch so sehr in sich selbst verschließen: eines Tages merkt man, daß irgend etwas verändert ist.

Auch in Christof war irgend etwas verändert, als er an jenem Abend durch die Säle des Louvre irrte. Er war matt, fror, hatte Hunger, fühlte sich einsam. Die Dämmerung sank rings um ihn in die leeren Galerien, schlummernde Formen lebten auf. Christof ging still und erstarrt an ägyptischen Sphinxen und assyrischen Ungeheuern, an Stieren aus Persepolis, an glatten Majolikaschlangen vorbei. Er fühlte sich in einem Märchenreich, und sein Herz war geheimnisvoll bewegt. Der Traum der Menschheit umhüllte ihn, die seltsamen Blüten der Seele ...

Inmitten des vergoldeten Staubes der Gemäldegalerien, der Gärten aus aufleuchtenden, reifen Farben, der gemalten Steppen, denen die Luft fehlt, traf es den fiebernden Christof, der an der Schwelle des Krankseins stand, wie ein Blitzschlag. – Er ging herum, fast ohne etwas zu sehen, von Hunger und Müdigkeit, von der lauen Luft der Säle und dieser Orgie von Bildern betäubt: ihm schwindelte. Als er vor Rembrandts *Barmherzigem Samariter* am Ende der großen Galerie angekommen war, stützte er sich, um nicht hinzufallen, mit beiden Händen auf die Eisenstange vor den Gemälden; einen Augenblick schloß er die Augen. Als er sie zu dem Werke, das sich ihm gegenüber, ganz nahe vor seinem Gesichte, befand, wieder aufschlug, stand er wie gebannt ...

Der Tag verlosch. Das Licht war schon fern, schon tot. Die unsichtbare Sonne versank in Nacht. Es war die Zauberstunde, in der die Gesichte aus der nach des Tages Arbeit schlummermüden, reglosen und betäubten Seele emportauchen wollen. Alles schweigt, man vernimmt nur das Rauschen des Blutes. Man hat nicht mehr die Kraft, sich zu bewegen, kaum zum Atmen. Man ist traurig und wehrlos und hat ein unendliches Bedürfnis: in die Arme eines Freundes zu sinken; man fleht um ein Wunder, man fühlt, daß es kommen muß... Und da ist es! Ein Strom von Gold flammt in der Dämmerung auf, bricht sich an der Mauer, an der Schulter des Mannes, der den Sterbenden trägt, badet die schlichten Geräte und die ärmlichen Wesen und taucht alles in göttliche Holdheit und Glorie. Gott selber umfängt mit seinen furchtbaren und zärtlichen Armen diese Elenden, Schwachen, Häßlichen, Armen, Schmutzigen, diesen verlausten Knecht mit den nachschleppenden Socken, diese unförmigen Gesichter, die sich platt ans Fenster drücken, diese stumpfen Geschöpfe, die vor Schrecken gequält schweigen – die ganze jammervolle Menschheit Rembrandts, diesen Haufen dunkler, gefesselter Seelen, die nichts anderes wissen und können als harren, zittern, weinen, beten. – Aber der Herr ist nahe. Man sieht Ihn selbst nicht; aber man sieht seinen Glorienschein und den geheimnisvollen Schatten, den Er über die Menschen wirft.

Christof verließ mit unsicheren Schritten den Louvre. Der Kopf schmerzte ihn. Er sah nichts mehr. Auf der Straße, im Regen, merkte er kaum die Pfützen zwischen den Pflastersteinen und das von seinen Stiefeln rieselnde Wasser. Der gelbliche Himmel über der Seine entzündete sich beim Sinken des Tages wie von einem inneren Licht erhellt. Christof trug in seinen Augen den Zauber dieses Bildes mit sich fort. Ihm war, als ob nichts wirklich sei: nein, die Wagen schütterten nicht mit erbarmungslosem Lärm auf dem Pflaster; die Vorübergehenden stießen ihn nicht mehr mit den nassen Regenschirmen an; er ging nicht mehr auf der Straße; vielleicht saß er zu Hause bei sich und träumte; vielleicht lebte er gar nicht mehr... Und plötzlich (er war so schwach!) erfaßte ihn ein Schwindel, er fühlte, wie er mit dem Kopf nach vorn wie ein Ballen umfiel... doch es war nur wie ein Blitz: er ballte die Fäuste, schnellte auf seine Beine empor und stand wieder gerade.

Genau in diesem Augenblick, in der Sekunde, wo sein

Bewußtsein aus dem Abgrund wieder auftauchte, begegnete sein Blick auf der andern Seite der Straße einem andern, ihm wohlbekannten Blick, der ihn zu rufen schien. Betroffen stand er still und suchte in seinem Gedächtnis, wo er ihn schon gesehen habe. Im ersten Augenblick hatte er diese traurigen, sanften Augen nicht gleich wiedererkannt: es war die kleine französische Lehrerin, die ohne sein Zutun seinetwegen in Deutschland aus ihrer Stelle gejagt worden war und die er seither so sehr gesucht hatte, um sie um Verzeihung zu bitten. Auch sie war inmitten der Menge Vorübergehender stehengeblieben und schaute ihn an. Plötzlich sah er, wie sie versuchte, dem Menschenstrom entgegenzuarbeiten, und dem Fahrdamm zustrebte, um zu ihm zu gelangen. Er eilte ihr entgegen; aber ein unentwirrbares Wagengewühl trennte sie; er sah noch einen Augenblick, wie sie auf der andern Seite gegen die lebende Mauer ankämpfte; er wollte trotzdem hinüber, wurde von einem Pferd angerannt, glitt aus, fiel auf dem schmierigen Asphalt hin und wäre beinahe überfahren worden. Als er, mit Schmutz bedeckt, wieder aufstand und endlich die andere Seite der Straße erreichte, war sie verschwunden.

Er wollte ihr nachgehen. Aber er mußte darauf verzichten: sein Schwindel wurde immer stärker. Die Krankheit kam: er fühlte es, aber er wollte es nicht wahrhaben. Er zwang sich, nicht sofort nach Haus zurückzukehren, sondern den längsten Weg zu nehmen. Unnütze Qual: er mußte sich besiegt erklären; die Beine waren ihm wie zerschlagen, er schleppte sich nur noch, er kam mit Mühe bis nach Hause. Auf der Treppe versagte ihm der Atem, er mußte sich auf die Stufen setzen. In seinem eisigen Zimmer angelangt, wollte er sich durchaus nicht niederlegen; vom Regen durchnäßt, mit schwerem Kopf und nach Atem ringender Brust blieb er betäubt auf seinem Stuhl sitzen und versank in einen Schwall von Klängen, matt und dumpf wie er selbst. Er hörte Stellen aus Schuberts *Unvollendeter Symphonie* vorüberziehen. Armer kleiner Schubert! Als er das schrieb, war er einsam, fiebrig und erschöpft, war auch er in dem Zustand halber Erstarrung, die dem großen Schlaf vorangeht; er träumte am Kamin; schwerflüssige Musik umgab ihn rings wie ein stehendes Gewässer; er verweilte in ihr, wie ein schon halb eingeschlafenes Kind, das sich darin gefällt, eine Stelle in der Geschichte, die es sich erzählt, zwanzigmal zu wiederholen: der Schlaf kommt... der Tod kommt... – Und Christof hörte auch jene andere Musik vorbeiziehen, mit fiebernden Händen, geschlossenen Augen, die ein müdes Lächeln umspielt, das Herz von Seufzern geschwellt, vom Tode träumend, der befreit – den ersten Chor aus der Kantate von Johann Sebastian Bach: *Liebster Gott, wann werd ich sterben?* – Es tat wohl, in den weichen Melodien zu versinken, die in schweren Wellen daherrollen, das Summen ferner, verschleierter Glocken zu hören... Sterben, im Frieden der Erde versinken... *Und dann selber Erde werden**...

Christof schüttelte die krankhaften Gedanken von sich ab, das mörderische Lächeln der Sirene, die den geschwächten Seelen auflauert. Er stand auf und versuchte in seinem Zimmer auf und ab zu gehen, aber er vermochte sich nicht aufrecht zu halten. Das Fieber schüttelte ihn. Er mußte sich zu Bett legen. Er fühlte, daß es diesmal ernst sei. Aber er streckte nicht die Waffen; er gehörte nicht zu denen, die, wenn sie krank sind, sich der Krankheit überlassen; er kämpfte, er wollte nicht krank sein, und vor allem war er fest entschlossen, nicht zu sterben. Er hatte seine arme Mutter, die ihn in der Heimat erwartete, und er hatte sein Werk zu schaffen: er ließ sich nicht umbringen. Er biß seine klappernden Zähne aufeinander. Er spannte seinen Willen an, der ihm entglitt; so wie ein guter Schwimmer, der mitten in den Wogen, die ihn überspülen, noch weiterkämpft. Jeden Augenblick sank er unter: seine Gedanken verirrten sich, zusammenhanglose Bilder, Erinnerungen an daheim, an Pariser Salons durchschwirrten ihn, Rhythmen und Melodien, die sich im Kreise drehten, endlos drehten wie Zirkuspferde, kehrten hartnäckig wieder; dann wieder der heftige Eindruck des Goldlichtes von dem *Barmherzigen Samariter,* die Schreckensgestalten im Dunkel; und dann Abgründe, Nacht. Dann tauchte er von neuem an die Oberfläche, zerriß die grinsenden Schwärme, er krampfte die Fäuste ineinander, preßte die Kinnbacken zusammen. Er klammerte sich an alle, die er in Gegenwart und Vergangenheit liebte, an das Gesicht der Freundin, das er eben noch flüchtig gesehen, an die liebe Mutter und auch an sein unzerstörbares Selbst, das er wie einen Felsen in sich fühlte: *Der Tod hat ihm nichts an...* Aber der Fels wurde von neuem vom Meer überflutet; ein Wogenprall jagte der Seele ihre Beute wieder ab; sie wurde vom Schaum fortgetragen. Und Christof stritt sich im Fieberwahn herum, sagte unsinniges Zeug, dirigierte und spielte ein eingebildetes Orchester: Posaunen, Trompeten, Zimbeln, Pauken, Bässe, Kontrabässe... Er kratzte, blies, schlug wie rasend. Der Unglückliche kochte vor angestauter Musik. Seit Wochen hatte er Musik weder hören noch spielen können, und so war er, wie ein Dampfkessel unter Druck, kurz vor dem Zerspringen. Gewisse hartnäckige Melodien drangen gleich Schrauben in sein Gehirn ein, durchbohrten sein Trommelfell und schmerzten ihn so, daß er hätte aufheulen mögen. Waren diese Anfälle vorüber, so fiel er, halbtot vor Müdigkeit, auf sein Kopfkissen zurück, in Schweiß gebadet, gerädert, nach Atem ringend, dem Ersticken nah. Neben sein Bett hatte er einen Wasserkrug gestellt, aus dem er in langen Zügen trank. Die Geräusche aus den Nebenzimmern, das Zuschlagen der Mansardentüren ließen ihn auffahren. Ein aufs höchste gesteigerter Ekel erfüllte ihn gegen alle diese Wesen, die um ihn herum eingepfercht waren. Aber sein Wille kämpfte weiter, er blies mit kriegerischen Fanfaren zum Kampf gegen die Teufel... *Und wenn die Welt voll Teufel wär' und wollt' uns gar verschlingen, so fürchten wir uns nicht so sehr...**

Und auf dem Ozean glühender Finsternisse, auf dem er

trieb, trat plötzlich Stille ein... Lichtblicke, ein beschwichtigtes Murmeln der Geigen und Bratschen, ruhevolle Siegesklänge der Trompeten und Hörner, während, fast unbeweglich wie eine große Mauer, aus der kranken Seele ein unerschütterlicher Sang emporstieg, gleich einem Choral Johann Sebastian Bachs.

Während er sich gegen die Fiebergespenster wehrte und gegen die Erstickungsanfälle, die seine Brust überfielen, kam es ihm dunkel zum Bewußtsein, daß sich seine Zimmertür öffnete und eine Frau mit einer Kerze in der Hand eintrat. Er glaubte, auch das sei eine Fiebervorstellung. Er wollte sprechen. Aber er konnte nicht und fiel zurück. Wenn ihn von Zeit zu Zeit eine Bewußtseinsquelle aus der Tiefe an die Oberfläche trug, fühlte er, daß man sein Kopfkissen zurechtgeschoben und eine Decke auf seine Füße gelegt hatte und daß unter seinem Rücken etwas war, das brannte; oder er sah am Fußende des Bettes jene Frau sitzen, deren Gesicht ihm nicht ganz unbekannt war; dann trat eine andere Gestalt auf, ein Arzt, der ihn behorchte. Christof verstand nicht, was man sagte; aber er erriet, daß man davon sprach, ihn ins Hospital zu bringen. Er versuchte zu widersprechen, zu schreien, daß er das nicht wolle, daß er hier ganz allein zu sterben wünsche; aber aus seinem Munde kamen nur unverständliche Laute. Trotzdem verstand ihn die Frau: denn sie trat für ihn ein und beruhigte ihn. Er zermarterte sich das Gehirn, um herauszubekommen, wer sie sei. Sobald er mit unglaublichen Anstrengungen einen folgerichtigen Satz zustande bringen konnte, fragte er sie danach. Sie antwortete ihm, daß sie seine Mansardennachbarin sei, daß sie ihn von der andern Seite der Wand habe stöhnen hören und, weil sie dachte, daß er Hilfe brauche, sich erlaubt habe hereinzukommen. Ehrerbietig bat sie ihn, sich nicht durch Sprechen zu ermüden. Er gehorchte. Im übrigen war er von der Anstrengung wie zerschlagen. So blieb er denn regungslos liegen und schwieg; aber sein Gehirn arbeitete weiter und suchte mühsam seine zerstreuten Erinnerungen zusammen. Wo hatte er sie nur gesehen? Endlich kam es ihm in den Sinn: richtig, er war ihr im Mansardenkorridor begegnet. Sie war Dienstmädchen und hieß Sidonie.

Mit halbgeschlossenen Augen sah er sie an, ohne daß sie es merkte. Sie war klein, hatte ein ernsthaftes Gesicht, eine gewölbte Stirn; ihre Haare waren zurückgestrichen und ließen die oberen Wangen und Schläfen frei, die blaß und starkknochig waren; sie hatte eine kurze Nase, hellblaue Augen mit sanftem, festem Blick, starke, zusammengepreßte Lippen, eine bleichsüchtige Gesichtsfarbe, ein bescheidenes, verschlossenes und etwas steifes Aussehen. Sie bemühte sich mit tätiger, schweigender Aufopferung um Christof, ohne Vertraulichkeit, ohne jemals aus der Zurückhaltung eines Dienstboten, der die Klassenunterschiede nicht vergißt, herauszutreten.

Als es Christof jedoch nach und nach besser ging und er mit ihr plaudern konnte, brachte seine herzliche Gutmütigkeit Sidonie zu etwas freierem Sprechen; aber sie nahm sich immer in acht; es gab gewisse Dinge (das merkte man), die sie nicht sagte. Es war eine Mischung aus Stolz und Bescheidenheit. Christof erfuhr, daß sie Bretonin war. Sie hatte zu Hause ihren Vater zurückgelassen, von dem sie mit großer Zurückhaltung sprach; aber es wurde Christof nicht schwer, zu erraten, daß er nichts tat als trinken, sich einen guten Tag machen und seine Tochter ausplündern; sie ließ sich ausnutzen und sagte aus Stolz nichts dagegen; niemals versäumte sie, ihm einen Teil ihres Monatsgeldes zu senden, wenn sie sich auch nichts vormachen ließ. Sie hatte auch eine jüngere Schwester, die sich auf das Lehrerinnenexamen vorbereitete und auf die sie sehr stolz war. Fast alle Kosten ihrer Erziehung bezahlte sie. Mit eigensinnigem Eifer arbeitete sie von früh bis spät.

Christof fragte sie, ob sie eine gute Stelle habe.

Ja; aber sie wolle sie aufgeben.

Warum? Ob sie sich über ihre Herrschaft zu beklagen habe?

O nein. Sie sei sehr gut zu ihr.

Ob sie nicht genug verdiene?

Doch...

Er begriff nicht ganz; er versuchte sie zu verstehen, ermutigte sie zum Sprechen. Aber sie konnte nichts anderes als von ihrem einförmigen Leben erzählen und von der Mühe, die es koste, sein Brot zu verdienen, was sie aber nicht besonders betonte: Arbeit schreckte sie nicht, sie war ihr ein Bedürfnis, fast eine Lust. Von dem, was am meisten auf ihr lastete, sprach sie nicht: von der Langweile. Er erriet es. Nach und nach las er in ihr mit dem Ahnungsvermögen einer durch die Krankheit geschärften großen Sympathie, die durch die Erinnerung daran verstärkt wurde, daß seine geliebte Mutter ein ähnliches Leben, ähnliche Trübsal ertragen hatte. Er sah, als hätte er es selbst durchlebt, dieses trübselige, ungesunde, naturwidrige Dasein – das gewöhnliche Dasein, das die bürgerliche Gesellschaft den Dienstboten aufzwingt – vor sich: eine nicht schlechte, aber gleichgültige Herrschaft, die oft Tage verstreichen ließ, ohne ein Wort mit ihr zu sprechen, soweit es nicht den Dienst betraf. Stunden auf Stunden in der stickigen Küche, deren Luke, von einem Vorratsschrank verstellt, auf eine schmutzigweiße Mauer hinausging. Ihre ganze Freude bestand darin, wenn man ihr nebenher sagte, die Soße sei schmackhaft oder der Braten sei gut zubereitet. Ein eingemauertes, luftloses Leben ohne Zukunft, ohne einen Schimmer von Wunsch oder Hoffnung, ohne irgendein Interesse. – Die schlimmste Zeit für sie war, wenn ihre Herrschaft aufs Land ging. Aus Sparsamkeit nahm man sie nicht mit; man bezahlte ihr den Monat, aber nicht die Reise, nach Hause zurückzukehren; es war ihr freigestellt, auf ihre Kosten hinzufahren. Sie wollte nicht, sie konnte es nicht tun. Also blieb sie allein in dem beinah verlassenen Haus. Auszugehen hatte sie keine Lust, mit den anderen Dienstboten unterhielt sie sich nicht einmal, weil sie sie wegen ihrer Gewöhnlichkeit und ihrer Unsittlichkeit etwas verachtete. Vergnügungen aufsuchen mochte sie auch nicht: sie war von Natur gesetzt und sparsam und hatte Furcht vor unliebsamen Begegnungen. So blieb sie in ihrer Küche oder in ihrem Zimmerchen, von wo sie über die Schornsteine hinweg den Wipfel eines Baumes in einem Hospitalgarten sehen konnte. Sie las nicht, sie versuchte zu arbeiten, sie dämmerte vor sich hin, sie langweilte sich, sie weinte vor Langweile; sie hatte eine besondere Fähigkeit, unaufhörlich zu weinen: das war ihr Vergnügen. Aber wenn sie sich zu sehr langweilte, konnte sie nicht einmal mehr weinen; sie war wie erstarrt, ihr Herz tot. Dann rüttelte sie sich auf; oder das Leben kehrte von selbst zurück. Sie dachte an ihre Schwester, sie hörte in der Ferne eine Drehorgel, sie träumte vor sich hin, sie berechnete lange, wie viele Tage sie zu der oder jener Arbeit oder zum Verdienen einer bestimmten Summe brauchen werde; sie verrechnete sich, fing von neuem zu rechnen an; sie schlief. Die Tage gingen hin...

Mit solchen Anfällen von Niedergeschlagenheit wechselten Ausbrüche kindlicher und spottlustiger Fröhlichkeit. Sie machte sich über die anderen und sich selbst lustig. Sie wußte ihre Herrschaft gut einzuschätzen, die Sorgen, welche ihnen ihr Müßiggang schuf, die Launen und melancholischen Anwandlungen der gnädigen Frau, die sogenannten Beschäftigungen dieser sogenannten Elitegesellschaft, das Interesse, das sie für ein Bild, ein Musikstück, einen Gedichtband hegten. Mit ihrem gesunden, ein wenig derben Verstand, der ebensoweit von dem Snobismus pariserischer Dienstboten als von der dickfelligen Dummheit provinziellen Gesindes entfernt war, das nur bewundert, was es nicht versteht, hegte sie eine Art respektvoller Verachtung für dieses Geklimper, dieses alberne Geschwätz, für alle diese völlig unnützen und überdies noch langweiligen geistigen

Dinge, die im Leben jener verlogenen Existenzen einen so großen Raum einnehmen. Sie konnte nicht umhin, im stillen das wirkliche Leben, wie sie es durchkämpfte, mit den eingebildeten Vergnügungen und Mühsalen jenes Luxuslebens zu vergleichen, in dem alles von der Langenweile geschaffen scheint. Im übrigen empörte sie sich nicht dagegen. Es war so: also war es so. Sie nahm alles hin, die schlechten Menschen und die dummen. Sie sagte:

„Das gehört alles dazu, um eine Welt zu machen."

Christof bildete sich ein, sie fände Halt in ihrem religiösen Glauben; eines Tages aber sagte sie in bezug auf die anderen, die Reicheren und Glücklicheren:

„Später, am Schluß der Rechnung, werden alle gleich sein."

„Wann denn?" fragte er. „Nach der sozialen Revolution?"

„Die Revolution?" meinte sie. „Oh! Bis dahin wird wohl noch viel Wasser zum Meere laufen. An solche Dummheiten glaube ich nicht. Alles wird immer bleiben, wie es ist."

„Also, wann sollen dann alle gleich sein?"

„Nach dem Tode natürlich. Da bleibt von niemandem etwas übrig."

Er war über diesen ruhigen Materialismus sehr erstaunt. Er wagte nicht, ihr zu sagen:

Ist es Ihnen aber denn nicht entsetzlich, nur dies eine Leben zu haben, wenn es so wie das Ihre ist, während es doch andere gibt, die glücklich sind?

Aber sie schien seine Gedanken erraten zu haben; mit gleichgültigem und etwas ironischem Phlegma fuhr sie fort:

„Man muß doch vernünftig sein. Jeder kann nicht das große Los ziehen. Man hat es schlecht getroffen; um so schlimmer!"

Sie dachte nicht einmal daran, außerhalb Frankreichs (wie es sich ihr in Amerika geboten hatte) eine einträglichere Stelle zu suchen. Der Gedanke, ihr Vaterland zu verlassen, wollte ihr nicht in den Kopf. Sie sagte:

„Die Steine sind überall hart."

Im Grunde ihres Herzens lebte ein skeptischer und spöttischer Fatalismus. Sie gehörte zu jenem Menschenschlag, der wenig oder gar keinen Glauben, wenige verstandesmäßige Gründe zum Leben und doch eine zähe Lebenskraft hat – zu jenem französischen Landvolk, das arbeitsam und apathisch, regierungsfeindlich und untertänig zugleich ist, das das Leben nicht besonders liebt, aber daran festhält und keinen künstlichen Zuspruch braucht, um seinen Mut zu bewahren. Christof kannte dieses Volk noch nicht und wunderte sich, bei diesem schlichten Mädchen eine so allgemeine Glaubenslosigkeit zu finden; er bewunderte ihre Anhänglichkeit an ein freud- und zweckloses Dasein und vor allem ihren ausgeprägten moralischen Sinn, der keiner Stütze bedurfte. Bisher hatte er das französische Volk nur durch die Brille naturalistischer Romane und durch die Theorien kleiner zeitgenössischer Schriftsteller gesehen, die im Gegensatz zu denen des Jahrhunderts der Revolution und der Schäferspiele sich den Naturmenschen mit Vorliebe als ein lasterhaftes Tier vorstellten, um ihre eigenen Laster zu rechtfertigen... Er war daher überrascht, die starrsinnige Anständigkeit Sidonies zu entdecken. Mit Moral hatte das nichts zu tun; ihre Anständigkeit entsprang dem Instinkt und dem Stolz. Sie hatte ihren aristokratischen Stolz. Denn es ist eine Torheit, zu glauben, Volk und Plebejer seien dasselbe. Das Volk hat seine Aristokraten, ebenso wie das Bürgertum seine Plebejerseelen hat. Aristokraten, das sind Geschöpfe, die Instinkte, vielleicht ein reineres Blut als die anderen haben und die das wissen, denen bewußt ist, was sie sind, und die den Stolz haben, nicht herunterzukommen. Sie sind in der Minderheit; doch selbst wenn sie beiseite geschoben werden, merkt man, daß sie die Ersten sind; und ihre bloße Gegenwart ist den andern ein Ärgernis. Die andern sind gezwungen, sich nach ihnen zu richten oder wenigstens so zu tun. Jede Provinz, jedes Dorf, jede Menschengruppe ist gewissermaßen das, was ihre Aristokraten sind; und je nach ihrer

Art sind die Ansichten hier äußerst streng und dort locker. Die augenblickliche anarchische Zügellosigkeit der Majoritäten ändert nichts an dieser inneren Herrschaft der stummen Minderheiten. Gefahrvoller wird ihnen ihre Entwurzelung aus dem Heimatboden, ihr Verstreutwerden in die Ferne, in die großen Städte. Doch selbst so, in fremder Umgebung verloren und eins vom andern getrennt, setzen sich die Individuen eines guten Schlages durch und machen sich nicht gemein mit ihrer Umgebung. – Von alledem, was Christof in Paris gesehen hatte, kannte Sidonie so gut wie nichts und suchte nichts kennenzulernen. Die sentimentale und schmutzige Zeitungsliteratur erreichte sie ebensowenig wie die politischen Neuigkeiten. Sie wußte nicht einmal, daß es Volkshochschulen gab; und hätte sie es gewußt, so würde sie sich wahrscheinlich nicht mehr darum gekümmert haben als um das Zur-Kirche-Gehen. Sie tat ihre Arbeit und dachte ihre Gedanken, es lag ihr nichts daran, die der andern zu denken. Christof machte ihr deswegen Komplimente.

„Was ist daran verwunderlich?" sagte sie. „Ich bin wie alle. Haben Sie noch keinen Franzosen gesehen?"

„Nun lebe ich ein Jahr mitten unter ihnen", sagte Christof, „und habe noch nicht einen getroffen, der an etwas anderes als an sein Vergnügen zu denken schien oder daran, denen nachzuäffen, die dem Vergnügen leben."

„Nun ja", sagte Sidonie, „Sie haben nur Reiche gesehen. Die Reichen sind überall dieselben. Sie haben noch gar nichts gesehen."

„Doch, doch!" sagte Christof. „Ich fange an."

Zum erstenmal schaute er in das Wesen des Volkes von Frankreich, das den Eindruck ewiger Dauer macht, das mit seiner Erde verwachsen ist, das gleich ihr unzählige Eroberergeschlechter, unzählige Eintagsherren hat untergehen sehen und das selbst nicht zugrunde geht.

Es ging ihm nun besser, und er begann aufzustehen.

Seine erste Sorge war, Sidonie die Ausgaben zu vergüten, die sie während seiner Krankheit für ihn gemacht hatte. Da es ihm noch unmöglich war, in Paris nach Arbeit zu suchen, mußte er sich dazu entschließen, an Hecht zu schreiben: er bat ihn um die Gefälligkeit, ihm einen Vorschuß auf seine nächste Arbeit zu gewähren. Bei Hechts sonderbarem Gemisch von Gleichgültigkeit und Wohltun ließ die Antwort mehr als vierzehn Tage auf sich warten – vierzehn Tage, während derer Christof sich zerquälte und sich weigerte, das Essen anzurühren, das ihm Sidonie brachte, und nur ein wenig Milch und Brot annahm, wozu sie ihn zwang, was er sich gleich darauf vorwarf, weil er es nicht verdient hatte; dann bekam er plötzlich von Hecht ohne ein Wort die erbetene Summe; doch während des ganzen Monats, den seine Krankheit dauerte, erkundigte sich Hecht nicht ein einziges Mal nach seinem Befinden. Er hatte ein wahres Talent, sich selbst im Wohltun nicht beliebt zu machen. Das war übrigens deshalb so, weil sein Wohltun ohne Liebe war.

Sidonie kam täglich einen Augenblick am Nachmittag und am Abend. Sie bereitete Christof die Mahlzeiten. Ohne viel Aufhebens zu machen, kümmerte sie sich unaufdringlich um seine Sachen; und als sie den schlechten Zustand seiner Wäsche sah, nahm sie diese mit, ohne etwas zu sagen, und besserte sie aus. Unmerklich hatte sich in ihre Beziehungen ein herzlicherer Ton eingeschlichen. Christof sprach oft lange von seiner alten Mutter. Sidonie war gerührt; sie versetzte sich an die Stelle der fernen, einsamen Luise, und sie hegte für Christof ein mütterliches Empfinden. Er selbst zwang sich, im Gespräch mit ihr seinem Bedürfnis nach verwandtschaftlicher Liebe, unter dem man weit mehr leidet, wenn man schwach und krank ist, eine Befriedigung vorzutäuschen. Bei Sidonie fühlte er sich Luise näher als bei irgendeiner andern. Er vertraute ihr manchmal etwas von seinen Künstlerschmerzen an. Sie bedauerte ihn sanft und mit ein wenig Ironie für seine geistigen Leiden. Auch das erinnerte ihn an seine Mutter und tat ihm wohl.

Er suchte auch ihr Vertrauen hervorzurufen; aber sie gab sich weit weniger offen als er. Er fragte sie scherzend, ob sie nicht heiraten werde. Sie antwortete in dem ihr eigenen Ton spöttischer Resignation, daß Dienstboten so etwas nicht erlaubt sei: das mache vieles zu schwierig. Und dann müsse man auch auf den Rechten treffen, und das sei nicht so einfach. Die Männer seien ausgemachte Schurken. Wenn man Geld habe, machten sie einem den Hof; dann vertäten sie das Geld, und darauf ließen sie einen sitzen. Sie habe davon allzu viele Beispiele rings um sich gesehen: sie fühle sich nicht versucht, es ebenso zu machen. – Daß sich eine Heirat zerschlagen hatte, sagte sie nicht: als ihr „Zukünftiger" gesehen hatte, daß sie alles Geld, das sie erwarb, den Ihren gab, hatte er sie verlassen. Christof sah, wie sie im Hof mit den Kindern einer Familie aus dem Hause mütterlich spielte. Wenn sie sie allein auf der Treppe traf, so geschah es wohl, daß sie die Kleinen leidenschaftlich umarmte. Christof dachte sie sich an die Stelle einer der Damen seiner Bekanntschaft: sie war nicht dümmer, sie war nicht häßlicher als irgendeine andere; er sagte sich, daß sie den Platz jener andern besser ausgefüllt hätte. Wieviel verschüttete Lebenskraft, um die sich keiner kümmerte! Und als Gegenstück alle jene lebenden Leichname, die die Erde übervölkern und den andern den Platz an der Sonne versperren und das Glück wegnehmen!

Christof war nicht mißtrauisch. Er war sehr herzlich, zu herzlich zu ihr; wie ein großes Kind ließ er sich verhätscheln.

An manchen Tagen sah Sidonie niedergeschlagen aus; aber er schob es auf ihre Arbeit. Einmal stand sie mitten im Gespräch mit einem Ruck auf und verließ Christof unter dem Vorwand, etwas besorgen zu müssen. Nach einem Tage, an dem Christof ihr noch mehr Vertrauen als gewöhnlich bezeigt hatte, unterbrach sie schließlich ihre Besuche eine Zeitlang; und als sie wiederkam, redete sie nur gezwungen mit ihm. Er fragte sich, worin er sie wohl verletzt haben könne. Er fragte sie danach. Sie antwortete lebhaft, er habe sie durchaus nicht gekränkt; aber sie entfernte sich immer weiter von ihm. Einige Tage später teilte sie ihm mit, daß sie fortziehe. Sie habe ihre Stelle aufgegeben und verlasse das Haus. In kalten, geschraubten Ausdrücken dankte sie ihm für die Freundlichkeiten, die er ihr erwiesen habe, sprach ihm ihre Wünsche für seine Gesundheit und die seiner Mutter aus und sagte ihm Lebewohl. Er war über dieses plötzliche Fortgehen so erstaunt, daß er nicht wußte, was er dazu sagen sollte; er suchte die Gründe zu erfahren, die sie hierzu bestimmt hatten: sie antwortete ausweichend. Er fragte sie, wo sie in Stellung gehe: sie vermied die Antwort; und um seine Fragen kurz abzuschneiden, brach sie auf. An der Türschwelle reichte er ihr die Hand; sie preßte sie ein wenig stark; aber ihr Gesicht veränderte sich nicht; und bis zuletzt bewahrte sie ihre starre, eisige Miene. So ging sie fort.

Warum, das konnte er niemals verstehen.

Der Winter schien endlos. Ein feuchter, nebliger, schmutziger Winter. Wochenlang keine Sonne. Obgleich es Christof besser ging, war er noch nicht geheilt. In der rechten Lungenspitze fühlte er noch immer einen schmerzhaften Stich, eine wunde Stelle, die langsam vernarbte; und er hatte nervöse Hustenanfälle, die ihn nachts am Schlafen hinderten. Der Arzt hatte ihm verboten auszugehen. Ebensogut hätte er ihm verordnen können, an die Riviera oder nach den Kanarischen Inseln zu gehen. Er mußte doch ausgehen! Sein Mittagessen wäre nicht zu ihm gekommen, wenn er es nicht geholt hätte. – Man verschrieb ihm auch Medizinen, die er nicht zu bezahlen vermochte. So hatte er es aufgegeben, die Ärzte um Rat zu fragen: es war hinausgeworfenes Geld; und dann fühlte er sich ihnen gegenüber nie wohl; sie und er konnten sich nicht verstehen: zwei entgegengesetzte Welten. Sie empfanden ein ironisches und etwas geringschätziges Mitleid für diesen armen Teufel von Künstler, der sich anmaßte, für sich ganz allein eine Welt zu sein, und der vom Strom des Lebens wie ein Strohhalm davongespült wurde. Ihm war es eine Demütigung, von diesen Menschen betrachtet, befühlt, betastet zu werden. Er schämte sich seines kranken Körpers. Er dachte:

Wie zufrieden wäre ich, wenn *er* stürbe!

Trotz Einsamkeit, Krankheit, Elend und so vielen Veranlassungen zum Leiden trug Christof sein Schicksal mit Geduld. Niemals war er so geduldig gewesen. Er wunderte sich selber darüber. Krankheit tut oft gut. Sie zerbricht den Körper und befreit daher die Seele; sie reinigt sie: in den Nächten und Tagen aufgezwungener Untätigkeit erheben sich Gedanken, die das zu grelle Licht fürchten und die von der Sonne der Gesundheit verbrannt werden. Wer niemals krank gewesen ist, lernt sich nie ganz kennen.

Die Krankheit hatte Christof eigentümlich besänftigt. Sie hatte die gröbsten Bestandteile seines Wesens von ihm genommen. Mit zarteren Organen fühlte er die Welt geheimnisvoller Kräfte, die in jedem von uns lebt und die der Lärm des Lebens übertönt. Seit dem Besuch, den er in jenen Fieberstunden dem Louvre abgestattet, deren er sich bis ins kleinste genau erinnerte, lebte er in einer Atmosphäre, die, warm, tiefgründig und sanft, der des Gemäldes von Rembrandt ähnelte. Auch er fühlte in seinem Herzen den magischen Widerschein einer unsichtbaren Sonne. Und obgleich er nicht mehr glaubte, wußte er, daß er nicht allein war: ein Gott hielt ihn bei der Hand, führte ihn, wohin er gehen mußte. Wie ein kleines Kind vertraute er sich ihm an.

Zum erstenmal seit Jahren war er gezwungen, sich auszuruhen. Selbst die Mattigkeit der Genesung bedeutete für ihn ein Ruhen nach der außergewöhnlichen geistigen Anspannung, die der Krankheit vorangegangen war und ihn noch jetzt schwach machte. Jetzt fühlte Christof, nachdem er mehrere Monate lang in einem beständigen Spannungszustand gelebt hatte, wie sich die Starrheit seines Blickes allmählich löste. Er war nicht weniger stark; er war menschlicher. Das mächtige, aber etwas ungeheuerliche Leben des Genies war in den Hintergrund getreten; er fand sich als Mensch wie die andern wieder, von seinem geistigen Fanatismus befreit und von allem Harten und Unerbittlichen, das der Tat anhaftet. Er haßte nichts mehr; er dachte nicht mehr an aufreizende Dinge, oder nur mit einem Achselzucken; er dachte weniger an seine Kümmernisse und mehr an die der andern. Seit Sidonie ihm die schweigenden Leiden schlichter Seelen, die klaglos überall auf der Erde kämpfen, in die Erinnerung zurückgerufen hatte, vergaß er sich selber über ihnen. Er, der sonst nicht übermäßig Gefühlvolle, unterlag jetzt manchmal Anfällen jener mystischen Zärtlichkeit, welche die Blüte der Schwäche ist. Abends, wenn er aus seinem Fenster über dem Hof lehnte und den geheimnisvollen Lauten der Nacht lauschte – einer Stimme, die in einem Nachbarhause sang und die durch die Entfernung herzbewegend schien, oder dem Klavierspiel eines kleinen Mädchens, das kindlich Mozart spielte –, dachte er:

Ihr alle, die ich liebe und die ich nicht kenne, ihr, die ihr am Leben nicht welktet, die ihr von großen Dingen träumt und wißt, daß sie unmöglich sind, die ihr gegen die feindliche Welt ankämpft – ich will, daß euch das Glück werde... es tut so wohl, glücklich zu sein! – O meine Freunde, ich weiß, ihr seid nahe, und ich strecke euch die Arme entgegen... Eine Mauer ist zwischen uns. Stein für Stein trage ich sie ab; aber zur gleichen Zeit reibe ich mich auf. Werden wir jemals zueinanderkommen? Werde ich bis zu euch gelangen, bevor sich eine andere Mauer aufgerichtet hat: der Tod? – Gleichviel! Mag ich mein ganzes Leben allein sein, wenn ich nur für euch arbeite, wenn ich euch Gutes erweise und wenn ihr mich ein wenig liebt, später, nach meinem Tode...

So trank der genesende Christof die Milch der beiden guten Ammen: *Liebe und Not**.

In dieser Gelöstheit seines Willens fühlte er das Bedürfnis, sich andern zu nähern. Und obgleich er sich noch recht schwach fühlte und es gar nicht vorsichtig war, ging er am frühen Morgen zu der Stunde aus, in der sich der Volksstrom zur fernen Arbeit die belebten Straßen hinunterwälzte, oder auch abends, wenn er zurückflutete. Er wollte in dem erfrischenden Bad menschlicher Sympathie untertauchen. Er sprach nicht etwa jemand an; er trachtete nicht einmal danach. Es war ihm genug, die Leute vorübergehen zu sehen, sie zu erraten und sie zu lieben. Er beobachtete mit herzlichem Mitleid diese eilenden Arbeiter, die alle Müdigkeit des Tages gleichsam vorweggenommen hatten – diese Gesichter junger Männer und junger Mädchen mit bleichsüchtiger Haut, hartem Ausdruck, seltsamem Lächeln, diese durchsichtigen, beweglichen Gesichter, hinter denen man die Flut der Wünsche, der Sorgen, der launischen Ironie vorbeiziehen sieht, dieses intelligente, allzu intelligente, etwas angekränkelte Großstadtvolk. Alle gingen schnell, die Männer Zeitung lesend, die Frauen an einem Hörnchen knabbernd. Christof hätte gern einen Monat seines Lebens hingegeben, wenn dafür die zaushaarige Blondine mit den schlafgedunsenen Zügen, die eben mit einem nervigen, harten, kurzen Ziegenschritt an ihm vorbeikam, noch eine oder zwei Stunden länger hätte schlafen können. Oh, sie würde nicht nein gesagt haben, hätte man es ihr angeboten! Er hätte am liebsten alle reichen Müßiggänger, die zu dieser Stunde ihr Wohlleben gelangweilt genossen, aus ihren hermetisch abgeschlossenen Wohnungen geworfen und an ihre Stelle, in ihre Betten, in ihr ruhevolles Leben, diese kleinen, feurigen und müden Körper gelegt,

diese noch nicht abgestumpften Seelen, die, wenn auch nicht
überströmend, doch lebendig und lebensgierig waren. Er
fühlte sich in diesen Augenblicken voller Nachsicht gegen
sie gestimmt, und er lächelte über diese aufgeweckten und
abgehetzten Gesichtchen, in denen Schelmerei und Harmlosigkeit lagen, eine kecke und naive Vergnügungslust und
im Grunde ein tapferes, anständiges und arbeitsames Seelchen. Es störte ihn nicht, wenn einige ihm ins Gesicht lachten oder sich mit dem Ellbogen anstießen, um auf den großen Burschen mit den brennenden Augen hinzuweisen.

Auch auf den Kais schlenderte er träumend umher. Das
war sein liebster Spaziergang. Er beruhigte ein wenig sein
Heimweh nach dem großen Strom, der seine Kindheit ge-
wiegt hatte. Ach, das war ohne Zweifel nicht mehr der
Vater Rhein*! Nichts von seiner allmächtigen Kraft. Nichts
von breiten Horizonten, weiten Ebenen, in denen der Geist
schwebt und sich verliert. Ein grauäugiger Fluß in blaß-
grünem Kleid, mit feinen, ausgeprägten Zügen, ein anmu-
tiger Fluß mit geschmeidigen Bewegungen, der sich mit
geistreicher Lässigkeit dahinschlängelte und im kostbaren,
maßvollen Schmuck seiner Stadt, den Armbändern seiner
Brücken, den Halsketten seiner Bauten, gleich einer schönen Spaziergängerin der eigenen Hübschheit zulächelte...
Köstliches Licht von Paris! Das war das erste gewesen, was
Christof an dieser Stadt geliebt hatte; sacht, sacht drang es
in ihn ein; nach und nach wandelte es, ohne daß er es
merkte, sein Herz. Es war für ihn die schönste Musik, die
einzige Pariser Musik. Stundenlang genoß er abends längs
der Kais oder in den Gärten des alten Frankreichs die Harmonien des Tageslichts über den großen, in veilchenfarbe-
nem Dunst gebadeten Bäumen, den grauen Bildwerken und
Vasen, dem patinierten Stein königlicher Gebäude, der das
Licht von Jahrhunderten getrunken hatte – genoß diese
unendlich zarte Luft, die aus feiner Sonne und milchigem
Dunst geschaffen ist, darin in einem Silberstaub der
lachende Geist des Volkes schwebt.

Eines Abends lehnte er in der Nähe der Pont Saint-Michel und blätterte, während er auf das Wasser schaute, zerstreut in den Büchern eines Bouquinisten, die auf dem Gestell ausgebreitet lagen. Zufällig öffnete er einen zerfetzten Band von Michelet. Er hatte schon einmal ein paar Seiten dieses Historikers gelesen, der ihm wegen seiner französischen Großsprecherei, seiner Fähigkeit, sich an Worten zu berauschen, und seines erregten Vortrags nicht allzusehr gefallen wollte. An jenem Abend aber war er von den ersten Zeilen an gepackt: es war das Ende des Prozesses der Jeanne d'Arc. Er kannte durch Schiller die Jungfrau von Orleans; doch sie war für ihn bis dahin nur eine romanhafte Heldin gewesen, der ein großer Dichter ein erträumtes Leben verliehen hatte. Plötzlich stand die Wahrheit vor ihm auf und hielt ihn fest. Er las, er las, und sein Herz wurde von dem tragischen Entsetzen des erhabenen Berichtes zermalmt; und als er dahin kam, wo Johanna erfährt, daß sie am Abend sterben soll, und wo sie vor Schreck ohnmächtig wird, begannen seine Hände zu zittern, Tränen übermannten ihn, und er mußte aufhören. Die Krankheit hatte ihn geschwächt; er war lächerlich empfindsam geworden, was ihn aufbrachte. – Als er seine Lektüre beenden wollte, war es spät, und der Händler schloß seinen Stand. Er wollte das Buch kaufen und suchte in seinen Taschen; er fand nur sechs Sous. Es kam nicht selten vor, daß er so aller Mittel bar war. Das bekümmerte ihn nicht; er hatte eben sein Essen gekauft, und er zählte darauf, am nächsten Morgen bei Hecht etwas Geld für eine Musikabschrift zu bekommen. Aber bis zum nächsten Morgen warten, das war hart. Warum hatte er für sein Essen das wenige, was ihm geblieben war, gerade ausgegeben? Ach, hätte er dem Händler doch das Brot und die Wurst, die er in der Tasche trug, als Bezahlung anbieten können!

Am nächsten Morgen ging er sehr früh zu Hecht, um Geld zu holen; aber als er bei der Brücke vorbeikam, die den Namen des Erzengels der Schlachten trägt – Johannas „Bruder im Paradiese" –, brachte er es nicht übers Herz, vorüberzugehen. Er fand das kostbare Buch in den Kästen des Bouquinisten wieder; er las es ganz und gar; fast zwei Stunden brauchte er dazu; dadurch verfehlte er die Zusammenkunft mit Hecht; und um ihn später zu treffen, verlor er fast den ganzen Tag. Endlich bekam er seinen neuen Auftrag und wurde bezahlt. Sofort lief er hin, das Buch zu kaufen. Er befürchtete, ein anderer Käufer könnte es ihm genommen haben. Allerdings wäre das Unglück nicht groß gewesen: er konnte sich leicht andere Exemplare verschaffen; aber Christof wußte nicht, ob das Buch nicht selten war; und außerdem wollte er gerade diesen Band und keinen andern. Wer Bücher liebt, ist meistens Fetischist. Die Blätter, aus denen der Quell der Träume sprudelte, sind, selbst beschmutzt und fleckig, für ihn etwas Geheiligtes.

Zu Hause las Christof in der Stille der Nacht noch einmal das Leidensevangelium der Johanna; und keinerlei Rücksicht auf Menschen zwang ihn mehr, seine Rührung zurückzuhalten. Zärtlichkeit, unendliches Mitleid und unendlicher Schmerz erfüllten ihn für die arme Schäferin; er sah sie vor sich: in ihren derben roten Bauernkleidern, groß, schüchtern, mit sanfter Stimme, beim Klang der Glocken träumend (die liebte sie wie er), sah sie mit ihrem schönen Lächeln voller Zartheit und Güte, stets bereit, Tränen zu vergießen: Tränen der Liebe, Tränen des Mitleids, Tränen der Schwäche; denn sie war gleichzeitig so männlich und so ganz weiblich, die reine, tapfere Jungfrau, die den wilden Willen eines Räuberheeres bändigte und mit ihrem unerschrockenen Sinn, ihrem Frauenzartgefühl und ihrer sanften Stetigkeit, allein und von allen verlassen, Monate hindurch die Drohungen und die heuchlerischen Schliche einer Meute von Pfaffen und Richtern vereitelte – von Wölfen und Füchsen, die sie mit blutunterlaufenen Augen und gefletschten Zähnen umstellten.

Was Christof am meisten bewegte, war ihre Güte, ihre Herzensweichheit: sie weinte nach den Siegen, sie beweinte die toten Feinde, die, die sie geschmäht hatten, sie tröstete sie, wenn sie verwundet waren, und machte ihnen das Sterben leichter, sie war ohne Bitterkeit gegen die, die sie überantworteten, und noch auf dem Scheiterhaufen, als die Flammen emporzüngelten, dachte sie nicht an sich, sondern litt um den Mönch, der sie ermahnte, und zwang ihn zum Weggehen. Sie war *sanft im bittersten Kampfe, gut unter den Bösen, friedfertig selbst im Kriege. In den Krieg, diesen Triumph des Teufels, trug sie den Geist Gottes.*

Und Christof ging in sich und dachte:

Ich habe vom Geist Gottes nicht genug ins Leben getragen.

Er las von neuem die schönen Worte des Evangelisten der Johanna:

Bei der Menschen Ungerechtigkeiten und des Schicksals Härten gut sein, gut bleiben... Bei allem scharfen Streit Sanftmut und Wohlwollen bewahren, Prüfungen erdulden, ohne ihnen zu erlauben, an den inneren Schatz zu rühren...

Und er wiederholte für sich:

Ich habe gesündigt. Ich war nicht gut. Es hat mir an Wohlwollen gefehlt. Ich war zu streng. – Verzeiht. Glaubt nicht, daß ich euer Feind bin, ihr, die ich bekämpfe. Ich möchte euch Gutes tun, euch auch... Aber ich muß euch doch hindern, das Böse zu tun...

Und da er kein Heiliger war, genügte es, daß er ihrer nur gedachte, und sein Haß erwachte von neuem. Am wenigsten verzieh er ihnen, daß es einem, wenn man sie sah, wenn man Frankreich durch sie hindurch sah, unmöglich wurde, sich vorzustellen, daß eine solche Blume von Reinheit und heroischer Poesie jemals auf diesem Boden sprießen konnte. Und doch war es so. Wer durfte sagen, daß sie nicht auch ein zweites Mal aus ihm hervorgehen könne? Das heutige Frankreich konnte nicht schlimmer als das Karls VII. sein, als die unzüchtige Nation, aus der die

Jungfrau hervorging. Der Tempel war jetzt leer, besudelt, halb zerstört. Gleichviel! Gott hatte darin gesprochen.

Christof suchte einen Franzosen, den er lieben könnte, um der Liebe zu Frankreich willen.

Es war gegen Ende März. Seit Monaten hatte sich Christof mit niemandem unterhalten noch irgendeinen Brief empfangen, nur ab und zu ein paar Worte von der alten Mutter, die nicht wußte, daß er krank war, die ihm nicht schrieb, daß sie krank war. Seine ganzen Beziehungen zur Welt beschränkten sich auf die Gänge in die Musikalienhandlung, um Arbeit abzuholen oder hinzubringen. Er ging hin zu Zeiten, da er wußte, daß Hecht nicht dort war – damit er nicht mit ihm zu reden brauchte. Überflüssige Vorsicht; denn das einzige Mal, da er Hecht traf, fragte dieser kaum mit ein paar gleichgültigen Worten nach seiner Gesundheit.

So war er denn in ein Gefängnis des Schweigens gesperrt, als er eines Morgens eine Einladung von Frau Roussin zu einem musikalischen Abend erhielt: ein berühmtes Quartett sollte sich dort hören lassen. Der Brief war äußerst liebenswürdig, und Roussin hatte ein paar freundschaftliche Zeilen hinzugefügt. Er war auf sein Zerwürfnis mit Christof nicht sehr stolz. Er war es um so weniger, als er sich unterdessen mit seiner Sängerin überworfen hatte und sie nun ohne Rücksicht beurteilte. Er war ein guter Junge; er war Leuten, denen er Unrecht getan hatte, niemals böse. Und wenn seine Opfer mehr Empfindlichkeit als er gezeigt hätten, so wäre ihm das lächerlich erschienen. Darum, wenn er das Vergnügen hatte, sie wiederzusehen, zögerte er nicht, ihnen die Hand zu reichen.

Christofs erste Regung war, die Achseln zu zucken und sich zu schwören, daß er nicht hingehen werde. Je näher aber der Tag des Konzertes heranrückte, um so schwankender wurde er. Er konnte es nicht mehr ohne ein menschliches Wort aushalten, vor allem aber nicht ohne einen Ton Musik. Doch immer wieder sagte er sich, er werde den Fuß nicht mehr über die Schwelle dieser Leute setzen. Als aber der Abend gekommen war, ging er hin, ganz beschämt über seine Feigheit.

Er bekam auch seine Strafe dafür. Kaum befand er sich wieder in diesem Kreise von Politikern und Snobs, als er sich von heftigerem Widerwillen gegen sie ergriffen fühlte als je zuvor: denn in den Monaten seiner Einsamkeit hatte er sich dieser Menagerie entwöhnt. Unmöglich, hier Musik anzuhören: es war Entweihung. Christof beschloß, sofort nach dem ersten Stück wegzugehen.

Seine Augen überblickten den ganzen Kreis unsympathischer Gesichter und Gestalten. Da trafen sie am Ende des Salons auf ein Paar Augen, die ihn anschauten und sich sofort abwandten. Eine unbestimmbare Aufrichtigkeit lag in ihnen, die ihm unter den abgestumpften Blicken der andern auffiel. Schüchterne Augen waren es, aber klar, scharf blickend, französische Augen, die, wenn sie sich einmal auf jemanden richten, ihn mit vollkommener Wahrhaftigkeit ansehen, Augen, die nichts von sich selbst verbergen und denen vielleicht nichts verborgen bleibt. Er kannte diese Augen, doch er kannte nicht das Gesicht, das sie erhellten. Es gehörte einem jungen Mann zwischen zwanzig und fünfundzwanzig Jahren von kleiner, ein wenig vorgeneigter Gestalt, schwächlichem Aussehen, mit bartlosem und kränklichem Gesicht, kastanienbraunen Haaren und unregelmäßigen und feinen Zügen von einer gewissen Asymmetrie, die dem Ausdruck etwas wenn auch nicht Beunruhigendes, so doch ein wenig Unruhiges gab, das nicht ohne Reiz war und der Ruhe der Augen zu widersprechen schien. Er stand aufrecht in einer Türöffnung, und niemand beachtete ihn. Von neuem sah Christof ihn an, und jedesmal begegnete er diesen Augen, die sich mit liebenswürdigem Ungeschick schüchtern abwandten; und jedesmal war es bei ihm ein „Wiedererkennen": er hatte den Eindruck, als ob er sie schon in einem andern Gesicht gesehen habe.

Da er wie gewöhnlich unfähig war, zu verbergen, was er fühlte, ging Christof auf den jungen Mann zu; aber während er sich ihm näherte, fragte er sich, was er denn zu ihm sagen sollte; und er zögerte unentschlossen und sah nach rechts und links, als ob er nur aufs Geratewohl den Raum durchquere. Der andere ließ sich dadurch nicht täuschen, er begriff, daß Christof auf ihn zukam; bei dem Gedanken, mit ihm sprechen zu sollen, wurde er so eingeschüchtert, daß er sich versucht fühlte, ins Nebenzimmer zu gehen; aber gerade seine Verlegenheit nagelte ihn am Platze fest. Sie standen sich gegenüber. Einige Augenblicke vergingen, bevor es ihnen gelang, ins Gespräch zu kommen. Je mehr sich die Situation ausdehnte, um so lächerlicher glaubte einer in des anderen Augen zu erscheinen. Schließlich schaute Christof dem jungen Mann ins Gesicht und sagte ohne weitere Umschweife lächelnd und in barschem Ton:

„Sie sind kein Pariser?"

Bei dieser unerwarteten Frage lächelte der junge Mann trotz seiner Verlegenheit und antwortete mit Nein. Seine schwache Stimme war voll verschleierten Wohlklangs und glich einem zerbrechlichen Instrument.

„Das dachte ich mir", meinte Christof.

Und als er sah, daß diese sonderbare Bemerkung den andern etwas verwirrte, fügte er hinzu:

„Das ist kein Vorwurf."

Doch die Verlegenheit seines Gegenübers nahm dadurch nur zu.

Erneutes Schweigen trat ein. Der junge Mensch machte Anstrengungen, zu sprechen, seine Lippen zitterten; man fühlte, er hatte einen ganz fertigen Satz auf der Zunge, konnte sich aber nicht entschließen, ihn herauszubringen. Christof forschte neugierig in dem beweglichen Gesicht, unter dessen durchsichtiger Haut man kleine Schauder hinstreichen sah. Er schien nicht von derselben Art wie die andern ringsum in diesem Salon: gedrungene Gesichter aus schwerem Stoff, die nur eine Verlängerung des Halses, ein Stück Körper waren. Hier tauchte die Seele an die Oberfläche empor; in jedem kleinsten Teilchen war geistiges Leben.

Er brachte es nicht fertig zu reden. Christof fuhr gutmütig fort:

„Was tun Sie hier unter diesen Geschöpfen?"

Er sprach ganz laut und mit jener befremdenden Ungebundenheit, um derentwillen man ihn haßte. Der verlegene junge Mann konnte nicht umhin, sich umzuschauen, ob man sie auch nicht hörte, und diese Bewegung mißfiel Christof. Dann fragte er, statt zu antworten, mit einem linkischen und artigen Lächeln:

„Und Sie?"

Christof fing an zu lachen, sein etwas schweres Lachen.

„Ja, und ich?" meinte er gutlaunig.

Der junge Mann faßte sich plötzlich ein Herz.

„Wie ich Ihre Musik liebe!" sagte er mit erstickter Stimme. Dann hielt er inne und machte von neuem vergebliche Versuche, seine Schüchternheit zu besiegen. Er errötete; er fühlte es, und sein Erröten wurde stärker und überzog Schläfen und Ohren. Christof sah ihn lächelnd an und hatte Lust, ihn zu umarmen. Der junge Mensch schaute mit entmutigten Augen zu ihm auf.

„Nein, wirklich", sagte er, „ich kann nicht... Ich kann nicht davon sprechen... nicht hier..."

Christof ergriff seine Hand, mit einem stummen Lachen seines geschlossenen großen Mundes. Er fühlte, wie die mageren Finger des Unbekannten leicht an seiner flachen Hand bebten und sie mit unwillkürlicher Zärtlichkeit umfaßten. Und der junge Mann fühlte die starke Hand Christofs, die seine Hand voll Zuneigung fast zerdrückte. Rings um sie verschwand der Lärm des Salons. Sie waren allein und verstanden, daß sie Freunde waren.

Eine Sekunde später kam Frau Roussin, berührte Christofs Arm leicht mit ihrem Fächer und sagte:

„Ich sehe, daß Sie Bekanntschaft miteinander gemacht haben und daß es unnötig ist, Sie vorzustellen. Dieser große Junge ist heute abend Ihretwegen gekommen."

Darauf trennten sie sich etwas verlegen voneinander.

Christof fragte Frau Roussin:

„Wer ist das?"

„Wie", rief sie aus, „Sie kennen ihn nicht? Es ist ein kleiner Dichter, der sehr hübsch schreibt. Einer Ihrer Verehrer. Er ist recht musikalisch und spielt gut Klavier. Aber es tut nicht gut, vor ihm die Rede auf Sie zu bringen: er ist in Sie verliebt. Neulich wäre er Ihretwegen beinah in Streit mit Lucien Lévy-Cœur geraten."

„Ah, der brave Junge!" sagte Christof.

„Ja, ich weiß, Sie sind gegen diesen armen Lucien ungerecht; und doch liebt auch er Sie."

„Ach, sagen Sie mir das nicht! Ich würde mich hassen."

„Ich versichere es Ihnen!"

„Niemals! Ich verbiete es ihm."

„Genau, was Ihr Verliebter getan hat. Sie sind einer so verrückt wie der andere. Lucien war dabei, uns eins Ihrer Werke zu erklären. Da stand dieser schüchterne kleine Mensch, den Sie eben gesehen haben, vor Zorn bebend auf und verbot ihm, von Ihnen zu sprechen. Haben Sie schon eine solche Anmaßung gesehen? Zum Glück war ich da. Ich habe nicht Partei genommen; und er hat sich schließlich entschuldigt."

„Armer Kleiner!" meinte Christof.

Er war bewegt.

„Wo ist er hingekommen?" fuhr er fort, ohne auf Frau Roussin zu hören, die von etwas anderem zu ihm sprach.

Er machte sich auf die Suche nach ihm. Aber der unbekannte Freund war verschwunden. Christof kehrte zu Frau Roussin zurück.

„Sagen Sie mir, wie er heißt."

„Wer?" fragte sie.

„Der, von dem Sie eben sprachen."

„Ihr kleiner Dichter?" meinte sie. „Er heißt Olivier Jeannin."

Das Echo dieses Namens klang in Christofs Ohren wie eine bekannte Musik. Die Umrisse eines jungen Mädchens zogen eine Sekunde an seinem inneren Auge vorüber. Aber das neue Bild, das Bild des Freundes, verlöschte sie sofort.

Christof kehrte heim. Inmitten der Menge ging er durch die Straßen von Paris. Er sah und hörte nichts. Seine Sinne waren für alles, was ihn umgab, verschlossen. Er war wie ein See, den ein Felsenrund von der übrigen Welt abschließt. Kein Hauch, kein Lärm, keine Unruhe war in ihm, nur Friede. Er sagte sich wieder und wieder:

Ich habe einen Freund.

Sechstes Buch

ANTOINETTE

Meiner Mutter

Die Jeannins waren eine jener alten französischen Familien, die sich, seit Jahrhunderten in demselben Provinzwinkel ansässig, von jeder Vermischung mit Fremden rein erhalten. Trotz aller Veränderungen, die sich in den Gesellschaftsschichten vollziehen, gibt es mehr solche Familien in Frankreich, als man glaubt. Es bedarf einer bedeutenden Umwälzung, sie dem Boden zu entreißen, in dem sie tief verwurzelt sind, ohne es selbst zu wissen. Die Vernunft hat an dieser Anhänglichkeit gar keinen, der persönliche Vorteil nur einen sehr geringen Anteil; und was die gelehrte sentimentalische Neigung zu historischen Erinnerungen betrifft, so kommt sie nur für ein paar Literaten in Betracht. Was mit unüberwindlicher Umklammerung fesselt, das ist die den gewöhnlichsten und den bedeutendsten Menschen gemeinsame dunkle und mächtige Empfindung, seit Jahrhunderten ein Stück dieser Erde zu sein, ihr Leben zu leben, ihre Luft zu atmen, ihr Herz an dem eigenen schlagen zu hören gleich zwei Seite an Seite schlafenden Wesen, ihr unmerkliches Erschauern wahrzunehmen, die tausend Nuancen der Stunden, der Jahreszeiten, der hellen oder trüben Tage, die Stimmen und das Schweigen der Dinge. Und es sind weder die schönsten Gegenden noch die, in denen das Leben am lieblichsten ist, die das Herz vor allem gefangennehmen, sondern jene, wo die Erde am schlichtesten, am bescheidensten, dem Menschen am nächsten ist und in einer innigen und vertrauten Sprache zu ihm redet.

So war die Gegend im Herzen Frankreichs, wo die Jeannins lebten. Ein ebener, feuchter Landstrich, eine alte verschlafene kleine Stadt, die ihr gelangweiltes Gesicht im trüben Wasser eines regungslosen Kanals spiegelt. Ringsumher einförmige Felder, beackerter Boden, Wiesen, kleine

Wasserläufe, große Wälder und wieder Felder, Felder...
Nichts Malerisches, kein Denkmal, keine Erinnerung.
Nichts ist dazu angetan, anzuziehen – alles ist dazu angetan, festzuhalten. In dieser Verschlafenheit und Benommenheit liegt eine geheime Kraft. Der, dessen Geist sie zum erstenmal verspürt, leidet darunter und setzt sich zur Wehr; wer aber seit Menschenaltern ihre Wirkung erfahren hat, kann sich nicht mehr von ihr befreien; er ist bis ins Mark davon erfüllt. Diese Reglosigkeit der Dinge, diese stimmungsvolle Langeweile, diese Einförmigkeit haben für ihn einen Reiz, eine tiefe Süße, über die er sich keine Rechenschaft gibt, die er verlästert, die er aber liebt und nicht zu vergessen vermöchte.

In dieser Gegend hatten die Jeannins immer gelebt. Man konnte die Spuren der Familie in der Stadt und in der Umgebung bis zum 16. Jahrhundert zurückverfolgen; denn natürlich gab es einen Großonkel, der sein Leben damit verbracht hatte, den Stammbaum dieser unbekannten und arbeitsamen kleinen Leute aufzustellen: Bauern, Pächter, Dorfhandwerker, dann Geistliche, Landnotare; schließlich hatten sie es dahin gebracht, sich in der Unterpräfektur des Kreises festzusetzen. Dort war Augustin Jeannin, der Vater des jetzigen Jeannin, ein sehr geschickter Bankier gewesen: ein gewandter Mann, durchtrieben und starrsinnig wie ein Bauer, im Grunde anständig, doch ohne übertriebene Skrupel, ein tüchtiger Arbeiter und Genußmensch, der seiner gewitzten Biederkeit, seiner derben Geradheit und seines Vermögens wegen zehn Meilen in der Runde geachtet und gefürchtet war. Untersetzt, stark, kräftig, mit lebhaften Äuglein in einem großen, roten, blatternarbigen Gesicht, hatte er einst als Schürzenjäger von sich reden gemacht, und die Neigung dazu war ihm noch nicht ganz abhanden gekommen. Er liebte derbe Späße und gute Mahlzeiten. Man mußte ihn bei Tisch sehen, wo ihm sein

Sohn Antoine mit ein paar alten Freunden desselben Schlages, dem Friedensrichter, dem Notar, dem Oberkirchenvorsteher, die Spitze bot. (Der alte Jeannin war zwar ein großer Pfaffenfresser, aber er verstand sich auch zu einer gemeinsamen Fresserei mit einem Pfaffen, falls der Pfaffe tüchtig dabei war.) Es waren handfeste Kerle, aus dem gleichen Holze geschnitzt wie ihre Landsleute bei Rabelais. Wenn sie beisammen waren gab es ein Feuerwerk von ungeheuerlichen Späßen, Faustschläge auf den Tisch, brüllendes Gelächter. Die Ausbrüche dieser Heiterkeit steckten die Dienstboten in der Küche und die Nachbarn auf der Straße an.

Dann hatte sich der alte Jeannin eine Lungenentzündung zugezogen, als es ihm an einem sehr heißen Sommertage in den Sinn gekommen war, in Hemdsärmeln in den Keller hinabzusteigen, um seinen Wein auf Flaschen zu ziehen. Binnen vierundzwanzig Stunden war er in die andere Welt abgereist, an die er keineswegs glaubte, mit allen Sakramenten der Kirche versehen, wie es sich für einen guten Bürger und Provinzialvoltairianer ziemt, der sich im letzten Augenblick bereden läßt, damit ihn die Frauen in Frieden lassen und weil es ja nicht darauf ankommt – und dann, weil man doch niemals weiß...

Sein Sohn Antoine war ihm in seinem Geschäft gefolgt. Er war ein dickes, rotwangiges, blühend aussehendes Männchen mit glattem Gesicht und englischem Backenbart; er redete hastig und undeutlich, vollführte viel Lärm und fuhr mit lebhaften und ruckartigen Gebärden hin und her. Er besaß nicht die finanztechnische Klugheit seines Vaters, war aber ein recht guter Verwalter. Er brauchte die angefangenen Unternehmungen bloß gemächlich weiterzuführen, damit sie durch die einfache Tatsache ihrer Dauer ständig an Umfang gewännen. In der Gegend genoß er den Ruf eines guten Geschäftsmannes, obgleich ihm selber am Erfolg seiner Angelegenheiten nur wenig Verdienst zukam. Er verwendete nur Regelmäßigkeit und Fleiß auf sie. Übrigens war er durchaus ehrenhaft und flößte überall verdiente Achtung ein. Sein umgängliches, offenes Wesen, einigen vielleicht etwas zu vertraulich, ein wenig zu ausladend, zu volkstümlich, hatte ihm in der kleinen Stadt und der Umgegend einen gediegenen Ruf eingebracht. Mit Geld war er nicht verschwenderisch, dafür aber mit Gefühlen; die Träne hatte er schnell im Auge, und der Anblick eines Elends rührte ihn aufrichtig und in einer Art, die nicht verfehlte, auf das Opfer des Elends Eindruck zu machen.

Die Politik nahm, wie bei den meisten Kleinstädtern, einen großen Raum in seinem Denken ein. Er war ein glühend gemäßigter Republikaner, liberal und unduldsam, patriotisch und nach dem Vorbild seines Vaters äußerst antiklerikal. Er gehörte zum Gemeinderat, und es war ihm wie seinen Kollegen ein Vergnügen, dem Pfarrer des Kirchspiels oder dem Fastenprediger, der unter den Damen der Stadt soviel Begeisterung erregte, irgendein Schnippchen zu schlagen. Man darf dabei allerdings nicht vergessen, daß der Antiklerikalismus der französischen Provinzstädtchen immer mehr oder weniger eine Episode der Ehekriege bedeutet, eine versteckte Form jenes dumpfen und erbitterten Kampfes zwischen Ehemännern und Frauen, der sich in fast allen Häusern findet.

Antoine Jeannin hatte auch literarischen Ehrgeiz. Wie die Provinzler seiner Generation war er mit lateinischen Klassikern großgezogen worden, von denen er ein paar Seiten auswendig wußte, dazu eine Menge geflügelter Worte: von La Fontaine, von Boileau – dem Boileau der *Art Poétique* und vor allem des *Lutrin* –, von dem Verfasser der *Pucelle* und von den Poetae minores des französischen 18. Jahrhunderts, in deren Geschmack er sich bemühte, Verse zu machen. Er war nicht der einzige in seinem Bekanntenkreis, der dieses Steckenpferd ritt; und es erhöhte seinen Ruf. Man zitierte von ihm Schwänke in Versen, Vierzeiler, Knittelverse, Akrostichen, Epigramme und Lieder, von denen einige sogar ziemlich gewagt und nicht ohne eine gewisse Sinnlichkeit waren. Die Mysterien der Verdauung waren dabei nicht vergessen: die Muse der Loire-Gegend benutzt ihre Trompete gern nach dem Vorbild des berühmten Danteschen Teufels:

> Ed egli avea del cul fatto trombetta.

Dieser robuste, joviale und tatkräftige kleine Mann hatte eine Frau von ganz anderem Schlag genommen: die Tochter eines Magistratsbeamten des Ortes, Lucie de Villiers. Die „de Villiers" hießen eigentlich „Devilliers": ihr Name hatte sich mit der Zeit nur gespalten wie ein Kiesel, der, einen Abhang hinunterrollend, in zwei Teile zerspringt. Bei ihnen wurde der Sohn Magistratsbeamter wie der Vater; sie gehörten zu jenem alten französischen Parlamentarierschlag, der einen hohen Begriff von Gesetz und Pflicht hatte, von gesellschaftlichen Regeln, von persönlicher und besonders beruflicher Würde, die durch untadlige Anständigkeit – mit einer kleinen philiströsen Färbung – gestützt wurde. Im vergangenen Jahrhundert hatten sie sich mit der Jansenistischen Fronde eingelassen, und es war von dieser Zeit her mit der Verachtung jesuitischen Geistes etwas Pessimistisches, ein etwas brummiges Wesen an ihnen haftengeblieben. Sie sahen das Leben nicht in rosigem Licht; und weit davon entfernt, die Schwierigkeiten zu ebnen, die es ihnen entgegenstellte, hätten sie sich am liebsten noch welche angehäuft, nur um mit gutem Grund darüber jammern zu können. Lucie de Villiers zeigte einige dieser Züge, die dem nicht sehr verfeinerten Optimismus ihres Mannes entgegengesetzt waren. Sie war groß, einen ganzen Kopf größer als er, hager, gut gebaut; sie verstand es, sich anzuziehen, doch mit einer etwas steifen Eleganz, die sie stets, als wäre es ihre Absicht, älter erscheinen ließ, als sie war. Sie stand moralisch sehr hoch, war aber gegen andere streng; sie duldete keinerlei Fehler, kaum einmal Eigenheiten; sie galt für kalt und hochmütig; zudem war sie sehr fromm, was der ewige Streitpunkt zwischen den Eheleuten blieb. Im übrigen liebten sie sich sehr und hätten einander, obgleich sie sich häufig stritten, nicht entbehren können. Sie waren beide recht unpraktisch: er aus Mangel an Psychologie (er war immer in Gefahr, auf gutmütige Gesichter und schöne Worte hereinzufallen), sie aus völliger Unerfahrenheit in Geschäftsdingen (da sie stets davon ferngehalten wurde, interessierte sie sich nicht dafür).

Sie hatten zwei Kinder: ein Mädchen, Antoinette, und einen um fünf Jahre jüngeren Knaben, Olivier.

Antoinette war eine hübsche Brünette, die ein rundes, anmutiges und braves, echt französisches Gesichtchen mit lebhaften Augen, gewölbter Stirn, feinem Kinn und einem geraden Näschen hatte – *eine jener feinen, edlen Nasen, die höchst artig ist und an welcher* (wie ein alter französischer Porträtist es recht hübsch beschrieb) *ein gewisses, unmerkliches Spielchen vor sich ging, das die Physiognomie belebte und, ob sie sprach oder ob sie lauschte, die Zartheit der inneren Regungen verriet.* Von ihrem Vater hatte sie die Heiterkeit und die Sorglosigkeit geerbt.

Olivier war ein zarter Blondkopf; wie sein Vater von kleiner Gestalt, aber von ganz anderer Natur. Während seiner Kindheit war seine Gesundheit durch fortgesetzte Krankheiten schwer erschüttert worden; und war er auch deswegen um so mehr von all den Seinen verwöhnt worden, so war er durch seine körperliche Schwäche doch frühzeitig ein melancholischer kleiner Junge geworden, ein Träumer, der vor dem Tode Furcht hatte und für das Leben sehr schlecht gewappnet war. Er blieb einsam, ebensosehr aus Schüchternheit wie aus Neigung; die Gesellschaft anderer Kinder floh er: er fühlte sich unter ihnen nicht wohl; ihr Spiel, ihre Schlachten waren ihm zuwider; ihre Gewalttätigkeit flößte ihm Abscheu ein. Er ließ sich von ihnen schlagen, wenn auch nicht aus Mangel an Mut, so doch aus Schüchternheit, weil er fürchtete, den anderen bei der Verteidigung wehe zu tun. Hätte die Stellung seines Vaters ihn nicht geschützt, so würden seine Kameraden ihm das Leben zur Qual gemacht haben. Er war weichherzig und von krankhafter Empfindlichkeit. Ein Wort, ein Zeichen der Zuneigung, ein Vorwurf lösten bei ihm Ströme von Tränen aus. Seine Schwester, die viel gesünder war, machte sich über ihn lustig und nannte ihn den „kleinen Springbrunnen".

Die beiden Kinder liebten einander von ganzem Herzen; aber sie waren zu verschieden, um ihre Tage miteinander zu verbringen. Jedes ging für sich und hing seinen Träumen nach. Mit dem Heranwachsen wurde Antoinette immer hübscher. Man sagte es ihr, und sie wußte es wohl: sie war froh darüber und erdichtete schon Zukunftsromane. Der kränkliche und trübsinnige Olivier fühlte sich durch jede Berührung mit der Außenwelt beständig verwundet, und er flüchtete sich in seine eigene sonderbare kleine Gedankenwelt; er erzählte sich Geschichten. Ein glühendes und weibliches Bedürfnis, zu lieben und geliebt zu werden, erfüllte ihn; und da er immer für sich, fern von allen Altersgenossen, lebte, hatte er sich zwei oder drei erträumte Freunde geschaffen: der eine hieß Jean, der andere Etienne und der dritte François. Immer war er mit ihnen zusammen. So kam es, daß er niemals mit denen zusammen war, die um ihn lebten. Er schlief nicht viel und träumte doch unaufhörlich. Morgens, wenn man ihn aus seinem Bett gezogen hatte, vergaß er träumend, wo er war, während seine beiden Beinchen nackt aus dem Bett hingen oder, was oft genug vorkam, mit zwei Strümpfen über demselben Bein. Beide Hände in der Waschschüssel, träumte er immer noch weiter; er träumte an seinem Arbeitstisch, wenn er eine Zeile schrieb, wenn er seine Aufgabe lernte: er träumte stundenlang – und hinterher merkte er plötzlich voller Schrecken, daß er nichts gelernt hatte. Bei Tisch fuhr er zusammen, sobald man das Wort an ihn richtete; ein paar Minuten dauerte es, bis er auf eine Frage antwortete. Mitten im Satz vergaß er, was er sagen wollte. Er vertiefte sich in das Raunen seiner Gedankenwelt, und er ließ die vertrauten Eindrücke des gleichförmigen Provinzlebens, das gemächlich dahinfloß, auf sich wirken: das große, halb leerstehende Haus, das man nur zum Teil bewohnte; die riesenhaften, furchterregenden Keller und Böden; die geheimnisvoll verschlossenen Zimmer mit den herabgelassenen Läden, den überzogenen Möbeln, den verhängten Spiegeln, den verhüllten Lüstern; die alten Familienporträts mit dem aufdringlichen Lächeln; die Stiche aus der Empirezeit mit ihrem tugendsamen und schelmischen Heldentum: *Alkibiades und Sokrates bei der Kurtisane, Antiochus und Stratonike, Die Geschichte des Epaminondas, Belisar als Bettler*... Draußen das Gelärm des Hufschmiedes in der gegenüberliegenden Schmiede – der hinkende Takt der Hämmer auf dem Amboß, das Schnaufen des Blasebalgs, der Geruch des verbrannten Horns –, das Klatschen der Waschbleuel von den am Uferrand kauernden Wäscherinnen, die dumpfen Schläge des Hackmessers, das der Fleischer im Nachbarhause führte, der Schritt eines Pferdes, der auf dem Straßenpflaster klang, das Quietschen einer Pumpe, die Drehbrücke über dem Kanal, die langsam von einem Tau gezogenen schweren Schiffe, die, mit Holzstößen beladen, an dem mit Blumen bestandenen Fenster vorüberfuhren, der kleine gepflasterte Hof mit einem Fleckchen Erde, wo inmitten eines Geranien- und Petunienteppichs zwei Fliedersträuche wuchsen, und auf der Terrasse am Kanal die Kübel mit den blühenden Lorbeer- und Granatbäumen; manchmal der Lärm eines nahen Jahrmarktes, Bauern in leuchtend blauen Blusen und grunzende Schweine... Und sonntags in der Kirche war der Kantor, der so falsch sang, der alte Pfarrer, der beim Lesen der Messe einschlief; und dann der Familienspaziergang in der Bahnhofsallee, wo man seine Zeit damit verbrachte, vor anderen Unglücklichen, die sich ebenfalls verpflichtet fühlten, gemeinsam spazierenzugehen, feierlich den Hut zu ziehen –

bis man endlich in die übersonnten Felder gelangte, über denen sich die unsichtbaren Lerchen wiegten; oder es ging am spiegelnden toten Kanal entlang, an dessen beiden Ufern die schlanken Pappeln erschauerten... Und dann kamen die großen Diners, die endlosen Abfütterungen, bei denen man sachverständig und genußstrahlend vom Essen sprach: denn es waren lauter Kenner, die daran teilnahmen; und die Feinschmeckerei ist in der Provinz die Hauptbeschäftigung, die Kunst der Künste. Dann sprach man auch von Geschäften, machte derbe Späße, und hin und wieder redete man von Krankheiten, und das mit endlosen Einzelheiten... Und der kleine Junge, der da an seiner Tischecke saß, verhielt sich still wie ein Mäuschen, er aß kaum, knabberte nur ein wenig und spitzte seine Ohren, sosehr er konnte. Nichts entging ihm; und was er schlecht verstand, ergänzte ihm seine Einbildungskraft. Er besaß jene eigenartige Gabe, die man oft bei Kindern alter Familien findet, denen die Jahrhunderte allzu deutlich ihren Stempel aufgedrückt haben: Gedanken, die er noch niemals gedacht hatte und kaum verstehen konnte, erriet er. – Da war auch noch die Küche, in der blutige und saftige Mysterien vollzogen wurden, und die alte Dienstmagd, die närrische und schreckliche Geschichten erzählte... Und schließlich der Abend, der stille Flug der Fledermäuse, das Grauen vor den gespenstigen Lebewesen, die man im Innern des Hauses spuken wußte: die fetten Ratten, die riesenhaften und behaarten Spinnen. Und dann kam das Abendgebet zu Füßen des Bettes, bei dem man kaum wußte, was man sagte; der abgerissene Klang des Glöckchens vom nachbarlichen Hospiz, das den Nonnen zur Nacht läutete – das weiße Bett, die Trauminsel...

Die schönste Zeit des Jahres war die, die man im Frühling oder im Herbst auf einer Familienbesitzung, ein paar Meilen von der Stadt entfernt, verbrachte. Dort konnte man träumen, soviel man wollte; man sah niemanden. Wie die meisten kleinen Bürgersprößlinge wurden die zwei

Kinder von Leuten aus dem Volke, von Dienstpersonal und Landleuten, ferngehalten, und sie flößten ihnen im Grunde auch ein wenig Furcht und Widerwillen ein. Sie hatten von ihrer Mutter eine aristokratische (oder vielmehr höchst bürgerliche) Verachtung für alle, die von ihrer Hände Arbeit lebten, geerbt. Olivier verbrachte seine Tage, indem er sich in einer Eschenkrone einnistete und dort wunderbare Geschichten las: die köstlichen mythologischen Erzählungen, die Märchen von Musäus oder von Madame d'Aulnoy oder *Tausendundeine Nacht* oder Reisegeschichten; denn er hatte eine sonderbare Sehnsucht nach fremden Ländern, „ozeanische Träume", die manchmal junge Burschen aus französischen Provinzstädtchen quälen. Ein Gebüsch verbarg ihm das Haus; so konnte er sich einbilden, weit fort zu sein. Aber er wußte, daß er ganz nahe war; und das war ihm sehr angenehm: denn er wäre nicht gern mutterseelenallein weit fortgegangen. Er fühlte sich in der freien Natur wie verloren. Die Bäume wogten rings um ihn her. Durch die Gucklöcher seines Blätternestes sah er in der Ferne die gilbenden Weinberge, die Felder, auf denen buntscheckige Kühe weideten, deren träges und klagendes Brüllen die Stille des verschlafenen Landes erfüllte. Die Hähne riefen mit durchdringender Stimme von Hof zu Hof einander zu. Man vernahm den ungleichmäßigen Takt der Dreschflegel in den Scheunen. In diesem Frieden der Dinge flutete das fieberende Leben der Myriaden von Geschöpfen immer weiter. Olivier beobachtete beunruhigt die immer eiligen Ameisenreihen und die mit Beute beladenen Bienen, die wie Orgelpfeifen summen, und die prächtigen und dummen Wespen, die nicht wissen, was sie wollen – diese ganze Welt geschäftiger Tiere, die wie von dem Wunsch verzehrt scheinen, irgendwohin zu gelangen... Wohin? Sie wissen es nicht. Ganz gleich, wohin. Irgendwohin. Olivier überrieselte es, wenn er bedachte, daß er mitten in diesem blinden und feindlichen Universum lebte. Beim Geräusch eines fallenden Tannenzapfens oder eines trockenen Zweiges, der niederbrach, fuhr er wie ein Häschen zusammen... Er fühlte sich wieder ruhig, wenn er vom anderen Ende des Gartens, wo Antoinette wie toll schaukelte, das Knirschen der Ringe hörte.

Auch sie träumte; aber nach ihrer Art. Sie verbrachte ihren Tag damit, leckermäulig, neugierig und lachlustig durch den Garten zu streifen, wie eine Drossel die Weinbeeren abzupicken, heimlich einen Pfirsich vom Spalier zu pflücken, auf einen Pflaumenbaum zu klettern oder ihm beim Vorübergehen heimlich kleine Stöße zu versetzen, um den Regen der goldenen Mirabellen zu bewirken, die wie duftiger Honig im Munde zergehen. Oder sie pflückte Blumen, obgleich ihr das verboten war; schnell brach sie eine Rose ab, mit der sie vom frühen Morgen an geliebäugelt hatte, und floh mit ihr in den Laubengang hinten im Garten. Dann wühlte sie ihr Näschen wollüstig in die berauschende Blume, küßte sie, biß sie, sog an ihr; und schließlich verbarg sie ihren Raub, ließ ihn durch den Halsausschnitt bis zum Busen hinabgleiten, bis zu ihren beiden kleinen Brüsten, die sie neugierig über dem halboffenen Mieder schwellen sah. – Eine köstliche und verbotene Lust war es auch, Schuhe und Strümpfe auszuziehen und mit bloßen Füßen auf dem frischen, feinen Sand der Alleen auf und ab zu gehen, in dem feuchten Gras der Rasenflächen, auf den schattenkalten oder sonnenheißen Steinen oder in dem Bächlein, das am Waldrande hinfloß, und mit Füßen, Beinen und Knien Wasser, Erde und Licht zu küssen. In den Schatten der Tannen hingestreckt, betrachtete sie ihre in der Sonne durchsichtigen Hände und ließ ihre Lippen mechanisch auf dem seidigen Gewebe ihrer feinen, rundlichen Arme auf und ab gleiten. Sie machte sich Kränze, Halsketten, Kleider aus Efeu- und Eichenblättern, steckte blaue Distelblüten daran, Rotdorn und Tannenzweiglein mit ihren grünen Früchten: wie eine kleine Barbaren-Prinzessin sah sie aus. Und sie tanzte ganz allein um den Springbrunnen herum; mit ausgebreiteten Armen drehte sie sich, drehte sie sich, bis ihr der Kopf schwindelte, bis sie sich auf den Rasen sinken ließ und, das Gesicht ins Gras gewühlt, minutenlang laut lachte, ohne aufhören zu können und ohne zu wissen, warum.

So rannen die Tage der beiden Kinder dahin, die ein paar Schritt voneinander entfernt lebten, ohne sich umeinander zu kümmern – außer wenn es Antoinette in den Sinn kam, ihrem Bruder im Vorübergehen einen Streich zu spielen, ihm eine Handvoll Tannennadeln ins Gesicht zu werfen oder den Baum, auf dem er saß, zu schütteln und ihm zu drohen, sie werde ihn herunterfallen lassen; oder sie machte ihm angst, indem sie sich auf ihn stürzte und ihn schreiend anfuhr:

„Hu! Hu!"

Manchmal überkam sie eine wahre Neckwut. Damit er von seinem Baum herunterkletterte, behauptete sie, die Mutter suche ihn. War er dann unten, stieg sie zu seinem Platz hinauf und wollte nicht mehr weichen. Dann greinte Olivier und drohte, sich zu beklagen. Aber es bestand keine Gefahr, daß Antoinette ewig auf dem Baum blieb; sie konnte nicht zwei Minuten ruhig sitzen. Wenn sie sich von ihrer Höhe herab lange genug über Olivier lustig gemacht, wenn sie ihn nach Herzenslust in Zorn gebracht hatte und er nahe daran war, in Tränen auszubrechen, ließ sie sich Hals über Kopf hinunter, stürzte sich auf ihn, schüttelte ihn lachend, nannte ihn einen „kleinen Einfaltspinsel" und wälzte ihn auf dem Boden herum, wobei sie ihm die Nase mit einer Handvoll Gras rieb. Er versuchte wohl, gegen sie anzukämpfen, aber er war ihr nicht gewachsen; also rührte er sich schließlich nicht mehr, blieb wie ein Maikäfer auf dem Rücken liegen und ließ seine mageren Arme von Antoinettes kräftigen Patschen an den Rasen nageln; er schaute dazu jämmerlich und ergebungsvoll drein; dem widerstand Antoinette nicht: sie schaute sich ihn an, wie er besiegt und unterworfen dalag; sie brach in Lachen aus, küßte ihn stürmisch und ließ ihn los – nicht ohne ihm zuvor als Lebewohl einen kleinen Pfropfen frischen Grases in den Mund gestopft zu haben: das war ihm greulicher als alles andere, denn er war in dergleichen sehr zimperlich; und er spie aus, wischte sich den Mund und schimpfte empört, während sie in großen Sprüngen lachend davonlief.

Sie lachte immer. Noch nachts im Schlaf lachte sie. Olivier, der im Nebenzimmer lag und nicht schlief, schreckte mitten in den Geschichten, die er sich erzählte, auf, wenn er das tolle Gelächter und die abgerissenen Worte vernahm, die sie in die Nachtstille hineinwarf. Draußen krachten die Bäume unter den Windstößen, ein Käuzchen wimmerte, die Hunde heulten in den fernen Dörfern und in den Gehöften tief im Walde. Olivier sah im unbestimmten, bleichen Schein der Nacht die schweren, dunklen Fichtenzweige sich gleich Gespenstern vor seinem Fenster bewegen; und dann war ihm Antoinettes Lachen eine Erleichterung.

Die beiden Kinder waren sehr fromm, besonders Olivier. Ihr Vater entsetzte sie durch seine antiklerikalen Äußerungen; aber er ließ sie gewähren, und im Grunde war er wie so viele Bürger, die nichts glauben, keineswegs böse darüber, daß sich die Seinen für ihn damit befaßten: denn es ist immer gut, Verbündete im anderen Lager zu haben, man weiß ja niemals, nach welcher Seite sich das Glück wenden wird. Alles in allem war er gottesgläubig und behielt es sich vor, im gegebenen Moment den Pfarrer kommen zu lassen, wie es sein Vater auch getan hatte. Wenn es nichts nützt, so kann es doch nicht schaden; um sich gegen Feuersbrunst zu versichern, braucht man nicht vorauszusetzen, daß man abbrennen wird.

Der kränkliche Olivier hatte eine Neigung zum Mystizismus. Manchmal war es ihm, als lebe er nicht mehr. Leichtgläubig und weichherzig, wie er war, bedurfte er einer Stütze; er genoß in der Beichte eine Art schmerzhafte Lust, das wohltuende Gefühl, sich dem unsichtbaren Freund, dessen Arme immer geöffnet sind, anzuvertrauen, ihm alles sagen zu können, ihm, der alles versteht und alles verzeiht. Er genoß die Süße dieses Bades von Demut und Liebe, aus dem die Seele ganz rein, frisch gewaschen und ausgeruht emporsteigt. Zu glauben war ihm so natürlich, daß er nicht verstand, wie man zweifeln könne. Er dachte, es sei nur aus böser Absicht möglich oder Gott strafe einen damit. Heimlich betete er, Gottes Huld möge seinen Vater erleuchten, und es war ihm eine große Freude, als er eines Tages beim Besuch einer Dorfkirche sah, daß er sich bekreuzigte. Die Begebenheiten der heiligen Geschichte vermischten sich in ihm mit den Märchen vom Rübezahl, von Gracieuse und Percinet und dem Kalifen Harun al Raschid. Als er klein war, zweifelte er weder an der Wahrheit der einen noch der anderen. Und ebenso wie er nicht ganz sicher war, Schakabak mit den gespaltenen Lippen und dem geschwätzigen Barbier und dem kleinen Buckligen von Kasgar nicht schon begegnet zu sein, suchten seine Augen beim Spazierengehen in den Feldern den Schwarzspecht, der in seinem Schnabel die Wunderwurzel der Schatzsucher trägt; Kanaan und das verheißene Land wurden dank seiner Kinderphantasie Örtlichkeiten in Burgund oder Berry. Ein runder Hügel in der Umgebung, mit einem Bäumchen darauf, das wie ein ausgefranster alter Federbusch aussah, schien ihm der Berg, auf dem Abraham seinen Holzstoß errichtet hatte. Und ein großes, dürres Gestrüpp am Rande der Stoppelfelder war der brennende Busch, dessen Glut die Jahrhunderte gelöscht hatten. Selbst als er nicht mehr ganz klein war und sein kritischer Sinn zu erwachen begann, mochte er sich noch gern in den volkstümlichen Legenden wiegen, die den Glauben umkränzen; und das machte ihm so viel Freude, daß er sich gern täuschen ließ, ohne wirklich getäuscht zu werden. So suchte er lange Zeit am Ostersamstag die Heimkehr der Osterglocken zu erspähen, die am Gründonnerstag nach Rom reisen und mit Fähnchen geschmückt durch die Lüfte wieder zurückkommen. Schließlich hatte er sich klargemacht, daß die Geschichte erfunden sei; aber nichtsdestoweniger hob er die Nase zum Himmel, wenn er die Glocken läuten hörte. Und einmal bildete er sich ein – obgleich er ganz genau wußte, daß es unmöglich war –, eine mit blauen Bändern über dem Hause verschwinden zu sehen.

Er hatte ein unbezwingliches Bedürfnis, sich in die Welt der Sage und des Glaubens zurückzuziehen. Das Leben floh er; er floh sich selbst. Mager, bleich, schmächtig, litt er darunter, so beschaffen zu sein, und konnte es nicht leiden, wenn man es aussprach. Er schleppte einen angeborenen Pessimismus mit sich herum, den ihm sicher seine Mutter vererbt hatte und der in dem kränklichen Knaben günstigen Boden gefunden hatte. Bewußt war er sich dessen nicht, er meinte, alle Welt sei wie er. Und so brachte es das kleine zehnjährige Kerlchen fertig, anstatt in der Erholungszeit im Garten zu spielen, sich in sein Zimmer einzuschließen und, während er sein Vesperbrot knabberte, sein Testament zu schreiben.

Er schrieb viel. Jeden Abend machte er sich mit Eifer daran, heimlich sein Tagebuch zu schreiben – warum, wußte er nicht, denn er hatte nur Albernheiten zu sagen. Schreiben war bei ihm ein ererbter Hang, jenes jahrhundertealte Bedürfnis des französischen Provinzlers – dieses alten, unzerstörbaren Schlages –, der bis zu seinem Tode täglich mit einer blödsinnigen und fast heroischen Geduld in ausführlichen Eintragungen für sich niederschrieb, was er jeden Tag gesehen, gesagt, getan, gehört, gegessen, getrunken und gedacht hat. Nur für sich. Für niemand anderen. Niemand wird es jemals lesen: er weiß das, und er selbst liest sich niemals wieder.

Die Musik war für Olivier wie der Glaube eine Zuflucht gegen das zu grelle Tageslicht. Beide, Bruder und Schwester, musizierten aus Herzensbedürfnis, besonders Olivier, der diese Gabe von seiner Mutter mitbekommen hatte. Im übrigen fehlte ihnen noch viel zu einem guten Geschmack. Niemand wäre in diesem Provinznest fähig gewesen, ihn zu bilden, denn man hörte dort keine andere Musik als die der Stadtkapelle, die Märsche spielte oder (an Sonn- und Festtagen) Potpourris von Adolphe Adam; dann gab es noch die Kirchenorgel, die Soli hören ließ, und die Klavierübungen der jungen Damen der Gesellschaft, die auf ihren schlecht gestimmten Instrumenten irgendwelche Walzer oder Polkas klimperten, das Vorspiel zum *Kalifen von Bagdad* oder die *Jagd des jungen Heinrich* und zwei oder drei Mozartsche Sonaten – immer dieselben und immer mit denselben falschen Tönen. Das gehörte zum unveränderlichen Programm der Abendgesellschaften, wenn man Besuch bei sich sah. Wer Talent hatte, wurde nach Tisch gebeten, es glänzen zu lassen; zuerst weigerte man sich errötend, und schließlich gab man auf die inständigen Bitten der Versammelten hin nach; und man spielte sein großes Musikstück auswendig herunter. Jeder bewunderte darauf das Gedächtnis des Künstlers und das „perlende Spiel".

Die feierliche Handlung, die sich fast bei jeder Abendgesellschaft wiederholte, verdarb den beiden Kindern das ganze Vergnügen am Essen. Hatten sie vierhändig ihre *Chinesische Reise* von Bazin oder ihre kleinen Stücke von Weber zu spielen, so ging es noch, denn sie konnten sich aufeinander verlassen und hatten nicht allzuviel Angst; hieß es aber allein spielen, dann bedeutete das für sie eine Höllenpein. Antoinette war, wie immer, die tapferere. Zwar langweilte sie das Ganze zum Sterben; aber da sie wußte, daß es keine Möglichkeit gab, zu entwischen, so ergab sie sich darein, setzte sich mit entschlossenem Gesichtchen ans Klavier und galoppierte ihr Rondo, so gut es eben ging, herunter, verhaspelte sich an gewissen Stellen, saß wohl auch plötzlich fest, unterbrach sich, wandte sich um und sagte lächelnd:

„Ach, das weiß ich nicht mehr so genau...",

dann fing sie wacker ein paar Takte weiter wieder an und spielte bis zu Ende. Hierauf verbarg sie nicht ihre Befriedigung, fertig zu sein; und während sie unter allgemeinen Schmeicheleien an ihren Platz zurückkehrte, sagte sie lachend:

„Na, falsche Noten hab ich genug gespielt."

Olivier dagegen war weniger leichtherzig. Er konnte es nicht ausstehen, sich öffentlich vorführen zu lassen, der Mittelpunkt einer ganzen Gesellschaft zu sein. Es war schon eine Qual für ihn, zu reden, wenn Gesellschaft da war. Vorspielen müssen, und gar Leuten, die Musik nicht liebten (er durchschaute das sehr wohl), die Musik sogar langweilte und die einen nur aus Gewohnheit spielen ließen, schien ihm eine Tyrannei, gegen die er sich vergeblich aufzulehnen suchte. Er weigerte sich hartnäckig. Manchmal rannte er davon; er versteckte sich in einer dunklen Kammer, im Flur oder sogar auf dem Boden, trotz seiner schrecklichen Furcht vor den Spinnen. Seine Widerspenstigkeit machte das Bitten und Drängen nur stärker und eindringlicher. Die Verweise der Eltern kamen hinzu, die, falls der Geist des Widerspruchs sich zu unverschämt zeigte, von einigen Klapsen begleitet waren – und zu guter Letzt mußte er natürlich doch spielen, aller Vernunft zum Hohn. Hinterher, nachts, war er unglücklich, weil er schlecht gespielt hatte, denn er liebte die Musik wirklich.

Der Geschmack der Kleinstadt war nicht immer so mittelmäßig gewesen. Man erinnerte sich einer Zeit, in der bei zwei oder drei Mitbürgern recht gute Kammermusik gemacht worden war. Frau Jeannin sprach oft von ihrem Großvater, der mit Leidenschaft auf dem Cello gekratzt und Melodien von Gluck, Dalayrac und Berton gesungen hatte. Im Hause befand sich noch ein dickes Heft Noten von damals, ebenso ein Stoß italienischer Lieder. Denn der liebenswürdige Greis war wie Herr Andrieux gewesen, von dem Berlioz sagte: „Er *hatte* Gluck *sehr gern*." Und er fügte voll Bitterkeit hinzu: „Er *hatte* auch Piccini *sehr gern."* Vielleicht hatte er sogar Piccini lieber. Jedenfalls überwogen in Großvaters Sammlung die italienischen Lieder bei weitem. Sie wurden dem kleinen Olivier das musikalische tägliche Brot. Eine nicht sehr gehaltvolle Nahrung, die ein wenig den Zuckerschleckereien der Provinz glich, mit denen man die Kinder vollstopft; sie lassen einen faden Geschmack zurück, verderben den Magen und bringen die Gefahr mit sich, den Appetit auf solidere Nahrung für immer zu vertreiben. Leckermäuligkeit aber konnte bei Olivier nicht mitsprechen. Solidere Nahrung bot man ihm nicht an. Er hatte kein Brot, also aß er Kuchen. So war es unausbleiblich, daß Cimarosa, Paësiello und Rossini die Ammen dieses kleinen melancholischen und schwärmerischen Jungen wurden, dem ein wenig schwindelte, wenn er den Asti spumante trank, den ihm diese ausgelassenen und frechen Silene anstatt der Milch boten, sie und die beiden tänzelnden Bacchanten aus Neapel und Catania mit dem harmlosen und sinnlichen Lächeln, im Auge eine kokette Träne: Pergolese und Bellini.

Er trieb viel Musik, wenn er allein war, zu seinem Vergnügen. Er war ganz durchtränkt von ihr. Zu verstehen suchte er nicht, was er spielte; er ließ es auf sich wirken und freute sich daran. Niemand verfiel darauf, ihm die Harmonielehre beizubringen, und er selbst kümmerte sich nicht darum. Alles, was Wissenschaft und wissenschaftlicher Geist hieß, war der Familie fremd, besonders von der mütterlichen Seite her. Alle diese Rechtsgelehrten, Schöngeister und Humanisten waren, vor ein Problem gestellt, verloren. Wie von einem Wundertier erzählte man von einem Familienmitglied, einem entfernten Vetter, der zum Schiffahrtsamt gehört hatte. Und man setzte hinzu, er sei deshalb auch verrückt geworden. Die alte Bürgerschaft der Provinz mit ihrem robusten und bejahenden, wenn auch durch ihre langen Verdauungsübungen und die Eintönigkeit der Tage verschlafenen Geist ist von ihrem gesunden Menschenverstand durchdrungen. In diesen setzt sie solches Vertrauen, daß es sie dünkt, es gebe überhaupt keine Schwierigkeiten, die zu überwinden er nicht ausreiche; und beinahe betrachtet sie die Wissenschaftler als eine Art Künstler, zwar nützlicher als diese, aber weniger hochstehend, denn die Künstler haben überhaupt keinen Zweck; und solche Nichtstuerei hat eine gewisse Vornehmheit. Im Gegensatz zu ihnen sind die Gelehrten fast nur Handwerker (was entehrend ist), Werkmeister, nur etwas gebildeter und ein wenig verrückt; auf dem Papier sind sie sehr bedeutend, aber kommen sie aus ihrer Buchstabenfabrik heraus, dann taugen sie nichts! Sie würden nichts Gescheites ausrichten, wenn nicht die Leute mit gesundem Menschenverstand, die Erfahrung im Leben und in Geschäften haben, ihnen die Wege zeigten.

Unglücklicherweise ist es nicht erwiesen, daß diese Erfahrung im Leben und in den Geschäften so sicher leitet, wie es sich die Leute von gesundem Menschenverstand gern einreden möchten. Sie ist viel eher eine Fertigkeit, die sich auf eine sehr kleine Anzahl von sehr leichten Fällen beschränkt. Tritt ein unvorhergesehener Fall ein, in dem man schnell und tatkräftig handeln muß, so stehen solche Leute waffenlos da.

Von dieser Art war Bankier Jeannin. Für alles war so gut vorgesorgt, alles wiederholte sich im Rhythmus des Provinzlebens so genau, daß ihm niemals ernstliche Schwierigkeiten in seinen geschäftlichen Angelegenheiten begegnet waren. Er war der Nachfolger seines Vaters geworden, ohne ein besonderes Talent für dessen Beruf zu haben; und da seitdem alles gut gegangen war, schob er das seinen natürlichen Gaben zu. Er sagte gern, daß man nur anständig und fleißig sein und gesunden Menschenverstand haben müsse, und er gedachte sein Amt dereinst seinem Sohn zu übertragen, ohne sich viel mehr um dessen Neigungen zu kümmern, als es sein Vater ihm selbst gegenüber getan hatte. Er bereitete ihn in keiner Weise vor. Er ließ seine Kinder nach ihrem Gefallen aufwachsen, vorausgesetzt, daß sie brave Kinder und vor allem glücklich waren: denn er liebte sie über alles. So waren denn die beiden Kleinen so schlecht als nur möglich für den Lebenskampf vorbereitet: sie waren Treibhausblumen. Aber sollten sie nicht immer so weiterleben? In ihrer schläfrigen Provinz, in ihrer reichen, geachteten Familie, bei ihrem liebenswürdigen, heiteren, wohlwollenden Vater, von Freunden umgeben und im Genuß einer der ersten gesellschaftlichen Stellungen der Gegend, war das Leben ja so leicht und heiter!

Antoinette war sechzehn Jahre alt. Olivier stand vor seiner ersten Kommunion. Er war vertieft in das Raunen seiner mystischen Träume. Antoinette vernahm das betörende, berauschende Gezwitscher der Hoffnung, die – gleich der Nachtigall im April – die Herzen in ihrem Frühling erfüllt. Sie freute sich ihres blühenden Körpers, ihrer blühenden Seele, freute sich, daß sie hübsch war und daß man es ihr sagte. Die Schmeicheleien ihres Vaters, seine unvorsichtigen Worte hätten allein genügt, ihr den Kopf zu verdrehen.

Er war entzückt von ihr; ihre Koketterie, ihre schmachtenden Blicke vor dem Spiegel, ihre unschuldigen und listigen Kniffe machten ihm Spaß. Er zog sie auf seine Knie, er neckte sie mit ihrem Herzchen, den Eroberungen, die sie mache, den Heiratsanträgen, die er angeblich für sie entgegengenommen habe; er zählte sie auf: hochachtbare Bürger, von denen der eine immer älter und häßlicher war als der andere. Mit hellem Gelächter wehrte sie entsetzt ab, während ihre Arme um des Vaters Hals lagen und ihr Gesicht an seine Wange geschmiegt war. Und er fragte sie, wer der glückliche Erwählte sei: der Herr Staatsanwalt, von dem Jeannins altes Dienstmädchen sagte, daß er so häßlich wie die sieben Todsünden sei, oder vielleicht der dicke Notar? Sie verabfolgte ihm kleine Klapse, um ihn zum Schweigen zu bringen, oder sie verschloß ihm den

Mund mit ihren Händen. Er küßte ihre Patschhände und sang, wobei er sie auf seinen Knien reiten ließ, das bekannte Lied:

> *Was willst du, meine Schöne?*
> *Einen häßlichen Mann?*

Unter hellem Gelächter antwortete sie mit dem Refrain:

> *Lieber hübsch als häßlich,*
> *Madame, wenn's sein kann.*

Sie verstand es gut, ihre Wahl zu treffen. Sie wußte, daß sie reich war oder reich sein würde (ihr Vater wiederholte es in allen Tonarten): sie war eine „gute Partie". Die vornehmsten Familien der Stadt, die Söhne hatten, machten ihr bereits den Hof, warfen ein Netz kleiner Schmeicheleien und erprobter Listen nach ihr aus, das aufs feinste gesponnen war, um den hübschen Goldfisch zu fangen. Aber der Goldfisch liebte es sehr, sie in den April zu schicken; denn der schlauen Antoinette entging nichts von ihren Machenschaften, und sie machte sich darüber lustig. Sie wollte sich wohl fangen lassen, aber sie wollte nicht, daß man sie fing. In ihrem Köpfchen war es bereits beschlossene Sache, wen sie heiraten würde.

Sie dachte an die Adelsfamilie der Gegend (meistens gibt es in einem Landstrich nur eine: sie behauptet, von den alten Lehnsherren der Provinz abzustammen; und meistens stammt sie nur von irgendeinem Domänenkäufer, einem Bezirksaufseher des achtzehnten Jahrhunderts oder einem Armeelieferanten Napoleons ab) – an die Bonnivets. Sie besaßen, zwei Meilen von der Stadt entfernt, ein Schloß mit spitzen, von blinkendem Schiefer gedeckten Türmen, inmitten großer Wälder und Teiche, die von Fischen wimmelten. Sie kamen selber als erste den Jeannins entgegen. Der junge Bonnivet bemühte sich sehr eifrig um Antoinette. Er war ein hübscher Bursche, ziemlich stark und beleibt für sein Alter, der den ganzen lieben Tag nichts anderes tat als jagen, trinken und schlafen; er ritt, er tanzte vortrefflich, hatte recht gute Manieren und war nicht viel dümmer als irgendein anderer. Von Zeit zu Zeit kam er, gestiefelt und gespornt, zu Pferde oder in seinem Rumpelwagen vom Schloß in die Stadt und machte dem Bankier unter irgendeinem geschäftlichen Vorwand Besuch; und manchmal brachte er einen Korb mit Wildbret oder einen großen Blumenstrauß für die Damen mit. Er benutzte die Gelegenheit, dem Fräulein den Hof zu machen. Sie gingen miteinander im Garten spazieren. Er sagte ihr faustdicke Schmeicheleien, schwatzte ganz unterhaltsam, zwirbelte seinen Schnurrbart und ließ seine Sporen auf den Fliesen der Terrasse klirren. Antoinette fand ihn bezaubernd. Ihr Stolz und ihr Herz fühlten sich köstlich geschmeichelt. Mit ganzer Seele gab sie sich diesen ersten so holden Stunden einer kindlichen Liebe hin. Olivier konnte den Krautjunker nicht ausstehen, weil er stark, schwerfällig, brutal war, weil er lärmend lachte, weil er Hände hatte, die wie Schraubstöcke preßten, und eine hochmütige Art, ihn immer „Kleiner" zu nennen und ihn dabei in die Backe zu kneifen. Vor allem war er ihm zuwider – ohne daß Olivier sich dessen bewußt war –, weil dieser Fremde seine Schwester liebte: seine Schwester, sein Eigen, das ihm gehörte, ihm und keinem andern!

Indessen brach das Verhängnis herein. In das Leben dieser alten Bürgerfamilien, die seit Jahrhunderten mit demselben Erdenwinkel verwachsen sind und alle Säfte aus ihm herausgesogen haben, kommt früher oder später immer eines. Sie duseln ruhig dahin und halten sich für ebenso unvergänglich wie den Boden, der sie trägt. Aber der Boden ist unter ihnen erstorben und hält keine Wurzeln mehr: ein einziger Schlag der Hacke genügt, um alles auszureißen. Dann spricht man von Mißgeschick, von unvorhergesehenem Unglück. Wäre der Baum widerstandsfähiger gewesen, so hätte es kein Mißgeschick gegeben oder das Unglück wäre vorbeigezogen wie ein Unwetter, hätte wohl einige Zweige abgerissen, aber den Baum nicht zum Wanken gebracht.

Der Bankier Jeannin war schwach, vertrauensselig, etwas eitel. Er imponierte gern und verwechselte gern Sein mit Schein. Er gab das Geld unbesonnen mit vollen Händen aus, ohne daß allerdings seine Verschwendungen seine Vermögenslage ernstlich in Gefahr brachten. Außerdem hielt ihn die durch Jahrhunderte geerbte Gewohnheit des Sparens manchmal durch Anfälle von Gewissensbissen zurück (er vertat eine Klafter Holz und knauserte mit einem Streichholz). In seinen Geschäften war er nicht viel vorsichtiger. Freunden, die Geld von ihm leihen wollten, schlug er es niemals ab. Und es war nicht besonders schwer, zu seinen Freunden zu gehören. Er nahm sich nicht einmal immer die Mühe, sich eine Empfangsbescheinigung geben zu lassen; nur nachlässig schrieb er auf, was man ihm schuldete, und er verlangte niemals etwas zurück, falls man es ihm nicht anbot. Er verließ sich auf die anständige Gesinnung der anderen, wie es ihm selbstverständlich war, daß man sich auf die seine verließ. Übrigens war er schüchterner, als sein sicheres und zwangloses Wesen es hätte glauben lassen. Niemals hätte er es fertiggebracht, gewisse unbequeme Bittsteller hinauszukomplimentieren, noch Befürchtungen wegen ihrer Zahlungsfähigkeit laut werden zu lassen. Güte sprach dabei mit und Ängstlichkeit; er wollte niemanden verletzen und fürchtete eine Szene. Also gab er stets nach, und um sich selbst darüber hinwegzutäuschen, tat er es mit einer Wärme, einem Eifer, als erweise man ihm einen Dienst, wenn man sein Geld nehme. Beinahe glaubte er das selbst: seine Eitelkeit und sein Optimismus überzeugten ihn leicht, daß jedes von ihm gemachte Geschäft ein gutes Geschäft sei.

Seine Handlungsweise war nicht dazu angetan, ihm die Zuneigung der Borger zu entfremden. Die Bauern liebten ihn über alles, denn sie wußten, daß sie immer auf sein Entgegenkommen zählen konnten, und sie nützten das reichlich aus. Aber die Dankbarkeit der Leute (das heißt der anständigen Leute) ist eine Frucht, die man rechtzeitig pflücken muß. Läßt man sie auf dem Baum alt werden, dann schimmelt sie bald. Wenn einige Monate verstrichen waren, gewöhnten sich die Schuldner des Herrn Jeannin an den Gedanken, daß sie es gewesen seien, die diesem Herrn eine Gefälligkeit erwiesen hatten, und sie neigten sogar zu dem Glauben, Herr Jeannin, der soviel Vergnügen gezeigt hatte, ihnen helfen zu können, müsse wohl seinen Vorteil dabei gefunden haben. Die zartsinnigsten glaubten sich wenn auch nicht ihrer Schuld, so doch ihrer Dankbarkeit ledig, wenn sie dem Bankier am Jahrmarktstag ihres Dorfes einen erlegten Hasen oder einen Korb Eier aus ihrem Hühnerhof überreichten.

Da es sich bisher wirklich nur um kleine Summen gehandelt und Herr Jeannin es mit verhältnismäßig anständigen Leuten zu tun gehabt hatte, war bei alledem nichts Schlimmes: die Geldverluste (von denen der Bankier kein Wort, zu wem auch immer, verlauten ließ) waren sehr gering. Anders aber wurde es, als Herr Jeannin eines Tages auf seinem Wege einem Intriganten begegnete, der ein großes industrielles Unternehmen aufzog und von der Gefälligkeit und den Geldmitteln des Bankiers Wind bekommen hatte. Dieser Mensch, den der Orden der Ehrenlegion schmückte, der mit ein paar Ministern, einem Erzbischof, einer Reihe Senatoren und allerlei Spitzen der literarischen Welt und der Finanzwelt befreundet zu sein vorgab und behauptete, Einfluß auf eine höchst bedeutende Zeitung zu haben, hatte ein großartiges Auftreten und verstand vortrefflich, den selbstherrlichen und vertraulichen Ton anzuschlagen, der seinem Gegenüber Vertrauen einflößte. Als Empfehlungen zeigte er mit einer Plumpheit, die einen Gewitzigteren als Herrn Jeannin stutzig gemacht haben würde, Briefe seiner hohen Bekannten vor, die ihm mit banalen Redensarten für eine Dinereinladung dankten oder ihn ihrerseits einluden: denn bekanntlich knausern die Franzosen mit diesem brieflichen Kleingeld niemals, noch zögern sie, den Händedruck und die Diners eines Menschen anzunehmen, den sie erst seit einer Stunde kennen – vorausgesetzt, daß er sie unterhält und ihnen kein Geld abverlangt. Ja, es gibt sogar genug solche, die selbst das ihrem neuen Freunde nicht abschlagen würden, wenn sie die anderen das gleiche tun sähen. Und ein intelligenter Mensch, der seinen Nachbarn um das lästige Geld erleichtern will, müßte wirklich Pech haben, wenn er nicht schließlich einen Leithammel fände, der zum Springen bereit ist und der die übrigen dann nach sich zieht. – Wären nicht andere vor ihm gewesen, so hätte Herr Jeannin diesen Leithammel gespielt. Er hatte die rechte Art Wolle und war ganz dazu gemacht, geschoren zu werden. Er fiel auf die guten Beziehungen, die schönen Redensarten und Schmeicheleien seines Besuchers herein und wohl auch auf die ersten guten Erfolge, die dessen Ratschläge eingetragen hatten. Zuerst setzte er wenig aufs Spiel, und dieses mit Erfolg; dann setzte er viel aufs Spiel – und schließlich alles: nicht nur sein eigenes Geld, sondern auch das seiner Kunden. Er hütete sich wohl, sie etwas davon wissen zu lassen: er war des Gewinnes ja sicher; er wollte sie durch seine guten Dienste verblüffen.

Das Unternehmen schlug fehl. Er erfuhr es auf Umwegen durch einen seiner Pariser Korrespondenten, der ihm beiläufig in einigen Worten von dem neuen Krach erzählte, ohne zu ahnen, daß Herr Jeannin eines der Opfer sei; denn der Bankier hatte zu niemandem etwas verlauten lassen; mit unglaublichem Leichtsinn hatte er versäumt – anscheinend vermieden –, Rat bei denen einzuholen, die ihn hätten aufklären können; vernarrt in seinen unfehlbaren gesunden Menschenverstand, hatte er alles heimlich erledigt und sich mit den unbestimmtesten Auskünften begnügt. Es gibt im Leben solche Verirrungen: man könnte sagen, in einem bestimmten Augenblick muß man unfehlbar zugrunde gehen;

es ist, als fürchte man sich, daß irgend jemand einem zu Hilfe komme. Man flieht jeden Ratschlag, der einen retten könnte, man versteckt sich, man betreibt alles mit Fiebereifer – nur um den Kopfsprung ganz ungehindert ausführen zu können.

Herr Jeannin lief zum Bahnhof und nahm, das Herz von Angst zermalmt, den Zug nach Paris. Er machte sich auf die Suche nach seinem Mann. Noch wiegte er sich in der Hoffnung, daß die Nachrichten falsch oder doch zum mindesten übertrieben seien. Natürlich fand er den Menschen nicht, dafür aber die Bestätigung des Zusammenbruchs, der so vollständig wie nur möglich war. Verstört kehrte er nach Hause zurück und hielt alles geheim. Noch ahnte niemand etwas. Er versuchte ein paar Wochen, ein paar Tage zu gewinnen. In seinem unheilbaren Optimismus zwang er sich, zu glauben, daß er ein Mittel finden würde, um wenn auch nicht seine eigenen Verluste, so doch die seiner Kunden wiedergutzumachen. Er versuchte verschiedene verzweifelte Mittel, doch mit so ungeschickter Hast, daß sie ihm jede Möglichkeit des Gelingens verdorben hätte, wäre überhaupt eine vorhanden gewesen. Die erbetenen Anleihen wurden ihm überall versagt. Die gewagten Spekulationen, in die er in Ermangelung anderer Mittel das wenige, was ihm geblieben war, hineinsteckte, richteten ihn vollends zugrunde. Von diesem Augenblick an vollzog sich in seinem Charakter eine völlige Umwandlung. Er redete nicht über seine Sorgen, aber er war finster, hart, grauenhaft trübsinnig. War er mit Freunden zusammen, so spielte er noch weiter den Heiteren; aber niemandem entging sein verändertes Wesen; man schrieb es seiner Gesundheit zu. Den Seinigen gegenüber nahm er sich weniger zusammen, und sie erkannten gleich, daß er irgend etwas Ernstes verberge. Er war nicht wiederzuerkennen. Manchmal stürzte er plötzlich in ein Zimmer, durchstöberte ein Möbelstück, warf alle Papiere durcheinander auf den Boden und geriet in rasende Wut, weil er nichts fand oder weil man ihm helfen wollte. Dann blieb er ratlos in der Unordnung sitzen; und wenn man ihn fragte, was er suche, so wußte er es selber nicht. Die Seinen schienen ihn nicht mehr zu interessieren; oder aber er umarmte sie mit Tränen in den Augen. Er schlief nicht mehr. Er aß nicht mehr.

Frau Jeannin merkte wohl, daß man kurz vor einer Katastrophe stand; aber sie hatte an den geschäftlichen Angelegenheiten ihres Mannes niemals teilgenommen und verstand nichts davon. Sie fragte ihn: er wies sie brutal zurück; und sie, in ihrem Stolz verletzt, drang nicht weiter in ihn. Aber sie zitterte, wußte sie auch nicht, warum.

Die Kinder konnten die Gefahr nicht ahnen. Antoinette war allerdings zu intelligent, um nicht wie ihre Mutter das Vorgefühl irgendeines Unglücks zu haben; aber sie lebte so ganz dem Vergnügen ihrer aufkeimenden Liebe: sie wollte an keine Sorgen denken; sie redete sich ein, daß die Wolken sich von selbst zerstreuen würden – oder daß es noch Zeit genug sein würde, sie zu sehen, wenn einem nichts anderes übrigbliebe.

Was in der Seele des unglücklichen Bankiers vor sich ging, verstand vielleicht noch am ehesten der kleine Olivier. Er fühlte, daß sein Vater litt, und er litt heimlich mit ihm. Aber er wagte nichts zu sagen: er vermochte nichts, er verstand nichts. Und schließlich wies auch er den Gedanken an die traurigen Dinge, die sich seinem Blick entzogen, zurück; gleich seiner Mutter und seiner Schwester neigte er abergläubisch zu der Einbildung, daß ein Unglück, dessen Kommen man nicht sehen will, vielleicht nicht kommt. Arme Menschen, die sich bedroht fühlen, handeln gern wie der Vogel Strauß: sie stecken den Kopf in den Sand und meinen, das Unglück sehe sie nicht.

Beunruhigende Gerüchte begannen sich zu verbreiten. Es hieß, der Kredit der Bank sei untergraben. Der Bankier mochte bei seinen Kunden eine noch so große Sicherheit zur Schau tragen, einige Mißtrauische forderten doch ihre Gelder zurück. Herr Jeannin fühlte sich verloren; er wehrte sich wie ein Verzweifelter, spielte den Empörten, beschwerte sich voller Hoheit, voller Bitterkeit, daß man ihm mißtraue. Er ging so weit, alten Kunden heftige Auftritte zu bereiten, die ihn in der öffentlichen Meinung vollends sinken ließen. Die Zahlungsforderungen strömten heran. In die Enge getrieben, in der äußersten Verzweiflung, verlor er völlig den Kopf. Er unternahm eine kurze Reise, verspielte seine letzten Banknoten in einem benachbarten Badeort, ließ sich innerhalb einer Viertelstunde alles abnehmen und kehrte zurück.

Seine unvermutete Abreise hatte die kleine Stadt vollends in Aufruhr gebracht, und man sprach bereits von seiner Flucht. Frau Jeannin hatte die größte Mühe, der wütenden Erregung der Leute standzuhalten; sie flehte sie an, Geduld zu haben, sie schwor ihnen, daß ihr Mann zurückkommen werde. Sie schenkten ihr kaum Glauben, wenn sie auch noch so gern glauben wollten. So verbreitete es denn allgemeine Erleichterung, als man erfuhr, daß er heimgekehrt sei: viele glaubten schon beinahe, daß sie sich grundlos beunruhigt hätten und daß die Jeannins viel zu schlau seien, um sich nicht stets wieder aus der Schlinge zu helfen – sollten sie wirklich in eine geraten sein. Das Verhalten des Bankiers bestätigte diesen Eindruck. Jetzt, da zweifellos für ihn feststand, was ihm zu tun übrigblieb, schien er abgespannt, aber sehr ruhig. Kurz nach der Ankunft unterhielt er sich gelassen in der Bahnhofshalle mit ein paar ihm begegnenden Freunden über das Land, das seit Wochen an Wassermangel litt, über die Weinberge, die prächtig standen, und den Sturz des Ministeriums, den die Abendzeitungen meldeten.

Nach Hause zurückgekehrt, tat er, als ließe ihn die Erregtheit seiner Frau ganz kalt, die ihm, als sie ihn kommen hörte, entgegenstürzte und mit einem verworrenen Wortschwall erzählte, was sich während seiner Abwesenheit zugetragen hatte. Sie versuchte in seinen Zügen zu lesen, ob es ihm gelungen sei, die unbekannte Gefahr abzuwenden. Doch sie fragte ihn aus Stolz nach keiner Einzelheit: sie wartete darauf, daß er als erster davon spräche. Aber er sagte kein Wort von dem, was sie beide bedrückte. Schweigend wich er ihrem Wunsche aus, sich ihr anzuvertrauen und damit auch sein Geheimnis zu erschließen. Er redete von der Hitze, von seiner Abspannung, er klagte über rasenden Kopfschmerz; und man setzte sich zu Tisch wie gewöhnlich.

Er unterhielt sich wenig; matt, wie abwesend, die Stirn gefurcht; seine Finger trommelten auf dem Tischtuch; da er sich beobachtet fühlte, zwang er sich zum Essen und betrachtete mit gleichsam aus der Ferne kommenden Blicken seine durch das Schweigen eingeschüchterten Kinder und seine Frau, die, in verletztem Selbstgefühl trotzend, ihn nicht ansah, wenn sie auch alle seine Bewegungen ängstlich verfolgte. Gegen Ende des Mahles schien er aufzuwachen; er versuchte mit Antoinette und mit Olivier zu plaudern; er fragte, was sie während seiner Reise getan hätten; aber er hörte nicht auf ihre Antworten, er lauschte nur dem Klang ihrer Stimmen. Und ruhten seine Augen auch auf ihnen, so war sein Blick doch anderswo. Olivier fühlte es: mitten in seinem Geschichtchen hielt er inne und verlor die Lust am Weitererzählen. Bei Antoinette aber gewann nach einem Augenblick des Unbehagens die Heiterkeit wieder die Oberhand: sie schwatzte wie eine fröhliche Elster und legte dabei ihre Hand auf die ihres Vaters oder faßte seinen Arm, damit er genau auf das höre, was sie erzählte. Herr Jeannin schwieg. Seine Augen wanderten von Antoinette zu Olivier, und seine Stirn furchte sich immer tiefer. Mitten in einer Erzählung des jungen Mädchens konnte er sich nicht mehr beherrschen, stand vom Tisch auf und ging ans Fenster, um seine Bewegtheit zu verbergen. Die Kinder falteten ihre Mundtücher zusammen und standen ebenfalls auf. Frau Jeannin schickte sie in den Garten spielen; gleich darauf hörte man sie in den Alleen mit durchdringendem Geschrei sich jagen. Frau Jeannin sah auf ihren Mann, der ihr den Rücken zukehrte, und sie ging um den Tisch herum, als wolle sie etwas ordnen. Plötzlich eilte sie auf ihn zu und sagte mit einer Stimme, die durch ihre Besorgnis, von den Dienstboten gehört zu werden, und durch ihre eigene Angst erstickt klang:

„Ja, also, Antoine, was hast du eigentlich? Dir fehlt irgend etwas... Doch! Du verheimlichst etwas... Ist ein Unglück geschehen? Bist du krank?"

Aber Herr Jeannin wich ihr noch einmal aus und sagte, ungeduldig mit den Schultern zuckend, in hartem Tone:

„Nein! Nein, sag ich dir! Laß mich!"

Verletzt zog sie sich zurück, in ihrem blinden Zorn sagte sie sich, nun möge ihrem Manne geschehen, was da wolle, sie würde sich nicht mehr darum kümmern.

Herr Jeannin ging in den Garten hinab. Antoinette trieb noch immer ihre Tollheiten und reizte ihren Bruder, daß er gehörig laufe. Aber das Kind erklärte plötzlich, daß es nicht mehr spielen wolle; und es lehnte sich mit den Armen auf die Terrassenbrüstung, einige Schritte vom Vater entfernt. Antoinette wollte ihre Neckereien weitertreiben, aber Olivier stieß sie schmollend zurück; darauf warf sie ihm ein paar Grobheiten an den Kopf; und weil es nun nichts Belustigendes mehr zu tun gab, ging sie ins Haus und setzte sich ans Klavier.

Herr Jeannin und Olivier blieben allein zurück.

„Was ist dir, Kleiner? Warum magst du nicht spielen?" fragte der Vater sanft.

„Ich bin müde, Papa."

„Gut, dann wollen wir uns beide ein wenig auf die Bank setzen."

Sie setzten sich. Eine schöne Septembernacht. Der Himmel klar und dunkel. Der süße Duft der Petunien mischte sich mit dem faden und ein wenig fauligen Geruch des düsteren Kanals, der zu Füßen der Terrassenwand schlummerte. Abendschmetterlinge, große, rötliche Schwärmer, umkreisen mit schwirrenden Flügelschlägen die Blumen. Vom anderen Kanalufer klangen die ruhigen Stimmen der vor ihren Türen sitzenden Nachbarn in das Schweigen. Im Hause spielte Antoinette an ihrem Klavier koloraturenreiche italienische Kavatinen. Herr Jeannin hielt Oliviers Hand in der seinen. Er rauchte. Die Dunkelheit entzog dem Kind nach und nach die Züge seines Vaters, bis es schließlich nur noch das kleine Pfeifenlicht sah, das aufglühte, stoßweise schwächer wurde, von neuem aufglühte und schließlich ganz und gar erlosch. Sie sprachen kaum miteinander. Olivier fragte nach dem Namen einiger Sterne. Herr Jeannin, der, wie fast alle Provinzler, in Naturgeschichte wenig beschlagen war, kannte keinen einzigen außer den großen Sternbildern, die allen geläufig sind; aber er tat, als habe das Kind ihn nach diesen gefragt, und nannte sie. Olivier fragte nicht weiter; es war ihm stets eine Freude, sie nennen zu hören und ihre geheimnisvollen schönen Namen halblaut zu wiederholen. Im übrigen lag ihm weniger daran, etwas zu erfahren, als instinktiv seinem Vater näherzukommen. Sie schwiegen. Olivier hatte den Kopf an die Bank zurückgelehnt; mit offenem Mund schaute er zu den Sternen hinauf und verlor sich in Träumereien: die laue Wärme der väterlichen Hand durchdrang ihn. Plötzlich begann diese Hand zu zittern. Olivier fand das drollig, und er sagte mit halb lachender, halb traumverlorener Stimme:

„Oh, wie deine Hand zittert, Papa!"

Jeannin zog die Hand zurück.

Einen Augenblick darauf sagte Olivier, dessen kleiner Kopf selbständig weiterarbeitete:

„Bist du auch so müde, Papa?"

„Ja, mein Kleiner."

Die zutrauliche Stimme des Kindes fing wieder an:

„Du mußt dich nicht so plagen, Papa."

Jeannin zog Oliviers Kopf an sich, drückte ihn an seine Brust und murmelte:

„Mein armer Kleiner..."

Aber schon hatten Oliviers Gedanken einen anderen Weg genommen. Die Turmuhr schlug acht. Er machte sich los und sagte:

„Ich gehe lesen."

Donnerstags durfte er nach Tisch bis zum Schlafengehen eine Stunde lang lesen; das war sein höchstes Glück, und nichts auf der Welt hätte ihn bestimmen können, eine Minute davon zu opfern.

Jeannin ließ ihn gehen. Er wanderte noch einige Male auf der Terrasse auf und ab; dann ging auch er ins Haus.

Im Wohnzimmer saßen Mutter und Kinder um die Lampe versammelt. Antoinette nähte ein Band an eine Bluse und hörte dabei keinen Augenblick auf, zu sprechen oder zu trällern, was Olivier durchaus nicht recht war; er saß mit zusammengezogenen Brauen und aufgestützten Ellbogen am Tisch und preßte die Fäuste gegen die Ohren, um nichts zu hören. Frau Jeannin besserte Strümpfe aus und unterhielt sich mit der alten Dienstmagd, die neben ihr stand, ihr die Tagesausgaben vorrechnete und die Gelegenheit wahrnahm, ein wenig zu schwatzen. Sie hatte immer etwas Spaßiges zu erzählen, und sie tat es in einem unbezahlbaren Dialekt, der die anderen zum Lachen brachte und den Antoinette nachzuahmen suchte. Jeannin schaute sie schweigend an. Niemand achtete auf ihn. Einen Augenblick stand er unentschlossen, setzte sich nieder, nahm ein Buch, öffnete es aufs Geratewohl, schloß es wieder und stand auf: es war entschieden, er konnte nicht bleiben. Er zündete eine Kerze an und sagte gute Nacht. Er ging auf die Kinder zu und umarmte sie voller Rührung; Antoinette in ihre Arbeit, Olivier in sein Buch vertieft, erwiderten seinen Kuß zerstreut, ohne zu ihm aufzuschauen. Olivier nahm nicht einmal die Hand von seinen Ohren und brummte ein verdrießliches „Gute Nacht", ohne sich im Lesen stören zu lassen (wenn er las, hätte eins der Seinen ins Feuer fallen können, ohne daß er sich hätte stören lassen). Jeannin verließ das Zimmer. Nebenan hielt er sich noch ein wenig auf. Kurze Zeit darauf kam seine Frau, um Tischtücher in einem Schrank zu ordnen, da das Mädchen schon zu Bett gegangen war. Sie tat, als sähe sie ihn nicht. Nach einigem Zögern kam er auf sie zu und sagte:

„Verzeih mir; ich war vorhin etwas heftig gegen dich."

Sie fühlte sich versucht, ihm zu antworten:

Mein armer Mann, ich bin dir nicht böse, aber was hast du nur? Sage mir doch, was dir fehlt!,

allzu glücklich aber, es ihm heimzahlen zu können, sagte sie:

„Laß mich zufrieden! Du bist abscheulich brutal gegen mich: du behandelst mich in einer Weise, wie du es keinem Dienstboten gegenüber tun würdest."

Und in diesem Ton redete sie weiter und zählte mit herber und grollender Redseligkeit alles auf, was sie erduldete.

Er antwortete mit einer müden Bewegung, lächelte bitter und ließ sie allein.

Niemand hörte den Revolverschuß. Erst am nächsten Morgen, als man erfuhr, was geschehen war, erinnerten sich einige Nachbarn, gegen Mitternacht in der Stille der Straßen einen kurzen Schlag gleich einem Peitschenknall gehört zu haben. Sie hatten nicht darauf geachtet. Der Friede der Nacht sank sofort wieder auf die Stadt und hüllte Lebende und Tote in seine schweren Falten ein.

Die schlafende Frau Jeannin wachte erst eine oder zwei Stunden später auf. Da sie ihren Mann nicht neben sich sah, stand sie beunruhigt auf, lief durch alle Zimmer, ging in das untere Stockwerk hinab, in die Räume der Bank, die sich in einem Anbau befanden; und dort fand sie ihn in Jeannins Arbeitszimmer in seinem Sessel, über seinem Schreibtisch zusammengebrochen, in seinem Blut, das noch auf den Boden tropfte. Sie stieß einen gellenden Schrei aus, ließ ihre Kerze fallen und verlor das Bewußtsein. Man hörte sie vom Hause aus. Die Dienstboten liefen herbei, hoben sie auf, bemühten sich um sie und legten Jeannins Leiche auf ein Bett. Das Kinderzimmer war geschlossen. Antoinette schlief den Schlaf der Glücklichen. Olivier hörte Stimmenlärm und Schritte; er hätte gern die Ursache gewußt, aber er wollte seine Schwester nicht wecken und schlief wieder ein.

Bevor sie am nächsten Morgen noch irgend etwas wußten, lief die Nachricht schon durch die ganze Stadt. Die alte Dienstmagd brachte sie den Kindern als erste jammernd bei. Ihre Mutter war außerstande, an irgend etwas zu denken; ihre eigene Gesundheit gab zu Besorgnissen Anlaß. Die beiden Kinder sahen sich im Angesicht des Todes allein. In den ersten Augenblicken war ihr Entsetzen noch stärker als ihr Schmerz. Im übrigen ließ man ihnen nicht die Zeit, in Frieden zu weinen. Schon am frühen Morgen begannen die grausamen juristischen Formalitäten. Antoinette, die sich in ihr Zimmer geflüchtet hatte, klammerte sich mit allen Kräften ihres jugendlichen Egoismus an einen einzigen Gedanken, den einzigen, der ihr helfen konnte, die entsetzliche, sie zu ersticken drohende Wirklichkeit von sich abzudrängen: den Gedanken an ihren Freund; sie erwartete von Stunde zu Stunde seinen Besuch. Niemals hatte er sich mehr um sie bemüht als beim letzten Male, da sie ihn gesehen hatte; sie zweifelte nicht, daß er herbeieilen würde, um an ihrem Kummer teilzunehmen. – Aber niemand kam. Auch nicht irgendein Wort von irgend jemand. Kein Zeichen der Anteilnahme. Dagegen kamen sofort, kaum daß der Selbstmord bekannt geworden, Leute zu den Jeannins gestürzt, die dem Bankier ihr Geld anvertraut hatten, drangen mit Gewalt ein und machten in mitleidsloser Grausamkeit der Frau und den Kindern furchtbare Auftritte.

In wenigen Tagen stürzte alles in Trümmer, verloren sie alles: ein teures Wesen, ihr ganzes Vermögen, ihre ganze Stellung, die öffentliche Achtung, die Freunde. Es war ein vollständiger Zusammenbruch. Nichts von allem, was ihr

Leben ausmachte, blieb bestehen. Da sie alle drei ein unbestechliches Gefühl für moralische Reinheit besaßen, litten sie jetzt doppelt unter einer Entehrung, an der sie unschuldig waren. Am meisten durchwühlt vom Schmerz war Antoinette, denn sie war allem am fernsten gewesen. Frau Jeannin und Olivier standen, so zerrissen sie innerlich auch waren, jener Welt der Leiden nicht so fremd gegenüber. Pessimisten aus Instinkt, waren sie weniger überrascht als niedergeschmettert. Der Gedanke an den Tod war ihnen immer eine Zuflucht gewesen. Jetzt war er es mehr denn je; sie wünschten den Tod herbei. Gewiß ein jammervolles Ergeben, aber dennoch weniger schrecklich als die Auflehnung eines jungen, vertrauensvollen, glücklichen, das Leben liebenden Geschöpfes, das sich plötzlich zu abgrundtiefer Verzweiflung verdammt sieht oder zum Sterben, das ihm Entsetzen einflößt.

Antoinette entdeckte mit einem Schlag die Häßlichkeit der Welt. Ihre Augen öffneten sich: sie sah das Leben; sie bildete sich ein Urteil über ihren Vater, ihre Mutter, ihren Bruder. Während Frau Jeannin und Olivier gemeinsam weinten, verschloß sie sich in ihrem Schmerz. Ihr verzweifeltes kleines Gehirn grübelte über die Vergangenheit, die Gegenwart, die Zukunft nach; und sie sah, daß alles für sie aus war, daß es keine Hoffnung, keine Stütze mehr für sie gab. Sie konnte auf niemanden mehr zählen.

Die Beerdigung fand statt; sie war düster, schmachvoll. Die Kirche verweigerte der Leiche des Selbstmörders die Ehren. Die Witwe und die Waisen folgten allein dem Sarg, denn die alten Freunde waren zu feige dazu. Kaum zwei oder drei ließen sich einen Augenblick sehen; und ihre verlegene Haltung war noch peinlicher als das Fernbleiben der anderen. Ihr Kommen schien ein Gnadengeschenk, und ihr Schweigen war schwer von Anklagen und verachtungsvollem Mitleid. Von seiten der Familie war es noch schlimmer; von ihr kamen nicht nur keine tröstenden Worte, sondern bittere Vorwürfe. Der Selbstmord des Bankiers beschwichtigte nicht etwa den Groll, er schien vielmehr fast ebenso verbrecherisch wie sein Bankrott. Die bürgerliche Gesellschaft verzeiht denen nicht, die sich das Leben nehmen. Ihr scheint es ungeheuerlich, daß man den Tod einem noch so schmachvollen Leben vorzieht; und sie fordert gern die ganze Strenge des Gesetzes für den, der zu sagen scheint:

Kein Unglück wiegt das auf, mit euch zusammen leben zu müssen.

Die größten Feiglinge sind meist am schnellsten bei der Hand, solche Tat als Feigheit zu bezeichnen. Und verletzt der Selbstmörder obendrein durch das Auslöschen seines Lebens ihre Interessen und entzieht sich ihrer Rache, so werden sie wie toll. – Nicht einen Augenblick dachten sie an all das, was der unglückliche Jeannin hatte leiden müssen, um so weit zu kommen. Sie hätten ihn gern tausendmal mehr gequält. Und nun, da er ihnen entronnen war, übertrugen sie ihr Verdammungsurteil auf die Seinen. Sie gestanden sich das nicht ein: denn sie wußten, daß es ungerecht war. Aber sie taten es trotzdem, denn sie brauchten ein Opfer.

Frau Jeannin, die scheinbar nur noch seufzen konnte, fand ihre ganze Energie wieder, wenn man ihren Mann angriff. Sie merkte jetzt, wie sehr sie ihn geliebt hatte; und die drei Wesen, die keine Vorstellung davon hatten, was am nächsten Tage aus ihnen werden sollte, verzichteten in völliger Übereinstimmung auf das mütterliche Erbteil, auf ihr ganzes persönliches Vermögen, um soweit als irgend möglich die Schulden des Vaters zurückzuzahlen. Dann beschlossen sie, nach Paris zu ziehen, denn in der Heimat konnten sie nicht mehr bleiben.

Die Abreise glich einer Flucht.

Am Abend vorher (es war ein trauriger Abend Ende September: die Felder verschwammen unter dichtem, weißem Nebel, aus dem zu beiden Seiten des Weges, je mehr man vorwärts schritt, die Skelette der tropfenden Sträucher wie Aquariumspflanzen auftauchten) gingen sie zusammen auf den Kirchhof, um Abschied zu nehmen. Alle drei knieten sie auf der schmalen Steinumfassung nieder, die den frisch aufgeworfenen Hügel umgab. Schweigend rannen ihre Tränen. Olivier schluchzte stoßweise; Frau Jeannin gebrauchte verzweifelt ihr Taschentuch. Sie steigerte ihren Schmerz, sie marterte sich, indem sie sich unaufhörlich die Worte wiederholte, die sie ihrem Mann gesagt hatte, als sie ihm das letztemal lebend gegenüberstand. Olivier dachte an das Gespräch auf der Terrassenbank. Antoinette dachte daran, was aus ihnen werden sollte. Keiner trug den Schatten eines Vorwurfs gegen den Unglücklichen im Herzen, der sich selbst und sie ins Unglück gestürzt hatte. Aber Antoinette dachte:

Ach, lieber Papa, wieviel werden wir zu leiden haben!

Der Nebel wurde dichter, die Feuchtigkeit durchdrang sie, aber Frau Jeannin konnte sich nicht zum Fortgehen entschließen. Antoinette sah, wie Olivier schauerte, und sie sagte zu ihrer Mutter:

„Mama, mir ist kalt."

Sie standen auf. Im Augenblick des Weggehens wandte sich Frau Jeannin ein letztes Mal nach dem Grab um.

„Mein armer Freund!" sagte sie.

Bei sinkender Nacht verließen sie den Kirchhof. Antoinette hielt Oliviers erstarrte Hand in der ihren.

Sie kehrten in das alte Haus zurück. Es war ihre letzte Nacht in dem Nest, in dem sie immer geschlafen hatten, in dem sich ihr Leben und das Leben ihrer Vorväter abgespielt hatte, die letzte Nacht zwischen diesen Wänden, in diesem Heim, an diesem Herd, auf diesem kleinen Fleck Erde, woran alle Freuden und Schmerzen der Familie so unlösbar hafteten, daß es war, als gehörte es mit zur Familie, als wäre es ein Stück ihres Lebens und als ob man es nur lassen könnte, um zu sterben.

Ihre Koffer waren gepackt. Sie mußten den ersten Morgenzug nehmen, bevor die Läden der Nachbarn sich öffneten: sie wollten der Neugierde und den böswilligen Glossen entgehen. – Sie hätten sich am liebsten eines an das andere gepreßt; und doch ging jedes instinktiv in sein Zimmer und blieb dort. Sie setzten sich nicht, rührten sich nicht; es kam ihnen nicht einmal in den Sinn, Hut und Mantel abzulegen; sie befühlten die Wände, die Möbel, alles, was sie verlassen sollten, lehnten ihre Stirn gegen die Fensterscheiben und suchten den Zusammenhang mit den geliebten Dingen in sich aufzunehmen und zu bewahren. Endlich entriß sich jedes mit Anstrengung der Selbstsucht seiner schmerzlichen Gedanken, und sie trafen sich in Frau Jeannins Zimmer, dem Familienzimmer, das einen großen Alkoven im Hintergrund hatte; dort hatten sie früher am Abend nach dem Essen beisammengesessen, wenn kein Besuch gekommen war. Früher! – Alles schien ihnen schon so fern! – Ohne zu reden, blieben sie dort um das dürftige Feuer sitzen; dann knieten sie vor dem Bett hin und verrichteten gemeinsam das Gebet; sehr früh legten sie sich nieder, denn sie mußten vor Sonnenaufgang aufstehen. Doch es dauerte lange, bis ihnen der Schlaf kam.

Frau Jeannin, die von Stunde zu Stunde auf die Uhr gesehen hatte, ob es noch nicht Zeit sei, sich fertigzumachen, zündete gegen vier Uhr morgens ihre Kerze an und stand auf. Antoinette, die kaum geschlafen hatte, hörte sie und erhob sich ebenfalls. Olivier lag noch in tiefem Schlummer. Frau Jeannin betrachtete ihn voll Rührung und konnte sich nicht entschließen, ihn zu wecken. Sie entfernte sich auf den Fußspitzen und sagte zu Antoinette:

„Wir wollen keinen Lärm machen; mag der arme Kleine die letzten Augenblicke hier genießen."

Die beiden Frauen zogen sich fertig an und packten die letzten Habseligkeiten zusammen. Rings um das Haus dehnte sich das große Schweigen der kalten Nächte, in denen alles, was lebt, Mensch und Tier, sich begieriger in den wärmenden Schlaf wühlt. Antoinette klapperte mit den Zähnen: ihre Seele und ihr Leib waren erstarrt.

Die Haustür hallte in der vereisten Luft wider. Die alte Dienstmagd, die den Schlüssel zum Hause hatte, kam ein letztes Mal ihre Herrschaft bedienen. Klein, dick, kurzatmig und durch ihre Wohlbeleibtheit behindert, aber für ihr Alter erstaunlich flink, erschien sie mit ihrem gutmütigen, eingemummelten Gesicht mit roter Nase und tränenden Augen. Sie war außer sich, daß Frau Jeannin vor ihr aufgestanden war und den Ofen in der Küche angezündet hatte. – Als sie hereinkam, wachte Olivier auf. Seine erste Regung war, die Augen wieder zu schließen, sich auf die andere Seite zu drehen und weiterzuschlafen. Antoinette legte ihre Hand sanft auf die Schulter ihres Bruders und rief ihn leise an:

„Olivier, mein Kleiner, es ist Zeit."

Er seufzte, öffnete die Augen, sah seiner Schwester Gesicht über das eigene geneigt: sie lächelte ihm traurig zu, streichelte seine Stirn und wiederholte:

„Komm."

Er stand auf.

Leise wie Diebe verließen sie das Haus. Jeder trug Gepäckstücke in der Hand. Das alte Dienstmädchen ging ihnen voran, den Koffer auf einem Handwagen fahrend. Fast alles, was sie besaßen, ließen sie zurück; sie nahmen eigentlich nur mit, was sie auf dem Leibe trugen und ein paar Kleidungsstücke. Einige armselige Andenken sollten ihnen als Frachtgut nachgeschickt werden: ein paar Bücher, Familienbilder, die alte Standuhr, deren Schlag ihnen wie der Schlag ihres eigenen Lebens schien. – Die Luft war scharf. Noch niemand in der Stadt war auf; die Fensterläden waren geschlossen, die Straßen leer. Sie schwiegen. Nur die Dienstmagd redete. Ein letztes Mal suchte sich Frau Jeannin die Bilder einzuprägen, die ihr die ganze Vergangenheit zurückriefen.

Auf dem Bahnhof nahm Frau Jeannin aus Eitelkeit Plätze zweiter Klasse, obgleich sie sich vorgenommen hatte, die dritte zu nehmen; doch sie fand in Gegenwart der zwei oder drei Bahnhofsangestellten, die sie kannten, nicht den Mut zu solcher Erniedrigung. Sie flüchtete sich eilig in ein leeres Wagenabteil und schloß sich dort mit den Kindern ein. Hinter den Vorhängen verborgen, zitterten sie davor, ein bekanntes Gesicht auftauchen zu sehen. Doch niemand zeigte sich; zu der Zeit, da sie abreisten, erwachte die Stadt eben erst; der Zug war fast leer; nur drei oder vier Bauern fuhren mit, und Ochsen, die ihren Kopf über die Wagenlatte streckten und klagend brüllten. Nach langem Warten gab die Lokomotive einen langgezogenen Pfiff von sich, und der Zug fuhr in den Nebel hinein. Die drei Flüchtlinge zogen die Vorhänge auf und betrachteten, das Gesicht an die Scheiben gedrückt, ein letztes Mal die kleine Stadt, deren gotischer Turm sich kaum in dem Nebelschleier abzeichnete, den mit Stoppeln bedeckten Hügel, die dampfenden, reifbedeckten Felder: es war schon eine Traumlandschaft, fern und beinahe unwirklich. Und als sie bei einer zwischen Abhängen hinführenden Wegbiegung verschwand und sie nun vor jeder Beobachtung sicher waren, konnten sie sich nicht mehr beherrschen. Frau Jeannin drückte ihr Taschentuch an den Mund und schluchzte. Olivier hatte sich an sie gedrängt und bedeckte, den Kopf im Schoß der Mutter, ihre Hände mit Küssen und Tränen. Antoinette saß, dem Fenster zugewandt, in der anderen Ecke des Wagenabteils und weinte schweigend. Sie weinten nicht alle drei aus demselben Grunde. Frau Jeannin und Olivier dachten nur an das, was sie hinter sich ließen. Antoinette dachte weit mehr an alles, was sie finden würden: sie machte sich deswegen Vorwürfe; sie hätte sich gern ganz in ihre Erinnerungen versenkt ... Sie hatte allen Grund, an die Zukunft zu denken; sie sah die Dinge klarer als ihre Mutter und ihr Bruder. Diese machten sich Illusionen über Paris. Antoinette war es keinen Augenblick zweifelhaft, was sie erwartete. Sie waren noch niemals dort gewesen. Frau Jeannin hatte in Paris eine Schwester, die mit einem reichen Richter verheiratet war, und sie rechnete auf deren Hilfe. Außerdem war sie überzeugt, ihre Kinder würden bei der Erziehung, die sie genossen hatten, und bei ihren natürlichen Anlagen, die sie wie alle Mütter überschätzte, keinerlei Mühe haben, ihren Lebensunterhalt anständig zu verdienen.

Der erste Eindruck bei der Ankunft war unglückverheißend. Schon am Bahnhof wurden sie von dem Menschengedränge im Gepäckraum und dem Wagengewimmel beim Ausgang ganz verwirrt. Es regnete. Eine Droschke war nicht zu finden. Die Arme waren ihnen von den zu schweren Gepäckstücken wie zerschlagen, sie mußten weit laufen, hielten manchmal gezwungenermaßen mitten auf der Straße inne und liefen Gefahr, von den Wagen überfahren oder mit Schmutz bespritzt zu werden. Kein Kutscher hörte auf ihre Zurufe. Endlich gelang es ihnen, einen anzuhalten, der einen alten, widerlich unsauberen Rumpelkasten lenkte. Als sie ihre Gepäckstücke aufluden, ließen sie eine Rolle mit Decken in den Schmutz fallen. Der Gepäckträger, der ihren Koffer schleppte, und der Kutscher machten sich ihre Unerfahrenheit zunutze, indem sie das Doppelte verlangten. Frau Jeannin hatte die Adresse eines jener mittelmäßigen und teuren Hotels angegeben, die von den Provinzlern bevorzugt werden; weil irgendeiner ihrer Großeltern vor dreißig Jahren dort gewohnt hat, machen sie es nun trotz aller Übelstände ebenso. Man übervorteilte sie dort gehörig. Das Hotel sei besetzt, hieß es; so stopfte man sie denn alle miteinander in einen engen Raum und berechnete ihnen den Preis für drei Zimmer. Beim Diner wollten sie sparen, und sie verzichteten auf die gemeinsame Tafel; sie bestellten sich ein bescheidenes Mahl, das ebenso teuer wurde und sie hungrig ließ. Seit den ersten Minuten ihrer Ankunft waren ihre Hoffnungsträume zerstoben. Und schon in dieser ersten Hotelnacht, als sie, in ein luftloses Zimmer gepfercht, weder schlafen noch atmen konnten, bald froren, bald glühten, bei jedem Schritt im Korridor, dem Türenschlagen, dem unaufhörlichen Klingeln zusammenfuhren, als sie durch das unaufhörliche Wagenrollen und das Gepolter der schweren Lastfuhrwerke ihr Gehirn gemartert fühlten, standen sie in starrem Entsetzen unter dem Eindruck der ungeheuerlichen Stadt, in die sie sich gestürzt hatten und in der sie sich verloren sahen.

Am nächsten Morgen lief Frau Jeannin zu ihrer Schwester, die eine elegante Wohnung auf dem Boulevard Haussmann innehatte. Ohne es sich einzugestehen, hoffte sie, daß man ihnen anbieten werde, im Hause zu wohnen, bis sie sich zurechtgefunden hätten. Der erste Empfang genügte, sie von ihrem Irrtum zu überzeugen. Die Poyet-Delormes waren wütend über den Bankrott ihres Verwandten. Besonders fürchtete die Frau, daß man sie in die Geschichte verwickeln und daß dies dem Vorwärtskommen ihres Mannes hinderlich sein könnte; so fand sie es unglaublich unzart, daß sich die ruinierte Familie an sie klammern und so noch mehr bloßstellen wolle. Der Richter dachte ebenso; aber er war ein ziemlich anständiger Mensch, er wäre hilfsbereiter gewesen, wenn seine Frau nicht aufgepaßt hätte – was ihm im Grunde genommen ganz recht war. Frau Poyet-Delorme begrüßte ihre Schwester mit eisiger Kälte. Frau Jeannin fühlte sich durchschauert; aber sie bezwang ihren Stolz: sie gab mit verhüllten Worten zu verstehen, in welch schwieriger Lage sie sich befand und was sie von den Poyets gewünscht hätte. Man tat, als habe man nicht verstanden. Nicht einmal zum Abendessen behielt man sie da; zeremoniell lud man sie für das Ende der Woche ein. Und selbst diese Einladung ging nicht von Frau Poyet aus, sondern vom Richter, der die Art, wie seine Frau ihre Schwester empfing, peinlich empfand und die frostige Aufnahme abzuschwächen suchte: er spielte den Gutherzigen, aber man fühlte, daß er es nicht ganz aufrichtig meinte und daß er im Grunde ein großer Egoist war. – Die unglücklichen Jeannins kehrten ins Hotel zurück und wagten nicht, ihre Eindrücke über diesen ersten Versuch miteinander auszutauschen.

Sie verbrachten die folgenden Tage damit, eine Wohnung zu suchen, irrten in Paris umher, wurden müde vom Treppensteigen und fühlten sich angewidert vom Anblick dieser mit Menschenleibern vollgestopften Kasernen, dieser schmutzigen Treppen, dieser lichtlosen Zimmer, die nach dem großen Haus in der Provinz so traurig anmuteten. Sie wurden immer niedergeschlagener. Und ihre Betäubtheit in den Straßen, den Kaufhäusern, den Restaurants war stets die gleiche, so daß sie immer wieder überall und von allen betrogen wurden. Was sie auch verlangten, es kostete unglaublich viel; es war, als hätten sie die Gabe, alles, was sie berührten, in Gold zu verwandeln: in Gold, das sie zahlen mußten. Sie waren unbeschreiblich ungeschickt und verstanden es in keiner Weise, sich zur Wehr zu setzen.

Sowenig Hoffnung Frau Jeannin auch in bezug auf ihre Schwester blieb, so machte sie sich doch noch ein paar Illusionen über das Diner, zu dem sie eingeladen waren. Mit klopfendem Herzen machten sie sich dafür zurecht. Sie wurden als Gäste behandelt, nicht als Verwandte – ohne daß man sich übrigens, von der Steifheit des Tones abgesehen, besondere Unkosten für das Essen gemacht hätte. Die Kinder sahen ihre ungefähr gleichaltrigen Vettern und Kusinen, die ihnen nicht herzlicher als der Vater und die Mutter entgegenkamen. Das elegante und kokette Mädchen redete lispelnd mit ihnen, setzte eine höflich überlegene Miene auf und war so geziert und zuckersüß, daß sie dadurch ganz aus der Fassung gebracht wurden. Der Junge fand dies zwangsweise Essen mit armen Verwandten zum Sterben langweilig, und er war so brummig wie nur möglich. Frau Poyet-Delorme saß gerade und steif auf ihrem Stuhl, und es war, als halte sie ihrer Schwester, selbst wenn sie ihr ein Gericht anbot, beständig eine Strafpredigt. Herr Poyet-Delorme redete Albernheiten, damit man nicht auf ernste Dinge zu sprechen käme. Die nichtssagende Unterhaltung kam aus Furcht vor jedem vertraulichen und gefährlichen Gespräch nicht über das hinaus, was man über das Essen sprach. Frau Jeannin nahm einen Anlauf, um die Unterhaltung auf das zu lenken, was ihr am Herzen lag; Frau Poyet-Delorme schnitt ihr das Wort mit einer nichtssagenden Bemerkung kurz ab. Noch einmal anzufangen fand Frau Jeannin nicht den Mut.

Nach Tisch forderte sie ihre Tochter zum Klavierspielen auf, weil sie deren Talent zeigen wollte. Die Kleine war verlegen, mißmutig und spielte entsetzlich. Die gelangweilten Poyets warteten nur darauf, daß sie fertig wäre. Frau Poyet schaute mit ironisch gekräuselten Lippen zu ihrer Tochter hin, und als die Musik zu lange dauerte, fing sie mit Frau Jeannin wieder von gleichgültigen Dingen zu reden an. Antoinette, die schließlich ganz den Faden ihres Stückes verlor, merkte mit Entsetzen, daß sie bei einer bestimmten Stelle, anstatt weiterzuspielen, wieder von vorn angefangen hatte und daß sie sich niemals herausarbeiten würde; so brach sie kurz ab und endete mit zwei Akkorden, die nicht richtig waren, und einem dritten, der falsch war. Herr Poyet sagte:

„Bravo!"

Und er verlangte den Kaffee.

Frau Poyet erzählte, ihre Tochter nehme bei Pugno Stunden. Die junge Dame, die „bei Pugno Stunden nahm", sagte: „Sehr nett, Kleine", und fragte, wo Antoinette studiert habe.

Die Unterhaltung schleppte sich hin. Die Nippsachen im Salon und die Toiletten der Damen Poyet gaben keinen Stoff mehr her. Frau Jeannin sagte sich immer wieder:

Jetzt ist der gegebene Augenblick zum Sprechen, jetzt muß ich sprechen ...

Alles zog sich in ihr zusammen. Als sie schließlich eine große Anstrengung machte und sich zum Reden entschloß, ließ Frau Poyet wie zufällig und in einem Ton, der nicht einmal nach einer Entschuldigung klang, verlauten, daß es ihnen recht leid täte, daß sie aber gegen halb zehn Uhr ausgehen müßten: sie seien eingeladen und hätten es nicht verschieben können... Die verletzten Jeannins standen sogleich auf, um fortzugehen. Man hielt sie noch etwas zurück. Aber eine Viertelstunde später klingelte jemand an der Tür: der Diener meldete Freunde von Poyets, Nachbarn, die im unteren Stockwerk wohnten. Poyet und seine Frau wechselten verständnisvolle Blicke und tuschelten eilig mit den Dienstboten. Poyet stotterte irgendeine Entschuldigung und schob die Jeannins in ein Nebenzimmer. (Er wollte seinen Freunden das Vorhandensein und vor allem die Anwesenheit der kompromittierenden Familie in seinem Hause verbergen.) Man ließ die Jeannins in dem ungeheizten Zimmer allein. Die Kinder waren außer sich über diese Demütigungen. Antoinette hatte Tränen in den Augen; sie wollte, daß man fortginge. Ihre Mutter suchte sie zunächst davon abzubringen; als sich die Wartezeit dann in die Länge zog, entschloß auch sie sich dazu. Sie verließen das Zimmer. Im Flur holte sie Poyet ein, der von einem Dienstboten benachrichtigt worden war, und entschuldigte sich mit ein paar nichtssagenden Worten; er tat, als wollte er sie zurückhalten, aber man sah, es lag ihm daran, sie so schnell wie möglich loszuwerden. Er half ihnen in die Mäntel und schob sie mit lächelnder Miene, mit Händedrücken, mit halblauten Liebenswürdigkeiten zur Tür und hinaus. – In ihr Hotel zurückgekehrt, weinten die Kinder vor Wut. Antoinette stampfte mit den Füßen und schwor, daß sie niemals mehr den Fuß in die Wohnung dieser Leute setzen werde.

Frau Jeannin nahm eine Wohnung im vierten Stockwerk nahe dem Jardin des Plantes. Die Zimmer lagen den schmierigen Mauern eines dunklen Hofes gegenüber; das Eßzimmer und der Salon (denn Frau Jeannin hielt etwas auf einen Salon) gingen auf eine belebte Straße. Den ganzen Tag kamen Dampfstraßenbahnen und Leichenwagen vorbei, deren Zug sich in dem Kirchhof von Ivry verlor. Verlauste Italiener mit einer Lumpenbande von Kindern lungerten auf den Bänken herum und zankten sich wütend. Man konnte die Fenster des Lärmes wegen nicht offenlassen; und kam man abends nach Hause, so mußte man sich durch die Flut des geschäftigen und lauten Volksgewimmels drängen, durch überfüllte Straßen mit schmutzigem Pflaster gehen, an einer widerlichen Kneipe vorbei, die im Parterre des Nachbarhauses lag und an deren Tür aufgedunsene, dicke Weiber mit gelben Haaren, geschminkt und gepudert, standen und die Vorübergehenden mit gemeinen Blicken herausforderten.

Der dürftige Geldvorrat der Jeannins ging schnell zu Ende. Jeden Abend stellten sie mit gepreßtem Herzen fest, daß sich die Bresche in ihrer Börse wieder verbreitert hatte. Sie suchten sich Entbehrungen aufzuerlegen; aber sie verstanden es nicht: das ist eine Kunst, die man erst in jahrelangen Kümmernissen erlernen kann, falls man sie nicht von Kindheit an geübt hat. Wer nicht von Natur aus sparsam veranlagt ist, versucht vergeblich, es zu werden: sowie sich eine neue Gelegenheit zum Geldausgeben bietet, gibt er ihr nach. Die Sparsamkeit wird immer auf das nächste Mal verschoben; und hat man zufällig die kleinste Summe verdient oder glaubt man, sie verdient zu haben, so verbraucht man das bißchen schleunigst für Ausgaben, die schließlich die Summe zehnmal übersteigen.

Nach wenigen Wochen waren die Mittel der Jeannins erschöpft. Frau Jeannin mußte ihr letztes Selbstgefühl opfern und hinter dem Rücken ihrer Kinder Poyet um Geld bitten. Sie richtete es so ein, daß sie ihn allein in seinem Arbeitszimmer traf, und sie flehte ihn an, ihr so lange, bis sie eine Stellung gefunden hätte, die ihnen den Lebensunterhalt ermöglichte, eine kleine Summe vorzustrecken. Da Poyet schwach war und verhältnismäßig menschenfreundlich gesinnt, gab er nach, wenn er auch zuerst versuchte, seine Antwort auf später zu verschieben. In einem Augenblick der Rührung, deren er nicht Herr werden konnte, lieh er ihr zweihundert Francs; bald darauf bereute er es allerdings, besonders als er es Frau Poyet gestehen mußte, die über die Schwäche ihres Mannes und über ihre hinterlistige Schwester außer sich war.

Die Jeannins verbrachten ihre Tage damit, kreuz und quer durch Paris zu laufen, um eine Stellung zu finden. Frau Jeannin konnte sich mit ihren Vorurteilen, den Vorurteilen einer reichen Provinzlerin, keine andere Beschäftigung für sich und ihre Kinder vorstellen als einen der „standesgemäßen" Berufe – wahrscheinlich, weil man dabei verhungert. Sie hätte ihrer Tochter nicht einmal erlaubt, als Erzieherin in eine Familie zu gehen. Als einzige nicht entehrende Berufe erschienen ihr die offiziellen im Staatsdienst. Es handelte sich also darum, Mittel zu finden, um Oliviers Erziehung vollenden und ihn Lehrer werden zu lassen. Für Antoinette hätte Frau Jeannin gern irgendeine Unterrichtsanstalt ausgesucht, damit sie dort Stunden gebe, oder sie am Konservatorium gesehen, wo sie einen Preis für Klavierspiel erringen könnte. Aber die Institute, an die sie sich wendete, waren alle mit Lehrern versorgt, die ganz andere Examen aufzuweisen hatten als ihre Tochter mit ihrem armseligen kleinen Elementarzeugnis; und was die Musik betraf, so mußte sie einsehen, daß Antoinettes Talent zu den alltäglichsten gehörte, verglichen mit so vielen andern, die trotzdem nicht durchzudringen vermochten. So lernten sie den furchtbaren Lebenskampf kennen und den unsinnigen Verbrauch kleiner und großer Talente, mit denen Paris nichts anzufangen weiß.

Die beiden Kinder wurden ganz und gar entmutigt, verloren das Vertrauen zu sich und hielten sich für minderwertig; mit wahrer Erbitterung wollten sie das sich und ihrer Mutter beweisen. Olivier, dem es in seinem Provinzgymnasium nicht schwergefallen war, für einen Musterschüler zu gelten, war jetzt wie gelähmt; er schien aller seiner Gaben beraubt. In dem Gymnasium, in das man ihn brachte und in dem es ihm gelang, einen Freiplatz zu erringen, waren seine Zeugnisse in der ersten Zeit so jämmerlich, daß man ihm die Freistelle wieder entzog. Er hielt sich für einen völligen Dummkopf; dabei empfand er Grauen vor diesem Paris mit seinem Menschengewimmel, vor der widerlichen Unmoral seiner Kameraden, ihren gemeinen Gesprächen, vor der Bestialität einiger von ihnen, die ihn nicht mit abscheulichen Vorschlägen verschonten. Er fand nicht einmal die Kraft, ihnen seine Verachtung auszudrücken. Durch den bloßen Gedanken an ihre Schändlichkeit fühlte er sich selbst geschändet. Gleich seiner Mutter und seiner Schwester flüchtete er sich in leidenschaftliche Gebete, die sie allabendlich gemeinsam verrichteten, wenn sie wieder einen neuen Tag voll heimlicher Enttäuschungen und Demütigungen hinter sich hatten, die diesen unschuldigen Herzen wie eine Besudelung erschienen und die sie einander nicht einmal zu erzählen wagten. Aber durch die Berührung mit dem Geist des verborgenen Atheismus, den man in Paris einatmet, wurde Oliviers Glaube, ohne daß er es merkte, allmählich erschüttert, wie allzu frischer Kalk beim Ansturm des Regens von den Mauern fällt. Wohl glaubte er noch, aber rings um ihn her starb Gott.

Seine Mutter und seine Schwester machten weiter ihre vergeblichen Gänge. Frau Jeannin ging noch einmal zu den Poyets, die in ihrem Wunsche, die Verwandten loszuwerden, ihnen Stellungen anboten. Es handelte sich für Frau Jeannin darum, als Vorleserin zu einer alten Dame zu gehen, die den Winter im Süden verbrachte. Für Antoinette hatte man einen Lehrerinnenposten ausfindig gemacht, bei einer Familie im Osten Frankreichs, die das ganze Jahr hindurch auf dem Lande lebte. Die Bedingungen waren nicht allzu schlecht; aber Frau Jeannin lehnte ab. Mehr noch als sie sich der Demütigung widersetzte, selbst in Stellung zu gehen, war sie dagegen, daß ihre Tochter sich dazu hergebe, und vor allem, daß Antoinette von ihr getrennt werde. So unglücklich sie auch waren, und gerade weil sie unglücklich waren, wollten sie zusammenbleiben. – Frau Poyet nahm das sehr übel; sie sagte, wenn man keine Mittel zum Leben habe, dürfe man nicht die Hochmütigen spielen. Frau Jeannin konnte sich nicht enthalten, ihr Herzlosigkeit vorzuwerfen. Darauf sagte Frau Poyet Verletzendes über den Bankrott und über das Geld, das Frau Jeannin ihnen schulde. Als Todfeindinnen gingen sie auseinander. Alle Beziehungen wurden abgebrochen. Frau Jeannin hatte nur noch einen Wunsch: das geliehene Geld zurückzuzahlen. Aber sie konnte es nicht.

Die vergeblichen Bemühungen dauerten fort. Frau Jeannin suchte den Deputierten und den Senator ihres Departements auf, denen Herr Jeannin unzählige Male nützlich gewesen war. Überall stieß sie auf Undankbarkeit und Selbstsucht. Der Deputierte antwortete nicht einmal auf ihre Briefe, und als sie an seiner Tür klingelte, ließ er sagen, er sei ausgegangen. Der Senator redete mit plumpem Mitleid über ihre Lage, für die er „diesen elenden Jeannin" verantwortlich machte, dessen Selbstmord er hart verdammte. Frau Jeannin verteidigte ihren Mann; der Senator erwiderte, er wisse ja, daß der Bankier nicht aus Ehrlosigkeit gehandelt habe, sondern aus Dummheit; daß er eine Null, ein armer Strohkopf gewesen sei, der nichts verstand und, ohne je einen Rat zu erbitten noch einer Warnung Gehör zu schenken, immer nur alles nach seinem Kopfe habe machen wollen. Wenn er sich allein ins Elend gebracht hätte, würde man ja nichts weiter sagen: das wäre seine eigene Sache gewesen! Aber daß er – ganz abgesehen von den anderen Zugrundegerichteten – seine Frau und seine Kinder ins Elend getrieben und sie dann noch habe sitzenlassen, damit sie zusähen, wie sie weiterkämen – das ... nun, es sei ja Frau Jeannins Sache, ihm das zu verzeihen, falls sie eine Heilige sei; er aber, der Senator, der kein Heiliger sei und sich etwas darauf zugute tue, ein Mann von gesundem Menschenverstand zu sein, ein besonnener und vernünftiger Mensch – er habe keinerlei

Grund, Verzeihung zu üben: ein Kerl, der sich in solchem Falle das Leben nehme, sei ein elender Wicht. Der einzige mildernde Umstand, den man bei Jeannin in Betracht ziehen könnte, wäre, daß er nicht ganz zurechnungsfähig gewesen sei. Darauf entschuldigte er sich bei Frau Jeannin, in bezug auf ihren Mann etwas heftige Ausdrücke gebraucht zu haben; als Grund dafür bezeichnete er seine Sympathie für sie; und seine Schreibtischschieblade aufziehend, bot er ihr einen Fünzigfrancschein an – ein Almosen, das Frau Jeannin zurückwies.

Sie bemühte sich um eine Stelle in den Büros einer großen Verwaltung. Ihre Versuche waren ungeschickt und erfolglos. Sie brauchte ihren ganzen Mut, um einen Schritt zu tun; dann kam sie so niedergeschlagen zurück, daß sie ein paar Tage lang keine Kraft mehr fand, sich von der Stelle zu rühren; und wenn sie sich wieder auf den Weg machte, war es zu spät. Bei der Geistlichkeit fand sie ebensowenig Hilfe, da diese entweder keinerlei Vorteile für sich dabei sah oder für eine ruinierte Familie, deren Vater bekanntermaßen antiklerikal gesinnt gewesen war, keinerlei Interesse hatte. Alles, was Frau Jeannin schließlich nach tausend Anstrengungen fand, war der Platz einer Klavierlehrerin in einem Kloster: ein undankbarer und lächerlich bezahlter Posten. Um nur ein wenig mehr zu verdienen, besorgte sie abends für eine Agentur Abschreibearbeiten. Man war sehr streng gegen sie. Ihre Handschrift und ihre Zerfahrenheit, der zufolge sie manchmal trotz ihres Fleißes ein Wort, eine Zeile ausließ (sie dachte an so viele andere Dinge!), trugen ihr verletzende Rügen ein. Manchmal kam es vor, daß man ihre Abschrift zurückwies, an der sie sich mit brennenden Augen bis Mitternacht lahm geschrieben hatte. Verstört kehrte sie dann heim. Tagelang ging sie seufzend umher, ohne irgendeinen Entschluß fassen zu können. Seit langem litt sie an einem Herzleiden, das ihre Schicksalsschläge verschlimmert hatten und das ihr düstere Ahnungen einflößte. Manchmal hatte sie Herzbeklemmungen, Erstickungsanfälle, und es war ihr, als müßte sie sterben. Sie ging nicht mehr aus, ohne ihren Namen und ihre Adresse in der Tasche zu haben für den Fall, daß sie auf der Straße plötzlich zusammenbrechen würde. Was sollte geschehen, wenn sie nicht mehr war? Antoinette tröstete sie, so gut sie konnte, und trug eine Ruhe zur Schau, die sie gar nicht hatte; sie flehte sie an, sich zu schonen, sie an ihrer Stelle arbeiten zu lassen. Aber Frau Jeannin setzte ihren letzten Stolz darein, wenigstens ihrer Tochter die Demütigungen zu ersparen, unter denen sie selbst zu leiden hatte.

Sosehr sie sich auch aufrieb und alle Ausgaben noch einschränkte, so war, was sie verdiente, doch nicht genug, sie über Wasser zu halten. Die wenigen Schmucksachen, die sie noch zurückbehalten hatten, mußten verkauft werden. Und das schlimmste war, daß dieses Geld, dessen sie so unendlich bedurften, ihr am selben Tage, als sie es erhielt, gestohlen wurde. Der armen Frau, die stets unüberlegt handelte, war es in den Sinn gekommen, ins Warenhaus Bon Marché zu gehen, weil sie doch schon unterwegs war und weil sie da vorüberkam; am nächsten Tage war Antoinettes Geburtstag, und sie wollte ihr ein kleines Geschenk kaufen; sie hielt ihren Geldbeutel in der Hand, damit sie ihn nicht verliere. Mechanisch legte sie ihn einen Augenblick auf den Ladentisch, während sie etwas ansah. Als sie ihn wieder an sich nehmen wollte, war er verschwunden. – Das gab ihr den letzten Schlag.

Wenige Tage später, an einem erstickend heißen Augustabend – ein feuchtschwerer Dunst drückte schwül auf die Stadt –, kehrte Frau Jeannin von ihrer Abschriftenagentur heim, wo sie eine eilige Arbeit abzuliefern gehabt hatte. Es war kurz vor dem Abendessen: sie wollte aber trotzdem die fünfzehn Centimes für den Omnibus sparen und hetzte sich lieber ab, um nur schnell heimzukommen, denn sie fürchtete, daß ihre Kinder sonst unruhig würden. In ihrem vierten Stockwerk angelangt, konnte sie weder sprechen noch Luft bekommen. Es war nicht das erstemal, daß sie in solchem Zustand heimkehrte; die Kinder erschraken schon nicht mehr darüber. Sie nahm sich zusammen und setzte sich sofort mit ihnen zu Tisch. Von der Hitze ermattet, aßen Antoinette und Olivier kaum; mit Anstrengung und Widerwillen brachten sie ein paar Bissen Fleisch, ein paar Schlucke fades Wasser hinunter. Um ihrer Mutter Zeit zur Erholung zu lassen, sprachen sie nicht – sie hatten auch gar keine Lust zum Sprechen – sie starrten zum Fenster hinaus.

Plötzlich griffen Frau Jeannins Hände in die Luft, sie klammerte sich an den Tisch, schaute ihre Kinder an, stöhnte und sank zusammen. Antoinette und Olivier stürzten noch rechtzeitig hinzu, um sie in ihren Armen aufzufangen. Sie waren wie wahnsinnig und schrien, flehten:

„Mama! Mamachen!"

Aber sie antwortete nicht mehr. Sie verloren den Kopf. Antoinette umklammerte krampfhaft den Körper ihrer Mutter, küßte sie, rief sie an. Olivier riß die Wohnungstür auf und schrie:

„Hilfe!"

Die Concierge kletterte die Treppe hinauf, und als sie sah, was geschehen war, lief sie zu einem Arzt in der Nachbarschaft. Doch als der Arzt erschien, konnte er nur noch feststellen, daß alles zu Ende sei. Der Tod war augenblicklich eingetreten – zum Glück für Frau Jeannin (aber wer konnte wissen, ob sie nicht Zeit genug gehabt hatte, in ihren letzten Sekunden zu erkennen, daß sie sterben und ihre Kinder allein im Elend zurücklassen würde ...).

Allein, die Schrecken der Katastrophe zu ertragen, allein in ihren Tränen, allein, die grauenhaften Verrichtungen zu überwachen, die dem Tode folgen. Die Concierge, eine gute Frau, half ihnen ein wenig. Und vom Kloster, wo Frau Jeannin Stunden gegeben hatte, kam jemand; aber darin lag keine echte Teilnahme.

Die ersten Augenblicke waren von einer Verzweiflung erfüllt, die durch nichts ausgedrückt werden kann. Das einzige, was die beiden rettete, war gerade das Übermaß dieser Verzweiflung, die sich bei Olivier bis zu Krämpfen steigerte. Dadurch wurde Antoinette von ihrem eigenen Leid abgelenkt; sie dachte nur noch an ihren Bruder; und ihre tiefe Liebe durchdrang Olivier, entriß ihn den gefährlichen Wahnvorstellungen, in die ihn der Schmerz hineingezerrt hatte. Als sie im Scheine eines Nachtlichtes umschlungen an dem Lager saßen, auf dem ihre Mutter ruhte, sagte Olivier immer wieder, sie müßten sterben, alle beide sterben, unverzüglich sterben; und er wies auf das Fenster. Auch Antoinette fühlte denselben finsteren Drang; aber sie kämpfte noch dagegen an: sie wollte leben...

„Wozu?"

„Um ihretwillen", sagte Antoinette (sie deutete auf die Mutter). „Sie ist immer um uns. Denke doch... Nach allem, was sie für uns gelitten hat, müssen wir ihr den schlimmsten Schmerz ersparen, den, uns elend sterben zu sehen... Ach", fuhr sie leidenschaftlich fort, „und dann darf man sich nicht so ergeben! Ich will es nicht! Ich empöre mich endlich dagegen! Ich will, daß du eines Tages glücklich wirst."

„Niemals!"

„Doch, du wirst glücklich werden. Wir haben allzuviel Unglück erlebt. Es wird anders werden, muß anders werden. Du wirst dir dein Leben aufbauen, du wirst eine Familie gründen, du wirst glücklich sein – ich will es, ich will es!"

„Wie sollen wir leben? Wir werden uns niemals durchsetzen können."

„Wir werden es können. Was ist nötig? Wir müssen uns ernähren, bis du dir deinen Lebensunterhalt verdienen kannst. Das laß meine Sorge sein. Du wirst sehen, ich kann es. Ach, hätte Mama mich nur machen lassen – ich hätte es schon gekonnt..."

„Was willst du tun? Ich will nicht, daß du erniedrigende Arbeiten tust. Übrigens könntest du es gar nicht."

„Ich werde es können, und es ist gar nichts Erniedrigendes dabei, wenn man seinen Lebensunterhalt durch Arbeit verdient – vorausgesetzt, daß es anständige Arbeit ist. Bitte, sorge dich nicht! Du sollst sehen, alles wird sich fügen; du wirst glücklich sein, wir werden glücklich sein, mein Olivier, *sie* wird es durch uns sein..."

Die beiden Kinder folgten dem Sarge ihrer Mutter allein. In völliger Übereinstimmung hatten sie beschlossen, die Poyets nichts wissen zu lassen: die Poyets waren für sie nicht mehr vorhanden, sie waren ihrer Mutter gegenüber zu grausam gewesen, sie waren mitschuldig an ihrem Tod. Und als die Concierge gefragt hatte, ob sie nicht andere Verwandte hätten, war ihre Antwort gewesen:

„Niemand."

Hand in Hand beteten sie vor dem kahlen Grabe. Sie trieben sich in ihre Unerschütterlichkeit, in ihren verzweifelten Stolz so sehr hinein, daß sie lieber die Einsamkeit ertrugen als die Anwesenheit gleichgültiger und heuchlerischer Verwandter. – Zu Fuß kehrten sie heim, mitten unter der Menge, die ihrer Trauer fremd war, fremd ihrem ganzen Wesen, fremd ihrem Denken, die nichts mit ihnen gemein hatte als die Sprache, die sie redeten. Antoinette nahm Oliviers Arm.

Sie mieteten im selben Hause im obersten Stockwerk eine ganz kleine Wohnung – zwei Mansardenzimmer, einen winzigen Vorraum, der ihnen als Eßzimmer diente, und eine Küche, so groß wie ein Wandschrank. In einem anderen Stadtviertel hätten sie etwas Besseres finden können, aber ihnen war, als lebten sie hier noch mit ihrer Mutter zusammen. Die Hausmeisterin bewies ihnen mitleidige Anteilnahme; bald aber wurde sie von ihren eigenen Angelegenheiten wieder in Anspruch genommen, und niemand kümmerte sich mehr um die Kinder. Nicht ein einziger Mieter kannte sie; und sie wußten nicht einmal, wer neben ihnen wohnte.

Antoinette erreichte es, ihre Mutter als Musiklehrerin im Kloster ersetzen zu dürfen. Sie suchte andere Stunden.

Sie hatte nur einen Gedanken: ihren Bruder großzuziehen, bis er in die Ecole Normale eintreten könne. Sie hatte das ganz allein beschlossen; sie hatte die Vorlesungsverzeichnisse studiert, sie hatte sich erkundigt, sie hatte versucht, auch Oliviers Meinung zu erfragen – aber da er keine besaß, hatte sie für ihn gewählt. War er einmal in der Ecole Normale, dann war ihm für sein ganzes übriges Leben der Unterhalt gesichert, und er konnte über seine Zukunft bestimmen. Dahin mußte er gelangen, bis dahin mußte man sich um jeden Preis durchs Leben schlagen. Das waren fünf oder sechs schreckliche Jahre; doch einmal würden sie zu Ende sein. Dieser Gedanke gewann in Antoinette eine eigenartige Kraft, und schließlich erfüllte er sie ganz und gar. Das Leben in Einsamkeit und Elend, das sie führen sollte und das sie deutlich vor sich sah, war nur zu ertragen dank jenem leidenschaftlichen Wollen, das sich ihrer bemächtigte: ihren Bruder retten, alles tun, damit ihr Bruder glücklich werde; wenn sie selbst es nicht mehr sein konnte! – Dieses Mädchen von siebzehn, achtzehn Jahren, das so leichtlebig und weichherzig gewesen war, wurde durch seinen heroischen Entschluß verwandelt: eine Glut der Aufopferung entbrannte in Antoinette, ein Kampfesstolz, den niemand in ihr vermutet hätte, sie selbst am allerwenigsten. In diesem kritischen Frauenalter, diesen ersten fiebervollen Frühlingstagen, da die Liebeskräfte das Wesen schwellen und es umströmen, es gleich einer verborgenen, unterirdisch brausenden Quelle umspülen, durchtränken, es in einem Zustand beständiger Besessenheit halten, nimmt die Liebe Formen aller Art an; sie will sich nur hingeben, sich gänzlich hinopfern. Alle Vorwände sind ihr recht, und ihre unschuldige und starke Sinnlichkeit ist bereit, jede Form des Opfers anzunehmen. Die Liebe machte aus Antoinette eine Beute der Freundschaft.

Ihr weniger leidenschaftlicher Bruder hatte diese Triebfeder nicht. Im übrigen opferte man sich für ihn, und nicht er war der sich Opfernde – was bei weitem leichter und wohltuender ist, wenn man liebt. Er hingegen fühlte die Gewissensqual auf sich lasten, daß sich seine Schwester um seinetwillen in Überanstrengung erschöpfte. Er sagte ihr das. Sie antwortete:

„Ach, mein armer Kleiner... Siehst du denn nicht, daß mich gerade das am Leben erhält? Welchen Zweck hätte das Leben für mich ohne die Sorge, die du mir machst?"

Er verstand sie wohl. Auch er hätte an Antoinettes Stelle eifersüchtig über dieser lieben Sorge gewacht; aber die Ursache solcher Sorge sein! – Darunter litten sein Stolz und sein Herz. Und welch ein zu Boden drückendes Gewicht bedeutete für ein schwaches Geschöpf wie ihn die Verantwortung, die man auf ihn lud: die Verpflichtung, ans Ziel zu gelangen, weil seine Schwester ihr ganzes Leben als Einsatz auf diese Karte gewagt hatte. Unerträglich war ihm dieser Gedanke, und weit entfernt, seine Kräfte zu verdoppeln, schmetterte er ihn in manchen Augenblicken gänzlich nieder. Jedoch zwang er ihn trotz allem, auszuhalten, zu arbeiten, zu leben, wozu er ohne diesen Zwang nicht fähig gewesen wäre. Seine Natur neigte viel eher zum Waffenstrecken – vielleicht sogar zum Selbstmord; und vielleicht wäre er der Versuchung erlegen, wenn seine Schwester ihn nicht ehrgeizig und glücklich hätte sehen wollen. Er litt darunter, daß seiner Natur entgegengearbeitet wurde, und doch lag darin für ihn das Heil. Auch er ging durch ein kritisches Alter, jenes gefährliche Alter, in dem Tausende von jungen Menschen, die durch ihre Sinne auf Abwege gerissen werden, straucheln und um zweier oder dreier toller Jahre willen ihr ganzes übriges Leben unwiederbringlich hingeben. Hätte er Zeit gehabt, sich seinen Gedanken ganz zu überlassen, so wäre er der Entmutigung oder der Haltlosigkeit verfallen; jedesmal, wenn es ihn überkam, in sich hineinzuschauen, gewannen seine krankhaften Träumereien wieder Macht über ihn: der Ekel vor dem Leben, vor Paris, vor der unreinen Gärung dieser Millionen Wesen, die sich vermischen und zusammen verwesen. Aber der Anblick seiner Schwester zerstreute den Alpdruck; und da sie nur lebte, damit er lebe, würde er leben; ja, er würde glücklich sein – sich selbst zum Trotz.

So baute sich ihr Leben auf einem glühenden Glauben auf, der aus Standhaftigkeit, aus Frömmigkeit und aus edlem Ehrgeiz zusammengesetzt war. Das ganze Wesen der beiden Kinder strebte dem einen Ziel entgegen: Oliviers Erfolg. Antoinette unterzog sich allen Arbeiten, allen Demütigungen: sie wurde Lehrerin in Häusern, wo man sie fast als Dienstboten behandelte; sie mußte, wie ein Kindermädchen, ihre Schülerinnen spazierenführen, unter dem Vorwande, sie Deutsch zu lehren, stundenlang mit ihnen die Straßen auf und ab laufen. Die Liebe zu ihrem Bruder, ja selbst ihr Stolz fanden in diesen seelischen Leiden und in diesen Anstrengungen einen Genuß.

Erschöpft kehrte sie heim, um sich Olivier zu widmen, der den Tag als Halbpensionär im Gymnasium verbrachte und erst abends nach Hause kam. Sie bereitete das Essen auf dem Gasherd oder auf einem Spirituskocher. Olivier hatte nie Hunger, alle Speisen waren ihm zuwider; gegen Fleisch empfand er unbezwinglichen Widerwillen; man mußte ihn zum Essen nötigen oder kleine Gerichte erfinden, die ihm schmeckten; und die arme Antoinette war keine hervorragende Köchin. Nachdem sie sich unendliche Mühe gegeben hatte, erlebte sie die schwere Kränkung, daß er ihr Essen für ungenießbar erklärte. Erst nach mancher Verzweiflung vor dem Kochherde – jener stummen Verzweiflung, wie sie ungeschickte junge Hausfrauen kennen, deren Leben und Schlaf manchmal dadurch vergiftet wird, ohne daß jemand es weiß – fing sie langsam an, sich darauf zu verstehen

Nach dem Essen, wenn sie das wenige benutzte Geschirr gewaschen hatte (er wollte ihr helfen, aber sie gab es nicht zu), kümmerte sie sich mütterlich um ihres Bruders Arbeit.

Sie ließ ihn seine Aufgaben hersagen, sie las seine Hausarbeiten durch, sie bereitete ihm sogar manches vor, wobei sie immer besorgt war, das empfindliche kleine Wesen nicht zu verletzen. Sie verbrachten den Abend an ihrem einzigen Tisch, der ihnen gleichzeitig zum Essen und zum Schreiben diente. Er arbeitete an seinen Schularbeiten; sie nähte oder machte Abschriften. War er zu Bett gegangen, so besserte sie seine Kleider aus oder arbeitete für sich.

Trotz der vielen Schwierigkeiten, sich über Wasser zu halten, beschlossen sie in völliger Übereinstimmung, daß sie alles Geld, was sie zu ersparen vermochten, vor allem dazu benutzen wollten, die Schulden abzutragen, die ihre Mutter bei den Poyets gemacht hatte. Nicht, daß diese unbequeme Gläubiger gewesen wären: sie hatten kein Lebenszeichen von sich gegeben; sie dachten nicht mehr an dieses Geld, das sie ein für allemal verloren glaubten; im Grunde hielten sie es noch für ein Glück, sich um diesen Preis ihrer Verwandten, die ein so schlechtes Licht auf sie warfen, entledigt zu haben. Aber der Stolz der beiden Kleinen und ihre kindliche Elternverehrung litten darunter, daß ihre Mutter diesen Leuten, die sie verachteten, etwas schuldete. Sie legten sich Entbehrungen auf, sie sparten an ihren kleinsten Vergnügungen, an ihrer Kleidung, an ihrer Nahrung, um diese zweihundert Francs zusammenzubringen – für sie eine ungeheure Summe. Antoinette hätte gern allein entbehrt. Als aber ihr Bruder merkte, was sie vorhatte, konnte ihn nichts davon abbringen, es ihr gleichzutun. Sie setzten ihr Letztes an dieses Ziel und waren glücklich, wenn sie ein paar Sous am Tag beiseite legen konnten.

Durch viele Entbehrungen gelang es ihnen, in drei Jahren die Summe Sou für Sou zusammenzubringen. Ihre Freude darüber war groß. Antoinette ging eines Abends zu Poyets. Man empfing sie ohne Wohlwollen, denn sie glaubten, sie wolle eine Unterstützung erbitten. Sie hielten es für gut, Antoinette zuvorzukommen, indem sie ihr mit dürren Worten vorwarfen, daß sie keinerlei Nachricht von sich gegeben, ja nicht einmal den Tod ihrer Mutter mitgeteilt habe und nur komme, wenn sie sie brauche. Antoinette unterbrach sie, indem sie bemerkte, sie habe nicht die Absicht, sie zu belästigen: sie komme nur, um das Geld zurückzubringen, das sie von ihnen geliehen habe; dabei legte sie die beiden Banknoten auf den Tisch und bat um eine Quittung. Sofort änderten sie ihr Benehmen und taten, als wollten sie das nicht annehmen: sie bezeigten ihr jenes plötzliche Wohlwollen, das der Gläubiger für einen Schuldner empfindet, der ihm nach Jahren das Geld für eine Schuld zurückzahlt, auf das er, der Gläubiger, nicht mehr gerechnet hatte. Sie wollten wissen, wo Antoinette und ihr Bruder wohnten und wie sie lebten. Sie wich aus, verlangte von neuem die Quittung, sagte, daß sie Eile habe, grüßte kalt und ging. Die Poyets waren empört über den Undank dieses Mädchens.

Von diesem Druck befreit, fuhr Antoinette fort, sich Entbehrungen aufzuerlegen, nun aber für ihren Bruder. Jedoch verbarg sie es noch mehr, damit er nichts davon merke. Sie sparte an ihrer Kleidung und manchmal an ihrem Essen, um für die Kleidung des Bruders und für seine Zerstreuungen etwas übrig zu haben, um sein Leben leichter und reicher zu gestalten, um ihm von Zeit zu Zeit zu ermöglichen, in ein Konzert zu gehen oder sogar in die Oper, was für Olivier das größte Glück bedeutete. Er wollte nicht ohne sie gehen; aber sie erfand irgendeinen Vorwand, um ihr Fernbleiben zu erklären und ihn von seinen Gewissensbissen zu befreien; sie gab vor, daß sie zu müde sei, daß sie keine Lust zum Ausgehen verspüre; sie versicherte sogar, daß es sie langweile. Er wurde durch solche Liebeslügen nicht getäuscht; aber sein Egoismus war stärker. Er ging ins Theater; war er aber einmal dort, so gewannen die Gewissensbisse wieder die Oberhand; während des ganzen Schauspiels dachte er daran: sein Glück war gestört. Eines Sonntags, als sie ihn in ein Konzert im Théâtre du Châtelet geschickt hatte, kam er nach einer halben Stunde wieder und sagte Antoinette, er sei nur bis zur Pont Saint-Michel gekommen und habe es nicht fertiggebracht, weiterzugehen: das Konzert ziehe ihn nicht mehr an, denn ein Vergnügen ohne sie bereite ihm nur Kummer. Nichts hätte Antoinette süßer klingen können, wenn es sie auch betrübte, daß ihr Bruder um ihretwillen auf seine Sonntagsfreude verzichtet hatte. Doch Olivier kam es nicht in den Sinn, das zu bedauern: als er beim Eintritt das Gesicht seiner Schwester in einer Freude aufstrahlen sah, die zu verbergen sie sich vergeblich bemühte, hatte er ein größeres Glück in sich empfunden, als es die schönste Musik der Welt ihm zu geben vermocht hätte. Sie verbrachten diesen Sonntagnachmittag, indem sie sich am Fenster gegenübersaßen, er ein Buch in der Hand, sie mit einer Handarbeit; doch sie nähten und lasen kaum, sie sprachen von kleinen Nichtigkeiten, die weder für ihn noch für sie besonderes Interesse hatten. Noch niemals war ihnen ein Sonntag so köstlich erschienen. Sie kamen überein, daß sie sich nicht mehr des Konzertes wegen trennen wollten; sie waren nicht mehr imstande, ein Glück allein zu genießen.

Sie brachte es fertig, heimlich genug zu sparen, um Olivier mit einem gemieteten Klavier zu überraschen, das ihnen einem Leihsystem zufolge nach einer Reihe von Monaten ganz und gar gehören sollte. Eine schwere Verpflichtung, die sie damit einging! Die Termine wurden ihr oft ein Alpdruck; sie untergrub ihre Gesundheit bei der Mühe, das nötige Geld zu beschaffen. Aber diese Torheit trug ihnen beiden soviel Glück ein! Die Musik war in ihrem harten Leben das Paradies. Sie bedeutete ihnen unendlich viel. In sie hüllten sie sich ein, um die übrige Welt zu vergessen. Das war nicht ungefährlich. Die Musik ist eines der großen, modernen Auflösungsmittel. Sie wirkt ermattend wie ein heißes Bad oder wie ein schwüler Herbst, der die Sinne überreizt und den Willen tötet. Aber für eine Seele, die wie Antoinette unter dem Zwange einer erdrückenden und freudelosen Arbeitslast lebte, war sie eine Entspannung. Das Sonntagskonzert war der einzige Lichtschimmer, der in die erholungslose Arbeitswoche hineinleuchtete. Sie lebten von der Erinnerung an das letzte Konzert und von der Hoffnung auf das nächste, auf die zwei oder drei außerhalb der Zeit, außerhalb von Paris verbrachten Stunden. Nach langem Warten unter freiem Himmel, in Regen oder Schnee, in Wind und Kälte, standen sie, eng zusammengepreßt, nur das eine befürchtend, keine Plätze mehr zu bekommen; sie drängten sich in den Theaterschlund, tauchten auf den engen, dunklen Plätzen in der Menge unter. Halb erstickt, halb erdrückt, manchmal fast ohnmächtig vor Hitze und Enge, waren sie dennoch glücklich, glücklich im eigenen Glück und in dem des anderen, glücklich, weil sie die Ströme von Güte, von Licht und Kraft durch ihr Herz fluten fühlten, die aus den großen Seelen Beethovens und Wagners niederrinnen, glücklich, weil sie das liebe geschwisterliche Antlitz sich verklären sahen, das von frühen Anstrengungen und Sorgen gebleichte Gesicht. Antoinette fühlte sich so matt, und ihr war, als läge sie in den Armen einer Mutter, die sie an den Busen drückte. Sie schmiegte sich in das holde, warme Nest und weinte ganz leise. Olivier drückte ihr die Hand; niemand beachtete sie im Dunkel des ungeheuren Saales, in dem sie nicht die einzigen gequälten Seelen waren, die sich unter die mütterlichen Flügel der Musik flüchteten.

Für Antoinette blieb auch die Religion fortdauernd ein Halt. Sie war sehr fromm und unterließ es an keinem Tag, lange und heiße Gebete zu verrichten, noch versäumte sie sonntags je die Messe. Trotz des ungerechten Elends ihres Lebens konnte sie nicht anders als an die Liebe des göttlichen Freundes glauben, der mit den Menschen leidet und sie eines Tages trösten wird. Mehr aber noch als mit Gott stand sie in inniger Verbindung mit ihren Toten, und mit ihnen durchlebte sie im geheimen alle ihre Trübsal. Dennoch war sie unabhängigen Geistes und klaren Verstandes; den anderen Katholiken blieb sie fern und war auch bei ihnen nicht besonders gut angeschrieben: sie fanden ihre Gesinnung bedenklich; fast hielten sie sie für eine Freidenkerin oder auf dem besten Wege dazu, es zu werden, weil sie als echte kleine Französin sich nicht dazu verstand, auf ihr freies Urteil zu verzichten: sie glaubte nicht aus Gehorsam wie die Herde, sondern aus Liebe.

Olivier glaubte nicht mehr. Sein Glaube war seit den ersten Pariser Monaten langsam unterwühlt und schließlich ganz und gar zerstört worden. Er hatte grausam darunter gelitten, denn er gehörte nicht zu denen, die stark oder mittelmäßig genug sind, den Glauben entbehren zu können: so hatte er denn Krisen tödlicher Angst durchlebt. Aber er bewahrte sich den Hang zum Mystischen; und war er auch noch so ungläubig geworden, so stand ihm doch keine Denkart näher als die seiner Schwester. Beide lebten in einer religiösen Atmosphäre. Wenn sie abends, jedes für sich, heimkehrten, nachdem ein ganzer Tag sie getrennt hatte, war ihre kleine Wohnung für sie der Hafen, die unverletzliche, dürftige, eisige, aber reine Freistatt. Wie fern fühlten sie sich dort den verderbten Gedanken von Paris!

Sie sprachen nicht viel von dem, was sie getan hatten: wenn man ermüdet heimkommt, hat man kaum die Neigung, einen peinvollen Tag im Erzählen wiederaufleben zu lassen. Instinktiv bemühten sie sich, ihn im Zusammensein zu vergessen. Vor allem während der ersten Stunde, wenn sie beim Abendessen saßen, hüteten sie sich davor, einander auszufragen. Ihre Augen sagten einander guten Abend, und manchmal redeten sie während der ganzen Mahlzeit kein Wort. Antoinettes Blicke ruhten auf dem Bruder, der träumend vor seinem Teller saß, ganz wie früher, als er noch klein gewesen war. Sie streichelte ihm sanft die Hand.

„Nur zu!" sagte sie lächelnd. „Mut!"

Auch er lächelte und aß weiter. So verstrich das Abendbrot, ohne daß sie sich zu einem Gespräch aufgerafft hätten. Sie waren erpicht auf Stille ... Erst zum Schluß, wenn sie sich ausgeruht fühlten und jedes, von der zarten Liebe des andern umgeben, die unreinen Spuren des Tages in seinem Wesen verwischt hatte, löste sich ihre Zunge ein wenig.

Olivier setzte sich ans Klavier. Antoinette gewöhnte sich das Spielen ab, damit er spielen könne; denn es war die einzige Zerstreuung, die er hatte, und ihr gab er sich mit ganzer Seele hin. Er war für Musik sehr begabt: seine weibliche Natur, mehr geschaffen zum Lieben als zum Handeln, vermählte sich mit den Gedanken der Musiker, deren Werke er spielte, verschmolz mit ihnen, gab ihre leisesten Schattierungen mit leidenschaftlicher Treue wieder – wenigstens soweit es ihm seine schwachen Arme und sein schwacher Atem erlaubten, die der titanische Ausbruch des *Tristan* oder der letzten Sonaten Beethovens überwältigte. Daher flüchtete er sich auch am liebsten zu Mozart und zu Gluck; und auch Antoinette bevorzugte diese Musik.

Manchmal sang sie auch, aber nur sehr einfache Lieder, alte Weisen. Sie hatte einen gedämpften Mezzosopran, der tief und zerbrechlich klang. Sie war so schüchtern, daß sie vor niemandem singen konnte; kaum vor Olivier: die Kehle war ihr wie zugeschnürt. Ein Lied von Beethoven auf einen schottischen Text liebte sie ganz besonders: *Der treue Johnie*; das war ruhig, so ruhig... mit einer Zärtlichkeit auf dem Grunde... Es glich ihr. Olivier konnte es nicht hören, ohne daß ihm die Tränen in die Augen traten.

Lieber noch hörte sie ihrem Bruder zu. Sie beeilte sich, ihre Haushaltungsarbeit zu beenden, und ließ die Tür zur Küche offen, damit sie Olivier besser höre. Aber trotz aller ihrer Vorsicht beschwerte er sich ungeduldig, daß sie mit dem Geschirr lärme. Dann schloß sie die Tür; wenn sie schließlich fertig war, setzte sie sich in einem niedrigen Sessel zurecht, nicht beim Klavier (denn er konnte es nicht leiden, daß jemand in seiner Nähe saß, wenn er spielte), sondern am Kamin; und dort saß sie, mit dem Rücken zum Klavier, gleich einer kleinen Katze in sich zusammengekauert; ihre Augen hingen an den goldenen Augen des Feuers, in dem sich lautlos ein Brikett verzehrte, und sie versank in die Bilder der Vergangenheit. Wenn es neun Uhr schlug, mußte sie sich einen Ruck geben, um Olivier daran zu erinnern, daß es Zeit sei, aufzuhören. Es war schwer, ihn loszureißen, sich selbst aus der Träumerei zu reißen; aber Olivier hatte abends noch zu arbeiten, und er durfte nicht zu spät zu Bett gehen. Er gehorchte nicht sofort; er brauchte immer eine gewisse Zeit, bis er sich nach der Musik wieder an seine Aufgabe machen konnte. Seine Gedanken wogten durcheinander. Oft schlug es halb zehn, bevor er sich den Nebeln entrungen hatte. Antoinette, die an der anderen Seite des Tisches über ihre Arbeit geneigt saß, wußte, daß er nichts tat; aber sie wagte nicht, allzuoft zu ihm hinzuschauen, aus Furcht, ihn durch solche vermeintliche Beaufsichtigung zu stören.

Er war in dem undankbaren Alter, dem glücklichen Alter, in dem die Tage mit Herumschlendern vergehen. Er hatte eine reine Stirn, mädchenhafte, gewitzigte und unschuldige Augen, die oft umrändert waren, einen großen Mund mit schwellenden, gleichsam saugenden Lippen, mit einem Lächeln, das ein wenig verquer und unbestimmt, zerstreut und schlingelhaft war; einen dicken Schopf von Haaren, die bis zu den Augen herabfielen und im Nacken einen Wulst bildeten, aus dem ein widerspenstiges Löckchen hinten emporstand. Er trug gewöhnlich eine weiche Krawatte (seine Schwester knüpfte sie ihm jeden Morgen sorgfältig), ein Jackett, dessen Knöpfe niemals hielten, obgleich Antoinette viel Zeit mit dem Annähen verbrachte, und keine Manschetten. Er hatte große Hände mit knochigen Gelenken. Mit pfiffiger, verträumter, lebenslustiger Miene verbrachte er unendliche Zeit damit, Maulaffen feilzuhalten. Seine tändelnden Augen wanderten im Zimmer Antoinettes umher (der Arbeitstisch stand bei ihr); sie glitten über das kleine Eisenbett, über dem ein elfenbeinernes Kruzifix mit einem Buchsbaumzweiglein hing, über die Bilder seines Vaters und seiner Mutter, über eine alte Photographie, die das Provinzstädtchen mit seinem Turm und den Spiegeln seiner Gewässer darstellte. Wenn sie dann das bläßliche Gesicht seiner Schwester trafen, die schweigend arbeitete, überfiel ihn ein unendliches Mitleid mit ihr und Zorn gegen sich selbst: ärgerlich über sein Nichtstun, riß er sich zusammen und arbeitete dann mit Energie, um die verlorene Zeit wieder einzuholen.

An den freien Tagen las er. Jedes von ihnen las für sich. Trotz ihrer Liebe zueinander waren sie nicht imstande, dasselbe Buch laut miteinander zu lesen. Das hätte sie wie ein Mangel an Zartgefühl verletzt. Ein schönes Buch schien ihnen ein Geheimnis, das man nur in die Stille seines Herzens hineinmurmeln dürfe. Wenn eine Stelle sie besonders entzückte, schoben sie sich, anstatt sie dem andern vorzulesen, das Buch zu, wiesen mit dem Finger auf die Stelle und sagten:

„Lies."

Dann verfolgte der, der schon gelesen hatte, mit glänzenden Augen auf dem Gesicht des Freundes die Erregung, die dieser lesend durchlebte; und er genoß sie mit ihm.

Oft aber saßen sie mit aufgestützten Ellbogen vor ihrem Buch und lasen nicht: sie plauderten. Je weiter der Abend vorrückte, um so stärker fühlten sie das Bedürfnis, sich einander anzuvertrauen, und es fiel ihnen dann weniger schwer, sich auszusprechen. Olivier hatte trübe Gedanken; und als schwacher Mensch mußte er seine Qualen stets von sich abwälzen, sie in die Brust eines anderen schütten. Zweifel nagten an ihm. Antoinette mußte ihm gut zureden, ihn gegen ihn selber verteidigen: das war ein unaufhörlicher Kampf, der jeden Tag aufs neue begann. Olivier sagte Bitteres und Finsteres; hatte er es ausgesprochen, so war er erleichtert, aber er kümmerte sich nicht darum, ob nun nicht seine Schwester davon niedergedrückt sei. Sehr spät erst merkte er, wie sehr er sie erschöpfte: er nahm ihre Kraft ganz für sich in Anspruch und flößte ihr seine eigenen Zweifel ein. Antoinette ließ sich nichts merken. Tapfer und heiter von Natur, zwang sie sich, auch dann noch heiter zu erscheinen, wenn ihre Fröhlichkeit schon längst dahin war. Augenblicke tiefer Ermattung überkamen sie, Augenblicke der Empörung gegen dieses stets Opfer heischende Leben, dem sie sich geweiht hatte. Aber sie verdammte solche Gedanken, sie wollte sie nicht zergliedern; sie drängten sich ihr wider Willen auf, sie wollte sie nicht einlassen. Das Gebet kam ihr zu Hilfe, außer wenn das Herz sich nicht fähig fühlte zu beten (das kommt vor), wenn es wie ausgetrocknet war. Dann konnte sie nur fiebernd und voll Scham abwarten, daß die Gnade zurückkehre. Olivier ahnte niemals etwas von diesen Ängsten. In solchen Augenblicken fand Antoinette einen Vorwand, sich zu entfernen oder sich in ihr Zimmer einzuschließen; und sie kam erst wieder zum Vorschein, wenn die Krisis vorüber war; dann war sie lächelnd, schmerzumwittert und zärtlicher als zuvor, als empfände sie Gewissensbisse, daß sie gelitten hatte.

Ihre Zimmer lagen nebeneinander. Ihre Betten standen Wand an Wand: sie konnten mit halber Stimme miteinander sprechen, und wenn sie schlaflos lagen, sagten sie sich durch ein ganz leises Klopfen an die Wand:

„Schläfst du? – Ich schlafe nicht."

Die Scheidewand war so dünn, daß sie zwei Freunden glichen, die Seite an Seite keusch in demselben Bett liegen. Aber die Tür ihrer beiden Zimmer hielten sie nachts aus einem instinktiven, tief eingewurzelten Schamgefühl – einem geheiligten Empfinden – geschlossen; sie blieb nur offen, wenn Olivier krank war: das kam nur allzuoft vor.

Seine schwankende Gesundheit festigte sich nicht. Sie schien sich vielmehr zu verschlechtern. Immer hatte er etwas – im Hals, in der Brust, im Kopf, am Herzen; der geringste Schnupfen drohte bei ihm zur Bronchitis auszuarten. Er bekam Scharlach und starb beinahe daran. Und selbst wenn er nicht krank war, zeigte er sonderbare Symptome gefährlicher Krankheiten, die glücklicherweise nicht ausbrachen: er fühlte Schmerzen und Stiche in der Lunge oder im Herzen. Einmal stellte der untersuchende Arzt eine Herzbeutelentzündung oder eine Lungenentzündung fest, und der große Spezialist, den man darauf herbeirief, bestätigte diese Besorgnisse. Indessen wurde nichts daraus. Bei ihm waren hauptsächlich die Nerven krank, und bekanntlich nimmt diese Art von Leiden ganz unerwartete Formen an; doch man kommt mit ein paar sorgenvollen Tagen davon. Aber wie grausam waren die für Antoinette! Wie viele schlaflose Nächte hatte sie! Oft ergriff sie Entsetzen in ihrem Bett, so daß sie immer wieder aufsprang, um an der Tür die Atemzüge ihres Bruders zu belauschen. Sie meinte, er werde sterben, sie wußte es, sie war dessen gewiß: sie richtete sich zitternd auf, sie faltete die Hände, krampfte sie ineinander, preßte sie gegen ihren Mund, um nicht zu schreien.

„Mein Gott, mein Gott", flehte sie, „nimm ihn mir nicht! Nein, das nicht ... Dazu hast du nicht das Recht! – Ich bitte dich, ich bitte dich! – Ach, liebe Mama, komm mir zu Hilfe! Rette ihn, daß er leben bleibt!"

Ihr ganzer Körper spannte sich.

Ach, nur nicht auf halbem Wege sterben, da man schon soviel getan hatte, da man beinahe am Ziel war, da er nun bald glücklich sein würde ... Nein, das war unmöglich: das wäre zu grausam gewesen!

Olivier gab ihr bald Veranlassung zu anderen Besorgnissen.

Er war wie sie grundanständig, hatte aber einen schwachen Willen, und sein Verstand war zu frei und zu umfassend, um nicht ein wenig unentschieden, zweiflerisch, nachsichtig gegen das zu sein, was er als schlecht kannte, und um nicht vom Vergnügen angezogen zu werden. Antoinette war so rein, daß sie lange Zeit brauchte, bis sie begriff, was im Geiste ihres Bruders vorging. Eines Tages entdeckte sie es ganz plötzlich.

Olivier glaubte sie ausgegangen. Gewöhnlich gab sie um diese Zeit Unterricht; im letzten Augenblick aber hatte ihre Schülerin sie benachrichtigt, daß sie heute nicht zu kommen brauche. Es hatte sie heimlich gefreut, wenn es auch bei ihren mageren Einnahmen einen Ausfall von einigen Francs bedeutete; aber sie war sehr müde, und so streckte sie sich auf ihrem Bett aus: sie genoß es, sich einmal ohne Selbstvorwürfe einen Tag ausruhen zu können. Olivier kam vom Gymnasium heim; ein Kamerad begleitete ihn. Sie ließen sich im Zimmer nebenan nieder und begannen zu plaudern. Man verstand alles, was sie sagten: und da sie sich allein glaubten, legten sie sich keinerlei Zwang auf. Lächelnd lauschte Antoinette der fröhlichen Stimme ihres Bruders. Bald aber hörte sie auf zu lächeln, und ihr Blut stockte. Sie sprachen von häßlichen Dingen, und zwar in abscheulich rohen Ausdrücken: sie schienen Gefallen daran zu finden. Sie hörte Olivier, ihren kleinen Olivier, lachen; und von seinen Lippen, die sie für unschuldig hielt, klangen unanständige Wörter, die sie vor Entsetzen erstarren ließen. Ein stechender Schmerz drang bis in ihr tiefstes Inneres. Lange Zeit ging es so weiter: sie wurden solcher Reden nicht müde, und Antoinette konnte es nicht unterlassen, zuzuhören. Endlich gingen sie fort, und Antoinette blieb allein. Da weinte sie: irgend etwas war in ihr gestorben; das Idealbild, das sie sich von ihrem Bruder – von ihrem Kinde – gemacht hatte, war besudelt: darunter litt sie tödlich. Als sie sich am Abend wiedersahen, sagte sie ihm nichts davon. Er sah, daß sie geweint hatte, und er konnte sich nicht denken, warum. Er begriff nicht, warum sich ihr Wesen ihm gegenüber geändert hatte. Sie brauchte einige Zeit, bevor sie sich wieder gefangen hatte.

Den schmerzlichsten Schlag aber bereitete er ihr, als er eines Abends nicht nach Hause kam. Die ganze Nacht wartete sie auf ihn, ohne sich niederzulegen. Sie litt nicht nur in ihrer sittlichen Reinheit; sie litt bis in die geheimsten Tiefen ihres Herzens hinein – bis in jene abgründigen

Tiefen, in denen sich gefährliche Gefühle regen, über die sie, um nichts zu sehen, einen Schleier geworfen hatte, den man nicht wegziehen darf.

Olivier hatte vor allem einen Beweis seiner Unabhängigkeit liefern wollen. Er kam morgens heim; er hatte sich sein Auftreten im voraus ausgedacht und war bereit, seiner Schwester sofort unverschämt zu antworten, falls sie ihn etwa zur Rede stellen würde. Er glitt auf Zehenspitzen in die Wohnung, um Antoinette nicht aufzuwecken. Doch als er sie, die bleich, mit roten, verweinten Augen auf ihn gewartet hatte, aufrecht stehen sah, als er sah, wie sie sich ohne den geringsten Vorwurf schweigend um ihn bemühte, ihm, bevor er sich zum Gymnasium begab, sein Frühstück bereitete, ihm nichts sagte und doch so niedergeschlagen schien, daß ihr ganzes Wesen eine lebendige Anklage war, widerstand er nicht: er warf sich ihr zu Füßen und barg den Kopf in ihrem Kleid; und sie weinten alle beide. Er schämte sich vor sich selbst, angeekelt von der Nacht, die er verbracht hatte; er fühlte sich beschmutzt. Er wollte sprechen: sie hinderte ihn daran, indem sie ihm die Hand auf den Mund legte; und er küßte diese Hand. Mehr sagten sie sich nicht: sie verstanden sich. Olivier schwur sich, so zu sein, wie sie es von ihm erwartete. Sie aber konnte ihre Wunde nicht so bald vergessen: sie glich einer von langer Krankheit Genesenden. Eine gewisse Verlegenheit war zwischen ihnen. Antoinettes Liebe war immer gleichmäßig stark; aber sie hatte in ihres Bruders Seele etwas entdeckt, das ihr jetzt fremd war und das sie fürchtete.

Sie war von dem, was sie in Oliviers Herzen entdeckt, um so mehr verstört, als sie zur selben Zeit unter den Nachstellungen von ein paar jungen Leuten zu leiden hatte. Wenn sie bei hereinbrechender Nacht heimkehrte, vor allem, wenn sie nach dem Abendessen ausgehen mußte, um eine Abschreibearbeit zu holen oder fortzubringen, hatte sie eine unerträgliche Angst, daß man sie anrede und ihr nachstelle, daß sie gemeine Vorschläge anhören müsse. Sooft sie konnte, nahm sie unter dem Vorwande, ihn zum Spazierengehen zu bringen, ihren Bruder mit; aber er stellte sich dafür nicht gern zur Verfügung, und sie wagte nicht, darauf zu dringen; sie wollte seine Arbeit nicht stören. Ihr jungfräuliches und kleinstädtisches Gemüt konnte sich an solche Sittenzustände nicht gewöhnen. Paris bei Nacht war für sie ein dunkler Wald, in dem sie sich von höllischen Tieren verfolgt fühlte; sie zitterte davor, die Behausung zu verlassen. Und doch mußte sie ausgehen. Sie brauchte lange zu dem Entschluß; und er blieb ihr immer schrecklich. Malte sie sich aus, daß ihr kleiner Olivier einem jener Männer, die ihr nachstellten, gleichen würde – vielleicht gar glich –, so wurde es ihr schwer, ihm beim Heimkommen die Hand zu geben, wenn sie ihm guten Abend sagte. Er konnte sich nicht vorstellen, was sie gegen ihn habe ...

War sie auch nicht sehr hübsch, so hatte sie doch große Anmut und zog die Blicke, ohne daß sie etwas dazu tat, auf sich. Sie kleidete sich äußerst einfach, ging fast immer in Trauer, war nicht sehr groß, schmächtig, von zartem Aussehen, sprach kaum, glitt still durch die Menge hindurch, scheute sich vor jedem Beobachtetwerden und erweckte doch die Aufmerksamkeit durch die tiefe Lieblichkeit ihrer sanften, müden Augen und ihres kleinen, reinen Mundes. Sie bemerkte manchmal, daß sie gefiel: es machte sie verwirrt – und doch zufrieden. Wer kann ermessen, was sich an reizendem, sittigem Gefallenwollen in eine stille Seele, ihr selbst unbewußt, einschleichen kann, wenn sie die sympathische Berührung anderer Seelen spürt? Eine kleine, linkische Bewegung verriet es, ein schüchterner Seitenblick; und das war lieblich und rührend zugleich. Diese Verwirrtheit war ein Reiz mehr. Sie erweckte Begehren; und da sie ein armes, schutzloses Mädchen war, sagte man es ihr dreist.

Sie besuchte manchmal das Haus einer reichen israelitischen Familie, der Nathans, die sich für sie interessierten, weil sie sie in einer befreundeten Familie getroffen hatten, wo sie Stunden gab; und Antoinette hatte trotz ihrer Schüchternheit nicht anders gekonnt, als ein- oder zweimal sogar an ihren Abendgesellschaften teilzunehmen. Alfred Nathan war ein in Paris sehr bekannter Professor, ein hervorragender Gelehrter, und gleichzeitig sehr gesellschaftlich; er zeigte jene sonderbare Mischung von Gelehrsamkeit und Leichtlebigkeit, die in der jüdischen Gesellschaft so alltäglich ist. In Frau Nathan mischten sich zu gleichen Teilen wahrhafte Wohltätigkeitsliebe und übertriebene Weltlust. Alle beide waren gegen Antoinette verschwenderisch gewesen mit geräuschvollen, aufrichtigen, übrigens ab und zu aussetzenden Zärtlichkeitsbeweisen. – Antoinette hatte unter den Juden mehr Güte gefunden als unter den eigenen Glaubensgenossen. Sie haben viele Fehler, aber sie haben eine ausgezeichnete Eigenschaft, die beste von allen: sie sind lebendig, sie sind menschlich; nichts Menschliches ist ihnen fremd; sie nehmen an allem, was lebt, Anteil. Selbst wenn ihnen wahre und warme Zuneigung abgeht, behalten sie doch eine fortwährende Neugier, die sie auf der Suche nach wertvollen Seelen und Gedanken erhält, wären diese von ihren eigenen auch noch so verschieden. Zwar tun sie im allgemeinen nicht viel, um jene zu fördern: denn sie verfolgen zu viele Interessen auf einmal und hängen, obwohl sie sich für frei halten, mehr als irgend jemand an gesellschaftlichen Eitelkeiten. Aber immerhin, sie tun doch etwas; und das ist sehr viel bei der Gleichgültigkeit der zeitgenössischen Gesellschaft. Sie sind ein Gärungsstoff der Tat, ein Sauerteig des Lebens. – Antoinette, die bei den Katholiken gegen eine Mauer eisiger Gleichgültigkeit gestoßen war, empfand den Wert der Anteilnahme, die ihr die Nathans bewiesen, war diese auch noch so oberflächlich. Frau Nathan hatte einen Einblick in das pflichterfüllte Leben Antoinettes gewonnen; sie war für die körperliche und seelische Anmut des jungen Mädchens nicht unempfindlich, und es war ihr in den Sinn gekommen,

Antoinette unter ihren Schutz zu nehmen. Sie hatte keine Kinder; aber sie liebte die Jugend und brachte oft junge Leute in ihrem Haus zusammen. Sie hatte darauf gedrungen, daß auch Antoinette käme, daß sie aus ihrer Einsamkeit herausginge, daß sie sich ein wenig zerstreute; und da sie leicht erriet, daß Antoinettes Schüchternheit zum Teil in den beschränkten Verhältnissen begründet war, in denen sie lebte, hatte sie ihr hübsche Kleider angeboten, die Antoinette in ihrem Stolz zurückwies; aber die liebenswürdige Gönnerin wußte es so geschickt anzustellen, daß sie sie gewissermaßen zwang, einige ihrer kleinen Geschenke anzunehmen, die der unschuldigen weiblichen Eitelkeit so viel bedeuten. Antoinette fühlte sich gleichzeitig dankbar und beschämt. Sie zwang sich von Zeit zu Zeit, die Gesellschaften der Nathans zu besuchen; und da sie jung war, machte es ihr trotz allem Vergnügen.

Aber in dieser etwas gemischten Welt, in der sich viele junge Leute trafen, hatten es bald zwei oder drei Bürschchen auf den armen und hübschen Schützling Frau Nathans abgesehen und warfen voller Selbstvertrauen ihre Netze nach ihm aus. Sie rechneten im voraus mit des Mädchens Schüchternheit. Sie hatten unter sich sogar um sie gewettet.

Sie bekam eines Tages anonyme – genauer gesagt: mit einem adligen Pseudonym unterzeichnete – Briefe, in denen ihr Liebeserklärungen gemacht wurden: erst schmeichelhafte, dringliche Liebesbriefe, die eine Zusammenkunft festsetzten, dann sehr schnell darauf kühnere, die es mit Drohungen und schließlich mit Beleidigungen, mit niedrigen Verleumdungen versuchten: sie entkleideten Antoinette, rührten an jedes Geheimnis ihres Leibes, beschmutzten ihn mit ihrer plumpen Zudringlichkeit; sie versuchten, sich die Kindlichkeit Antoinettes zunutze zu machen, indem sie ihr mit einer öffentlichen Beschimpfung drohten, falls sie nicht zum festgesetzten Stelldichein käme. Sie weinte aus Schmerz darüber, daß sie sich solche Anträge hatte zuziehen können;

diese Beleidigungen waren für ihren körperlichen und seelischen Stolz brennendes Feuer. Sie wußte nicht, wie sie sich helfen sollte. Ihrem Bruder wollte sie nichts davon erzählen: sie war gewiß, daß er zu sehr darunter leiden und der ganzen Geschichte einen noch ernsteren Charakter geben würde. Freunde hatte sie keine. Zur Polizei laufen? Das wies sie aus Furcht vor Skandal von sich. Immerhin mußte sie doch zu einem Ende kommen. Sie fühlte, daß ihr Stillschweigen nicht zu ihrer Verteidigung ausreichen würde, daß der Frechling, der ihr nachstellte, hartnäckig bleiben, ja, daß er so weit gehen würde, bis er Gefahr für sich befürchten mußte.

Er hatte ihr schließlich eine Art Ultimatum gestellt, indem er ihr einschärfte, sich am nächsten Tag im Musée du Luxembourg einzufinden. Sie ging hin. – Nachdem sie sich den Kopf zermartert hatte, war sie schließlich zu der Überzeugung gekommen, daß ihr Verfolger sie bei Frau Nathan getroffen haben mußte. Ein paar Worte in einem der Briefe spielten auf eine Tatsache an, die sich nur dort zugetragen haben konnte. Sie bat Frau Nathan, ihr einen großen Dienst zu erweisen, sie im Wagen bis zur Museumstür zu begleiten und dort einen Augenblick auf sie zu warten. Sie ging hinein. Der triumphierende Held sprach sie vor dem vorherbestimmten Bild an und begann mit erkünstelter Höflichkeit auf sie einzureden. Sie starrte ihm schweigend ins Gesicht. Als er fertig war, fragte er sie scherzend, warum sie ihn so anschaue. Sie antwortete:

„Ich sehe mir einen Feigling an."

Um so Geringes kam er nicht aus der Fassung und versuchte, vertraulich zu werden. Sie sagte:

„Sie haben mir mit einem Skandal gedroht. Sie sollen ihn haben, Ihren Skandal; wollen Sie?"

Sie zitterte am ganzen Körper, sprach laut, schien bereit, die allgemeine Aufmerksamkeit auf sich zu lenken. Man schaute zu ihnen hin. Er fühlte, daß sie vor nichts zurückschrecken würde. So sprach er leiser. Ein letztes Mal schleuderte sie ihm entgegen: „Sie sind ein Feigling!" und drehte ihm den Rücken.

Da er nicht den Eindruck eines Abgewiesenen machen wollte, ging er ihr nach. Sie verließ das Museum, der Mensch folgte ihr auf den Fersen. Geradewegs schritt sie auf den wartenden Wagen zu und öffnete mit einem Ruck die Tür; ihr Verfolger sah sich plötzlich Frau Nathan gegenüber, die ihn erkannte und ihn mit seinem Namen ansprach. Er verlor die Fassung und machte sich davon.

Antoinette mußte ihrer Begleiterin die Geschichte erzählen. Sie tat es nur ungern und mit äußerster Zurückhaltung. Es war ihr peinlich, eine Fremde in die geheimen Leiden ihres verletzten Schamgefühls einzuweihen. Frau Nathan machte ihr Vorwürfe, sie nicht früher unterrichtet zu haben. Antoinette flehte sie an, niemandem etwas davon zu sagen. Damit war das Abenteuer beendet; und die Freundin Antoinettes brauchte ihren Salon dem Menschen nicht zu verschließen: denn er kam von selbst nicht wieder.

Ungefähr um dieselbe Zeit hatte Antoinette noch einen Kummer, wenn auch ganz anderer Art.

Ein sehr anständiger Mann von etwa vierzig Jahren, der einen Konsulatsposten im Fernen Osten bekleidete und einige Ferienmonate in Frankreich verlebte, traf Antoinette bei den Nathans: er verliebte sich in sie. Das Zusammentreffen war ohne Antoinettes Wissen von Frau Nathan im voraus eingerichtet worden, da sie sich in den Kopf gesetzt hatte, ihre kleine Freundin zu verheiraten. Er war Israelit. Er war nicht schön; er war etwas kahlköpfig und gebeugt; aber er hatte gutmütige Augen, ein freundliches Wesen und ein Herz, das das Leid anderer mitfühlen konnte, weil es auch gelitten hatte. Antoinette war nicht mehr das romantische kleine Mädchen von früher, das verwöhnte Kind, das das Leben wie einen Spaziergang erträumte, den man an einem schönen Tag mit dem Geliebten macht; sie

sah es jetzt als einen harten Kampf an, den man täglich
von neuem beginnen muß, ohne je ausruhen zu können, in
ständiger Gefahr, den Boden, den man sich in jahrelangen
Anstrengungen Zoll für Zoll erobert hat, in einem Augenblick wieder zu verlieren; und sie dachte es sich sehr schön,
sich endlich auf den Arm eines Freundes stützen zu können,
die Sorgen mit ihm zu teilen und ein wenig die Augen zu
schließen, während er über sie wachte. Sie wußte, das war
ein Traum; aber noch hatte sie nicht den Mut gefunden,
ganz und gar auf diesen Traum zu verzichten. Im Grunde
war sie sich ganz klar darüber, daß ein Mädchen ohne Mitgift in den Kreisen, in denen sie lebte, nichts zu hoffen
hatte. Das alte französische Bürgertum ist in der ganzen
Welt dafür bekannt, daß es die Ehe von krämerhaften Gesichtspunkten aus betrachtet. Die Juden haben eine so niedrige Geldgier nicht. Nicht selten sieht man unter ihnen
einen reichen Mann, der ein armes Mädchen erwählt, oder
ein junges vermögendes Mädchen, das leidenschaftlich einen
Mann von geistiger Kultur sucht. Aber im französischen
Bürgertum, besonders dem katholischen und provinziellen,
sucht der Geldsack den Geldsack. Und was haben die Unseligen davon? Sie haben nur mäßige Bedürfnisse; sie können nichts anderes als essen, gähnen, schlafen und – sparen.
Antoinette kannte sie genau. Von Kindheit an hatte sie sie
gesehen. Sie hatte sie gesehen durch die Brille des Reichtums wie durch die der Armut. Sie gab sich keinerlei Illusionen über das hin, was sie von ihnen erwarten konnte.
So war das Vorgehen des Mannes, der um ihre Hand anhielt, für sie ein unerwarteter Lichtstrahl. Ohne ihn zunächst zu lieben, fühlte sie sich doch nach und nach von
Dankbarkeit und tiefer Zärtlichkeit für ihn durchdrungen.
Sie hätte seinen Antrag angenommen, wenn sie nicht mit
ihm in die Kolonien gehen und ihren Bruder hätte verlassen müssen. So wies sie ihn ab. Und ihr Freund verzieh ihr
das nicht, wenn er auch das Edle ihrer Handlungsweise anerkannte: der Egoismus der Liebe will, daß man dieser

alles zum Opfer bringt; selbst die Tugenden, die einem an dem geliebten Wesen am teuersten sind. Er brach den Verkehr mit ihr ab; er schrieb ihr nicht mehr, nachdem er abgereist war; sie erhielt keinerlei Nachricht mehr von ihm bis zu dem Tage, wo sie – fünf oder sechs Monate später – durch eine gedruckte Anzeige, deren Adresse von seiner Hand war, erfuhr, daß er eine andere geheiratet hatte.

Das war für Antoinette ein großer Schmerz. Noch einmal überwältigt, flüchtete sie mit ihrem Leid zu Gott. Sie wollte sich einreden, ihr sei die gerechte Strafe dafür geworden, daß sie einen Augenblick ihre einzige Aufgabe, für ihren Bruder zu leben, außer acht gelassen habe; um so mehr ging sie nun in ihr auf.

Aus der Gesellschaft zog sie sich gänzlich zurück. Sogar zu den Nathans ging sie nicht mehr, deren Benehmen ein wenig abgekühlt war, seit sie die Ehe, die sich ihr bei ihnen geboten, ausgeschlagen hatte; auch sie standen ihren Gründen verständnislos gegenüber. Frau Nathan, bei der es beschlossene Sache gewesen war, daß diese Heirat zustande kommen und vorzüglich ausfallen würde, war in ihrer Eigenliebe verletzt, weil durch Antoinettes Schuld nichts daraus geworden war. Sie fand Antoinettes Bedenken natürlich sehr beachtenswert, aber übertrieben sentimental; und im Handumdrehen erlosch ihre Anteilnahme an dieser kleinen Gans. Ihr Bedürfnis, den Leuten mit oder ohne deren Zustimmung Gutes zu tun, hatte übrigens gerade einen anderen Schützling ausfindig gemacht, der im Augenblick alles in Anspruch nahm, was sie an Interesse und Hingabe aufzubringen fähig war.

Olivier wußte nichts von den schmerzensreichen Romanen, die sich im Herzen seiner Schwester abspielten. Er war ein weicher und ungezwungener Junge, der in seinen Träumereien lebte. Trotz seiner Lebhaftigkeit und Anmut, trotz seines Herzens, das gleich dem Antoinettes einen Schatz von Zärtlichkeit barg, tat man doch gut, nicht allzu fest auf ihn zu bauen. Immer wieder machte er Monate von Anstrengungen durch Mangel an Ausdauer, an Spannkraft zunichte, durch Bummeleien, durch Liebeleien, in denen er Zeit und Kraft verausgabte. Er verliebte sich in flüchtig gesehene hübsche Gesichter, in kokette kleine Mädchen, mit denen er einmal in einem Salon geplaudert hatte und die sich nicht im geringsten um ihn kümmerten. Er entflammte blindlings für ein Buch, für ein Gedicht, ein Musikstück; monatelang beschäftigte er sich nur mit diesem einen und vernachlässigte seine Studien. Unaufhörlich mußte man ihn überwachen und sich dabei ängstlich in acht nehmen, daß er es nicht merkte, damit er nicht verletzt würde. Immer hatte man bei ihm Unüberlegtheiten zu befürchten. Er zeigte jene fiebrige Überreiztheit, jenen Mangel an Gleichgewicht und jene heftige Erregtheit, die man oft bei Menschen antrifft, denen die Schwindsucht auflauert. Der Arzt hatte Antoinette diese Gefahr nicht verborgen. Die ohnehin kränkelnde Pflanze, die von der Provinz nach Paris gebracht worden war, bedurfte der guten Luft und des Lichtes. Antoinette konnte ihr das nicht geben. Sie hatten nicht einmal Geld genug, um während der Ferien Paris zu verlassen. Das übrige Jahr hindurch waren sie die ganze Woche durch ihre Arbeit in Anspruch genommen, und sonntags waren sie so müde, daß sie keine Lust hatten auszugehen, es sei denn ins Konzert.

An manchen Sommersonntagen machte Antoinette immerhin eine Anstrengung und schleppte Olivier mit in die Wälder bei Chaville oder Saint-Cloud. Aber die Wälder waren voll von lauten Pärchen, Tingeltangelliedern und Butterbrotpapier. Das war nicht die göttliche Einsamkeit, die erfrischt und reinigt. Und am Abend litt man bei der Heimkehr unter dem Gedränge in den Zügen, unter der erstickenden Überfüllung in den jämmerlichen Vorortwagen, die niedrig, eng und dunkel waren, unter dem Lärm, dem Gelächter, dem Grölen, den schlüpfrigen Reden, der Ausdünstung, dem Tabaksqualm. Antoinette und Olivier, die beide nicht für volkstümliche Vergnügungen zu haben waren, kehrten angewidert, niedergeschlagen heim. Olivier flehte Antoinette an, diese Spaziergänge nicht zu wiederholen, und Antoinette fand auch nicht mehr den Mut dazu, wenigstens dauerte es eine gewisse Zeit. Dann aber drang sie dennoch darauf, obgleich es ihr noch unangenehmer war als Olivier; sie meinte jedoch, daß das für die Gesundheit ihres Bruders notwendig sei. So zwang sie ihn also von neuem zum Spazierengehen. Diese neuen Erfahrungen waren nicht glücklicher, und Olivier warf sie ihr bitter vor. Schließlich blieben sie ganz in der erstickenden Stadt; und aus ihrem Gefängnishof schmachteten sie nach den Feldern.

Das letzte Studienjahr war gekommen. Die Prüfungen der Ecole Normale gingen zu Ende. Es war hohe Zeit. Antoinette fühlte sich sehr müde. Sie zählte auf den Erfolg: ihr Bruder hatte alle Aussichten für sich. Im Gymnasium hielt man ihn für einen der besten Kandidaten; alle Lehrer lobten einstimmig seine Arbeit und seinen Verstand, ausgenommen eine gewisse geistige Zuchtlosigkeit, die es ihm schwer machte, sich irgendeinem vorgezeichneten Plan zu fügen. Aber die Verantwortung, die auf Olivier lastete, drückte ihn dermaßen nieder, daß er, je näher das Examen kam, um so unfähiger wurde. Eine unsagbare Müdigkeit, die Furcht durchzufallen und krankhafte Verzagtheit lähmten ihn im voraus. Er zitterte bei dem Gedanken, öffentlich vor seine Richter hinzutreten. Schon immer hatte er unter seiner Schüchternheit gelitten: wenn er in der Schule sprechen mußte, errötete er, und der Hals war ihm wie zugeschnürt; in der ersten Zeit hatte es schon viel bedeutet, wenn er, mit seinem Namen aufgerufen, antworten konnte. Es war ihm auch noch bei weitem leichter, unvorbereitet Rede zu stehen, als wenn er wußte, daß man ihn fragen würde: dann war er ganz krank; sein Kopf arbeitete unaufhörlich und malte ihm mit allen Einzelheiten aus, was nun geschehen würde; und je länger er zu warten hatte, um so benommener fühlte er sich. Man konnte sagen, er machte jedes Examen mindestens zweimal durch: denn er durchlebte es in den vorhergehenden Nächten im Traum und verausgabte dabei seine Energie, so daß ihm für die wirkliche Prüfung nichts mehr übrigblieb.

Aber es kam nicht einmal zu der schrecklichen mündlichen Prüfung, die ihm des Nachts, wenn er nur daran dachte, kalten Schweiß verursachte. Im Schriftlichen gelang es ihm bei einem philosophischen Thema, das ihn zu gewöhnlicher Zeit leidenschaftlich interessiert hätte, nicht einmal, in sechs Stunden zwei Seiten zu schreiben. Während der ersten Stunden war in seinem Gehirn Leere, es fiel ihm nichts, gar nichts ein. Es war wie eine schwarze Mauer, gegen die er prallte. Eine Stunde vor dem Ende der Prüfung teilte sich die Mauer, und einige Lichtstrahlen drangen durch die Spalten. Da schrieb er ein paar ausgezeichnete Zeilen, die aber nicht genügten, ihn durchzubringen. An seiner Niedergeschlagenheit sah Antoinette den unvermeidlichen Mißerfolg voraus; und sie wurde dadurch ebenso niedergeschmettert wie er, aber sie zeigte es nicht. Im übrigen blieb ihr selbst in den verzweifeltsten Lagen die Fähigkeit unermüdlichen Hoffens.

Olivier wurde abgelehnt.

Er war wie niedergedonnert. Antoinette zwang sich zu einem Lächeln, als ob nichts Ernstes geschehen sei; aber ihre Lippen zitterten. Sie tröstete ihren Bruder, sie sagte ihm, daß es ja nur ein leicht wiedergutzumachendes Mißgeschick sei, daß er im nächsten Jahr sicherlich und mit einer um so besseren Note bestehen würde. Sie sagte ihm nicht, wie sehr nötig es für sie selbst gewesen wäre, daß er in diesem Jahre durchgekommen wäre, wie sehr sie sich an Körper und Seele verbraucht fühlte, wie sehr sie fürchtete, ein weiteres derartiges Jahr nicht überstehen zu können. Und doch mußte es sein. Wenn sie dahinginge, bevor Olivier bestanden hätte, dann würde er niemals allein den

Mut finden, den Kampf weiterzuführen: er würde im Lebensstrom untergehen.

So verbarg sie ihm denn ihre Müdigkeit. Sie verdoppelte ihre Anstrengungen. Sie gab den letzten Tropfen Blut her, um ihm während der Ferien ein paar Zerstreuungen zu verschaffen, damit er beim Wiederbeginn der Schule die Arbeit mit mehr Kraft aufnehmen könnte. Aber bei Schulbeginn stellte sich heraus, daß ihre kleine Reservekasse angebrochen war; und zu alledem verlor sie die Stunden, die ihr am meisten eintrugen.

Noch ein Jahr! – Die beiden Kinder hatten sich angesichts der letzten Prüfung bis zum Zerreißen angespannt. Nun galt es vor allem, weiterzuleben und andere Einnahmequellen zu suchen. Antoinette nahm eine Stelle als Lehrerin in Deutschland an, die ihr die Nathans vermittelt hatten. Das war das letzte, wozu sie sich freiwillig entschlossen hätte: aber es gab im Augenblick nichts anderes, und sie hatte keine Zeit zu versäumen. Seit sechs Jahren hatte sie ihren Bruder niemals verlassen, nicht einen einzigen Tag, und sie konnte sich nicht einmal vorstellen, wie ihr Leben jetzt werden sollte, wenn sie Olivier nicht mehr sehen und hören würde. Auch Olivier dachte nicht ohne Schrecken daran, wagte aber nichts zu sagen. Das Elend war ja seine Schuld; wäre er durchgekommen, so hätte sich Antoinette nicht zu diesem Äußersten gezwungen gesehen; er hatte nicht das Recht, sich jetzt zu widersetzen, seinen eigenen Kummer mitsprechen zu lassen; sie allein mußte entscheiden.

Die letzten gemeinsamen Tage verbrachten sie in einem stummen Schmerz, als müßte eines von ihnen sterben; wenn ihr Kummer allzu groß wurde, verbargen sie sich voreinander. Antoinette suchte in den Augen Oliviers Rat. Hätte er ihr gesagt:

„Reise nicht!",

dann wäre sie nicht fortgegangen, obgleich dies notwendig war. Bis zur letzten Minute, als sie in der Droschke zum Bahnhof fuhren, war sie nahe daran, ihren Entschluß aufzugeben: sie fühlte nicht mehr genügend Kraft in sich, ihn zu vollziehen. Ein Wort von ihm, ein Wort! – Aber er sagte es nicht. Er riß sich zusammen wie sie. – Sie nahm ihm das Versprechen ab, ihr alle Tage zu schreiben, ihr nichts zu verbergen und sie beim geringsten Vorkommnis zurückzurufen.

Sie reiste ab. Während Olivier mit erstarrtem Herzen in den Schlafsaal des Gymnasiums zurückkehrte, wo er sich in Pension hatte nehmen lassen, trug der Zug die schmerzerfüllte und verzagte Antoinette davon. Mit aufgerissenen Augen in die Nacht starrend, fühlten beide jeden Augenblick, wie sie sich voneinander entfernten, und sie riefen sich ganz leise.

Antoinette hatte Angst vor der Welt, der sie entgegenfuhr. Sie hatte sich in den sechs Jahren recht verändert. Sie, die früher so Kühne, die nichts einschüchterte, war so an Schweigen und Einsamkeit gewöhnt, daß sie darunter litt, sie verlassen zu müssen. Die lachlustige, schwatzhafte und fröhliche Antoinette aus den Tagen vergangenen Glücks war mit diesen gestorben. Das Unglück hatte sie scheu gemacht. Sie war zweifellos auch durch ihr Zusammenleben mit Olivier schließlich von seiner Schüchternheit angesteckt worden. Es wurde ihr schwer, zu reden, außer mit ihrem Bruder. Alles erschreckte sie, vor einem Besuch fürchtete sie sich. So flößte ihr denn der Gedanke, jetzt bei Fremden leben, mit ihnen Gespräche führen, beständig zur Schau stehen zu müssen, eine nervöse Angst ein. Die arme Kleine war ebensowenig wie ihr Bruder zur Lehrtätigkeit berufen: sie entledigte sich gewissenhaft ihrer Aufgabe, aber sie glaubte nicht an sie und wurde nicht von dem Gefühl gestützt, daß ihre Arbeit von wirklichem Wert sei. Sie war zum Lieben und nicht zum Unterrichten geschaffen. Und um ihre Liebe kümmerte sich niemand.

Nirgends fand sie weniger Verwendung dafür als in ihrer neuen Stellung in Deutschland. Die Grünebaums, deren Kindern sie Französisch beizubringen hatte, bezeigten ihr nicht die geringste Anteilnahme. Sie waren hochmütig und plump vertraulich, gleichgültig und zudringlich; sie bezahlten ziemlich gut, wofür sie denjenigen, der von ihnen Geld bekam, als ihren Schuldner ansahen, mit dem sie sich alles erlauben durften. Sie behandelten Antoinette wie eine Art besseren Dienstboten und ließen ihr fast keinerlei Freiheit. Sie hatte nicht einmal ein eigenes Zimmer: sie schlief in einem Kämmerchen, das ans Kinderzimmer stieß und dessen Tür in der Nacht geöffnet blieb. Niemals war sie allein. Man erkannte ihr nicht das Bedürfnis zu, sich von Zeit zu Zeit in sich selbst zurückzuziehen – das geheiligte Recht eines jeden Wesens auf innere Einsamkeit. Ihr ganzes Glück bestand darin, in Gedanken bei ihrem Bruder zu weilen, sich mit ihm auszusprechen; sie nutzte jeden Augenblick der Freiheit dazu aus. Aber auch noch den machte man ihr streitig. Sowie sie ein Wort schrieb, strich man im Zimmer um sie herum, fragte sie aus über das, was sie schrieb. Wenn sie einen Brief las, erkundigte man sich, was darin stände. Mit witzelnder Vertraulichkeit fragte man sie nach ihrem „kleinen Bruder". Sie mußte sich geradezu verstecken. Man müßte erröten, wollte man erzählen, welche Mittel zu ergreifen sie manchmal gezwungen war und in welche Schlupfwinkel sie sich einschließen mußte, um Oliviers Briefe ungesehen zu lesen. Wenn sie einen Brief in ihrem Zimmer liegenließ, war sie sicher, daß er gelesen wurde; und da sie außer ihrem Koffer kein verschließbares Möbel besaß, war sie gezwungen, alle Papiere, von denen sie nicht wollte, daß man sie lese, bei sich zu tragen: immerzu stöberte man in ihren Angelegenheiten und in ihrem Herzen herum; man gab sich alle Mühe, mit Gewalt in die Geheimnisse ihres Innenlebens einzudringen. Nicht etwa, weil die Grünebaums sich dafür interessierten. Aber sie meinten, sie gehöre zu ihnen, da sie sie bezahlten.

Im übrigen war keine Bosheit dabei: taktlose Neugier war ihnen eine eingefleischte Gewohnheit; sie waren auch unter sich nicht anders.

Nichts konnte Antoinette unerträglicher sein als diese Spionage, dieser Mangel an moralischem Schamgefühl, der ihr während keiner Stunde am Tage erlaubte, zudringlichen Blicken zu entgehen. Die etwas hochmütige Zurückhaltung, die sie den Grünebaums entgegensetzte, verletzte diese. Natürlich fanden sie hochmoralische Gründe, ihre plumpe Neugier zu rechtfertigen und die Anmaßung Antoinettes, sich ihr zu entziehen, zu verdammen: Sie meinten, es sei ihre Pflicht, das Innenleben eines jungen Mädchens zu kennen, das bei ihnen wohne, das zu ihrem Hause gehöre und dem sie die Erziehung ihrer Kinder anvertraut hätten; sie seien dafür verantwortlich. (Dasselbe, was von ihren Dienstmädchen so viele Hausfrauen sagen, deren „Verantwortlichkeit" nicht so weit geht, den Unglücklichen auch nur eine Überanstrengung oder eine einzige Unannehmlichkeit zu ersparen, sondern sich darauf beschränkt, ihnen jede Art von Vergnügen zu verbieten.) Da Antoinette diese Gewissenspflicht nicht anerkannte, mußte sie sich (so schlossen sie) nicht ganz makellos fühlen: ein anständiges Mädchen habe nichts zu verbergen.

So sah sich Antoinette jeden Augenblick verfolgt, wogegen sie sich beständig wehrte; und das ließ sie noch kälter und verschlossener als gewöhnlich erscheinen.

Ihr Bruder schrieb ihr täglich Briefe von zwölf Seiten, und auch sie brachte es fertig, ihm jeden Tag zu schreiben, waren es auch nur zwei bis drei Zeilen. Olivier gab sich alle Mühe, ein tapferer kleiner Mann zu sein und seinen Kummer nicht allzusehr zu verraten. Doch er starb fast vor Sehnsucht. Sein Leben war stets so unlöslich mit dem seiner Schwester verbunden gewesen, daß es ihm jetzt, da man ihn davon losgerissen hatte, schien, als habe er die Hälfte seines Daseins verloren: er wußte nicht mehr, wie er Arme, Beine und Gedanken gebrauchen sollte; er verstand nicht mehr, spazierenzugehen, Klavier zu spielen, zu arbeiten, zu faulenzen, zu träumen – es sei denn von ihr. Vom Morgen bis zum Abend saß er hinter seinen Büchern, aber er brachte nichts Gescheites fertig: seine Gedanken waren anderswo; er war unglücklich, oder er dachte an sie, er dachte an den Brief vom Tage vorher; die Augen auf die Standuhr gerichtet, wartete er auf den heutigen; und hatte er ihn, so zitterten seine Finger beim Aufreißen des Umschlags vor Freude – auch vor Furcht. Kein Brief der Geliebten hätte den Händen des Liebenden gleiche Schauer unruhevoller Zärtlichkeit verursachen können. Wie Antoinette versteckte er sich, um diese Briefe zu lesen. Alle trug er bei sich, und nachts hatte er den zuletzt empfangenen unter seinem Kopfkissen; in den langen, schlaflosen Stunden, in denen er von seiner lieben Kleinen träumte, griff er von Zeit zu Zeit danach, um sich zu vergewissern, daß er noch da sei. Wie fern sie ihm war! Besonders bedrückt fühlte er sich, wenn ein Brief Antoinettes durch eine Verspätung der Post ihn erst zwei Tage, nachdem er abgeschickt worden war, erreichte. Zwei Tage und zwei Nächte zwischen ihnen! Er übertrieb in Gedanken Zeit und Entfernung noch, um so mehr, als er niemals gereist war. Seine Phantasie arbeitete: Gott, wenn sie krank würde! Sie konnte schon tot sein, ehe er sie erreichen könnte... Warum hatte sie ihm gestern nur ein paar Zeilen geschrieben? – Wenn sie krank wäre? – Ja, sie war krank... Das Herz stockte ihm. – Noch öfter litt er unter der grauenhaften Angst, fern von ihr zu sterben, allein, mitten unter all den Gleichgültigen, in dem abscheulichen Gymnasium, in dem traurigen Paris. Wenn er nur daran dachte, wurde er krank... Wenn er ihr schriebe, sie solle zurückkommen? – Aber seine Feigheit machte ihn erröten. Übrigens war er, sowie er an sie schrieb, so glücklich, sich mit ihr zu unterhalten, daß er einen Augenblick vergaß, was er litt. Ihm war, als sehe er sie, als spreche er zu ihr: er erzählte ihr alles; niemals hatte er so vertraut, so leidenschaftlich mit ihr geredet, als sie beisammen gewesen waren; er nannte sie: „Mein teures, mein tapferes, mein liebes, gutes, sehr geliebtes Schwesterchen, das ich so liebhabe." Es waren richtige Liebesbriefe.

Sie durchströmten Antoinette mit ihrer Zärtlichkeit; sie allein waren ihren Tagen die Luft, in der sie atmen konnte. Wenn sie morgens zur erwarteten Stunde nicht ankamen, war sie unglücklich. Es kam zwei- oder dreimal vor, daß die Grünebaums aus Nachlässigkeit oder (wer weiß?) aus einer Art böswilliger Fopperei bis zum Abend versäumten, sie ihr auszuhändigen, einmal sogar bis zum nächsten Morgen: sie bekam Fieber davon. – Am Neujahrstage hatten beide Kinder, ohne sich verabredet zu haben, denselben Gedanken. Sie bereiteten sich gegenseitig eine Überraschung durch eine lange Depesche (das war ein teurer Spaß), die bei beiden zur gleichen Stunde ankam. – Olivier holte sich auch weiter bei Antoinette Rat für seine Arbeiten und seine Zweifel. Antoinette beriet ihn, stützte ihn, hauchte ihm ihre Kraft ein.

Dabei hatte sie selber nicht allzuviel Kraft. Sie erstickte in diesem fremden Land, wo sie niemanden kannte, wo niemand sich ihrer annahm außer der Frau eines Oberlehrers, der vor kurzem in die Stadt gekommen war und sich dort ebenfalls heimatlos fühlte. Die gute Frau war recht mütterlich gesinnt und fühlte den Schmerz der beiden Kinder, die sich liebten und voneinander getrennt waren, mit (sie hatte Antoinette einen Teil ihrer Lebensgeschichte entlockt); aber sie war so laut, so gewöhnlich; es fehlte ihr so sehr an Takt und an Zurückhaltung, daß sich Antoinettes aristokratische kleine Seele scheu in sich selber zurückzog. Da sie sich niemandem anvertrauen konnte, häufte sie alle Sorgen in sich selber an: eine schwere Last; manchmal meinte sie, sie müsse darunter zusammensinken; aber sie biß die Lippen aufeinander und schritt weiter. Ihre Gesundheit war angegriffen: sie magerte sehr ab. Die Briefe ihres Bruders wurden immer mutloser. In einem Anfall von Niedergeschlagenheit schrieb er:

„Komm zurück, komm, komm zurück..."

Aber der Brief war kaum abgesandt, als er sich dessen schämte; und er schrieb einen anderen, in dem er Antoinette anflehte, den ersten zu zerreißen und nicht mehr daran zu denken. Er spielte sogar den Fröhlichen und tat, als brauche er seine Schwester nicht. Seine leicht verletzbare Eitelkeit litt darunter, daß man glauben könnte, er sei unfähig, sie zu entbehren.

Antoinette ließ sich dadurch nicht täuschen; sie las seine Gedanken; aber sie wußte nicht, was sie tun sollte. Eines Tages war sie nahe daran, abzureisen; sie ging zum Bahnhof, um die genaue Abfahrtszeit des Pariser Zuges festzustellen. Dann aber sagte sie sich, daß das Wahnsinn wäre: mit dem Geld, das sie hier verdiente, wurde Oliviers Pension bezahlt. Solange sie es beide aushalten konnten, mußten sie es aushalten. Sie hatte nicht mehr die Kraft, einen Entschluß zu fassen: morgens erstand ihre Tapferkeit von neuem; aber je näher das Abenddunkel rückte, um so schwächer wurde ihre Kraft, sie dachte daran, zu fliehen. Sie hatte Heimweh – nach dem Land, das sehr hart mit ihr gewesen war, das aber alle Heiligtümer ihrer Vergangenheit umschloß –, sie hatte Heimweh nach der Sprache, die ihr Bruder sprach und in der sie ihre Liebe zu ihm ausdrücken konnte.

Um diese Zeit kam eine französische Schauspielertruppe durch die kleine deutsche Stadt. Antoinette, die sehr selten ins Theater ging (sie hatte weder Zeit noch Lust dazu), wurde diesmal von dem unwiderstehlichen Drang gepackt, ihre Muttersprache zu hören, sich in die Seele Frankreichs hineinzuflüchten. Man weiß, was geschah: Es gab im Theater keine Plätze mehr; sie traf den jungen Musiker Johann Christof, den sie nicht kannte, der ihr aber, als er ihre Enttäuschung sah, anbot, eine ihm zur Verfügung stehende Loge mit ihm zu teilen; halb betäubt nahm sie an. Ihre Anwesenheit dort an Christofs Seite weckte die Klatschsucht der kleinen Stadt. Die böswilligen Gerüchte drangen bis zu den Ohren der Grünebaums; diese waren sowieso geneigt, allen erniedrigenden Verdächtigungen zuzustimmen, die die junge Französin zum Gegenstand hatten; gegen Christof waren sie infolge von allerlei Umständen, die früher erzählt wurden, aufgebracht – und so schickten sie Antoinette in brutaler Weise fort.

Diese keusche und errötende Seele, von Schwesterliebe ganz und gar umhüllt und durch sie geschützt vor jeder Befleckung in Gedanken, meinte vor Scham zu vergehen, als sie begriff, wessen man sie anklagte. Nicht einen Augenblick zürnte sie Christof deswegen. Sie wußte, daß er ebenso unschuldig war wie sie und daß er, wenn er ihr Böses zufügte, es getan hatte in dem Bestreben, ihr Gutes zu erweisen; dafür war sie ihm dankbar. Sie wußte nichts weiter von ihm, als daß er Musiker war und daß er stark angegriffen wurde; aber trotz ihrer Unkenntnis des Lebens und der Menschen besaß sie einen natürlichen, durch das Elend noch verfeinerten Spürsinn für die Seelen; sie hatte in ihrem schlechterzogenen, ein wenig verrückten Theaterbegleiter einen ihr verwandten Zartsinn erkannt, eine männliche Güte, die ihr noch in der Erinnerung wohltat. Das Böse, das sie über ihn hatte reden hören, erschütterte keineswegs das Vertrauen, das er ihr eingeflößt hatte. Sie war ja selbst ein Opfer und zweifelte nicht daran, daß auch er eines sei, daß auch er, gleich ihr und länger als sie, unter der Bösartigkeit dieser Leute leide, die sie verletzten. Und da sie gewohnt war, sich über dem Denken an andere zu vergessen, so wurde sie durch die Vorstellung dessen, was Christof hatte leiden müssen, ein wenig von ihrem eigenen Kummer abgelenkt. Um nichts in der Welt hätte sie versucht, ihn wiederzusehen oder ihm zu schreiben: ein Gefühl von Scham und Stolz hielt sie zurück. Sie sagte sich, er könne von dem ihr seinetwegen zugefügten Unrecht nichts wissen, und in ihrer Güte wünschte sie, daß er niemals davon erfahren möge.

Sie reiste ab. Als sie eine Stunde von der Stadt entfernt

war, wollte es der Zufall, daß der Zug, der sie entführte, dem begegnete, der Christof aus einer benachbarten Stadt zurückbrachte, wo er den Tag verlebt hatte.

Aus ihren Wagen, die einige Minuten Seite an Seite hielten, sahen sie sich in der Stille der Nacht an und redeten nicht miteinander. Was hätten sie sich anderes als banale Worte sagen können? Sie hätten das unbeschreibliche Gefühl gegenseitigen Mitleids und geheimnisvoller Zuneigung entweiht, das in ihnen erwacht war und das sich auf nichts anderes gründete als auf die Gewißheit ihrer inneren Schau. In dieser letzten Sekunde, in der sie, einander unbekannt, sich anschauten, sahen sie sich alle beide, wie keiner der um sie Lebenden sie jemals gesehen hatte. Alles vergeht: die Erinnerung an Worte, an Küsse, an die Umarmungen liebender Leiber; aber der Zusammenschluß der Seelen, die sich einmal berührten und sich inmitten der Menge ephemerer Formen erkannten, hört niemals auf. Antoinette trug ihn im geheimsten Herzen mit sich – in ihrem von Kümmernissen umhüllten Herzen, in dessen Tiefe ein verschleiertes Licht lächelte, ähnlich dem, das die elysischen Schatten in Glucks *Orpheus* umflutet.

Sie sah Olivier wieder. Es war Zeit, daß sie heimkehrte. Er war gerade krank geworden; und das nervenschwache und ängstliche kleine Wesen, das vor einer Krankheit zitterte, solange sie nicht da war, hatte sich jetzt, als es wirklich litt, bezwungen, seiner Schwester nichts davon zu schreiben, um sie nicht zu beunruhigen. Aber er hatte sie geistig herbeigerufen, er hatte sie wie ein Wunder herbeigefleht.

Als sich das Wunder vollzog, lag er fiebernd und träumend im Krankenhaus des Gymnasiums. Er schrie nicht auf, als er sie sah. Wie viele Male hatte ihm die Einbildung vorgespiegelt, daß sie einträte! Mit offenem Mund richtete er sich in seinem Bett auf und zitterte davor, daß auch dies wieder nur Einbildung sei. Und als sie auf dem Bett neben ihm saß, als sie ihn in die Arme geschlossen hatte, als er sich an sie schmiegte, als er auf seinen Lippen die zarten Wangen fühlte, in seinen Händen die durch die Nachtfahrt erstarrten Hände, als er endlich sicher war, daß es wirklich seine Schwester sei, sein Kleines, begann er zu weinen. Er konnte nicht anders: er war immer der „kleine Einfaltspinsel" geblieben, der er als Kind gewesen war. Aus Angst, sie könnte ihm wieder entgleiten, preßte er sie an sich. Wie verändert sie beide waren! Welch bekümmertes Aussehen! – Was lag daran! Sie hatten sich wieder; alles wurde licht: das Krankenzimmer, das Gymnasium, der düstere Tag; sie hielten einander, sie würden sich nicht mehr lassen. Bevor sie noch irgend etwas gesagt hatte, ließ er sie schwören, daß sie nicht wieder abreisen wolle. Er hatte nicht nötig, ihr den Schwur abzunehmen: nein, sie würde nicht mehr fortgehen, sie waren, voneinander getrennt, allzu unglücklich gewesen; ihre Mutter hatte recht gehabt: alles war besser als die Trennung; selbst das Elend, selbst der Tod, wenn man nur beisammen war.

Sie beeilten sich, eine Wohnung zu mieten. Gern hätten sie die alte genommen, so häßlich sie war, aber die war bereits vergeben. Die neue Wohnung ging auch auf einen Hof; aber man sah über einer Mauer den Wipfel einer kleinen Akazie, und diese schlossen sie gleich in ihr Herz, wie einen Freund vom Lande, der gleich ihnen in den Straßen der Stadt gefangen war. Olivier gewann rasch seine Gesundheit wieder oder wenigstens das, was man gewohnt war, bei ihm so zu nennen (was bei ihm Gesundheit war, hätte bei einem Stärkeren wie Krankheit ausgesehen). Antoinettes trübseliger Aufenthalt in Deutschland hatte ihr wenigstens etwas Geld eingetragen; und die Übersetzung eines deutschen Buches, das ein Verleger anzunehmen sich entschloß, brachte ihr noch mehr ein. Die materiellen Sorgen waren für einige Zeit verjagt; und alles würde sich fügen, wenn Olivier am Jahresschluß nur sein Examen bestünde. – Wenn aber nicht?

Kaum waren sie wieder an das holde Beisammensein gewöhnt, so begann der Alp des Examens von neuem auf ihnen zu lasten. Sie vermieden, miteinander darüber zu reden; aber wenn sie sich auch noch so sehr bemühten, immer kamen sie wieder darauf zurück. Überallhin verfolgte sie dieses Schreckgespenst, selbst wenn sie sich zu zerstreuen suchten: im Konzert tauchte es mitten in einem Stück auf; nachts, wenn sie aufwachten, öffnete es sich wie ein Abgrund. Zu dem glühenden Wunsche, seine Schwester zu entlasten und das Opfer, das sie ihm mit ihrer Jugend gebracht hatte, zu vergelten, gesellte sich bei Olivier das Entsetzen vor dem Militärdienst, den er nicht umgehen konnte, falls er durchfiel (zu jener Zeit galt die Aufnahme in die Hochschule noch als Dispens). Er empfand einen unbesiegbaren Widerwillen gegen die körperliche und seelische Zusammenpferchung, gegen diese Art von geistiger Erniedrigung, die er mit Recht oder zu Unrecht im Kasernenleben sah. Alles Aristokratische und Unberührte in ihm bäumte sich auf gegen diesen Zwang: er war nicht sicher, ob er den Tod nicht vorgezogen hätte. Solche Gefühle kann man im Namen einer sozialen Moral, die öffentliches Glaubensbekenntnis geworden ist, wohl verhöhnen oder sogar brandmarken, aber nur Blinde können sie verleugnen! Es gibt keine größere Qual für ein seelisches Einsamkeitsbedürfnis, als wenn es durch die großzügige und doch so plumpe Gesellschaftsordnung unserer Tage vergewaltigt wird.

Die Prüfung begann von neuem. Beinahe hätte Olivier nicht daran teilnehmen können: ihm war unwohl, und er hatte solche Furcht vor den Ängsten, die ihm bevorstanden, ob er nun durchkam oder nicht, daß er fast wünschte, wirklich krank zu werden. Im Schriftlichen schnitt er diesmal ziemlich gut ab. Aber es war hart, die Ergebnisse der Aufnahmeprüfung abzuwarten. Nach uraltem Brauch des

Landes der Revolution, das ja das schablonenhafteste Land der Welt ist, fand das Examen im Juli statt, während der glühendsten Tage des ganzen Jahres, wie in der Absicht, die Unglücklichen vollends zugrunde zu richten, die bis dahin schon der Vorbereitung auf das ungeheure Programm, von dem jeder ihrer Richter nicht den zehnten Teil beherrschte, fast erlegen waren. Das Ergebnis der schriftlichen Arbeiten wurde veröffentlicht am Tage nach dem Nationalfest mit seinem Volksgetümmel, seiner Lustbarkeit, die den Nichtfröhlichen, die der Stille bedürfen, so peinvoll ist. Auf dem Platz neben dem Haus waren Jahrmarktsbuden aufgeschlagen. Schüsse knallten, Dampfkarussells schnaubten. Drehorgeln näselten von Mittag bis Mitternacht. Der alberne Lärm dauerte acht Tage. Darauf bewilligte der Präsident der Republik, um sich seine Popularität zu erhalten, den Schreiern noch eine halbe Woche mehr. Ihn kostete das nichts, er hörte den Lärm nicht. Olivier und Antoinette aber wurde das Hirn zerhämmert und vom Lärm zermartert, sie waren gezwungen, ihre Fenster geschlossen zu halten, in ihren Zimmern zu ersticken, sich die Ohren zuzustopfen, und versuchten dennoch vergeblich, so der gräßlichen Verfolgung durch die blödsinnigen Kehrreime zu entgehen, die man von morgens bis abends herleierte, die ihnen wie Messerstiche in den Kopf drangen und unter denen sie sich vor Schmerz wanden.

Das mündliche Examen begann fast sofort nach der Zulassung. Olivier flehte Antoinette an, ihm nicht beizuwohnen. Sie wartete vor der Tür – und zitterte mehr als er. Natürlich sagte er niemals, er habe zur eigenen Zufriedenheit abgeschnitten. Er quälte sie noch mit allem, was er gesagt oder nicht gesagt hatte.

Der Tag des Endergebnisses kam heran. Die Namen der durchgekommenen Kandidaten wurden im Hof der Sorbonne angeschlagen. Antoinette wollte Olivier nicht allein gehen lassen. Als sie das Haus verließen, war ihr einziger, unausgesprochener Gedanke, daß sie bei der Heimkehr *wissen* würden und sich vielleicht nach dieser Minute voll Furcht zurücksehnen würden, in der sie doch wenigstens noch hofften. Als sie die Sorbonne vor sich sahen, wankte ihnen der Boden unter den Füßen. Die tapfere Antoinette sagte zu ihrem Bruder:

„Bitte, nicht so schnell..."

Olivier schaute seine Schwester an, die sich zu einem Lächeln zwang. Er fragte sie:

„Wollen wir uns einen Augenblick auf diese Bank setzen?"

Er wäre am liebsten nicht weitergegangen. Sie aber drückte ihm nach einem Augenblick die Hand und sagte:

„Es ist nichts, mein Kleiner, gehen wir weiter."

Sie fanden die Liste nicht gleich. Sie lasen mehrere durch, auf denen der Name Jeannin nicht vorkam. Als sie ihn endlich sahen, verstanden sie zuerst nicht; sie begannen mehrere Male von neuem zu lesen – sie konnten nicht daran glauben. Dann, als es ganz fest stand, daß es wahr sei, daß mit Jeannin er gemeint war, daß Jeannin bestanden habe, fanden sie keine Worte. Sie eilten heim: sie hatte seinen Arm genommen, sie hielt sein Handgelenk fest, er stützte sich auf sie; fast liefen sie und sahen nichts ringsumher; als sie über den Boulevard kamen, wurden sie beinahe überfahren. Immer wieder sagten sie zueinander:

„Mein Kleiner!" – „Mein Kleines!"

In großen Sätzen sprangen sie die Treppen hinauf. In ihrem Zimmer warfen sie sich einander in die Arme. Antoinette nahm ihren Bruder bei der Hand und führte ihn vor die Photographien ihrer Eltern, die über ihrem Bett in einem Zimmerwinkel hingen, der wie ihr Heiligtum war. Sie kniete mit ihm vor ihnen nieder, und sie weinten ganz leise.

Antoinette ließ ein gutes Essen kommen, aber sie konnten es nicht anrühren: sie hatten keinen Hunger. Sie verbrachten den Abend, indem Olivier zu Füßen seiner Schwester saß oder auf ihrem Schoß, wo er sich wie ein kleines Kind liebkosen ließ. Sie redeten kaum. Sie hatten nicht einmal mehr die Kraft, glücklich zu sein, sie waren gebrochen. Vor neun Uhr legten sie sich zu Bett und schliefen einen bleiernen Schlaf.

Am nächsten Morgen hatte Antoinette starke Kopfschmerzen, aber ihr Herz war um ein so schweres Gewicht erleichtert! Olivier war es, als atme er endlich zum ersten Male. Er war gerettet, sie hatte ihn gerettet, sie hatte ihre Aufgabe erfüllt; und er hatte sich dessen, was seine Schwester von ihm erwartete, nicht unwürdig gezeigt! – Zum ersten Male seit Jahren, seit vielen Jahren, gönnten sie es sich, träge zu sein. Bis Mittag blieben sie im Bett liegen und plauderten von einem Bett zum andern durch die offene Tür ihrer Zimmer. Sie sahen sich in einem Spiegel; sie sahen ihre glücklichen, von Müdigkeit gedunsenen Gesichter; sie lächelten sich zu, schickten einander Küsse, entschlummerten von neuem, sahen sich schlafen, zerschlagen, wie gerädert, und fanden kaum die Kraft, etwas anderes als zärtliche Einsilbigkeiten miteinander zu reden.

Antoinette hatte nicht aufgehört, Sou für Sou kleine Ersparnisse zu machen, um im Falle einer Krankheit über eine kleine Summe zu verfügen. Sie hatte ihrem Bruder nichts von der Überraschung gesagt, die sie ihm jetzt damit bereiten wollte. Am Morgen nach seinem bestandenen Examen verkündete sie ihm, daß sie einen Monat in der Schweiz zubringen würden, um sich beide für die Jahre voller Mühe zu entschädigen. Jetzt, da Olivier die Sicherheit hatte, drei Jahre auf Staatskosten in der Ecole Normale zu verbringen, dann beim Abgang eine Stelle zu finden, konnten sie Tollheiten begehen und alles dranwenden, was sie beiseite gelegt hatten. Olivier erhob bei dieser Nachricht ein Freudengeschrei, Antoinette war noch glücklicher als er, glücklich über das Glück ihres Bruders; glücklich, daß sie nun endlich wieder einmal aufs Land kommen sollte, wonach sie sich so sehnte.

Die Reisevorbereitungen waren eine große Angelegenheit, aber in jedem Augenblick ein Vergnügen. Als sie abfuhren, war der August schon ziemlich vorgerückt. Sie waren das Reisen wenig gewohnt. Olivier schlief die Nacht vorher nicht, und ebensowenig schlief er die Nacht im Eisenbahnzug. Er hatte den ganzen Tag in der beständigen Angst verbracht, sie würden den Zug versäumen. Sie hatten sich fieberhaft abgehetzt, waren am Bahnhof herumgestoßen, in ein Wagenabteil zweiter Klasse gestopft worden, wo sie sich zum Schlafen nicht einmal mit den Ellbogen aufstützen konnten (das gehört nämlich zu jenen Vorrechten, welche die französischen Eisenbahngesellschaften, die ja so überaus demokratisch sind, den unbegüterten Reisenden nach Kräften zu entziehen suchen, um den reichen Reisenden das angenehme Bewußtsein vorzubehalten, sie allein zu genießen). Olivier schloß keinen Augenblick die Augen: er war noch nicht ganz sicher, im richtigen Zuge zu sein, und lauerte auf den Namen jeder Station. Antoinette schlummerte halb und wachte ständig auf; das Rütteln des Wagens ließ ihren Kopf hin und her schwanken. Olivier betrachtete sie im Schein der Trauerlampe, die an der Decke der wandernden Sarkophage leuchtet, und plötzlich merkte er betroffen die Entstellung ihrer Gesichtszüge. Ihre Augen waren tief umhöhlt; der kindlich gezeichnete Mund stand müde offen; die Haut war gelblich, und Fältchen durchschnitten hier und da die Wangen, die die Spuren trüber Tage der Trauer und der Enttäuschung trugen. Sie war gealtert, war krank. – Und wirklich, sie war so müde! Wenn sie es über sich gebracht hätte, wäre die Abreise aufgeschoben worden. Aber sie hatte ihres Bruders Vergnügen nicht verderben wollen; sie wollte sich überreden, sie litte nur an Übermüdung und der Landaufenthalt würde sie wiederherstellen. Ach, welche Angst hatte sie davor, unterwegs krank zu werden! Sie merkte, daß er sie anschaute; und sie riß sich mit Anstrengung aus der Betäubtheit, die sie niederdrückte, und öffnete die Augen – die immer noch so jungen, so klaren, so durchsichtigen Augen, durch die von Zeit zu Zeit eine unwillkürliche Angst huschte, gleich Wolken über einen kleinen See. Er fragte sie leise und mit zärtlicher Besorgnis, wie sie sich befinde; sie drückte ihm die Hand und versicherte, daß sie sich wohl fühle. Ein liebes Wort frischte sie wieder auf.

Sobald die Morgenröte über den bleichen Feldern zwischen Dole und Pontarlier auftauchte, wurde Antoinettes und ihres Bruders Aufmerksamkeit von allem um sie her gefesselt: vom Anblick der erwachenden Felder, der heiteren Sonne, die von der Erde emporstieg – der Sonne, die gleich ihnen dem Gefängnis der Straßen, der staubigen Häuser, der dicken Rauchschicht von Paris entflohen schien! –, von den schauernden Ebenen, die vom leichten Dampf ihres eigenen weißen Atems milchig umhüllt waren; die geringsten Einzelheiten auf der Fahrt: ein kleiner Dorfkirchturm, ein vorüberhuschender Wasserstreifen, eine blaue Hügellinie, die am fernen Horizont verschwamm, ein dünnes und rührendes Morgenläuten, das der Wind von fern herbeitrug, wenn der Zug mitten in den verschlafenen Feldern anhielt, die schweren Umrisse einer Kuhherde, die oberhalb des Schienenstrangs auf einer Böschung träumte – alles schien ihnen neu. Sie waren wie zwei vertrocknete Bäume, die das Himmelswasser mit Wonne trinken.

Dann kam gegen Morgen die Schweizer Grenze, an der man aussteigen mußte. Ein kleiner Bahnhof auf freiem Feld. Man fühlte sich ein wenig übel nach der schlechten Nacht, und man schauerte in der feuchten Frische des Sonnenaufgangs; aber ringsumher war Ruhe, der Himmel war rein, der Hauch der Felder stieg um einen auf, rann in den Mund, über die Zunge, durch die Kehle bis in die tiefste Brust, gleich einem kleinen Bach; und man nahm an einem Tisch im Freien stehend den belebenden heißen Kaffee ein mit der sahnigen Milch, die köstlich war wie der Himmel und nach Feldblumen und Kräutern duftete.

Sie stiegen in die Schweizer Wagen ein, deren Einteilung, für sie neu, ihnen ein kindliches Vergnügen machte. Aber wie müde war Antoinette! Sie konnte sich das Unwohlsein, das sie bedrückte, nicht erklären. Warum sah sie, daß alles ringsumher so hübsch, so anziehend war, und fand doch sowenig Vergnügen daran? War nicht alles so, wie sie es seit Jahren erträumt hatte: eine schöne Reise an der Seite ihres Bruders, alle Zukunftssorgen fern, und die liebe Natur? Was hatte sie denn? Sie machte sich Vorwürfe, sie zwang sich zur Bewunderung, zwang sich, die harmlose Freude ihres Bruders zu teilen.

In Thun stiegen sie aus. Am nächsten Morgen sollten sie von dort aus in die Berge weiterreisen. Aber nachts im Hotel wurde Antoinette von heftigem Fieber mit Erbrechen und Kopfschmerzen überfallen. Olivier war sogleich in größter Aufregung und verbrachte eine sorgenvolle Nacht. Am Morgen mußte man einen Arzt holen lassen (unvorhergesehene Mehrausgaben, die für ihre kleine Börse viel bedeuteten). Der Arzt fand für den Augenblick nichts Gefährliches, sondern nur eine außerordentliche Abspannung, eine zerrüttete Gesundheit. Es konnte keine Rede davon sein, die Reise sogleich fortzusetzen. Der Doktor untersagte Antoinette, an diesem Tag überhaupt aufzustehen, und er ließ durchblicken, daß sie vielleicht noch länger in Thun bleiben müßten. Sie waren sehr unglücklich – wenn auch immerhin zufrieden, um diesen Preis davonzukommen, nachdem sie weit Schlimmeres befürchtet hatten. Aber es war hart, von so weit herzukommen, um in einem schlechten Hotelzimmer eingeschlossen zu bleiben, über dem die brennende Sonne wie über einem Treibhaus stand. Antoinette wollte, daß ihr Bruder spazierengehe. Er ging ein wenig vor das Hotel; er sah die Aare mit ihrem schönen grünen Kleid und fern am Himmel eine verschwimmende weiße Bergspitze; das brachte ihn vor Freude ganz außer Fassung. Aber diese Freude konnte er allein nicht tragen. Schleunigst kehrte er in das Zimmer seiner Schwester zurück und erzählte ihr ganz bewegt, was er soeben gesehen habe; und als sie, erstaunt über sein baldiges Heimkommen, ihn aufforderte, wieder zu gehen, sagte er wie damals, als er aus dem Konzert im Théâtre du Châtelet zurückgekommen war:

„Nein, nein, das ist zu schön, das ist zu schön: das ohne dich zu sehen, das tut mir weh."

Dies Gefühl war ihnen nichts Neues: sie wußten, daß sie beide ganz im andern leben mußten, um ganz sie selber zu sein; aber es tat immer wohl, es sagen zu hören. Diese zärtlichen Worte bekamen Antoinette besser als alle Arzneien. Sie lächelte jetzt, glücklich und matt. – Und nach einer guten Nacht beschloß sie, schon abzureisen, wenn das auch nicht sehr vorsichtig war; sie wollten sich frühzeitig davonmachen, ohne dem Arzt etwas davon zu sagen, denn er hätte sie zurückhalten können. Die reine Luft und die Freude über all das Schöne, das sie gemeinsam sahen, trugen dazu bei, daß sie diese Unvorsichtigkeit nicht teuer bezahlen mußten und ohne weitere Zwischenfälle am Reiseziel ankamen: in einem Dorf in den Bergen oberhalb des Sees, in einiger Entfernung von Spiez.

Drei oder vier Wochen verbrachten sie dort in einem kleinen Hotel. Antoinette hatte keine neuen Fieberanfälle; aber sie erholte sich niemals so recht. Beständig fühlte sie eine Schwere im Kopfe, ein unerträgliches Gewicht in den Gliedern, fortwährende Übelkeiten. Olivier befragte sie oft über ihre Gesundheit: er hätte sie gern weniger bleich gesehen; aber er war von der Schönheit der Landschaft trunken und schob instinktiv alle trüben Gedanken von sich; wenn sie ihm versicherte, daß sie sich sehr wohl befinde, wollte er glauben, daß es wahr sei – obgleich er das Gegenteil wußte. Im übrigen genoß sie innig den Überschwang ihres Bruders, die Luft und vor allem die Ruhe. Wie gut tat es, sich nach jenen schrecklichen Jahren endlich auszuruhen!

Olivier wollte sie auf seine Spaziergänge mitnehmen; sie

wäre glücklich gewesen, an seinen Ausflügen teilzunehmen; aber mehrere Male, nachdem sie tapfer ausgezogen war, war sie gezwungen gewesen, nach zwanzig Minuten atemlos und stockenden Herzens anzuhalten. Nun setzte er seine Ausflüge allein fort – ungefährliche Aufstiege, während deren sie aber in Todesängsten zurückblieb, bis er heimgekehrt war. Oder sie unternahmen auch kleine Spaziergänge miteinander: sie ging dabei, auf seinen Arm gestützt, mit kleinen Schritten; sie plauderten miteinander, wobei besonders er sehr beredt wurde, lachte, Zukunftspläne entwickelte und drollige Sachen zum besten gab. Auf halbem Wege oberhalb des Tales sahen sie die weißen Wolken sich im reglosen See spiegeln und sahen die Schiffe schwimmen gleich Insekten auf der Oberfläche eines Teiches; sie sogen die laue Luft in sich ein und die Musik der Herdenglöckchen, die der Wind ihnen stoßweise mit dem Duft frischen Heus und warmen Harzes von fern zutrug. Und sie träumten gemeinsam von der Vergangenheit, von der Zukunft und von der Gegenwart, die ihnen von allen Träumen der unwirklichste und der berauschendste schien. Manchmal ließ sich Antoinette von der kindlich heiteren Laune ihres Bruders anstecken: sie spielten Fangen, bewarfen sich mit Gras. Und eines Tages sah er sie lachen wie einst, als sie noch Kinder waren, mit jenem guten, unbekümmerten, tollen Lachen eines kleinen Mädchens, das klar wie ein Quell ist und das er seit Jahren nicht mehr vernommen hatte.

Meistens aber widerstand Olivier nicht dem Vergnügen, lange Ausflüge zu machen. Er hatte dann ein wenig Gewissensbisse; später mußte er sich vorwerfen, die lieben Gespräche mit der Schwester nicht genug wahrgenommen zu haben. Selbst im Hotel ließ er sie oft allein. Dort war ein kleiner Kreis von jungen Männern und jungen Mädchen, von dem sie sich zunächst ferngehalten hatten. Dann hatte sich der schüchterne Olivier von ihnen angezogen gefühlt und sich ihrer Gruppe zugesellt. Freunde waren ihm versagt gewesen; außer seiner Schwester hatte er kaum jemand anderen als seine ungehobelten Schulkameraden und ihre Liebsten gekannt, die ihm Abscheu einflößten. Es war eine große Annehmlichkeit für ihn, sich unter wohlerzogenen, liebenswürdigen und heiteren Jungen und Mädchen seines Alters zu bewegen. Trotz seiner großen Scheu hatte er eine kindliche Neugier und ein gefühlvolles und keuschsinnliches Herz, das von all den herrischen, närrischen Flämmchen, die in Frauenaugen blitzen, hypnotisiert wurde. Er selbst gefiel trotz seiner Schüchternheit. Sein zartes Sehnen, zu lieben und geliebt zu werden, verlieh ihm eine unbewußte jugendliche Anmut und ließ ihn Worte, Gebärden, herzliche Zuvorkommenheiten finden, die gerade durch ihre linkische Art besonders anziehend wurden. Er hatte die Gabe, Sympathie zu empfinden und zu wecken. Obgleich er infolge der Einsamkeit, in der er bisher gelebt hatte, sehr zur Ironie neigte und die Gewöhnlichkeit der Leute und ihre Fehler, die er oft haßte, schnell erkannte, sah er, sobald er ihnen gegenüberstand, nur noch ihre Augen, in denen sich ein Wesen offenbarte, das eines Tages sterben würde, ein Wesen, das gleich ihm nur ein Leben hatte und es gleich ihm bald verlieren würde: dann fühlte er eine unwillkürliche Neigung zu diesem Wesen und hätte ihm in diesem Augenblick kein Leid zufügen können; ob er wollte oder nicht, er mußte liebenswürdig sein. Er war schwach und dadurch geschaffen, der Welt zu gefallen, die alle Laster und selbst alle Tugenden verzeiht – nur eine nicht: die Kraft, die die Vorbedingung aller anderen ist.

Antoinette mischte sich nicht unter diese junge Schar. Ihr Gesundheitszustand, ihre Abspannung, eine seelische, scheinbar grundlose Niedergeschlagenheit lähmten sie. Im Laufe jener langen Jahre der Sorgen und der verzweifelten Arbeit, die Körper und Seele verbrauchen, hatten ihr Bruder und sie die Rollen miteinander vertauscht: jetzt fühlte sie sich weit von der Welt entfernt, fern von allem – so fern! Sie konnte nicht mehr zurück: alle diese Gespräche, dieser

Lärm, dieses Lachen, diese kleinen Interessen langweilten sie, ermüdeten sie, verletzten sie beinahe. Sie litt darunter, daß sie so war: sie wäre gern wie die anderen jungen Mädchen gewesen, hätte sich gern für das interessiert, was sie interessierte, über das gelacht, worüber sie lachten... Sie konnte es nicht mehr! Das Herz war ihr wie zusammengeschnürt, es war ihr, als sei sie gestorben. Abends schloß sie sich ein und zündete oft nicht einmal ein Licht an; sie blieb im Dunkeln sitzen, während Olivier sich unten im Salon der Wonne einer jener kleinen romantischen Liebeleien hingab, an die er gewöhnt war. Sie riß sich erst aus ihrer Dumpfheit heraus, wenn sie ihn lachend und schwatzend die Treppe heraufkommen hörte, wobei er mit seinen Freundinnen vor deren Türen nicht enden wollende Abschiedsgrüße austauschte und sich gar nicht von ihnen trennen konnte. Dann lächelte Antoinette in ihrem Dunkel und stand auf, um das elektrische Licht anzudrehen. Das Lachen ihres Bruders belebte sie wieder.

Der Herbst rückte vor. Die Sonne wurde blasser. Die Natur welkte hin. Unter der Nebelwatte und den Oktoberwolken verblichen alle Farben; die Höhen bedeckten sich mit Schnee, und die Ebenen füllten sich mit Nebel. Die Reisenden zogen davon, einer nach dem andern, schließlich in ganzen Gruppen. Die Geschwister sahen die Freunde, ja selbst die Gleichgültigen mit Traurigkeit davonziehen, vor allem aber den Sommer, die Zeit der Ruhe und des Glücks, die eine Oase in ihrem Leben gewesen war. An einem verschleierten Herbsttag machten sie längs des Berges einen letzten gemeinsamen Spaziergang im Walde. Sie sprachen nicht, sie träumten melancholisch vor sich hin und drängten sich in ihren bis an den Hals geschlossenen Mänteln fröstelnd aneinander; ihre Finger waren ineinander verschlungen. Die feuchten Wälder schwiegen und weinten in der Stille. Im Waldinnern vernahm man den sanften, klagenden Schrei eines einsamen Vogels, der das Nahen des Winters verspürte. Ein kristallhelles Herdenglöckchen klang fern im Nebel, doch so gedämpft, als erklänge es in den Tiefen ihrer Brust...

Sie kehrten nach Paris zurück. Beide waren traurig. Antoinette hatte ihre Gesundheit nicht wiedererlangt.

Es galt, die Aussteuer zu beschaffen, die Olivier in die Ecole Normale mitnehmen sollte. Antoinette gab dafür ihre letzten Ersparnisse aus; sie verkaufte sogar heimlich einige Schmuckstücke. Was lag ihr daran? Würde er ihr's nicht später vergelten? – Und dann hatte sie selber, nun, da er nicht mehr bei ihr sein würde, so wenige Bedürfnisse... Sie vermied es, daran zu denken, wie es werden würde, wenn er nicht mehr dasein würde; sie arbeitete an der Aussteuer; sie legte in diese Arbeit die ganze glühende Zärtlichkeit hinein, die sie für ihren Bruder empfand, und die Vorahnung, daß es das letzte sei, was sie für ihn tun könne.

Während der letzten Tage, die sie gemeinsam zu verleben hatten, verließen sie einander nicht; sie hatten Furcht, auch nur den geringsten Augenblick davon zu verlieren. Am letzten Abend blieben sie bis spät in die Nacht am Kamin; Antoinette saß in dem einzigen Sessel der Wohnung, Olivier auf einem Tritt ihr zu Füßen und ließ sich liebkosen, wie er es als großes, verwöhntes Kind gewohnt war. Das neue Leben, das er beginnen sollte, erfüllte ihn mit Besorgnissen und auch mit Neugier. Antoinette dachte daran, daß nun ihr ganzes vertrautes Zusammensein zu Ende sei, und sie fragte sich mit Entsetzen, was aus ihr werden solle. Als wollte er ihr diesen Gedanken noch brennender machen, war er an diesem Abend zärtlicher als je – mit der unschuldigen Koketterie jener Wesen, die die Abschiedsstunde abwarten, um alles Beste und Reizendste aus sich herauszugeben. Er setzte sich ans Klavier und spielte ihr lange die Stellen aus Mozart und Gluck vor, die sie am meisten liebten – Visionen traurigen Glücks und heiterer

Traurigkeit, mit denen so unendlich viel von ihrem vergangenen Leben verknüpft war.

Als die Abschiedsstunde gekommen war, begleitete Antoinette Olivier bis zur Tür der Ecole Normale. Sie kehrte heim. Wieder einmal war sie einsam. Aber jetzt handelte es sich nicht, wie bei der Reise nach Deutschland, um eine Trennung, die sie von sich aus beenden konnte, wenn sie ihr unerträglich wurde. Diesmal blieb sie; er war es, der für lange Zeit, fürs Leben weggegangen war. Doch sie empfand so mütterlich, daß sie in diesem ersten Augenblick weniger an sich selber als an ihn dachte; sie beschäftigte sich ausschließlich mit diesen ersten Tagen eines für ihn so ungewohnten Lebens, mit den Hänseleien, denen neue Mitschüler ausgesetzt sind, mit diesen harmlosen kleinen Kümmernissen, die aber im Geiste derer, die einsam leben und gewohnt sind, sich für geliebte Menschen zu quälen, leicht einen besorgniserregenden Umfang annehmen. Wenigstens hatten diese Sorgen das Gute, sie in ihrer Einsamkeit etwas zu zerstreuen. Sie dachte schon an die halbe Stunde, in der sie ihn am nächsten Tag im Sprechzimmer sehen könnte. Eine Viertelstunde zu früh war sie dort. Er war sehr nett zu ihr, aber doch ganz erfüllt und angeregt von dem, was er erlebt hatte. An den folgenden Tagen, als sie immer wieder voll besorgter Zärtlichkeit kam, verschärfte sich der Gegensatz zwischen dem, was diese Augenblicke der Aussprache für sie und für ihn bedeuteten, noch mehr. Für sie waren sie jetzt das ganze Leben. Er dagegen liebte zwar Antoinette zweifellos zärtlich; aber man konnte nicht von ihm verlangen, daß er einzig und allein an sie denke. Ein- oder zweimal kam er zu spät ins Sprechzimmer. Ein andermal, als sie ihn fragte, ob er Heimweh habe, antwortete er mit Nein. Das waren kleine Dolchstiche für Antoinettes Herz. – Sie machte sich Vorwürfe, so zu fühlen; sie schalt sich selbstisch, sie wußte sehr wohl, daß es unsinnig wäre, ja selbst schädlich und widernatürlich, wenn er sie nicht entbehren könnte noch sie ihn, wenn sie nichts anderes im Leben mehr fände. Ja, sie wußte das alles. Was aber nützte ihr dieses Wissen? Sie konnte nichts dafür, wenn sie seit zehn Jahren ihr ganzes Leben diesem einzigen Gedanken gewidmet hatte: dem an ihren Bruder. Jetzt, da ihr dieser einzige Lebensinhalt entrissen war, hatte sie nichts mehr.

Sie versuchte tapfer, zu ihren Beschäftigungen zurückzukehren: zur Lektüre, zur Musik, zu ihren geliebten Büchern... Gott! Wie leer waren Shakespeare und Beethoven ohne ihn! – Ja gewiß, das alles war schön... Aber er war nicht mehr da! Was bedeutet alles Schöne, wenn man es nicht mit den Augen dessen sehen kann, den man liebt? Was ist uns Schönheit, was selbst Freude, wenn man sie nicht im Herzen des *anderen* genießen kann?

Wäre sie kräftiger gewesen, dann hätte sie versucht, ihr Leben ganz von neuem aufzubauen, ihm einen anderen Zweck zu geben. Aber sie war am Ende. Jetzt, da nichts sie mehr drängte, auszuhalten, koste es, was es wolle, zerbrach ihre erzwungene Willenskraft: sie sank zusammen. Die Krankheit, die sich seit mehr als einem Jahr in ihr vorbereitet und die sie mit Energie unterdrückt hatte, fand von nun an freies Feld.

Sie verbrachte ihre Abende in quälenden Gedanken allein, daheim am erloschenen Kamin; sie fand nicht den Mut, das Feuer neu anzumachen, noch die Energie, sich zu Bett zu legen; bis tief in die Nacht blieb sie sitzen, entschlummerte halb, träumte und zitterte vor Kälte. Sie durchlebte von neuem ihr Leben, sie war bei ihren lieben Toten, gedachte ihrer zerstörten Illusionen, und eine entsetzliche Traurigkeit über ihre verlorene Jugend ohne Liebe überkam sie. Ein dumpfer, uneingestandener Schmerz... Das Lachen eines Kindes auf der Straße, sein zögerndes Trippeln im unteren Stockwerk – die Füßchen traten ihr aufs Herz... Zweifel umschlichen sie, schlechte Gedanken; die moralische Ansteckung dieser Stadt voller Egoismus und Vergnügen erfaßte ihre geschwächte Seele. – Sie bekämpfte solche Sehnsüchte, sie schämte sich ihrer Wünsche; sie konnte nicht begreifen, woran sie litt: sie schob es ihren schlechten Instinkten zu. Die arme kleine Ophelia, an der ein geheimnisvolles Übel nagte, fühlte mit Entsetzen aus dem Grunde ihres Seins den trüben und tierischen Atem emporsteigen, der den Untiefen des Lebens entstammt. Sie arbeitete nicht mehr, sie hatte die meisten ihrer Stunden aufgegeben. Sie, die so früh aufgestanden war, blieb jetzt manchmal bis zum Nachmittag im Bett; sie fühlte zum Aufstehen ebensowenig einen rechten Grund wie zum Hinlegen; sie aß kaum oder gar nicht. Nur an den Tagen, an denen ihr Bruder frei war – am Donnerstagnachmittag oder am Sonntag von morgens an –, zwang sie sich, vor ihm wie früher zu sein.

Er merkte nichts. Er war durch sein neues Leben zu angeregt oder zu zerstreut, um seine Schwester recht zu beobachten. Er befand sich in jenem jugendlichen Alter, in dem man sich ungern hingibt, in dem uns Dinge, die uns früher rührten und die uns später wieder bewegt hätten, scheinbar gleichgültig lassen. Ältere Menschen scheinen manchmal frischere Eindrücke und unmittelbarere Freude an der Natur und am Leben zu haben als junge Leute von zwanzig Jahren. Dann sagt man, die jungen Leute seien blasiert und hätten ein weniger junges Herz. Meistens ist dies ein Irrtum. Nicht weil sie abgestumpft sind, scheinen sie unempfindlich, sondern weil ihre Seele von Leidenschaften, von Ehrgeiz, von Wünschen, von fixen Ideen ganz und gar erfüllt ist. Wenn der Körper abgenutzt ist und nichts mehr vom Leben zu erwarten hat, kommen die selbstlosen Regungen wieder zu ihrem Recht, und die Quelle kindlicher Tränen öffnet sich von neuem. Olivier war durch tausend kleine Zerstreuungen in Anspruch genommen, deren wichtigste eine unsinnige Liebelei war (er hatte immer irgendeine), die ihn dermaßen im Bann hielt, daß er für alles andere blind und gleichgültig wurde. Antoinette wußte gar nicht, was in ihrem Bruder vorging; sie sah nur, daß er sich von ihr zurückzog. Das lag nicht an Olivier allein. Manchmal freute er sich im Kommen darauf, sie wiederzusehen und mit ihr zu reden. Er trat ein. Sofort erstarrte alles in ihm. Die besorgte Zärtlichkeit, die Fieberhaftigkeit, mit der sie sich an ihn klammerte, seine Worte trank, ihn mit Aufmerksamkeiten erdrückte – dieser ganze Überschwang von Gefühl und zitternder Erwartung nahm ihm sofort jeden Wunsch, sich auszusprechen. Er hätte sich sagen müssen, daß Antoinette nicht in ihrer normalen Verfassung sei. Nichts war der zarten Zurückhaltung fremder, die sie für gewöhnlich bewahrte. Aber er dachte nicht darüber nach. Ihren Fragen stellte er ein trockenes Ja oder Nein entgegen. Je mehr sie ihn aus seiner Einsilbigkeit zu ziehen suchte, um so mehr verbiß er sich darein, oder er verletzte sie sogar durch eine heftige Antwort. Dann schwieg auch sie niedergeschlagen. Ihr Tag verrann, war verloren. – Kaum hatte Olivier die Schwelle des Hauses überschritten, um in die Ecole Normale zurückzukehren, so war er über seine Art und Weise untröstlich. Er quälte sich des Nachts in Gedanken an das Leid, das er ihr zugefügt hatte. Es geschah sogar, daß er, kaum ins Seminar zurückgekehrt, seiner Schwester einen überschwenglichen Brief schrieb. Aber am nächsten Morgen, wenn er ihn überlesen hatte, zerriß er ihn. Und Antoinette wußte nichts von alledem. Sie glaubte, er liebe sie nicht mehr.

Es wurde ihr wenn auch nicht eine letzte Freude, so doch ein letztes Aufflackern jugendlicher Zärtlichkeit beschert, in der ihr Herz wieder auferstand, ein verzweifeltes Wiedererwachen ihrer Liebeskraft, ihrer Glückshoffnungen. Eigentlich war das widersinnig und ihrer ruhigen Natur völlig entgegengesetzt! Es wurde nur möglich durch die Erregung, in der sie sich befand, durch jenen Zustand von Betäubtheit und Überreizung, Vorboten der Krankheit.

Sie war mit ihrem Bruder in einem Konzert im Théâtre du Châtelet. Da man ihm gerade die Musikkritik in einer kleinen Zeitschrift übertragen hatte, waren ihre Plätze ein wenig besser als früher, aber inmitten eines weit weniger sympathischen Publikums. Sie hatten Parkettklappsitze nahe an der Bühne. Christof Krafft sollte spielen. Keines von beiden kannte den deutschen Musiker. Als Antoinette ihn auftreten sah, strömte ihr alles Blut zum Herzen zurück. Wenn ihre müden Augen ihn auch nur durch einen Nebel sahen, so hatte sie doch, als er eintrat, keinen Zweifel: sie erkannte den unbekannten Freund aus den schlimmen Tagen in Deutschland wieder. Niemals hatte sie ihrem Bruder von ihm erzählt; es war ihr kaum möglich gewesen, auch nur an ihn zu denken: ihr ganzes Denken war seither von der Sorge ums Leben beansprucht worden. Und außerdem war sie eine vernünftige kleine Französin, die es sich versagte, einem dunklen Gefühl nachzugeben, dessen Quelle ihr unbekannt war und das keine Zukunft hatte. In ihrer Seele war ein Bereich mit ungeahnten Tiefen, in denen noch manche anderen Gefühle schlummerten, die zu betrachten sie sich geschämt hätte: sie wußte, daß sie da waren, aber sie wandte ihre Augen davon ab in einer Art frommen Entsetzens vor diesem Wesen, das sich der Aufsicht des Verstandes entzieht.

Als sie sich von ihrer Verwirrung ein wenig erholt hatte, lieh sie sich das Opernglas ihres Bruders, um Christof zu betrachten. Sie sah ihn im Profil neben dem Dirigentenpult, und sie erkannte seinen leidenschaftlichen und gesammelten Ausdruck wieder. Er trug einen abgetragenen Frack, der sehr schlecht saß. – Stumm und erstarrt, wohnte Antoinette den jammervollen Vorgängen dieses Konzertes bei, in dem Christof auf das nicht verhehlte Übelwollen eines Publikums prallte, das auf deutsche Künstler schlecht zu sprechen war und von seiner Musik zu Tode gelangweilt wurde. Als er nach einer Symphonie, die endlos erschienen war, wieder auftrat, um eine Fantasie für Klavier vorzu-

tragen, wurde er mit höhnischen Zurufen begrüßt, die keinerlei Zweifel darüber ließen, wie wenig Vergnügen sein Wiedererscheinen hervorrief. Er begann trotzdem zu spielen, inmitten der ergebungsvollen Langeweile des Publikums; aber die absprechenden Bemerkungen, die zwischen den Zuhörern der oberen Ränge mit lauter Stimme ausgetauscht wurden, nahmen zur Freude des übrigen Publikums ihren Fortgang. Da hörte er auf; eine rechte Bösebubenlaune überfiel ihn, und er spielte mit einem Finger die Melodie von *Malbrough s'en va-t-en guerre,* stand dann vom Klavier auf und sagte dem Publikum ins Gesicht:
„Da habt ihr, was ihr braucht."
Das Publikum, einen Augenblick über die Absichten des Musikers im unklaren, brach in ein wüstes Geschimpfe aus. Ein unglaublicher Lärm folgte. Man pfiff, man schrie:
„Entschuldigen! Er soll sich entschuldigen!"
Rot vor Zorn, regten sich die Leute auf und versuchten sich einzureden, daß sie wirklich empört wären; und vielleicht waren sie es auch; vor allem aber waren sie begeistert über diese Gelegenheit, Lärm zu schlagen und sich gehenzulassen: genau wie Schüler nach zwei Stunden Unterricht.
Antoinette fand nicht die Kraft, sich zu rühren; sie war wie versteinert; ihre zusammengekrampften Finger zerrissen einen ihrer Handschuhe. Von den ersten Takten an hatte sie vorausgesehen, was sich dann ereignete; sie fühlte die dumpfe Feindseligkeit des Publikums, sie fühlte sie anwachsen, sie las in Christof, sie war sicher, daß es nicht ohne einen Skandal abgehen würde; mit wachsender Angst wartete sie auf diesen Ausbruch; sie hätte ihn mit allen Kräften verhindern mögen; und als er dann doch da war, als alles genauso kam, wie sie es vorhergesehen hatte, fühlte sie sich niedergeschmettert wie durch einen Schicksalsschlag, gegen den nichts zu machen ist. Und als sie Christof immer weiter anschaute, der das ihn auspfeifende Publikum unverschämt fixierte, kreuzten sich ihre Blicke. Christofs Augen

erkannten sie vielleicht eine Sekunde lang, aber sein Geist
erkannte sie in dem Sturm, der ihn davontrug, nicht (er
dachte nicht mehr an sie). Unter allgemeinem Zischen ging
er ab.

Sie hätte schreien, irgend etwas sagen mögen, doch sie
war festgebannt wie in einem Alptraum. Eine Erleichterung war es ihr, neben sich ihren tapferen kleinen Bruder
zu hören, der, ohne zu ahnen, was in ihr vorging, ihre
Angst und ihre Empörung geteilt hatte. Olivier war tief
musikalisch und hatte eine Unabhängigkeit des Geschmacks,
die nichts erschüttern konnte: wenn er etwas liebte, so hätte
er es der ganzen Welt zum Trotze geliebt. Von den ersten
Takten der Symphonie an hatte er etwas Großes empfunden, etwas, das ihm noch niemals im Leben begegnet war.
Immer wieder sagte er halblaut und mit tiefer Glut:

„Wie schön das ist, wie schön das ist!",

indessen sich seine Schwester instinktiv voller Dankbarkeit an ihn drängte. Nach der Symphonie hatte er wütend
Beifall geklatscht, um gegen die ironische Gleichgültigkeit
des Publikums Einspruch zu erheben. Als der große Spektakel begann, war er außer sich: Dieser schüchterne Knabe
sprang auf, er rief, daß Christof recht habe, er schrie die
Pfeiler an, er hatte Lust, sich zu schlagen. Seine Stimme
verlor sich inmitten des Lärms; er zog sich gemeine Schimpfworte zu. Man nannte ihn einen grünen Jungen und machte
sich über ihn lustig. Antoinette, die Nutzlosigkeit jeder
Auflehnung erkennend, faßte ihn am Arm und sagte:

„Sei still, ich flehe dich an, sei still!"

Verzweifelt setzte er sich wieder hin; immer wieder
stöhnte er:

„Es ist schändlich, es ist schändlich! Die Elenden!"

Sie sagte nichts, sie litt schweigend; er meinte, sie sei für
diese Musik unempfindlich; er sagte zu ihr:

„Aber Antoinette, findest du denn das nicht schön?"

Sie machte eine bejahende Bewegung. Doch sie blieb wie
erstarrt, sie konnte sich nicht mehr erholen. Als aber das

Orchester dabei war, ein neues Stück zu beginnen, stand sie mit einem Ruck auf und flüsterte ihrem Bruder mit einer Art Haß zu:

„Komm, komm, ich kann diese Leute nicht mehr sehen!"

Überstürzt gingen sie hinaus. Arm in Arm auf der Straße, redete Olivier mit Zornesausbrüchen. Antoinette schwieg.

An den folgenden Tagen, allein in ihrem Zimmer, vergrub sie sich in ein Gefühl, dem ins Gesicht zu schauen sie vermied, das aber unter all ihren Gedanken beharrlich mitschwang, gleich dem dumpfen Pochen des Blutes in ihren schmerzenden Schläfen.

Kurze Zeit darauf brachte ihr Olivier die Sammlung *Lieder** von Christof, die er soeben bei einem Verleger entdeckt hatte. Aufs Geratewohl öffnete sie das Heft. Auf der ersten Seite, die sie ansah, las sie über einem Stück die Widmung:

„Meinem armen kleinen Opfer"

und darunter ein Datum.

Sie kannte dieses Datum gut. – Sie wurde so verwirrt, daß sie nicht weiterlesen konnte. Sie legte das Heft hin, bat ihren Bruder, zu spielen, ging in ihr Zimmer und schloß die Tür hinter sich. Olivier, der ganz von dem Vergnügen an dieser neuen Musik gefangengenommen war, begann zu spielen und merkte die Erregung seiner Schwester nicht. Antoinette saß im Zimmer nebenan und drängte das Pochen ihres Herzens zurück. Plötzlich stand sie auf und suchte in ihrem Schrank ein kleines Ausgabenheft, um das Datum ihrer Abreise aus Deutschland und das andere, geheimnisvolle Datum wiederzufinden. Sie wußte es im voraus: ja, es war jener Tag der Aufführung, der sie an Christofs Seite beigewohnt hatte. Sie streckte sich auf ihrem Bett aus und schloß errötend die Augen, während sie die Hände gegen die Brust preßte und der teuren Musik lauschte. Ihr Herz war von Dankbarkeit durchtränkt... Ach, warum tat ihr der Kopf nur so weh?

Da Olivier sah, daß seine Schwester nicht wiederkehrte, ging er nach dem Spiel zu ihr hinein und fand sie ausgestreckt liegen. Er fragte, ob sie krank sei. Sie redete von einem bißchen Erschlaffung und stand auf, um ihm Gesellschaft zu leisten. Sie plauderten; doch sie antwortete nicht gleich auf seine Fragen: es war ihr, als kehre sie aus sehr weiter Ferne zurück; sie lächelte, errötete und entschuldigte sich mit einem starken Kopfschmerz, der sie ganz dumm mache. Endlich ging Olivier fort. Sie hatte ihn gebeten, das Liederheft dazulassen. Allein, blieb sie in der Nacht lange Zeit am Klavier, um die Lieder durchzulesen, ohne sie zu spielen; kaum daß sie hier und da eine Taste berührte, und nur ganz zart, aus Furcht, daß ihre Nachbarn sich beklagen könnten. Meistens las sie nicht einmal, sie träumte, sie wurde von einer dankbaren und zärtlichen Wallung für diese Seele getragen, die Mitleid mit ihr gehabt, die mit dem geheimnisvollen Ahnungsvermögen der Güte in ihr gelesen hatte. Sie konnte ihre Gedanken nicht sammeln. Sie war glücklich und traurig – traurig! – Ach, wie weh tat ihr der Kopf!

Sie verbrachte die Nacht in süßen und qualvollen Träumen, in niederdrückender Schwermut. Am Tage wollte sie, um ihre Betrübtheit abzuschütteln, ein wenig ausgehen. Obgleich ihr Kopf sie weiter quälte, ging sie, nur um etwas zu unternehmen, einige Einkäufe in einem Warenhaus machen. Sie dachte kaum an das, was sie tat. Ohne es sich einzugestehen, dachte sie an Christof. Als sie so erschöpft und sterbenstraurig unterwegs war, sah sie mitten in der Menge auf dem gegenüberliegenden Fußsteig der Straße Christof vorübergehen. Er bemerkte sie zur gleichen Zeit, und ganz unüberlegt und jäh streckte sie die Hände nach ihm aus. Christof stand still: diesmal erkannte er sie. Schon war er auf dem Fahrdamm, um zu Antoinette hinüberzukommen, und Antoinette bemühte sich, mit ihm zusammenzutreffen. Aber der brutale Menschenstrom trug sie wie einen Strohhalm mit sich fort, indessen ein Omnibuspferd auf dem glitschigen Asphalt stürzte und vor Christof einen Damm bildete, an dem sich sofort der zweifache Strom der Wagen brach und für einige Augenblicke ein undurchdringliches Bollwerk anschwemmte. Christof wollte es gleichwohl durchsetzen, hinüberzukommen, doch er blieb mitten zwischen den Wagen stecken und konnte weder vor- noch rückwärts. Als es ihm endlich gelang, durchzuschlüpfen und die Stelle zu erreichen, an der er Antoinette gesehen hatte, war diese schon weit weg; vergeblich hatte sie Anstrengungen gemacht, sich gegen den Menschenstrudel zu wehren; dann hatte sie sich ergeben und nicht mehr zu kämpfen versucht; sie hatte die Empfindung, daß ein Schicksal auf ihr laste und sich der Begegnung mit Christof widersetze: gegen das Schicksal konnte man nichts ausrichten. Und als es ihr schließlich gelang, aus der Menschenmenge herauszukommen, versuchte sie nicht mehr, denselben Weg zurückzugehen; eine Scham war über sie gekommen: Was hätte sie ihm zu sagen gewagt? Was hatte sie gewagt zu tun? Was hatte er denken müssen? – Sie flüchtete heimwärts.

Erst als sie zu Hause war, fühlte sie sich sicher. Aber dann, in ihrem Zimmer, im Dunkeln, blieb sie vor dem Tisch sitzen und fand nicht die Kraft, ihren Hut und ihre Handschuhe abzulegen. Sie war unglücklich darüber, daß sie Christof nicht hatte sprechen können; aber gleichzeitig war ein Licht in ihrem Herzen; sie sah nicht die Finsternis, sah die Krankheit nicht mehr, die in ihr arbeitete. Unzählige Male wiederholte sie sich alle Einzelheiten des eben durchlebten Vorfalls und wandelte sie um; sie stellte sich vor, was hätte geschehen können, wenn dieser oder jener Umstand anders gewesen wäre. Sie sah sich, wie sie Christof die Arme entgegenstreckte, sie sah den Ausdruck der Freude auf seinem Gesicht, als er sie wiedererkannte, und sie lächelte, und sie errötete. Sie errötete; und allein im

Dunkel ihres Zimmers, wo niemand sie sehen konnte, streckte sie von neuem die Arme nach ihm aus. Ach, sie konnte nicht anders: sie fühlte sich dahinschwinden, und sie suchte sich instinktiv an das starke Leben anzuklammern, das an ihr vorbeirauschte und das ihr einen Blick voll Güte geschenkt hatte. Ihr von Zärtlichkeit und Ängsten erfülltes Herz schrie ihm in der Nacht zu:

„Zu Hilfe! Rette mich!"

Fiebernd stand sie auf, zündete die Lampe an, nahm Papier, griff zur Feder. Sie schrieb an Christof. Niemals wäre dieses scheue und stolze Mädchen auch nur auf den Gedanken gekommen, ihm zu schreiben, wenn es nicht bereits der Krankheit ausgeliefert gewesen wäre. Sie wußte nicht, was sie schrieb, sie war nicht mehr Herrin ihrer selbst. Sie rief ihn zu sich; sie sagte ihm, daß sie ihn liebe... Mitten in ihrem Brief hielt sie entsetzt inne. Sie wollte den Brief neu schreiben, doch ihr Schwung war gebrochen; ihr Kopf war leer und brannte; es wurde ihr entsetzlich schwer, die Worte zusammenzufinden; die Müdigkeit überwältigte sie. Sie schämte sich... Wozu das alles? Sie wußte genau, daß sie sich selbst zu täuschen suchte, daß sie diesen Brief niemals abschicken würde... Selbst wenn sie es gewollt hätte, wie hätte sie ihn Christof zustellen sollen? Sie wußte seine Adresse nicht... Armer Christof! Was hätte er auch für sie tun können, selbst wenn er alles gewußt hätte und wenn er gut zu ihr gewesen wäre? – Zu spät! Nein, nein, alles war vergeblich, es war der letzte Versuch eines erstickenden Vogels, der verzweifelt mit den Flügeln schlägt. Es hieß sich ergeben...

Lange blieb sie noch in Gedanken versunken vor ihrem Tisch sitzen und konnte sich nicht aus ihrer Reglosigkeit herausreißen. Es war nach Mitternacht, als sie sich mühsam – mutig – erhob. Mechanisch verbarg sie ihren Briefentwurf in einem Buch ihrer kleinen Bibliothek, denn sie fand weder den Mut, ihn irgendwo einzuordnen noch ihn zu zerreißen. Dann legte sie sich, von Fieber geschüttelt, nieder.

Das Rätselwort offenbarte sich ihr: sie fühlte, der Wille Gottes geschah.

Und ein großer Friede senkte sich in sie herab.

Am Sonntagmorgen, als Olivier aus dem Seminar kam, fand er Antoinette mit hohem Fieber im Bett. Ein Arzt wurde gerufen. Er stellte galoppierende Schwindsucht fest.

Antoinette hatte in den letzten Tagen ihren Zustand erkannt; sie hatte endlich den Grund der seelischen Verwirrtheit entdeckt, die sie so entsetzte. Der armen Kleinen, die sich vor sich selber schämte, war der Gedanke, daß sie nichts dafür könne, daß die Krankheit daran schuld sei, fast eine Erleichterung. Sie fand die Kraft, einige Vorkehrungen zu treffen, ihre Papiere zu verbrennen, einen Brief an Frau Nathan vorzubereiten, in dem sie diese bat, sich in den ersten Wochen nach ihrem, Antoinettes, Tode (sie wagte nicht, dieses Wort hinzuschreiben) um Olivier zu kümmern.

Der Arzt konnte nichts mehr tun: das Übel war zu weit vorgeschritten und Antoinettes Lebenskraft durch die Jahre übermäßiger Anstrengung verbraucht.

Antoinette war ruhig. Seitdem sie sich verloren wußte, war sie von allen Ängsten befreit. Sie durchlebte in ihren Gedanken alle Schicksalsschläge, die sie durchgemacht hatte. Sie sah ihr Werk vollendet, ihren lieben Olivier gerettet; und eine unversiegbare Freude durchdrang sie. Sie sagte sich:

Das habe ich vollbracht.

Dann machte sie sich ihren Stolz zum Vorwurf:

Allein hätte ich nichts vermocht, Gott war es, der mir half.

Und sie dankte Gott, daß er ihr zu leben gewährt hatte, bis ihre Aufgabe vollbracht war. Wohl war ihr das Herz schwer, daß sie jetzt gehen sollte, aber sie wagte nicht, sich zu beklagen; das wäre undankbar gegen Gott gewesen, der sie früher hätte heimrufen können. Und was wäre geschehen, wenn sie ein Jahr früher gestorben wäre? – Sie seufzte und beugte sich voller Dankbarkeit.

Trotz ihrer Bedrängnis beklagte sie sich nicht – außer in ihren schweren Träumen, in denen sie manchmal wie ein kleines Kind jammerte. Mit ergebungsvollem Lächeln lag ihr Blick auf den Dingen und den Menschen. Der Anblick Oliviers war ihr eine beständige Freude. Sie rief ihn mit den Lippen, ohne zu reden. Sie wollte, daß er seinen Kopf neben den ihren aufs Kissen lege; und ihre Augen den seinen nahe, schaute sie ihn lange schweigend an. Schließlich richtete sie sich auf, nahm seinen Kopf zwischen ihre Hände und sagte:

„Ach, Olivier ... Olivier ..."

Sie löste von ihrem Halse das Medaillon, das sie trug, und hängte es ihrem Bruder um. Sie empfahl ihren lieben Olivier der Obhut ihres Beichtigers, ihres Arztes, aller, die sie kannte. Man fühlte, daß sie von nun an in ihm lebte, daß sie, im Begriff zu sterben, sich in dieses Leben wie auf eine Insel flüchtete. In manchen Augenblicken war sie berauscht von einem mystischen Überschwang an Zärtlichkeit und Glauben; sie fühlte ihr Leiden nicht mehr, und die Trübsal war Freude geworden – eine göttliche Freude, die um ihren Mund und in ihren Augen strahlte. Sie sagte immer wieder:

„Ich bin glücklich ..."

Der Todeskampf begann. In den letzten Augenblicken, als sie noch bei Bewußtsein war, bewegten sich ihre Lippen, man sah, daß sie etwas hersagte. Olivier kam an ihr Lager und neigte sich über sie. Sie erkannte ihn noch und lächelte ihm matt zu; ihre Lippen bewegten sich weiter, und ihre Augen waren voll Tränen. Man vernahm nicht, was sie sagen wollte ... Aber Olivier erfaßte wie einen Hauch die Worte des alten Liedes, das sie so sehr liebten, das sie ihm so oft vorgesungen hatte:

> I will come again, my sweet and bonny,
> I will come again ...

Dann fiel sie in ihre Betäubung zurück... Und sie verschied.

Sie hatte, ohne es zu wissen, vielen Menschen, die ihr nicht einmal bekannt waren, eine tiefe Zuneigung eingeflößt: so in ihrem eigenen Haus, dessen Mieter sie nicht einmal dem Namen nach kannte. Olivier empfing Beileidsbezeigungen von Leuten, die ihm fremd waren. Das Begräbnis Antoinettes war nicht so verlassen, wie das ihrer Mutter gewesen war. Freunde, Kameraden ihres Bruders, Familien, bei denen sie Stunden gegeben hatte, Wesen, an denen sie stumm vorübergegangen war, ohne ihnen etwas von ihrem Leben zu sagen, und die ihr nichts von sich gesagt hatten, die aber von ihrer Aufopferung wußten und sie heimlich bewunderten, sogar arme Leute, die Aufwartefrau, die ihr zuletzt geholfen hatte, die kleinen Handwerker des Stadtviertels, folgten ihr zum Kirchhof. Olivier war noch am Abend des Todestages von Frau Nathan aufgesucht und wider Willen mitgenommen worden – was er, von der Übermacht seines Schmerzes benommen, hatte geschehen lassen.

Ihn traf dies Unglück wirklich in dem einzigen Moment seines Lebens, in dem er ihm standzuhalten vermochte – dem einzigen, der ihm nicht erlaubte, sich ganz und gar seiner Verzweiflung hinzugeben. Er hatte gerade ein neues Leben begonnen, er war Glied einer Gemeinschaft; er wurde trotz seines Widerstandes vom Strom mit fortgezogen. Die Beschäftigungen und Sorgen im Seminar, der geistige Eifer, die Examina, der Lebenskampf hinderten ihn daran, sich in sich selbst zu verschließen; er konnte nicht allein bleiben. Er litt darunter; aber es war seine Rettung. Ein Jahr früher, ein paar Jahre später wäre er verloren gewesen.

Indessen sonderte er sich in der Erinnerung an seine

Schwester ab, soviel er konnte. Ein Kummer für ihn war, daß er die Wohnung, in der sie miteinander gelebt hatten, nicht behalten konnte: er hatte kein Geld. Er hoffte, daß die, welche ihm Teilnahme zu bezeigen schienen, seine Verzweiflung darüber verstehen würden, daß er das, was ihr gehört hatte, nicht retten konnte. Niemand aber schien das zu begreifen. Mit zum Teil geliehenem, zum Teil durch Stundengeben verdientem Geld mietete er eine Mansarde, in die er alles hineinstopfte, was sie an Möbeln seiner Schwester fassen konnte: ihr Bett, ihren Tisch, ihren Sessel. Daraus schuf er sich ein Heiligtum seiner Erinnerung. Dorthin flüchtete er an den Tagen der Niedergeschlagenheit. Seine Kameraden glaubten, daß er eine Liebschaft habe. Stundenlang war er dort und träumte von ihr, den Kopf in die Hände vergraben, denn unglücklicherweise besaß er kein einziges Bild von ihr außer einer kleinen Photographie, auf der sie beide zusammen als Kinder aufgenommen waren. Er redete mit ihr; er weinte... Wo war sie? Ach, wäre sie wenigstens nur am andern Ende der Welt gewesen, mochte es ein noch so unzugänglicher Ort sein – mit welcher Freude, welch unbezwingbarer Glut hätte er sich auf die Suche nach ihr gemacht, tausend Leiden erduldet, hätte er auch jahrhundertelang mit nackten Füßen wandern müssen, wenn nur jeder seiner Schritte ihn ihr näher gebracht hätte... Ja, wenn er selbst nur eine unter tausend Aussichten gehabt hätte, jemals zu ihr zu gelangen... Aber nichts... Keine Möglichkeit, sie je zu erreichen... Welche Einsamkeit! Wie war er, der Ungelenke, Kindhafte, jetzt dem Leben ausgeliefert, da sie nicht mehr da war, um ihn zu lieben, ihm zu raten, ihn zu trösten! – Wer ein einziges Mal auf Erden das Glück gekannt hat, in völliger, grenzenloser Vertrautheit einer Freundesseele verbunden zu sein, der hat die göttlichste Freude gekannt – eine Freude, die ihn für das ganze übrige Leben elend macht:

Nessun maggior dolore,
Che ricordarsi del tempo felice
Nella miseria...

Das größte Unglück für schwache und zärtliche Herzen ist, einmal das größte Glück gekannt zu haben.

Aber so traurig es ist, am Anfang des Lebens die, die man liebt, zu verlieren, so ist es immerhin weniger schrecklich als in jener späteren Zeit, da die Quellen des Lebens versiegt sind. Olivier war jung, und trotz seines angeborenen Pessimismus, trotz seines Mißgeschicks hatte er den Drang, zu leben. Es schien, als habe Antoinette im Sterben einen Teil ihrer Seele ihrem Bruder eingehaucht. Er glaubte es. Ohne wie sie gläubig zu sein, war er doch dunkel davon überzeugt, daß seine Schwester nicht ganz und gar gestorben sei, daß sie vielmehr in ihm weiterlebe, so wie sie es ihm versprochen hatte. In der Bretagne besteht der Glaube, daß die jugendlichen Toten in Wahrheit nicht sterben: sie schweben weiter um die Orte, wo sie lebten, bis sie die vorgesehene Dauer ihres Daseins vollendet haben. – Also schwebte Antoinette weiter um Olivier.

Er überlas die Papiere, die er von ihr vorgefunden hatte. Unglücklicherweise hatte sie fast alles verbrannt. Im übrigen war sie nicht die Frau gewesen, über ihr Innenleben Buch zu führen. Sie wäre darüber errötet, hätte sie ihre Gedanken bloßlegen sollen. Sie hatte nur ein kleines Notizbuch, das für jeden anderen als für sie selbst fast unverständlich war; es war ein winziger Kalender, in den sie ohne weitere Bemerkungen manche Daten eingeschrieben hatte, gewisse kleine Ereignisse ihres täglichen Lebens, die ihr Anlaß zu Freuden oder Gemütsbewegungen gegeben hatten und bei denen sie nicht nötig gehabt hatte, die Einzelheiten aufzuschreiben, um sie wieder zu durchleben. Fast alle diese Daten bezogen sich auf irgendeine Tatsache in Oliviers Leben. Sie hatte alle Briefe, die er ihr geschrieben, aufbewahrt, ohne einen einzigen zu verlieren. – Ach, leider war er weniger sorgsam gewesen: ihm waren fast alle von ihr empfangenen verlorengegangen. Wozu hatte er Briefe nötig? Er meinte, daß er seine Schwester immer um sich haben werde; die liebe Quelle der Zärtlichkeit schien unversiegbar; er wiegte sich in der Sicherheit, Lippen und Herz immer daran erfrischen zu können; er hatte unvorsorglich die Liebe vergeudet, die er aus ihr geschöpft hatte und die er jetzt bis auf die letzten Tröpfchen hätte sammeln mögen... Wie erschüttert war er daher, als er, in einem Gedichtbuch Antoinettes blätternd, dort ein Papierfetzchen fand, auf dem, mit Bleistift geschrieben, die Worte standen:

„Olivier, mein lieber Olivier!"

Er war nahe daran, ohnmächtig zu werden. Er schluchzte und preßte seine Lippen auf dieses Blättchen, auf diesen unsichtbaren Mund, der aus dem Grabe zu ihm sprach. – Von jenem Tag an nahm er jedes ihrer Bücher vor und suchte Seite für Seite, ob sie nicht irgendein anderes Bekenntnis darin gelassen habe. Er fand den Entwurf des Briefes an Christof. So lernte er den stummen Roman kennen, der sich in ihr geformt hatte. Zum erstenmal drang er in ihr Gefühlsleben ein, von dem er bis dahin nichts gewußt und das er nicht kennenzulernen versucht hatte; er durchlebte die letzten Tage der Verwirrung, in denen sie, von ihm verlassen, ihre Arme dem unbekannten Freund entgegenbreitete. Niemals hatte sie ihm anvertraut, daß sie Christof schon einmal gesehen hatte. Einige Zeilen ihres Briefes offenbarten ihm, daß sie einander früher in Deutschland begegnet waren. Er begriff, daß Christof in einer Lage, deren Einzelheiten er, Olivier, nicht kannte, gütig gegen Antoinette gewesen und daß darauf das Gefühl Antoinettes zurückzuführen war, dessen Geheimnis sie bis zum Ende bewahrt hatte.

Christof, den er schon um der Schönheit seiner Kunst willen liebte, wurde ihm sofort unaussprechlich teuer. Sie hatte ihn geliebt: es war Olivier, als ob er in Christof sie noch weiter liebe. Er unternahm alles, sich ihm zu nähern. Es war nicht leicht, seine Spuren wiederzufinden. Nach seinem Mißerfolg war Christof in dem ungeheuren Paris verschwunden; er hatte sich von allen zurückgezogen, und niemand kümmerte sich mehr um ihn. – Nach Monaten wollte es der Zufall, daß Olivier Christof, der, eben von seiner Krankheit erstanden, bleich und verfallen aussah, auf der Straße begegnete. Aber Olivier fand nicht den Mut, ihn anzusprechen. Er folgte Christof von weitem bis zu dessen Hause. Er wollte ihm schreiben, doch er konnte sich nicht dazu entschließen. Was sollte er ihm schreiben? Olivier war nicht allein; Antoinette lebte in ihm: ihre Liebe, ihr Schamgefühl waren auf ihn übergegangen; der Gedanke, daß seine Schwester Christof geliebt hatte, ließ ihn vor diesem erröten, als wäre er Antoinette selbst. Und doch, wie gern hätte er mit ihm von ihr gesprochen! – Aber er konnte es nicht. Ihr Geheimnis versiegelte ihm die Lippen.

Er suchte Christof zu begegnen. Er ging überallhin, wo er meinte, Christof könnte dort sein. Er brannte vor Verlangen, ihm die Hand zu drücken. Doch sowie er ihn sah, verbarg er sich, um nicht von ihm gesehen zu werden.

Endlich entdeckte ihn Christof in einem Salon bei Freunden, wo sie einen Abend verbrachten. Olivier hielt sich von ihm entfernt und sagte nichts; aber er schaute ihn an. Und sicherlich war Antoinette an jenem Abend mit Olivier: denn Christof sah sie in Oliviers Augen, und es war ihr Bildnis, das plötzlich in ihm auferstand, das ihn dazu trieb, den ganzen Salon zu durchqueren und auf den unbekannten Boten zuzugehen, der ihm wie ein junger Hermes den schwermütigen Gruß des seligen Schattens überbrachte.

Siebentes Buch

DAS HAUS

VORWORT ZUR ERSTEN AUSGABE
AN DIE FREUNDE DES JOHANN CHRISTOF

Seit Jahren habe ich mich so sehr daran gewöhnt, mit meinen bekannten und unbekannten abwesenden Freunden in Gedanken zu plaudern, daß ich heute das Bedürfnis fühle, es mit lauter Stimme zu tun. Ich wäre undankbar, wenn ich ihnen nicht für alles, was ich ihnen schulde, dankte. Immer, seit ich diese lange Geschichte des Johann Christof zu schreiben begann, habe ich mit ihnen und für sie geschrieben. Sie haben mich ermutigt, sind mir mit Geduld gefolgt, haben mich mit ihrer Sympathie erwärmt. Wenn ich ihnen ein wenig Gutes tun konnte, so haben sie mir viel mehr getan. Meine Arbeit ist die Frucht unserer vereinten Gedanken.

Als ich anfing, wagte ich nicht, zu hoffen, daß wir mehr als eine kleine Handvoll Freunde sein würden: mein Ehrgeiz ging nicht über das Haus des Sokrates hinaus. Von Jahr zu Jahr aber habe ich mehr empfunden, wie viele unserer waren, die wir als Brüder – in der Provinz wie in Paris, außerhalb Frankreichs wie in Frankreich – dieselben Dinge liebten, an denselben Dingen litten. Ich erhielt den Beweis dafür, als der Band erschien, in dem Christof sein – und mein – Gewissen entlastet, indem er seine Verachtung für den „Jahrmarkt" zum Ausdruck bringt. Keins meiner Bücher hat ein so unmittelbares Echo erweckt. Das kommt daher, daß es nicht nur meine Stimme, sondern auch die meiner Freunde enthielt. Sie wissen sehr wohl, daß ihnen Christof ebenso gehört wie mir. Wir haben unendlich viel von unserer gemeinsamen Seele in ihn gelegt.

So schulde ich denn auch denen, die mich lesen, da Christof ihnen gehört, einige Aufklärungen über den Band, den ich ihnen heute vorlege. Ebensowenig wie im *Jahrmarkt* werden sie in ihm romanhafte Abenteuer finden, und auch hier scheint die Lebensgeschichte des Helden unterbrochen.

Ich muß die Umstände klarstellen, unter denen ich das Ganze meines Werkes unternommen habe.

Ich war einsam. Ich erstickte, wie so viele andere in Frankreich, in einer seelisch feindlichen Welt. Ich wollte atmen, ich wollte gegen eine ungesunde Zivilisation auftreten, gegen eine durch eine unechte Elite verderbte Gedankenwelt. Ich wollte dieser Elite sagen: Du lügst, du vertrittst nicht Frankreich.

Dazu brauchte ich einen Helden mit reinen Augen, reinem Herzen, dessen Seele hoch genug stand, um das Recht zum Reden zu haben, dessen Stimme stark genug war, um sich Gehör zu verschaffen. Geduldig habe ich diesen Helden aufgebaut. Bevor ich mich entschloß, die erste Zeile des Werkes zu schreiben, habe ich es zehn Jahre in mir getragen; Christof hat sich erst auf den Weg gemacht, als ich bereits den Weg bis zum Ende für ihn kannte; und gewisse Kapitel im *Jahrmarkt* sowie gewisse Abschnitte aus dem Schluß des *Johann Christof*[1] sind vor der *Dämmerung* oder zur gleichen Zeit geschrieben. Das Bild Frankreichs, wie es sich in Christof und Olivier spiegelt, hatte von Anfang an seinen bestimmten Platz in diesem Buch. Man muß darin also keine Abirrung vom eigentlichen Werke sehen, sondern einen vorgesetzten Aufenthalt auf dem Wege, eine jener großen Terrassen des Lebens, von denen man das Tal überschaut, das man soeben durchschritten hat, und den fernen Horizont, dem entgegen man sich wieder auf den Weg machen wird.

Es ist klar, daß ich mit diesen letzten Büchern *(Der Jahrmarkt* und *Das Haus)* niemals habe einen Roman schreiben wollen, ebensowenig wie mit dem übrigen Werk. Was also ist dieses Werk? Eine Dichtung? – Was braucht ihr einen Namen? Verlangt ihr, wenn ihr einen Menschen seht, von ihm, daß er ein Roman oder eine Dichtung sei? Ich habe

---

[1] Zum Beispiel der zweite Teil von *Der feurige Busch*.

einen Menschen geschaffen. Das Leben eines Menschen läßt sich nicht in den Rahmen einer literarischen Form einschließen. Es trägt sein Gesetz in sich; und jedes Leben hat sein Gesetz. Seine Norm ist die einer Naturkraft. Manche Menschenleben sind ruhige Seen, andere weite, klare Himmel, an denen die Wolken dahinziehen, andere fruchtbare Ebenen, andere zerrissene Gipfel. *Johann Christof* ist mir als ein Strom erschienen; ich habe das von den ersten Seiten an gesagt. – Im Lauf der Ströme gibt es Zonen, in denen sie sich ausbreiten, zu schlummern scheinen und das Land zu beiden Seiten und den Himmel widerspiegeln. Sie strömen darum doch weiter und wandeln sich; und manchmal überdeckt diese scheinbare Reglosigkeit eine schnelle Strömung, deren Ungestüm erst später, beim ersten Hindernis, spürbar wird. Dies ist das Bild von dem vorliegenden Buch des *Johann Christof*. Und nun, da der Fluß sich lange gestaut hat, da er die Gedanken des einen und des anderen Ufers in sich aufgenommen hat, wird er seinen Lauf fortsetzen, dem Meere zu – in das wir alle münden.

Januar 1909 R. R.

eiten Menschen geschaffen. Das Leben eines Menschen läßt
sich nicht in den Rahmen einer literarischen Form einschließen. Er ist sein Gesetz in sich, und jeder Lebenslauf
sein Gedicht. Seine Norm ist die einer Naturkraft. Manche
Menschenleben sind ruhige Seen, andere weite klare Himmel, an denen die Wolken dahinziehen, andere fruchtbare
Ebenen, andere schmutzige Gipfel. Jeden Übergang ist nur
ich ein bloßes Geschehen, ich habe das von den ersten Seiten
an gesagt. – Ihr Land der Sitten, gibt es Zonen, in denen
die sich abschreiten zu schlummern scheinen und das Land
zu beiden Seiten und das Himmel widerspricht. Sie stu-
men davon doch weiter und rinnen ruhig, und tondemal
bhedecke, diese schönbare Regelmäßigkeit einer Quelle stro-
mung, denn Grenzen irr werden beim ersten Hindernis
apabar wird. Diese ist das Bild von dem vorliegenden Buch
des Johann Christof. Uns nun, da der Fluß sich träge gestern hat, da er die Ufer, an die er einst auf die anderen
Ufern in sich aufgenommen hat, wird er seinen Lauf fortsetzen, bevor Meere zu – in das alle sie münden.

Januar 1909   R. R.

ERSTER TEIL

Ich habe einen Freund! O Wonne, eine Seele gefunden zu haben, an die man sich mitten im Sturm schmiegt, ein liebevolles und sicheres Obdach, unter dem man endlich aufatmend abwarten kann, bis das wild schlagende Herz sich beruhigt! Nicht mehr allein sein, nicht immer gewappnet stehen zu müssen, mit ewig in Wachsamkeit offenen und brennenden Augen, bis die Übermüdung uns dem Feind ausliefert! Einen lieben Gefährten haben, in dessen Hand man sein ganzes Wesen gelegt hat – der sein ganzes Wesen in unsere Hand gelegt hat. Endlich Ruhe kosten, schlafen, während er wacht, wachen, während er schläft. Die Freude kennenlernen, den zu beschützen, den man liebt und der sich uns wie ein kleines Kind anvertraut. Die größere Freude kennenlernen, sich ihm hinzugeben, zu fühlen, daß er alle unsere Geheimnisse kennt, daß er über uns bestimmen kann. Gealtert, verbraucht, müde von der jahrelang getragenen Last des Lebens, wiedergeboren werden, jung und frisch im Leib des Freundes, mit seinen Augen die erneuerte Welt sehen, mit seinen Sinnen die schönen vergänglichen Dinge umfangen, mit seinem Herzen genießen, wie herrlich es ist, zu leben... Sogar mit ihm leiden... Ach, selbst Leiden ist ja Freude, wenn man nur beisammen ist!

Ich habe einen Freund! Mir fern, mir nahe, immer in mir. Ich habe ihn, ich gehöre ihm. Mein Freund liebt mich. Mein Freund hat mich. Die Liebe hat unsere Seelen zu einer einzigen Seele verschmolzen.

Als Christof am Morgen nach der Abendgesellschaft bei den Roussins aufwachte, galt sein erster Gedanke Olivier Jeannin. Er war sogleich von dem unwiderstehlichen Wunsch erfüllt, ihn wiederzusehen. Er stand auf und ging aus. Es war noch nicht acht Uhr. Der Morgen war lau und ein wenig drückend. Ein verfrühter Apriltag: Gewitterdunst schwebte über Paris.

Olivier wohnte am Fuß des Montagne Sainte-Geneviève in einer kleinen Straße in der Nähe des Jardin des Plantes. Das Haus stand an der engsten Stelle der Straße. Das Treppenhaus ging auf einen dunklen Hof und strömte unsaubere und verschiedenartige Gerüche aus. Die steil gewundenen Stufen fielen nach der Wand zu ein wenig ab; diese war mit Bleistiftgekritzel beschmutzt. Im dritten Stockwerk öffnete eine Frau mit ungeordneten grauen Haaren und einer halboffenen Nachtjacke die Tür, als sie jemanden heraufsteigen hörte, und schlug sie heftig wieder zu, als sie Christof sah. In jedem Stockwerk waren mehrere Wohnungen; durch die schlechtschließenden Türen hörte man Kindergezänk und -gekreisch. Es war ein Gewimmel von schmutzigen und bescheidenen Existenzen, in niedrigen Stockwerken um einen widerlichen Hof herum zusammengepfercht. Angeekelt fragte sich Christof, welche Begierden all diese Geschöpfe wohl hier hergezogen hätten, von den Feldern fort, die doch Luft für alle haben, und welche Vorteile sie wohl aus diesem Paris ziehen könnten, wo sie sich dazu verdammten, ihr ganzes Leben lang in einem Grabe zu leben.

Er war bis zu Oliviers Stockwerk gelangt. Eine geknüpfte Schnur diente als Klingel. Christof zog sie so heftig, daß sich auf das Geräusch hin wieder einige Türen auf der Treppe halb öffneten. Olivier machte auf. Christof fiel die einfache, aber sorgfältige Vornehmheit seines Anzugs ins Auge; und diese Sorgfalt, die ihn bei jeder anderen Gelegenheit wenig gekümmert hätte, war ihm hier eine angenehme Überraschung; inmitten der besudelten Atmosphäre hatte dies etwas Lächelndes und Gesundes. Sofort gewann er denselben Eindruck wieder, den ihm am Abend vorher die klaren Augen Oliviers gemacht hatten. Er reichte ihm die Hand. Olivier stotterte erschrocken:

„Sie, Sie hier?"

Christof, ganz damit beschäftigt, diese liebenswürdige Seele in der Unverhülltheit ihrer vorübergehenden Verwirrung zu erfassen, begnügte sich damit, ohne Antwort zu lächeln. Er schob Olivier vor sich her und trat in den einzigen Raum, der zugleich als Schlaf- und Arbeitszimmer diente. Ein schmales Eisenbett stand neben dem Fenster an der Wand. Christof fiel der Stoß von Kissen auf, die am Kopfende angehäuft waren. Drei Stühle, ein schwarzgestrichener Tisch, ein kleines Klavier, Bücher in den Regalen füllten das Zimmer. Es war winzig, niedrig, schlecht erhellt; und doch war in ihm gleichsam der Widerschein der klaren Augen, die es bewohnten. Alles war sauber, wohlgeordnet, als hätte eine Frauenhand sich damit befaßt; und ein paar Rosen in einer Wasserflasche brachten ein wenig Frühlingsstimmung zwischen die vier Wände, die von Photographien nach alten Florentiner Malern geschmückt wurden.

„Sie kommen also zu mir, Sie besuchen mich?" sagte Olivier mehrmals mit überströmendem Gefühl.

„Ja, mein Gott ... Ich mußte doch wohl", sagte Christof, „Sie wären ja doch nicht zu mir gekommen."

„Glauben Sie?" meinte Olivier.

Dann gleich darauf:

„Ja, Sie haben recht. Aber nicht, weil es mir nicht in den Sinn gekommen wäre."

„Was hielt Sie denn zurück?"

„Ich sehnte mich zu sehr danach."

„Das ist ein schöner Grund!"

„Nun ja, lachen Sie mich nicht aus. Ich hatte Angst, Sie könnten es nicht ebensosehr wünschen."

„Mit solchen Gedanken hab ich mich nicht aufgehalten. Ich hatte Lust, Sie wiederzusehen, und bin hergekommen. Wenn es Ihnen unangenehm ist, werde ich es ja sehen."

„Dazu müßten Sie gute Augen haben."

Lächelnd blickten sie einander an.

Olivier begann von neuem:

„Ich war gestern so einfältig. Ich fürchtete schon, ich hätte Ihnen mißfallen. Meine Schüchternheit ist eine wahre Krankheit: ich kann dann nichts mehr reden."

„Bedauern Sie das nicht. Ihr habt in eurem Land genug Leute, die reden; man ist sehr zufrieden, einmal einen zu treffen, der von Zeit zu Zeit schweigt, sei es auch aus Schüchternheit, das heißt wider Willen."

Christof lachte, vergnügt über seinen Witz.

„Also besuchen Sie mich wegen meines Schweigens?"

„Ja, wegen Ihres Schweigens – wegen der Art Ihres Schweigens. Es gibt verschiedene Arten: ich mag die Ihre gern – und damit fertig."

„Wie konnten Sie nur irgendeine Zuneigung zu mir fassen! Sie haben mich ja kaum gesehen."

„Das ist meine Sache. Ich brauche nicht viel Zeit, um meine Wahl zu treffen. Wenn mir im Leben ein Gesicht begegnet, das mir gefällt, entschließe ich mich rasch; ich gehe ihm nach; ich muß es wiedersehen."

„Geschieht es Ihnen niemals, daß Sie sich dabei irren?"

„Oft."

„Vielleicht täuschen Sie sich diesmal wieder."

„Das werden wir sehen."

„Oh, dann bin ich verloren! Sie schüchtern mich ein. Wenn ich nur daran denke, daß Sie mich beobachten, so lassen mich die wenigen Fähigkeiten, die ich habe, gleich im Stich."

Christof betrachtete mit herzlicher Neugierde dieses empfindsame Gesicht, das von einer Minute zur andern errötete und erblaßte. Die Gefühle gingen darüber hin wie Wolken über das Wasser.

Was für ein nervöses Geschöpfchen! dachte er. Man könnte meinen, es sei eine Frau.

Er klopfte ihm sanft aufs Knie.

„Nicht doch", sagte er, „glauben Sie, daß ich in Waffen zu Ihnen komme? Die sind mir greulich, die auf Kosten ihrer Freunde Psychologie treiben. Alles, was ich will, ist für uns beide das Recht, frei und aufrichtig zu sein, sich offen dem, was wir fühlen, hinzugeben, ohne falsche Scham, ohne Furcht, sich für ewig darin zu verschließen, ohne Angst, sich selber zu widersprechen – das Recht, jetzt zu lieben und eine Minute später nicht mehr zu lieben. Ist diese Art nicht männlicher und anständiger?"

Olivier sah ihn ernsthaft an und antwortete:

„Ohne allen Zweifel. Das ist männlicher, und Sie sind stark; aber ich bin es nur sehr wenig."

„Ich bin vom Gegenteil überzeugt", antwortete Christof. „Sie sind es nur auf andere Weise. Außerdem komme ich gerade her, um Ihnen dazu zu verhelfen, stark zu sein, wenn Sie es wollen. Denn was ich eben sagte, erlaubt mir, mit mehr Offenheit, als ich sonst gehabt hätte, hinzuzufügen, daß ich Sie – ohne mich für morgen zu binden – gern habe."

Olivier errötete bis zu den Ohren. Vor Verlegenheit reglos, fand er keine Antwort.

Christof ließ seine Blicke ringsumher wandern.

„Sie haben eine recht mäßige Unterkunft. Haben Sie kein anderes Zimmer?"

„Eine Rumpelkammer."

„Uff, man bekommt ja keine Luft. Können Sie hier leben?"

„Man gewöhnt sich daran."

„Ich würde mich niemals daran gewöhnen."

Christof riß seine Weste auf und holte tief Atem.

Olivier ging zum Fenster und öffnete es weit.

„Sie können sich gewiß in einer Stadt niemals recht wohl fühlen, Herr Krafft. Ich laufe nicht Gefahr, durch meine Stärke zu leiden. Ich brauche so wenig Luft, daß ich überall genug zum Leben finde. Allerdings, manche Sommernächte sind selbst für mich schwer zu ertragen. Ich sehe ihnen mit Angst entgegen. Dann bleibe ich in meinem Bett sitzen, und mir ist, als müßte ich ersticken."

Christof betrachtete den Stoß Kopfkissen auf dem Bett, dann das überarbeitete Gesicht Oliviers; und er sah ihn im Dunkeln ringen.

„Ziehen Sie aus", sagte er, „warum bleiben Sie hier?"

Olivier zuckte die Achseln und antwortete in gleichgültigem Tone:

„Oh, ob hier oder anderswo..."

Schwere Stiefel stampften über ihnen. Im Stockwerk darunter stritten sich spitze Stimmen. Und jede Minute wurden die Wände vom Rollen des Omnibusses auf der Straße erschüttert.

„Und solch ein Haus", fuhr Christof fort, „solch ein Haus, das Schmutz ausdünstet, unsaubere Hitze, gemeines Elend, wie können Sie nur jeden Abend hierher heimkehren? Drückt Sie das nicht nieder? Mir wäre es unmöglich, hier zu leben. Ich würde lieber unter einer Brücke schlafen."

„Zuerst habe ich auch darunter gelitten. Ich bin ebenso empfindlich wie Sie. Als ich noch klein war und man mich spazierenführte, zog es mir schon das Herz zusammen, wenn ich durch bestimmte dichtbewohnte und schmutzige Straßen mußte. Sie flößten mir ein wunderliches Entsetzen ein, das ich nicht auszusprechen wagte. Ich dachte: Wenn in diesem Augenblick ein Erdbeben stattfände, würde ich hier für immer tot liegenbleiben! Und das erschien mir als das schrecklichste Unglück. Ich kam keinen Augenblick auf den Gedanken, daß ich eines Tages aus freiem Willen da leben und wahrscheinlich da sterben würde. Ich mußte mir wohl oder übel die Zimperlichkeit abgewöhnen. Es widert mich immer noch an; aber ich versuche, nicht mehr daran zu denken. Wenn ich die Treppe hinaufsteige, mache ich die Augen zu, die Ohren, die Nase, alle Sinne, vermaure mich in mich selber. Und schauen Sie dahinten hin; über diesem Dach sehe ich den Wipfel einer Akazie. Ich setze mich in diesen Winkel, und zwar so, daß ich nichts anderes sehe; abends, wenn sie vom Wind bewegt wird, bilde ich mir ein, fern von Paris zu sein. Das Wogen großer Wälder ist mir niemals so wonnevoll erschienen wie in gewissen Minuten das seidige Rascheln dieser gezackten Blätter."

„Ja, das kann ich mir gut vorstellen, daß Sie immer träumen; aber es ist schade, wenn man im Kampf gegen die kleinen Ärgernisse des Lebens eine Kraft der Phantasie verbraucht, die dazu dienen könnte, anderes Leben zu schaffen."

„Ist das nicht ein Schicksal fast aller? Verausgaben Sie sich nicht selber in Zorn und Kampf?"

„Bei mir ist das etwas anderes. Ich bin dazu geboren. Schauen Sie meine Arme, meine Hände an. Mich herumzuschlagen gehört zu meiner Gesundheit. Aber Sie, Sie haben nicht allzuviel Kraft; das sieht man übrigens."

Olivier betrachtete schwermütig seine dünnen Handgelenke und sagte:

„Ja, ich bin schwach, ich bin es immer gewesen. Aber was soll man machen? Man muß leben."

„Wovon leben Sie?"

„Ich gebe Stunden."

„Was für Stunden?"

„Alle möglichen, lateinische und griechische Nachhilfestunden, Geschichte. Ich bereite zum Abitur vor. Ich habe auch einen Kursus für Moralunterricht an einer städtischen Schule."

„Was für einen Kursus?"

„Für Moralunterricht."

„Was für eine Hirnverbranntheit ist denn das? Man lehrt in Ihren Schulen Moral?"

Olivier lächelte.

„Allerdings."

„Und darüber kann man länger als zehn Minuten sprechen?"

„Ich gebe zwölf Stunden in der Woche."

„Sie bringen Ihnen also bei, wie man Böses tut?"

„Wieso?"

„Es bedarf nicht soviel Redens, um zu wissen, was gut ist."

„Oder um es nicht zu wissen."

„Meiner Treu, ja, um es nicht zu wissen. Und das ist nicht der schlechteste Weg, das Gute zu tun. Das Gute ist keine Wissenschaft, es ist eine Tat. Allein die Neurastheniker haben nötig, über Moral zu schwätzen, und das oberste aller sittlichen Gesetze ist, kein Neurastheniker zu sein. Verdammte Schulmeister! Sie sind wie Krüppel, die mich laufen lehren wollen."

„Sie reden ja nicht zu Ihnen. Sie können laufen; aber es gibt so viele, die es nicht können."

„Nun, so laßt sie wie die Kinder auf allen vieren kriechen, bis sie es von selbst gelernt haben. Aber ob auf zweien oder vieren, die Hauptsache bleibt, daß sie laufen."

Er ging mit großen Schritten von einem Ende des Zimmers zum andern; es war mit weniger als vier Schritten durchquert. Vor dem Klavier blieb er stehen, öffnete es, durchblätterte die Noten, schlug das Klavier an und sagte:

„Spielen Sie mir etwas vor."

Olivier gab es einen Ruck.

„Ich", sagte er. „Was für eine Idee!"

„Frau Roussin hat mir gesagt, daß Sie sehr musikalisch seien. Also los, spielen Sie."

„Vor Ihnen? Oh", sagte er, „das wäre mein Tod!"

Dieser aus dem Herzen kommende kindliche Aufschrei brachte Christof zum Lachen, und Olivier, ein wenig verwirrt, lachte mit.

„Nun, wenn auch", sagte Christof, „ist das ein Grund für einen Franzosen?"

Olivier wehrte sich weiter.

„Aber warum, warum wollen Sie das?"

„Das werde ich Ihnen gleich sagen. Spielen Sie!"

„Was?"

„Was Sie wollen."

Olivier setzte sich mit einem Seufzer ans Klavier; er fügte sich dem Willen des gebieterischen Freundes, der ihn erwählt hatte, und begann nach langem Schwanken, das schöne

Adagio in h-Moll von Mozart zu spielen. Zuerst zitterten seine Finger und hatten nicht die Kraft, die Tasten herunterzudrücken; dann wurde er nach und nach kühner; und während er nur Mozarts Sprache wiederzugeben glaubte, enthüllte er unbewußt sein eigenes Herz. Die Musik ist eine schwatzhafte Vertraute: sie gibt die geheimsten Gedanken preis. Unter dem göttlichen Gebilde des Adagios von Mozart entdeckte Christof die unsichtbaren Züge, nicht Mozarts, sondern des unbekannten Freundes, der da spielte: die schwermütige Heiterkeit, das schüchterne und zärtliche Lächeln dieses nervösen, reinen, von Liebe erfüllten und errötenden Geschöpfes. Aber als Olivier beinahe am Ende der Melodie angekommen war, auf dem Gipfel, wo der Ton schmerzensreicher Liebe emporsteigt und sich bricht, hinderte ihn eine unüberwindliche Scham am Weiterspielen. Seine Finger schwiegen, die Stimme versagte ihm. Er löste seine Hände vom Klavier und sagte:
„Ich kann nicht mehr..."
Christof, der aufrecht hinter ihm stand, neigte sich nieder und vollendete, indem seine beiden Arme Olivier umschlossen, auf dem Klavier die unterbrochene Stelle; dann sagte er:
„Jetzt kenne ich den Klang Ihrer Seele."
Er streckte ihm beide Hände hin und schaute ihm lange ins Gesicht. Endlich sagte er:
„Wie seltsam das ist! Ich habe Sie schon gesehen... Ich kenne Sie so gut und seit so langer Zeit!"
Oliviers Lippen zitterten; er wollte sprechen. Aber er schwieg.
Christof schaute ihn noch einen Augenblick sinnend an. Dann lächelte er schweigend und ging fort.

Mit strahlendem Herzen ging er die Treppe hinunter. Er kam an zwei sehr häßlichen Rotznasen vorbei, von denen der eine ein Brot, der andere eine Flasche Öl hinauftrug.

Freundschaftlich kniff er sie in die Wangen. Dem brummigen Concierge lächelte er zu. Auf der Straße sang er halblaut vor sich hin. Er befand sich im Jardin du Luxembourg. Auf einer schattigen Bank streckte er sich aus und schloß die Augen. Die Luft war reglos; nur wenige Spaziergänger waren da. Gedämpft hörte man das ungleichmäßige Geräusch eines Springbrunnens und manchmal das Knirschen des Sandes unter einem Schritt. Christof empfand eine unwiderstehliche Lust zum Faulenzen; wie eine Eidechse ließ er sich von der Sonnenglut betäuben; der Schatten war längst von seinem Gesicht fortgegangen; aber er konnte sich nicht zu irgendeiner Bewegung entschließen. Seine Gedanken drehten sich im Kreise; er versuchte nicht, sie festzuhalten; alle waren in einem glücklichen Licht gebadet. Die Uhr am Palais du Luxembourg klang; er hörte sie nicht; aber einen Augenblick später war ihm, als habe es Mittag geläutet. Mit einem Ruck stand er auf und stellte fest, daß er zwei Stunden herumgelungert, eine Zusammenkunft bei Hecht versäumt und seinen Morgen verloren hatte. Er lachte und kehrte pfeifend heim. Er komponierte ein Rondo in Kanonform über den Ruf eines Verkäufers. Selbst traurige Melodien gestalteten sich in ihm zu vergnügten. Als er bei der Wäscherin in seiner Straße vorbeikam, warf er wie gewöhnlich einen Blick in ihren Laden und sah den kleinen Rotkopf mit mattem Teint, von der Hitze gerötet; sie plättete, wobei ihre mageren Arme beinahe bis zur Schulter nackt waren, ihr Mieder stand offen; sie warf ihm wie gewöhnlich einen kecken Blick zu; zum erstenmal glitt dieser Blick an dem seinen ab, ohne ihn zu beunruhigen. Er lachte wieder. In seinem Zimmer nahm er keine der unterbrochenen Beschäftigungen auf. Hut, Jacke und Weste warf er rechts und links hin und setzte sich mit einem Feuereifer, als gelte es, die Welt zu erobern, an die Arbeit. Er nahm die musikalischen Entwürfe, die überall verstreut lagen, wieder vor. Seine Gedanken waren nicht dabei; nur mit den Augen überlas er sie. Nach wenigen

Augenblicken fiel er in die glückliche Schläfrigkeit des Jardin du Luxembourg zurück, sein Kopf war trunken. Zwei- oder dreimal wurde er sich dessen bewußt und versuchte den Bann abzuschütteln; aber vergeblich. Mit einem heitern Fluch sprang er auf und tauchte seinen Kopf in das Waschbecken mit kaltem Wasser. Das machte ihn ein wenig nüchterner. Mit unbestimmtem Lächeln setzte er sich still von neuem an seinen Tisch. Er sann:

Welcher Unterschied ist zwischen diesem Empfinden und der Liebe?

Unwillkürlich hatte er begonnen, leiser zu denken, als schäme er sich. Er zuckte die Achseln.

Es gibt nicht zwei Arten Liebe... Oder vielmehr doch, es gibt zwei: die Art derer, die mit ihrem ganzen Selbst lieben, und die Art derer, die der Liebe nur einen Teil ihres Überflusses schenken. Gott bewahre mich vor solcher Herzensknickerei!

Eine Art Schamgefühl hinderte ihn, seine Betrachtung weiter zu verfolgen. Lange Zeit lächelte er nur seinem inneren Traum zu. Sein Herz sang in der Stille:

> *Du bist mein, und nun ist das Meine meiner*
> *als jemals...**

Er nahm ein Blatt und schrieb ruhevoll nieder, was sein Herz sang.

Sie beschlossen, eine gemeinsame Wohnung zu nehmen. Christof wollte, daß man sich sofort einrichte, und sorgte sich nicht darum, ob man die Miete für ein halbes Quartal verlor. Obgleich Olivier ihn nicht weniger liebte, war er doch vorsichtiger und riet, den Ablauf ihres Mietvertrages abzuwarten. Christof begriff solche Rechnereien nicht. Gleich vielen Leuten, die kein Geld haben, kümmerte er sich nicht darum, ob er welches verlor. Er bildete sich ein, Olivier sei noch mehr in Geldverlegenheit als er. Eines

Tages, als ihm die Mittellosigkeit seines Freundes aufgefallen war, verließ er ihn plötzlich und kehrte nach zwei Stunden zurück: er legte triumphierend ein paar Francstücke vor ihn hin, die er sich von Hecht hatte vorstrecken lassen. Olivier errötete und wies sie zurück. Ärgerlich wollte Christof sie einem Italiener hinwerfen, der im Hofe spielte. Olivier hielt ihn davon ab. Christof ging wieder weg, scheinbar verletzt, in Wahrheit aber auf sich selber wütend, weil er den Widerstand Oliviers seinem Ungeschick zuschrieb. Ein Brief des Freundes streute Balsam auf seine Wunde. Olivier schrieb ihm, was er laut nicht aussprechen konnte: sein Glück, ihn kennengelernt zu haben, und wie gerührt er von dem gewesen sei, was Christof für ihn hatte tun wollen. Christof antwortete mit einem überschwenglichen und tollen Brief, der sehr an die erinnerte, die er mit fünfzehn Jahren seinem Freund Otto geschrieben hatte; er war voller *Gemüt** und Unsinn; er machte darin französische und deutsche Kalauer und setzte sie sogar in Musik.

Endlich richteten sie sich ein. Sie hatten in der Gegend vom Montparnasse nahe dem Place Denfert im fünften Stock eines alten Hauses eine Wohnung von drei winzigen Zimmern und einer Küche gefunden, die auf einen ganz kleinen, von vier Mauern umschlossenen Garten gingen. Von ihrem Stockwerk aus ging der Blick – über eine gegenüberliegende Mauer hinweg, die weniger hoch war als die anderen – über einen jener großen Klostergärten hin, von denen es, unbekannt und versteckt, noch viele in Paris gibt. In den veröderten Alleen sah man niemanden. Das Laub der alten Bäume, höher und dichter als die im Luxembourg, zitterte in der Sonne; Scharen von Vögeln sangen; von Sonnenaufgang an hörte man das Flöten der Amseln und dann den ungestümen und rhythmischen Choral der Spatzen; und an Sommerabenden das trunkene Geschrei der Segler, die die leuchtende Luft durchschnitten und am Himmel hin und her glitten. Und nachts im Mondenschein stiegen die perlenden Töne der Unken empor wie die Luftblasen zur Oberfläche eines Teiches. Man hätte vergessen können, daß man in Paris war, wenn das alte Haus nicht beständig vom Rollen schwerer Wagen erzittert wäre, als ob die Erde von einem Fieberschauer geschüttelt würde.

Eins der Zimmer war größer und schöner als die anderen. Die beiden Freunde stritten darüber, wer von ihnen es haben sollte. Sie mußten darum losen; und Christof, der es angeregt hatte, wußte es mit Hinterlist und mit einer Geschicklichkeit, die er sich selber nicht zugetraut hatte, so einzurichten, daß er verlor.

Nun begann für sie eine Zeit ungetrübten Glücks. Das Glück lag nicht in etwas Bestimmtem, sondern in allem gleichzeitig; es durchflutete ihr ganzes Tun und Denken, es konnte sich in keinem Augenblick von ihnen lösen.

Während dieses Honigmonds ihrer Freundschaft redeten sie kaum miteinander, wagten kaum, miteinander zu sprechen; sie durchlebten jene erste Zeit tiefen und stummen Jubels, die der allein kennt, der eine Seele auf dem Erdenrund sein nennen kann.

> *Ja, wer auch nur eine Seele*
> *Sein nennt auf dem Erdenrund...**

Es genügte ihnen, das Bewußtsein von der Nähe des anderen zu haben, einen Blick auszutauschen, ein Wort, das ihnen bewies, daß ihre Gedanken nach langem Stillschweigen denselben Weg gingen. Ohne eine Frage aneinander zu richten, ja ohne einander auch nur anzuschauen, sahen sie sich doch beständig. Ein Mensch, der liebt, wandelt sich unbewußt nach dem Vorbild dessen, den er liebt; er wünscht so sehr, ihn nicht zu verletzen, alles das zu sein, was jener ist, daß er durch ein geheimnisvolles und jähes Ahnungsvermögen die unmerklichsten Regungen auf dem Grunde des anderen liest. Der Freund ist dem Freunde durchsichtig; sie tauschen ihr Wesen miteinander aus. Die Züge bilden sich nach den Zügen, die Seele bildet sich nach der

Seele des anderen – bis zu dem Tag, wo die innerste Kraft, der Dämon der eigenen Art, sich mit einem Ruck befreit und die Hülle der Liebe zerreißt, die ihn fesselt.

Christof sprach mit gedämpfter Stimme, er ging leise, er nahm sich in acht, im Zimmer neben dem des stillen Olivier keinen Lärm zu machen; er war durch die Freundschaft verklärt; er hatte einen Ausdruck von Glück, von Zuversicht, von Jugend, den keiner an ihm kannte. Er liebte Olivier über alles. Für diesen wäre es ziemlich leicht gewesen, seine Macht zu mißbrauchen, wenn er über sie nicht wie über ein unverdientes Glück errötet wäre: denn er empfand sich als sehr gering Christof gegenüber, obgleich Christof ebenso bescheiden war. Diese gegenseitige Bescheidenheit, die ihrer großen Liebe entsprang, war eine Wonne mehr. Es war köstlich, zu fühlen – selbst mit dem Bewußtsein, es nicht zu verdienen –, daß man einen so großen Raum im Herzen des Freundes einnahm. Einer empfand für den andern dankbare Rührung.

Olivier hatte seine Bücher zu denen Christofs gestellt; er machte keinen Unterschied mehr zwischen ihnen. Wenn er von einem sprach, sagte er nicht: *mein Buch*; er sagte: *unser Buch*. Nur ganz wenige Gegenstände behielt er zurück, ohne sie dem gemeinsamen Schatz einzuverleiben. Es waren die, welche seiner Schwester gehört hatten oder mit denen eine Erinnerung an sie verbunden war. Christof bemerkte das mit der Feinfühligkeit, die ihm die Liebe gegeben hatte, bald; aber er kannte Oliviers Gründe nicht. Niemals hatte er gewagt, Olivier über die Seinen auszufragen. Er wußte nur, daß Olivier sie verloren hatte; und der etwas stolzen Zurückhaltung seiner Zuneigung, die es vermied, sich der Geheimnisse des Freundes zu bemächtigen, gesellte sich die Furcht, vergangene Schmerzen in ihm aufzuwecken. Sosehr es ihn auch dazu drängte, hatte er in einer eigenartigen Schüchternheit sogar vermieden, die Photographien, die auf Oliviers Tisch standen, näher zu betrachten; sie stellten einen Herrn und eine Dame in feierlich steifer Haltung dar und ein kleines Mädchen von etwa zwölf Jahren mit einem großen Wachtelhund zu Füßen.

Zwei oder drei Monate nach ihrem Einzug erkältete sich Olivier. Er mußte das Bett hüten. Christof, der eine mütterliche Seele in sich entdeckt hatte, pflegte ihn mit besorgter Herzlichkeit; der Arzt hatte, als er Olivier behorchte, eine kleine Lungenspitzenentzündung festgestellt und Christof beauftragt, den Rücken des Kranken mit Jod zu pinseln. Als Christof sich seiner Aufgabe mit sehr viel Ernst entledigte, entdeckte er um Oliviers Hals ein Heiligenbildchen. Er kannte Olivier genügend, um zu wissen, daß dieser mehr noch als er selbst jeden kirchlichen Glauben überwunden hatte. So konnte er sich nicht enthalten, sein Erstaunen zu zeigen. Olivier errötete. Er sagte:

„Es ist ein Andenken. Meine arme kleine Antoinette trug es in ihrer Sterbestunde."

Christof fuhr auf. Der Name Antoinette war eine Erleuchtung für ihn.

„Antoinette?" fragte er.

„Meine Schwester", sagte Olivier.

Christof wiederholte:

„Antoinette... Antoinette Jeannin... Sie war Ihre Schwester? – Aber", sagte er mit einem Blick auf die Photographie, die auf dem Tisch stand, „sie war noch ein Kind, als Sie sie verloren?"

Olivier lächelte traurig.

„Es ist eine Kinderphotographie", sagte er. „Leider habe ich keine andere... Sie war fünfundzwanzig Jahre alt, als sie mich verließ."

„Ach", meinte Christof bewegt, „und sie ist in Deutschland gewesen, nicht wahr?"

Olivier bejahte mit einem Kopfnicken.

Christof ergriff Oliviers Hände.

„Dann habe ich sie ja gekannt", sagte er.

„Ich weiß wohl", sagte Olivier.

Er warf sich an Christofs Hals.

„Arme Kleine, arme Kleine", sagte Christof immer wieder.

Sie weinten beide.

Dann fiel es Christof wieder ein, daß Olivier krank sei. Er suchte ihn zu beruhigen, zwang ihn, seine Arme unter die Bettdecke zu stecken, zog sie ihm über die Schultern, trocknete ihm mütterlich die Augen und setzte sich an seinem Lager nieder; und er betrachtete ihn.

„Daher also", sagte er, „bist du mir so bekannt vorgekommen. Gleich am ersten Abend habe ich dich wiedererkannt."

(Man wußte nicht, sprach er zu dem anwesenden Freunde oder zu der, die nicht mehr war.)

„Aber du", fuhr er nach einem Augenblick fort, „du hast davon gewußt? – Warum hast du mir nichts gesagt?"

Aus Oliviers Augen antwortete Antoinette:

Ich konnte es nicht sagen; an dir war es, es herauszulesen.

Sie schwiegen einige Zeit; dann erzählte Olivier, der reglos in seinem Bett ausgestreckt lag, mit halber Stimme im Schweigen der Nacht Antoinettes Geschichte, während Christof seine Hand hielt; aber er sagte nichts, was er nicht sagen durfte: das Geheimnis, das sie verschwiegen hatte – und von dem Christof vielleicht wußte, ohne daß es gesagt zu werden brauchte.

Von nun an umhüllte Antoinettes Seele sie beide. Waren sie beieinander, dann war sie unter ihnen. Es war nicht nötig, daß ihre Gedanken bei ihr weilten. Alles, was sie gemeinsam dachten, dachten sie in ihr. Ihre Liebe war die Stätte, an der ihre Herzen sich einten.

Olivier beschwor oft ihr Bild herauf. Es waren zusammenhanglose Erinnerungen, kurze kleine Geschichten. Sie ließen in flüchtigem Schein eine ihrer schüchternen und lieblichen Gebärden wieder auferstehen, ihr junges, ernsthaftes Lächeln, die nachdenkliche Anmut ihres nun dahingegangenen Wesens. Christof hörte schweigend zu und ließ den Widerschein der unsichtbaren Freundin in sich eindringen. Kraft eines Gesetzes seiner Natur, die überall und immer gieriger als irgendeine andere das Leben in sich einschlürfte, vernahm er in Oliviers Worten manchmal einen tiefen Widerhall, der Olivier selbst entging; und er machte sich das Wesen der jungen Toten besser als Olivier zu eigen.

Unwillkürlich ersetzte er sie bei Olivier; und es war rührend, zu sehen, wie der ungeschickte Deutsche unbewußt gewisse zarte Aufmerksamkeiten und Zuvorkommenheiten Antoinettes wiederfand. In manchen Augenblicken wußte er nicht, ob er Olivier in Antoinette oder Antoinette in Olivier liebe. In einem zärtlichen Gedenken besuchte er, ohne davon zu reden, Antoinettes Grab; er brachte ihr Blumen. Lange Zeit ahnte Olivier nichts davon. Er merkte es erst an einem Tag, als er frische Blumen auf dem Grab fand; aber er erlangte nur mit Mühe die Gewißheit, daß Christof dort gewesen war. Als er schüchtern versuchte, mit ihm davon zu reden, lenkte Christof mit mürrischer Barschheit die Unterhaltung ab. Er wollte nicht zulassen, daß Olivier davon erfuhr; und er blieb so lange bei seinem Trotz, bis sie sich eines Tages auf dem Kirchhof von Ivry trafen.

Olivier seinerseits schrieb, ohne daß Christof etwas davon wußte, an dessen Mutter. Er gab Luise Nachricht von ihrem Sohn. Er sagte ihr, wie lieb er ihn habe und wie sehr er ihn bewundere. Luise antwortete Olivier mit ungeschickten und demütigen Briefen, in denen sie ihm überschwenglich dankte. Von ihrem Sohn sprach sie stets wie von einem kleinen Jungen.

Nach einer Zeit liebeatmender Schweigsamkeit – „einer entzückenden Ruhe, die genießt, ohne zu wissen, warum" – hatten sich ihre Zungen gelöst. Stunden verbrachten sie damit, die Seele des Freundes zu entdecken.

Sie waren sehr verschieden voneinander, beide aber von reinem Metall. Sie liebten sich gerade um ihrer Verschiedenheit willen und weil sie dennoch von derselben Art waren.

Olivier war schwach, kränklich, unfähig, gegen Schwierigkeiten anzukämpfen. Wenn er auf ein Hindernis stieß, kehrte er um, nicht so sehr aus Furcht als ein wenig aus Schüchternheit und besonders aus Widerwillen gegen die gewaltsamen und groben Mittel, die man anwenden mußte, um zu siegen. Er verdiente sein Brot, indem er Nachhilfestunden gab, Bücher über Kunst schrieb, die nach alter Sitte erbärmlich bezahlt wurden, ab und zu Aufsätze in Zeitschriften veröffentlichte, in denen er sich niemals frei geben konnte und die Gegenstände betrafen, die ihn nicht besonders anzogen – über jene, die ihm am Herzen lagen, wollte man nichts von ihm haben; niemals verlangte man das von ihm, worauf er sich am besten verstand: Er war ein Dichter, und man verlangte Kritiken von ihm; er verstand viel von Musik, und man wollte, daß er über Malerei spreche; er wußte selbst, daß er darüber nichts anderes als Mittelmäßigkeiten sagen konnte, aber gerade das gefiel; so redete er denn mit den Mittelmäßigen die Sprache, die sie verstehen konnten. Schließlich widerte ihn das Ganze an, und er weigerte sich zu schreiben. Freude machte es ihm nur, für kleine Zeitschriften zu arbeiten, die nicht zahlten und für die er, wie so viele junge Leute, seine besten Kräfte hergab, weil er dort frei war. Nur dort konnte er alles zutage fördern, was in ihm lebenswert war.

Er war sanft, höflich, scheinbar geduldig, aber übermäßig empfindlich. Ein etwas heftiges Wort kränkte ihn bis aufs Blut; eine Ungerechtigkeit brachte ihn außer sich; er litt darunter um seiner selbst und um der anderen willen. Manche Gemeinheiten, die vor Jahrhunderten begangen worden waren, zerrissen ihm noch das Herz, als wäre er selbst ihr Opfer gewesen. Der Gedanke, wie unglücklich der Betroffene gewesen sein mußte und wie viele Jahrhunderte ihn, Olivier, von seiner Anteilnahme trennten, ließ ihn erblassen, erzittern und sich unglücklich fühlen. War er Zeuge einer solchen Ungerechtigkeit, so wurde er von einer so tiefen Empörung befallen, daß er am ganzen Körper bebte, manchmal ganz elend wurde und nicht schlafen konnte. Gerade weil er diese Schwäche kannte, zwang er sich zur Ruhe: denn er wußte, daß er, wenn er sich erregte, alle Grenzen überschritt und Dinge sagte, die man ihm nicht verzieh. Man trug dergleichen ihm mehr als Christof nach, der immer heftig war; denn es schien, daß Olivier in den Augenblicken seiner Wut weit mehr als Christof seine innersten Gedanken verriet; und das war wahr. Er beurteilte die Leute mit klarem Blick, ohne die blinden Übertreibungen Christofs, aber auch ohne dessen Illusionen. Das verzeihen die Menschen am wenigsten. Er schwieg also und vermied es, zu streiten, da er die Nutzlosigkeit jeder Auseinandersetzung kannte. Er hatte unter diesem Zwang gelitten. Mehr noch hatte er unter seiner Schüchternheit gelitten, die ihn manchmal dazu verführte, seinen Gedanken im Stich zu lassen oder ihn nicht mutig bis zu Ende zu verteidigen, ja sogar sich mit Entschuldigungen zurückzuziehen, wie in dem Christof betreffenden Streit mit Lucien Lévy-Cœur. Er hatte viele Verzweiflungskrisen durchgemacht, bis er sich in die Welt und in sich selber schickte. In seinen Jünglingsjahren, als er seinen Nerven noch mehr ausgeliefert war, lösten sich in ihm beständig Perioden der Übererregtheit mit Perioden der Niedergeschlagenheit ab, die jäh aufeinander folgten. In dem Augenblick, da er sich am glücklichsten fühlte, konnte er sicher sein, daß der Gram auf ihn lauerte. Und in der Tat wurde er plötzlich von ihm niedergeworfen, ohne daß er sein Kommen verspürt hätte. Dann genügte es ihm nicht, unglücklich zu sein; er mußte sich sein Mißgeschick noch vorwerfen, seine Worte, seine Handlungen, seine Anständigkeit verdammen, sich auf die Seite der anderen gegen sich selbst stellen. Dann pochte sein Herz zum Zerspringen, er schlug sich jämmerlich mit sich herum, der Atem ging ihm aus. – Seit Antoinettes Tod und vielleicht dank seiner, dank dem beruhigenden Licht, das von manchen geliebten Toten ausstrahlt gleich dem Schein der Morgenröte, die die Augen und die Seele der Kranken erfrischt, war es Olivier gelungen, wenn auch nicht sich aus seinen Wirrungen zu lösen, so doch wenigstens sich darein zu ergeben und sie zu beherrschen. Wenige Menschen ahnten etwas von diesen inneren Kämpfen. Er verschloß ihr demütigendes Geheimnis in sich und ließ niemanden etwas von der ruhelosen Aufgeregtheit seines kränklichen und gequälten Leibes merken, den sein freier und klarer Geist beobachtete, ohne ihn meistern zu können, aber auch ohne von ihm in Mitleidenschaft gezogen zu werden – sein freier Geist, der da war wie *der tief innere Friede, der im Kern einer endlosen Unruhe beharrt.*

Dieser Friede fiel Christof auf. Er sah ihn in Oliviers Augen. Olivier konnte sich in Seelen hineinversetzen und hatte eine Wißbegier, die weit, fein, allem offen war, nichts ableugnete, nichts haßte und die Welt mit einer edlen Anteilnahme betrachtete: jene Frische des Blicks, die eine unersetzliche Gabe ist und durch die man mit einem immer neuen Herzen das ewig Neue genießen kann. In dieser inneren Welt, in der er sich frei, unbegrenzt und herrschend fühlte, vergaß er seine körperlichen Ängste und seine Schwäche. Es lag für ihn sogar eine gewisse Wonne darin, diesen armseligen Körper, der immer nahe am Vergehen schien, von weitem und mit spöttischem Mitleid zu betrachten. Auf diese Weise lief man nicht Gefahr, sich an *sein* Leben zu klammern, und man klammerte sich dafür um so mehr leidenschaftlicher an *das* Leben. Olivier übertrug alle Kräfte, die er dem Handeln entzogen hatte, auf die Liebe und das Denken. Er hatte nicht genug Saft, um aus eigenem Vermögen zu leben. Er war Efeu: er mußte sich anranken. Niemals war er so reich, als wenn er sich hingab. Er war eine frauenhafte Seele, die immer lieben und geliebt werden mußte. Er war für Christof geschaffen. Ganz so wie jene aristokratischen und reizenden Freunde, die man in der Gefolgschaft großer Künstler trifft und die aus deren mächtiger Seele hervorgeblüht scheinen: Boltraffio aus Leonardo; Cavalieri aus Michelangelo; die umbrischen Gefährten des jungen Raffael; Aert de Geldern, der dem elenden und gealterten Rembrandt treu blieb. Sie haben nicht die Größe der Meister, aber es ist, als ob sich alles Edle und Reine der Meister in ihnen den Freunden, noch vergeistigt habe. Sie sind die idealen Gefährten der Genies.

Ihre Freundschaft war beiden eine Wohltat. Die Gegenwart des Freundes verleiht dem Leben erst seinen ganzen Wert; für ihn lebt man, für ihn verteidigt man die Unversehrbarkeit des eigenen Wesens gegen die abnutzende Gewalt der Zeit.

Sie bereicherten sich aneinander. Olivier hatte die stille Heiterkeit des Geistes und den kränklichen Körper. Christof hatte mächtige Kräfte und eine stürmische Seele. Sie waren der Blinde und der Lahme. Jetzt, da sie zusammen waren, fühlten sie sich wahrhaft reich. In Christofs Schatten begann Olivier wieder das Licht zu lieben; Christof übertrug ihm etwas von seiner überströmenden Lebenskraft, von seiner körperlichen und sittlichen Stämmigkeit, die selbst im Schmerz, selbst in Ungerechtigkeit und Haß zum Optimismus neigte. Dafür nahm er von Olivier weit mehr an; denn es ist ein Gesetz des Genies, daß es in der Liebe stets weit mehr nimmt, als es gibt, quia nominor leo, weil es eben das Genie ist und weil das Genie zur Hälfte darin besteht, alles Große ringsumher aufzusaugen und es größer zu machen. Die Volksweisheit sagt, daß den Reichen der Reichtum zufließt. Die Kraft strömt den Starken zu. Christof nährte sich an Oliviers Gedankenwelt; er durchtränkte sich mit dessen geistiger Ruhe, dessen geistiger Ungebundenheit, jenem umfassenden Blick über die Dinge, der schweigend begreift und überschaut. Aber die guten Eigenschaften seines Freundes wucherten, in einen reicheren Boden verpflanzt, in ihm mit ganz anderer Energie.

Es setzte sie beide in Erstaunen, was sie alles ineinander entdeckten. Jeder trug unendliche Reichtümer herbei, die ihm selber bis dahin nicht zum Bewußtsein gekommen waren: den sittlichen Schatz seines Volkes; Olivier die weitgespannte Kultur und die psychologischen Fähigkeiten Frankreichs; Christof die innere Musik Deutschlands und dessen unmittelbare Naturanschauung.

Christof konnte nicht begreifen, daß Olivier Franzose sei. Sein Freund glich allen ihm bekannten Franzosen so wenig! Bevor er ihm begegnet war, hätte er beinahe Lucien Lévy-Cœur für den Typus des modernen französischen Geistes angesehen; und der war doch nur sein Zerrbild. Nun sah er an Oliviers Beispiel, daß auch Paris Menschen hervorbringen konnte, die noch größere Freidenker als Lucien Lévy-Cœur waren und die dennoch rein und standhaft blieben. Christof wollte Olivier beweisen, daß dessen Schwester und er, Olivier, nicht völlig Franzosen sein könnten.

„Mein armer Freund", sagte Olivier zu ihm, „was weißt du denn von Frankreich?"

Christof führte ins Feld, wieviel Mühe er sich gegeben habe, es kennenzulernen; er zählte alle Franzosen auf, die er in den Kreisen der Stevens und der Roussin gesehen hatte: Juden, Belgier, Luxemburger, Amerikaner, Russen, Morgenländer und hier und da sogar ein paar wirkliche Franzosen.

„Das ist genau das, was ich dir sage", erwiderte Olivier, „du hast nicht einen einzigen gesehen. Eine ausschweifende Gesellschaft, ein paar Sumpfvögel, die nicht einmal Franzosen sind, Lebemänner, Politiker, unnützes Pack, alles, was sich da an der Oberfläche der Nation geschäftig regt und was vergeht, ohne ihren Grund zu berühren. Du hast nur Myriaden von Wespen gesehen, angezogen von einem schönen Herbst und von üppigen Weinbergen. Die arbeitsamen Bienenstöcke, die Arbeitsstadt, der fieberhafte Wissensdurst sind dir entgangen."

„Entschuldige", sagte Christof, „ich habe auch eure geistige Auslese gesehen."

„Was? Zwei oder drei Dutzend Schriftsteller? Das ist etwas Rechtes! In unserer Zeit nehmen Wissenschaft und Tatkraft so viel Raum ein, daß die Literatur der oberflächlichste Niederschlag vom Denken eines Volkes geworden ist. Von der Literatur selbst hast du kaum mehr als das Theater kennengelernt, und zwar das Luxustheater, diese internationale Küche, die nur für eine reiche kosmopolitische Hotelkundschaft da ist. Die Pariser Theater? Meinst du, daß ein Arbeiter auch nur weiß, was in ihnen gespielt wird? Pasteur ist nicht zehnmal in seinem Leben hineingegangen! Wie alle Ausländer legst du unseren Romanen, unseren Boulevardtheatern, unseren politischen Intrigen eine übertriebene Bedeutung bei... Ich kann dir, wenn du willst, Frauen zeigen, die niemals Romane lesen, junge Pariser Mädchen, die niemals ins Theater gegangen sind, Männer, die sich niemals mit Politik beschäftigt haben – und das alles unter den geistig Hochstehenden. Du kennst weder unsere Gelehrten noch unsere Dichter. Du hast weder unsere einsam schaffenden Künstler gesehen, die sich in der Stille verbrauchen, noch die lodernden Feuergarben unserer Revolutionäre. Du kennst nicht einen einzigen großen Gläubigen, nicht einen einzigen großen Ungläubigen. Vom Volk ganz zu schweigen. Was kennst du von ihm außer der armen Frau, die dich gepflegt hat? Wo hättest du es sehen können? Wie viele Pariser kennst du, die über dem zweiten oder dritten Stockwerk wohnen? Wenn du die nicht kennst, kennst du Frankreich nicht. Die tapferen, wahrhaftigen Seelen, die in den armseligen Behausungen, in den Pariser Mansarden, in der stummen Provinz leben, kennst du nicht, sie alle, die ein ganz bescheidenes Leben lang ernsten Gedanken, täglicher Entsagung hingegeben sind –

die kleine Gemeinde, die zu allen Zeiten in Frankreich bestanden hat –, klein an Zahl, an Seele groß; sie ist fast unbekannt, ihr Tun ist unscheinbar, und doch liegt in ihr die ganze Kraft Frankreichs, die Kraft, die schweigt und dauert, während die, welche sich die Auslese nennen, unaufhörlich verwesen und durch Neuankömmlinge ersetzt werden. Du bist erstaunt, einen Franzosen zu finden, der nicht lebt, um glücklich zu sein, glücklich um jeden Preis, sondern um seiner Überzeugung zum Sieg zu verhelfen oder ihr zu dienen? Es leben Tausende wie ich, verdienstvoller, frommer, bescheidener als ich, die, ohne müde zu werden, bis zu ihrer Todesstunde einem Ideal dienen, einem Gott, der ihnen nichts vergilt. Du kennst nicht das kleine sparsame, methodische, arbeitsame, ruhige Volk mit einer schlummernden Flamme tief im Herzen – dies hingeopferte Volk, das mein Landsmann, der blauäugige alte Vauban, einst gegen die Selbstsucht der Großen verteidigt hat. Du kennst das Volk nicht, du kennst nicht die Auslese. Hast du ein einziges der Bücher gelesen, die uns treue Freunde und stützende Gefährten sind? Weißt du auch nur etwas vom Dasein unserer jungen Zeitschriften, in denen sich eine Unsumme von Hingebung und Überzeugung verströmt? Ahnst du etwas von den sittlich großen Menschen, die unsere Sonne sind und deren stumme Strahlenkraft dem Heer der Heuchler angst macht? Sie wagen nicht, sie von vorn anzugreifen. Sie beugen sich vor ihnen, um sie desto besser zu verraten. Der Heuchler ist ein Sklave, und wo ein Sklave ist, da ist auch ein Herr. Du kennst nur die Sklaven, die Herren kennst du nicht... Du hast unsere Kämpfe mit angesehen, und du hast sie roh und unzusammenhängend genannt, weil du ihren Sinn nicht erfaßt hast. Du siehst Schatten und Reflexe des Lichts, nicht aber das innere Licht, unsere jahrhundertealte Seele. Hast du jemals versucht, sie kennenzulernen? Hast du jemals etwas von unseren heroischen Taten erfahren, von den Kreuzzügen bis zur Kommune? Hast du jemals das Tragische im französischen Geist erfaßt? Hast du dich jemals über den Abgrund gebeugt, der Pascal heißt? Wie darf man wagen, ein Volk zu verleumden, das seit mehr als zehn Jahrhunderten schafft und sich regt, ein Volk, das durch die Gotik, durch das siebzehnte Jahrhundert und durch die Revolution die Welt nach seinem Bilde geformt hat – ein Volk, das zwanzigmal die Feuerprobe bestanden hat und in ihr gehärtet wurde und, ohne jemals zu sterben, zwanzigmal auferstanden ist! – Ihr seid alle gleich. Alle deine Landsleute, die zu uns kommen, sehen nichts als die Parasiten, die an uns fressen, die Abenteurer der Literatur, der Politik und der Finanz mit ihren Lieferanten, ihrer Kundschaft und ihren Dirnen; und sie beurteilen Frankreich nach diesen Elenden, die am Leben zehren. Nicht einer von euch sinnt dem wahren, dem unterdrückten Frankreich nach, den Schatzkammern voll Leben in der französischen Provinz, diesem ganzen Volk, das da arbeitet, gleichgültig gegen das Gelärm seiner Eintagsherren... Ja, es ist nur allzu natürlich, daß ihr nichts von ihm kennt, ich mache euch keinen Vorwurf daraus: wie solltet ihr es kennen? Frankreich wird ja kaum von den Franzosen gekannt. Die Besten unter uns sind abgesperrt, sind Gefangene auf unserem eigenen Boden... Niemals wird man wissen, was wir alles gelitten haben, wir, die am Genius unseres Volkes hängen, die wie ein heilig anvertrautes Gut das Licht, das wir von ihm empfingen, bewahren und es gegen den feindlichen Atem, der es auslöschen möchte, verzweifelt verteidigen – und dabei stehen wir allein, fühlen rings um uns die verpestete Luft dieser Metöken, die sich gleich einem Mückenschwarm auf unser Denken gestürzt haben und deren widerliche Larven unsere Vernunft benagen und unser Herz beschmutzen; von denen, deren Aufgabe es wäre, uns zu verteidigen, von unseren Führern, unseren blöden oder feigen Kritikern, sind wir verraten; sie umschmeicheln den Feind, um sich Verzeihung dafür zu erwirken, daß sie unseres Geschlechtes sind; von unserem Volk, das sich nicht um uns kümmert, das uns nicht einmal kennt, sind wir verlassen... Welche Mittel haben wir, uns ihm verständlich zu machen? Wir können nicht zu ihm gelangen... Ach, das ist das schwerste! Wir wissen, daß wir unserer Tausende in Frankreich sind, die dasselbe denken; wir wissen, daß wir in deren Namen sprechen, und wir können nichts tun, um gehört zu werden! Der Feind hält alles besetzt: Zeitungen, Zeitschriften, Theater... Die Presse flieht den Geist oder läßt ihn nur zu, wenn er Vergnügungsinstrument oder Parteiwaffe ist. Intrigen und Literatencliquen lassen den Durchgang nur dem frei, der sich wegwirft. Elend und Überarbeitung drücken uns zu Boden. Die Politiker, einzig darauf bedacht, sich zu bereichern, interessieren sich nur für den käuflichen Teil des Proletariats. Die gleichgültige und eigennützige Bürgerschaft schaut unserem Sterben zu. Unser Volk kennt uns nicht; selbst die, welche gleich uns kämpfen, gleich uns vom Schweigen umhüllt sind, wissen nichts von unserem Dasein, und wir wissen nichts von dem ihren... Unseliges Paris! Gewiß, es hat auch Gutes gewirkt, indem es alle Kräfte französischen Denkens in Gruppen ordnete. Aber das Übel, das es geschaffen hat, ist dem Guten mindestens gleich; und selbst das Gute wandelt sich in einer Epoche gleich der unseren in Böses. Es genügt, daß eine Pseudo-Elite Paris an sich reißt und die Reklametrommel schlägt, um die Stimme des übrigen Frankreichs zu ersticken. Weit mehr noch: Frankreich betrügt sich selbst; es schweigt bestürzt und drängt seine Gedanken ängstlich in sich selbst zurück... Früher habe ich unter alldem sehr gelitten. Jetzt aber, Christof, bin ich ruhig. Ich habe meine Kraft, habe die Kraft meines Volkes verstanden. Wir müssen nur warten, bis die Überschwemmung vorüberzieht. Frankreichs guten Granit wird sie nicht benagen. Unter dem Schlamm, den sie mit sich wälzt, will ich ihn dich fühlen lassen. Und schon treten hier und dort hohe Gipfel zutage..."

Christof entdeckte die ungeheure Macht des Idealismus, der die französischen Dichter, Musiker, Gelehrten seiner Zeit beseelte. Während die Herren des Tages mit dem Gelärm ihres plumpen Sinnenkults die Stimme des französischen Denkens übertönten, dichtete dieses, zu adlig, um an Ungestüm mit dem übermütigen Geschrei des Gesindels zu wetteifern, für sich und für ihren Gott sein feuriges und liebeglühendes Lied weiter. Ja, es schien, daß es in dem Wunsch, den widerwärtigen Lärm von draußen zu fliehen, sich bis in die innersten Schlupfwinkel zurückgezogen hatte, ins Herz seiner Burg.

Die Dichter – die einzigen, die diesen schönen, von der Presse und den Akademien an die nach Eitelkeit und Geld gierigen Schwätzer verschwendeten Namen verdienten –, die Dichter verachteten die schamlose Schönrederei und den dienstfertigen Realismus, die beide die Rinde der Dinge benagen, ohne in sie eindringen zu können, und sie hatten sich in den innersten Kern ihrer Seele zurückgezogen, in eine mystische Vision, in der das Universum der Formen und Gedanken gleich einem Strom, der sich in einen See ergießt, eingezogen und von dem Schein des inneren Lebens gefärbt wurde. Die Intensität dieses Idealismus, der sich in sich selbst verschloß, um das Weltall neu zu schaffen, machte ihn für die Menge unzugänglich. Christof verstand ihn zuerst nicht. Nach dem Jahrmarktstrubel war der Umschwung gar zu groß. Es war, als käme er aus rasendem Getümmel und grellem Licht in die Stille der Nacht. Es sauste ihm in den Ohren. Er sah nichts mehr. Er, der das Leben glühend liebte, prallte im ersten Augenblick vor dem Gegensatz zurück. Draußen brüllten Sturzbäche der Leidenschaft, durchrüttelten Frankreich, setzten die Menschheit in Bewegung. Und nichts davon war auf den ersten Blick in der Kunst zu sehen. Christof fragte Olivier:

„Ihr seid von eurer Dreyfusaffäre bis zu den Sternen emporgehoben und in Abgründe hinabgeschleudert worden. Wo ist der Dichter, in den der Aufruhr übergegangen ist?

Der schönste Kampf, der seit Jahrhunderten zwischen der Macht der Kirche und den Rechten des Gewissens stattgefunden hat, wird in diesem Augenblick in den gläubigen Seelen ausgefochten. Wo ist der Dichter, in dem sich diese heilige Pein widerspiegelt? Das Arbeitervolk bereitet sich zum Kampfe. Nationen sterben, Nationen stehen wieder auf, die Armenier werden hingemetzelt, Asien erwacht aus tausendjährigem Schlaf und wirft den russischen Riesen nieder, den Schlüsselhüter Europas; die Türkei öffnet gleich Adam die Augen dem Tag; die Luft wird von den Menschen erobert; die alte Erde kracht unter unseren Schritten und öffnet sich; sie verschlingt ein ganzes Volk... Alle die in zwanzig Jahren vollbrachten Wunder, von denen sich zwanzig Iliaden nähren könnten, wo sind sie, wo ist ihre Feuerspur in den Büchern eurer Dichter? Sehen allein sie die Poesie der Welt nicht?"

„Geduld, mein Freund, Geduld", erwiderte ihm Olivier, „sei still, rede nicht, höre..."

Nach und nach verklang das Geknirsch der Weltachse; das Rollen des schweren Wagens der Tat auf dem Pflaster verlor sich in der Ferne. Und es erhob sich der göttliche Gesang der Stille,

> *Das Bienensummen, der Lindenduft...*
> *Der Wind,*
> *Der mit seinen goldenen Lippen den Boden*
> *der Ebenen streift...*
> *Das sanfte Rauschen des Regens samt*
> *dem Dufte der Rosen.*

Man hörte den Hammer des Künstlers klingen, der an den Flanken der Vase ausmeißelte

> *Die feine Majestät der harmlosesten Dinge,*

das ernste und das freudvolle Leben,

> *Mit seinen Flöten aus Gold und aus Ebenholz,*

die fromme Freude, den Glauben, der wie ein Born aus den Seelen emporquillt,

Für die alles Dunkel hell ist...

und den guten Schmerz, der euch wiegt und zulächelt

*Mit seinem strengen Antlitz, aus dem sich
herabsenkt ein überirdischer Schein...*

und

Der abgeklärte Tod mit den großen sanften Augen.

Das war eine Symphonie reiner Stimmen. Nicht eine hatte die klingende Fülle jener Völkertrompeten, die Corneille und Hugo waren; wieviel tiefer und abgetönter aber war ihr Konzert! Die reichste Musik des heutigen Europa.

Olivier sagte zu dem still gewordenen Christof:
„Begreifst du jetzt?"

Christof machte ihm seinerseits ein Zeichen, zu schweigen. Obgleich er mannhaftere Klänge vorzog, trank er doch das Murmeln der Wälder und der Quellen der Seele, die er rauschen hörte. Sie sangen zwischen den vergänglichen Kämpfen der Völker die ewige Jugend der Welt, die

Milde Güte der Schönheit.

Während die Menschheit

*Mit Schreckensgebell und Wehklagen
Auf dürrem und düsterm Gefild im Kreise sich
dreht,*

während Millionen Geschöpfe sich abmühten, einander blutige Fetzen der Freiheit zu entreißen, sangen Quellen und Wälder immer wieder:

Frei! – Frei! – Sanctus, Sanctus...

Doch entschlummerten sie nicht in einem Traum selbstsüchtiger Heiterkeit. Dem Chor der Dichter fehlten die tragischen Stimmen nicht: Stimmen des Stolzes, Stimmen der Liebe, Stimmen der Angst.

Da war der trunkene Sturmwind

*Mit seiner derben Kraft oder seiner tiefen
 Milde,*

die entfesselten Kräfte, die bilderbeschwörenden Heldengedichte derer, die das Fieber der Massen besingen, die Kämpfe zwischen den menschlichen Göttern, die keuchenden Arbeiter.

*Durch Dunkel und Dunst brechende pechschwarze
 und goldne Gesichter,
Jäh gespannte oder zusammengeduckte muskulöse
 Rücken,
Ringsum große Gluten oder riesige Ambosse ...*

die das künftige Paradies schmieden.

Und in diesem grellen und düsteren Licht, das auf die „Gletscher des Verstandes" fällt, war die heldenhafte Bitterkeit der einsamen Seelen, die sich mit einer verzweifelten Fröhlichkeit selbst verzehren.

Viele Züge dieser Idealisten mußten einem Deutschen mehr deutsch als französisch erscheinen. Aber alle waren von der Liebe zu „Frankreichs reiner Sprache" beseelt; und der Saft der Mythen Griechenlands rann in ihren Dichtungen. Die Landschaften Frankreichs und das tägliche Leben wandelten sich durch geheimnisvollen Zauber in ihren Augen zu Visionen Attikas. Man hätte meinen können, daß in diesen Franzosen des zwanzigsten Jahrhunderts antike Seelen fortlebten und daß es ihnen not tue, ihr zeitgenössisches Kleid abzuwerfen, um sich in ihrer schönen Nacktheit wiederzufinden.

Aus der Gesamtheit dieser Dichtung stieg der Duft einer reichen, in Jahrhunderten gereiften Kultur empor, die man nirgendwo sonst in Europa finden konnte. Hatte man ihn einmal eingesogen, dann konnte man ihn nicht mehr vergessen. Er zog aus allen Ländern der Welt fremde Künstler an. Sie wurden französische Dichter, französisch bis zur Unversöhnlichkeit; und die klassische französische Kunst hatte keine begeisterteren Schüler als jene Angelsachsen, Flamen und Griechen.

Christof ließ sich unter Oliviers Führung von der gedankenvollen Schönheit der Muse Frankreichs durchdringen, wenn er auch im Grunde diesem adligen, für seinen Geschmack ein wenig allzu verstandesmäßigen Geschöpf ein schönes, einfaches, gesundes, kräftiges Mädchen aus dem Volke vorzog, das nicht soviel überlegt, aber liebt.

Aus der gesamten französischen Kunst stieg derselbe Odor di bellezza auf, wie der Duft von reifen Erdbeeren aus sonnendurchwärmten Wäldern aufsteigt. Die Musik war eines jener kleinen Erdbeerpflänzchen, die im Grase verborgen stehen. Christof war zuerst daran vorbeigegangen, ohne es zu sehen, da er von seiner Heimat her an viel üppigere Büsche von Musik gewöhnt war. Nun aber veranlaßte ihn der zarte Duft, sich umzuwenden; mit Oliviers Hilfe entdeckte er unter den Dornen und dem toten Laub, die den Namen Musik ungerechterweise führten, die geläuterte und freie Kunst einer Handvoll Musiker. Zwischen den Gemüsefeldern und Fabrikschornsteinen der Demokratie in einem kleinen heiligen Haine mitten in der Plaine-Saint-Denis tanzten unbekümmerte Faune. Christof lauschte überrascht ihrem spöttischen und heiteren Flötengesang, der in nichts dem glich, was er bisher gehört hatte:

> *Ein kleines Schilfrohr hat mir genügt,*
> *zum Säuseln zu bringen das hohe Gras*
> *und die ganze Wiese*
> *und die lieblichen Weiden*
> *und den Bach, der gleichfalls singt;*
> *ein kleines Schilfrohr hat mir genügt,*
> *zum Singen zu bringen den Wald ...*

Unter der ungezwungenen Anmut und dem scheinbaren Dilettantismus dieser kleinen Klavierstücke, dieser Lieder, dieser französischen Kammermusik, auf die einen Blick zu werfen die deutsche Musik sich nicht herabließ und deren dichterische Meisterschaft Christof selber bisher nicht beachtet hatte, begann er jetzt das Fieber zu fühlen, das nach Neuem drängte, die – auf der anderen Seite des Rheins unbekannte – Ruhelosigkeit, mit der die französischen Musiker aus dem unbebauten Boden ihrer Kunst die Samenkörner hervorsuchten, die die Zukunft befruchten konnten. Während die deutschen Musiker in den Lagern ihrer Väter untätig liegenblieben und die Entwicklung der Welt an der Schranke ihrer vergangenen Siege aufzuhalten meinten, ging die Welt weiter; und allen voran machten sich die Franzosen an die Entdeckung; sie erforschten die Fernen der Kunst; die erloschenen und die aufglühenden Sonnen, das verschollene Griechenland und den Fernen Osten, der nach jahrhundertelangem Schlaf seine großen geschlitzten Augen voll ungeheurer Träume dem Lichte neu öffnete. In der Musik des Abendlandes, die von dem Genius der Ordnung und der klassischen Vernunft in Kanäle geleitet war, öffneten sie die Schleusen der alten Formen. Sie leiteten in ihre Becken von Versailles alle Wasser der Welt: volkstümliche Melodien und Rhythmen, exotische und altertümliche Tonfolgen, neue und erneuerte Arten der Intervalle. Ebenso wie vor ihnen die impressionistischen Maler Frankreichs, Kolumbusse des Lichts, dem Auge eine neue Welt erschlossen hatten, machten sich jetzt seine Musiker an die Eroberung der Welt der Töne; sie drangen tief in die geheimnisvollen Schlupfwinkel des Gehörs ein; sie entdeckten neues Land in diesem Meer des Innern. Übrigens war es mehr als wahrscheinlich, daß sie mit ihren Eroberungen nichts anzufangen wissen würden. Nach alter Gewohnheit waren sie die Quartiermacher der Welt.

Christof bewunderte die bahnbrechende Kraft dieser

Musik, die, erst gestern geboren, schon im Vortrabe der Kunst schritt. Wieviel Tapferkeit lebte in dieser eleganten und zierlichen kleinen Person! Gegen die Dummheiten, die er jüngst noch in ihr entdeckt hatte, wurde er nachsichtig. Allein die, die nichts schaffen, irren sich niemals. Aber der Irrtum, der nach der lebendigen Wahrheit strebt, ist fruchtbarer als die tote Wahrheit.

Wie auch immer das Ergebnis sein mochte, das Streben war erstaunlich. Olivier zeigte Christof das seit fünfunddreißig Jahren vollbrachte Werk und die Summe an Kraft, die man verausgabt hatte, um die französische Musik dem Nichts zu entreißen, in dem sie vor 1870 geschlafen hatte: ohne symphonische Schule, ohne tiefe Kultur, ohne Überlieferungen, ohne Meister, ohne Zuhörerschaft; einzig auf Berlioz beschränkt, der aus Mangel an Bewegungsfreiheit und vor Kummer starb. Und Christof empfand jetzt Achtung vor denen, die die Urheber der nationalen Erhebung waren; er dachte nicht mehr daran, sie wegen der Enge ihrer ästhetischen Anschauung oder wegen ihres Mangels an Genie zu bekritteln; sie hatten mehr als ein Werk geschaffen: ein musikalisches Volk. Unter allen großen Arbeitern, die an der neufranzösischen Musik mitgeschmiedet hatten, war ihm vor allem eine Gestalt teuer: die von César Franck; er war gestorben, bevor er den Sieg, den er vorbereitete, geschaut hatte. Er hatte, wie der alte Schütz, durch die dunkelsten Jahre der französischen Kunst hindurch den Schatz seines Glaubens und den Genius seines Volkes unversehrt bewahrt. Eine herzbewegende Erscheinung: mitten im genießerischen Paris dieser engelhafte Meister, dieser Heilige der Musik, der in einem sorgenvollen Leben in verachteter Arbeit die unwandelbare Heiterkeit seiner geduldigen Seele bewahrte, deren ergebungsvolles Lächeln sein von Güte erfülltes Werk durchleuchtete.

Die Erscheinung dieses großen gläubigen Künstlers im Herzen eines atheistischen Volkes war für Christof, der das innere Leben Frankreichs nicht kannte, fast ein Wunder.

Olivier jedoch zuckte leise die Achseln und fragte ihn, in welchem Lande Europas man noch einen Maler finde, der vom Hauch der Bibel ebenso durchglüht sei wie der puritanische François Millet – einen Gelehrten, der mehr von glühendem und demütigem Glauben durchdrungen sei als der hellsichtige Pasteur, der vor der Idee des Unendlichen das Knie beugte und, wenn der Gedanke daran sich seines Geistes bemächtigte, „in stechender Angst", wie er selber sagte, „seine Vernunft noch um eine Gnadenfrist anflehe, da er sich nahe daran fühle, dem erhabenen Wahn Pascals zu verfallen". Der Katholizismus war für den heldenhaften Wirklichkeitssinn des ersten dieser beiden Männer ebensowenig eine Fessel wie für die leidenschaftliche Vernunft des anderen, der mit sicherem Schritt, ohne einen Fußbreit abzuweichen, „die Kreise der elementaren Natur durchlief, die große Nacht des unendlich Kleinen, die letzten Abgründe des Seins, aus denen das Leben geboren wird". Aus dem Volke der Provinz, aus dem sie hervorgegangen waren, hatten sie diesen Glauben geschöpft, der immer noch in der Erde Frankreichs fortglomm und den die Redseligkeit einiger Demagogen vergeblich abzuleugnen suchte. Olivier war dieser Glaube wohlbekannt: er hatte ihn in seinem Herzen getragen.

Er zeigte Christof die wunderbare Bewegung eines erneuerten Katholizismus, die seit fünfundzwanzig Jahren angebahnt war, das leidenschaftliche Bemühen des christlichen Gedankens in Frankreich, sich mit der Vernunft, der Freiheit, dem Leben zu vermählen; er zeigte ihm die bewunderungswürdigen Priester, die den Mut hatten, sich, wie einer von ihnen es ausdrückte, „zu Menschen taufen zu lassen", die für den Katholizismus das Recht in Anspruch nahmen, alles zu begreifen und sich mit jedem aufrichtigen Gedanken zu vereinigen: denn „jeder aufrichtige Gedanke,

selbst wenn er in die Irre geht, ist geheiligt und göttlich";
er zeigte ihm jene Tausende von jungen Katholiken, die den
hochherzigen Wunsch vertraten, eine christliche, freie, reine,
brüderliche Republik aufzubauen, die allen Menschen guten
Willens offenstände; und trotz widerwärtiger Bekämpfungen, trotz der Beschuldigung der Ketzerei, trotz aller
Perfidien von rechts und von links (vor allem von rechts),
denen diese großen Christen ausgesetzt waren, schritt die
unerschrockene kleine Legion der Neuerer auf dem harten
Wege, der zur Zukunft führte, vorwärts: mit heiterer Stirn
und bei allen Prüfungen gefaßt; denn sie wußten, daß man
nichts Dauerndes aufbauen könne, ohne es mit seinen Tränen und seinem Blut zu besiegeln.

Derselbe Atem von lebendigem Idealismus und leidenschaftlichem Freiheitsdrang belebte die anderen Religionen
in Frankreich. Ein Schauer neuen Lebens durchrann die
verschlafenen breiten Massen des Protestantismus und des
Judentums. Alle mühten sich mit großherzigem Eifer, die
Religion einer freien Menschheit zu schaffen, die nichts
opferte, weder von den Kräften ihrer Vernunft noch von
den Kräften ihrer Begeisterung.

Diese fromme Begeisterung war nicht den Religionen
allein eigen; sie war die Seele der revolutionären Bewegung. Dort nahm sie einen tragischen Charakter an. Christof hatte bisher nur den niedrigen Sozialismus gesehen,
den Sozialismus der Politiker, die den Augen ihrer gierigen Klientel den kindlichen und plumpen Traum vom
Glück vorgaukelten oder, mit ehrlicheren Worten, vom allgemeinen Vergnügen, das, wie sie sagten, die Wissenschaft
in den Händen der Macht ihnen verschaffen sollte. Christof
sah, wie sich gegen diesen widerlichen Optimismus die
schwärmerische und fessellose Gegenbewegung der Auslese
richtete, die die Arbeiterverbände in den Kampf führte.
Es war ein Aufruf zum „Krieg, der das Erhabene zeugt,
der allein der sterbenden Welt wieder einen Sinn, ein Ideal,
ein Ziel geben kann". Diese großen Revolutionäre, die den

„bürgerlichen, feilschenden, friedensseligen Sozialismus nach englischem Vorbild" ausspien, stellten ihm die tragische Vorstellung eines Weltalls entgegen, dessen Feind das Gesetz ist, das vom Opfer lebt, vom beständig, unablässig erneuten Opfer. – Konnte man auch zweifeln, ob das Heer, das diese Anführer zum Ansturm gegen die alte Welt warfen, diesen kriegerischen Mystizismus begriff, der Kant und Nietzsche gleichzeitig für die gewaltsame Tat in Anspruch nahm, so bot diese revolutionäre Adelspartei doch ein ergreifendes Schauspiel. Ihr trunkener Pessimismus, ihre heroische, leidenschaftliche Lebensbejahung, ihr begeisterter Glaube an den Krieg und das Opfer glichen dem soldatischen und religiösen Ideal eines deutschen Ritterordens oder der japanischen Samurais.

Und doch war nichts französischer: hier handelte eine französische Nation, deren Züge sich seit Jahrhunderten unverändert erhalten hatten. Mit Oliviers Augen schauend, fand Christof sie in den Tribunen und Prokonsuln des Konvents wieder, in manchen Denkern, manchen Männern der Tat, in französischen Reformatoren aus der Zeit vor der Revolution. Bei Kalvinisten, Jansenisten, Jakobinern, Syndikalisten, überall fand sich derselbe Geist eines pessimistischen Idealismus, der ohne Illusion und ohne müde zu werden, mit der Natur ringt: der Eisenharnisch, der der Nation Halt verleiht – sie aber oft auch mit seinem Gewicht zermalmt.

Christof sog den Atem dieser mystischen Kämpfe in sich ein, und er begann die Größe dieses Fanatismus zu begreifen, in dem Frankreich eine bedingungslose Wahrhaftigkeit betätigte, von der die anderen Nationen, die mit den combinazioni vertrauter waren, keinerlei Vorstellung hatten. Wie alle Fremden hatte er sich zuerst darin gefallen, mit billigen Witzen den allzu deutlichen Widerspruch zu verspotten, der zwischen dem despotischen Geist der Franzosen und der Zauberformel bestand, mit der ihre Republik die Gebäude an der Stirnseite kennzeichnete. Zum erstenmal ahnte er nun den Sinn jener kriegerischen Freiheit, die sie anbeteten – das furchtbare Schwert der Vernunft. Nein, sie bedeutete ihnen nicht nur eine klingende Schönrednerei, eine unbestimmte Ideologie, wie er geglaubt hatte. Bei einem Volk, für das die Bedürfnisse der Vernunft die obersten von allen waren, beherrschte der Kampf für die Vernunft alle anderen. Was lag daran, daß dieser Kampf den Völkern, die sich praktisch nannten, unsinnig erschien? Einem tiefen Blick stellen sich die Kämpfe um die Welteroberung, um die Macht oder um das Geld nicht weniger eitel dar; und in einer Million von Jahren wird weder von den einen noch von den anderen etwas übrig sein. Aber wenn der Wert des Lebens von der Wucht des Kampfes abhängt, in dem sich alle Kräfte des Seins bis zur völligen Aufopferung für ein höheres Wesen erheben, so ehren wenige Kämpfe das Leben mehr als die ewige Schlacht, die Frankreich für oder gegen die Vernunft ausgefochten hat. Denen aber, die von dieser herben Kost genossen hatten, erschien die vielgelobte gleichgültige Duldsamkeit der Angelsachsen ohne Reiz und wenig männlich. Die Angelsachsen machten das wieder gut, indem sie ihre Kraft anderweitig verwendeten. Hier aber zeigte sich ihre Tatkraft nicht. Duldsamkeit zwischen den Parteien ist nur groß, wenn sie Heldentum bedeutet. Im damaligen Europa war sie meistens nur Gleichgültigkeit, Mangel an Überzeugung, Mangel an Leben. Die Engländer rühmen sich gern, indem sie einen Ausspruch Voltaires für sich zurechtstutzen, daß die *Unterschiedlichkeit der Glaubensüberzeugungen in England mehr Duldsamkeit mit sich gebracht* habe als die Revolution in Frankreich. – Das kommt aber daher, daß in dem Frankreich der Revolution mehr Glauben lebte als in den Glaubenslehren Englands.

Aus diesem ehernen Kreis von kriegerischem Idealismus, von Schlachten der Vernunft führte Olivier Christof gleich

Virgil, der Dante leitete, zum Gipfel des Berges, auf dem sich schweigend und in heiterer Ruhe die kleine auserwählte Schar der wahrhaft freien Franzosen aufhielt.

Freiere Männer lebten nirgends auf Erden. Hier war die heitere Zufriedenheit des Vogels, der im reglosen Himmel schwebt. Auf diesen Höhen war die Luft so rein, so dünn, daß Christof nur mit Mühe atmete. Man sah hier Künstler, die die völlig unbegrenzte Freiheit des Traumes für sich beanspruchten – zügellose Subjektivisten, die, wie Flaubert, „die Rohlinge, die an die Wirklichkeit der Dinge glauben", verachteten; Denker, deren wogende und vielfältige Gedankenwelt die unendliche Flut des ewig Bewegten nachbildete und „unaufhörlich rinnend und rollend" ihren Weg ging, sich nirgends einnistete, nirgends auf festen Boden, nirgends auf Felsen traf und „nicht das Wesen der Dinge malte, sondern den *Übergang*", wie Montaigne sagte, „den ewigen *Übergang* von Tag zu Tag, von Minute zu Minute"; Gelehrte, die sich des Nichts, der Leere alles Bestehenden bewußt waren, in die der Mensch sein Denken, seinen Gott, seine Kunst, seine Wissenschaft hineingedichtet hat, und die dennoch fortfuhren, die Welt und ihre Gesetze, jenen mächtigen Eintagstraum, zu schaffen. Sie verlangten von der Wissenschaft nicht Ruhe, nicht Glück, nicht einmal die Wahrheit – denn sie zweifelten daran, sie zu erreichen –; sie liebten sie um ihrer selbst willen, weil sie schön war, einzig schön, einzig wirklich. Auf den Gipfeln der Gedankenwelt sah man Gelehrte, leidenschaftliche Pyrrhoniker, die für jedes Leiden, jede Enttäuschung, fast für jede Wirklichkeit unempfindlich waren, die mit geschlossenen Augen dem schweigenden Konzert der Seelen lauschten, der zarten und großartigen Harmonie von Zahlen und Formen. Diese großen Mathematiker, diese freien Philosophen – die unerbittlichsten und zuverlässigsten Köpfe der Welt – waren an der Grenze der mystischen Ekstase; sie schufen rings um sich Leere, sie beugten sich über den Abgrund und berauschten sich an seiner schwindelnden Tiefe;

sie ließen mit erhabener Heiterkeit in der grenzenlosen Nacht den Blitz ihres Gedankens leuchten.

Christof beugte sich neben ihnen nieder und versuchte auch zu schauen; und der Kopf schwindelte ihm. Er, der sich frei glaubte, weil er sich von jedem anderen Gesetz außer dem seines Gewissens gelöst hatte, fühlte erschrocken, wie wenig er es neben jenen Franzosen war, die sich sogar von jedem absoluten Gesetz des Geistes, von jedem kategorischen Imperativ, von jedem Daseinszweck befreit hatten. Warum lebten sie dann?

„Um der Freude willen, frei zu sein", antwortete Olivier.

Christof aber, der in dieser Freiheit den Boden unter den Füßen verlor, sehnte sich nach dem mächtigen Geist der Zucht, nach dem deutschen Autoritätsglauben; und er sagte:

„Eure Freude ist ein Köder, der Traum eines Opiumrauchers. Ihr berauscht euch an Freiheit, ihr vergeßt das Leben. Bedingungslose Freiheit ist Wahnsinn für den Geist, Anarchie für den Staat... Freiheit! Wer ist in dieser Welt frei? Wer ist in eurer Republik frei? – Die Schufte. Ihr, die Besten, ihr werdet erstickt. Ihr könnt nur noch träumen. Bald werdet ihr nicht einmal mehr träumen können."

„Was liegt daran!" sagte Olivier. „Du, mein armer Christof, kannst die Wonne, frei zu sein, nicht kennen. Sie wiegt es reichlich auf, daß man sie mit Gefahren, mit Leiden, ja selbst mit dem Tod bezahlt. Frei sein, fühlen, daß alle Geister rings um dich frei sind – ja selbst die Schufte: das ist unaussprechliche Wollust; es ist, als schwimme die Seele in der unendlichen Luft. Sie kann anderswo nicht mehr leben. Was gilt mir die Sicherheit, die du mir bietest, die schöne Ordnung, die untadelige Zucht zwischen den vier Mauern deiner kaiserlichen Kaserne? Ich würde dort ersticken. Luft! Immer mehr Luft! Immer mehr Freiheit!"

„Die Welt braucht Gesetze", sagte Christof. „Früher oder später erscheint der Herr."

Aber der spottlustige Olivier erinnerte Christof an das Wort des alten Pierre de l'Estoile:

*Es liegt ebensowenig in der Macht
aller irdischen Gewalt, die
französische Redefreiheit
zu beschränken, als
die Sonne in die Erde
zu vergraben oder
sie zu sperren
in ein
Loch.*

Nach und nach gewöhnte sich Christof an die Luft der unbegrenzten Freiheit. Von den Gipfeln der französischen Gedankenwelt, auf denen die Geister träumen, die völlig Licht sind, schaute er zu seinen Füßen die Berghänge, wo die heldenhafte Auslese um einen lebendigen Glauben, welcher Art auch immer, kämpft und sich ewig müht, den Gipfel zu erklimmen: diejenigen, die den heiligen Krieg gegen die Unwissenheit, die Krankheit, das Elend führen; das Fieber der Erfindungen, der durchdachte Rausch der modernen Prometheus- und Ikarussöhne, die das Licht erobern und die Pfade der Luft bahnen; der Gigantenkampf der Wissenschaft gegen die Natur – weiter unten die kleine, schweigende Truppe, die willigen Männer und Frauen, die tapferen, demütigen Herzen, die nach tausend Anstrengungen zur halben Höhe gelangt sind und nicht weiter empor können, weil sie an ein mittelmäßiges Leben gefesselt sind, in dem sie im geheimen in dunkler Hingabe verglühen – noch weiter unten, am Fuße des Berges, in dem engen Hohlweg zwischen den steilen Abhängen, die unaufhörliche Schlacht, die Fanatiker abstrakter Ideen, blinder Instinkte, die wütend einander umschlingen und nicht ahnen, daß es irgend etwas darüber gibt, oberhalb der Felsenmauer, die sie einschließt – ganz unten die Sümpfe und das Vieh, das sich in seinem Mist wälzt. – Und überall längs der Berghänge hier und da die frischen Blumen der Kunst, die duftigen Erdbeersträucher der Musik, der Sang der Quellen und der Dichtervögel.

Und Christof fragte Olivier:

„Wo ist euer Volk? Ich sehe nur Auslesen, gute oder bösartige."

Olivier erwiderte:

„Das Volk? Das bebaut seinen Garten. Es kümmert sich nicht um uns. Jede Gruppe der Auslese versucht, es in Beschlag zu nehmen. Es kümmert sich um keine. Einstmals lauschte es, wenn auch nur zur Zerstreuung, noch auf die Marktschreierei der politischen Schaumschläger. Jetzt läßt es sich nicht mehr stören. Ein paar Millionen machen nicht einmal von ihrem Wahlrecht Gebrauch. Mögen sich die Parteien untereinander die Köpfe einschlagen, dem Volk ist es gleichgültig, was geschehen wird, wenigstens solange die Kämpfenden nicht in seine Felder einfallen: in diesem Fall erbost es sich und verprügelt aufs Geratewohl die eine oder die andere Partei. Es handelt nicht aus eigenem Antrieb, es wehrt sich nur gegen alle Übergriffe, die seine Arbeit und seine Ruhe stören, ganz gleich, von welcher Seite sie kommen. Mögen Könige, Kaiser, Republikaner, Pfaffen, Freimaurer oder Sozialisten seine Führer sein, es verlangt von ihnen nichts anderes als den Schutz vor den großen allgemeinen Gefahren: vor dem Krieg, den Unruhen, den Epidemien – und daß man im übrigen in Frieden seinen Garten bestellen kann. Im Grunde denkt es: Werden diese Kerle mich wohl in Ruhe lassen?

Aber diese Kerle sind so dumm, den Biedermann aufzureizen, und wenn sie ihm nicht Ruhe geben, so greift er schließlich zu einer Mistgabel und schmeißt sie alle zur Tür hinaus – wie es eines Tages unseren augenblicklichen Herren ergehen wird. Einstmals hat sich das Volk für große Unternehmungen ins Zeug gelegt. Vielleicht kommt es auch wieder einmal dazu, obgleich es seine Kinderkrankheiten schon lange überwunden hat; in jedem Fall dauern seine Aufwallungen nur kurze Zeit; sehr bald kehrt es wieder zu seiner jahrhundertealten Gefährtin, der Erde, zurück. Sie ist es, die die Franzosen an Frankreich fesselt, weit mehr als die Franzosen. So viele verschiedene Völker arbeiten seit Jahrhunderten Seite an Seite auf dieser guten Erde, daß sie es ist, die sie alle untereinander eint, sie ist ihrer aller große Liebe. Ohne Unterlaß, in Glück und Unglück, bebauen sie diese Erde und sind mit allem zufrieden, mit dem kleinsten Fleckchen Boden.

Christof schaute. So weit man den Weg entlangsehen konnte, rings um die Sümpfe herum, auf den Felsenabhängen, mitten in den Schlachtfeldern und den Trümmern der Tat, war der große Berg, war die weite Ebene Frankreichs bebaut: hier lag der große Garten der europäischen Zivilisation. Sein unvergleichlicher Reiz war ebensosehr das Verdienst der guten, fruchtbaren Erde wie der hartnäckigen Anstrengungen eines unermüdlichen Volkes, das seit Jahrhunderten niemals aufgehört hatte, sie zu beackern, sie neu zu besäen und sie immer schöner zu gestalten.

Sonderbares Volk! Jeder nennt es unbeständig; und nichts ändert sich in ihm. Die geübten Augen Oliviers fanden in den gotischen Standbildern alle Typen der heutigen Provinzen wieder; ebenso wie in den Entwürfen der Clouet und der Dumonstier die müden und ironischen Gesichter der Gesellschaftsmenschen und der Intellektuellen oder in der Malerei des Lenain den Geist und die klaren Augen von Arbeitern und Bauern der Île-de-France oder der Picardie. Der Geist jener Zeit regte sich noch in der Geistigkeit von heute. Der Geist Pascals war lebendig nicht nur in der denkenden und gläubigen Auslese, sondern auch in namenlosen kleinen Bürgern oder in revolutionären Syndikalisten. Die Kunst Corneilles und Racines war noch im Volk lebendig. Ein kleiner Angestellter in Paris stand einer Tragödie aus der Zeit Ludwigs XIV. näher als einem Roman von Tolstoi oder einem Ibsenschen Drama. Die Gesänge des Mittelalters, der altfranzösische *Tristan,* waren den modernen Franzosen verwandter als der *Tristan* von

Wagner. Die Blumen der Gedankenwelt, die seit dem 12. Jahrhundert niemals aufgehört hatten, auf den Beeten Frankreichs zu blühen, waren, wenn auch noch so ungleich, alle miteinander verwandt und verschieden von allem, was sie umgab.

Christof kannte Frankreich viel zuwenig, als daß er die Beständigkeit seiner Charakterzüge hätte begreifen können. Was ihm in dieser üppigen Landschaft besonders auffiel, das war die übertriebene Zerstückelung des Bodens. Jeder hatte, wie Olivier sagte, seinen Garten; und jedes Erdfleckchen war von den andern durch Mauern, durch Hecken, durch Zäune aller Art abgetrennt. Es war schon viel, wenn man hier und dort ein paar Gemeindewiesen und -wälder fand oder wenn die Bewohner eines Flußufers gezwungenerweise untereinander enger verbunden waren als mit denen des anderen Ufers. Jeder schloß sich in seinem Haus ein; und es schien, als ob diese eifersüchtige Eigenbrötelei, anstatt nach so vielen Jahrhunderten der Nachbarschaft schwächer zu werden, jetzt stärker sei als jemals. Christof dachte:

Wie einsam sie sind!

Nichts war in dieser Hinsicht bezeichnender als das Haus, in dem Christof und Olivier wohnten. Es war eine Welt im kleinen, ein kleines, ehrbares und arbeitsames Frankreich, ohne daß irgend etwas seine verschiedenen Elemente untereinander verband. Ein fünfstöckiges, zittriges altes Haus, das sich zur Seite neigte, dessen Dielen krachten und dessen Decken wurmstichig waren. Der Regen drang bei Christof und Olivier, die unter dem Dach wohnten, ein; man hatte sich entschließen müssen, Arbeiter zu bestellen, um das Dach, so gut es eben ging, ausbessern zu lassen. Christof hörte sie über seinem Kopf arbeiten und schwatzen. Einer unter ihnen belustigte und ärgerte ihn besonders; nicht einen Augenblick hörte er auf, vor sich hin zu reden, zu lachen, zu singen, Albernheiten zu schwatzen, Gassenhauer zu pfeifen, sich mit sich selbst zu unterhalten, ohne dabei seine Arbeit zu unterbrechen. Er konnte nichts tun, ohne es zu verkünden.

„Ich werd noch 'nen Nagel reinschlagen. Wo ist denn mein Werkzeug? So, der sitzt. So, nun sitzen zwei. Noch einen Schlag. So, Alte, jetzt haben wir's..."

Als Christof spielte, hielt der Mann einen Augenblick den Mund, hörte zu und begann dann desto lauter zu pfeifen; bei fortreißenden Stellen schlug er mit großen Hammerschlägen auf dem Dache den Takt. Christof geriet außer sich, kletterte schließlich auf einen Stuhl und steckte den Kopf durch die Dachluke seiner Mansarde, um den Lärmenden anzuschnauzen. Kaum aber hatte er ihn gesehen, wie er mit seinem treuherzigen Gesicht, den Mund voller Nägel, rittlings auf dem Dach saß, so brach er in Lachen aus, und der Mann tat desgleichen. Christof vergaß seinen Ärger und fing zu plaudern an. Erst zum Schluß erinnerte er sich daran, warum er ans Fenster gekommen war.

„Ach, übrigens", meinte er, „ich wollte Sie fragen: Stört Sie mein Klavierspiel nicht?"

Der andere versicherte das Gegenteil. Aber er bat Christof, etwas weniger langsame Weisen zu spielen, weil sich sonst, da er dem Takt folge, seine Arbeit verzögere. Sie schieden als gute Freunde. In einer Viertelstunde hatten sie mehr Worte miteinander gewechselt, als Christof während sechs Monaten mit allen Hausbewohnern zusammen geredet hatte.

In jeder Etage lagen zwei Wohnungen, von denen die eine drei, die andere zwei Zimmer hatte. Keine Dienstbotenkammern: jede Mietspartei bediente sich selbst, außer den Bewohnern des Parterres und des ersten Stockwerks, die die beiden vereinigten Wohnungen innehatten.

Christof und Olivier hatten im fünften Stock als Flurnachbarn den Abbé Corneille, einen Priester von vierzig

Jahren, sehr gebildet, ein Freigeist von großer Intelligenz, früher Lehrer der Exegese an einem großen Seminar, der kürzlich wegen seines modernistischen Geistes einen öffentlichen Verweis von Rom erhalten hatte. Er hatte diese Rüge schweigend hingenommen und, obgleich er sich im Grunde nicht unterwarf, doch keinen Kampf versucht, da er das ihm gebotene Mittel, seine Lehrsätze öffentlich darzulegen, von sich wies, weil er den Lärm floh und lieber seine Gedanken der Vernichtung verfallen sah, als den Anschein eines Skandals zu erwecken. Christof konnte diesen Typus des verzichtleistenden Empörers nicht verstehen. Er hatte den Versuch gemacht, mit ihm zu reden; aber der Priester blieb kalt, wenn auch sehr höflich, und redete von keinem der Dinge, die ihm am meisten am Herzen lagen, denn er glaubte es seiner Würde schuldig zu sein, sich lebendig einzumauern.

In der Wohnung des Stockwerks darunter, über der diejenige der beiden Freunde lag, lebte eine Familie Elias Elsberger: ein Ingenieur, seine Frau und ihre beiden kleinen Mädchen von sieben und zehn Jahren: vornehme, sympathische Leute, die ganz zurückgezogen lebten, hauptsächlich aus falscher Scham wegen ihrer bedrängten Lage. Die junge Frau, die tapfer ihren Haushalt selbst besorgte, fühlte sich dadurch tief gedemütigt; sie hätte die doppelten Anstrengungen ertragen, wenn nur niemand etwas davon gewußt hätte: auch das war ein Gefühl, das Christof unverständlich blieb. Sie entstammten protestantischen Familien aus dem Osten Frankreichs. Alle beide waren wenige Jahre zuvor von dem Sturm der Dreyfusaffäre mit fortgerissen worden; beide hatten leidenschaftlich bis zur Raserei an diesem Prozeß Anteil genommen, gleich Tausenden von Franzosen, über die während sieben Jahren der wütende Wind jener heiligen Hysterie hinweggestürmt war. Sie hatten dabei ihre Ruhe, ihre Stellung, ihre Beziehungen geopfert; sie hatten teure Freundschaften aufgegeben, fast hatten sie ihre Gesundheit dabei zugrunde gerichtet. Monatelang schliefen sie nicht, aßen nicht, suchten sie mit der Hartnäckigkeit von Irrsinnigen immer von neuem dieselben Beweise hervor; einer stachelte den anderen auf; trotz ihrer Schüchternheit und Furcht vor dem Lächerlichen hatten sie an öffentlichen Kundgebungen teilgenommen, bei Zusammenkünften gesprochen. Mit fieberndem Kopf und krankem Herzen kamen sie davon zurück; und nachts weinten sie miteinander. Sie hatten in diesem Kampf eine solche Kraft der Begeisterung und der Leidenschaft verausgabt, daß ihnen, als der Sieg endlich gekommen war, nicht mehr genug blieb, sich seiner zu freuen; aller Kraft beraubt, blieben sie fürs ganze Leben niedergedrückt. Ihre Hoffnungen waren so hoch gewesen, die Glut ihres Opfermutes so rein, daß der Triumph im Vergleich zu dem, was sie erträumt hatten, wie ein Hohn schien. Für solche Seelen, die ganz aus einem Stück sind, in denen nur eine einzige Wahrheit Raum hat, mußten die Schiebungen der Politik, die Zugeständnisse ihrer Helden bittere Enttäuschungen mit sich bringen. Sie hatten erlebt, wie ihre Kampfgenossen, Leute, die sie von derselben einzigen Leidenschaft für die Gerechtigkeit beseelt glaubten, sich, als der Feind einmal besiegt war, auf die Pfründe stürzten, die Macht an sich rissen, Ehren und Stellen errafften und nun ihrerseits die Gerechtigkeit mit Füßen traten! Nur eine Handvoll Menschen blieb ihrer Überzeugung treu, arm, einsam, von allen Parteien zurückgestoßen und selber alle zurückstoßend; sie verkrochen sich ins Dunkel, hielten sich einer vom anderen fern, wurden von Kümmernis und Nervenzerrüttung verzehrt, hegten keinerlei Hoffnung mehr, und Ekel vor den Menschen und niederdrückende Lebensmüdigkeit blieben ihr Teil. Der Ingenieur und seine Frau gehörten zu diesen Opfern.

Sie machten keinerlei Geräusch im Hause. Sie hatten eine geradezu krankhafte Furcht, ihre Nachbarn zu stören, um so mehr, als sie selber darunter litten, wenn sie gestört wurden, und ihren Stolz dareinsetzten, sich nicht zu beschweren. Christof hatte mit den beiden kleinen Mädchen Mitleid, deren Anläufe zur Fröhlichkeit – das Bedürfnis, zu schreien, zu springen und zu lachen – in jedem Augenblick unterdrückt wurden. Er liebte Kinder über alles und erwies seinen kleinen Nachbarinnen, wenn er sie auf der Treppe traf, tausend Freundlichkeiten. Die anfangs schüchternen Mädchen waren bald mit Christof vertraut geworden, denn er hatte stets einen Scherz oder eine Leckerei für sie bereit; sie erzählten ihren Eltern von ihm; und diese, die anfangs solche Annäherungen ziemlich ungern gesehen hatten, wurden durch die freimütige Art ihres geräuschvollen Nachbars gewonnen, obgleich sie mehr als einmal sein Klavier und seinen verteufelten Lärm über ihren Köpfen verwünscht hatten (denn Christof, der in seinem Zimmer fast erstickte, ging wie ein Bär im Käfig hin und her). Nur widerstrebend machten sie Bekanntschaft mit ihm. Die etwas bäurische Art Christofs gab Elias Elsberger manchmal einen Ruck. Vergeblich versuchte der Ingenieur, die schützende Mauer von Zurückhaltung bestehen zu lassen, hinter der er sich sonst verschanzte: es war unmöglich, der ungestümen guten Laune dieses Menschen zu widerstehen, der einen mit ehrlichen Augen liebevoll anschaute. Von Zeit zu Zeit entlockte Christof seinem Nachbar ein paar persönliche Mitteilungen. Elsberger war ein wissensdurstiger Geist, tapfer und zugleich abgestumpft, vergrämt und resignierend. Er besaß die Kraft, ein schwieriges Leben mit Würde zu tragen, nicht aber, sich herauszureißen. Man hätte meinen können, daß er diesem Leben dankbar war, weil es seinen Pessimismus rechtfertigte. Man hatte ihm in Brasilien eine vorteilhafte Stellung angeboten, wo er die Leitung eines Unternehmens hätte übernehmen sollen; aber er hatte abgelehnt, weil er die Gefahren des Klimas für die Gesundheit der Seinen fürchtete.

„Nun, so lassen Sie sie doch hier", sagte Christof. „Gehen Sie allein hinüber und machen Sie drüben ihnen zuliebe Ihr Glück."

„Sie verlassen?" hatte der Ingenieur entsetzt gerufen. „Man sieht, daß Sie keine Kinder haben!"

„Ich versichere Ihnen, daß ich ebenso denken würde, wenn ich welche hätte."

„Niemals, niemals! – Und dann: das Vaterland verlassen... Nein, lieber will ich hier unglücklich sein."

Christof fand es merkwürdig, daß man die Liebe zum Vaterland und zu den Seinen dadurch ausdrückte, daß man in gemeinsamem Elend dahinvegetierte. Olivier begriff es.

„Bedenke doch", sagte er, „daß man Gefahr läuft, da unten zu sterben, auf einem Stück Erde, das man nicht kennt, fern von denen, die man liebt! Das ist zu grauenvoll! Alles andere eher als das! Und dann lohnt es sich doch gar nicht der Mühe, sich für die paar Jahre, die man zu leben hat, so anzustrengen..."

„Als ob man immer ans Sterben denken müßte", meinte Christof achselzuckend. „Und selbst wenn es dazu kommt: ist es nicht besser, im Kampfe um das Glück derer zu sterben, die man liebt, als in Stumpfheit zu verlöschen?"

Auf demselben Flur, in der kleineren Behausung des vierten Stockwerks, wohnte ein Elektriker namens Aubert. – Wenn dieser vom übrigen Haus abgetrennt lebte, so war das nicht ganz allein seine Schuld. Dieser Mensch, der aus dem Volk hervorgegangen war, hatte den leidenschaftlichen Wunsch, nie wieder zurückzufallen. Er war klein, sah kränklich aus, hatte eine harte Stirn, tief unter die Stirn gebaute Augen, deren lebhafter und gerader Blick wie ein Bohrer eindrang, einen blonden Schnurrbart und einen spöttischen Mund; seine verschleierte Stimme pustete die Worte gleichsam hervor; um den immer kranken Hals, der durch fortwährendes Rauchen noch mehr gereizt wurde, trug er ein seidenes Tuch; er hatte einen fieberhaften Tätigkeitsdrang und das Temperament eines Schwindsüchtigen. Unter einem Gemisch aus Geckenhaftigkeit, Ironie und Bitterkeit verbarg sich ein schwärmerischer, schwungvoller, natürlicher, aber stets vom Leben enttäuschter Geist. Er war als Bankert irgendeines Bürgers, den er niemals gekannt hatte, von einer Mutter, die er unmöglich achten konnte, erzogen worden und hatte in seiner frühesten Kindheit viel Trauriges und Schmutziges gesehen. Er hatte sich in allen Arten von Berufen versucht, war viel in Frankreich umhergereist. Mit einem erstaunlichen Drange nach Kenntnissen hatte er sich unter unglaublichen Anstrengungen allein gebildet; er las alles: Geschichte, Philosophie, dekadente Gedichte; er verfolgte alles: Theater, Ausstellungen, Konzerte. Mit der Literatur und dem bürgerlichen Denken trieb er einen ergreifenden Kultus: sie hielten ihn gefangen. Er war von einer unbestimmten und glühenden Ideologie durchtränkt, wie sie in den ersten Zeiten der Revolution die Bürgerschaft berauschte. Mit unumstößlicher Gewißheit glaubte er an die Unfehlbarkeit der Vernunft, an den unbegrenzten Fortschritt – quo non ascendam? –, an die nahe Verwirklichung des Glückes auf Erden, an die allmächtige Wissenschaft, an die Gott-Menschheit und an Frankreich, die älteste Tochter der Menschheit. Er war ein begeisterter und leichtgläubiger Antiklerikaler, stellte die Religion, vor allem den Katholizismus, dem Obskurantentum gleich und sah im Priester den Erbfeind des Lichts. Sozialismus, Individualismus, Chauvinismus wohnten in seinem Kopf dicht nebeneinander. Er war seiner Gesinnung nach Menschheitsverehrer, dem Temperament nach Despot und im Handeln Anarchist. Er war eingebildet, kannte aber die Mängel seiner Erziehung und war in seiner Unterhaltung sehr vorsichtig. Aus allem, was man vor ihm redete, zog er Nutzen, aber er wollte keinen Rat einholen; dadurch hätte er sich gedemütigt gefühlt; wie groß aber auch seine Intelligenz und seine Geschicklichkeit waren, so konnten sie die Erziehung doch nicht ganz ersetzen. Er hatte es sich in den Kopf gesetzt zu schreiben. So wie vielen Leuten in Frankreich war auch ihm ein guter Stil angeboren, und er beobachtete gut; aber er dachte unklar.

Er hatte ein paar Seiten seiner Ergüsse einem großen Zeitungsmann gezeigt, an den er glaubte und der sich über ihn lustig gemacht hatte. Tief gedemütigt, sprach er von dieser Zeit an zu niemandem mehr über das, was er machte. Aber er schrieb weiter; denn es war ihm ein Bedürfnis, sich mitzuteilen, und es erfüllte ihn mit stolzer Freude. Er war höchst befriedigt von seinen redseligen Seiten und seinen philosophischen Gedanken, die nicht einen Pfifferling wert waren. Von seinen Bemerkungen über das wirkliche Leben aber, die ausgezeichnet waren, machte er keinerlei Aufhebens. Er hatte die fixe Idee, ein Philosoph zu sein, und wollte durchaus soziale Theaterstücke, Tendenzromane schreiben. Mühelos löste er die unlösbarsten Fragen und entdeckte bei jedem Schritt Amerika. Merkte er dann, daß es schon entdeckt war, so fühlte er sich enttäuscht und leicht erbittert; beinahe hielt er es für Hinterlist. Er verzehrte sich in Liebe zum Ruhm und in einer Opferglut, die darunter litt, nicht zu wissen, wie und wo sie sich betätigen könnte. Sein Traum wäre es gewesen, ein großer Schriftsteller zu sein und jener vielschreibenden Elite anzugehören, die ihm mit einem übernatürlichen Nimbus umhüllt schien. Jedoch, so gern er sich Täuschungen hingab, er hatte genug gesunden Menschenverstand und Ironie, um einzusehen, daß er dazu nicht die geringste Aussicht habe. Aber er hätte wenigstens gern gelebt in jener Atmosphäre bürgerlichen Denkens, die ihm von fern so leuchtend erschien. Dieser recht unschuldige Wunsch hatte aber den Nachteil, daß ihm die Gesellschaft von Leuten, mit denen er seiner Lage gemäß zusammen leben mußte, unangenehm war. Und da die bürgerliche Gesellschaft, der er sich zu nähern suchte, ihre Türen vor ihm verschlossen hielt, sah er niemanden. So brauchte denn Christof auch keinerlei Anstrengungen zu machen, um mit ihm in Beziehungen zu kommen. Er mußte sich ihn vielmehr sehr bald vom Leibe halten: sonst wäre Aubert öfter bei Christof gewesen als bei sich zu Hause. Er war allzu glücklich, einen Künstler gefunden zu haben, mit dem er über Musik, Theater und so weiter sprechen konnte. Aber Christof fand das begreiflicherweise nicht ebenso anziehend: mit einem Manne des Volkes hätte er lieber vom Volke geplaudert. Das aber wollte der andere nicht, konnte er gar nicht mehr.

Je weiter man in die unteren Stockwerke hinunterstieg, um so loser wurden natürlich die Beziehungen zwischen Christof und den übrigen Mietern. Im übrigen hätte man wohl eine Zauberformel haben müssen, ein „Sesam, öffne dich", um bei den Leuten im dritten Stock Einlaß zu finden. – Auf der einen Seite wohnten zwei Damen, die sich in einer längst verjährten Trauer gewaltsam festhielten: Frau Germain, eine Frau von fünfunddreißig Jahren, die ihren Mann und ihr kleines Mädchen verloren hatte und nun mit ihrer alten und frommen Schwiegermutter ganz zurückgezogen lebte. – Auf der anderen Flurseite hatte sich ein rätselhafter Mensch von unbestimmbarem Alter zwischen fünfzig und sechzig Jahren eingenistet, der ein kleines Mädchen von etwa zehn Jahren bei sich hatte. Er war kahlköpfig, hatte einen schönen, gepflegten Bart, eine sanfte Art zu sprechen, ein vornehmes Auftreten, aristokratische Hände. Man nannte ihn Herrn Watelet. Man sagte ihm nach, er sei ein Anarchist, ein Revolutionär, ein Ausländer, man wußte nicht genau, aus welchem Lande, Russe oder Belgier. In Wahrheit war er Nordfranzose und wohl kaum noch revolutionär gesinnt: aber er zehrte noch von seinem vergangenen Ruf. Er war an der Kommune von 1871 beteiligt gewesen und zum Tode verurteilt worden, er war entwischt, er wußte selbst nicht, wie; und zehn Jahre lang hatte er so ungefähr in ganz Europa gelebt. Er war Zeuge von so vielen Häßlichkeiten während und nach dem Pariser Aufruhr gewesen und auch später in der Verbannung und nach seiner Rückkehr unter den alten Gefährten, die wieder zur Macht gelangt waren, und ebenso in den Reihen der übrigen revolutionären Parteien, daß er sich von ihnen zurückgezogen hatte und seine makellosen und nutzlosen Überzeugungen friedlich in sich verschloß. Er las viel, schriftstellerte ein bißchen, leise aufrührerisch, und hielt (man behauptete es wenigstens) Verbindung zu weit entfernten anarchistischen Bewegungen, in Indien oder im Fernen Osten, er beschäftigte sich mit der Weltrevolution und gleichzeitig mit anderen Bestrebungen, die nicht weniger weltweit, aber doch friedlicher Art waren: so um eine Weltsprache und um eine neue Methode für den volkstümlichen Musikunterricht. Er kam mit niemandem im Hause in Berührung; er begnügte sich damit, die, welche er auf der Treppe traf, außerordentlich höflich zu grüßen. Immerhin ließ er sich dazu herab, Christof ein paar Worte über seine musikalische Methode zu sagen. Das gerade interessierte Christof am wenigsten: auf die Bezeichnungen, durch die sich seine Gedanken mitteilten, kam es ihm nicht an; in welcher Sprache auch immer, es wäre ihm stets gelungen, sie auszudrücken. Aber der andere ließ nicht nach und erklärte mit sanfter Hartnäckigkeit sein System; von seinem übrigen Leben konnte Christof nichts herausbringen. So blieb er, wenn er ihn auf der Treppe traf, höchstens stehen, um das kleine Mädchen zu betrachten, das den Alten stets begleitete: ein bläßliches Kind, blond, blutarm, mit blauen Augen, einem etwas trocken gezeichneten Profil, einem gebrechlichen Körper, kränklich und nicht sehr ausdrucksvoll dreinschauend. Er meinte, wie alle Welt, daß sie Watelets Tochter sei. Sie war eine Waise, ein Arbeiterkind, das Watelet mit vier oder fünf Jahren adoptiert hatte, nach dem Tode der Eltern bei einer Epidemie. Er war von einer fast grenzenlosen Liebe für arme Kinder erfüllt. Sie wurde bei ihm zu einer Art mystischer Zärtlichkeit, die der des heiligen Vinzenz von Paul glich. Da er jedem öffentlichen Wohltun mißtraute und wußte, was man von den philanthropischen Gesellschaften zu halten habe, wollte er auf eigene Faust wohltätig sein, und er fand seine heimliche Freude daran, dies zu verbergen. Um sich nützlich machen zu können, hatte er Medizin studiert; eines Tages, als er bei einem Arbeiter seines Stadtviertels eingetreten war, hatte er Kranke gefunden und sich an ihre Pflege gemacht; einige medizinische Kenntnisse besaß er bereits, nun ging er daran, sie zu vervollständigen. Er konnte kein Kind leiden sehen: das zerriß ihm das Herz. Welch köstliche Freude aber war es für ihn, wenn es ihm gelungen war, eines jener armen kleinen Wesen der Krankheit zu entreißen, wenn wieder ein blasses Lächeln auf dem mageren Gesichtchen erschien! Dann schmolz Watelets Herz. Er durchlebte paradiesische Minuten; sie ließen ihn den Verdruß vergessen, den er nur allzuoft mit seinen Schützlingen hatte; denn sie bezeigten ihm selten Dankbarkeit. Die Concierge war wütend, soviel Gesindel mit schmutzigen Füßen die Treppen hinaufsteigen zu sehen: sie beschwerte sich heftig. Der Hauseigentümer, den diese Anarchistenversammlungen beunruhigten, ließ Bemerkungen fallen. Watelet dachte daran, die Wohnung zu verlassen, aber das wurde ihm schwer: er hatte seine kleinen Eigenheiten; er war sanft und hartnäckig, und so ließ er sie reden.

Christof gewann durch die Liebe, die er Kindern bezeigte, ein wenig sein Vertrauen. Diese Liebe wurde ein Band zwischen ihnen. Dem kleinen Mädchen konnte Christof nicht begegnen, ohne daß sich sein Herz zusammenzog: denn durch eine jener geheimnisvollen Übereinstimmungen von Formen, die der Instinkt außerhalb des Bewußtseins erfaßt, erinnerte ihn das Kind an die kleine Tochter Sabines, seiner ersten und weit zurückliegenden Liebe, jenes flüchtigen Schattens, dessen stille Anmut in seinem Herzen niemals verloschen war. So nahm er denn Anteil an dem blassen Kind, das man niemals springen oder laufen sah und dessen Stimme man kaum vernahm; es hatte keine Freundin seines Alters; immer war es allein, stumm, vergnügte sich geräuschlos an ruhigen Spielen, mit einer Puppe oder einem Stück Holz, und bewegte dabei ganz leise die Lippen, um sich irgend etwas zu erzählen. Die Kleine war zutraulich und doch gleichgültig; irgend etwas Fremdartiges und Schwankendes war in ihr; aber der Adoptivvater sah es nicht, er liebte sie. Ach, ist dieses Ungewisse, dieses Fremde nicht immer da, auch in den Kindern unseres eigenen Fleisches? – Christof suchte die kleine Einsame mit den Mädchen des Ingenieurs bekannt zu machen. Aber auf seiten Elsbergers wie auf seiten Watelets stieß er auf eine Abweisung, die zwar höflich, aber entschieden war. Diese Leute schienen ihre Ehre dareinzusetzen, sich lebend zu begraben, jeder in einem Kasten für sich. Allenfalls hätte jeder von ihnen eingewilligt, dem anderen zu helfen; jeder aber lebte in der Angst, daß man von ihm glauben könne, er selbst bedürfe der Hilfe, und da auf beiden Seiten die Eitelkeit die gleiche war – ebenso auch die unsichere Lage –, so war keinerlei Hoffnung vorhanden, daß einer der beiden sich dazu entschließen würde, als erster dem anderen die Hand zu reichen.

Die große Wohnung des zweiten Stockwerks blieb fast immer leer. Der Hauseigentümer hatte sie für sich behalten, und er war niemals da. Er war ein früherer Kaufmann, der seine Geschäfte mit einem Schlag abgebrochen hatte, als sein Vermögen zu einer gewissen, vorher bestimmten Summe angewachsen war. Den größten Teil des Jahres verbrachte er außerhalb von Paris: den Winter in irgendeinem Hotel an der Riviera, den Sommer in irgendeinem Seebad der Normandie; so lebte er als kleiner Rentner, der sich bei wenig Unkosten die Illusion von Luxus gestattet, indem er den Luxus der anderen betrachtet und gleich ihnen ein unnützes Leben führt.

Die kleinere Wohnung war an ein kinderloses Ehepaar vermietet: Herrn und Frau Arnaud. Der Mann war etwa vierzig bis fünfundvierzig Jahre alt und Lehrer an einem Gymnasium. Mit Unterrichtsstunden, Abschriften, Nachhilfen überhäuft, hatte er es niemals fertiggebracht, seine Dissertation zu schreiben; schließlich hatte er darauf verzichtet. Die um zehn Jahre jüngere Frau war ein liebes, äußerst schüchternes Wesen. Sie waren beide klug und gebildet, liebten sich herzlich, kannten niemanden und gingen niemals aus. Der Mann hatte nicht die Zeit dazu. Die Frau hatte allzuviel Zeit, aber sie war ein tapferes kleines Geschöpf, die ihre Anfälle von Schwermut bekämpfte und sie vor allem verbarg, indem sie sich, so gut sie konnte, beschäftigte: las, für ihren Mann Notizen machte, ihres Mannes Notizen abschrieb, die Anzüge ihres Mannes ausbesserte und sich ihre Kleider und Hüte selbst nähte. Sie wäre wohl gern von Zeit zu Zeit ins Theater gegangen, aber Arnaud lag kaum etwas daran: er war abends zu müde. Und sie ergab sich darein.

Beider höchste Freude war die Musik. Sie liebten sie über alles. Er konnte nicht spielen, und sie wagte es nicht, obgleich sie es konnte; wenn sie vor jemandem spielte, selbst vor ihrem Mann, hätte man gemeint, ein kleines Kind klimpere. Dennoch genügte ihnen das; und Gluck, Mozart, Beethoven, die sie stammelten, waren ihre Freunde; sie kannten bis in die Einzelheiten deren Leben, und ihre Leiden erfüllten sie mit Liebe. Auch die schönen Bücher, die guten Bücher, die man gemeinsam las, waren ein Glück. Aber in der heutigen Literatur gibt es deren kaum: die Schriftsteller kümmern sich nicht um diejenigen, die ihnen weder Ruf noch Vergnügen, noch Geld eintragen können, um jene bescheidenen Leser, die man niemals in der Gesellschaft sieht, die nirgends schreiben, die nichts anderes als lieben und schweigen können. Jenes stille Licht der Kunst, das in diesen ehrlichen und frommen Herzen einen fast übernatürlichen Glanz annahm, und ihre gegenseitige Zuneigung genügten ihnen, um sie friedlich und ziemlich glücklich dahinleben zu lassen, wenn auch ein wenig traurig (das war nicht abzuleugnen), recht einsam und ein wenig zermürbt. Sie standen beide weit über ihrer gesellschaftlichen Stellung. Herr Arnaud war voller Ideen; aber er hatte weder Zeit noch Mut, sie niederzuschreiben. Man mußte sich zu sehr rühren, um Aufsätze, um Bücher erscheinen zu lassen: es verlohnte nicht der Mühe; nutzlose Eitelkeit! Und es war ja so wenig, gemessen an den Denkern, die er liebte! Er liebte schöne Kunstwerke viel zu sehr, um selber in der Kunst etwas schaffen zu wollen: er hätte solchen Versuch für unverschämt und lächerlich gehalten. Er sah sein Los darin, sie zu verbreiten. So ließ er denn seine Schüler an seinen Gedanken teilhaben: sie würden später Bücher daraus machen – selbstverständlich, ohne ihn zu nennen. – Er gab ungewöhnlich viel Geld für Bücher aus. Die Armen sind immer die Großzügigsten: sie kaufen ihre Bücher; die anderen glauben sich entehrt, wenn es ihnen nicht gelingt, sie umsonst zu bekommen. Arnaud richtete sich an Büchern zugrunde: das war seine Schwäche, sein Laster. Er schämte sich dessen, er verbarg es vor seiner Frau. Aber sie warf es ihm nicht vor, denn sie hätte es ebenso gemacht. – Sie schmiedeten stets schöne Pläne, wie sie Ersparnisse für eine Reise nach Italien machen könnten – die sie, wie sie selber wußten, niemals unternehmen würden; und sie lachten über ihre Unfähigkeit, Geld zusammenzuhalten. Arnaud tröstete sich. Seine liebe Frau, sein an Arbeit und inneren Freuden reiches Leben waren ihm genug. Genügte ihr das nicht auch? Sie sagte ja. Sie wagte nicht, einzugestehen, daß es ihr beglückend gewesen wäre, wenn ihr Mann einen gewissen Ruf genossen hätte, der ein wenig auf sie übergestrahlt wäre, ihr Leben erhellt und etwas Wohlstand hineingetragen hätte. Innere Freuden sind gewiß sehr schön, aber ein wenig Licht von außen tut von Zeit zu Zeit doch sehr wohl! – Aber da sie schüchtern war, sagte sie nichts; und dann wußte sie auch, daß er, selbst wenn er einen Ruf erlangen wollte, nicht mehr sicher war, es zu können: jetzt war es zu spät! Ihr größter Schmerz war, daß sie keine Kinder hatten. Sie verbargen sich ihr Leid gegenseitig und gaben darum einander um so mehr Zärtlichkeit: es war, als wollten sich die armen Menschen gegenseitig um Verzeihung bitten. Frau Arnaud war gutherzig, anhänglich, sie hätte sich gern an Frau Elsberger angeschlossen, aber sie wagte es nicht: man kam ihr in keiner Weise entgegen. Und was Christof betraf, so hätte der Mann wie die Frau sich nichts Besseres gewünscht, als ihn kennenzulernen: seine ferne Musik zog sie magnetisch an. Um nichts in der Welt aber hätten sie den ersten Schritt getan: das wäre ihnen aufdringlich erschienen.

Das ganze erste Stockwerk war von Herrn und Frau Felix Weil bewohnt, reichen, kinderlosen Juden, die sechs Monate im Jahre auf dem Lande in der Umgebung von Paris verbrachten. Wenn sie auch seit zwanzig Jahren in dem Haus waren (sie blieben aus alter Gewohnheit dort wohnen, obwohl es ihnen leichtgefallen wäre, eine ihrem Vermögen angemessenere Wohnung zu finden), schienen sie doch immer durchreisende Fremde zu sein. Niemals hatten sie das Wort an einen ihrer Nachbarn gerichtet, und man wußte nicht mehr von ihnen als am ersten Tag. Das hinderte nicht, daß man sich sein Urteil über sie bildete: ganz im Gegenteil. Sie waren nicht beliebt. Und sie taten auch wirklich nichts dafür. Dennoch hätten sie verdient, etwas besser gekannt zu werden: sie waren beide ausgezeichnete Menschen mit bedeutendem Verstand. Der Mann, etwa sechzig Jahre alt, war Assyriologe und wegen berühmter Ausgrabungen in Zentralasien sehr bekannt; er war, wie die meisten Geistesgrößen seiner Rasse, offenen und forschbegierigen Geistes und beschränkte sich nicht auf seine Spezialstudien; er interessierte sich für unendlich vieles: Kunst, soziale Fragen, alle Kundgebungen des zeitgenössischen Denkens. Sie konnten ihn nicht ausfüllen, denn sie machten ihm alle Spaß, aber keine versetzte ihn in Leidenschaft. Er war sehr intelligent, allzu intelligent, allzu frei von jeder Bindung, immer bereit, mit einer Hand zu zerstören, was er mit der anderen aufgebaut hatte; denn er baute viel auf: Werke und Theorien; er war außerordentlich arbeitsam; aus Gewohnheit, aus geistiger Hygiene zog er geduldig und tief seine Furche in der Wissenschaft, ohne an die Nützlichkeit seines Tuns zu glauben. Er hatte das Unglück gehabt, immer reich zu sein, so daß er niemals den Wert des Lebenskampfes kennengelernt hatte; und seit seinen Expeditionen in den Orient, deren er nach ein paar Jahren überdrüssig geworden war, hatte er keinerlei offizielle Stellung mehr angenommen. Außerhalb seiner persönlichen Arbeiten kümmerte er sich indessen mit Scharfblick um die Tagesfragen, um praktische und unmittelbar mögliche soziale Reformen, um die Neuorganisation des öffentlichen Unterrichts in Frankreich. Er warf Ideen auf, er schuf Strömungen; er setzte große geistige Räderwerke in Bewegung und wurde dessen gleich darauf überdrüssig. Mehr als einmal hatte er Leute, die sich infolge seiner Beweisführungen irgendeiner Sache angenommen hatten, vor den Kopf gestoßen, weil er gleich darauf an dieser selben Sache die schneidendste und niederschmetterndste Kritik übte. Er tat das nicht mit Absicht: es kam aus einem Bedürfnis seiner Natur; nervös und ironisch wie er war, wurde es ihm schwer, die Lächerlichkeiten der Dinge und der Leute hinzunehmen, denn er sah sie mit einem peinlichen Scharfblick. Und weil, unter einem gewissen Gesichtswinkel und mit ein wenig Übertreibung angeschaut, jede edle Sache und alle braven Leute lächerliche Seiten zeigen, gab es niemanden, den seine Ironie lange verschone. Das war nicht dazu angetan, ihm Freunde zu erringen. Dabei hatte er den besten Willen, den Leuten Gutes zu tun; er tat es auch; aber man wußte ihm wenig Dank; selbst die ihm Verpflichteten verziehen ihm im geheimen nicht, daß sie sich in seinen Augen lächerlich gemacht hatten. Er durfte die Menschen nicht zu oft sehen, wenn er sie lieben sollte. Nicht, daß er ein Menschenfeind gewesen wäre. Für diese Rolle war er seiner selbst zuwenig sicher. Er war gegenüber jener Welt, die er verspottete, schüchtern; im Grunde wußte er nicht recht, ob diese Welt nicht gegen ihn im Recht sei; er vermied es, sich allzu verschieden von den anderen zu zeigen, übte sich darin, sich in seiner Art und auch scheinbar in seinen Meinungen ihnen anzupassen. Aber so große Mühe er sich auch geben mochte, er konnte sich nicht enthalten, sie zu kritisieren; für jede Übertreibung, für alles, was nicht einfach ist, hatte er einen ausgeprägten Sinn; und er konnte seine Gereiztheit nicht verbergen. Besonders deutlich empfand er die Spottlust von Juden, da er sie besser kannte, und trotz seiner geistigen Freiheit, die keinerlei Schranken zwischen den Rassen gelten lassen wollte, stieß er sich doch oft an denen, die ihm die Menschen der anderen Rassen entgegenstellten – und da er sich selbst trotz allem, was er sagte, in der christlichen Gedankenwelt heimatlos fühlte, zog er sich voller Würde abseits in seine Ironie zurück und in die tiefe Zuneigung, die er für seine Frau empfand.

Das schlimmste war, daß selbst diese vor seiner Ironie nicht sicher war. Sie war eine gute, tatkräftige Frau, der daran lag, sich nützlich zu machen, und die sich stets mit Wohlfahrtseinrichtungen beschäftigte. Von weit weniger umfassender Natur als ihr Mann, klammerte sie sich an ihre sittliche Tatbereitschaft und an die etwas herbe, verstandesmäßige, aber sehr hohe Idee, die sie sich von der Pflicht zurechtgemacht hatte. Ihr ganzes recht trübseliges, kinderloses Leben, das ohne große Freude, ohne große Liebe dahinging, ruhte auf diesem sittlichen Glauben, der vor allem ein Wille zum Glauben war. Die Ironie des Gatten hatte bald den Anteil freiwilligen Selbstbetrugs, der in diesem Glauben lag, herausgespürt und machte sich – er konnte nicht anders – darüber lustig. Weil war aus Widersprüchen zusammengesetzt. Er hatte von der Pflicht einen nicht weniger hohen Begriff als seine Frau und gleichzeitig doch ein unerbittliches Bedürfnis, zu zersetzen, zu kritisieren, sich nicht hinters Licht führen zu lassen, was ihn dazu brachte, den sittlichen Imperativ seiner Frau zu zerfetzen, in Stücke zu reißen. Er merkte nicht, daß er den Boden, auf dem sie stand, untergrub; er entmutigte sie grausam. Als er es fühlte, litt er mehr als sie darunter; aber das Übel war geschehen. Sie liebten einander darum auch ferner nicht weniger herzlich und fuhren in ihrer Arbeit und in ihrem Wohltun fort. Aber die kalte Würde der Frau wurde nicht freundlicher beurteilt als die Ironie des Mannes; und da sie beide zu stolz waren, um Aufhebens zu machen von dem erwiesenen Guten oder dem Wunsche, es zu erweisen, beurteilte man ihre Zurückhaltung als Gleichgültigkeit und ihre Abgeschlossenheit als Selbstsucht. Und je mehr sie fühlten, daß man diese Meinung von ihnen hegte, um so mehr hüteten sie sich, sie zu bekämpfen. Im Gegensatz zu der plumpen Aufdringlichkeit so vieler anderer ihrer Herkunft wurden sie Opfer übertriebener Zurückhaltung, hinter der sich viel Stolz verschanzte.

Was die Parterrewohnung betrifft, die ein paar Stufen über einem kleinen Garten lag, so wurde sie von dem Major Chabran bewohnt, einem verabschiedeten Offizier der Kolonialartillerie; dieser kraftvolle, noch junge Mann hatte im Sudan und in Madagaskar glänzende Feldzüge mitgemacht; dann hatte er plötzlich alles zum Teufel geschickt, hatte sich hier festgesetzt, wollte nicht mehr von der Armee reden hören und verbrachte seine Tage damit, seine Rabatten umzuwühlen, ohne jeden Erfolg auf der Flöte zu üben, gegen die Politik zu wettern und seine Tochter, die er über alles liebte, anzuschnauzen: sie war ein nicht sehr hübsches, aber liebenswürdiges Fräulein von dreißig Jahren; sie widmete sich ihm ganz und hatte nicht geheiratet, um ihn nicht zu verlassen. Christof sah die beiden oft, wenn er sich aus dem Fenster lehnte; und wie es natürlich ist, achtete er mehr auf die Tochter als auf den Vater. Einen Teil des Nachmittags verbrachte sie in Gesellschaft ihres alten Brummbärs von Vater im Garten, nähend, träumend, strickend – immer guter Laune. Man hörte ihre ruhige und klare Stimme, wie sie in lachendem Ton dem ewig knurrenden Major antwortete, dessen

Schritt unaufhörlich über den Sand der Wege schlürfte; dann ging er ins Haus, und sie blieb auf einer Gartenbank sitzen, nähte, ohne sich zu rühren, ohne zu sprechen, stundenlang und lächelte unbestimmt vor sich hin, während drinnen der müßige Offizier auf seiner zirpenden Flöte übte oder zur Abwechslung ein schweratmiges Harmonium ungeschickt quaken ließ, was Christof höchlichst belustigte oder ärgerte – je nachdem.

Alle diese Leute lebten in dem Haus mit dem verschlossenen Garten Seite an Seite, vor den Winden der Welt geschützt, selbst voneinander hermetisch abgeschlossen. Einzig und allein Christof mit seinem Bedürfnis, sich auszugeben, und seiner Lebensüberfülle umfaßte sie alle mit seiner weitgespannten, zugleich blinden und klarsehenden Sympathie, ohne daß sie es ahnten. Er verstand sie nicht. Er hatte gar keine Möglichkeit, sie zu verstehen. Der psychologische Sinn Oliviers fehlte ihm. Aber er liebte sie. Unbewußt versetzte er sich an ihre Stelle. Durch geheimnisvolle Zuflüsse stieg die dunkle Erkenntnis dieser benachbarten und fernen Leben langsam zu ihm empor; er empfand die schmerzerfüllte Dumpfheit der Frau in Trauer, die standhafte Schweigsamkeit stolzer Gedanken, die in dem Priester, dem Juden, dem Ingenieur, dem Revolutionär lebten; er fühlte die blasse und sanfte Flamme, genährt von Zärtlichkeit und Glauben, in der sich die Herzen der beiden Arnauds still verzehrten; die naive Sehnsucht nach dem Licht, die den Mann aus dem Volke beseelte; die zurückgedrängte Empörung und die nutzlose Tatkraft, die der Offizier in sich erstickte; und die ergebungsvolle Ruhe des jungen Mädchens, das im Schatten des Flieders träumte.

Aber Christof war der einzige, der in diese lautlose Musik der Seelen eindrang; die anderen vernahmen sie nicht; jeder vertiefte sich ganz in seine Trauer und in seine Träume.

Übrigens arbeiteten sie alle, die Hochgemuten ebenso wie die Entmutigten, der alte zweiflerische Gelehrte wie der pessimistische Ingenieur, der Priester wie der Anarchist. Und auf dem Dache sang der Maurer.

Rings um das Haus fand Christof bei den Besten dieselbe seelische Einsamkeit – selbst wenn sie sich zu Gruppen zusammenschlossen.

Olivier hatte ihm Verbindung zu einer kleinen Zeitschrift verschafft, für die er schrieb. Sie nannte sich *Esope* und hatte als Wahlspruch das Zitat aus Montaigne gewählt:

Man bot Äsop mit zwei anderen Sklaven zum Verkauf an. Der Käufer erkundigte sich beim ersten, was er zu tun verstehe; der versprach goldene Berge, um sich zur Geltung zu bringen; der zweite redete ebenso hochtrabend von sich oder gar noch mehr. Als Äsop an die Reihe kam und man ihn ebenfalls fragte, was er zu tun verstehe, meinte er: „Nichts, denn diese dort haben schon alles mit Beschlag belegt – sie können alles."

Das bedeutete nichts weiter als stolze Abwehr gegen die „Schamlosigkeit und die übertriebene Anmaßung derer, die", wie Montaigne es ausdrückte, „aus dem Wissen einen Beruf machen"! Die angeblichen Skeptiker der Zeitschrift *Esope* gehörten im Grunde zu denen, deren Überzeugung am festesten verankert war. Aber für die Augen des Publikums besaß solch eine Maske von Ironie natürlich wenig Anziehungskraft. Sie war dazu angetan, eine falsche Meinung hervorzurufen. Das Volk gewinnt man nur für sich, wenn man ihm Worte einer einfachen, klaren, starken und sicheren Lebenskraft bringt. Es will lieber eine stämmige Lüge als eine bleichsüchtige Wahrheit. Die Skepsis gefällt ihm nur, wenn sie ein gut Teil Naturalismus oder irgendeine christliche Abgötterei verdeckt. Der hochmütige Pyrrhonismus, in den sich der *Esope* einhüllte, konnte nur zu einer kleinen Anzahl Geister sprechen – alme sdegnose –, die ihre verborgene Festigkeit erkannten. Für die Tat, für das Leben war diese Kraft verloren.

Das machte ihnen keine Sorgen. Je demokratischer Frankreich wurde, um so aristokratischer schienen sein Denken, seine Kunst, seine Wissenschaft zu werden. Die Wissenschaft verschanzte sich hinter ihre Fachausdrücke, blieb im tiefsten Innern ihres Heiligtums, hüllte sich in einen dreifachen Schleier, den nur die Eingeweihten zu lüften die Macht hatten, und war unerreichbarer als zu den Zeiten Buffons und der Enzyklopädisten. Die Kunst – wenigstens jene, die sich selbst achtete und das Schöne pflegte – war ebenso abgeschlossen; sie verachtete das Volk. Sogar unter den Schriftstellern, die weniger auf Schönheit als auf Handlung bedacht waren, unter denen, die die sittliche Gedankenwelt der ästhetischen vorzogen, herrschte oft ein sonderbarer aristokratischer Geist. Sie schienen mehr darum bekümmert, die Reinheit ihrer inneren Flamme in sich zu bewahren als sie anderen mitzuteilen. Man hätte meinen können, ihnen läge nichts daran, ihre Gedanken zum Sieg zu führen, sondern einzig, sie zu bekennen.

Immerhin gab es einige darunter, die sich mit volkstümlicher Kunst befaßten. Unter den Aufrichtigsten gossen die einen in ihre Werke anarchistische, zerstörerische Ideen, kommende, ferne Wahrheiten, die vielleicht in einem Jahrhundert, vielleicht in zwanzig Jahrhunderten Gutes stiften konnten, im Augenblick aber die Seele anfraßen, sie ausbrannten; die anderen schrieben bittere oder ironische, sehr traurige Stücke ohne jede Illusion. Christof war, wenn er sie gelesen hatte, für zwei Tage aus dem Gleichgewicht gebracht.

„Und das gebt ihr dem Volk?" fragte er voller Mitleid für die armen Leute, die ihre Trübsal ein paar Stunden lang vergessen wollten und denen man so düstere Vergnügungen bot. „Damit könnt ihr sie begraben."

„Beruhige dich", erwiderte Olivier lachend, „das Volk kommt gar nicht."

„Es tut verdammt recht daran. Ihr seid verrückt. Wollt ihr ihm denn allen Mut zum Leben nehmen?"

„Warum? Soll es nicht gleich uns lernen, die Traurigkeit aller Dinge zu sehen und dennoch seine Pflicht ohne Wanken zu tun?"

„Ohne Wanken? Das möchte ich bezweifeln; sicherlich aber ohne Vergnügen. Wenn man im Menschen die Lust am Leben ertötet hat, kommt man nicht weit."

„Was willst du daran ändern? Man hat nicht das Recht, die Wahrheit zu verfälschen."

„Aber man hat noch weniger das Recht, allen die ganze Wahrheit zu sagen."

„Und das sagst du? Du, der unaufhörlich nach Wahrheit schreit, du, der sie mehr als alles in der Welt zu lieben vorgibt?"

„Ja, Wahrheit für mich und für alle, deren Rückgrat stark genug ist, sie zu ertragen. Für die anderen aber ist sie eine Grausamkeit und eine Dummheit. Ja, das sehe ich jetzt ein. In meiner Heimat wäre ich niemals auf den Gedanken gekommen. Dort, in Deutschland, leiden sie nicht wie bei euch an der Wahrheitskrankheit: sie hängen zu sehr am Leben; sie sehen vorsichtshalber nur das, was sie sehen wollen. Ich liebe euch, gerade weil ihr nicht so seid. Ihr seid tapfer, ihr geht den geraden Weg. Aber ihr seid unmenschlich. Wenn ihr glaubt, eine Wahrheit ausfindig gemacht zu haben, laßt ihr sie auf die Welt los, ohne euch darum zu sorgen, ob sie nicht gleich den Füchsen in der Bibel mit ihrem brennenden Schweif Feuer an die Welt legen wird. Daß ihr die Wahrheit eurem Glück vorzieht, achte ich an euch; aber dem Glück der anderen – davor macht halt! Ihr macht es euch zu leicht. Man soll die Wahrheit mehr als sich selber lieben, aber seinen Nächsten mehr als die Wahrheit."

„Soll man ihn also belügen?"

Christof antwortete ihm mit Goethes Worten:

"Auch sollen wir höhere Maximen nur aussprechen, sofern sie der Welt zugute kommen; andere sollen wir bei uns behalten, und sie mögen und werden auf das, was wir tun, wie der milde Schein einer verborgenen Sonne ihren Glanz breiten."

Aber dergleichen Skrupel bedrückten diese französischen Schriftsteller kaum. Sie fragten sich nicht, ob der Bogen, den ihre Hand hielt, *die Idee oder den Tod* abschösse oder beide zugleich. Es fehlte ihnen an Liebe. Wenn ein Franzose Ideen hat, will er sie den anderen aufzwingen. Hat er keine, so will er es trotzdem. Und wenn er sieht, daß er es nicht kann, verliert er das Interesse am Handeln. Das war der Hauptgrund dafür, daß jene Elite sich wenig um Politik kümmerte. Jeder verschloß sich in seiner Überzeugung oder in seinem Mangel an Überzeugung.

Man hatte wohl vieles versucht, um diesen Individualismus zu bekämpfen und Gruppen zusammenzubringen; aber die meisten dieser Gruppen waren sofort zu literarischen Klatschgesellschaften oder zu lächerlichen Parteichen ausgeartet. Die Besten vernichteten sich gegenseitig. Ein paar ausgezeichnete Männer voller Kraft und Überzeugung waren unter ihnen, dafür geschaffen, die guten, aber schwachen Willenskräfte zu binden und zu leiten. Jeder aber hatte seine eigene Herde und wollte nicht, daß sie sich mit denen der anderen vermenge. So bestand eine Handvoll kleiner Zeitschriften, Vereinigungen, Gesellschaften, die alle sittlichen Tugenden besaßen außer einer, der Selbstverleugnung; denn keine wollte in den andern aufgehen, und so stritten sie sich denn um die Brosamen eines Publikums von nicht sehr zahlreichen und noch weniger bemittelten braven Leuten, lebten einige Zeit ausgehungert, blutlos dahin und fielen schließlich in sich zusammen, um nicht mehr aufzustehen; nicht etwa gefällt von den Schlägen des Feindes, sondern (noch jammervoller!) von ihren eigenen Schlägen. Die verschiedenen Berufe – Schriftsteller, Dramatiker,

Dichter, Prosaisten, Professoren, Lehrer, Journalisten – bildeten eine Unzahl kleiner Kasten, die sich untereinander wieder in noch kleinere Kasten teilten, von denen jede der anderen verschlossen war. Es gab keinerlei gegenseitige Durchdringung. Einstimmigkeit herrschte über nichts in Frankreich, nur in höchst seltenen Augenblicken, wo diese Einstimmigkeit einen epidemischen Charakter annahm und dann gewöhnlich in die Irre ging: denn sie war krankhaft. Der Individualismus herrschte in allen Schichten des französischen Tatbereiches: in der wissenschaftlichen Arbeit ebenso wie im Handel, wo er die Kaufleute daran hinderte, sich zu vereinigen, sich zu Schutzverbänden zusammenzuschließen. Dieser Individualismus war nicht üppig und überströmend, sondern eigensinnig, vertrocknet. Allein bleiben, den anderen nichts schulden, sich nicht unter die anderen mischen aus Furcht, in ihrer Gesellschaft die eigene Schwäche zu fühlen, die Ruhe der eigenen stolzen Einsamkeit zu stören: das war der geheime Gedanke all dieser Leute, die „abseitige" Zeitschriften, „abseitige" Theater, „abseitige" Gruppen gründeten. Zeitschriften, Theater, Gruppen hatten meistens keinen anderen Daseinszweck als den Wunsch, sich von den anderen fernzuhalten; sie lebten von der Unfähigkeit, sich mit den anderen in einer gemeinsamen Tat oder einem gemeinsamen Gedanken zu vereinen, von dem Mißtrauen gegen die anderen oder gar von der offenen Feindschaft der Parteien, welche Männer gegeneinander aufhetzte, die besonders würdig gewesen wären, einander zu verstehen.

Selbst wenn Köpfe, die einander achteten, wie Olivier und seine Kameraden bei der Zeitschrift *Esope* an einer gemeinsamen Aufgabe arbeiteten, war es, als stünden sie einander stets in Kampfbereitschaft gegenüber; sie besaßen in keiner Weise jene in Deutschland so allgemein verbreitete Gutmütigkeit, die dort leicht überhandnimmt. In jener Gruppe junger Leute war namentlich einer[1], für den Chri-

1 Charles Péguy

stof sich interessierte, weil er in ihm eine außergewöhnliche Kraft ahnte: es war ein Schriftsteller von unbeugsamer Logik und zähem Willen, der sich für sittliche Ideen begeisterte, in seiner Art, ihnen dienstbar zu sein, höchst rücksichtslos war und stets bereit, ihnen die ganze Welt und sich selber zu opfern; er hatte, um sie zu verteidigen, eine Zeitschrift gegründet, die er fast ganz allein leitete; er hatte sich geschworen, Frankreich und Europa die Idee eines freien, heldenhaften und reinen Frankreichs aufzuzwingen; er glaubte fest daran, daß die Welt eines Tages einsehen würde, daß er eine der unerschrockensten Seiten in der Geschichte des französischen Gedankens schrieb – und er täuschte sich nicht. Christof hätte ihn gern näher kennengelernt und sich ihm angeschlossen. Aber dazu war keine Möglichkeit. Obgleich Olivier oft mit ihm zu tun hatte, sahen sie sich doch sehr wenig und nur in geschäftlichen Angelegenheiten. Sie vertrauten einander nichts an; höchstens tauschten sie irgendwelche abstrakten Gedanken miteinander aus, oder (denn es war, genauer gesagt, kein Austausch, jeder bewahrte seine Ideen für sich) sie monologisierten vielmehr gemeinsam und jeder nach seiner Seite hin. Indessen waren sie doch Kampfgefährten und kannten ein jeder den Wert des anderen.

Diese Zurückhaltung hatte die verschiedenartigsten Ursachen, die sie selbst nur schwer zu erkennen vermochten. Zunächst ein Übermaß an Kritik, die die unverrückbaren Verschiedenheiten zwischen den Geistern allzu deutlich sieht, und ein Übermaß an verstandesmäßiger Bewertung, die solchen Verschiedenheiten zu große Bedeutung beilegt; einen Mangel an jener mächtigen und naiven Sympathie, der es, um zu leben, Bedürfnis ist, zu lieben und ihr Übermaß an Liebe auszugeben. Vielleicht auch die Bürde des Berufes, das allzu schwierige Leben, das Gedankenfieber, das, wenn der Abend kommt, nicht mehr die Kraft übrigläßt, freundschaftliche Aussprachen zu genießen. Sodann jenes schreckliche Gefühl, das ein Franzose sich einzugestehen fürchtet, das jedoch oft in seinem Innersten grollt: *das Gefühl, man gehöre nicht derselben Rasse an,* man entstamme verschiedenartigen, in verschiedenen Zeitaltern auf dem Boden Frankreichs ansässig gewordenen Rassen, die, wenn auch miteinander verbunden, doch wenig gemeinsames Denken haben und sich zum allgemeinen Besten nicht zu sehr damit beschäftigen sollten. Die bedeutsamste Ursache ist die berauschende und gefährliche Leidenschaft für die Freiheit, der man, hat man nur einmal von ihr gekostet, alles zu opfern bereit ist! Diese freie Einsamkeit ist um so köstlicher, als man sie durch jahrelange Prüfungen hat erkaufen müssen. Die Auslese hat sich in sie hineingeflüchtet, um der Knechtschaft der Mittelmäßigen zu entrinnen. Sie stemmt sich damit gegen die Tyrannei der religiösen oder politischen Blocks, deren ungeheures Gewicht den einzelnen in Frankreich zermalmt: gegen die Familie, die öffentliche Meinung, den Staat, die geheimen Gesellschaften, die Parteien, die Cliquen, die Schulen. Man stelle sich einen Gefangenen vor, der, um zu entfliehen, über zwanzig ihn einschließende Mauern springen muß. Wenn er über die letzte gelangt, ohne sich den Hals gebrochen zu haben, muß er sehr stark sein. Eine harte Schule für den freien Willen! Aber die hindurchgegangen sind, bewahren für ihr ganzes Leben den strengen Zug, den Hang zu Unabhängigkeit und die Unmöglichkeit, jemals in anderen aufzugehen.

Neben der Einsamkeit aus Stolz fand man jene aus Verzicht. Wie viele brave Leute leben in Frankreich, deren ganze Güte, deren ganzer Stolz, deren ganze Liebe nur dazu führt, sich vom Leben zurückzuziehen! Tausend gute oder schlechte Gründe hindern sie am Handeln. Bei den einen ist es die Unterwürfigkeit, die Schüchternheit, die Macht der Gewohnheit; bei den anderen die Menschenfurcht, die Scheu vor Lächerlichkeit, die Angst, aufzufallen, sich dem Urteil der Menge auszusetzen, hören zu müssen, wie selbstlosen Taten eigennützige Antriebe untergeschoben werden. Dieser wollte am politischen und sozialen

Kampf nicht teilnehmen, jener wandte wohltätigen Werken den Rücken, weil sie zu viele Leute sahen, die sich gewissenlos und vernunftlos damit beschäftigten, weil sie Angst hatten, daß man sie mit jenen Gauklern und Dummköpfen zusammenwerfen würde. Bei fast allen fand man den Ekel, die Abspannung, die Angst vor dem Handeln, vor dem Leiden, vor der Häßlichkeit, vor der Dummheit, vor der Gefahr und vor der Verantwortung, das schreckliche *Wozu?*, das den guten Willen so vieler Franzosen von heute lähmt. Sie sind zu klug (von einer Klugheit ohne starken Flügelschlag), sie sehen alle Gründe für und wider. Mangel an Kraft. Mangel an Leben. Wenn man sehr lebendig ist, fragt man sich nicht, wozu man lebt; man lebt, um zu leben – weil es etwas Prächtiges ist, zu leben!

Schließlich kamen bei den Besten sympathische und minderwertige Eigenschaften zusammen: eine milde Philosophie, eine Gedämpftheit des Begehrens, eine zärtliche Anhänglichkeit an die Familie, an den Boden und an die sittlichen Gewohnheiten, eine Behutsamkeit, eine Furcht, sich aufzudrängen, zu stören, ein Schamgefühl, eine beständige Zurückhaltung. Alle diese liebenswürdigen und reizenden Züge könnten sich in gewissen Fällen sehr gut mit Heiterkeit, mit Mut, mit innerem Frohsinn vertragen; aber sie standen nicht außer Beziehung zu der Verdünnung des Blutes, der fortschreitenden Abnahme der französischen Lebensfähigkeit.

Der anmutige Garten unten, am Fuße von Christofs und Oliviers Haus, tief zwischen seinen vier Mauern, war das Sinnbild dieses kleinen Frankreichs. Ein Fleckchen Grün, das von der Außenwelt abgeschlossen war. Nur manchmal trug der große Wind von draußen, wenn er wirbelnd hineinfuhr, dem träumenden jungen Mädchen den Hauch der fernen Felder und der weiten Erde zu.

Jetzt, da Christof die verborgenen Quellen Frankreichs zu entdecken begann, empörte es ihn, daß es sich von dem Gesindel niederzwingen ließ. Das Halbdunkel, in das sich diese schweigsame Auslese vergrub, schien ihm erstickend. Stoizismus ist etwas Schönes für die, die keine Zähne mehr haben. Er bedurfte freier Luft, eines großen Publikums, der Sonne des Ruhms, der Liebe von tausend Seelen, er mußte alle, die er liebte, umfassen, seine Feinde zermalmen, kämpfen und siegen.

„Du kannst es", sagte Olivier, „du bist stark; du bist ebenso durch deine Fehler (verzeih!) wie durch deine guten Eigenschaften für den Sieg geboren. Du hast den Vorzug, einem Volke zu entstammen, das nicht zu aristokratisch ist. Tatkraft stößt dich nicht ab. Du wärst, wenn nötig, sogar fähig, ein Politiker zu sein! – Und dann hast du das unschätzbare Glück, Musik zu schreiben. Man versteht dich nicht, du kannst alles sagen. Wenn die Leute die Verachtung, die in deiner Musik liegt, kennen würden, deinen Glauben an das, was sie ableugnen, und diesen beständigen Hymnus zu Ehren dessen, was sie zu töten sich abmühen, sie würden dir nicht vergeben, und du würdest so ins Joch gespannt werden, so verfolgt, so geärgert, daß du deine besten Kräfte damit verlörest, sie zu bekämpfen; wenn du mit ihnen fertig wärest, würde dir der Atem ausgegangen sein, dein Werk zu vollenden, dein Leben wäre zu Ende. Großen Männern, die den Sieg davontragen, kommt ein Mißverständnis zugute; man bewundert in ihnen das Gegenteil dessen, was sie sind."

„Pah...", meinte Christof, „ihr ahnt die Feigheit eurer Herren nicht. Ich glaubte dich zuerst allein, ich fand für deine Tatenlosigkeit Entschuldigungen. In Wirklichkeit aber seid ihr ja ein ganzes Heer von Menschen, die dasselbe denken. Ihr seid tausendmal stärker als eure Unterdrücker, ihr seid tausendmal mehr wert, und ihr laßt euch von ihrer Unverschämtheit bezwingen! Ich begreife euch nicht. Ihr lebt in dem schönsten Lande, seid mit der schärfsten Intelligenz begabt, mit dem menschlichsten Empfinden, und ihr wißt aus alledem nichts zu machen. Ihr laßt euch unterdrücken, beschimpfen, von einer Handvoll Schelmen mit Füßen treten. Zum Teufel, seid doch ihr selber! Wartet nicht, bis euch der Himmel oder ein Napoleon hilft! Erhebt euch, eint euch! Ans Werk! Alle miteinander! Fegt euer Haus rein!"

Olivier aber zuckte in ironischem Überdruß die Achseln und sagte:

„Sich mit ihnen balgen? Nein, dazu sind wir nicht gemacht, wir haben Besseres zu tun. Gewalttätigkeit ist mir zuwider. Ich weiß nur allzugut, was geschehen würde. Alle die versauerten alten Bankrotteure, die royalistischen jungen Bengel, die ekelhaften Apostel der Gewalttätigkeit und des Hasses würden sich meines Handelns bemächtigen und es entehren. Möchtest du etwa, daß ich den alten Wahlspruch des Hasses wieder aufnehme: *Fuori Barbari* oder *Frankreich den Franzosen*?"

„Warum nicht?" sagte Christof.

„Nein, das sind keine französischen Worte. Man bemüht sich vergeblich, sie bei uns unter der Flagge der Vaterlandsliebe zu verbreiten. Für die barbarischen Länder ist dergleichen gut! Das unsere ist nicht für den Haß gemacht. Unser Genius offenbart sich nicht, indem er die anderen verneint oder zerstört, sondern indem er sie in sich aufsaugt. Laßt nur den trüben Norden zu uns kommen und den geschwätzigen Süden..."

„...und den verseuchten Orient?"

„Und den verseuchten Orient: wir werden ihn wie das übrige aufsaugen; wir haben schon manches andere verschluckt. Ich lache der siegesfrohen Miene, die er aufsetzt, und der Verzagtheit mancher meiner Stammesbrüder. Er glaubt uns erobert zu haben, er schlägt Rad auf unseren Boulevards, in unseren Zeitungen, unseren Zeitschriften, auf unseren Theaterbühnen, auf unseren politischen Bühnen. Der Tölpel! Er ist der Besiegte. Er wird sich selber aus dem

Wege räumen, nachdem er uns genährt hat. Gallien hat einen guten Magen; in zwanzig Jahrhunderten hat es mehr als eine Kultur verdaut. Wir sind gegen Gift gefeit... Das mögt ihr Deutschen fürchten! Rein müßt ihr sein, oder ihr werdet aufhören zu sein. Bei uns aber handelt es sich nicht um Reinheit, sondern um Allumfassung. Ihr habt einen Imperator, Großbritannien nennt sich ein Imperium; in Wahrheit aber ist unser lateinischer Genius der imperatorgleiche. Wir sind Bürger der Welt-Stadt. Urbis. Orbis."

„Alles das ist schön und gut", meinte Christof, „solange die Nation gesund ist und in der Blüte ihrer Mannheit steht. Aber der Tag kommt, an dem ihre Spannkraft nachläßt; dann läuft sie Gefahr, von dieser fremden Anschwemmung überspült zu werden. Unter uns – scheint dir nicht, daß dieser Tag gekommen ist?"

„Das hat man seit Jahrhunderten so oft gesagt! Und unsere Geschichte hat diese Befürchtungen immer widerlegt. Wir haben seit den Zeiten der Jungfrau von Orléans, da sich in dem verödeten Paris Scharen von Wölfen herumtrieben, noch ganz andere Prüfungen bestanden. Dies ganze Durcheinander der Gegenwart, die über alle Ufer tretende Unsittlichkeit, die Jagd nach Vergnügen, die Schlaffheit, das alles erschreckt mich nicht. Geduld! Wer dauern will, muß überdauern. Ich weiß genau, daß später eine sittliche Gegenbewegung einsetzen wird – die übrigens nicht viel mehr wert sein und wahrscheinlich zu ähnlichen Dummheiten führen wird; die, die heute von der öffentlichen Verderbtheit leben, werden auch dann am lautesten schreien... Aber was liegt uns daran! Alle diese Strömungen berühren nicht das wahre Volk Frankreichs. Die verweste Frucht steckt den Baum nicht an; sie fällt ab. Alle diese Leute gehören so wenig zur Nation! Was liegt uns daran, ob sie leben oder sterben? Soll ich mich aufregen, soll ich Bündnisse und Revolutionen gegen sie ins Feld führen? Was heute an uns frißt, ist nicht das Werk einer Regierung. Es ist der Aussatz des Luxus, es sind die Parasiten des geistigen und des materiellen Reichtums. Sie werden vergehen."

„Nachdem sie euch zerfressen haben."

„An einem solchen Volk darf man nicht verzweifeln. In ihm leben so viele verborgene Tugenden, eine so wirksame Kraft von Licht und Idealismus, daß sie sich selbst denen mitteilen, die sie ausbeuten und verderben. Selbst die gierigen Politiker werden in ihren Bann gezogen. Die Mittelmäßigsten werden, wenn sie am Ruder sind, von der Größe ihrer Bestimmung ergriffen; sie erhebt sich über sie selbst; sie gibt die Fackel aus einer Hand in die andere weiter; jeder nimmt, kommt die Reihe an ihn, den heiligen Kampf gegen die Finsternis auf. Der Genius ihres Volkes reißt sie mit sich; ob sie wollen oder nicht, sie erfüllen das Gesetz Gottes, das sie verleugnen: Gesta Dei per Francos... Teures, teures Land, niemals werde ich an dir zweifeln! Und selbst wenn deine Trübsale zum Tod führen sollten, so wäre mir das ein Grund mehr, bis zum Schluß den Stolz auf unsere Mission in der Welt zu bewahren. Ich will nicht, daß sich mein Frankreich furchtsam in einem Krankenzimmer gegen alle Luftzüge von draußen verschließt. Mir liegt nichts daran, ein sieches Dasein länger hinzudehnen. War man einmal groß gleich uns, so ist es besser, zu sterben als aufzuhören, groß zu sein. Möge sich immerhin der Geist der ganzen Welt in den unseren hineinstürzen. Ich fürchte es nicht. Die Flut wird sich von selbst verziehen, nachdem sie meine Erde mit ihrem Schlamm gedüngt hat."

„Mein armer Junge", sagte Christof, „unterdessen aber ist es nicht heiter. Und wo bist du, wenn dein Frankreich aus dem Nil emportaucht? Wäre es nicht besser, zu kämpfen? Dabei würde dich schlimmstenfalls die Niederlage bedrohen, zu der du dich so dein ganzes Leben lang verdammst."

„Es würde mich weit mehr als die Niederlage bedrohen", sagte Olivier. „Ich liefe Gefahr, meine Seelenruhe zu verlieren; und daran liegt mir mehr als am Sieg. Ich will nicht hassen. Ich will selbst meinen Feinden Gerechtigkeit widerfahren lassen. Inmitten der Leidenschaften will ich mir die Klarheit meines Blickes bewahren, alles verstehen und alles lieben."

Aber Christof, den diese vom Leben losgelöste Liebe zum Leben wenig verschieden von der Ergebung in den Tod dünkte, fühlte gleich dem alten Empedokles einen Hymnus auf den Haß und auf die Liebe, die Schwester des Hasses, in sich dröhnen, die fruchtbare Liebe, die die Erde pflügt und besät. Er teilte Oliviers ruhigen Fatalismus nicht; er hegte weniger Vertrauen in die Dauer eines Volkes, das sich nicht zur Wehr setzte, und er hätte gern die gesunden Kräfte der Nation zu einer Massenerhebung aller anständigen Leute in ganz Frankreich aufgerufen.

Wie eine Minute der Liebe uns mehr von einem Wesen verrät als monatelange Beobachtung, so hatte Christof nach acht Tagen vertrauten Umgangs mit Olivier, fast ohne das Haus zu verlassen, mehr von Frankreich kennengelernt als in einem Jahre planlosen Herumlaufens in Paris und aufmerksamen Herumstehens in intellektuellen und politischen Salons. Im Strudel dieses allgemeinen Durcheinanders, wo er den Boden unter den Füßen verlor, schien ihm die Seele seines Freundes wirklich wie die „Île-de-France", die Insel der Vernunft und der Heiterkeit mitten im Meer. Der innere Frieden Oliviers verwunderte ihn um so mehr, als er keinerlei geistigen Halt hatte und Olivier in gedrückten Verhältnissen lebte (er war arm, einsam, und sein Vaterland schien im Verfall) und mit seinem schwachen und kränklichen Körper seinen Nerven ausgeliefert war. Diese Heiterkeit schien nicht aus einer Willensanstrengung geboren (er war nicht willensstark), sie entstammte dem Innersten seines Wesens und seines Volkes. Noch bei vielen anderen rings um Olivier bemerkte Christof den fernen

Schein dieser σωφροσύνη – „die schweigsame Stille des reglosen Meeres"; und er, der den gewitterschwülen und unruhigen Grund seiner Seele kannte, der wußte, daß alle Kräfte seines Willens gerade stark genug waren, das Gleichgewicht seiner mächtigen Seele zu erhalten, bewunderte diese verschleierte Harmonie.

Das Schauspiel des verborgenen Frankreichs warf alle seine Begriffe vom französischen Charakter vollends über den Haufen. Statt eines heiteren, geselligen, sorglosen und blendenden Volkes sah er gesammelte, isolierte, von einem scheinbaren Optimismus wie von einem leuchtenden Dunst umhüllte Geister, die aber in einem tiefen und heiteren Pessimismus badeten, von Wahnvorstellungen, von geistigen Leidenschaften besessene, unerschütterliche Seelen, die man eher zerstören als umwandeln konnte. Das alles fand man allerdings nur bei einer französischen Auslese; Christof fragte sich aber, woher sie wohl diese Standhaftigkeit und diese Überzeugungskraft geschöpft haben mochten. Olivier erwiderte ihm:

„Aus der Niederlage. Ihr, mein lieber Christof, habt uns wieder zusammengeschmiedet. Ach, ohne Schmerzen ist das nicht geschehen. Ihr ahnt nicht, in welcher düsteren Atmosphäre wir aufgewachsen sind, in einem gedemütigten und zerrissenen Frankreich, das dem Tod eben ins Gesicht geschaut hatte und das noch immer die furchtbare Bedrohung der Übermacht auf sich lasten fühlte. Wir wußten, daß unser Leben, unser Genius, unsere französische Zivilisation, die Größe von zehn Jahrhunderten, in der Hand eines gewalttätigen Eroberers lag, der sie nicht verstand, der sie im Grunde haßte und der sie von einem Tag zum anderen vollends und für immer zerbrechen konnte. Und doch galt es, für dieses Schicksal zu leben! Stell dir die kleinen Franzosen vor, geboren in Trauerhäusern, im Schatten der Niederlage, ernährt mit diesen trübseligen Gedanken, erzogen für eine blutige, unvermeidliche und vielleicht nutzlose Rache: denn das erste, was ihnen, so klein sie auch immer waren, zum Bewußtsein gebracht wurde, war, daß es keine Gerechtigkeit gibt; es gibt keine Gerechtigkeit auf dieser Welt: Gewalt geht vor Recht! Solche Offenbarungen drükken die Seele eines Kindes für immer zu Boden oder reißen sie zur Größe empor. Viele ergaben sich darein; sie sagten sich: Wozu kämpfen, da es doch einmal so ist? Wozu handeln? Alles ist nichts. Denken wir nicht mehr daran; genießen wir das Leben. – Die aber, die der Versuchung widerstanden, sind im Feuer erprobt; keine Enttäuschung kann ihrem Glauben etwas anhaben: denn sie wußten vom ersten Tage an, daß ihr Weg nirgends mit dem des Glücks zusammenläuft und daß sie dennoch keine Wahl haben, sondern nur ihm folgen können: anderswo würden sie ersticken. Mit einem Schlage kommt man nicht zu solcher Festigkeit. Von fünfzehnjährigen Jungen kann man sie nicht erwarten. Manche Ängste, manche vergossenen Tränen gehen ihr voran. Aber das ist gut so. Das muß so sein...

O Glaube, stählerne Jungfrau...
Pflüge mit deiner Lanze das getretene Herz der Völker!"

Christof drückte Olivier schweigend die Hand.

„Lieber Christof", sagte Olivier, „dein Deutschland hat uns viel Leid zugefügt."

Und Christof entschuldigte sich fast, als wäre er mitverantwortlich.

„Sei nicht traurig", meinte Olivier lächelnd, „das Gute, das es uns, ohne es zu wollen, zugefügt hat, ist größer als das Böse. Ihr habt unseren Idealismus neu entflammt, ihr habt die Glut unserer Wissenschaft und unseres Glaubens neu belebt, ihr wart die Veranlassung, daß unser Frankreich mit Schulen übersät wurde, ihr habt die Schöpferkräfte eines Pasteur aufgestachelt, dessen Entdeckungen ganz allein genügten, unseren Kriegstribut von fünf Milliarden zu decken. Ihr wart es, die unsere Dichtkunst, unsere Malerei und unsere Musik zu neuem Leben erweckten.

Euch verdanken wir das Wiedererwachen unseres nationalen Gewissens. Man ist reichlich dafür entschädigt, daß man seinen Glauben mit soviel Selbstüberwindung dem Glück vorgezogen hat: denn auf diese Weise hat man sich inmitten der gleichgültigen Welt das Gefühl einer so großen sittlichen Kraft erobert, daß man schließlich an nichts mehr zweifelt, nicht einmal mehr am Siege. Siehst du, mein lieber Christof, so wenige wir unserer auch sind und so schwach wir scheinen – ein Wassertropfen im Ozean der deutschen Kraft –, wir glauben, daß es der Wassertropfen ist, der den ganzen Ozean färben wird. Die mazedonische Phalanx wird in die massigen Heere der europäischen Plebs eindringen."

Christof betrachtete den schmächtigen Olivier, dessen Blicke in Glaubensglut glänzten.

„Arme, schwächliche kleine Franzosen! Ihr seid stärker als wir!"

„O gute Niederlage!" wiederholte Olivier. „Gesegnet sei der Zusammenbruch! Wir werden ihn nicht verleugnen! Wir sind seine Kinder."

ZWEITER TEIL

Die Niederlage schmiedet die Auslese um; sie siebt die Seelen; alles Reine und Starke stellt sie abseits, macht es noch reiner, noch stärker. Aber sie drängt die anderen schneller dem Untergang entgegen oder bricht ihre Schwungkraft. Dadurch trennt sie den großen Haufen des Volkes, der zugrunde geht, von der Auslese, die ihren Weg fortsetzt. Die Auslese weiß es und leidet darunter; selbst in den Tapfersten lebt eine geheime Schwermut, das Gefühl ihrer Ohnmacht und ihrer Einsamkeit. Und das schlimmste ist, daß sie durch die Trennung von ihrem Volkskörper auch untereinander getrennt sind. Jeder kämpft auf eigene Rechnung. Die Starken haben nur den einen Gedanken: sich selbst zu retten. *O Mensch, hilf dir selbst!* Es kommt ihnen nicht in den Sinn, daß diese mannhafte Maxime bedeutet: *O Menschen, helft einander!* Allen fehlt das Zutrauen, die aushaltende Kraft der Sympathie und der Drang zur gemeinsamen Tat, die aus dem Sieg einer Nation erwachsen, aus dem Gefühl der Vollendung, des Höhepunktes der Schicksalsbahn.

Christof und Olivier hatten das an sich selbst erfahren. Sie waren in diesem Paris, angefüllt mit Seelen, die geschaffen waren, sie zu verstehen, in diesem von unbekannten Freunden bevölkerten Haus, ebenso einsam wie in einer asiatischen Wüste.

Ihre Lage war hart. Ihre Mittel waren gleich Null. Christof hatte nichts als die von Hecht in Auftrag gegebenen Abschreibearbeiten und musikalischen Übertragungen. Olivier hatte unklugerweise dem höheren Lehramt entsagt in der Periode der Niedergeschlagenheit nach dem Tod seiner Schwester, die durch eine unglückliche Liebeserfahrung im

Kreise der Frau Nathan noch verstärkt worden war. (Zu Christof hatte er niemals davon gesprochen, denn er hatte eine Scham, seine Leiden zu offenbaren; daß er selbst seinen vertrautesten Freunden gegenüber stets etwas Geheimes bewahrte, machte ihn besonders anziehend.) In jenem Zustande seelischer Erschöpftheit, in der er nach Stille hungerte, war ihm seine Lehraufgabe unerträglich geworden. Neigung hatte er niemals zu diesem Berufe gehabt, in dem man sich zur Schau stellen, laut seine Gedanken aussprechen muß und niemals allein ist. Das Gymnasiallehramt verlangt, soll es etwas Edles haben, eine apostolische Berufung, die Olivier gar nicht besaß; und das Hochschullehramt zwingt eine beständige Berührung mit dem Publikum auf, die schmerzlich ist für Seelen, die gleich der Oliviers der Einsamkeit ergeben sind. Zwei- oder dreimal hatte er vor der Öffentlichkeit sprechen müssen: das hatte ihm ein eigenartiges Gefühl von Demütigung verursacht. Dieses Zurschaustellen auf einer Bühne war ihm widerwärtig. Er sah das Publikum, er fühlte es wie mit Fühlhörnern, er wußte, daß es sich in der Mehrzahl aus Müßiggängern zusammensetzte, die nur der Langeweile entgehen wollen; und die Rolle des offiziellen Vergnügungsdirektors war nicht nach seinem Geschmack. Vor allem aber empfand er, daß die Rede von der Höhe des Vortragspultes den Gedanken entstellt: nimmt man sich nicht in acht, so läuft man Gefahr, nach und nach gewissen Schauspielereien in den Gebärden wie in der Aussprache zu verfallen, in der Haltung, in der Art, seine Gedanken vorzuführen – ja selbst in der Denkweise. Der Vortrag ist eine Gattung, die zwischen zwei Klippen hin und her schwingt: der langweiligen Schauspielerei und der gesellschaftlichen Pedanterie. Solch laut ausgesprochener Monolog in Gegenwart von einigen hundert unbekannten und stummen Personen, solch Konfektionskleid, das jedem passen soll und niemandem paßt, ist für ein etwas scheues und stolzes Künstlerherz etwas unerträglich Falsches. So ließ denn Olivier, der das

Bedürfnis empfand, sich zu sammeln und nichts auszusprechen, was nicht der vollkommene Ausdruck seines Denkens sei, das Lehramt beiseite, in das einzutreten er soviel Mühe gehabt hatte; und da seine Schwester nicht mehr war, ihn von seiner Neigung zum Träumen zurückzuhalten, begann er zu schreiben. Er lebte in dem kindlichen Glauben, daß sein künstlerisches Talent, das er ja besaß, unfehlbar anerkannt werden müsse, auch wenn er nichts dazu täte.

Er merkte seinen Irrtum bald. Es war ihm nicht möglich, irgend etwas zu veröffentlichen. Er liebte seine Freiheit eifersüchtig, und alles, was diese bedrohte, flößte ihm Entsetzen ein, so daß er gleich einer erstickten Pflanze abseits lebte, eingeschoben zwischen die politischen Kirchen, deren einander feindliche Verbindungen sich in das Land und in die Presse teilten. Ebenso stand er allen literarischen Cliquen fern und wurde von ihnen abgelehnt. Dort hatte er keinen Freund, konnte er keinen haben. Die Härte, die Dürre, die Selbstsucht jener Intellektuellenseelen stießen ihn ab (ausgenommen die sehr geringe Zahl derer, die von einem wahrhaften Talent fortgerissen oder von der Leidenschaft für eine wissenschaftliche Aufgabe verzehrt wurden). Um einen Menschen, der seinem Herzen die Nahrung zugunsten seines Hirns entzogen hat, ist es ein trauriges Ding – wenn das Gehirn klein ist. Keinerlei Güte und ein Verstand, der wie ein Dolch in der Scheide ist: man weiß niemals, ob er einem nicht eines Tages den Hals abschneiden wird. Beständig muß man gewappnet bleiben. Freundschaft ist nur mit gütigen Menschen möglich, die die schönen Dinge lieben, ohne ihren Vorteil dabei zu suchen – mit denen, die außerhalb der Kunst leben. Der Hauch der Kunst taugt den meisten Menschen nicht zum Atmen. Nur die ganz Großen können darin leben, ohne die Liebe einzubüßen, die die Quelle alles Lebens ist.

Olivier konnte nur auf sich selbst zählen; das war ein recht unsicherer Halt. Jeder nützliche Schritt war ihm peinlich. Er war nicht geneigt, sich im Interesse seiner Werke zu demütigen. Er errötete, wenn er sah, wie die jungen Autoren irgendeinem bekannten Theaterdirektor kriechend und niedrig den Hof machten, der ihre Feigheit dazu mißbrauchte, sie so zu behandeln, wie er seine Dienstboten zu behandeln nicht gewagt hätte. Olivier würde das nicht gekonnt haben, hätte es auch sein Leben gegolten. Er begnügte sich damit, seine Manuskripte durch die Post einzusenden oder sie im Büro eines Theaters oder einer Zeitschrift abzugeben; dort blieben sie monatelang liegen, ohne daß man sie las. Der Zufall wollte es jedoch, daß er eines Tages einem seiner alten Schulkameraden begegnete, einem liebenswürdigen Faulpelz, der ihm eine bewundernde Dankbarkeit bewahrt hatte, weil Olivier ihm stets so gefällig und schnell die Schulaufgaben gemacht hatte; er verstand nichts von Literatur, aber er kannte die Literaten, was weit mehr wert war; und er ließ sich, reich und weltmännisch, aus Snobismus sogar heimlich von ihnen ausbeuten. Er legte bei dem Sekretär einer großen Zeitschrift, an der er als Aktionär beteiligt war, ein Wort für Olivier ein: sofort grub man eines der Manuskripte aus und las es. Und nach manchen Ausflüchten (denn schien die Arbeit auch einigen Wert zu haben, so hatte der Name des Verfassers doch keinen, da er unbekannt war) entschloß man sich, es anzunehmen. Als Olivier diese gute Nachricht empfing, glaubte er sich am Ende seiner Leiden. Aber sie begannen erst.

Es ist in Paris verhältnismäßig leicht, die Annahme einer Arbeit zu erwirken; aber es ist etwas ganz anderes, sie veröffentlicht zu sehen. Darauf muß man warten, monatelang, unter Umständen sein ganzes Leben lang, falls man nicht das Talent hat, den Leuten zu schmeicheln oder sie bis zum Überdruß zu belästigen, sich von Zeit zu Zeit bei den Morgenempfängen dieser kleinen Monarchen sehen zu lassen, ihnen ins Gedächtnis zurückzurufen, daß man vorhanden ist und entschlossen, sie so lange als nötig zu behelligen. Olivier verstand nur, bei sich zu Hause zu bleiben; und er verzehrte sich in der Erwartung. Höchstens schrieb er

Briefe, auf die man nicht antwortete. Er konnte aus Überreiztheit nicht mehr arbeiten. Das war unsinnig; aber so etwas läßt sich nicht mit Gründen widerlegen. Von einer Post zur anderen wartete er vor seinem Tisch, und sein Geist versank in einer aufgeregten Qual: er ging nur aus, um einen hoffnungsvollen, schnell enttäuschten Blick in seinen Briefkasten unten beim Concierge zu werfen. Ohne etwas zu sehen, ging er spazieren und hatte dabei keinen anderen Gedanken, als wieder heimzukehren; und wenn die letzte Post vorüber war, wenn die Stille seines Zimmers nur noch durch die rücksichtslosen Schritte seiner Nachbarn über seinem Kopf gestört wurde, war ihm, als müsse er in der allgemeinen Gleichgültigkeit ersticken. Ein Wort des Bescheides, ein Wort! War es möglich, daß man ihm dieses Almosen verweigerte? Indessen ahnte der, der es ihm verweigerte, nichts von dem Leide, das er verursachte. Jeder sieht die Welt nach seinem Bilde. Die ein lebloses Herz haben, sehen das Weltall ausgetrocknet; und sie denken kaum an die Schauer von Erwartung, Hoffnung und Leiden, die junge Herzen schwellen; oder falls sie daran denken, beurteilen sie sie kühl, mit der schwerfälligen Ironie eines satten Leibes.

Schließlich erschien die Arbeit. Olivier hatte so sehr darauf gewartet, daß es ihm gar kein Vergnügen mehr machte: sie war etwas Totes für ihn. Immerhin hoffte er, daß sie für die anderen noch lebte. Es waren Blitzlichter von Poesie und Geist darin, die nicht unerkannt bleiben konnten. Doch die Arbeit ging in Schweigen unter. – Später machte er noch einen oder zwei Versuche. Aber da er ohne jede Clique war, fand er überall das gleiche Schweigen oder, richtiger, Feindseligkeit. Er begriff das nicht. Er hatte gutgläubig gemeint, daß das natürliche Empfinden eines jeden einem neuen Werk gegenüber Wohlwollen sein müsse, selbst wenn es nicht besonders gut wäre. Man mußte doch dem dankbar sein, der den anderen ein wenig Schönheit, ein wenig Kraft, ein wenig Freude bringen wollte. Und nun begegnete ihm nichts als Gleichgültigkeit oder Verlästerung. Dabei wußte er, daß nicht er allein fühlte, was er geschrieben hatte, daß es noch andere geben müsse, die dasselbe dachten. Aber er wußte nicht, daß diese braven Leute nicht lasen und keinerlei Anteil an der literarischen Meinung hatten. Wenn sich vielleicht zwei oder drei fanden, denen seine Zeilen unter die Augen kamen und die mit ihm fühlten, so würden sie ihm das niemals sagen; sie blieben in ihr Schweigen verschlossen. Ebenso wie sie nicht an den Wahlen teilnahmen, enthielten sie sich auch jeder Parteinahme in der Kunst; sie lasen die Bücher nicht, die sie schlecht fanden; sie gingen nicht in die Theater, die sie anwiderten; aber sie duldeten, daß ihre Feinde wählten, ihre Feinde gewählt wurden und daß ein greller Erfolg und eine lärmende Reklame Werken und Gedanken zuteil wurden, die nur eine schamlose Minderheit repräsentierten.

Da Olivier also auf seine Geistesverwandten nicht zählen konnte, weil sie ihn nicht lasen, sah er sich der feindlichen Sippschaft ausgeliefert: Literaten, die seinem Denken mit scheelen Blicken gegenüberstanden, und Kritikern, die ihnen zu Diensten waren.

Diese ersten Erfahrungen schnitten ihm ins Herz. Er war für Kritik ebenso empfindlich wie der alte Bruckner, der so sehr unter der Böswilligkeit der Presse gelitten hatte, daß er kein Werk mehr aufzuführen wagte. Olivier wurde nicht einmal von seinen alten Kollegen, den Hochschulleuten, unterstützt, die dank ihrem Beruf ein gewisses Empfinden für die geistige Überlieferung Frankreichs bewahrten und ihn hätten verstehen können. Im allgemeinen verziehen diese ausgezeichneten Leute, die sich unter strenger Zucht beugten, von ihrer Aufgabe ganz in Anspruch genommen und von einem undankbaren Beruf oft etwas verbittert waren, es Olivier nicht, daß er andere Wege als sie einschlagen wollte. Als brave Beamte neigten sie dazu, die Überlegenheit des Talentes nur dann anzuerkennen, wenn sie sich mit der hierarchischen Überlegenheit deckte.

In solcher Lage waren drei Wege möglich: die Widerstände mit Gewalt brechen; sich fügen in demütigende Kompromisse; oder sich darein ergeben, nur für sich selbst zu schreiben. Olivier war zum ersten wie zum zweiten unfähig: so überließ er sich denn dem dritten. Mühselig gab er Nachhilfestunden, um leben zu können, und schrieb Arbeiten, die keinerlei Möglichkeit hatten, sich in freier Luft zu entfalten, und immer bleichsüchtiger, chimärischer und unwirklicher wurden.

Christof platzte wie ein Gewitter in dieses dämmerige Leben hinein. Er war über die Gemeinheit der Leute und über Oliviers Geduld außer sich.

„Hast du kein Blut?" schrie er. „Wie kannst du dieses Leben ertragen? Du weißt selbst, wie hoch du über dieser Herde stehst, und doch läßt du dich von ihr erdrücken!"

„Was willst du", meinte Olivier, „ich kann mich nicht verteidigen. Mit Leuten zu kämpfen, die ich verachte, widert mich an; ich weiß, sie können alle Waffen gegen mich gebrauchen, und ich, ich kann es nicht. Es würde mich nicht allein abstoßen, mich ihrer schimpflichen Mittel zu bedienen, sondern ich hätte auch Angst, ihnen wehe zu tun. Als ich klein war, ließ ich mich ganz dumm von meinen Kameraden schlagen. Man hielt mich für feige; man glaubte, ich hätte vor den Schlägen Furcht. Aber ich hatte viel mehr Furcht davor, Schläge auszuteilen, als welche zu bekommen. Ich erinnere mich, daß eines Tages, als einer meiner Peiniger mich verfolgte, mir jemand sagte: Mach doch mal ein Ende und gib ihm einen Tritt vor den Bauch! Das flößte mir Entsetzen ein. Lieber wollte ich geschlagen werden."

„Du hast kein Blut im Leib", wiederholte Christof. „Und dazu noch deine verdammten christlichen Ideen! Eure religiöse Erziehung in Frankreich beschränkt sich auf den Katechismus. Das Evangelium wird beschnitten, das Neue Testament verwässert, entmarkt... Eine menschheitsbeglückende Liebegottduselei, die immer die Träne im Auge zerdrückt... Und die Revolution, Jean-Jacques Rousseau, Robespierre, 1848 und die Juden obendrein! – Nimm doch jeden Morgen ein gutes Stück blutiges Fleisch aus der alten Bibel."

Olivier wehrte ab. Er empfand gegen das Alte Testament eine angeborene Abneigung. Bis in seine Kindheit reichte dies Gefühl zurück, bis in jene Zeit, als er heimlich in ihrer ländlichen Bibliothek die illustrierte Bibel durchblätterte, die man niemals las und die den Kindern sogar verboten war. Ein sehr überflüssiges Verbot! Olivier wollte das Buch gar nicht lange behalten. Er klappte es erregt und traurig wieder zu; und es war für ihn eine Erleichterung, sich hinterher in die *Ilias* oder die *Odyssee* oder in *Tausendundeine Nacht* zu versenken.

„Die Götter der *Ilias* sind schöne, kraftvolle, lasterhafte Menschen: ich verstehe sie", sagte Olivier, „ich liebe sie, oder ich liebe sie nicht; aber selbst wenn ich sie nicht liebe, liebe ich sie doch noch; ich bin in sie verliebt. Mit Patroklus küsse ich die schönen Füße des blutenden Achilles. Aber der Gott der Bibel ist ein alter, monomaner Jude, ein wütender Narr, der seine Zeit damit verbringt, zu schimpfen, zu drohen, wie ein toller Wolf zu heulen und hinter seiner Wolke zu toben. Ich verstehe ihn nicht, ich liebe ihn nicht. Seine ewigen Verwünschungen zerhämmern mir das Hirn, und sein Blutdurst ist mir greulich:

> *Gericht über Moab...*
> *Gericht über Damaskus...*
> *Gericht über Babel...*
> *Gericht über Ägypten...*
> *Gericht über die Wüste am Meer...*
> *Gericht über das Tal des Gesichts...*

Er ist ein Narr, der sich einbildet, Richter, öffentlicher Ankläger und Henkersknecht in einem zu sein, und der in seinem Gefängnishof Todesurteile gegen Blumen und Kiesel ausspricht. Man steht erstarrt vor der Hartnäckigkeit des Hasses, der dieses Buch mit seinen Mordschreien erfüllt – *Jammergeschrei... Geschrei gehet um in den Grenzen Moabs, sie heulen bis gen Eglaim und heulen bei dem Born Elim...* Von Zeit zu Zeit ruht er sich zwischen den Metzeleien, zermalmten kleinen Kindern, vergewaltigten und aufgeschlitzten Frauen aus; und lacht dann wie ein Unteroffizier der Armee Josuas, der sich nach der Plünderung einer Stadt den Tafelfreuden ergibt:

Und der Herr Zebaoth wird allen Völkern machen auf diesem Berge ein fettes Mahl, ein Mahl von reinem Wein, von Fett, von Mark, von Wein, darinnen keine Hefe ist...

Des Herrn Schwert ist voll Bluts und dick von Fett, vom Blut der Lämmer und Böcke, von der Nieren Fett aus den Widdern...

Das schlimmste aber ist die Gemeinheit, mit der dieser Gott seinen Propheten ausschickt, um die Menschen blind zu machen, damit er nachher einen Grund habe, sie leiden zu lassen:

Verstocke das Herz dieses Volkes und laß ihre Ohren hart sein und blende ihre Augen, daß sie nicht sehen mit ihren Augen noch hören mit ihren Ohren, noch verstehen mit ihrem Herzen und sich bekehren und genesen. – Ich aber sprach: Herr, wie lange? Er sprach: Bis daß die Städte wüst werden ohne Einwohner und Häuser ohne Leute und das Feld ganz wüst liege.

Nein, in meinem Leben habe ich keinen so bösen Menschen gesehen!

Ich bin nicht so dumm, die Macht der Sprache zu verkennen. Aber ich kann den Gedanken nicht von der Form trennen; und wenn ich diesen Judengott manchmal bewundere, so ist es in der Art, wie man einen Tiger bewundert. Selbst Shakespeare, dieser Erzeuger von Ungeheuern, hat es niemals fertiggebracht, einen solchen Helden des Hasses hervorzubringen – des heiligen und tugendhaften Hasses. Dieses Buch ist etwas Furchtbares. Jede Narrheit ist ansteckend. Und in dieser liegt eine um so größere Gefahr,

als ihr mörderischer Stolz sich anmaßt, veredelnd wirken zu wollen. Ich zittere vor England, wenn ich daran denke, daß dies Buch seit Jahrhunderten seine Nahrung war. Es ist mir lieb, daß ich zwischen ihm und mir den Graben des Kanals weiß. Ich werde niemals ein Volk für ganz zivilisiert halten, solange es sich von der Bibel nährt."
„In diesem Fall wirst du guttun, auch vor mir Furcht zu haben", sagte Christof, „denn ich berausche mich an ihr. Sie ist das Mark der Löwen. Die widerstandskräftigen Herzen sind es, die sich von ihr nähren. Das Evangelium ist ohne das Gegengift des Alten Testaments ein flaues und ungesundes Gericht. Die Bibel ist das Knochengerüst der Völker, die leben wollen. Man muß kämpfen, man muß hassen."
„Ich hasse den Haß", sagte Olivier.
„Wenn du wenigstens das tätest", meinte Christof.
„Du hast recht, ich habe selbst dazu nicht die Kraft. Was willst du? Ich kann nicht umhin, die Beweggründe meiner Feinde zu verstehen. Ich wiederhole mir das Wort Chardins: Sanftmut, Sanftmut."
„So ein Lammskerl!" rief Christof. „Aber wenn du dich auch noch so sehr sträubst, ich werde dich über den Graben springen lassen, ich werde dich mit Trommeln und Trompeten in die Schlacht führen."

Und wirklich nahm er die Sache Oliviers in die Hand und stürzte sich für ihn in den Kampf. Der Anfang war nicht sehr glücklich. Beim ersten Wort regte er sich auf, und er schadete seinem Freund, indem er ihn verteidigte. Nachher merkte er es und war verzweifelt über seine Ungeschicklichkeit.
Olivier blieb nicht im Rückstand. Er kämpfte für Christof. Er konnte den Kampf noch so sehr fürchten, er konnte noch so sehr hellsichtigen und ironischen Verstandes sein und übertreibende Worte und Taten verspotten: wenn es sich darum handelte, Christof zu verteidigen, übertrumpfte

er an Heftigkeit alle anderen und sogar Christof. Er verlor den Kopf. In der Liebe muß man unvernünftig sein können. Olivier ließ es daran nicht fehlen. – Immerhin war er gewandter als Christof. Er, der in eigener Sache so starrsinnig und ungeschickt war, zeigte sich um des Erfolges seines Freundes willen der Politik und sogar der List fähig; um ihm Anhänger zu gewinnen, brachte er eine bewunderungswürdige Energie und Erfindungskraft auf; es gelang ihm, Musikkritiker und Mäzene für ihn zu interessieren, bei denen für sich selber zu bitten er errötet wäre.

Trotz allem wurde es ihnen unendlich schwer, ihr Los zu verbessern. Ihre gegenseitige Liebe ließ sie viele Dummheiten begehen. Christof stürzte sich in Schulden, um heimlich einen Gedichtband Oliviers herausgeben zu lassen, von dem kein einziges Exemplar verkauft wurde. Olivier bestimmte Christof, ein Konzert zu geben, zu dem fast niemand kam. Christof tröstete sich vor dem leeren Saal tapfer mit dem Wort Händels: „Ausgezeichnet! Meine Musik wird um so besser klingen." Aber diese Großsprecherei brachte ihnen das ausgegebene Geld nicht wieder, und sie kehrten mit schwerem Herzen heim.

Inmitten all dieser Schwierigkeiten war der einzige, der ihnen zu Hilfe kam, ein etwa vierzigjähriger Jude namens Thaddäus Mooch. Er handelte mit Kunstphotographien; aber obgleich er sich für seinen Beruf interessierte und viel Geschmack und Geschicklichkeit auf ihn verwandte, nahm er doch an so vielem daneben Anteil, daß er seinen Handel vernachlässigte. Wenn er sich um ihn kümmerte, so geschah es, um technische Verbesserungen herauszufinden, sich für neue Vervielfältigungsverfahren ins Zeug zu legen, die, obwohl geistreich erdacht, selten einschlugen und viel Geld kosteten. Er las unendlich viel und hielt sich auf dem laufenden über alle neuen Gedanken in Philosophie, Kunst, Wissenschaft, Politik. Mit erstaunlicher Sicherheit witterte er originelle Kräfte; man hätte meinen können, er sei dem verborgenen Magnetismus ausgesetzt. Zwischen Oliviers Freunden, die wie er einsam waren und jeder für sich arbeiteten, war er das verknüpfende Band. Er ging von den einen zu den anderen; und so stellte sich zwischen ihnen, ohne daß es ihnen bewußt wurde, ein beständiger Gedankenstrom her.

Als Olivier ihn mit Christof bekannt machen wollte, widersetzte sich Christof zuerst. Er war seiner Erfahrungen mit dem Stamm Israel überdrüssig. Olivier bestand lachend darauf und sagte, daß Christof die Juden nicht besser kenne als Frankreich. So gab Christof denn nach; als er jedoch Thaddäus Mooch das erstemal sah, schnitt er ein Gesicht. Mooch war seiner Erscheinung nach mehr Jude, als gut ist, der Jude, so wie ihn die darstellen, die ihn nicht mögen: klein, fahl, schlecht gebaut, mit unförmiger Nase, kurzsichtigen Augen, die hinter einer dicken Brille hervorschielen, das Gesicht in einen schlechtgewachsenen, struppigen und schwarzen Bart vergraben, mit haarigen Händen, langen Armen, kurzen und krummen Beinen: ein kleiner syrischer Baal. Aber sein Ausdruck war von solcher Güte, daß Christof davon gerührt wurde. Vor allem war Mooch schlicht und sagte nichts Unnützes, keine übertriebenen Schmeicheleien; höchstens ein zartfühlendes Wort. Jedoch war er voller Eifer, sich nützlich zu machen, und bevor man ihn noch um etwas gebeten hatte, war schon ein Dienst geleistet. Er kam oft, allzuoft, wieder. Und fast immer brachte er irgendeine gute Nachricht: eine Arbeit für einen der beiden Freunde, einen Kunstaufsatz oder einen Unterrichtskursus für Olivier, Musikstunden für Christof. Niemals blieb er lange. Er setzte eine gewisse Eitelkeit darein, sich nicht aufzudrängen. Vielleicht bemerkte er Christofs Gereiztheit, dessen erste Bewegung, sobald er in der Tür das bärtige Gesicht des karthagischen Götzenbildes (er nannte ihn Moloch) erscheinen sah, stets voller Ungeduld war, die er aber im nächsten Augenblick überwunden hatte, weil er sein Herz von Dankbarkeit für Moochs vollkommene Güte erfüllt fühlte.

Güte ist bei Juden nicht selten: von allen Tugenden lassen sie diese am ehesten gelten, selbst wenn sie sie nicht ausüben. Aufrichtig gesagt, bleibt sie bei der Mehrzahl negativ oder neutral: als Nachsicht, Gleichgültigkeit, als Widerstreben, Böses zu tun, als ironische Duldsamkeit. Bei Mooch war sie leidenschaftlich tätig. Er war immer bereit, sich für irgend jemanden oder irgend etwas aufzuopfern: für seine armen Glaubensgenossen, für die russischen Flüchtlinge, für die Unterdrückten aller Nationen, für unglückliche Künstler, für jede Art von Mißgeschick, für jede große Sache. Seine Börse war immer offen, und so geringe Fülle sie auch aufwies, fand er doch immer Mittel, einen Obolus herauszuziehen; war sie leer, so zog er ihn aus der Börse anderer heraus; er zählte niemals seine Mühe noch seine Schritte, wenn es sich darum handelte, einen Dienst zu erweisen. Er tat es einfach – mit einer übertriebenen Einfachheit. Leider sagte er etwas allzuoft, daß er einfach und aufrichtig sei: aber das sonderbare war, daß es sich wirklich so verhielt.

Christof, der zwischen seiner Gereiztheit und seiner Zuneigung für Mooch hin und her schwankte, sagte ihm einmal unwillkürlich ein grausames Wort. Eines Tages, als er von Moochs Güte ergriffen war, faßte er herzlich seine beiden Hände und meinte:

„Welch ein Unglück! – Welch ein Unglück, daß Sie Jude sind!"

Olivier gab es einen Ruck, und er errötete, als handle es sich um ihn. Er war ganz unglücklich und suchte die von seinem Freund geschlagene Wunde zu lindern.

Mooch lächelte mit trauriger Ironie und antwortete ruhig:

„Es ist ein weit größeres Unglück, ein Mensch zu sein."

Christof sah darin nur eine launige Antwort. Aber der Pessimismus dieser Worte war tiefer, als er sich vorstellte;

und Olivier mit seinem Feingefühl ahnte das. Unter dem Mooch, den man kannte, lebte ein ganz anderer, ganz anders gearteter und sogar in vielem durchaus entgegengesetzter Mensch. Der Charakter, den er zur Schau trug, war das Ergebnis eines langen Kampfes gegen seinen wahren Charakter. Der so einfach scheinende Mann war geistig höchst verzwickt: ließ er sich gehen, so fühlte er den unwiderstehlichen Drang, das Einfache zu verwickeln und seinen wahrsten Empfindungen einen Zug gekünstelter Ironie zu geben. Dieser Mensch, der bescheiden und manchmal sogar ein wenig zu demütig schien, hatte einen innerlichen Stolz, den er kannte und hart züchtigte. Sein lächelnder Optimismus, seine unaufhörliche Geschäftigkeit, die stets hinterher war, anderen nützlich zu sein, verhüllten einen tiefen Nihilismus, eine verzweifelte Entmutigung, die Angst davor hatte, sich selber zu sehen. Mooch bekundete einen großen Glauben an eine Unmenge von Dingen: an den Fortschritt der Menschheit, an die Zukunft des geläuterten Judentums und an die Bestimmung Frankreichs als Vorkämpfer des neuen Geistes (er identifizierte diese drei Sachen gern). Olivier ließ sich davon nicht täuschen und sagte zu Christof:

„Im Grunde glaubt er an gar nichts."

Trotz seines gesunden Menschenverstandes und seiner ironischen Ruhe war Mooch ein Neurastheniker, der seine innere Leere nicht sehen wollte. Das Nichts überfiel ihn manchmal wie eine Krisis; er erwachte plötzlich mitten in der Nacht, vor Entsetzen stöhnend. Überall suchte er Beweggründe zum Handeln, an die er sich klammern konnte wie an Bojen im Wasser.

Man bezahlt den Vorzug, einer allzu alten Rasse zu entstammen, teuer. Man trägt eine erdrückende Bürde an Vergangenheit, an Prüfungen, an ermatteten Erfahrungen, an enttäuschtem Denken und enttäuschter Neigung mit sich herum – eine volle Kufe jahrhundertealten Lebens, auf deren Grund sich ein bitterer Niederschlag von Überdruß abgelagert hat... Überdruß, der ungeheure semitische Überdruß, der in keiner Beziehung zu unserem arischen Überdruß steht, der uns zwar auch recht leiden läßt, der aber wenigstens bestimmte Ursachen hat und mit diesen verschwindet: denn meistens entsteht er aus dem Bedauern, daß wir nicht besitzen, was wir begehren. Aber bei manchen Juden ist es die Quelle des Lebens selber, die durch ein tödliches Gift verseucht ist. Keinerlei Begehren, keinerlei Anteilnahme mehr, weder Ehrgeiz noch Liebe, noch Lust. Ein einziges bleibt in diesen Entwurzelten des Orients bestehen, die durch den seit Jahrhunderten notwendigen Aufwand von Energie erschöpft sind und sich nach dem Gleichmut der Seele sehnen, ohne ihn jemals erlangen zu können; und auch dieses einzige ist nicht unversehrt, sondern ins krankhaft Hyperästhetische hinaufgesteigert: das Denken, die endlose Analyse, die von vornherein die Möglichkeit jeden Genusses verhindert und den Mut zu jeder Tat lähmt. Die Tatkräftigsten schreiben sich Rollen vor, sie spielen mehr, als daß sie aus eigenem Antrieb handelten. Eigenartig ist es, daß viele von ihnen – und nicht die Unbegabtesten und keineswegs die Leichtsinnigsten – gerade aus dieser Teilnahmslosigkeit am wirklichen Leben die Berufung oder den uneingestandenen Wunsch schöpfen, Schauspieler zu werden, das Leben zu spielen – die einzige Art für sie, es zu leben!

Mooch war auf seine Weise auch Schauspieler. Er war geschäftig, um sich zu betäuben. Aber er machte es nicht wie so viele, die aus Eigennutz geschäftig sind, sondern er rührte sich um des Glückes der anderen willen. Seine Hingabe an Christof war rührend und ermüdend. Christof schnauzte ihn an und bedauerte es gleich darauf. Mooch trug es ihm niemals nach. Nichts schreckte ihn ab. Er fühlte nicht etwa für Christof eine besonders lebhafte Zuneigung. Er liebte mehr als die Menschen, für die er sich aufopferte, die Aufopferung selber. Die Menschen waren ihm ein Vorwand, Gutes zu tun, zu leben.

Er war so eifrig, daß er Hecht schließlich dazu bestimmte, den *David* und einige andere Kompositionen Christofs zu veröffentlichen. Hecht achtete das Talent Christofs; aber er hatte keinerlei Eile, es bekanntzumachen. Erst als er sah, daß Mooch im Begriffe stand, die Herausgabe auf eigene Kosten bei einem anderen Verleger ins Werk zu setzen, nahm er aus Eitelkeit die Sache in die Hand.

Mooch kam auch auf den Gedanken, sich in einer schwierigen Lage, als Olivier krank lag und das Geld mangelte, an Felix Weil zu wenden, den reichen Archäologen, der in dem Hause der beiden Freunde wohnte. Mooch und Weil kannten sich, fühlten aber wenig Zuneigung zueinander. Sie waren allzu verschieden; der geschäftige, mystische, revolutionäre Mooch mit seinen Volksmanieren, die er vielleicht noch besonders betonte, reizte die Ironie des friedfertigen und spöttischen Weil mit seinem vornehmen Wesen und seinem konservativen Geist. Wohl hatten beide im Grunde Gemeinsames: beiden mangelte gleichermaßen jede tiefere Teilnahme an Tun und Handeln; nur ihre hartnäckige und mechanische Lebensfähigkeit hielt sie. Das aber war gerade etwas, dessen keiner von ihnen sich gern bewußt wurde: sie zogen es vor, nur auf die Rollen zu achten, die sie spielten, und diese Rollen hatten sehr wenige Berührungspunkte. So stieß denn Mooch auf einen recht kalten Empfang bei Weil; als er ihn für die künstlerischen Pläne Oliviers und Christofs erwärmen wollte, prallte er gegen spöttische Zweifelsucht. Die beständige Begeisterung Moochs für dieses oder jenes Hirngespinst erheiterte die jüdische Gesellschaft, in der er als ein gefährlicher Draufgänger galt. Doch er ließ sich auch diesmal, wie schon so oft, nicht entmutigen; und während er nicht nachließ und von der Freundschaft zwischen Olivier und Christof redete, erweckte er die Anteilnahme Weils. Er merkte es und sprach weiter.

Er hatte dabei eine Herzenssaite angerührt. Dieser gegen alles abgestumpfte Greis, der keine Freunde hatte, trieb mit der Freundschaft einen Kultus; das große Gefühl seines Lebens war eine Freundschaft gewesen, die er auf dem Lebenswege verloren hatte: das war sein innerer Schatz; wenn er daran dachte, kam er sich besser vor. Er hatte im Namen seines Freundes Stiftungen gemacht. Er hatte seinem Gedächtnis Bücher gewidmet. Die Züge, die ihm Mooch von der Zärtlichkeit zwischen Christof und Olivier erzählte, rührten ihn. Seine eigene Lebensgeschichte hatte damit einige Ähnlichkeit. Der Freund, den er verloren hatte, war ihm eine Art älterer Bruder gewesen, ein Jugendgefährte, ein Führer, den er abgöttisch liebte. Er war einer jener jungen Juden gewesen, die von Intelligenz und großherzigem Eifer glühen, die unter ihrer harten Umgebung leiden, die sich die Aufgabe gestellt haben, die Ihren und dadurch die ganze Welt emporzuheben, die sich selbst verzehren, die sich von allen Seiten zugleich entzünden und in ein paar Stunden wie eine Pechfackel verflammen. Sein Feuer hatte die Fühllosigkeit des kleinen Weil erwärmt. Solange der Freund lebte, war Weil im Glorienschein des Glaubens an seiner Seite geschritten – des Glaubens an die Wissenschaft, an die Macht des Geistes, an das künftige Glück –, den diese messianische Seele rings um sich ausstrahlte. Nachdem sie ihn verlassen hatte, hatte sich der schwache und ironische Weil von den Höhen jenes Idealismus in die Sandwüsten des Predigers Salomo fallen lassen, die jede jüdische Intelligenz in sich birgt und die stets bereit sind, sie aufzusaugen. Niemals aber hatte er die gemeinsam mit dem Freunde genossenen Stunden des Lichts vergessen; eifersüchtig bewahrte er sich ihre fast erloschene Helligkeit. Niemals hatte er mit irgend jemandem von ihm gesprochen, nicht einmal mit seiner Frau, die er liebte: denn das war etwas Heiliges für ihn. Und dieser alte Mann, den man für prosaisch und herzensdürr hielt, wiederholte am Ende seines Lebens heimlich den bittern und zärtlichen Gedanken eines Brahmanen des alten Indiens:

Der vergiftete Baum der Welt zeugt zwei Früchte, die süßer sind als das Wasser des Lebensborns: die eine ist die Dichtkunst und die andere die Freundschaft.

Von nun an interessierte er sich für Christof und Olivier. Er ließ sich heimlich, da er ihren Stolz kannte, von Mooch den eben erschienenen Gedichtband Oliviers bringen; und ohne daß die beiden Freunde den geringsten Schritt taten, ja ohne daß sie selbst seine Pläne ahnten, brachte er es fertig, für die Arbeit einen Akademiepreis zu erlangen, der ihnen in ihrer Geldnot sehr zustatten kam.

Als Christof erfuhr, daß diese unerwartete Hilfe ihnen von einem Manne kam, den er geneigt war unfreundlich zu beurteilen, bereute er, was er von ihm vielleicht gesagt oder gedacht hatte; er überwand seine Abneigung gegen Besuche und stattete ihm seinen Dank ab. Seine gute Absicht fand keine Vergeltung. Die Ironie des alten Weil wachte gegenüber der jungen Begeisterung Christofs von neuem auf, wenn er sich auch Mühe gab, sie ihm zu verbergen. So verstanden sie einander ziemlich schlecht.

An diesem selben Tage, als Christof halb dankbar, halb gereizt nach dem Besuche bei Weil wieder in seine Mansarde hinaufstieg, fand er dort mit dem guten Mooch, der Olivier soeben einen neuen Dienst erwiesen hatte, einen Zeitschriftenaufsatz von Lucien Lévy-Cœur vor, der abfällig von seiner Musik sprach – es war keine offene Kritik, sondern ein beleidigendes Wohlwollen, das durch einen ausgeklügelt spitzfindigen Spott sich den Spaß machte, ihn auf dieselbe Stufe mit Musikern dritten und vierten Ranges zu stellen, die er verabscheute.

„Merkst du", sagte Christof zu Olivier nach Moochs Weggang, „daß wir immer mit Juden zu tun haben, einzig und allein mit Juden? Ach, sollten wir etwa selber Juden sein? Beruhige mich. Man könnte meinen, wir zögen sie an. Überall sind sie auf unserem Wege, ob als Feinde oder Verbündete."

„Das kommt, weil sie klüger als die anderen sind", sagte Olivier. „Die Juden sind bei uns fast die einzigen, mit denen ein freier Mann etwas Neuartiges, etwas Lebendiges besprechen kann. Die anderen sitzen in der Vergangenheit, in toten Dingen fest. Unglücklicherweise besteht diese Vergangenheit für die Juden überhaupt nicht, oder sie ist zum mindesten nicht die gleiche wie für uns. Mit ihnen können wir uns nur vom Heute unterhalten, mit unsereinem nur vom Gestern. Schau dir nur die jüdische Tatkraft in allen Dingen an, im Handel, in der Industrie, im Lehrfach, in der Wissenschaft, in der Wohltätigkeit, in der Kunst..."

„Reden wir nicht von der Kunst", fiel Christof ein.

„Ich sage nicht, daß es mir immer sympathisch ist, was sie machen: oft ist es sogar abscheulich. Zum mindesten aber leben sie und wissen die Lebendigen zu verstehen. Wir können nicht ohne sie auskommen."

„Man muß nichts übertreiben", sagte Christof spöttisch. „Ich könnte sie entbehren."

„Du könntest vielleicht ohne sie leben. Was aber nützt dir das, wenn dein Leben und deine Werke allen unbekannt blieben, wie es ohne die Juden wahrscheinlich der Fall wäre? Kommen uns etwa unsere Glaubensgenossen zu Hilfe? Der Katholizismus läßt die Besten seines Blutes verderben, ohne auch nur die Hand zu ihrer Verteidigung zu heben. Alle, die im Grunde ihres Herzens fromm sind, alle, die ihr Leben dafür hergeben, Gott zu verteidigen, werden – sobald sie die Kühnheit haben, sich von den katholischen Vorschriften loszulösen und sich von der Autorität Roms frei zu machen – der unwürdigen Horde, die sich katholisch nennt, nicht nur gleichgültig, sondern ein Dorn im Auge; sie erstickt sie in Stillschweigen; sie überläßt sie als Beute den gemeinsamen Feinden. Ein Freigeist, wie groß er auch sein mag – wenn er, dem Herzen nach ein Christ, es nicht auch dem Gesetze nach ist –, was liegt den Katholiken daran, ob er alles Reinste und wahrhaft Göttliche des katholischen Glaubens verwirklicht? Er gehört nicht zur Herde, nicht zu der blinden und tauben Sekte, die keinen eigenen Gedanken hat. Man stößt ihn zurück, man freut sich, wenn er einsam leidet, wenn er vom Feinde zerrissen wird, und man hört zu, wie er die zu Hilfe ruft, die seine Brüder sind und für deren Glauben er stirbt. Im heutigen Katholizismus lebt eine mörderische Beharrungskraft. Viel eher würde er seinen Feinden verzeihen als denen, die ihn aufwecken und ihm das Leben wiedergeben wollen... Was wären wir, mein armer Christof? Was wäre für uns unverfälschte Katholiken, die wir frei geschaffen sind, unsere Tatkraft ohne eine Handvoll freier Protestanten und Juden? Die Juden sind im heutigen Europa die zähesten Agenten alles Guten und alles Bösen. Sie befördern das Samenkorn des Gedankens aufs Geratewohl. Hast du unter ihnen nicht deine schlimmsten Feinde und deine ersten Freunde gefunden?"

„Das ist wahr", sagte Christof, „sie haben mich ermutigt, unterstützt, mir Worte gesagt, die den Kämpfenden beleben, weil sie ihm zeigen, daß er verstanden wird. Allerdings sind mir von diesen Freunden wenige treu geblieben; ihre Freundschaft ist nur ein Strohfeuer gewesen. Gleichviel! Solch vorüberziehender Schein in der Nacht ist viel wert. Du hast recht: Seien wir nicht undankbar!"

„Seien wir vor allem nicht unklug", sagte Olivier, „verstümmeln wir unsere bereits kranke Kultur nicht noch dadurch, daß wir uns anmaßen, einige ihrer lebendigsten Zweige abzubrechen. Wenn das Unglück es wollte, daß man die Juden aus Europa verjagte, so würde dieses an Intelligenz und Tatkraft verarmt zurückbleiben und vielleicht den völligen Untergang gewärtigen müssen. Ganz besonders bei uns, im augenblicklichen Zustand des französischen Lebensgefühles, wäre ihre Vertreibung für die Nation ein noch tödlicherer Blutverlust als die Vertreibung der Protestanten im siebzehnten Jahrhundert. – Allerdings nehmen sie in diesem Augenblick einen Platz ein, der in keinem Verhältnis zu ihrem wahren Wert steht. Sie nützen die politische und sittliche Anarchie von heute aus und tragen dazu bei, sie zu vergrößern, aus angeborener Neigung und weil sie sich dabei wohl fühlen. Die Besten, wie unser ausgezeichneter Mooch, identifizieren leider aufrichtigen Herzens die Geschicke Frankreichs mit ihren jüdischen Träumen, die uns oft mehr gefährlich als nützlich sind. Aber man kann ihnen nicht zürnen, weil sie davon träumen, Frankreich nach ihrem Bilde zu schaffen: das wollen sie, weil sie es lieben. Ist ihre Liebe gefährlich, so brauchen wir uns nur dagegen zu verteidigen und sie in der ihnen gebührenden Stellung zu halten, die bei uns die zweite ist. Nicht etwa, weil ich ihre Rasse der unseren unterlegen glaube (diese Fragen nach der Überlegenheit der Rassen sind albern und widerwärtig), aber man kann nicht zugeben, daß eine fremde Rasse, die mit der unseren noch nicht verschmolzen ist, sich anmaßt, besser zu wissen, was uns frommt, als wir selber. Sie fühlt sich in Frankreich wohl: das ist mir sehr recht. Aber sie trachte nicht danach, ein Judäa aus Frankreich zu machen. Eine kluge und starke Regierung, die die Juden an dem ihnen angemessenen Platz festhalten könnte, würde aus ihnen eines der nützlichsten Werkzeuge der französischen Größe machen; sie würde dabei ihnen wie auch gleichzeitig uns einen Dienst erweisen. Diese hypernervösen, aufgeregten und ungewissen Wesen bedürfen eines Gesetzes, das sie bindet, und eines festen, aber gerechten Herrn, der sie bändigt. Die Juden sind wie die Frauen: ausgezeichnet, wenn man sie im Zaume hält; aber beider Herrschaft ist abscheulich, und die sich ihr unterwerfen, geben ein lächerliches Schauspiel."

Trotz ihrer gegenseitigen Liebe und dem Ahnungsvermögen, das sie ihnen für die Seele des Freundes gab, war manches in Christof und Olivier, was ihnen aneinander unverständlich blieb und sie sogar abstieß. In der ersten

Zeit ihrer Freundschaft, da sich jeder instinktiv Mühe gab, nur das von sich in Erscheinung treten zu lassen, was dem Freunde am meisten glich, merkten sie nichts davon. Aber nach und nach stieg das Bild ihrer beiden Nationen wieder zur Oberfläche auf. Es entstanden kleine Reibereien, die ihr warmes Gefühl nicht immer zu vermeiden vermochte.

Sie gerieten in Mißverständnisse. Oliviers Geist war eine Mischung aus Glauben, Freiheit, Leidenschaft, Ironie, Weltzweifel, deren Formel Christof nicht ergründen konnte. Olivier wurde dafür durch Christofs Mangel an Seelenkenntnis verletzt; das adlige Gefühl seines alten intellektuellen Schlages lächelte über das Ungeschick dieses starken, aber schwerfälligen und einheitlichen Geistes, der sich nicht zu analysieren vermochte und über andere und sich selbst getäuscht wurde. Christofs Gefühlsüberschwang, seine geräuschvollen Ergüsse, sein leicht gerührtes Herz schienen Olivier manchmal aufreizend und sogar ein wenig lächerlich. Ganz zu schweigen von einem gewissen Kultus der Kraft, jener deutschen Überzeugtheit von der Vorzüglichkeit des *Faustrechtes**, das nicht anzuerkennen Olivier und sein Volk gute Gründe hatten.

Und Christof konnte Oliviers Ironie nicht leiden, die ihn bis zur Wut reizte; er konnte seinen Hang zur Dialektik nicht ausstehen, sein ständiges Analysieren, eine gewisse geistige Unmoral, die bei einem von sittlicher Reinheit so durchdrungenen Mann wie Olivier um so überraschender war und ihre Quelle gerade in der Weite seines Verstandes hatte, in einem Verstande, der jeder Verneinung feindlich war und sich an dem Schauspiel widerstreitender Gedanken freute. Olivier betrachtete die Dinge von einem gewissermaßen historischen, panoramaartigen Standpunkte aus; er hatte ein solches Bedürfnis, alles zu verstehen, daß er das Für und das Wider gleichzeitig sah; und er verteidigte je nachdem, was man ihm gegenüber verfocht, hintereinander die entgegengesetzte Ansicht; schließlich verlor er sich selber in seinen Widersprüchen. Um so mehr mußte er

Christof irreführen. Indessen lag das bei ihm weder am Widerspruchsgeist noch an einer Neigung zu Paradoxen; es war ihm ein gebieterisches Bedürfnis der Gerechtigkeit und des gesunden Menschenverstandes; die Dummheit jeder Voreingenommenheit verletzte ihn; und er mußte dagegen auftreten. Die unumwundene Art, mit der Christof unmoralische Handlungen und Menschen verurteilte und dabei alles derber sah, als es in Wirklichkeit war, stieß Olivier ab, der zwar ebenso rein, doch nicht vom selben unbiegsamen Stahl war, sondern sich von äußeren Einflüssen verführen, färben, formen ließ. Er lehnte sich gegen Christofs Übertreibungen auf und übertrieb im entgegengesetzten Sinne. Täglich brachte ihn diese Verschrobenheit dazu, die Sache seiner Gegner gegen die seiner Freunde zu verteidigen. Christof wurde böse. Er warf Olivier seine Sophismen und seine Duldsamkeit vor. Olivier lächelte: er wußte genau, welchen Mangel an jeglichen Illusionen seine Duldsamkeit bedeckte. Er wußte, daß Christof an viel mehr Dinge glaubte als er selber und daß er sie leichter anerkannte. Christof aber stürmte blindlings geradeaus, schaute weder nach rechts noch nach links. Vor allem hatte er es auf die Pariser „Gutherzigkeit" abgesehen.

„Der Hauptgrund, aus dem sie den Lumpen verzeihen und auf den sie so stolz sind", sagte er, „ist, daß die Lumpen dadurch, daß sie es sind, schon unglücklich genug oder daß sie ohne Verantwortung wären... Zunächst aber ist es gar nicht wahr, daß die unglücklich sind, die Böses tun. Das ist der Gedanke einer Bühnenmoral, eines albernen Melodramas, eines dummen Optimismus, wie er sich bei Scribe und Capus breitmacht (Scribe und Capus, eure Pariser Größen, die Künstler, deren eure genießerische, heuchlerische und kindische bürgerliche Gesellschaft wert ist, da sie zu feige ist, ihrer Niederträchtigkeit ins Gesicht zu schauen). Ein Lump kann sehr wohl ein glücklicher Mensch sein. Er hat sogar die größten Aussichten dazu. Und was seine Unverantwortlichkeit betrifft, so ist auch das eine Dummheit. Habt doch den Mut, anzuerkennen, daß die Natur durch ihre Gleichgültigkeit gegen Gut und Böse eigentlich selbst böse ist und daher auch ein Mann sehr wohl ein Verbrecher und dabei durchaus gesund sein kann. Tugend ist nichts Natürliches; sie ist das Werk des Menschen. Er muß sie verteidigen! Die menschliche Gesellschaft ist von einer Handvoll Leute aufgebaut, die stärker und größer als die anderen waren. Es ist deren Pflicht, ihr heroisches Werk nicht von einem hündischen Gesindel untergraben zu lassen."

Diese Gedanken waren im Grunde von denen Oliviers nicht sehr verschieden; aber in einem heimlichen Gleichgewichtsinstinkt ließ er sich durch Kampfworte in eine Ästhetenstimmung versetzen.

„Reg dich doch nicht auf, mein Freund", sagte er zu Christof. „Laß die Welt vergehn. Gleich den Gefährten des Dekamerons laß uns in Frieden die würzige Luft der Gärten des Denkens atmen, während rings um den rosenumgürteten Zypressenhügel Florenz von der schwarzen Pest verwüstet wird."

Tagelang vergnügte er sich damit, die Kunst, die Wissenschaft, das Denken auseinanderzunehmen, um das verborgene Räderwerk zu suchen. So gelangte er zu einem Pyrrhonismus, bei dem alles Bestehende nur eine Fiktion des Geistes war, ein Luftgebilde, das nicht einmal gleich den geometrischen Figuren die Entschuldigung hatte, dem Geist notwendig zu sein. Christof machte das rasend.

„Die Maschine ging gut, weshalb sie auseinandernehmen? Du läufst Gefahr, sie zu zerbrechen. Und was hast du dann erreicht? Was willst du beweisen? Daß alles nichts ist? Bei Gott, das weiß ich auch. Aber das kommt daher, weil das Nichts von allen Seiten, nach denen man kämpft, über uns hereinbricht. Nichts existiert? – Ich aber, ich existiere. Man hat keinen Grund zum Handeln? – Ich aber, ich handle. Mögen die, die den Tod lieben, sterben, wenn sie Lust haben! Ich, ich lebe, ich will leben. Wenn mein Leben in einer

Waagschale und das Denken in der anderen liegt... Zum Teufel mit dem Denken!"

Er ließ sich von seiner Heftigkeit fortreißen, und im Streite sagte er verletzende Worte. Kaum hatte er sie ausgesprochen, als er sie schon bedauerte. Er hätte sie zurücknehmen mögen; aber das Übel war geschehen. Olivier war sehr empfindlich; es war leicht, ihn zu verletzen; ein hartes Wort, vor allem von jemandem, den er liebte, kränkte ihn tief. Aus Stolz erwiderte er nichts, zog sich in sich selbst zurück. Auch übersah er bei seinem Freund nicht jene plötzlichen Blitze eines unbewußten Egoismus, die sich bei jedem großen Künstler finden. Er fühlte, daß sein Leben, an einer schönen Musik gemessen, in manchen Augenblicken für Christof nicht viel wert war (Christof nahm sich kaum die Mühe, das zu verbergen!). Er verstand ihn sehr wohl; er fand, daß Christof recht habe; aber er war traurig.

Und dann waren in Christofs Natur allerlei gärende Elemente, die Olivier unfaßbar blieben und ihn beunruhigten. Plötzlich konnte in Christof eine sonderbare und beängstigende Laune emporbrausen. An manchen Tagen wollte er nicht reden, oder er hatte Anfälle teuflischer Bosheit und suchte zu verletzen. Oder er verschwand auch wohl: den ganzen Tag und einen Teil der Nacht sah man ihn nicht mehr. Einmal blieb er zwei Tage hintereinander fort. Gott weiß, was er machte! Er wußte es selber nicht genau... In Wahrheit war seine mächtige Natur, die in diesem engen Leben und in dieser engen Behausung wie in einem Hühnerstall eingesperrt war, in manchen Augenblicken nahe daran zu bersten. Die Ruhe des Freundes machte ihn rasend, und er hätte ihm gern etwas Böses zugefügt. Dann mußte er davonlaufen und sich müde machen. In unbestimmtem Suchen irgendeines Abenteuers, das er manchmal auch fand, rannte er in den Straßen von Paris und in den Vororten umher; und ein Zusammenstoß wäre ihm nicht ungelegen gekommen, der ihm erlaubt hätte, die

Überfülle an Kraft in einer Gefahr zu verausgaben... Olivier mit seiner dürftigen Gesundheit und seiner körperlichen Schwäche hatte Mühe, dergleichen zu begreifen. Christof begriff es nicht viel besser; er erwachte aus seinen Verwirrungen wie aus einem erschöpfenden Traum – ein wenig beschämt, ein wenig beunruhigt über das, was er getan hatte und was er noch tun konnte. Wenn aber einmal das Unwetter der Tollheit vorüber war, kam er sich vor wie ein großer, vom Gewitter gewaschener Himmel, rein von allem Schmutz, heiter und Meister seiner Seele. Zärtlicher als je kehrte er zu Olivier zurück und bereute, daß er ihm Böses zugefügt hatte. Er begriff ihre kleinen Streitereien nicht mehr. Alles Unrecht war nicht immer auf seiner Seite, aber er hielt sich darum nicht für weniger schuldig; er warf sich vor, daß er mit solcher Leidenschaft recht haben wollte: er dachte, daß es doch besser wäre, sich mit seinem Freunde gemeinsam zu irren als gegen ihn recht zu behalten.

Ihre Mißverständnisse waren vor allem peinvoll, wenn sie sich abends abspielten und die beiden Freunde die Nacht in ihrem Zerwürfnisse verbringen mußten, was ihnen beiden eine seelische Verwirrung bedeutete. Christof stand auf, um ein Wort zu schreiben, das er unter Oliviers Tür schob. Und am nächsten Morgen bat er ihn um Verzeihung. Oder er klopfte sogar noch nachts an seine Tür: er hätte nicht bis zum nächsten Morgen warten können. Olivier schlief gewöhnlich ebensowenig wie er. Er wußte sehr wohl, daß Christof ihn liebte und ihn nicht hatte beleidigen wollen; aber er hatte das Bedürfnis, daß man es ihm sagte. Christof sagte es, und alles war vorüber. Welch köstliche Ruhe! Wie gut schliefen sie nun!

„Ach", seufzte Olivier, „wie schwer ist es, sich zu verstehen!"

„Ist es überhaupt nötig, sich immer zu verstehen?" sagte Christof. „Ich verzichte darauf. Man braucht sich nur zu lieben."

Diese kleinen Reibereien, die sie gleich darauf mit besorgter Zärtlichkeit zu heilen erfinderisch sich bemühten, machten sie einander fast noch teurer. In Augenblicken des Streites tauchte Antoinette vor Oliviers Augen auf. Die beiden Freunde erwiesen einander weibliche Aufmerksamkeiten. Christof ließ keinen Geburtstag Oliviers vorübergehen, ohne ihn durch ein dem Freund gewidmetes Werk zu feiern, durch ein paar Blumen, eine Torte, ein Geschenk, das Gott weiß wie gekauft war. (Denn an Geld fehlte es oft in ihrer Wirtschaft.) Olivier verdarb sich die Augen, indem er nachts heimlich die Partituren Christofs abschrieb.

Die Mißverständnisse zwischen Freunden sind niemals sehr tiefgreifend, solange sich kein Dritter zwischen sie stellt. – Aber das konnte nicht ausbleiben; allzu viele Leute mischen sich in dieser Welt in die Angelegenheiten anderer, um Zerwürfnisse zu stiften.

Olivier kannte die Stevens, die Christof früher besucht hatte; und auch er hatte Colettes Anziehungskraft empfunden. Wenn Christof ihm in dem kleinen Hofstaat seiner früheren Freundin nicht begegnet war, so hatte das seinen Grund darin, daß Olivier damals, vom Tode seiner Schwester niedergedrückt, sich in seine Trauer verschlossen und niemanden gesehen hatte. Colette ihrerseits hatte keinerlei Anstrengungen gemacht, ihn zu sehen: sie hatte Olivier sehr gern, aber sie mochte keine unglücklichen Menschen; sie behauptete, zu gefühlvoll zu sein, um den Anblick von Trauer ertragen zu können: so wartete sie denn, daß seine Trauer vorübergehe. Als sie erfuhr, daß er geheilt schien und keinerlei Ansteckungsgefahr mehr vorhanden war, wagte sie es, ihm ein Lebenszeichen zu geben. Olivier ließ sich nicht lange bitten. Er war gleichzeitig scheu und gesellschaftlich, war leicht zu verführen; und für Colette hatte er eine Schwäche. Als er Christof seine Absicht kundgab,

wieder zu ihr zu gehen, begnügte sich Christof, der die
Freiheit seines Freundes viel zu sehr achtete, als daß er
einen Tadel ausgesprochen hätte, die Achseln zu zucken
und mit spöttischer Miene zu sagen:
„Geh, mein Junge, wenn's dir Spaß macht."
Aber er hütete sich wohl, ihm zu folgen; er wollte unweigerlich nichts mehr mit diesen Koketten zu tun haben.
Er war nicht etwa ein Weiberfeind: weit davon entfernt.
Er empfand für die tätigen jungen Frauen, die kleinen
Arbeiterinnen, Angestellten, Beamtinnen, die man des
Morgens verschlafen und immer ein wenig verspätet zu
ihren Werkstätten oder Büros hetzen sah, ein zärtliches
Wohlwollen. Nur die schien ihm Frau in ihrer ganzen Bedeutung, die handelte, die sich anstrengte, etwas durch sich
selbst zu sein, ihren Lebensunterhalt und ihre Unabhängigkeit zu erwerben; und nur dann erschien sie ihm im vollen
Besitz ihrer Anmut, der munteren Geschmeidigkeit ihrer
Bewegungen, des Erwachtseins aller ihrer Sinne, in der
Fülle ihres Lebens und ihres Willens. Die müßige und genießerische Frau verabscheute er: sie machte ihm den Eindruck eines satten Tieres, das verdaut und sich in ungesunden Träumen langweilt. Olivier dagegen liebte das Farniente der Frauen, ihren blumenartigen Reiz, Frauen, die
nur lebten, um schön zu sein und die Luft rings um sich zu
durchduften. Er war künstlerischer, Christof menschlicher.
Im Gegensatz zu Colette liebte Christof die Menschen um
so stärker, je größeren Anteil sie an den Leiden der Welt
hatten. Dann fühlte er sich ihnen durch brüderliches Mitleid verbunden.

Colette war vor allem begierig, Olivier wiederzusehen,
seit sie von seiner Freundschaft mit Christof vernommen
hatte; denn sie war neugierig, darüber Einzelheiten zu erfahren. Sie trug es Christof ein wenig nach, daß er sie auf
so geringschätzige Weise, wie es schien, vergessen hatte;
und wenn sie auch nicht gerade an Rache dachte (das lohnte
nicht der Mühe), wäre es ihr ganz gelegen gekommen, ihm

einen kleinen Streich zu spielen. Spiel eines Kätzchens, das
beißt, damit man es bemerkt. Schmeichelnd, wie sie es so
gut verstand, brachte sie Olivier mühelos zum Reden. Niemand
war hellsichtiger als er, ließ sich weniger von den
Leuten anführen, wenn er ihnen fern war; niemand zeigte
mehr kindliches Zutrauen, wenn er sich zwei liebenswürdigen
Augen gegenübersah. Colette bezeigte ihm eine so
aufrichtige Anteilnahme an seiner Freundschaft mit Christof,
daß er sich dazu verleiten ließ, ihr deren Geschichte
zu erzählen und sogar über einige ihrer kleinen freundschaftlichen
Streitereien zu reden, die ihm aus der Entfernung
lustig erschienen und an denen er sich alles Unrecht
zuschob. Er vertraute Colette auch die künstlerischen Pläne
Christofs an und einige seiner (nicht immer schmeichelhaften)
Urteile über Frankreich und die Franzosen, alles
Dinge, die an sich keine große Bedeutung hatten, die Colette
aber eilends weitertrug und dabei nach ihrer Art zurechtmachte,
ebensosehr damit der Bericht fesselnder
werde als aus einer verborgenen Bosheit gegen Christof.
Und da der erste, dem sie diese Vertraulichkeiten zutrug,
natürlich ihr Lucien Lévy-Cœur war, von dem sie sich nicht
trennen konnte und der keinerlei Grund hatte, darüber zu
schweigen, verbreiteten sie sich überall und wurden unterwegs
immer schöner; sie bekamen einen für Olivier, aus
dem man ein Opfer machte, etwas beleidigenden Anstrich
von ironischem Mitleid. Man sollte meinen, die Geschichte
wäre für niemanden von Interesse gewesen, da die beiden
Helden äußerst wenig bekannt waren; aber ein Pariser
interessiert sich immer für das, was ihn nichts angeht. So
geschah es denn, daß eines Tages Christof selber diese Geheimnisse
aus Frau Roussins Munde vernahm. Er traf sie in
einem Konzert, wo sie ihn fragte, ob es wahr sei, daß er
sich mit dem armen Olivier Jeannin überworfen habe. Und
sie erkundigte sich nach seinen Arbeiten, wobei sie auf
Dinge anspielte, von denen er glaubte, sie seien nur ihm
selbst und Olivier bekannt; und als er sie fragte, von wem

sie diese Einzelheiten wüßte, erzählte sie ihm: von Lucien Lévy-Cœur, der sie von Olivier habe.

Christof wurde durch diesen Schlag niedergeschmettert. Bei seiner kritiklosen Heftigkeit kam ihm nicht der Gedanke, das Unwahrscheinliche dieser Nachricht zu erörtern; er sah nur eins: seine Olivier anvertrauten Geheimnisse waren an Lucien Lévy-Cœur verraten. Er konnte nicht im Konzert bleiben; er verließ sogleich den Saal. Rings um ihn war Leere. Immer wieder sagte er sich: Mein Freund hat mich verraten!

Olivier war bei Colette. Christof schloß seine Zimmertür ab, damit Olivier bei der Heimkehr nicht wie gewöhnlich noch einen Augenblick mit ihm plaudern könne. Er hörte in der Tat, wie er nach Hause kam, wie er versuchte, die Tür zu öffnen, und ihm durchs Schlüsselloch gute Nacht zuflüsterte. Er rührte sich nicht. Er saß im Dunkeln auf seinem Bett, stützte den Kopf in die Hände und wiederholte sich immer wieder: Mein Freund hat mich verraten! – Und so blieb er einen Teil der Nacht sitzen. Jetzt erst fühlte er, wie sehr er Olivier liebte; denn er zürnte ihm nicht um seines Verrates willen; er litt nur. Der, den man liebt, hat alles Recht auf seiner Seite, selbst das, uns nicht mehr zu lieben. Man kann ihm deswegen nicht böse sein, man kann nur auf sich selbst böse sein, daß man der Liebe so wenig wert ist, daß er uns verläßt. Und das ist die tödliche Pein.

Als er Olivier am nächsten Morgen sah, sagte er nichts; es war ihm widerwärtig, ihm Vorwürfe zu machen – Vorwürfe darüber, daß er sein Vertrauen mißbraucht, seine Geheimnisse dem Feind zum Fraß hingeworfen habe –, er konnte kein Wort reden. Aber sein Gesicht redete für ihn: es war feindselig und eisig. Olivier wurde davon betroffen; er begriff nichts. Schüchtern versuchte er herauszubekommen, was Christof gegen ihn habe. Christof wendete sich ohne Antwort brüsk ab. Olivier, nun seinerseits verletzt, schwieg und schluckte seinen Kummer schweigend hinunter. Den ganzen Tag über sahen sie sich nicht mehr.

Hätte Olivier ihm tausendmal mehr Leid zugefügt, so würde Christof doch niemals etwas getan haben, um sich zu rächen, kaum etwas, um sich zu verteidigen: Olivier war ihm heilig. Die Empörung aber, die in ihm tobte, mußte sich gegen irgend jemanden entladen, und da es nicht Olivier sein konnte, wurde es Lucien Lévy-Cœur. Mit seiner gewohnten Ungerechtigkeit und Leidenschaft schob er ihm sogleich die Verantwortung für Oliviers vermeintliches Vergehen zu; und seine Eifersucht litt unerträglich unter dem Gedanken, daß so ein Mensch ihm die Zuneigung seines Freundes hatte nehmen können, wie er ihn schon aus Colette Stevens' Freundschaft verdrängt hatte. Um ihn vollends außer sich zu bringen, kam ihm am selben Tag ein Aufsatz Lucien Lévy-Cœurs über eine *Fidelio*-Aufführung unter die Augen. Er sprach darin von Beethoven in spöttelndem Ton und machte sich über seine Heldin, die eines Tugendpreises würdig sei, in witziger Weise lustig. Christof empfand besser als irgendeiner die Lächerlichkeiten des Stückes und sogar gewisse Irrtümer in der Musik. Er hatte selbst nicht immer übertriebene Achtung für anerkannte Meister gezeigt. Aber er hatte nicht den Ehrgeiz, immer mit sich selber einig und logisch im französischen Sinn zu sein. Er gehörte zu den Leuten, die wohl die Fehler derer, die sie lieben, aufdecken wollen, anderen dies aber nicht erlauben. Im übrigen war es etwas ganz Verschiedenes, ob man einen großen Künstler, wenn auch noch so scharf, in Christofs Art kritisierte, aus leidenschaftlicher Liebe zur Kunst und sogar (man könnte sagen) aus unerbittlicher Liebe zu seinem Ruhm, weil man Mittelmäßigkeit an ihm nicht ertragen konnte – oder ob man in seinen Kritiken nur der Niedrigkeit des Publikums schmeichelte und die Galerie auf Kosten eines großen Mannes zum Lachen brachte, wie es Lucien Lévy-Cœur tat. Überdies hatte es für Christof, so frei er in seinen Urteilen sein mochte, stets eine bestimmte Musik gegeben, die er schweigend beiseite gestellt hatte und an die man nicht rühren durfte: das war die Musik, die mehr und besser als Musik war, die eine große, wohltuende Seele war, aus der man Trost, Kraft und Hoffnung schöpfte. Beethovens Musik gehörte dazu. Mit anzusehen, wie ein Lümmel sie beleidigte, brachte ihn außer sich. Das war nicht mehr eine Frage der Kunst, das war eine Frage der Ehre; Liebe, Heldentum, leidenschaftliche Tugend, alles, was dem Leben Wert verleiht, stand mit auf dem Spiel. Ebensowenig kann man zugeben, daß jemand daran rührt, als man anhören könnte, wie die Frau, die man anbetet und liebt, beleidigt wird: dann heißt es hassen und töten... Und nun gar, wenn der Beleidiger der war, den Christof von allen Menschen am tiefsten verachtete!

Der Zufall wollte, daß sich die beiden Männer noch am selben Abend gegenüberstanden.

Um nicht mit Olivier allein zu bleiben, war Christof gegen seine Gewohnheit zu einer Abendgesellschaft bei den Roussins gegangen. Man bat ihn zu spielen. Er tat es widerwillig. Immerhin war er nach einem Augenblick ganz vertieft in das Stück, das er spielte, als er, die Augen erhebend, einige Schritte von sich entfernt in einer Gruppe den ironischen Augen Lucien Lévy-Cœurs begegnete, die ihn beobachteten. Mitten im Takt brach er mit einem Ruck ab, stand auf und drehte dem Klavier den Rücken. Ein verlegenes Schweigen trat ein. Die überraschte Frau Roussin kam mit erzwungenem Lächeln auf Christof zu; und da sie nicht ganz sicher war, ob das Stück nicht beendet sei, fragte sie ihn vorsichtig:

„Spielen Sie nicht weiter, Herr Krafft?"

„Ich bin zu Ende", antwortete er trocken.

Kaum hatte er das gesagt, als er seine Unhöflichkeit fühlte; das machte ihn aber nicht vorsichtiger, sondern reizte ihn nur um so mehr. Ohne die spöttische Aufmerksamkeit der Zuhörerschaft zu beachten, setzte er sich in einen Winkel des Salons, von dem aus er den Bewegungen

Lucien Lévy-Cœurs folgen konnte. Sein Nachbar, ein alter General mit rosigem und verschlafenem Gesicht, blaßblauen Augen und kindlichem Ausdruck, fühlte sich verpflichtet, ihm einige Freundlichkeiten über die Originalität des Stückes zu sagen. Christof verbeugte sich gelangweilt und knurrte unartikulierte Laute. Der andere sprach außerordentlich höflich und mit einem nichtssagenden und sanften Lächeln weiter; er hätte sich von Christof gern erklären lassen, wie man aus dem Gedächtnis so viele Seiten Musik spielen könne. Christof fragte sich, ob er den Kerl nicht mit einem Stoß vom Sofa herunterwerfen solle. Er wollte hören, was Lucien Lévy-Cœur sagte: er spähte nach einem Vorwand, ihn anzugreifen. Seit ein paar Minuten fühlte er, daß er eine Tollheit begehen werde: nichts in der Welt hätte ihn davon abbringen können. – Lucien Lévy-Cœur deutete gerade mit seiner Fistelstimme einem Damenkreis die Absichten großer Künstler und ihre innersten Gedanken. Während einer Stille vernahm Christof, wie dieser Mensch in schmutzigen Zweideutigkeiten von der Freundschaft Wagners mit König Ludwig redete.

„Hören Sie auf!" schrie er und schlug mit der Faust auf den Tisch neben sich.

Man wandte sich bestürzt um. Lucien Lévy-Cœur begegnete Christofs Blick, erbleichte leicht und sagte:

„Sprechen Sie mit mir?"

„Mit dir, du Hund!" rief Christof.

Er sprang mit einem Satz auf.

„Mußt du alles, was es in der Welt Großes gibt, besudeln?" fuhr er wütend fort. „Hinaus, Komödiant, oder ich werfe dich aus dem Fenster!"

Er ging auf ihn los. Die Damen stoben mit kleinen Schreien auseinander. Es gab einige Verwirrung. Christof wurde sofort umringt. Lucien Lévy-Cœur hatte sich halb erhoben; dann hatte er die nachlässige Haltung in seinem Sessel wieder eingenommen. Er rief einen vorübergehenden Diener leise heran, überreichte ihm eine Karte und fuhr dann in der Unterhaltung fort, als sei nichts geschehen. Aber seine Lider zitterten nervös, und seine blinzelnden Augen warfen beobachtende Seitenblicke auf die Leute. Roussin hatte sich vor Christof aufgepflanzt, hielt ihn bei den Aufschlägen des Fracks und drängte ihn zur Tür. Christof, der wütend und beschämt den Kopf senkte, hatte das breite weiße Oberhemd vor den Augen, an dem er die Brillantknöpfe zählte; er fühlte auf seinem Gesicht den Atem des dicken Mannes.

„Ja, aber, mein Lieber, hören Sie mal", sagte Roussin, „was fällt Ihnen ein? Was soll das bedeuten? Zum Donnerwetter, nehmen Sie sich zusammen! Wissen Sie, wo Sie sind? Sind Sie denn verrückt?"

„Der Teufel soll mich holen, wenn ich je Ihr Haus wieder betrete", sagte Christof, indem er sich losmachte, und ging zur Tür.

Man machte ihm vorsichtig Platz. In der Garderobe hielt ihm ein Bedienter ein Tablett hin. Darauf lag die Karte von Lucien Lévy-Cœur. Er nahm sie, ohne zu begreifen, und las sie ganz laut; dann plötzlich suchte er wutschnaubend in seinen Taschen; mit einem halben Dutzend verschiedener Sachen zog er drei oder vier zerknitterte und beschmutzte Karten heraus.

„Da! Da! Da!" rief er, indem er sie so heftig auf das Tablett warf, daß eine davon auf die Erde fiel.

Er verließ das Haus.

Olivier wußte von nichts. Christof hatte die ersten besten als Zeugen genommen: den Musikkritiker Théophile Goujart und einen Deutschen, Dr. Barth, Privatdozent an einer Schweizer Universität, den er eines Abends in einem Restaurant getroffen hatte und mit dem er bekannt geworden war, obgleich er wenig Zuneigung für ihn fühlte: aber sie konnten miteinander von der Heimat reden. Nach Übereinkunft mit den Zeugen Lucien Lévy-Cœurs entschied man sich für Pistolen. Christof verstand sich auf keinerlei Waffen, und Goujart meinte, daß er nicht schlecht daran täte, mit ihm zu einem Schießstand zu kommen, um ein paar Stunden zu nehmen. Christof aber weigerte sich. Und in Erwartung des nächsten Tages setzte er sich wieder an seine Arbeit.

Er arbeitete zerstreut. Wie in einem schweren Traum summte in ihm ein undeutlicher, aber hartnäckiger Gedanke: Sehr unangenehm, ja, sehr unangenehm ... Was doch gleich? – Ach so, dieses Duell morgen ... Spielerei! Man trifft einander niemals ... Immerhin wäre es möglich ... Nun, und dann? – Dann, ja gerade dann ... Ein Fingerdruck dieses Kerls, der mich haßt, kann mein Leben vernichten ... Ach was ... Ja, morgen, in zwei Tagen kann ich in dieser ekelhaften Erde liegen ... Bah, hier oder anderswo ... Zum Donnerwetter, bin ich vielleicht feige? – Nein, aber es wäre gemein, durch eine Albernheit diese ganze Welt von Gedanken zu verlieren, die ich in mir wachsen fühle ... Zum Teufel mit diesen heutigen Kampfarten, von denen man behauptet, die Aussichten der Gegner ständen gleich! Eine schöne Gleichstellung, die dem Leben eines Lumpen ebensoviel Wert beimißt wie dem meinen! Man möge uns mit unseren Fäusten und Stöcken gegenüberstellen! Das wäre ein Spaß. Aber diese frostige Schießerei ...! Und natürlich kann er schießen, und ich habe niemals eine Pistole in der Hand gehabt ... Sie haben recht, ich muß es lernen ... Er will mich töten? Nein, ich werde *ihn* töten.

Er ging hinunter. Ein paar Schritte von seinem Hause entfernt war eine Schießbude. Christof verlangte eine Waffe und ließ sich erklären, wie man sie halten müsse. Beim ersten Schuß hätte er beinahe den Besitzer getötet; er versuchte es nochmals; zweimal, dreimal; es ging nicht besser; er wurde ungeduldig: und es wurde noch schlimmer. Ein paar junge Leute standen um ihn herum, schauten zu und lachten. Er achtete nicht darauf. Er blieb so hartnäckig dabei, verhielt sich den Spöttern gegenüber so gleichgültig und zeigte sich so entschlossen, sein Ziel zu erreichen, daß seine ungeschickte Ausdauer, wie das immer geschieht, bald Teilnahme erregte; einer der Zuschauer gab ihm Ratschläge. Und er, für gewöhnlich so heftig, hörte alles mit der Fügsamkeit eines Kindes an. Er kämpfte gegen seine Nerven an, die seine Hand zittern ließen; mit zusammengezogenen Brauen riß er sich zusammen; der Schweiß rann ihm die Wangen hinab; er redete kein Wort; von Zeit zu Zeit aber gab ihm der Zorn einen Ruck; und von neuem begann er zu schießen. Zwei Stunden blieb er dabei. Nach zwei Stunden traf er ins Schwarze. Es gibt nichts Fesselnderes als solch einen Willen, der einen widerspenstigen Körper bezwingt. Er flößt Hochachtung ein. Von denen, die anfangs gespottet hatten, waren einige weggegangen; die anderen waren nach und nach still geworden und hatten sich nicht entschließen können, das Schauspiel zu verlassen. Als Christof ging, grüßten sie ihn freundschaftlich.

Als er nach Hause kam, fand Christof den guten Mooch vor, der ihn besorgt erwartete. Mooch hatte von dem Streit erfahren und wollte die Ursache des Zerwürfnisses wissen. Trotz Christofs Verschwiegenheit, der Olivier nicht anklagen mochte, erriet er es schließlich. Da er kaltblütig war und beide Freunde kannte, stand es für ihn außer Frage, daß Olivier an dem kleinen Verrat, den Christof ihm unterschob, unschuldig sei. Er ging der Sache nach und entdeckte mühelos, daß alles Übel von dem Geschwätz Colettes und Lévy-Cœurs herrührte. Eilig kehrte er zurück, um Christof den Beweis dafür zu erbringen; er stellte sich vor, daß er so das Duell verhindern könnte. Aber gerade das Gegenteil war der Fall: Christof wurde gegen Lévy-Cœur nur um so mehr aufgebracht, als er erfuhr, daß er durch die Schuld dieses Menschen an dem Freunde hatte zweifeln können. Um Mooch loszuwerden, der ihn beschwor, sich nicht zu schlagen, versprach er alles, was Mooch wollte. Aber sein Entschluß war gefaßt. Jetzt war er fröhlich: er würde sich um Oliviers willen schlagen! Nicht um seiner selbst willen!

Während der Wagen über den Waldweg fuhr, wurde Christofs Aufmerksamkeit plötzlich durch eine Bemerkung eines der Zeugen wachgerüttelt. Er versuchte in ihren Gedanken zu lesen und merkte, daß er ihnen gleichgültig war. Professor Barth berechnete, um welche Zeit die Geschichte wohl zu Ende sein würde und ob er rechtzeitig in die Handschriftensammlung der Nationalbibliothek kommen könnte, um eine begonnene Arbeit am selben Tage noch zu beenden. Von den drei Zeugen war er der, der aus germanischer Eitelkeit noch am meisten Anteil am Ausgang des Kampfes nahm. Goujart kümmerte sich weder um Christof noch um den anderen Deutschen. Er unterhielt sich über heikle, zotige physiologische Fragen mit Dr. Jullien, einem jungen Toulouser Arzt, der früher Christofs Flurnachbar gewesen war und zuweilen seine Spirituslampe geborgt hatte, seinen Regenschirm und seine Kaffeetassen, die er regelmäßig zerbrochen zurückgebracht hatte. Als Entschädigung gab er Christof unentgeltliche Ratschläge, versuchte Arzneien an ihm und machte sich über seine Naivität lustig. Er trug die stolze Ruhe eines kastilischen Hidalgos zur Schau, unter ihr aber schlummerte eine beständige Spottsucht. Er war über dieses Abenteuer, das ihm schnurrig vorkam, höchst erfreut und rechnete im voraus mit Christofs Unbeholfenheit. Diese Spazierfahrt durch die Wälder auf Kosten des biederen Krafft schien ihm recht vergnüglich. – Das war in den Gedanken des Trios überhaupt das klarste: sie betrachteten die Sache als eine Vergnügungspartie, die sie nichts kostete. Keiner legte dem Duell die geringste Bedeutung bei. Im übrigen waren sie mit Ruhe auf alle möglichen Vorkommnisse gefaßt.

Sie waren vor den anderen am Treffpunkt. Ein kleiner

Gasthof tief im Wald. Es war ein ziemlich unreinlicher Vergnügungsort, an dem die Pariser ihre Ehre reinwuschen. Die Hecken waren von lauter Monatsrosen überblüht. Im Schatten von bronzeblättrigen Eichen waren kleine Tische aufgestellt. An einem saßen drei Radfahrer, eine geschminkte Frau in Hosen und schwarzen Kniestrümpfen und zwei Männer in Flanell, die, von der Hitze verblödet, ab und zu ein Knurren hervorstießen, als hätten sie das Reden verlernt.

Die Ankunft des Wagens verursachte im Gasthof ein kleines Durcheinander. Goujart kannte das Haus und die Leute seit langem und erklärte, daß er für alles sorgen werde. Barth zog Christof in eine Laube und bestellte Bier. Die Luft war hier köstlich lau und von Bienengesumm erfüllt. Christof vergaß, weshalb er gekommen war. Barth leerte seine Flasche und sagte nach einem Stillschweigen:

„Jetzt weiß ich, was ich tun werde."

Er trank und fuhr fort:

„Ich gehe nachher nach Versailles, Zeit genug werde ich noch haben."

Man hörte, wie Goujart mit der Wirtin heftig um den Preis für den Kampfplatz feilschte. Jullien war nicht müßig geblieben: als er an den Radfahrern vorbeikam, hatte er Bemerkungen lauten Entzückens über die unbedeckten Beine der Frau gemacht, worauf eine Sturmflut unflätiger Schimpfworte losbrach, denen Jullien nichts schuldig blieb. Barth sagte halblaut:

„Die Franzosen sind gemein. Bruder, ich trinke auf deinen Sieg."

Er stieß mit Christof an. Christof träumte; Bruchstücke von Musik glitten mit dem harmonischen Gesumm der Insekten durch seinen Kopf. Er wurde schläfrig.

Der Sand der Allee knirschte unter den Rädern eines anderen Wagens. Christof erblickte das bleiche, wie immer lächelnde Gesicht Lucien Lévy-Cœurs, und sein Zorn erwachte von neuem. Er stand auf, und Barth folgte ihm.

Lucien Lévy-Cœur, den Hals in eine hohe Halsbinde gepreßt, war mit äußerster Sorgfalt angezogen und stach dadurch stark von dem nachlässigen Anzug seines Gegners ab. Nach ihm stieg Graf Bloch aus, ein durch seine Geliebten, seine Sammlung alter Monstranzen und seine ultraroyalistischen Ansichten bekannter Sportsmann; dann Léon Mouey, ein anderer Modeheld, der durch die Literatur zum Deputierten und durch politischen Ehrgeiz zum Literaten geworden war, jung, kahl, glattrasiert, das Gesicht abgezehrt und gallig, mit langer Nase, runden Augen, einem Vogelschädel; schließlich Dr. Emmanuel, der Typus eines sehr feinen, wohlwollenden und gleichgültigen Semiten, Mitglied der Medizinischen Akademie, Direktor eines Hospitals; er war durch seine gelehrten Bücher und seinen medizinischen Skeptizismus berühmt, der ihn dazu brachte, die Klagen seiner Kranken mit ironischem Mitleid anzuhören, ohne irgend etwas zu ihrer Heilung zu versuchen.

Die Ankömmlinge grüßten höflich. Christof erwiderte kaum, bemerkte aber mit Verdruß den Übereifer seiner Zeugen und die übertriebene Zuvorkommenheit, die sie den Zeugen Lucien Lévy-Cœurs erwiesen. Jullien kannte Emmanuel, und Goujart kannte Mouey; sie näherten sich ihnen lächelnd und unterwürfig. Mouey empfing sie mit kalter Höflichkeit und Emmanuel mit seiner spöttischen Ungezwungenheit. Graf Bloch blieb neben Lucien Lévy-Cœur, musterte mit schnellem Blick den Bestand an Gehröcken und Wäsche im anderen Lager und tauschte mit seinem Klienten abgerissene witzelnde Bemerkungen, wobei sie – beide ruhig und korrekt – kaum den Mund öffneten.

Lucien Lévy-Cœur erwartete in voller Gemütsruhe das Zeichen des Grafen Bloch, der den Kampf leitete. Er betrachtete die Angelegenheit als eine einfache Formalität. Obgleich er ein ausgezeichneter Schütze war und die Ungewandtheit seines Gegners völlig kannte, hätte er sich dennoch gehütet, seinen Vorteil auszunutzen und zu versuchen, Christof zu treffen, selbst wenn der äußerst unwahrscheinliche Fall eingetreten wäre, daß die Zeugen nicht über die Harmlosigkeit des Kampfes gewacht hätten: er wußte, daß es keine größere Dummheit gab, als einen Feind als Opfer erscheinen zu lassen, während man ihn doch weit sicherer ohne Aufsehen vernichten konnte. Christof aber hatte seine Jacke abgeworfen, das Hemd an dem massiven Hals geöffnet und über den kräftigen Handgelenken aufgekrempelt, und so wartete er mit gesenkter Stirn, die Augen starr auf Lucien Lévy-Cœur geheftet, mit Anspannung aller seiner Kräfte; unversöhnliche Mordlust stand in jedem Zug seines Gesichtes geschrieben, und Graf Bloch, der ihn aufmerksam beobachtete, dachte bei sich, es sei doch gut, daß die Zivilisation die Gefahren des Zweikampfes soweit als möglich beseitigt habe.

Nach dem natürlich ergebnislosen Kugelwechsel eilten die Zeugen, die Gegner zu beglückwünschen. Der Ehre war Genüge geschehen. – Nicht aber Christof. Er blieb, die Pistole in der Hand, auf dem Platz stehen und konnte nicht glauben, daß alles schon zu Ende sei. Ihm wäre es recht gewesen, wenn man, wie er es am vorigen Tage auf dem Schießplatz getan hatte, so lange geschossen hätte, bis man ins Schwarze traf. Als er hörte, daß ihm Goujart vorschlug, seinem Gegner die Hand zu reichen, der ihm mit seinem ewigen Lächeln ritterlich entgegenkam, packte ihn die Entrüstung über diese Komödie. Er warf die Waffe wütend zur Erde, stieß Goujart zurück und stürzte sich auf Lucien Lévy-Cœur. Mit äußerster Mühe hielt man ihn davor zurück, den Kampf mit den Fäusten fortzusetzen.

Die Zeugen legten sich ins Mittel, während Lucien Lévy-Cœur sich entfernte. Christof machte sich aus ihrer Gruppe los und ging, ohne auf ihr Gelächter und ihre Ermahnungen zu hören, mit großen Schritten davon, dem Walde zu, wobei er laut sprach und wütend gestikulierte. Er merkte nicht einmal, daß er seine Jacke und seinen Hut auf dem Kampfplatz hatte liegenlassen. Er schlug sich ins Waldinnere und hörte noch, wie die Zeugen ihn lachend riefen, bis sie dessen überdrüssig wurden und sich nicht mehr um ihn kümmerten. Ein Rollen von Wagen, die sich entfernten, belehrte ihn bald, daß sie davongefahren waren. So blieb er inmitten der schweigenden Bäume allein. Seine Wut war vorbei. Er warf sich auf die Erde und wälzte sich im Grase.

Wenig später langte Mooch im Gasthof an. Seit dem frühen Morgen stellte er Christof nach. Man sagte ihm, daß sein Freund im Walde sei. Er machte sich auf die Suche nach ihm. Er durchstöberte alle Dickichte, er rief nach allen Seiten und kehrte ohne Erfolg um, als er ihn plötzlich singen hörte; er folgte der Stimme und fand ihn schließlich auf einer kleinen Lichtung, wo er sich, alle viere von sich gestreckt, wie ein junger Hund wälzte. Als ihn Christof erblickte, rief er ihn fröhlich heran, nannte ihn seinen „alten Moloch" und erzählte ihm, er habe seinen Gegner durch und durch wie ein Sieb durchlöchert; er zwang ihn, mit ihm Bockspringen zu spielen, er zwang ihn zu springen; und er versetzte ihm beim Springen gewaltige Klapse. Dem gutmütigen Mooch machte das trotz seiner Ungeschicklichkeit fast ebensoviel Spaß wie Christof. – Untergefaßt kehrten sie zum Gasthof zurück und nahmen auf dem nahen Bahnhof den Zug nach Paris.

Olivier wußte von nichts. Er war überrascht von Christofs Zärtlichkeit: er begriff nichts von allen diesen Gefühlsumschwüngen. Erst am nächsten Morgen erfuhr er durch die Zeitungen, daß Christof sich geschlagen habe. Der Gedanke an die Gefahr, die Christof bestanden hatte, machte ihn fast krank. Er wollte den Grund des Duells wissen. Christof weigerte sich zu reden. Als er schließlich gar nicht in Frieden gelassen wurde, sagte er lachend:

„Für dich."

Mehr konnte Olivier nicht aus ihm herausbringen. Mooch erzählte die ganze Geschichte. Olivier war starr, brach endgültig mit Colette und flehte Christof an, ihm seine Unvorsichtigkeit zu verzeihen. Der unverbesserliche Christof sagte ihm einen alten französischen Spruch her, den er heimtückisch nach seiner Art zurechtgemacht hatte, um den guten Mooch zu ärgern, der sich am Glück der beiden Freunde freute:

„Das wird dir das Mißtrauen beibringen, mein Kleiner...

> *Von der Hure, die schwatzt und zu nichts nützt,*
> *Vom Juden, der gleisnerisch und gewitzt,*
> *Vom Freunde, der vor Scheinheiligkeit blitzt,*
> *Vom Feinde, der sich ins Vertrauen geschlichen,*
> *Und vom Wein, von dem die Blume entwichen,*
> *Libera nos, Domine!"*

Die Freundschaft war wiederhergestellt. Die Gefahr, die an ihr vorbeigestrichen war, machte sie nur um so teurer. Die leichten Mißverständnisse waren verschwunden; gerade die Verschiedenheiten zwischen den beiden Freunden waren jetzt ein Reiz mehr. Christof umfaßte in seiner Seele die Seelen der beiden Vaterländer, harmonisch verschmolzen. Er fühlte sein Herz reich und voll, und diese glückliche Überfülle verwandelte sich, wie gewöhnlich bei ihm, in einen Strom von Musik.

Olivier stand staunend davor. Sein Übermaß an Kritik hatte ihn beinahe glauben lassen, daß die Musik, die er über alles liebte, ihr letztes Wort gesprochen habe. Er war von der krankhaften Idee besessen, daß auf einen bestimmten Höhepunkt des Fortschritts unweigerlich der Niedergang folgen müsse; und er zitterte davor, daß die schöne Kunst, die ihm das Leben lieb machte, mit einem Schlage aufhöre, versiegt, vom Boden aufgetrunken. Christof machte solche Verzagtheit Spaß. Aus Widerspruchsgeist behauptete er, daß vor ihm überhaupt noch nichts getan worden sei, daß alles noch zu schaffen bliebe. Olivier erwähnte als Beispiel die französische Musik, die auf einem Punkte der Vervollkommnung und vollendeten Kultur angekommen schien, über den hinaus nichts mehr denkbar war. Christof zuckte die Achseln.

„Die französische Musik? – Es hat ja noch gar keine gegeben... Und doch könntet ihr in dieser Welt soviel Schönes leisten! Ihr müßt wirklich wenig musikalisch sein, daß euch noch niemals etwas eingefallen ist. Ach, wenn ich Franzose wäre..."

Und er zählte ihm alles auf, was ein Franzose schreiben könnte:

„Ihr versteift euch auf Musikgattungen, die nicht für euch gemacht sind, und ihr tut nichts, was euren Anlagen entspricht. Ihr seid das Volk der Eleganz, der weltlichen Dichtung, der Schönheit in Gebärden, Schritten, Haltung, in der Mode, den Kostümen, und ihr schreibt keine Ballette mehr, ihr, die ihr eine unnachahmliche Kunst des dichterischen Tanzes schaffen könntet. – Ihr seid das Volk des klugen Lachens, und ihr schreibt keine komischen Opern mehr, oder ihr überlaßt diese Gattung den Untermusikern. Ach, wenn ich Franzose wäre, ich würde Rabelais in Musik setzen, ich würde schnurrige Heldengedichte komponieren. – Ihr seid ein Volk von Romanschriftstellern, und ihr schreibt keine Romane in Musik (denn die Feuilletons von Gustave Charpentier rechne ich nicht zu diesen). Ihr nutzt eure Gaben psychologischer Analyse, eure Durchdringung von Charakteren nicht aus. Ach, wenn ich Franzose wäre, ich komponierte euch Porträts in Musik... (Willst du, daß ich dir die Kleine zeichne, die da unten im Garten unterm Flieder sitzt?) – Ich schriebe euch Stendhal für Streichquartett. – Ihr seid die größte Demokratie in Europa, und ihr habt keine Volkstheater, keine Volksmusik. Ach, wenn ich Franzose wäre, ich würde eure Revolution komponieren, den 14. Juli, den 10. August, Valmy, die Föderation – ich würde das Volk in Musik setzen! Nicht in der verfälschten Art der Wagnerschen Deklamationen. Ich will Symphonien, Chöre, Tänze. Keine Reden! Ich habe sie satt. In einem musikalischen Drama soll man nicht immer reden. Schweigt, ihr Worte! In breiten Strichen malen, großzügige Symphonien mit Chören, unendliche Landschaften, homerische und biblische Heldengedichte, das Feuer, die Erde und das Wasser und den leuchtenden Himmel, das Fieber, das die Herzen schwellt, die inneren Triebe, die Schicksale einer Nation, den Triumph des Rhythmus, des Kaisers der Welt, der sich Tausende von Menschen dienstbar macht und Heere in den Tod jagt... Überall Musik, in allem Musik! Wäret ihr musikalisch, so hättet ihr Musik für jedes eurer öffentlichen Feste, für eure öffentlichen Feiern, für eure Arbeitergenossenschaften, für eure Studentenvereine, für eure Familienfeste... Vor allem aber, vor allem würdet ihr, wenn ihr musikalisch wäret, reine Musik machen, Musik, die nichts sagen will, Musik, die zu nichts taugt, zu nichts, als daß man sich daran erwärmt, daß man sie einatmet, davon lebt. Schafft Sonne! Sat prata... (Wie sagst du das lateinisch?) – Es hat genug bei euch geregnet. Ich erkälte mich in eurer Musik. Man kann nichts sehen: zündet eure Laternen wieder an... Ihr beschwert euch heute über die italienischen ‚Schweinereien', die eure Theater überschwemmen, euer Publikum erobern, euch vor die Tür eures eigenen Hauses setzen? Es ist euer Fehler! Das Publikum ist eurer Dämmerkunst überdrüssig, eurer harmonischen Neurasthenien, eurer kontrapunktlichen Schulmeisterei. Es geht dorthin, wo das Leben ist, grob oder nicht – das Leben! Warum zieht ihr euch vor ihm zurück? Euer Debussy ist ein großer Künstler, aber er schadet euch. Er ist an eurem dumpfen Dahindämmern mitschuldig. Euch täte so not, daß man euch tüchtig aus dem Schlafe rüttelte."

„Du willst uns also Strauss verabreichen?"

„Ebensowenig. Das würde euch vollends herunterbringen. Man muß den Magen meiner Landsleute haben, um diese Trinkgelage zu vertragen. Und nicht einmal die vertragen sie... Die *Salome* von Strauss! Ein Meisterwerk... Ich möchte es nicht geschrieben haben... Ich denke daran, in welch ehrfürchtigem Ton rührender Liebe mir mein armer alter Großvater und mein Onkel Gottfried von der schönen Kunst der Töne redeten... Über diese göttlichen Kräfte verfügen und einen solchen Gebrauch davon machen! Ein brandstiftendes Meteor! Eine zur jüdischen Prostituierten gewordene Isolde! Schmerzvolle und bestialische Wollust, Raserei des Mordes, der Vergewaltigung, der Blutschande, des Verbrechens, die auf dem Grunde der deutschen Dekadenz grollen... Und auf eurer Seite der Krampf eines wollüstigen Selbstmordes, der in eurer französischen Dekadenz röchelt... Hier das Raubtier – und dort die Beute. Wo ist der Mensch? Euer Debussy ist der Genius des guten Geschmacks, Strauss der Genius des schlechten. Jener ist recht flau, dieser recht unerquicklich. Der eine ist ein silbernes und zum Stehen gekommenes Rinnsal, das sich im Schilf verliert und dem ein Fieberduft entsteigt. Der andere ein schlammiger Strom... Ach, welch einen dumpfen Gestank von niederem Italianismus, von Neo-Meyerbeerismus, von Gefühlsabfällen führt er unter der Oberfläche mit sich! – Ein gräßliches Meisterwerk! Salome, Tochter Isoldes... Und wessen Mutter wird nun Salome ihrerseits werden?"

„Ja", sagte Olivier, „ich möchte ein halbes Jahrhundert weiter sein. Dieses Hinrasen am Abgrund entlang muß ja einmal ein Ende nehmen, auf die eine oder andere Art: entweder muß das Pferd stillstehen oder stürzen. Dann werden wir aufatmen. Gott sei Dank wird die Erde nicht aufhören zu blühen, ob nun mit oder ohne Musik. Was sollen wir mit einer so menschenfernen Kunst? – Der Okzident verbrennt... Bald... Bald... Ich sehe andere Lichtstrahlen, die weit hinten im Orient auftauchen."

„Laß mich mit deinem Orient zufrieden!" sagte Christof. „Der Okzident hat nicht sein letztes Wort gesprochen. Glaubst du etwa, daß ich abdanke, ich? Ich habe noch Jahrhunderte vor mir. Es lebe das Leben! Es lebe die Freude! Es lebe der Kampf mit unserm Schicksal! Es lebe die Liebe, die uns das Herz schwellt! Es lebe die Freundschaft, die unseren Glauben befeuert – die Freundschaft, die süßer als die Liebe ist! Es lebe der Tag! Es lebe die Nacht! Preis der Sonne! Laus Deo, dem Gott des Traumes und der Tat, dem Gott, der die Musik erschuf! Hosianna!"

Darauf setzte er sich an seinen Tisch und schrieb alles nieder, was ihm durch den Kopf ging, ohne weiter an das zu denken, was er eben gesagt hatte.

Christof war zu jener Zeit in einem Zustand vollkommenen Gleichgewichts aller Kräfte seines Wesens. Er belastete sich nicht mit ästhetischen Streitfragen über den Wert dieser oder jener musikalischen Form noch mit ausgeklügelten Versuchen, etwas Neues zu schaffen; er brauchte sich nicht einmal Mühe zu geben, um geeignete Vorwürfe zur Komposition zu finden. Alles war ihm recht. Der Strom von Musik ergoß sich, ohne daß Christof wußte, welches Gefühl er ausdrückte. Er war glücklich, das war alles. Glücklich, sich ausgeben zu können, glücklich, in sich den Puls des Weltenlebens schlagen zu fühlen.

Diese Freude und diese Fülle teilte sich seiner Umgebung mit.

Das Haus mit dem verschlossenen Garten war zu klein für ihn. Er hatte wohl den Ausblick auf den Park des benachbarten Klosters mit der Einsamkeit seiner weiten Alleen und seiner jahrhundertealten Bäume; aber das war allzu schön, als daß es hätte dauern können. Man war im Begriff, Christofs Fenster gegenüber ein sechsstöckiges Haus zu bauen, das die Aussicht abschnitt und die Blockade rings um ihn vollständig machte. Er hatte das Vergnügen, alle Tage vom Morgen bis zum Abend Flaschenzüge knirschen und Steine kratzen zu hören und das Nageln von Brettern. Unter den Arbeitern hatte er seinen Freund wiedergefunden, den Dachdecker, mit dem er einst auf dem Dache Bekanntschaft gemacht hatte. Sie winkten sich von weitem zu. Als er ihn eines Tages auf der Straße traf, nahm er ihn sogar in eine Kneipe mit, und sie tranken miteinander – zum großen Erstaunen Oliviers, der ein wenig Anstoß daran nahm. Das drollige Geschwätz des Mannes und seine unverwüstlich gute Laune machten Christof Spaß. Aber er verfluchte darum nicht weniger ihn und seine Horde geschäftiger und dummer Kerle, die vor seinem Hause eine Barrikade auftürmten und ihm Luft und Licht stahlen. Olivier klagte nicht sehr darüber; er gewöhnte sich leicht an einen ummauerten Horizont: ihm ging es wie dem Ofen von Descartes, aus dem der zusammengepreßte Gedanke zum freien Himmel empordampfte. Christof aber brauchte Luft. Da er nun aber in solch einen engen Raum gesperrt lebte, entschädigte er sich, indem er sich mit den ihn umgebenden Seelen abgab. Er nahm sie in sich auf. Er setzte sie in Musik. Olivier sagte zu ihm, daß er wie ein Verliebter aussehe.

„Wenn ich es wäre", erwiderte Christof, „würde ich nichts mehr sehen, ich würde nichts mehr lieben, an nichts mehr außer meiner Liebe würde ich Anteil nehmen."

„Was geht also mit dir vor?"

„Mir ist wohl, ich habe Hunger."

„Glücklicher Christof", seufzte Olivier, „du solltest uns wohl ein wenig von deinem Appetit abgeben."

Die Gesundheit ist ansteckend – wie die Krankheit. Der erste, der die Wohltat erlebte, war Olivier. Kraft mangelte ihm am meisten. Er zog sich von der Welt zurück, weil ihn die Gemeinheiten der Welt anwiderten. Mit seinem weiten Verstande und seinen außergewöhnlichen künstlerischen Anlagen war er zu zart, ein großer Künstler zu werden. Große Künstler sind keine Lebensverächter; jedem gesunden Wesen heißt das oberste Gesetz: leben; um so gebieterischer, wenn es ein Genie ist; denn es lebt intensiver. Olivier floh das Leben; er ließ sich in einer Welt aus erdichteten Gebilden dahintreiben, die körperlos, fleischlos und unwirklich waren. Er gehörte zu jener literarischen Auslese, die die Schönheit in Epochen suchen muß, die nicht mehr sind, oder in jenen, die niemals waren. Als ob der

Trank des Lebens heute nicht ebenso berauschend wäre wie früher! Müden Seelen aber widersteht die enge Berührung mit dem Leben; sie können es nur ertragen, wenn es sich ihnen im Schleier der Spiegelungen naht, den die Ferne des Vergangenen webt und die toten Worte derer, die einst die Lebendigen waren. – Christofs Freundschaft entriß Olivier nach und nach diesem Vorhimmel der Kunst. Die Sonne drang in die Schlupfwinkel seiner Seele ein.

Auch der Ingenieur Elsberger erlag der Ansteckung von Christofs Optimismus. Das zeigte sich allerdings nicht in einer Änderung seiner Lebensgewohnheiten; die waren allzu tief eingewurzelt; und man durfte nicht darauf zählen, daß seine Stimmung so unternehmungslustig werden würde, daß er Frankreich verließe, um sein Glück anderswo zu versuchen. Damit hätte man zuviel verlangt. Aber er überwand seine Teilnahmslosigkeit; er gewann wieder Geschmack an Untersuchungen, am Lesen, an wissenschaftlichen Arbeiten, die er seit langem beiseite gelassen hatte. Wenn man ihm gesagt hätte, Christof habe an diesem neuerwachten Interesse an seinem Beruf irgendwelchen Anteil, so wäre er sehr verwundert gewesen, und der Erstaunteste wäre sicher Christof selbst gewesen.

Von allen im Hause war Christof am schnellsten mit dem kleinen Haushalt des zweiten Stockwerks in Beziehungen gekommen. Mehr als einmal hatte er beim Vorübergehen an der Tür den Klängen des Klaviers gelauscht, auf dem die junge Frau Arnaud, wenn sie allein war, mit Geschmack spielte. Daraufhin hatte er ihnen Karten zu seinem Konzert geschickt. Sie hatten überschwenglich gedankt. Seitdem ging er ab und zu abends zu ihnen. Niemals war es ihm gelungen, die junge Frau wieder spielen zu hören. Sie war zu schüchtern, um irgend jemandem vorzuspielen. Selbst wenn sie allein war, gebrauchte sie jetzt, da sie wußte, daß man sie auf der Treppe hören konnte, den Dämpfer. Christof aber musizierte vor ihnen, und sie plauderten lange darüber. Die

Arnauds redeten dann mit einer Jugendlichkeit des Herzens, die ihn entzückte. Er hätte nicht geglaubt, daß Franzosen die Musik wirklich so lieben könnten.

„Das kommt daher", sagte Olivier, „weil du bisher nur Musiker kennengelernt hast."

„Ich weiß wohl", erwiderte Christof, „daß die Musiker die Musik am wenigsten lieben; aber du wirst mir nicht weismachen, daß Leute eures Schlages in Frankreich Legion seien."

„Ein paar Tausend."

„Dann ist es also eine Epidemie, eine ganz neue Mode?"

„Das hat", sagte Arnaud, „nichts mit Mode zu tun: *Der da höret einen holden Akkord von Instrumenten oder die Wonne der menschlichen Stimme und freuet sich nicht daran noch wird gerühret und erbebete nicht vom Kopf bis zu den Füßen in einer süßen Entzückung und fühlet sich nicht aus seinem irdischen Wesen gehoben, der weiset, daß er eine krumme, lasterhafte und verderbte Seele hat und daß man sich vor ihm hüten muß gleich wie vor dem, so unter einem bösen Stern geboren ist . . ."*

„Ich kenne das", sagte Christof, „es ist von meinem Freund Shakespeare."

„Nein", sagte Arnaud sanft, „es ist von einem, der vor ihm lebte, von unserem Ronsard. Sie sehen, diese Mode stammt in Frankreich nicht von gestern."

Daß man in Frankreich die Musik liebte, fand Christof noch weniger erstaunlich als die Tatsache, daß man in Frankreich ungefähr die gleiche wie in Deutschland liebte. In den Kreisen der Künstler und der Pariser Snobs, die er zuerst kennengelernt hatte, gehörte es zum guten Ton, die deutschen Meister als Ausländer von Rang zu behandeln, die zu bewundern man sich nicht sträubte, die man aber doch in einiger Entfernung hielt: man machte sich gern über die Schwerfälligkeit eines Gluck, über das Barbarentum eines Wagner lustig; man spielte die französische Feinheit dagegen aus. Und Christof hatte schließlich wirklich daran

gezweifelt, ob ein Franzose die deutschen Werke verstehen
könne, besonders wenn er sie in der Art hörte, wie man sie
in Frankreich aufführte. Entrüstet war er aus einer Aufführung von Gluck heimgekehrt: die gewitzten Pariser waren darauf verfallen, den furchtbaren Alten zu schminken!
Sie putzten ihn heraus, sie behängten ihn mit Bändern, sie
verstopften seine Rhythmen mit Watte, sie staffierten seine
Musik mit impressionistischen Farben aus, mit lasziven Perversitäten... Armer Gluck! Was blieb von seiner Herzensberedtheit übrig, von seiner Seelenreinheit, seinem unverhüllten Schmerz? War ein Franzose nicht fähig, das alles zu
empfinden? – Nun aber sah Christof die tiefe und innige
Liebe seiner neuen Freunde gerade für das Innerste der
germanischen Seele, das aus den alten *Liedern**, aus den
deutschen Klassikern sprach. Und er fragte sie, ob es denn
wahr sei, daß diese Deutschen ihnen fremd seien und daß
ein Franzose eigentlich nur die Künstler seiner Nation lieben könne.

„Das ist nicht wahr!" wehrten sie ab. „Unsere Kritiker
nehmen sich nur heraus, in unserem Namen zu sprechen.
Da sie stets die Mode mitmachen, behaupten sie, wir folgten auch. Aber wir kümmern uns ebensowenig um sie, als
sie sich um uns kümmern. Eine spaßige Gesellschaft, die
uns darüber belehren will, was französisch ist und was
nicht. Uns Franzosen des alten Frankreichs! Sie reden uns
ein, Frankreich wäre in Rameau oder in Racine und nirgends sonst! Als ob Beethoven, Mozart und Gluck sich
nicht an unseren Herd setzten, am Lager unserer Lieben
mit uns wachten, unsere Kümmernisse teilten, unsere Hoffnungen belebten – als ob sie nicht Glieder unserer Familie
geworden wären! Wagte man nur, zu sagen, was man denkt,
so würde man weit eher so einen französischen Künstler,
der von unseren Pariser Kritikern gepriesen wird, einen
Fremden nennen."

„Die wahren Grenzen der Kunst", sagte Olivier, „sind
weniger nationale Schranken als Klassenschranken. Ich

weiß nicht, ob es eine französische und eine deutsche Kunst gibt, aber es gibt eine Kunst der Reichen und eine Kunst derer, die nicht reich sind. Gluck ist ein großer Bourgeois, er gehört zu unserer Gesellschaftsklasse. Manch ein französischer Künstler, den ich nicht nennen will, gehört nicht dazu: Wenn er auch aus der bürgerlichen Gesellschaft stammt, so schämt er sich unser doch, verleugnet er uns; und wir, wir verleugnen ihn."

Olivier redete wahr. Je mehr Christof die Franzosen kennenlernte, um so mehr fielen ihm die Ähnlichkeiten zwischen den anständigen Leuten in Frankreich und in Deutschland auf. Die Arnauds erinnerten ihn an seinen lieben alten Schulz mit seiner so reinen, so uneigennützigen Liebe zur Kunst, seinem Selbstvergessen, seiner Aufopferung für alles Schöne. Und er liebte sie im Andenken an ihn.

Zur selben Zeit, als er die Unsinnigkeit seelischer Grenzen zwischen guten Menschen aus verschiedenen Nationen entdeckte, fühlte Christof auch die ganze Unsinnigkeit der Grenzen zwischen den verschiedenen Denkarten guter Menschen der gleichen Nation. Durch ihn, doch ohne daß er es angestrebt hatte, waren zwei Menschen, die sich so fern zu stehen schienen wie nur möglich, der Abbé Corneille und Herr Watelet, miteinander bekannt geworden.

Christof lieh von beiden Bücher und verlieh mit einer Unverfrorenheit, die Olivier entsetzte, die des einen an den anderen. Der Abbé fand nichts Böses dabei: er besaß für Seelen ein Ahnungsvermögen, und ohne daß es zu merken war, spürte er heraus, was in der seines jungen Nachbarn, diesem selber unbewußt, an Frömmigkeit lebte. Ein Band von Kropotkin, der von Herrn Watelet geliehen war und den sie alle drei aus verschiedenen Gründen liebten, gab den Anlaß zu einer Annäherung. Der Zufall wollte es, daß sie eines Tages bei Christof zusammentrafen. Christof fürchtete zuerst irgendein unfreundliches Wort zwischen seinen Gästen. Sie erwiesen sich aber im Gegenteil die vollkommenste Höflichkeit. Sie plauderten von harmlosen Dingen: von ihren Reisen, von ihrer Erfahrung mit Menschen. Und sie entdeckten ein jeder an dem andern, daß sie voller Milde waren, erfüllt von evangelischem Geiste und trotz so vieler Gründe zur Verzweiflung voller phantastischer Hoffnungen. Sie wurden von Sympathie zueinander erfaßt, in die sich einige Ironie mischte. Eine sehr zurückhaltende Sympathie. Niemals berührten sie untereinander das Innerste ihrer Glaubensüberzeugungen. Sie sahen sich selten und suchten einander nicht; begegneten sie sich aber, so fanden sie Freude daran.

Der geistig Unabhängigere von beiden war der Abbé Corneille. Christof hätte das nicht erwartet. Erst nach und nach übersah er die Größe jener frommen und freien Gedankenwelt, jenen mächtigen und heiteren, fieberfreien Mystizismus, der alle Gedanken des Priesters, alle Handlungen seines täglichen Lebens, seine ganze Weltanschauung durchdrang – die ihn in Christus leben ließ, wie seinem Glauben nach Christus in Gott gelebt hatte.

Er verneinte nichts, keine Triebkraft des Lebens. Alle Schriften, ob alt oder modern, ob heilig oder profan, von Moses bis Berthelot waren für ihn Gewißheiten, waren göttlich, der Ausdruck Gottes. Die Heilige Schrift war nur das reichste Buch unter ihnen, wie die Kirche die oberste Auslese der in Gott geeinten Brüder war; aber weder die eine noch die andere verschlossen ihren Geist in eine starre Wahrheit. Das Christentum war der lebendige Christus. Die Weltgeschichte war nur die Geschichte der beständigen Ausdehnung der Gottesidee. Der Einsturz des jüdischen Tempels, der Untergang der heidnischen Welt, das Mißlingen der Kreuzzüge, die Ohrfeige Bonifazius' VIII., Galilei, der die Erde in den schwindelnden Raum zurückwarf, die winzig Kleinen, die über die Großen triumphieren, das Ende der Fürstentümer und der Konkordate: alles dies verwirrte für kurze Zeit die Gewissen. Die einen klammerten sich verzweifelt an das Untergehende, die anderen ergriffen aufs Geratewohl eine Planke und wurden abgetrieben. Abbé Corneille fragte sich nur: Wo sind die Menschen? Wo ist die Wurzel ihres Lebens? – Denn er glaubte: Wo das Leben ist, da ist Gott! – Und darum fühlte er Zuneigung für Christof.

Christof seinerseits machte es Freude, wieder die schöne Musik zu vernehmen, die in einer großen, frommen Seele ist. Sie erweckte ein fernes und tiefes Echo in ihm. Durch jenes Gefühl beständiger Gegenwirkung, das bei kraftvollen Naturen ein Lebenstrieb ist, ja der Selbsterhaltungstrieb selber, der Ruderschlag, der das bedrohte Gleichgewicht wiederherstellt und der Barke einen neuen Schwung verleiht, durch das Übermaß an Zweifel und den Widerwillen gegen den Pariser Sinnenkultus war in Christofs Herzen seit zwei Jahren Gott wieder auferstanden. Er glaubte nicht etwa an ihn. Er leugnete ihn. Aber er war von ihm erfüllt. Abbé Corneille sagte lächelnd zu ihm, daß er wie der gute Riese, sein Schutzheiliger, Gott trage, ohne es zu wissen.

„Woher kommt es dann, daß ich ihn nicht sehe?" fragte Christof.

„Sie sind wie tausend andere: Sie sehen ihn alle Tage, ohne zu ahnen, daß er es ist. Gott offenbart sich allen, wenn auch in verschiedener Gestalt – den einen in ihrem täglichen Leben, wie Sankt Petrus in Galiläa; den anderen (Ihrem Freund Watelet) wie dem heiligen Thomas: in den Wunden und dem Elend, das sie heilen wollen; Ihnen in der Erhabenheit Ihres Ideals: Noli me tangere... Eines Tages werden Sie ihn erkennen."

„Niemals werde ich abdanken", sagte Christof. „Ich bin frei."

„Mit Gott werden Sie es nur um so mehr sein", erwiderte der Priester ruhig.

Christof aber wehrte sich dagegen, daß man einen Christen wider Willen aus ihm mache. Er verteidigte sich mit kindlichem Eifer, als ob es irgendwelche Bedeutung hätte, wenn man seiner Denkart diese oder jene Etikette anheftet. Abbé Corneille hörte ihm mit der kaum fühlbaren Ironie eines Priesters und mit viel Güte zu. Er hatte eine unerschütterliche Geduld, die er von seinem Glauben her gewohnt war. Was die heutige Kirche an Prüfungen verhängen kann, hatte er durchgemacht; war dadurch auch eine tiefe Schwermut über ihn gekommen und war er sogar durch schmerzvolle seelische Krisen gegangen, so hatten sie ihn doch im Grunde nicht erschüttert. Gewiß, es war grausam, sich von seinen Vorgesetzten unterdrückt zu sehen, jeden seiner Schritte von den Bischöfen erspäht zu wissen, von den Freidenkern belauert, die danach trachteten, seine Gedanken auszunutzen, sich seiner gegen seinen Glauben zu bedienen; es war grausam, sich gleichermaßen von seinen Glaubensgenossen wie von den Feinden seiner Religion verkannt und gehetzt zu sehen. Unmöglich, Widerstand zu üben; denn man hat sich zu unterwerfen. Unmöglich, sich von Herzen zu unterwerfen: denn man weiß, daß die Autorität sich irrt. Angst vor dem Schweigen. Angst vor dem Reden: denn man wird falsch ausgelegt. Und dazu die anderen Seelen, für die man verantwortlich ist, alle jene, die einen Rat, eine Hilfe erwarten und die man leiden sieht... Abbé Corneille litt für sie und für sich, aber er ergab sich darein. Er wußte, wie wenig die Tage der Prüfung in der langen Geschichte der Kirche bedeuten. – Jedoch indem er sich in seinen stummen Verzicht zurückzog, erschöpfte er sich langsam; er verfiel in eine Schüchternheit, eine Redescheu, die ihm den geringsten Schritt erschwerten und ihn nach und nach in ein dumpfes Schweigen hüllten. Er fühlte sich mit Betrübnis immer tiefer versinken, doch ohne dagegen anzukämpfen. Die Begegnung mit Christof half ihm sehr. Die jugendliche Glut, die herzliche und kindliche Anteilnahme, die sein Nachbar ihm erwies, seine manchmal eindringlichen Fragen taten ihm wohl. Christof zwang ihn, in die Gemeinschaft der Lebendigen zurückzukehren.

Aubert, der Elektriker, traf ihn einmal bei Christof. Es gab ihm einen Ruck, als er den Priester sah. Es wurde ihm schwer, seinen Widerwillen zu verbergen. Selbst als er sein erstes Gefühl überwunden hatte, blieb ihm noch immer ein Unbehagen zurück, weil er sich diesem Mann im Priesterkleide gegenübersah, der für ihn ein undeutbares Wesen war. Immerhin gewann das Vergnügen, mit wohlerzogenen Leuten zu reden, die Oberhand über seinen Antiklerikalismus. Er war von dem leutseligen Ton überrascht, der zwischen Abbé Corneille und Watelet herrschte; er war nicht weniger überrascht, einen demokratischen Priester und einen aristokratischen Revolutionär zu sehen: das warf alle seine überkommenen Ideen um. Er dachte vergeblich darüber nach, in welche Kategorien er die beiden einreihen könne, denn er mußte die Leute, um sie verstehen zu können, irgendwo einreihen. Es war nicht leicht, eine Abteilung zu finden, in die man die friedfertige Freisinnigkeit dieses Priesters einreihen konnte, der Anatole France und Renan gelesen hatte und mit Gerechtigkeit und Scharfsinn ruhig über sie sprach. In der Wissenschaft hatte sich Abbé Corneille zum Gesetz gemacht, sich lieber von denen führen zu lassen, die Bescheid wußten, als von denen, die zu befehlen hatten. Er achtete die Autorität; aber sie stand für ihn nicht auf derselben Stufe wie die Wissenschaft. Fleisch, Geist, Barmherzigkeit: das waren die drei Grade, die drei Stufen der göttlichen Leiter, der Jakobsleiter. – Natürlich war der biedere Aubert weit davon entfernt, einen solchen Geisteszustand zu ahnen. Abbé Corneille sagte leise zu Christof, Aubert erinnere ihn an französische Bauern, die er einmal gesehen habe. Eine junge Engländerin fragte sie nach dem Wege. Sie sprach sie englisch an. Sie hörten zu, ohne zu verstehen. Dann sprachen sie französisch. Sie verstand sie nicht. Da sahen sie sie voller Mitleid an, schüttelten die Köpfe und meinten, indem sie ihre Arbeit wiederaufnahmen:

„Das ist wirklich traurig! Ein so schönes Mädchen..."

In der ersten Zeit, als sich Aubert noch durch des Priesters und Watelets Gelehrsamkeit und vornehmes Wesen eingeschüchtert fühlte, schwieg er und sog ihre Gespräche in sich ein. Nach und nach mischte er sich dann hinein, wobei er dem kindlichen Vergnügen, sich reden zu hören, nachgab. Er verbreitete sich über seine unbestimmte Ideologie. Die beiden anderen hörten ihm mit einem leisen inneren Lächeln höflich zu. Der entzückte Aubert ließ es nicht dabei bewenden, er gebrauchte und mißbrauchte bald die unerschöpfliche Geduld Abbé Corneilles. Er las ihm seine Geistesfrüchte vor. Der Priester hörte mit Ergebung zu; es langweilte ihn nicht einmal allzusehr: denn er hörte weniger die Worte als den Menschen. Und überdies, wie er zu Christof sagte, der ihn bedauerte:

„Pah... Ich höre mir noch ganz andere Sachen an!"

Aubert war Watelet und Abbé Corneille dankbar; und ohne daß ihnen viel daran lag, sich gegenseitig zu verstehen, liebten sie einander schließlich, wußten sie auch kaum, warum. Sie waren selbst ganz erstaunt, daß sie sich so nahe waren. Niemals hätten sie das gedacht. – Christof verband sie.

Er hatte in den drei Kindern, den zwei kleinen Elsbergers und Watelets Adoptivmädelchen, unschuldige Verbündete. Er war ihr Freund geworden. Die Vereinsamung, in der sie lebten, tat ihm leid. Indem er jedem einzelnen immer und immer wieder von seiner unbekannten kleinen Nachbarin redete, hatte er ihnen den unwiderstehlichen Wunsch eingeflößt, einander zu sehen. Sie machten sich durch die Fenster gegenseitig Zeichen; sie tauschten auf der Treppe verstohlene Worte. Unterstützt von Christof, baten sie so lange, bis sie die Erlaubnis erhielten, sich im Jardin du Luxembourg zu treffen. Christof war über den Erfolg seiner List so glücklich, daß er hinging, um sie zu sehen, als sie das erstemal beisammen waren. Er fand sie linkisch und verlegen vor, denn sie wußten nicht, was sie mit einem so neuen Glück anfangen sollten. In einem

Augenblick hatte er sie miteinander vertraut gemacht; er erfand Spiele, Wettläufe, eine Jagd; er nahm mit einer Leidenschaft daran teil, als wäre er zehn Jahre alt. Die Spaziergänger warfen einen belustigten Blick auf den großen Burschen, der mit Geschrei daherrannte und, von drei kleinen Mädchen verfolgt, um die Bäume herumjagte. Da sich aber die immer noch mißtrauischen Eltern wenig geneigt zeigten, die Ausflüge nach dem Luxembourg oft wiederholen zu lassen (denn sie konnten sie nicht aus nächster Nähe überwachen), fand Christof Mittel und Wege, den Kindern eine Einladung von Major Chabran, der im Parterre wohnte, zu verschaffen, die ihnen erlaubte, im Garten ihres eigenen Hauses zu spielen.

Der Zufall hatte ihn in Beziehung zu dem Major gebracht (der Zufall versteht immer die zu finden, die sich seiner zu bedienen wissen). Der Arbeitstisch Christofs stand nahe am Fenster. Eines Tages wehte der Wind ein paar Notenblätter in den Garten hinunter. Christof rannte barhaupt, nachlässig angezogen, wie er war, hinab, um sie zu holen. Er meinte, er würde nur mit einem Dienstboten zu tun haben. Das junge Mädchen öffnete ihm selber. Ein wenig verwirrt, erklärte er ihr die Veranlassung seines Besuches. Sie lächelte und ließ ihn eintreten. Sie gingen in den Garten. Nachdem er seine Papiere aufgesammelt hatte, wollte er schleunigst davoneilen; sie begleitete ihn zurück, als sie mit dem Offizier zusammenstießen, der gerade nach Hause kam. Der Major warf einen erstaunten Blick auf den seltsamen Gast. Das junge Mädchen stellte ihn lachend vor.

„Ach, Sie sind es, der Musiker?" sagte der Offizier. „Sehr erfreut! Wir sind Kollegen."

Er drückte ihm die Hand. Sie plauderten im Tone freundschaftlicher Ironie von den Konzerten, die sie sich gegenseitig gaben. Christof auf seinem Klavier, der Major auf seiner Flöte. Christof wollte fort; der andere aber ließ ihn nicht los; er hatte sich in Auseinandersetzungen über Musik gestürzt. Plötzlich brach er ab und sagte:

„Kommen Sie meine Kanonen ansehen."

Christof folgte ihm, wobei er sich fragte, welches Interesse der Major wohl an seiner Meinung von der französischen Artillerie nehmen mochte. Doch dieser zeigte ihm triumphierend seine musikalischen Kanonen, seine Kanons, eine Art von Kunststücken: Kompositionen, die man von hinten nach vorn lesen konnte oder die man vierhändig spielte, indem der eine die rechte, der andere die linke Seite spielte. Als ehemaliger Schüler der Ecole Polytechnique hatte der Major an der Musik viel Gefallen gefunden. Was er aber vor allem an ihr liebte, war das Problemhafte; sie schien ihm (was sie in der Tat zu einem Teil ist) ein großartiges Spiel des Geistes, und so versuchte er, sich musikalische Konstruktionsrätsel zu stellen und zu lösen, von denen die einen immer ungeheuerlicher und unnützer als die anderen waren. Natürlich hatte er während seiner militärischen Laufbahn nicht viel Zeit gehabt, seinem Hang nachzugehen; seitdem er aber den Abschied genommen hatte, gab er sich ihm leidenschaftlich hin; er verausgabte darin die ganze Energie, die er früher darauf verwendet hatte, die Rotten der Negerkönige quer durch die Wüsten Afrikas zu verfolgen oder ihren Fallen zu entgehen. Christof machten diese Scharaden Spaß, und er stellte seinerseits eine noch verwickeltere auf. Der Offizier war begeistert; sie wetteiferten an Gewandtheit miteinander: von beiden Seiten regnete es nur so musikalische Rätsel. Nachdem sie vergnügt miteinander gespielt hatten, stieg Christof wieder in seine Wohnung hinauf. Aber schon am nächsten Morgen bekam er von seinem Hausgenossen ein neues Rätsel zugeschickt, einen wahren Kopfzerbrecher, an dem der Major die halbe Nacht gearbeitet hatte; er antwortete darauf; und der Kampf ging weiter, bis Christof, den die Geschichte schließlich zu Tode langweilte, sich eines Tages für geschlagen erklärte: das machte den Offizier ganz glücklich. Er sah diesen Erfolg als eine Rache an Deutschland an. Er lud Christof zum Essen ein. Der Freimut Christofs, der die

Kompositionen des Majors abscheulich fand und sich laut entsetzte, als Chabran auf seinem Harmonium ein Andante von Haydn herunterzumetzeln begann, eroberte ihn vollends. Von dieser Zeit an pflegten sie ziemlich häufig Unterhaltungen miteinander, aber nicht mehr über Musik. Christof konnte den Hirngespinsten seines Nachbarn über diesen Gegenstand nur mittelmäßiges Interesse abgewinnen; so brachte er denn das Gespräch mit Vorliebe aufs militärische Gebiet; der Major wünschte nichts Besseres. Die Musik war für den unglücklichen Mann eine erzwungene Zerstreuung; im Grunde langweilte er sich.

Er ließ sich dazu bewegen, von seinen afrikanischen Feldzügen zu erzählen. Gigantische Abenteuer, die denen eines Pizarro und Cortez würdig waren. Vor dem verdutzten Christof lebte jene wunderbare und barbarische Heldengeschichte wieder auf, von der er nichts wußte und von der die meisten Franzosen selber nichts wußten und in der sich während zwanzig Jahren das Heldentum, die scharfsinnige Kühnheit, die übermenschliche Tatkraft einer Handvoll französischer Eroberer verausgabte, die, ins Innere des schwarzen Kontinents verschlagen, von schwarzen Armeen umgeben, der elementarsten Bewegungsmöglichkeiten beraubt, beständig gegen eine verängstigte öffentliche Meinung und Regierung ankämpften und Frankreich gegen seinen eigenen Willen ein Reich eroberten, das größer als Frankreich selbst war. Ein Hauch von kraftvoller Freude und von Blut stieg aus diesem Kampfe empor; und vor Christofs Augen tauchten aus ihm die Gestalten von modernen Condottieri, von heroischen Abenteurern auf, die man im heutigen Frankreich nicht erwartet hatte und die das heutige Frankreich anzuerkennen errötet, über die es schamvoll einen Schleier wirft. Die Stimme des Majors klang keck und munter, wenn er diese Erinnerungen heraufbeschwor: er erzählte mit jovialer Launigkeit von den langen Märschen, von jenen Menschenjagden, in denen er bald Jäger, bald Wild war und bei denen keine Gnade geübt wurde, und gab (in diese epischen Berichte bizarr eingeschoben) kluge Beschreibungen der geologischen Beschaffenheit des Terrains. – Christof hörte ihm zu, schaute ihn an und hatte Mitleid mit dem schönen Menschentier, das zur Tatenlosigkeit verdammt und dazu gezwungen war, sich in lächerlichen Spielen zu verzehren. Er fragte sich, wie sich dieser Soldat in dieses Schicksal habe ergeben können. Er fragte ihn selbst danach. Der Major schien zuerst wenig geneigt, sich einem Fremden gegenüber über seinen Groll auszulassen, aber die Franzosen haben ein schnelles Mundwerk; vor allem, wenn es sich darum handelt, einander anzuklagen.

„Was soll ich denn in ihrer jetzigen Armee anstellen? Die Marineleute treiben Literatur, die Infanteristen treiben Soziologie. Sie machen alles, nur keinen Krieg. Sie bereiten ihn nicht einmal vor, sie bereiten sich darauf vor, ihn nicht zu führen; sie treiben Kriegsphilosophie ... Kriegsphilosophie! Ein Spiel für geschlagene Esel, die über die Schläge nachsinnen, die sie eines Tages bekommen werden! Schwätzen, philosophisches Geplapper – nein, das paßt mir nicht. Da gehe ich lieber heim und fabriziere meine Kanons!"

Von den schlimmsten seiner Kümmernisse redete er aus Schamgefühl nicht: von der Aufforderung zur Angeberei und dem dadurch unter die Offiziere geworfenen Mißtrauen, von der Demütigung, die unverschämten Befehle irgendwelcher ahnungslosen und bösartigen Politiker ausführen zu müssen, von dem Schmerz des Heeres, zu niedrigen Polizeidiensten mißbraucht zu werden, zur Aufnahme von Kircheninventaren, zur Niederschlagung von Arbeiterstreiks, zu Dienstleistungen im privaten Interesse und für die Rachsucht der gerade herrschenden Partei – jener radikalen und antiklerikalen Kleinbürger – gegen das übrige Land. Ganz zu schweigen von dem Abscheu dieses alten Afrikaners vor dem neuen Kolonialheer, das sich in der Mehrzahl aus den schlimmsten Elementen der Nation zusammensetzte, damit der Eigennutz der anderen geschont werde, die sich weigerten, an der Ehre und an den Gefahren teilzunehmen, die Verteidigung des „größeren Frankreichs" zu gewährleisten – des Frankreichs jenseits der Meere.

Christof stand es nicht zu, sich in diese französischen Streitigkeiten einzumischen. Das ging ihn nichts an; aber er fühlte mit dem alten Offizier. Was er auch immer vom Kriege dachte, er fand doch, daß eine Armee dazu geschaffen sei, Soldaten hervorzubringen, wie ein Apfelbaum Äpfel, und daß es eine Verirrung sei, Politiker, Ästheten und Soziologen hineinzupflanzen. Jedenfalls begriff er nicht, wie dieser kernige Mann seinen Platz den anderen überlassen konnte. Seine Feinde nicht bekämpfen heißt sein eigener schlimmster Feind werden. In allen Franzosen von einigem Wert lebt ein Geist der Entsagung, ein eigenartiger Verzicht. – Rührender fand ihn Christof bei der Tochter des Offiziers wieder.

Sie hieß Céline. Sie hatte feine Haare, die wie bei einer Chinesin nach rückwärts gezogen und sorgfältig gekämmt waren und die hohe und runde Stirn nebst dem etwas spitzen Ohr frei ließen, magere Wangen, ein anmutiges Kinn, die Vornehmheit eines Landedelfräuleins, schöne, schwarze, kluge, zutrauliche, sehr sanfte Augen, die Augen von Kurzsichtigen, eine etwas starke Nase, einen kleinen Leberfleck im Winkel der Oberlippe, ein stilles Lächeln, bei dem sich die vollere Unterlippe mit einer liebenswürdigen kleinen Grimasse vorschob. Sie war gutherzig, tatkräftig, gescheit, aber sehr wenig wißbegierig. Sie las wenig, kannte keines der neuen Bücher, ging nie ins Theater, reiste niemals (das langweilte den Vater, der früher allzuviel herumgereist war), nahm an keiner gesellschaftlichen Wohltätigkeitsaktion teil (ihr Vater verurteilte diese), sie versuchte nicht, zu studieren (der Vater machte sich über die gelehrten Frauen lustig), sie rührte sich kaum aus ihrem Garten fort, der zwischen den vier großen Mauern wie in einem riesigen Brunnen lag. Und doch langweilte sie sich nicht sehr. Sie beschäftigte sich, wie sie konnte, und schickte sich mit guter Laune in ihr Leben. Von ihr und dem kleinen Rahmen, den sich jede Frau unbewußt schafft, wo immer sie sich befindet, ging eine Atmosphäre aus, die an Chardin gemahnte: diese laue Stille, diese Ruhe der (etwas schwerfälligen) auf ihre gewohnte Tätigkeit bedachten Gestalten und Haltungen; die Poesie des täglichen Einerleis, des gewohnten Lebens, der vorgesehenen Gedanken und Gebärden, die vorgesehen sind für dieselbe Stunde und dieselbe Art und Weise und die man darum doch nicht weniger, sondern mit eindringlicher und stiller Sanftmut liebt, jenes heitere Mittelmaß schöner bürgerlicher Seelen: Anständigkeit, Gewissenhaftigkeit, Wahrhaftigkeit, ruhiges Arbeiten, ruhiges Vergnügen, und dies alles dennoch poetisch. Eine gesunde Vornehmheit, eine seelische und körperliche Reinlichkeit: sie riecht nach gutem Brot, nach Lavendel, nach Rechtlichkeit und nach Güte. Ein Friede von Dingen und Menschen, der Friede alter Häuser und lächelnder Seelen.

Christof erweckte mit seiner herzlichen Zutraulichkeit auch ihr Zutrauen, und so war er mit ihr sehr gut Freund geworden; sie redeten ziemlich frei miteinander; er stellte ihr schließlich sogar Fragen, und sie beantwortete sie zu ihrer eigenen Verwunderung. Sie sagte ihm Dinge, die sie niemand anderem gesagt hatte.

„Das kommt daher", sagte Christof zu ihr, „weil Sie mich nicht fürchten. Es ist keine Gefahr, daß wir uns lieben: dazu sind wir zu gute Freunde."

„Wie nett Sie sind!" antwortete sie lachend.

Ihrer gesunden Natur widerstrebte ebenso wie der von Christof die verliebte Freundschaft, jene Gefühlsform, die schlüpfrigen Seelen so lieb ist, die in allen ihren Gefühlen die Schleichwege lieben. Sie verkehrten wie gute Kameraden miteinander.

Er fragte sie eines Tages, was sie an manchen Nachmittagen tue, wenn er sie stundenlang reglos im Garten auf der Bank sitzen sehe, während sie ihre Arbeit unberührt auf den Knien halte. Sie errötete und widersprach, daß es nicht Stunden seien, sondern höchstens von Zeit zu Zeit ein paar Minuten, ein gutes Viertelstündchen, „um in ihrer Geschichte fortzufahren".

„In welcher Geschichte?"

In der Geschichte, die sie sich selber erzähle.

„Sie erzählen sich Geschichten? Oh, erzählen Sie sie mir!"

Sie sagte, er sei allzu neugierig. Sie vertraute ihm nur an, daß es Geschichten seien, die nicht von ihr handelten.

Er wunderte sich.

„Wenn man sich schon Geschichten erzählt, so scheint es mir doch natürlich, sich seine eigene Geschichte ausgeschmückt zu erzählen, sich in ein glücklicheres Leben hineinzuträumen."

„Das könnte ich nicht", sagte sie. „Wenn ich das täte, würde ich ganz verzweifelt werden."

Sie errötete von neuem, weil sie ein wenig von ihrer verborgenen Seele verraten hatte, und fuhr fort:

„Und dann, wenn ich im Garten bin und ein Windstoß kommt bis zu mir, dann bin ich glücklich. Der Garten scheint mir lebendig. Und ist der Wind stürmisch, kommt er von weit her, dann redet er von so vielen Dingen!"

Christof entdeckte trotz ihrer Zurückhaltung den Untergrund von Schwermut unter ihrer guten Laune und ihrer Tatkraft, die zu nichts führte und über die sie sich selbst nicht täuschte. Warum trachtete sie nicht danach, sich frei zu machen? Sie war für ein tätiges und nützliches Leben wie geschaffen! – Sie berief sich auf die Liebe ihres Vaters, der es nicht ertragen würde, wenn sie sich von ihm trennte. Vergeblich erklärte Christof, daß ein so kraftvoller und schneidiger Offizier ihrer nicht bedürfe, daß ein Mann seines Schlages allein bleiben könne, daß er nicht das Recht habe, ihr Opfer anzunehmen. Sie verteidigte ihren Vater; mit einer frommen Lüge behauptete sie, daß er sie ja nicht zum Bleiben zwinge, daß vielmehr sie sich nicht dazu entschließen könne, ihn zu verlassen. – Und bis zu einem gewissen Grade sprach sie aufrichtig. Es schien für sie, für ihren Vater, für alle in ihrer Umgebung von jeher selbstverständlich, daß die Dinge so sein mußten und nicht anders sein konnten. Sie hatte einen verheirateten Bruder, der es ganz natürlich fand, daß sie sich statt seiner für den Vater aufopferte. Er selbst ging ganz in seinen Kindern auf. Er liebte sie eifersüchtig; er ließ ihnen keinerlei Selbstbestimmung. Diese Liebe lastete auf seinem Leben und vor allem auf dem seiner Frau als eine freiwillige Kette, die alle ihre Bewegungen lähmte; es war, als ob man in dem Augenblick, da man Kinder hatte, sein eigenes Leben abschließen und für immer auf seine Entwicklung verzichten müsse. Der tatkräftige, kluge, noch junge Mann zählte die Arbeitsjahre, die er noch vor sich hatte, ehe er den Abschied nehmen konnte. – Diese ausgezeichneten Leute überließen sich der Atmosphäre der Familienliebe, die in Frankreich so tief verwurzelt ist, aber erstickend und erschöpfend wirkt. Sie ist um so beklemmender, als die französischen Familien auf ein Mindestmaß beschränkt sind: Vater, Mutter, ein oder zwei Kinder. Eine fröstelnde, ängstliche, in sich selbst zusammengekauerte Liebe, die einem Geizigen gleicht, der seine Finger um eine Handvoll Gold preßt.

Ein zufälliger Umstand, der Christof noch mehr zu Céline hinzog, zeigte ihm diese Gebundenheit französischer Liebe, diese Angst vor dem Leben, die Angst, das zu ergreifen, was einem mit gutem Recht zukommt.

Der Ingenieur Elsberger hatte einen um zehn Jahre jüngeren Bruder, der gleichfalls Ingenieur war. Er war ein braver Bursche, mit einigen künstlerischen Bedürfnissen, wie es viele in den guten bürgerlichen Familien gibt; sie möchten sich wohl gern mit Kunst beschäftigen, aber sie wollen ihrer bürgerlichen Stellung nicht schaden. Eigentlich ist das kein sehr schwieriges Problem; und die meisten Künstler von heute haben es ohne besonderen Wagemut gelöst. Man muß nur wollen; dieses armseligen Kraftaufwandes aber sind nicht alle fähig. Sie sind nicht ganz sicher, ob sie das, was sie möchten, wirklich wollen; und je gesicherter ihre bürgerliche Lage wird, um so leichter gehen sie geräuschlos und ohne Widerstand in ihr unter. An sich wäre daran nichts zu tadeln, wenn sie statt schlechter Künstler gute Bürger wären. Aber ihre Enttäuschung läßt oft eine geheime Unzufriedenheit zurück, ein Qualis artifex pereo, das sich einen philosophischen Mantel umhängt und ihnen das Leben verbittert, bis die abnützenden Kräfte der Zeit und neue Sorgen die Spur der alten Bitterkeit ausgelöscht haben. So war es mit André Elsberger. Er wäre gern literarisch tätig gewesen; aber sein Bruder, der von sehr eigensinniger Denkart war, hatte gewollt, daß er gleich ihm sich der wissenschaftlichen Laufbahn widme. André war intelligent und für die Wissenschaften wie für die Literatur gleichermaßen recht begabt. Er war seines Künstlertums nicht sehr sicher; ganz sicher aber war er, ein Bourgeois zu sein; so hatte er sich denn vorläufig (man weiß, was dieses Wort bedeutet) dem Willen seines Bruders gefügt; er trat mit einer mäßigen Note in die Hauptgewerbeschule ein, verließ sie unter ähnlichen Bedingungen und ging seitdem gewissenhaft, doch ohne tiefere Anteilnahme seinem Ingenieurberuf nach. Natürlich waren ihm auf diese Weise seine geringen künstlerischen Anlagen verlorengegangen; und so sprach er nur noch mit Ironie von ihnen.

„Und dann", meinte er (Christof erkannte in dieser Schlußfolgerung Oliviers pessimistische Art wieder), „das Leben ist es nicht wert, daß man sich um einer verpfuschten Laufbahn willen quält. Ein schlechter Dichter mehr oder weniger..."

Die beiden Brüder liebten sich; sie waren seelisch vom selben Schlag; aber sie kamen nicht gut miteinander aus. Alle beide waren Dreyfusianer gewesen. Aber André, vom Syndikalismus angezogen, war Antimilitarist und Elias Patriot.

Es kam vor, daß André Christof besuchte, ohne zu seinem Bruder zu gehen; und Christof wunderte sich darüber: denn es bestand keine große Zuneigung zwischen ihm und André. Dieser redete immer nur, um sich über irgendwen oder irgend etwas zu beschweren – das war ermüdend; und wenn Christof redete, hörte André nicht zu. So suchte ihm denn Christof nicht zu verbergen, daß ihm seine Besuche lästig seien; der andere kümmerte sich darum aber nicht, er schien es nicht zu bemerken. Endlich fand Christof des Rätsels Lösung, als er eines Tages sah, daß sich sein Besucher, sich aus dem Fenster lehnend, weit mehr darum kümmerte, was unten im Garten geschah, als was er zu ihm redete. Er ließ eine Bemerkung darüber fallen, und André gab ohne Umstände zu, daß er Fräulein Chabran kenne und daß sie in den Besuchen, die er Christof mache, eine kleine Rolle spiele. Seine Zunge löste sich, und er gestand, daß er dem Mädchen schon lange freundschaftlich zugetan sei und vielleicht noch etwas mehr für sie empfinde. Die Familie Elsberger stand mit der des Majors von alters her in Beziehungen. Nachdem sie sich aber einmal sehr nahegestanden hatten, waren sie durch die Politik getrennt worden und besuchten sich nun nicht mehr. Christof verhehlte nicht, daß er das idiotisch finde. Konnte man nicht verschieden denken und sich dennoch weiter achten? André bejahte das und beteuerte seine geistige Freiheit; aber er schloß aus seiner Duldsamkeit zwei oder drei Fragen aus, über die man seiner Meinung nach nicht anders als er denken dürfe; und er führte die berühmte Dreyfusaffäre an. Daraufhin redete er die üblichen Gemeinplätze darüber. Christof kannte sie bereits: er versuchte nicht, darüber zu streiten; aber er fragte, ob diese Affäre nicht eines Tages beendet sein würde oder ob ihr Fluch bis in alle Ewigkeit noch die Kindeskinder und Enkel treffen solle. André begann zu lachen, und ohne Christof zu antworten, stimmte er ein gerührtes Loblied auf Céline Chabran an, wobei er den Eigennutz des Vaters anklagte, der es ganz natürlich finde, daß sie sich für ihn aufopfere.

„Warum heiraten Sie sie nicht", sagte Christof, „wenn Sie sie lieben und sie Ihre Liebe erwidert?"

André jammerte darüber, daß Céline kirchlich gesinnt sei. Christof fragte, was das ausmachen könne. Der andere erwiderte, daß es bedeute: alle kirchlichen Vorschriften erfüllen, sich mit einem Gott und seinen Bonzen zusammentun.

„Und was können Sie dagegen haben?"

„Ich habe etwas dagegen, weil ich nicht will, daß meine Frau einem anderen gehört als mir."

„Wie denn! Sie sind sogar auf die Gedanken Ihrer Frau eifersüchtig? Aber dann sind Sie ja noch eigennütziger als der Major!"

„Sie können leicht reden! Würden Sie etwa eine Frau nehmen, die keine Musik mag?"

„Das ist mir schon passiert."

„Wie kann man miteinander leben, wenn man nicht dasselbe denkt?"

„Kümmern Sie sich doch nicht um ihre Gedanken! Ach, mein armer Freund, wie wenig bedeuten die Gedanken, wenn man liebt! Was geht es mich an, ob die Frau, die ich liebe, die Musik ebenso liebt wie ich? Sie ist für mich die Musik! Wenn man so wie Sie das Glück hat, ein liebes Mädchen zu finden, das man liebt und das einen wiederliebt, so möge dieses Mädchen doch glauben, was es will, und glauben auch Sie, was Sie wollen! Schließlich sind alle Ihre Gedanken gleichviel wert; und es gibt nur eine Wahrheit in der Welt: einander lieben."

„Sie reden als Dichter. Sie sehen nicht das wirkliche Leben. Ich kenne zu viele Ehen, die unter solcher geistigen Uneinigkeit zu leiden hatten."

„Dann liebten sich die Betreffenden nicht genug. Man muß wissen, was man will."

„Mit dem Willen allein ist es nicht getan. Wenn ich Fräulein Chabran heiraten wollte, würde ich es doch nicht können."

„Ich möchte wissen, warum."

André sprach von seinen Skrupeln: seine Lage war nicht sicher; er hatte kein Vermögen, eine schwache Gesundheit. Er fragte sich, ob er das Recht habe zu heiraten. Es sei doch eine große Verantwortlichkeit... Gefährdete er nicht das Glück jener, die er liebte, und das seine dazu – von den künftigen Kindern ganz zu schweigen? Besser wäre es, zu warten oder zu verzichten.

Christof zuckte die Achseln.

„Das nennen Sie lieben? Wenn sie liebt, wird es sie beglücken, sich zu opfern. Und was die Kinder betrifft, so seid ihr Franzosen lächerlich. Ihr möchtet am liebsten nur dann welche ins Leben setzen, wenn ihr von vornherein sicher seid, kleine fette Rentner aus ihnen machen zu können, die nichts zu erleiden haben... Zum Teufel, das geht euch nichts an; ihr habt ihnen nur das Leben zu geben, die Liebe zum Leben und den Mut, es zu verteidigen. Im übrigen – laßt sie leben, laßt sie sterben... Das ist das Schicksal aller Menschen. Soll man denn lieber auf das Leben verzichten als die Wagnisse des Lebens erproben?"

Das kräftige Vertrauen, das Christof entströmte, durchdrang André, überzeugte ihn aber nicht. Er sagte:

„Ja, vielleicht..."

Aber dabei ließ er es bewenden. Gleich den anderen schien er mit der Unfähigkeit geschlagen, zu wollen und zu handeln.

Christof hatte den Kampf gegen jene Trägheit, die er bei der Mehrzahl seiner französischen Freunde fand, aufgenommen. Sonderbarerweise war sie an eine arbeitsame, ja oft fieberhafte Geschäftigkeit gebunden. Fast alle, die er in den verschiedenen bürgerlichen Kreisen sah, waren Mißvergnügte. Fast alle hegten den gleichen Widerwillen gegen die Meister des Tages und ihre verderbte Denkart. Fast alle lebten in dem traurigen und stolzen Bewußtsein, daß die Seele ihrer Nation verraten sei. Und doch handelte es sich nicht um persönlichen Groll, um die Bitterkeit besiegter Menschen und Klassen, ausgeschlossen von der Macht und vom tätigen Leben, nicht um abgesetzte Beamte, ungenutzte Kräfte oder um alten Adel, zurückgezogen auf seine Güter, sich dort wie ein verwundeter Löwe verbergend, um zu sterben. Ein Gefühl sittlicher Auflehnung lag darin: ein dumpfes, tiefes, allgemeines Gefühl. Man fand es überall, im Heer, in der Beamtenschaft, auf der Universität, in den Büros, in jedem Triebwerk der Regierungsmaschine. Und doch handelten sie nicht. Sie waren von vornherein entmutigt; sie sagten immer wieder:

„Es läßt sich nichts machen."

Ängstlich wandten sie ihre Gedanken von den traurigen Dingen ab; und sie suchten Zuflucht im häuslichen Leben.

Wenn sie sich wenigstens nur vom politischen Handeln zurückgezogen hätten! Aber allen diesen anständigen Leuten war nicht einmal mehr daran gelegen, im Kreise ihres täglichen Tuns tatkräftig einzugreifen. Sie ertrugen es, mit Elenden zusammengeworfen zu werden, die sie verachteten, gegen die zu kämpfen sie sich aber wohl hüteten, da sie es für aussichtslos hielten. Warum zum Beispiel ertrugen jene Künstler, jene Musiker, die Christof kennengelernt hatte, ohne Widerspruch die Unverschämtheit irgendwelcher Presseschwätzer, die ihnen Gesetze vorschreiben wollten? Es waren erzdumme Tröpfe darunter, deren Unwissenheit in omni re scibili sprichwörtlich war und die trotzdem mit gebietender Macht in omni re scibili ausgestattet waren. Sie machten sich nicht einmal die Mühe, ihre Aufsätze und ihre Bücher selbst zu schreiben; sie hatten Sekretäre, arme Hungerleider, die für Brot und Weiber ihre Seele verkauft haben würden, wenn sie eine gehabt hätten. Für niemanden in Paris war das ein Geheimnis. Und doch blieben sie auf ihren Thronen sitzen und behandelten die Künstler von oben herab. Christof brüllte vor Wut, wenn er manche ihrer Berichte las.

„Oh, diese Feiglinge!" schrie er.

„Über wen regst du dich denn auf?" fragte ihn Olivier. „Wieder über ein paar Taugenichtse vom Jahrmarkt?"

„Nein, über die anständigen Leute. Die Lumpen treiben ihr Handwerk: sie lügen, sie plündern, sie stehlen, sie morden. Aber die anderen – die sie gewähren lassen, obgleich sie sie verachten, die verachte ich tausendmal mehr. Wenn ihre Kollegen von der Presse, wenn die anständigen und gebildeten Kritiker, wenn die Künstler, auf deren Rücken diese Hanswurste ihre Späße treiben, sie nicht schweigend gewähren ließen, aus Schüchternheit, aus Angst, sich bloßzustellen, oder aus einer schändlichen Berechnung der gegenseitigen Schonung, wie auf Grund eines geheimen Vertrages, mit dem Feinde abgeschlossen, um gegen seine Schläge gesichert zu sein – wenn sie nicht dulden würden, daß jene sich mit ihrer Gönnerschaft und Freundschaft aufputzten, dann würde diese unverschämte Herrschaft der Lächerlichkeit anheimfallen. In allen Dingen dieselbe Schwäche. Ich habe zwanzig Biedermänner von irgendeinem Individuum sagen hören: ‚Das ist ein Halunke!' Aber nicht einer war unter ihnen, der diesem Individuum nicht mit einem ‚Lieber Kollege' die Hand gedrückt hätte. – ‚Es sind zu viele', sagen sie. – Ja, zu viele Jammerlappen. Zu viele anständige Feiglinge."

„Und was sollen wir tun?"

„Schafft selber Ordnung! Worauf wartet ihr? Daß sich der Himmel mit euren Angelegenheiten befasse? Da, sieh mal, gerade jetzt. Seit drei Tagen schneit es. Der Schnee häuft sich in euren Straßen; er macht aus eurem Paris eine Schlammkloake. Was tut ihr dagegen? Ihr schimpft auf eure Verwaltung, die euch im Dreck läßt. Aber ihr selbst, tut ihr irgend etwas, um dem abzuhelfen? Gott behüte! Ihr legt die Hände in den Schoß. Niemand faßt sich ein Herz und reinigt auch nur das Pflaster vor seinem Hause. Niemand tut seine Pflicht, weder der Staat noch die Privatleute; beide meinen, sie seien einander nichts schuldig, wenn sie sich gegenseitig die Schuld geben. Ihr seid durch eure jahrhundertealte monarchische Erziehung so daran gewöhnt, nichts aus euch selber heraus zu tun, daß es immer so aussieht, als hieltet ihr Maulaffen feil und wartet indessen auf ein Wunder. Das einzig mögliche Wunder würde geschehen, wenn ihr euch zum Handeln entschlösset. Schau, mein kleiner Olivier, Verstand und gute Eigenschaften habt ihr im Überfluß; das Blut aber fehlt euch. Dir zuallererst. Weder der Geist noch das Herz ist bei euch krank. Das ist das Leben. Es schwindet hin."

„Was soll man dabei tun? Man muß abwarten, bis es wiederkehrt."

„Man muß wollen, daß es wiederkehrt. Man muß *wollen*! Und dazu ist es vor allem nötig, daß ihr wieder reine Luft bei euch einlaßt. Will man nicht aus seinem Hause heraus, dann sorge man wenigstens dafür, daß das Haus gesund sei. Ihr habt es durch die Miasmen des Jahrmarkts verpesten lassen. Eure Kunst und euer Denken sind zu zwei Dritteln verfälscht. Und eure Entmutigung ist so tief, daß euch nicht einmal in den Sinn kommt, euch dagegen zu empören, kaum wundert ihr euch darüber. Manche von diesen biederen, eingeschüchterten Leuten reden sich schließlich sogar ein, daß sie selber unrecht und die Schaumschläger recht hätten. Sind mir nicht solche armen jungen Kerle begegnet – sogar in deiner Zeitschrift *Esope*, in der ihr euch etwas darauf zugute tut, auf nichts hereinzufallen –, die sich einreden, sie liebten eine Kunst, die sie im Grunde gar nicht lieben? Aus knechtischer Dummheit berauschen sie sich, ohne daß es ihnen Spaß macht; und sie langweilen sich zu Tode in dieser Lüge."

Christof fuhr unter diese Schwankenden gleich dem Wind, der die verschlafenen Bäume rüttelt. Er suchte nicht, ihnen seine Denkart aufzupfropfen; er hauchte ihnen die Kraft ein, selbständig zu denken. Er sagte:

„Ihr seid zu bescheiden. Euer großer Feind ist der neurasthenische Zweifel. Man kann, man muß duldsam und menschlich sein. Aber man darf nicht an dem zweifeln, was man für gut und wahr hält. Was man glaubt, muß man verteidigen. Welcher Art unsere Kräfte auch sein mögen, wir dürfen niemals abdanken. Der Kleinste in dieser Welt hat ebenso eine Pflicht wie der Größte. Und (was er nicht weiß) er hat auch eine Macht. Glaubt nicht, daß eure alleinstehende Auflehnung vergeblich sei! Ein starkes Selbstbewußtsein, das sich zu bejahen wagt, ist eine Macht. Ihr habt mehr als einmal in den letzten Jahren gesehen, wie der Staat und die öffentliche Meinung gezwungen waren, mit dem Urteil eines braven Mannes zu rechnen, der keine anderen Waffen besaß als seine sittliche Stärke, die er vor aller Welt mit Zähigkeit bekundete...

Und wenn ihr euch fragt, wozu man sich so anstrengen solle, wozu man kämpfen solle, *wozu?* – Nun, so wißt: Weil Frankreich stirbt, weil Europa stirbt, weil unsere Zivilisation, das in jahrhundertelanger Anstrengung von unserer Menschheit bewundernswert aufgebaute Werk, in sich selbst zusammenfallen wird, wenn wir nicht kämpfen. Das Vaterland ist in Gefahr, unser europäisches Vaterland, und mehr als jedes andere eures, euer kleines Vaterland: Frankreich. Eure Indolenz tötet es. Es stirbt in jeder eurer Energien, die stirbt, in jedem eurer Gedanken, der Verzicht leistet, in jeder eurer unfruchtbaren guten Gesinnungen, in jedem Tropfen eures Blutes, der unnütz versickert... Auf! Es gilt zu leben! Oder wenn ihr sterben müßt, so habt ihr aufrecht zu sterben."

Das Schwerste aber war noch nicht, sie zum Handeln zu bewegen, sondern sie zu bewegen, gemeinsam zu handeln. In dieser Richtung war nichts mit ihnen anzufangen. Die einen schmollten mit den anderen. Die Besten waren die Widerspenstigsten. Christof hatte ein Beispiel in seinem eigenen Hause: Herr Felix Weil, Ingenieur Elsberger und

Major Chabran lebten in stummer Feindschaft miteinander. Und doch wollten sie unter den verschiedenen Aushängeschildern der Parteien und der Herkunft im Grunde alle das gleiche.

Herr Weil und der Major hätten vielerlei Gründe gehabt, einander zu verstehen. Herr Weil, der niemals aus seinen Büchern herauskam und einzig ein geistiges Leben führte, war aus einer jener Gegensätzlichkeiten heraus, wie man sie unter den Männern des Gedankens häufig findet, für militärische Dinge begeistert. „Wir alle sind Stückwerk", sagte der Halbjude Montaigne, indem er auf alle Menschen anwandte, was auf gewisse Geister zutrifft, wie auf die, zu denen Herr Weil gehörte. Dieser alte Verstandesmensch trieb Napoleonkult. Er umgab sich mit Berichten und Andenken, aus denen der hochtrabende Traum des kaiserlichen Heldenliedes wiederauflebte. Gleich vielen Franzosen seiner Epoche blendeten ihn die fernen Strahlen dieser Ruhmessonne. Er machte die alten Feldzüge noch einmal, er lieferte Schlachten, er erörterte die kriegerischen Operationen; er gehörte zu jenen Zimmerstrategen, von denen es in Akademien und Universitäten wimmelt, die Austerlitz erklären und an Waterloo die Fehler nachweisen. Er war vornan, diese „Napoleonitis" zu verspotten; seine Ironie kam dabei auf ihre Kosten; aber er berauschte sich darum nicht weniger an jenen schönen Geschichten, wie ein Kind, das spielt. Manche Episoden trieben ihm die Tränen in die Augen: wenn er diese Schwäche merkte, wand er sich vor Lachen und nannte sich ein altes Schaf. In Wahrheit machte ihn weniger die Vaterlandsliebe zum Napoleonschwärmer als eine romantische Begeisterung und die platonische Liebe zur Tat. Jedoch war er ein ausgezeichneter Patriot und hing mehr an Frankreich als viele stammesechte Franzosen. Die französischen Antisemiten begehen ebenso eine Schlechtigkeit wie eine Dummheit, wenn sie die französischen Gefühle der in Frankreich ansässigen Juden durch ihre beleidigenden Verdächtigungen entmutigen. Abgesehen davon, daß jede Familie nach zwei oder drei Generationen in dem Boden, auf dem sie sich festgesetzt hat, notwendigerweise verwurzelt ist, haben die Juden ganz besondere Gründe, das Volk zu lieben, das im Abendland die vorgeschrittensten Ideen geistiger Freiheit repräsentiert. Sie lieben es um so mehr, als sie seit hundert Jahren dazu beigetragen haben, daß es so wurde, und als jene Freiheit zum Teil ihr Werk ist. Wie also sollten sie es nicht gegen die Gefahren jeder freiheitswidrigen Reaktion verteidigen? Es hieße für den Feind arbeiten, wenn man versuchen wollte – wie es eine Handvoll verbrecherischer Narren möchte –, die Bande zu zerreißen, die jene Adoptivfranzosen an Frankreich fesseln.

Der Major Chabran gehörte zu jenen schlechtberatenen Franzosen, die durch ihre Zeitungen verrückt gemacht werden, indem diese ihnen jeden in Frankreich Eingewanderten als einen heimlichen Feind darstellen; dadurch fühlen sich diese Leute verpflichtet, trotz ihres von Natur wohlwollenden Geistes, zu verdächtigen, zu hassen und die hohe Bestimmung ihrer Nation, die die Vereinigung der Nationen ist, zu verleugnen. So hielt er sich denn auch für verpflichtet, den Mieter im ersten Stockwerk zu übersehen, obgleich er ihn sehr gern kennengelernt hätte. Herr Weil hätte seinerseits Vergnügen daran gefunden, mit dem Offizier zu plaudern; aber er kannte seinen Nationalismus und verachtete ihn ein wenig.

Christof hatte viel weniger Veranlassung als der Major, sich mit Herrn Weil zu beschäftigen. Aber er konnte Ungerechtigkeit nicht vertragen. So brach er denn für Herrn Weil eine Lanze, wenn Chabran ihn angriff.

Eines Tages, als der Major wie gewöhnlich gegen die allgemeinen Zustände loswetterte, sagte Christof zu ihm:

„Das ist eure Schuld. Ihr zieht euch alle zurück. Wenn die Dinge in Frankreich nicht nach eurer Phantasie gehen, nehmt ihr mit einem Krach den Abschied. Man könnte meinen, es wäre für euch Ehrensache, euch als Besiegte zu erklären. Niemals hat man jemanden die eigene Sache mit so viel Eifer aufgeben sehen. Sagen Sie, Herr Major, Sie kennen ja den Krieg: Ist das eine Art zu kämpfen?"

„Es ist nicht die Rede von kämpfen", antwortete der Major. „Man kämpft nicht gegen Frankreich. In Kämpfen wie diesen heißt es reden, streiten, wählen, die unangenehme Berührung mit einer Menge von Schuften ertragen: das paßt mir nicht."

„Sie sind recht zimperlich! In Afrika haben Sie doch noch ganz anderes gesehen!"

„Mein Ehrenwort, das war mir weniger widerlich. Und dann, man konnte ihnen immer eins aufs Maul geben. Im übrigen braucht man Soldaten, um sich zu schlagen. Da unten hatte ich meine Schützen. Hier bin ich allein."

„Dabei fehlt es doch nicht an braven Leuten."

„Wo sind sie?"

„Überall."

„Ja, und was tun sie?"

„Sie machen es wie Sie, sie tun nichts, sie sagen, daß man nichts ausrichten kann."

„Nennen Sie mir nur einen einzigen."

„Drei, wenn Sie wollen, und in Ihrem eigenen Hause."

Christof nannte ihm Herrn Weil (der Major schrie auf) und die Elsbergers (er sprang in die Höhe).

„Dieser Jude? – Diese Dreyfusianer?"

„Dreyfusianer?" sagte Christof. „Nun, was macht das?"

„Die haben Frankreich zugrunde gerichtet."

„Sie lieben es ebenso wie Sie."

„Dann sind es Narren, schädliche Narren."

„Kann man seinen Gegnern nicht Gerechtigkeit widerfahren lassen?"

„Ich verständige mich durchaus mit anständigen Gegnern, die mit ehrlichen Waffen kämpfen. Der Beweis ist, daß ich mich mit Ihnen unterhalte, Herr Deutscher. Die Deutschen achte ich, wenn ich auch wünsche, ihnen eines Tages die Tracht Prügel, die sie uns verabfolgt haben, mit Zinsen heimzuzahlen. Aber mit den anderen, den inneren Feinden, ist es nicht dasselbe: sie gebrauchen unehrliche Waffen, ungesunde Phantastereien, vergiftete Humanitätsduselei..."

„Ja, Sie befinden sich in der Geistesverfassung mittelalterlicher Ritter, die zum erstenmal Kanonen gegenüberstehen. Was wollen Sie machen? Der Krieg ist heute ein anderer."

„Meinetwegen; dann seien wir aber offen und geben zu, daß es Krieg ist."

„Angenommen, daß ein gemeinsamer Feind die Zivilisation Europas bedrohte, würden Sie sich dann nicht mit den Deutschen verbünden?"

„Wir haben es in China getan."

„Schauen Sie doch um sich. Ist nicht Ihr Land, sind nicht alle unsere europäischen Länder augenblicklich im heldenmütigen Idealismus ihrer Völker bedroht? Sind sie nicht alle mehr oder weniger den Abenteurern der Politik und des Gedankens zur Beute gefallen? Müßten Sie nicht gegen diesen gemeinsamen Feind Hand in Hand mit denjenigen Ihrer Gegner ankämpfen, die sittliche Kraft haben? Wie kann ein Mann wie Sie so wenig mit der Wirklichkeit rechnen? Da stehen Leute, die ein Ideal gegen Sie verteidigen, das von dem Ihren verschieden ist! Ein Ideal ist eine Macht, das können Sie nicht leugnen; in dem kürzlich ausgefochtenen Kampfe war es das Ideal Ihrer Gegner, das Sie geschlagen hat. Nun, warum, statt sich im Kampf dagegen aufzureiben, bedienen Sie sich nicht seiner, um es zusammen mit dem Ihren, beide Seite an Seite, gegen die Feinde jedes Ideals, gegen die Ausbeuter des Vaterlandes, gegen die Verderber der europäischen Zivilisation ins Feld zu führen?"

„Und für wen? Darüber müßte man sich erst verständigen. Um unseren Gegnern zum Siege zu verhelfen?"

„Als Sie in Afrika waren, haben Sie sich nicht darum gekümmert, ob Sie sich für den König oder die Republik schlugen. Ich bilde mir ein, daß viele von Ihnen kaum an die Republik gedacht haben."

„Auf die haben sie gepfiffen."

„Schön! Und es kam dennoch Frankreich zugute. Ihr habt für Frankreich erobert und auch für euch. Nun, warum macht ihr es hier nicht ebenso? Erweitert den Kampf. Zankt euch nicht wegen politischer oder religiöser Nichtigkeiten. Das ist alberner Kleinkram. Ob eure Nation die älteste Tochter der Kirche oder die der Vernunft ist, darauf kommt es wenig an. Aber leben soll sie! Alles ist gut, was das Leben steigert. Es gibt nur einen Feind, das ist die genießerische Selbstsucht, die die Quellen des Lebens besudelt und verstopft. Steigert die Kraft, steigert das Licht, steigert die fruchtbare Liebe, die Freude am Opfer. Und überlaßt niemals anderen die Sorge, für euch zu handeln. Handelt, handelt, vereint euch! Vorwärts!"

Und lachend begann er auf dem Klavier die ersten Takte des Marsches in B-Dur aus der *Neunten Symphonie* zu pauken.

„Wissen Sie was", meinte er, sich unterbrechend, „wenn ich einer eurer Musiker wäre, Charpentier oder Bruneau (der Teufel hole ihn!), dann würde ich Ihnen *Zu den Waffen, Bürger!, Die Internationale, Hoch lebe Heinrich IV.!, Gott schütze Frankreich!*, kurz, alle Kräuter der Johannisnacht in eine chorale Symphonie zusammenbringen (sehen Sie, in der Art wie das da...) – ich würde Ihnen eine Fischbrühe zusammenbrauen, die Ihnen die Zunge verbrennen sollte. Es würde etwas verteufelt Schlechtes werden (allerdings nichts Schlechteres, als was die da machen); aber ich versichere Ihnen, daß es Ihnen gut einheizen würde und daß Sie wohl oder übel marschieren müßten!"

Er lachte aus vollem Herzen.

Der Major lachte mit.

„Sie sind ein prächtiger Bursche, Herr Krafft. Schade, daß Sie nicht zu uns gehören!"

„Aber ich gehöre zu Ihnen! Überall tobt derselbe Kampf; schließen wir uns zusammen."

Der Major gab ihm recht; aber dabei blieb es. Dann fing

Christof eigensinnig wieder von Weil und Elsbergers zu reden an. Und der Offizier, nicht weniger eigensinnig, führte von neuem seine ewigen Gründe gegen die Juden und die Dreyfusianer an.

Christof war darüber betrübt. Olivier sagte zu ihm:

„Gräme dich nicht. Ein einzelner Mann kann nicht mit einem Schlage den Geisteszustand einer ganzen Gesellschaft ändern. Das wäre zu schön! Aber du tust schon viel, ohne daß du es ahnst."

„Was tue ich denn?" sagte Christof.

„Du bist Christof."

„Welchen Vorteil haben die anderen davon?"

„Einen sehr großen; sei nur, was du bist: mein lieber Christof; um uns sorge dich nicht."

Christof aber wollte sich damit nicht begnügen. Er stritt mit dem Major Chabran weiter, und manchmal recht heftig. Céline machte das Spaß. Sie hörte den Gesprächen der beiden zu und arbeitete schweigend. Sie mischte sich nicht in die Auseinandersetzungen; aber sie schien fröhlicher; ihr Blick bekam einen ganz neuen Glanz: es war, als fühle sie mehr Raum um sich her. Sie begann zu lesen; sie ging häufiger aus; sie nahm an mehr Dingen Anteil. Und eines Tages, als Christof zugunsten der Elsbergers gegen ihren Vater stritt, sah der Major sie lächeln; er fragte sie, was sie dächte; sie antwortete ruhig:

„Ich denke, daß Herr Krafft recht hat."

Der Major sagte verblüfft:

„Das ist doch ein wenig stark! Nun, ob recht oder unrecht: wie wir sind, so sind wir; wir haben nicht nötig, mit diesen Leuten zusammenzukommen. Nicht wahr, Töchterchen?"

„Aber doch, Papa", erwiderte sie, „es würde mir Freude machen."

Der Major schwieg und tat, als habe er nicht gehört. Er selbst war Christofs Einfluß zugänglicher, als er es zeigen mochte. Trotz der Enge seines Urteils und trotz seiner

Heftigkeit besaß er doch einen geraden Sinn und seelische Großzügigkeit. Er liebte Christof, er liebte dessen Freimut und dessen sittliche Gesundheit; es schmerzte ihn oft sehr, daß Christof ein Deutscher war. Wenn er in seinen Auseinandersetzungen mit ihm auch noch so heftig wurde: er suchte diese Auseinandersetzungen; und Christofs Beweisgründe blieben nicht ohne Wirkung. Er hätte sich wohl gehütet, das anzuerkennen. Eines Tages aber fand ihn Christof, wie er aufmerksam in einem Buch las, das zu zeigen er sich weigerte. Als Céline Christof hinausbegleitete und allein mit ihm war, sagte sie:

„Wissen Sie, was er las? – Ein Buch von Herrn Weil."

Christof war glücklich.

„Und was sagt er darüber?"

„Er sagt: ‚Dieser Kerl!' – Aber er kann nicht davon loskommen."

Christof spielte dem Major gegenüber, als er wieder mit ihm zusammentraf, in keiner Weise auf dieses Ereignis an. Schließlich fragte dieser:

„Wie kommt es, daß Sie mich nicht mehr mit Ihrem Juden anöden?"

„Weil es nicht mehr nötig ist", sagte Christof.

„Wieso?" fragte der Major herausfordernd.

Christof antwortete nicht und ging lachend davon.

Olivier hatte recht. Mit Worten wirkt man nicht auf die anderen. Mit seinem Wesen tut man es. Es gibt Leute, die durch ihre Blicke, ihre Gebärden, durch die schweigende Berührung ihrer feierlich heiteren Seele rings um sich eine Atmosphäre von Frieden verbreiten. Christof strahlte Leben aus. Wie Frühlingswärme drang es leise, leise durch die alten Mauern und die verschlossenen Fenster des verschlafenen Hauses; es erweckte Herzen zu neuem Leben, die der Schmerz, die Schwäche, die Vereinsamung seit Jahren zerfressen, ausgetrocknet, wie tot zurückgelassen hatten. Macht der Seelen über die Seelen! Die sie erfahren und die sie ausüben, wissen gleichermaßen nichts davon. Und dennoch ist das Leben der Welt aus Ebbe und Flut gemacht, die von dieser geheimen Anziehungskraft regiert werden.

Zwei Stockwerke unter der Wohnung von Christof und Olivier lebte, wie wir gesehen haben, eine junge Frau von fünfunddreißig Jahren, Frau Germain, die, seit zwei Jahren Witwe, vor einem Jahr ihr ungefähr achtjähriges Töchterchen verloren hatte. Sie lebte mit ihrer Schwiegermutter zusammen. Sie sahen niemanden. Von allen Mietern im Hause hatten sie die geringsten Beziehungen zu Christof gehabt. Sie waren sich kaum begegnet; niemals hatten sie das Wort aneinander gerichtet.

Sie war eine große, magere, ziemlich gutgewachsene Frau mit schönen, braunen, undurchsichtigen, ausdruckslosen Augen, in denen sich für Augenblicke eine trübe und harte Flamme entzündete, mit einem wachsgelben Gesicht, platten Wangen und einem verkrampften Mund. Die alte Frau Germain war bigott und verbrachte ihre Tage in der Kirche. Die junge Frau verschloß sich eifersüchtig in ihre Trauer. Sie nahm an nichts Anteil. Sie umgab sich mit Reliquien und Bildern ihres kleinen Mädchens und starrte diese so unablässig an, daß sie schließlich das Kind selbst nicht mehr sah: die toten Bilder töteten das lebendige Bild in ihr. Sie sah es nicht mehr; und sie war halsstarrig; sie wollte einzig und allein an das Kind denken; dadurch kam es schließlich dazu, daß sie nicht einmal mehr ihre Gedanken auf das Kind sammeln konnte: sie hatte das Werk des Todes vollendet. Nun stand sie da, erstarrt, versteinerten Herzens, tränenlos, mit versiegtem Leben. Die Religion war ihr keine Hilfe. Sie erfüllte deren Vorschriften, aber ohne Liebe und folglich ohne lebendigen Glauben; sie gab Geld für Messen, nahm aber keinerlei tätigen Anteil an guten Werken; ihr ganzer Glauben beruhte auf dem einzigen Gedanken: das Kind wiedersehen! Was ging sie alles übrige an? Gott?

Was hatte sie mit Gott zu schaffen? Das Kind wiedersehen! Und sie war weit davon entfernt, dessen gewiß zu sein. Sie wollte es glauben, wollte es hartnäckig, verzweifelt; und doch konnte sie es nicht... Andere Kinder zu sehen war ihr unerträglich; sie dachte:

Warum sind nicht diese gestorben?

Im selben Stadtviertel gab es ein kleines Mädchen, das in der Gestalt und im Gang dem ihren glich. Wenn sie es mit seinen kleinen Zöpfen von hinten sah, begann sie zu zittern. Sie ging ihm nach; und wenn es sich umwandte und sie sah, daß es nicht *ihr* Kind war, hätte sie es erwürgen mögen. Sie beschwerte sich, daß die kleinen Elsbergers, obwohl sie, durch ihre Erziehung zurückgehalten, recht ruhig waren, in der Etage über ihr Lärm machten; und sowie die armen Kinder in ihrem Zimmer umhertrappelten, schickte sie ihr Dienstmädchen hinauf und ließ um Ruhe bitten. Christof, der ihr einmal begegnete, als er mit den kleinen Mädchen heimkehrte, war von dem harten Blick betroffen, den sie auf die Kinder warf.

An einem Sommerabend, als diese lebendige Tote, die sich in das Nichts hineinbannte, in der Dunkelheit an ihrem Fenster saß, hörte sie Christof spielen. Er hatte die Gewohnheit, zu dieser Stunde am Klavier zu träumen. Die Musik ärgerte sie, denn sie drang störend in die Leere, in die sie sich verkrochen hatte. Voller Zorn schloß sie das Fenster. Die Musik verfolgte sie bis ins Zimmer. Frau Germain empfand eine Art Haß gegen sie. Sie hätte Christof am liebsten das Spielen verboten; aber dazu hatte sie kein Recht. Jeden Tag zur selben Stunde wartete sie jetzt mit ärgerlicher Ungeduld, daß das Klavierspiel begänne; und wenn es nicht gleich einsetzte, wurde ihre Gereiztheit nur größer. Wider Willen mußte sie die Musik bis zu Ende anhören; und wenn sie aufhörte, wurde es ihr schwer, die gewohnte Empfindungslosigkeit wiederzufinden. – Und eines Abends, als sie in einem Winkel ihres dunklen Zimmers kauerte und die ferne Musik durch die geschlossenen

Fensterläden zu ihr drang, fühlte sie sich erschauern, und die Quelle der Tränen begann von neuem zu rinnen. Sie öffnete das Fenster; und von nun an hörte sie weinend zu. Die Musik war wie ein Regen, der Tropfen auf Tropfen ihr vertrocknetes Herz durchdrang und es zu neuem Leben erweckte. Sie sah von neuem den Himmel, die Sterne, die Sommernacht; und wie einen noch bleichen Schimmer fühlte sie neue Anteilnahme am Leben, menschliche Zuneigung in sich aufdämmern. Und eines Nachts erschien ihr zum erstenmal seit Monaten wieder das Bild ihres kleinen Mädchens im Traum. – Denn der sicherste Weg, unseren Toten nahezukommen, ist nicht, zu sterben, sondern zu leben. Sie leben von unserem Leben und sterben durch unseren Tod.

Sie versuchte nicht, Christof zu treffen. Aber sie hörte ihn auf der Treppe mit den kleinen Mädchen vorbeigehen, und sie hielt sich hinter der Tür verborgen, um das kindliche Geplapper zu belauschen, das ihr das Herz bewegte.

Eines Tages, als sie ausgehen wollte, hörte sie die trippelnden Schrittchen, die etwas lauter als sonst die Treppe hinuntergingen, und dann eine der Kinderstimmen, die zu der kleinen Schwester sagte:

„Mach nicht soviel Lärm, Lucette, du weißt, Christof hat gesagt, wegen der Dame, die Kummer hat."

Und die andere dämpfte sogleich ihre Schritte und sprach ganz leise. Da konnte Frau Germain nicht mehr an sich halten. Sie öffnete die Tür, umfing die Kinder und küßte sie leidenschaftlich. Die hatten Furcht; eines der Mädelchen begann zu schreien. Sie ließ sie los und ging wieder hinein.

Wenn sie sie seitdem traf, versuchte sie, ihnen zuzulächeln, wurde es auch nur ein krampfhaftes Lächeln (sie hatte die Fähigkeit verloren...), und richtete ein paar rasche und herzliche Worte an sie, auf die die eingeschüchterten Kinder nur mit befangenem Flüstern antworteten. Sie hatten auch jetzt noch Angst vor der Dame, mehr noch als früher; und wenn sie an ihrer Tür vorbeikamen, rannten sie jetzt, aus Furcht, daß sie sie erwischen könnte. Sie dagegen versteckte sich, damit sie die Kinder sehen könnte. Sie schämte sich; ihr war, als stehle sie ihrer kleinen Toten ein wenig von der Liebe, auf die jene ganz allein Anspruch hatte. Sie warf sich auf die Knie und bat sie um Verzeihung. Jetzt aber, da der Trieb, zu leben und zu lieben, neu erwacht war, konnte sie nichts gegen ihn ausrichten; er war der Stärkere.

Eines Abends, als Christof heimkehrte, fiel ihm eine ungewohnte Verwirrung im Hause auf. Man teilte ihm mit, daß Herr Watelet ganz plötzlich an Angina pectoris gestorben sei. Christof war voller Mitleid bei dem Gedanken an das Kind, das nun verlassen war. Man kannte keinerlei Verwandte von Herrn Watelet, und aller Wahrscheinlichkeit nach ließ er es fast ohne alle Mittel zurück. Christof sprang in großen Sätzen hinauf und trat in die Wohnung im dritten Stock ein, deren Tür offenstand. Er fand den Abbé Corneille neben dem Toten und das kleine Mädchen, das unter Tränen nach seinem Papa rief; die Concierge versuchte ungeschickt, es zu trösten. Christof nahm das Kind auf den Arm und redete ihm zärtlich zu. Die Kleine klammerte sich verzweifelt an ihn; er wollte sie aus der Wohnung forttragen; aber sie sträubte sich. So blieb er denn bei ihr. Er setzte sich ans Fenster in das Dämmerlicht und wiegte sie weiter in seinem Arm. Das Kind beruhigte sich nach und nach; mitten in seinem Schluchzen entschlummerte es. Christof legte es aufs Bett und versuchte ungeschickt, die Schnürsenkel der Schuhchen zu lösen. Die Nacht war hereingebrochen. Die Wohnungstür war offengeblieben. Ein Schatten glitt mit einem Rascheln herein. Beim letzten farblosen Schimmer des Tages erkannte Christof die fiebrigen Augen der Frau in Trauer. Aufrecht auf der Zimmerschwelle stehend, sagte sie mit zusammengeschnürter Kehle:

„Ich komme... Wollen Sie... Wollen Sie sie mir geben?"

Christof ergriff ihre Hand. Frau Germain weinte. Dann

setzte sie sich am Kopfende des Bettes nieder. Nach einem Augenblick sagte sie:

„Lassen Sie mich bei ihr wachen..."

Christof stieg mit dem Abbé Corneille zu seinem Stockwerk hinauf. Der Priester entschuldigte sich ein wenig verlegen, daß er gekommen war. Er hoffe, sagte er voller Bescheidenheit, daß der Tote es ihm nicht vorwerfen würde: er sei nicht als Priester, sondern als Freund bei ihm gewesen.

Am nächsten Morgen, als Christof wiederkam, fand er das Kind am Halse Frau Germains, wo es sich mit jenem kindlichen Vertrauen barg, das diese kleinen Wesen sofort denen austeilen, die ihnen zu gefallen wissen. Es war bereit, seiner neuen Freundin zu folgen... Ach, es hatte seinen Adoptivvater schon vergessen! Es bezeigte seiner neuen Mama die gleiche Anhänglichkeit. Das war nicht sehr beruhigend. Ob der Liebesegoismus Frau Germains das merkte? Vielleicht. Aber was lag daran? Lieben muß man. Darin liegt das Glück...

Ein paar Wochen nach dem Begräbnis nahm Frau Germain das Kind mit aufs Land, weit von Paris. Christof und Olivier waren bei der Abfahrt zugegen. Die junge Frau hatte einen Ausdruck von geheimer Freude, den sie nicht an ihr kannten. Sie sah die beiden nicht. Im Augenblick der Abfahrt bemerkte sie jedoch Christof, reichte ihm die Hand und sagte:

„Sie haben mich gerettet."

„Was hat wohl die verrückte Person?" fragte Christof erstaunt, während sie die Treppe wieder hinaufstiegen.

Wenige Tage später bekam er durch die Post eine Photographie, die ein ihm unbekanntes kleines Mädchen darstellte, das auf einem Schemelchen saß, seine Händchen artig auf dem Schoß gefaltet hielt und ihn mit klaren und schwermütigen Augen anschaute. Darunter war geschrieben:

„Meine kleine Tote dankt Ihnen."

So schwebte zwischen allen diesen Leuten ein Hauch neuen Lebens. Da oben, in der Mansarde des fünften Stockwerks, brannte ein Herdfeuer machtvoller Menschlichkeit, dessen Wärme langsam das Haus durchdrang.

Aber Christof merkte es nicht. Ihm ging es zu langsam. „Ach", seufzte er, „wenn man doch alle diese braven Leute jedes Glaubens, jeder Klasse, die sich nicht kennen wollen, verbrüdern könnte! Gibt es denn keinerlei Möglichkeit dazu?"

„Was willst du?" sagte Olivier. „Dazu ist eine gegenseitige Duldung und eine Kraft der Zuneigung nötig, die nur aus innerer Freude geboren werden können – aus der Freude eines gesunden, normalen, harmonischen Lebens, aus der Freude an der nützlichen Verwendung der eigenen Tatkraft, aus dem Gefühl, daß man irgend etwas Großem dient. Dazu wäre nötig, daß das Vaterland in einer Epoche der Größe steht oder (was noch mehr wert ist) auf dem Wege zur Größe ist. Und es müßte außerdem (beides gehört zusammen) eine Gewalt geben, die alle Triebkräfte in Bewegung zu setzen verstünde, eine kluge und starke Gewalt, die über den Parteien stände. Nun kann es aber über den Parteien keine andere Gewalt geben als eine, die ihre Kraft aus sich selber zieht und nicht aus dem großen Haufen, eine, die nicht versucht, sich auf die anarchische Majorität zu stützen, sondern die sich allen durch die geleisteten Dienste aufzwingt: ein siegreicher General, eine Diktatur des Allgemeinwohls, eine Oberherrschaft der Intelligenz... Was weiß ich! Das hängt nicht von uns ab. Die Gelegenheit muß sich bieten, und es müssen Männer dasein, die sie zu erfassen wissen; Glück und Genie gehören dazu. Warten wir ab und hoffen wir! Die Kräfte sind vorhanden: Kräfte des Glaubens, der Wissenschaft, der Arbeit, des alten und des neuen Frankreichs, des größeren Frankreichs... Was für ein Wachstum würden wir erleben, wenn das Wort gefallen wäre, das Zauberwort, das alle diese Kräfte vereint entfesseln würde! Dieses Wort können nicht wir sprechen, weder du noch ich. Wer wird es aussprechen? Der Sieg? Der Ruhm? Geduld! Die Hauptsache ist, daß alles Starke in der Nation sich sammelt, sich nicht selber zerstört, nicht vor der Zeit den Mut verliert. Glück und Genie werden nur den Völkern zuteil, die sie durch Jahrhunderte standhafter Geduld, durch Arbeit und Glauben zu verdienen wußten."

„Wer weiß", sagte Christof, „manchmal kommen sie schneller, als man glaubt – in einem Augenblick, in dem man sie am wenigsten erwartet. Ihr tafelt schon allzulange an den Tischen der Jahrhunderte. Bereitet euch vor! Gürtet eure Lenden! Behaltet stets die Schuhe an den Füßen und den Stab in eurer Hand ... Denn ihr wißt nicht, ob der Herr nicht heute nacht an eurer Tür vorüberschreitet."

Er schritt in dieser Nacht ganz dicht vorüber. Der Schatten seines Flügels streifte die Schwelle des Hauses.

Infolge scheinbar unbedeutender Ereignisse hatten sich die Beziehungen zwischen Frankreich und Deutschland plötzlich zugespitzt, und binnen zwei oder drei Tagen war man aus dem gewöhnlichen Verhältnis guter Nachbarschaft zu dem herausfordernden Ton übergegangen, der dem Krieg vorangeht. Das konnte nur die überraschen, die in der Einbildung lebten, daß die Vernunft die Welt regiere. Deren aber gab es viele in Frankreich; und so waren viele ganz verdutzt, als sie die Presse jenseits des Rheins vom einen auf den andern Tag den Ton heftiger Feindschaft gegen Frankreich anschlagen hörten. Gewisse Zeitungen, die sich in beiden Ländern das Monopol des Patriotismus anmaßten, im Namen der Nation sprechen und dem Staat, manchmal in heimlicher Verschwörung mit ihm, die zu befolgende Politik vorschreiben, stellten Frankreich beleidigende Ultimaten. Ein Konflikt zwischen Deutschland und England hatte sich erhoben, und Deutschland gewährte Frankreich nicht einmal das Recht, Partei zu ergreifen.

Seine vermessenen Zeitungen forderten Frankreich auf, sich für Deutschland zu erklären, und drohten, es andernfalls die ersten Kriegskosten zahlen zu lassen; sie maßten sich an, sein Bündnis zu erpressen, indem sie ihm Furcht einzujagen suchten, und behandelten es im voraus als geschlagenen und gefügigen Vasallen – mit einem Wort: wie Österreich. Daran erkannte man wieder einmal den Größenwahn des siegestrunkenen deutschen Imperialismus und die völlige Unfähigkeit seiner Staatsmänner, andere Nationen zu begreifen, an die sie denselben allgemeinen Maßstab legten, der für sie Gesetz war: das Recht des Stärkeren. Die Wirkung dieser gewalttätigen Zumutung auf eine alte, auf Jahrhunderte des Ruhms und einer den Deutschen niemals zuteil gewordenen europäischen Vorherrschaft zurückblickende Nation war natürlich genau das Gegenteil von dem, was man in Deutschland erwartet hatte. Der eingeschlummerte Stolz Frankreichs bäumte sich auf. Es erbebte vom Scheitel bis zur Sohle; und die Gleichgültigsten schrien auf vor Zorn.

Die Masse des deutschen Volkes hatte nicht den geringsten Anteil an diesen Herausforderungen, die es selber vor den Kopf stießen: die braven Leute in jedem Land wollen nichts anderes als in Frieden leben; und die in Deutschland sind besonders friedfertig, wohlwollend, geneigt, sich mit allen gut zu stellen, und weit eher bereit, die anderen zu bewundern und nachzuahmen als sie zu bekämpfen. Aber man fragt die Biedermänner nicht um ihren Rat, und sie sind nicht kühn genug, ihn zu geben. Solche, die nicht die männliche Gewohnheit des öffentlichen Handelns haben, sind unweigerlich dazu verdammt, das Spielzeug der Öffentlichkeit zu sein. Sie sind das schallende und dumme Echo, das das Zankgeschrei der Presse und die Kampfrufe der Führer zurückwirft und daraus die *Marseillaise* oder die *Wacht am Rhein** macht.

Für Christof und Olivier war es ein furchtbarer Schlag. Sie waren so daran gewöhnt, einander zu lieben, daß sie nicht mehr einsahen, warum ihre Länder nicht dasselbe taten. Die Gründe dieser beharrlichen, plötzlich geweckten Feindschaft entgingen ihnen beiden und vor allem Christof, der als Deutscher keinerlei Grund hatte, einem Volk zu grollen, das durch sein Volk besiegt worden war. Wenn er auch von dem unerträglichen Hochmut einiger seiner Landsleute verletzt war und in gewisser Weise die Empörung der Franzosen gegen diese an den Herzog von Braunschweig gemahnende Strafandrohung teilte, so begriff er doch nicht, warum sich Frankreich schließlich nicht dazu verstand, Deutschlands Verbündeter zu werden. Die beiden Länder schienen ihm so viele tiefe Gründe zur Vereinigung zu haben, so viele gemeinsame Gedanken und so große Aufgaben, die es gemeinsam zu erfüllen galt, daß es ihn ärgerte, wenn er sah, wie sie sich in unfruchtbaren Groll verbissen. Wie alle Deutschen sah er Frankreich als den Hauptschuldigen in dem Mißverständnis an: denn gab er auch zu, daß es peinlich sei, als letzte Erinnerung eine Niederlage zu haben, so sah er darin doch nur eine Frage der Eitelkeit, die vor den höheren Interessen der Zivilisation und Frankreichs selber weichen mußte. Er hatte sich niemals die Mühe genommen, über die elsaß-lothringische Frage nachzudenken. In der Schule hatte er gelernt, die Einverleibung dieser Länder als eine Tat der Gerechtigkeit anzusehen, durch die ein deutsches Gebiet nach Jahrhunderten der Fremdherrschaft dem deutschen Vaterlande zurückgegeben wurde. So fiel er denn aus allen Wolken, als er merkte, daß sein Freund sie als ein Verbrechen ansah. Er hatte über diese Dinge noch gar nicht mit ihm gesprochen; so sehr war er davon überzeugt, daß sie in ihren Ansichten übereinstimmten. Und jetzt erlebte er es, daß Olivier, dessen Aufrichtigkeit und geistige Freiheit er kannte, ihm ohne Leidenschaft, ohne Zorn, aber mit tiefer Traurigkeit sagte, daß ein großes Volk wohl darauf verzichten könne, ein solches Verbrechen zu rächen, es aber nicht gutheißen könne, ohne sich zu entehren.

Es fiel ihnen sehr schwer, einander zu verstehen. Die historischen Gründe, die Olivier anführte, um das Recht Frankreichs auf Elsaß als auf ein lateinisches Gebiet zu beweisen, machten auf Christof keinen Eindruck; es bestanden ebenso gewichtige Gründe, die das Gegenteil bewiesen: die Geschichte liefert der Politik alle Gründe, deren sie für einen beliebigen Fall bedarf. – Weit mehr wurde Christof durch die menschliche und nicht rein französische Seite der Frage getroffen. Ob die Elsässer Deutsche waren oder nicht, darum handelte es sich nicht. Sie wollten es nicht sein; und das allein zählte. Wer hat das Recht, zu sagen: Dieses Volk gehört mir: denn es ist mein Bruder? Wenn der Bruder es leugnet, und hätte er tausendmal unrecht, so fiele doch alle Schuld auf den, der es nicht verstanden hat, Liebe zu erwecken, und der kein Recht hat, sich anzumaßen, den anderen an sein Schicksal zu binden. Nach vierzig Jahren von Gewalttätigkeiten, von brutalen oder verhüllten Unterdrückungen und sogar nach allen von der genauen und umsichtigen deutschen Verwaltung geleisteten wirklichen Diensten wollten die Elsässer beharrlich keine Deutschen sein; und wenn ihr mürber Wille schließlich nachgab, so konnte doch nichts die Leiden von Generationen auslöschen, die genötigt waren, die heimatliche Erde zu verlassen, oder die sie, was noch schmerzlicher war, nicht hatten verlassen können und sich gezwungen sahen, ein ihnen verhaßtes Joch zu tragen: den Diebstahl ihres Landes und die Knechtung ihres Volkes.

Christof gestand naiv, daß er die Frage von diesem Standpunkt aus noch niemals betrachtet hatte. Und er konnte nicht umhin, sich darüber zu beunruhigen. Ein anständiger Deutscher beweist bei Auseinandersetzungen eine Ehrlichkeit, die die leidenschaftliche Eigenliebe eines Lateiners, so aufrichtig dieser sein mag, nicht immer aufbringt. Christof fiel es nicht ein, sich auf das Beispiel ähnlicher Verbrechen zu berufen, die zu allen Zeiten der Geschichte von allen Nationen begangen worden waren. Er hatte zuviel Stolz, solche demütigenden Entschuldigungen zu suchen. Er wußte, daß solche Verbrechen um so abscheulicher sind, je weiter die Menschheit fortschreitet, weil sie in desto schärferem Licht stehen. Aber er wußte auch, daß Frankreich, wenn es seinerseits siegreich wäre, im Siege nicht maßvoller sein würde, als es Deutschland gewesen war, und daß sich der Kette von Verbrechen nur ein neuer Ring einfügen würde. So würde der tragische Streit in alle Ewigkeit fortbestehen, und das Beste der europäischen Zivilisation drohte dabei verlorenzugehen.

So beängstigend die Frage für Christof auch war, für Olivier war sie es noch mehr. Es war nicht genug der Traurigkeit eines brudermörderischen Kampfes zwischen den beiden Nationen, die mehr als alle anderen dazu geschaffen waren, sich zu verbünden. In Frankreich selber schickte sich ein Teil der Nationen an, gegen den andern zu kämpfen. Seit Jahren verbreiteten sich die antimilitaristischen und pazifistischen Lehren, unterstützt von den Edelsten wie von den Niedrigsten der Nation. Der Staat hatte sie mit dem entnervten Dilettantismus, den er bei allen Angelegenheiten bewies, die nicht unmittelbar im Interesse der Politiker lagen, lange Zeit gewähren lassen; und er bedachte nicht, daß es weniger gefährlich wäre, die gefährliche Lehre offen zu unterstützen, als sie in die Adern der Nation eindringen und dort die Bereitschaft zum Krieg untergraben zu lassen, während man ihn vorbereitete. Diese Lehre sprach zu den freien Geistern, die von der Gründung eines brüderlichen Europas träumten und zum Aufbau einer gerechteren und menschlicheren Welt ihre Kräfte vereinten. Und sie sprach auch zum feigen Eigennutz des Gesindels, das seine Haut für niemanden und für nichts in der Welt zu Markte tragen wollte. – Diese Gedanken hatten Olivier und viele seiner Freunde beeinflußt. Ein- oder zweimal hatte Christof in seinem Hause Unterhaltungen beigewohnt, die ihn verblüfft hatten. Der gute Mooch, der voller menschenfreundlicher Illusionen steckte, sagte mit glänzenden Augen und großer Sanftmut, daß man den Krieg verhindern müsse und daß das beste Mittel dazu sei, die Soldaten zur Empörung aufzuhetzen: sie sollten auf ihre Vorgesetzten schießen! Er verbürge sich für das Gelingen. Der Ingenieur Elias Elsberger antwortete ihm mit kalter Heftigkeit, daß, falls der Krieg ausbräche, er und seine Freunde nicht zur Grenze ziehen würden, bevor sie nicht mit ihren inneren Feinden abgerechnet hätten. André Elsberger nahm Moochs Partei. An einem anderen Tage überraschte Christof die beiden Brüder bei einem furchtbaren Auftritt. Sie drohten, einander erschießen zu lassen. Trotz des scherzhaften Tons, mit dem diese mörderischen Worte gewechselt wurden, hatte man das Empfinden, daß beide nichts sagten, was auszuführen sie nicht entschlossen wären. Christof stand voll Erstaunen vor diesem absurden Volk, das immer bereit war, sich selber für Ideen zu morden... Narren. Narren der Logik. Jeder sieht nur die eigene Idee und will, ohne einen Schritt vom Wege abzuweichen, bis ans Ende gehen. Und natürlich vernichten sie sich gegenseitig. Die Menschheitsfreunde bekriegen die Patrioten, die Patrioten bekriegen die Menschheitsfreunde. Unterdessen kommt der Feind und zermalmt gleichzeitig das Vaterland und die Menschlichkeit.

„Ja, aber", fragte Christof André Elsberger, „habt ihr euch denn mit den Proletariern der anderen Völker verständigt?"

„Einer muß doch anfangen. Dieser eine werden wir sein. Wir waren immer die ersten. An uns ist es, das Zeichen zu geben!"

„Und wenn die anderen nicht darauf eingehen?"

„Sie werden darauf eingehen."

„Habt ihr Verträge, einen vorgezeichneten Plan?"

„Was brauchen wir Verträge! Unsere Kraft ist allen diplomatischen Verhandlungen überlegen."

„Es handelt sich hier nicht um Ideologie, sondern um Strategie. Wenn ihr den Krieg töten wollt, nehmt vom

Krieg seine Methoden. Stellt euren Schlachtplan in beiden Ländern auf. Kommt überein, daß an einem bestimmten Datum eure vereinten Truppen in Frankreich und in Deutschland diese oder jene Tat ausführen werden. Was aber soll dabei herauskommen, wenn ihr euch auf den Zufall verlaßt? Auf der einen Seite der Zufall, auf der anderen ungeheure organisierte Kräfte – das Ergebnis ist gewiß: ihr werdet zermalmt werden."

André Elsberger hörte nicht. Er zuckte die Achseln und begnügte sich mit unbestimmten Drohungen: eine Handvoll Sand am rechten Platz ins Triebwerk, sagte er, sei ausreichend, die ganze Maschine zu zerbrechen.

Aber es ist etwas anderes, müßig und theoretisch zu streiten oder seine Gedanken in die Tat umzusetzen, vor allem, wenn es gilt, sofort Partei zu ergreifen... Ergreifende Stunde, in der durch die Tiefe der Herzen die Dünung wogt! Man glaubt sich frei, Herr seines Denkens. Und man wird wider Willen fortgerissen. Ein dunkler Wille streitet gegen den eigenen Willen. Und da entdeckt man die unbekannte Kraft, deren unsichtbare Gesetze den ganzen menschlichen Ozean regieren.

Die gefestigten Intelligenzen fühlten, wie sich ihre Überzeugung, deren sie sich so sicher geglaubt hatten, auflöste, schwankte, vor einem Entschluß zitterte, und sie entschlossen sich zu ihrer eigenen großen Überraschung oft in einem ganz anderen Sinn, als sie vorher gemeint hatten. Manche der glühendsten Bekämpfer des Krieges fühlten mit plötzlicher Heftigkeit einen kräftigen Nationalstolz und die Leidenschaft für das Vaterland in sich erwachen. Christof sah Sozialisten und sogar revolutionäre Syndikalisten, die zwischen diesen einander feindlichen Leidenschaften und Pflichten hin und her gezerrt wurden. In den ersten Stunden des Konfliktes, in denen er noch nicht an den Ernst der Sache glaubte, sagte er mit seiner deutschen Ungeschicklichkeit zu André Elsberger, daß jetzt der Augenblick gekommen sei, seine, Andrés, Theorien anzuwenden, wenn er nicht wolle, daß Deutschland Frankreich einstecke. Der andere fuhr auf und erwiderte voll Zorn:

„Versucht es nur! – Kerls, die ihr nicht einmal fertigbringt, eurem Kaiser das Maul zu stopfen und das Joch abzuschütteln, obgleich ihr eure allerheiligste sozialistische Partei habt mit ihren vierhunderttausend Anhängern und ihren drei Millionen Wählern! Wir werden es schon fertigbringen! Steckt uns nur ein! Wir werden *euch* einstecken!"

Je mehr sich das Warten hinzog, um so mehr glomm das Fieber in allen. Für André war es eine Marter. Eine Überzeugung als wahr erkennen und sie nicht verteidigen können! Und sich von jener seelischen Epidemie angesteckt zu fühlen, die in den Völkern den mächtigen Wahnsinn des Kollektivgedankens verbreitet, den Odem des Krieges! Er wirkte in allen den Leuten, die um Christof waren, und in Christof selber. Sie redeten nicht mehr miteinander. Sie hielten sich voneinander fern.

Aber es war unmöglich, lange in diesem Zustand der Ungewißheit zu bleiben. Der Sturmwind der Tat warf wohl oder übel die Unentschlossenen in die eine oder die andere Partei. Und eines Tages, als man sich am Vorabend des Ultimatums glaubte, als in beiden Ländern alle Triebfedern der Tat gespannt, zum Morde bereit waren, merkte Christof, daß alle ihre Wahl getroffen hatten. Alle feindlichen Parteien schlossen sich instinktiv um die verhaßte oder verachtete Regierung zusammen, die Frankreich repräsentierte. Die Ästheten, die Meister der verderbten Kunst, schoben in ihre schmutzigen Novellen Bekenntnisse eines patriotischen Glaubens ein. Die Juden redeten davon, den geheiligten Boden der Ahnen zu verteidigen. Wenn man nur das Wort Fahne aussprach, traten Hamilton Tränen in die Augen. Und alle waren aufrichtig, alle waren von der Ansteckung erfaßt; André Elsberger und seine syndikalistischen Freunde ebenso wie die anderen – mehr noch als die anderen: vom Zwang der Dinge überwältigt, zu einer Parteinahme genötigt, die sie verabscheuten, entschlossen sie sich zu ihr mit einer düsteren Wut, einer pessimistischen Erbitterung, die rasende Werkzeuge des Gemetzels aus ihnen machte. Der Arbeiter Aubert, der zwischen seinem angelernten Menschheitsglauben und seinem instinktiven Chauvinismus hin und her gezerrt wurde, verlor darüber beinahe den Kopf. Nach mehreren schlaflosen Nächten hatte er schließlich eine Formel gefunden, die alles einrichtete – nämlich, daß Frankreich die Menschheit verkörpere. Seitdem sprach er nicht mehr mit Christof. Fast alle im Hause hatten ihm ihre Tür verschlossen. Selbst die vortrefflichen Arnauds luden ihn nicht mehr ein. Sie trieben weiter Musik, umgaben sich mit Kunst; sie suchten zu vergessen, was alle gemeinsam beschäftigte. Aber sie dachten fortwährend daran. Einzeln drückte ein jeder von ihnen Christof herzlich die Hand, wenn er ihm begegnete. Aber man tat es hastig und heimlich. Und wenn Christof sie am selben Tage zusammen sah, gingen sie, ohne stehenzubleiben, verlegen grüßend an ihm vorüber. Dagegen näherten sich Menschen unvermittelt, die seit Jahren nicht mehr miteinander geredet hatten. Eines Abends winkte Olivier Christof ans Fenster und zeigte ihm wortlos im Garten unten die Elsbergers, die sich mit dem Major Chabran unterhielten.

Christof fiel es nicht ein, über diese Revolution der Geister in Verwunderung zu geraten. Er war mit sich selbst genug beschäftigt. Ein Aufruhr bereitete sich in ihm vor, dessen er nicht Herr zu werden vermochte. Olivier, der mehr Grund zur Aufregung gehabt hätte, war ruhiger als er. Von allen war er der einzige, der vor der Ansteckung bewahrt geblieben schien. So bedrückt er auch durch die Erwartung des nahen Krieges und durch die Furcht vor den inneren Zwiespälten war, die er trotz allem voraussah, kannte er die Größe der beiden feindlichen Überzeugungen, die früher oder später in Kampf miteinander geraten mußten. Er wußte auch, daß es Frankreichs Rolle ist, das Versuchsfeld für den menschlichen Fortschritt zu sein, und daß alle neuen Ideen, um zu blühen, mit Frankreichs Blut getränkt sein müssen. Persönlich verwehrte er es sich, in dem Getümmel Partei zu ergreifen. In diesem Gegeneinanderwüten der Zivilisation hätte er gern Antigones Wahlspruch neu gesprochen: *Nicht mitzuhassen, mitzulieben bin ich da.* – Für die Liebe und für die Weisheit, die eine andere Form der Liebe ist. Sein Empfinden für Christof hätte genügt, ihn über seine Pflicht aufzuklären. Zu jener Stunde, da Millionen Wesen sich zum Haß bereiteten, fühlte er, daß Pflicht und Glück zweier Seelen, wie der seinen und Christofs, darin bestand, ihre Liebe und ihre Vernunft im allgemeinen Wirbel unversehrt zu bewahren. Er dachte an Goethe, der sich geweigert hatte, an der Bewegung des haßerfüllten Freiheitsdranges teilzunehmen, der Deutschland 1813 gegen Frankreich warf.

Auch Christof fühlte dies alles; und doch war er nicht ruhig. Er, der gewissermaßen aus Deutschland desertiert war, der nicht dorthin zurückkehren konnte, er, der mit der europäischen Denkart der großen Deutschen des achtzehnten Jahrhunderts genährt war, die seinem alten Freund Schulz so teuer gewesen waren, und der den Geist des neuen militaristischen und merkantilen Deutschlands verabscheute, er fühlte, wie sich ein Unwetter von Leidenschaften in ihm erhob; und er wußte nicht, nach welcher Seite es ihn reißen würde. Er sagte Olivier nichts davon; aber er verbrachte seine Tage in Angst, auf der Lauer nach Neuigkeiten. Heimlich suchte er seine Sachen zusammen, packte seinen Koffer. Er überlegte nicht. Er konnte nicht anders. Olivier beobachtete ihn besorgt, ahnte den Kampf, der in seinem Freunde tobte; und er wagte nicht, ihn auszufragen. Sie empfanden das Bedürfnis, sich einander noch mehr als gewöhnlich zu nähern, sie liebten sich mehr als jemals; aber sie fürchteten sich davor, miteinander zu reden; sie zitterten davor, eine Verschiedenartigkeit des Denkens zu entdecken, die sie getrennt hätte. Oft beggneten sich ihre Augen mit einem Ausdruck besorgter Zärtlichkeit, als wären sie am Vorabend einer Trennung für immer. Und sie schwiegen bedrückt.

Während dieser traurigen Tage ließen indessen die Arbeiter auf dem Dache des im Bau begriffenen Hauses an der anderen Hofseite unter strömendem Regen die letzten Hammerschläge niedersausen; und Christofs Freund, der schwatzlustige Dachdecker, schrie ihm lachend von weitem zu:

„Immerhin, mein Haus ist fertig!"

Glücklicherweise ging das Gewitter ebenso schnell vorüber, wie es gekommen war. Die offiziellen Nachrichten der Staatskanzlei verkündeten wie ein Barometer die Wiederkehr des schönen Wetters. Die bissigen Pressehunde wurden wieder in ihren Stall gesperrt. In wenigen Stunden entspannten sich die Seelen. Es war an einem Sommerabend. Christof brachte Olivier atemlos die gute Nachricht. Überglücklich atmete er auf. Olivier betrachtete ihn lächelnd, ein wenig traurig. Und er wagte nicht, ihm eine Frage zu stellen, die er auf dem Herzen hatte; er sagte:

„Nun, hast du gesehen, wie alle Leute, die einander nicht verstanden, sich geeint haben?"

„Ich hab's gesehen", sagte Christof guter Laune. „Ihr seid Schelme! Ihr schreit einander an. Im Grunde aber seid ihr euch einig."

„Man könnte meinen", sagte Olivier, „daß du erfreut darüber bist."

„Warum nicht? Weil diese Einigkeit auf meine Kosten geht? Bah! Ich bin stark genug... Und dann, es tut so gut, zu fühlen, wie uns der Strom mit fortreißt, wie die Dämonen im Herzen erwachen."

„Mir flößen sie Entsetzen ein", sagte Olivier. „Ich ziehe die ewige Einsamkeit vor, wenn die Einigkeit meines Volkes um diesen Preis zustande kommt."

Sie schwiegen; und weder der eine noch der andere wagte das zu berühren, was sie bewegte. Schließlich machte Olivier eine Anstrengung und fragte mit zugeschnürter Kehle:

„Sage mir offen, Christof: du wolltest fort?"

Christof antwortete:

„Ja."

Olivier hatte die Antwort im voraus gewußt; und doch war sie seinem Herzen ein Schlag. Er sagte:

„Wie, Christof, du hättest es fertiggebracht...?"

Christof strich mit der Hand über die Stirn und sagte:

„Sprechen wir nicht mehr davon, ich will nicht mehr daran denken."

Olivier wiederholte schmerzvoll:

„Du hättest gegen uns gefochten?"

„Ich weiß nicht, ich habe mich nicht danach gefragt."

„In deinem Herzen aber hattest du gewählt?"

Christof sagte:

„Ja."

„Gegen mich?"

„Niemals gegen dich. Du bist mein. Wo ich bin, bist auch du."

„Aber gegen mein Land?"

„Für mein Land."

„Das ist etwas Furchtbares", sagte Olivier. „Ich liebe mein Land, wie du das deine liebst; ich liebe mein teures Frankreich; aber kann ich um seinetwillen meine Seele töten, mein Gewissen verraten? Das hieße mein Vaterland selber verraten. Wie könnte ich ohne Haß hassen? Oder ohne Lüge eine Komödie des Hasses spielen? Der moderne Staat hat ein abscheuliches Verbrechen begangen – ein Verbrechen, das ihn zerschmettern wird –, als er sich anmaßte, an sein erzenes Gesetz die freie Kirche der Geister zu schmieden, deren Lebenssaft Verstehen und Liebe ist. Möge Cäsar Cäsar sein, aber er behaupte nicht, er sei Gott! Möge er unser Geld, unser Leben nehmen: er hat kein Recht auf unsere Seelen; er wird sie nicht mit Blut besudeln. Wir sind in diese Welt gesetzt, um das Licht zu verbreiten, nicht, um es auszulöschen. Jeder hat seine Pflicht! Will Cäsar den Krieg, so möge Cäsar die Heere schaffen, um ihn zu führen, Heere wie einstmals, als der Krieg Beruf war! Ich bin nicht so töricht, meine Zeit damit zu verlieren, vergeblich gegen die Gewalt zu jammern. Aber ich gehöre nicht zum Heer der Gewalt. Ich gehöre zum Heer des Geistes; darin stelle ich mit Tausenden von Brüdern Frankreich dar. Möge Cäsar die Erde erobern, wenn er will! Wir werden die Wahrheit erobern."

„Um zu erobern", sagte Christof, „muß man siegen, muß man leben. Die Wahrheit ist kein starres Dogma, das vom Gehirn ausgeschieden wird wie Stalaktiten von den Wandungen einer Grotte. Die Wahrheit ist das Leben. Nicht in eurem Kopf dürft ihr sie suchen, sondern im Herzen der anderen. Vereint euch mit ihnen. Denkt alles, was ihr mögt, aber nehmt jeden Tag ein Bad der Menschlichkeit. Man muß im Leben der anderen leben und sein Schicksal tragen und lieben."

„Unser Schicksal ist, zu sein, was wir sind. Es hängt nicht von uns ab, gewisse Dinge zu denken oder nicht zu denken, selbst wenn sie gefährlich sind. Wir sind auf einer Stufe der Zivilisation angelangt, auf der wir nicht mehr umkehren können."

„Ja, ihr seid an den äußersten Rand der Hochebene gelangt, zu der gefährlichen Stelle, die ein Volk nicht erreichen kann, ohne von dem Drange erfaßt zu werden, sich hinunterzustürzen. Religion und Triebe sind in euch geschwächt. Ihr seid nur noch Verstand. Achtung! Der Tod kommt!"

„Er kommt über alle Völker: das ist eine Frage von Jahrhunderten."

„Willst du die Jahrhunderte verachten? Das ganze Leben ist eine Frage von Tagen. Nur solche Narren der Abstraktion wie ihr wollen sich ins Absolute setzen, anstatt den vorübereilenden Augenblick zu erfassen."

„Was willst du? Die Flamme verbrennt den Docht. Man kann nicht sein und gleichzeitig gewesen sein, mein armer Christof."

„Man muß sein."

„Es ist groß, etwas Großes gewesen zu sein."

„Das ist nur dann groß, wenn es noch gewürdigt werden kann von Menschen, die leben und groß sind."

„Gehörtest du nicht dennoch lieber zu den Griechen, die tot sind, als zu vielen der Völker, die heute vegetieren?"

„Ich bin lieber der lebendige Christof."

Olivier brach die Auseinandersetzung ab. Zwar hätte er noch vieles zu erwidern gehabt. Aber es lag ihm nichts daran. Während der ganzen Erörterung dachte er nur an Christof. Seufzend sagte er:

„Du hast mich weniger lieb als ich dich."

Christof faßte zärtlich seine Hand.

„Lieber Olivier", sagte er, „ich habe dich lieber als mein Leben. Aber verzeih mir, ich liebe dich nicht mehr als das Leben, als die Sonne unserer Nationen. Mich schaudert vor der Nacht, in die euer falscher Fortschritt mich zieht. Alle eure Worte des Verzichts verdecken denselben Abgrund. Nur die Tat ist lebendig, selbst wenn sie tötet. Wir haben in dieser Welt nur die Wahl zwischen der Flamme, die verzehrt, und der Nacht. Trotz der schwermütigen Süßigkeit der Träume, die der Dämmerung vorangehen, will ich diesen Frieden nicht, der ein Vorläufer des Todes ist. Mir graust vor der Stille unendlicher Räume. Werft neue Holzstöße ins Feuer! Noch mehr! Noch mehr! Und mich dazu, wenn es sein muß... Ich will nicht, daß das Feuer verlösche. Wenn es verlischt, ist es um uns geschehen, ist es um alles Bestehende geschehen."

„Ich erkenne deine Stimme", sagte Olivier. „Sie kommt aus den Tiefen einer barbarischen Vergangenheit."

Er nahm von einem Fach ein Buch indischer Dichter und las die erhabene Rede des Gottes Krischna:

„Stehe auf und kämpfe mit einem entschlossenen Herzen.

Gleichgültig gegen Lust und Schmerz, gegen Gewinn und Verlust, gegen Sieg und Niederlage, kämpfe mit allen deinen Kräften..."
Christof riß ihm das Buch aus der Hand und las:
"Nichts in der Welt zwingt mich zur Tat: nichts besteht, das nicht mein ist; und dennoch fliehe ich die Tat nicht. Wenn ich nicht unablässig handelte, nicht den Menschen ein Beispiel damit gäbe, dem sie folgen müssen – alle Menschen würden zugrunde gehen. Unterließe ich es auch nur einen Augenblick, zu handeln, so würde ich die Welt ins Chaos versenken, und ich wäre der Mörder des Lebens."
„Des Lebens", wiederholte Olivier. „Was ist das Leben?"
„Ein Trauerspiel!" rief Christof. „Hurra!"

Die Dünung verebbte. Alle beeilten sich zu vergessen – wie mit heimlicher Angst. Keiner schien sich mehr des Vorgefallenen zu erinnern. Und doch merkte man, sie dachten noch daran; man merkte es an der Freude, mit der sie das Leben wieder aufnahmen, das gute tägliche Leben, dessen ganzen Wert man nur fühlt, wenn es bedroht ist. Wie nach jeder Gefahr, ließ man sich's doppelt wohl sein.
Christof hatte sich mit verzehnfachtem Eifer wieder in sein Schaffen gestürzt. Er riß Olivier mit. Sie hatten sich aus Widerspruch gegen die düsteren Gedanken darangemacht, gemeinsam ein rabelaissches Heldengedicht zu verfassen. Es war von jenem kernigen Materialismus gefärbt, der auf Zeiten seelischen Druckes folgt. Den sagenhaften Helden – Gargantua, Bruder Hans, Panurge – hatte Olivier unter Christofs Anregung eine neue Gestalt zugesellt, den Bauern Patience, einen harmlosen, gewitzten, verschmitzten Menschen, der das Spielzeug der anderen ist, der geschlagen, gefoppt wird und alles geschehen läßt – seine Frau küssen, seine Felder verwüsten läßt –, der nicht müde wird, seinen Boden zu bebauen, der gezwungen wird, in den Krieg zu ziehen, wo er alle Schläge bekommt und es

gehen läßt, wie's geht – er wartet ab, belustigt sich an den Plünderungen seiner Herren und den empfangenen Schlägen und sagt sich: Das wird nicht ewig dauern. Er sieht den endlichen Fall voraus, späht mit einem Seitenblick danach aus und lacht schon im voraus mit seinem schweigsamen großen Munde. Eines schönen Tages ertrinken in der Tat Gargantua und Bruder Hans auf einem Kreuzzuge. Patience betrauert sie ehrlich, tröstet sich fröhlich, rettet den ertrinkenden Panurge und sagt: „Ich weiß wohl, daß du mir noch Streiche spielen wirst; aber ich kann dich nicht entbehren: du tust meinem Zwerchfell wohl; du bringst mich zum Lachen."

Zu dieser Dichtung komponierte Christof symphonische Bilder mit Chören: komisch-heroische Schlachten, ausgelassene Kirmessen, Gesangsschnurren, Madrigale à la Jannequin von einer ungeheuren und kindlichen Lustigkeit, einen Seesturm, die klingende Stadt und ihre Glocken und zum Schluß eine pastorale Symphonie, erfüllt von der Luft der Felder, von der Heiterkeit der jubelnden Flöten und Oboen und von Volksliedern. – Die beiden Freunde arbeiteten in einem beständigen Hochgefühl. Der schwächliche Olivier mit seinen blassen Wangen nahm gleichsam ein kräftigendes Bad. Wirbelwinde der Freude fegten durch ihre Mansarde. Mit dem eigenen Herzen und dem Herzen seines Freundes schaffen! Die Umarmung zweier Liebenden ist nicht wonnevoller und glühender als diese Paarung befreundeter Seelen. Sie waren schließlich so ganz ineinander verschmolzen, daß manchmal dieselben Gedankenblitze sie gleichzeitig überfielen. Oder Christof schrieb auch wohl die Musik eines Auftritts, zu dem Olivier gleich darauf die Worte fand. Er riß ihn in seinem mächtigen Kielwasser mit sich fort. Sein Geist erfüllte und befruchtete ihn.

Dem Schaffensglück gesellte sich die Freude am Sieg. Hecht hatte sich soeben entschlossen, den *David* zu veröffentlichen, und die gut lancierte Partitur fand im Auslande sofort Widerhall. Ein großer *Kapellmeister** und

Wagnerianer, ein Freund Hechts, der in England ansässig war, begeisterte sich für das Werk; er führte es in mehreren seiner Konzerte auf, und zwar mit einem Erfolg, der samt der Begeisterung des *Kapellmeisters** nach Deutschland zurückstrahlte, wo man den *David* ebenfalls spielte. Der *Kapellmeister** setzte sich mit Christof in Verbindung. Er bat ihn um andere Arbeiten, bot ihm seine Dienste an, er machte hartnäckig für ihn Propaganda. Man grub in Deutschland die *Iphigenie* wieder aus, die früher ausgepfiffen worden war. Man verkündete das Genie mit lautem Geschrei. Manche Lebensumstände Christofs trugen durch ihren romantischen Charakter noch dazu bei, die Aufmerksamkeit zu reizen. Die *Frankfurter Zeitung** veröffentlichte als erste einen aufsehenerregenden Artikel. Andere folgten. Darauf fiel es einigen in Frankreich ein, daß ein großer Musiker unter ihnen lebte. Einer der Konzertdirigenten von Paris bat Christof um sein rabelaissches Heldengedicht, bevor es noch beendet war; und Goujart, der die künftige Berühmtheit witterte, begann in geheimnisvollen Wendungen von einem Genie unter seinen Freunden zu reden, das er entdeckt habe. Er feierte in einem Aufsatz den wundervollen *David*, wobei es ihm nicht mehr ins Gedächtnis kam, daß er ihm in einem vorjährigen Artikel zwei feindselige Zeilen gewidmet hatte. Und auch rings um ihn schien sich keiner mehr dessen zu erinnern. Wie viele in Paris haben Wagner und Franck verhöhnt, die sie heute feiern, um neue Künstler niederzuschmettern, die sie morgen feiern werden!

Christof war auf diesen Erfolg nicht gefaßt. Er wußte, daß er eines Tages siegen würde; aber er dachte nicht, daß dieser Tag so nahe wäre; und er mißtraute einem zu schnellen Aufstieg. Er zuckte die Achseln und sagte, man möge ihn in Ruhe lassen. Er hätte verstanden, wenn der *David* im vergangenen Jahr, als er ihn geschrieben hatte, mit Beifall aufgenommen worden wäre; jetzt aber lag er schon weit hinter ihm, er war selbst schon ein paar Sprossen höher geklommen. Am liebsten hätte er zu den Leuten, die ihm von seinem alten Werke sprachen, gesagt:

Laßt mich mit diesem Dreck zufrieden! Er widert mich an. Und ihr dazu.

Und er vertiefte sich in seine neue Arbeit, ärgerlich, daß man ihn darin gestört hatte. Immerhin fühlte er eine geheime Befriedigung. Die ersten Strahlen des Ruhmes sind recht wohltuend. Es ist gut, es ist gesund zu siegen. Es ist, als öffne sich das Fenster und die ersten Frühlingslüfte drängen ins Haus. – Christof konnte seine alten Werke noch so sehr verachten, vor allem die *Iphigenie* – es war ihm nichtsdestoweniger eine Genugtuung, wenn er sah, wie dieses elende Erzeugnis, das ihm einst so viel Schimpf eingetragen hatte, jetzt von den deutschen Kritikern gepriesen und von den Theatern verlangt wurde. Ein Brief aus Dresden kündigte ihm an, daß man glücklich sein werde, das Stück in der nächsten Spielzeit aufzuführen.

Am selben Tage, an dem Christof diese Nachricht empfing, die ihn nach Jahren des Elends endlich ruhigere Horizonte und in der Ferne den Sieg sehen ließ, erreichte ihn ein anderer Brief.

Es war Nachmittag. Christof war im Begriff, sich zu waschen, wobei er von einem Zimmer ins andere fröhlich mit Olivier plauderte, als die Concierge einen Brief unter der Tür durchsteckte. Die Handschrift seiner Mutter... Gerade hatte er an sie schreiben wollen; er freute sich darauf, ihr seinen Erfolg mitzuteilen... Er öffnete den Brief. Er enthielt nur einige Zeilen... Wie zitterig die Schrift war:

Mein lieber Junge!

Es geht mir nicht sehr gut. Wenn es Dir möglich wäre, möchte ich Dich wohl gern noch einmal sehen. Ich küsse Dich.
                                                           Mama

Christof stöhnte auf. Olivier lief erschrocken herbei. Christof war unfähig zu sprechen und zeigte auf den Brief, der auf dem Tisch lag. Er stöhnte weiter und hörte nicht zu, was Olivier sagte, der mit einem Blick gelesen hatte und ihn zu beruhigen suchte. Er lief zum Bett, auf das er seine Jacke geworfen hatte, zog sich hastig an und ging fort, ohne seinen Kragen festzuknöpfen (seine Finger zitterten zu sehr). Olivier holte ihn auf der Treppe ein: was hatte er vor? Mit dem nächsten Zug abreisen? Vor dem Abend fuhr keiner. Es war doch besser, hier zu warten als auf dem Bahnhof. Hatte er wenigstens das nötige Geld? – Sie durchwühlten ihre Taschen und fanden, als sie ihren ganzen Besitz zusammenlegten, nur einige dreißig Francs. Es war September. Hecht, die Arnauds, alle Freunde waren fern von Paris. Niemand, an den man sich wenden konnte. Christof, der außer sich war, redete davon, einen Teil des Weges zu Fuß zurückzulegen. Olivier bat ihn, eine Stunde zu warten, und versprach ihm, die nötige Summe aufzutreiben. Christof ließ ihn machen; er war unfähig, irgendeinen Gedanken zu fassen. Olivier lief zum Versatzamt: es war das erstemal, daß er dort hinging; er hätte lieber Mangel gelitten, als eines jener Dinge zu versetzen, von denen jedes ein liebes Andenken für ihn bedeutete; aber es handelte sich um Christof, und es war keine Zeit zu verlieren. Er gab seine Uhr hin, auf die man ihm eine weit geringere Summe vorstreckte, als er gedacht hatte. Er mußte wieder nach Hause, ein paar seiner Bücher nehmen und zu einem Antiquar tragen; das war schmerzlich, aber in diesem Augenblick dachte er kaum daran. Christofs Kummer nahm alle seine Gedanken in Anspruch. Er kehrte heim und fand Christof am gleichen Platz, an dem er ihn verlassen hatte, im Zustand völliger Niedergeschlagenheit. Die von Olivier zusammengebrachte Summe war zusammen mit den dreißig Francs, die sie besaßen, mehr als genug. Christof war zu niedergeschlagen, um darüber nachzudenken, wie sein Freund sich das Geld verschafft und ob er genug zurückbehalten habe, um während seiner Abwesenheit davon leben zu können. Olivier dachte ebensowenig daran; er hatte alles, was er besaß, Christof hingegeben. Er mußte sich um Christof wie um ein Kind kümmern. Er brachte ihn zum Bahnhof und verließ ihn erst in dem Augenblick, als sich der Zug in Bewegung setzte.

Christof saß da, starrte mit weitoffenen Augen in die Nacht, in die er hineingetragen wurde, und dachte:

Werde ich rechtzeitig ankommen?

Er wußte gut, wenn seine Mutter ihm schrieb, er solle kommen, so konnte sie nicht länger warten. Und sein Fieber gab dem schütternden Lauf des Schnellzuges die Sporen. Er machte sich bittere Vorwürfe, Luise verlassen zu haben, und er fühlte gleichzeitig, wie eitel alle Vorwürfe waren: er konnte den Lauf der Dinge nicht ändern.

Indessen beruhigte ihn das eintönige Wiegen der Räder und der Federn des Wagens nach und nach, meisterte seinen Geist, wie ein mächtiger Rhythmus die empörten Wogen einer Musik eindeicht. Er überblickte seine ganze Vergangenheit von den Träumen der fernen Kindheit an: Liebe, Hoffnungen, Enttäuschungen, Trauer und darüber jene jauchzende Kraft, jene Trunkenheit des Leidens, des Genießens, des Schaffens, jene große Freude, das leuchtende Leben mit seinen mächtigen Schatten zu umfangen, jene große Freude, die die Seele seiner Seele, der verborgene Gott in ihm war. Jetzt aus der Entfernung erhellte sich ihm alles. Der Aufruhr seiner Wünsche, die Qualen seiner Gedanken, seine Fehler, seine Irrtümer, seine hartnäckigen Kämpfe erschienen ihm wie die Strudel und Wirbel, die der große Lebensstrom mit sich seinem ewigen Ziel zuträgt. Der tiefe Sinn dieser Jahre der Prüfungen enthüllte sich ihm. Jede Prüfung war eine Schranke gewesen, die der schwellende Fluß sprengte, ein Durchgang aus einem engen Tal in ein anderes, das weiter war und das er ganz und gar ausfüllte; jedesmal wurde die Aussicht weiter, die Luft freier. Zwischen den Hügeln Frankreichs und der deutschen Ebene hatte sich der Strom den Weg gebahnt; er war über die Felder getreten, hatte den Fuß der Hügel benagt, hatte die Wasser aus beiden Ländern gesammelt und in sich aufgenommen. So floß er zwischen ihnen hindurch, nicht, um sie zu trennen, sondern um sie zu vereinigen. Sie vermählten sich in ihm. Und Christof wurde sich zum erstenmal seines Geschickes bewußt, wie eine Ader, die durch die feindlichen Völker hindurchgeht, alle Lebenskräfte des einen wie des anderen Ufers mit sich zu schwemmen. – Eine seltsame Heiterkeit, eine unvermittelte Ruhe und Klarheit erschienen ihm in der düstersten Stunde... Dann zerteilte sich die Vision; und allein das schmerzensreiche und zärtliche Gesicht der alten Mama tauchte auf.

Der Morgen dämmerte kaum, als er in der kleinen deutschen Stadt anlangte. Er mußte sich in acht nehmen, damit er von niemandem erkannt würde; denn noch immer stand er unter Haftbefehl. Aber am Bahnhof beachtete ihn keiner. Die Stadt schlief; die Häuser waren geschlossen und die Straßen verödet: es war die graue Stunde, in der die Lichter der Nacht verlöschen und die des Tages noch nicht gekommen sind, die Stunde des süßesten Schlafes, in der die Träume von der Blässe der Morgensonne erhellt sind. Eine junge Dienstmagd öffnete die Verschläge eines Ladens und sang dabei ein altes *Lied**. Es war Christof, als müsse er vor Bewegung ersticken. O Vaterland, geliebtes! – Er hätte die Erde küssen mögen. Dem schlichten Gesang lauschend, in dem sich sein Herz auflöste, fühlte er, wie unglücklich er fern dieser Erde gewesen war und wie sehr er sie liebte... Er hielt im Gehen seinen Atem an. Als er sein Haus sah, mußte er stehenbleiben und seine Hand auf den Mund pressen, um nicht aufzuschreien. Wie würde er sie wiederfinden, die dort war, die er verlassen hatte? Er schöpfte Atem und rannte fast bis zur Tür. Sie war angelehnt. Er stieß sie auf. Niemand... Die alte Holztreppe krachte unter seinen Schritten. Er stieg in das obere

Stockwerk. Das Haus schien leer: Die Tür zum Zimmer seiner Mutter war geschlossen.

Christof legte mit klopfendem Herzen die Hand auf die Klinke. Und er hatte nicht die Kraft, zu öffnen...

Luise war allein. Sie lag im Bett und fühlte, daß es mit ihr zu Ende ging. Von ihren beiden anderen Söhnen hatte sich der eine, Rudolf, der Kaufmann, in Hamburg niedergelassen, der andere, Ernst, war nach Amerika gegangen, und man wußte nicht, was aus ihm geworden war. Niemand kümmerte sich um sie, nur eine Nachbarin kam zweimal täglich, sah nach, ob Luise etwas benötigte, blieb einige Augenblicke und ging wieder an ihre Geschäfte; sie war nicht allzu pünktlich und ließ oft auf sich warten. Luise fand es ganz natürlich, daß man sie vergaß, wie sie es ganz natürlich fand, daß sie krank war. Sie war von engelhafter Geduld, sie war an Leiden gewöhnt. Sie war herzkrank und hatte Erstickungsanfälle, bei denen sie meinte sterben zu müssen: die Augen aufgerissen, die Hände verkrampft, der Schweiß rann ihr übers Gesicht. Sie klagte nicht. Sie wußte, es müsse so sein. Sie war bereit; sie hatte schon die Sakramente empfangen. Sie hatte nur eine Sorge: daß Gott sie vielleicht nicht wert befände, in sein Paradies einzugehen. Alles übrige nahm sie mit Geduld hin.

In dem dunklen Winkel ihres Stübchens hatte sie sich rings um das Kopfkissen an der Wand des Alkovens ein Heiligtum ihrer Erinnerungen geschaffen. Dort hatte sie die Bilder ihrer Lieben beisammen: die ihrer drei Kleinen, das ihres Mannes, für dessen Andenken sie stets ihre Liebe der ersten Zeit bewahrt hatte, das des alten Großvaters und das ihres Bruders Gottfried: sie bewahrte allen, die gut zu ihr gewesen waren, wenn auch noch sowenig, eine rührende Anhänglichkeit. An ihrer Bettdecke hatte sie ganz nahe ihrem Gesicht die letzte Photographie, die Christof ihr gesandt hatte, mit einer Nadel angesteckt; und seine letzten Briefe lagen unter ihrem Kopfkissen. Sie liebte Ordnung und peinliche Sauberkeit; und sie litt darunter, daß nicht alles in ihrem Zimmer vollständig aufgeräumt war. Sie nahm an den leisen Geräuschen von draußen Anteil, die ihr die verschiedenen Tageszeiten anzeigten. Seit wie langer Zeit hörte sie die nun schon! Ihr ganzes verflossenes Leben in diesem engen Raum... Sie dachte an ihren lieben Christof. Wie unsäglich wünschte sie, daß er da wäre, bei ihr, in diesem Augenblick! Und dennoch hatte sie sich schon darein ergeben, daß er nicht bei ihr war. Sie war gewiß, ihn dort oben wiederzusehen. Sie brauchte nur die Augen zu schließen, und sie sah ihn jetzt schon. Hindämmernd verbrachte sie die Tage inmitten der Vergangenheit...

Sie sah sich wieder in dem alten Hause am Rhein... Ein Festtag... Ein wundervoller Sommertag. Das Fenster stand offen: auf dem weißen Wege glänzte die Sonne. Man hörte die Vögel singen. Melchior und der Großvater saßen vor der Haustür, rauchten, unterhielten sich und lachten sehr laut. Luise sah sie nicht; aber sie freute sich, daß ihr Mann an diesem Tag zu Hause war und daß der Großvater so guter Laune. Sie stand im unteren Zimmer und bereitete das Essen: ein ausgezeichnetes Mahl; sie hütete es wie ihren Augapfel; es gab eine Überraschung: eine Kastanientorte. Sie freute sich im voraus auf die Freudenschreie des Kleinen... Der Kleine, wo war er doch? Da oben: sie hörte ihn, er übte Klavier. Sie verstand nichts von dem, was er spielte, aber es bedeutete für sie ein Glück, die leisen vertrauten Töne zu vernehmen, zu wissen, daß er da war, ganz artig dasaß... Welch schöner Tag! Die lustigen Schellen eines Wagens klangen auf dem Wege... Ach, mein Gott, der Braten! Hoffentlich war er nicht angebrannt, während sie aus dem Fenster schaute! Sie zitterte davor, daß der Großvater, den sie so liebte und der sie einschüchterte, nicht zufrieden wäre, daß er ihr Vorwürfe machen könnte... Gott sei Dank, es war nichts geschehen. So, alles war bereit, und der Tisch war gedeckt. Sie rief Melchior und den

Großvater. Sie antworteten voller Eifer. Und der Kleine? – Er spielte nicht mehr. Seit einem Augenblick war das Klavier verstummt, ohne daß sie es gemerkt hatte... „Christof!" – Was tat er? Man hörte keinerlei Geräusch. Immer vergaß er, zum Essen herunterzukommen: der Vater würde ihn wieder schelten. Hastig stieg sie die Treppe hinauf... „Christof!" – Er schwieg; sie öffnete die Tür des Zimmers, in dem er arbeitete. Niemand. Das Zimmer war leer; das Klavier war geschlossen... Luise wurde von Angst gepackt. Was war mit ihm geschehen? Das Fenster stand offen. Mein Gott! Wenn er hinausgefallen wäre! Luise war in Aufruhr. Sie beugte sich hinaus, um zu sehen... „Christof!" – Er ist nirgends. Sie läuft durch alle Zimmer. Der Großvater ruft ihr von unten zu: „Komm doch, sorge dich nicht, er wird schon wiederkommen!" Sie will nicht hinabgehen; sie weiß, er ist da: er versteckt sich zum Spaß, er will sie quälen. Ach, der schlimme Kleine! – Da, jetzt weiß sie es ganz gewiß, die Diele hat gekracht; er ist hinter der Tür. Aber der Schlüssel ist nicht da. Der Schlüssel! Hastig sucht sie in einer Schublade unter einer Menge anderer Schlüssel. Der, der da... nein, das ist er nicht... Ach, da hat sie ihn endlich! Keine Möglichkeit, ihn ins Schlüsselloch zu bekommen. Luises Hand zittert. Sie beeilt sich; sie muß sich beeilen. Warum? Sie weiß es nicht; aber sie weiß, daß es nötig ist: wenn sie sich nicht beeilt, wird sie keine Zeit mehr haben. Sie vernimmt Christofs Atem hinter der Tür... Ach, dieser Schlüssel! – Endlich! Die Tür öffnet sich. Ein Freudenschrei. Er ist es. Er wirft sich an ihren Hals... Ach, der schlimme, der gute, der liebe Kleine...

Sie hat die Augen geöffnet. Da steht er vor ihr.
Seit einem Augenblick schaute er sie an, wie sie da so verändert lag, das Gesicht zugleich abgemagert und aufgedunsen, ein Bild stummen Leidens, das durch ihr ergebenes Lächeln noch herzzerreißender wurde; und diese Stille,

die Einsamkeit ringsumher ... Es durchbohrte ihm das Herz ...

Sie sah ihn an. Sie war nicht erstaunt. Sie lächelte ein unbeschreibliches Lächeln. Sie konnte ihm weder die Arme entgegenstrecken noch ein einziges Wort sagen. Er warf sich an ihren Hals, er küßte sie, sie küßte ihn. Dicke Tränen rannen ihre Wangen hinab. Ganz leise sagte sie:

„Warte..."

Er sah, daß sie einen Erstickungsanfall hatte.

Beide regten sich nicht. Sie liebkoste seinen Kopf mit ihren Händen, und ihre Tränen rannen weiter. Er küßte ihre Hände und schluchzte, das Gesicht in die Decken vergraben.

Als ihre Herzangst vorüber war, versuchte sie zu reden. Aber es gelang ihr nicht mehr, Worte zu finden; sie verwirrte sich, und er verstand sie nur mit Mühe. Was machte das? Sie liebten sich, sie sahen sich, sie hielten sich: das war die Hauptsache. – Er fragte voller Entrüstung, warum man sie allein ließe. Sie entschuldigte die Nachbarin:

„Sie konnte nicht immer dasein: sie hatte ihre Arbeit..."

Mit schwacher, abgerissener Stimme, der es nicht immer gelang, alle Silben auszusprechen, gab sie ihm hastig einige Anweisungen wegen ihres Grabes. Sie betraute Christof mit ihren zärtlichen Grüßen an ihre beiden anderen Söhne, die sie vergessen hatten. Sie fand auch ein Wort für Olivier, dessen herzliche Liebe zu Christof sie kannte. Sie bat Christof, ihm zu sagen, daß sie ihm ihren Segen schicke (sie verbesserte sich schnell, wählte schüchtern eine bescheidenere Form), „ihre ergebene Zuneigung".

Sie rang von neuem nach Atem. Er stützte sie, damit sie in ihrem Bett sitzen könne. Der Schweiß rann über ihr Gesicht. Sie zwang sich zu lächeln. Sie sagte sich, nun bleibe ihr in der Welt nichts mehr zu wünschen – jetzt, da ihre Hand in der Hand ihres Sohnes ruhte.

Und plötzlich fühlte Christof, wie diese Hand sich in

der seinen krampfte. Luise öffnete den Mund. Sie schaute ihren Sohn mit unendlicher Zärtlichkeit an. – Und sie verschied.

Am Abend desselben Tages kam Olivier an. Er hatte den Gedanken nicht ertragen können, Christof in diesen tragischen Stunden allein zu lassen, mit deren Bitternis er nur allzu vertraut war. Er fürchtete auch die Gefahren, denen sich sein Freund aussetzte, indem er nach Deutschland zurückgekehrt war. Er wollte bei ihm sein, um ihn behüten zu können. Aber er hatte kein Geld, ihm nachzureisen. Als er vom Bahnhof zurückkehrte, zu dem er Christof begleitet hatte, entschloß er sich zum Verkauf einiger Schmucksachen, die ihm von seiner Familie geblieben waren. Da das Versatzamt zu der Stunde geschlossen war und er mit dem ersten Zuge abreisen wollte, war er im Begriff, einen Althändler des Stadtviertels aufzusuchen, als er auf der Treppe Mooch begegnete. Als der von seinen Absichten Kenntnis bekam, bezeigte er aufrichtigen Kummer, daß Olivier sich nicht an ihn gewandt habe, und er zwang ihn, die nötige Summe von ihm anzunehmen. Er war untröstlich, daß Olivier seine Uhr versetzt und seine Bücher verkauft hatte, um Christofs Reise zu bezahlen, während er doch so glücklich gewesen wäre, ihnen diesen Dienst erweisen zu können. In seinem Eifer, ihnen behilflich zu sein, schlug er Olivier sogar vor, ihn zu Christof zu begleiten. Olivier hatte die größte Mühe, ihn davon abzuhalten.

Oliviers Ankunft war für Christof eine wahre Wohltat. Er hatte den Tag in trostloser Stimmung verbracht, allein mit seiner entschlafenen Mutter. Die Nachbarin war gekommen, hatte sich um einiges gekümmert, war dann fortgegangen und nicht wiedergekehrt. Die Stunden rannen in düsterer Stille dahin. Christof rührte sich nicht mehr als die Tote; er ließ die Augen nicht von ihr; er weinte nicht, er dachte nicht, er war selbst ein Toter. – Das Wunder der

Freundschaft, das Olivier vollbrachte, schenkte ihm die
Tränen und das Leben zurück.

> *Getrost! Es ist der Schmerzen wert, das Leben,*
> *Solang mit uns ein treues Auge weint.**

Sie hielten sich lange umschlungen. Dann setzten sie sich
bei Luise nieder und sprachen mit leiser Stimme... Die
Nacht war gekommen. Christof stützte sich mit den Armen
auf das Bettende und erzählte aufs Geratewohl Kindheitserinnerungen, in denen das Bild der Mama immer wiederkehrte. Einige Minuten schwieg er, und dann fing er wieder
an. Bis ein Augenblick kam, da er, von Müdigkeit überwältigt, das Gesicht in den Händen verborgen, völlig schwieg.
Als Olivier an ihn herantrat und ihn anschaute, sah er, daß
Christof eingeschlafen war. Da wachte er allein. Und dann
übermannte, während seine Stirn am Kopfende des Bettes
lehnte, auch ihn der Schlaf. Luise lächelte sanft; und sie
schien glücklich, ihre beiden Kinder zu bewachen.

Als der Morgen dämmerte, wurden sie von Schlägen an
die Tür aufgeweckt. Christof öffnete. Es war ein Nachbar,
ein Tischler; er kam, Christof zu warnen; seine Rückkehr
sei angezeigt worden, und er müsse abreisen, wenn er nicht
festgenommen werden wolle. Christof weigerte sich zu fliehen; er wollte seine Mutter nicht verlassen, bevor er sie an
den Ort begleitet hätte, wo sie jetzt für immer bleiben
würde. Olivier aber flehte ihn an wegzufahren; er versprach ihm, sie treu an seiner Statt zu bewachen; er zwang
ihn, das Haus zu verlassen; und um sicher zu sein, daß
Christof sich nicht wieder anders entschließe, begleitete er
ihn zum Bahnhof. Christof weigerte sich abzureisen, bevor
er nicht wenigstens den großen Fluß wiedergesehen habe,
an dem er seine Kindheit verbracht hatte und dessen dröhnendes Echo seine Seele wie eine Meermuschel für immer
bewahrte. Trotz der Gefahr, die damit verbunden war,
wenn er sich in der Stadt zeigte, bestand er auf seinem

Willen. Sie gingen die Uferböschung des Rheins entlang, der in machtvollem Frieden zwischen seinen flachen Ufern dahineilte, seinem Tod in den nordischen Dünen zu. Eine mächtige Eisenbrücke senkte inmitten des Nebels ihre beiden Bogen in das graue Wasser gleich den Räderhälften eines riesigen Wagens. In der Ferne verloren sich die schaukelnden Barken im Nebel und die schlängelnden Flußwindungen zwischen den Feldern. Christof versenkte sich in diesen Traum. Olivier riß ihn heraus, nahm seinen Arm und führte ihn zum Bahnhof zurück. Christof ließ es geschehen. Er war wie ein Nachtwandler. Olivier drängte ihn in den Zug, der im Begriff war abzufahren, und sie machten aus, daß sie sich am nächsten Morgen an der ersten französischen Station treffen wollten, damit Christof nicht allein nach Paris zurückkehren müsse.

Der Zug ging ab, und Olivier kehrte in das Haus zurück, wo er beim Eintreten zwei Schutzleute traf, die die Heimkehr Christofs abwarteten. Sie nahmen Olivier statt seiner fest. Olivier beeilte sich nicht, ein Mißverständnis aufzuklären, das die Flucht Christofs begünstigte. Im übrigen zeigte die Polizei keinerlei Enttäuschung über ihren Irrtum; sie zeigte einen ziemlich lauen Eifer beim Fahnden nach dem Flüchtigen; und es schien Olivier sogar, als ob sie im Grunde nicht böse darüber sei, daß Christof fort war.

Olivier blieb bis zum nächsten Morgen, um der Beerdigung Luises beizuwohnen. Christofs Bruder Rudolf, der Kaufmann, folgte als gewichtige Persönlichkeit sehr wohlerzogen dem Sarg und reiste gleich darauf wieder ab, ohne ein Wort an Olivier gerichtet, ihn nach Christof gefragt oder ihm für das gedankt zu haben, was er für ihre Mutter getan hatte. Olivier verbrachte noch ein paar Stunden in der Stadt, in der er niemanden von den Lebenden kannte, wo aber so mancher vertraute Schatten für ihn lebte: der kleine Christof, die, die er geliebt hatte, und jene, die ihm Leid zugefügt hatten – und die liebe Antoinette... Was blieb von allen diesen Wesen, die hier gelebt hatten, von der Familie Krafft, die hier jetzt erloschen war? – Die Liebe zu ihnen, die in der Seele eines Fremden lebte.

Am Nachmittag fanden sich Olivier und Christof an ihrem Treffpunkt, der Grenzstation, wieder zusammen. Ein Dorf inmitten bewaldeter Hügel. Anstatt dort den nächsten Pariser Zug zu erwarten, entschlossen sie sich, einen Teil des Weges zu Fuß zu machen, bis zur nächsten Station. Sie fühlten das Bedürfnis, allein zu sein. Sie machten sich auf den Weg durch die schweigenden Wälder, aus deren Tiefe die dumpfen Schläge der Axt klangen. Sie gelangten zu einer Lichtung auf dem Gipfel eines Hügels. In einem engen Tälchen unter ihnen, noch auf deutschem Gebiet, das rote Dach eines Forsthauses, eine kleine Wiese, gleich einem grünen See zwischen Wäldern. Ringsumher der Ozean dunstumhüllter dunkelblauer Wälder. Nebel strichen durch die Tannenzweige. Ein durchsichtiger Schleier verschmolz die Linien, dämpfte die Farben. Alles war reglos. Kein Laut von Schritten, kein Klang von Stimmen. Ein paar Regentropfen klangen auf dem vergoldeten Kupfer der Buchen, das der Herbst gereift hatte. Zwischen den Steinen plätscherte das Wasser eines kleinen Quells. Christof und Olivier standen still und rührten sich nicht mehr. Jeder sann seinen Toten nach. Olivier dachte:

Antoinette, wo bist du?

Und Christof:

Was soll mir der Erfolg jetzt, da sie nicht mehr ist?

Jeder aber vernahm die tröstende Stimme seiner Toten:

Geliebter, weine nicht um uns. Denke nicht an uns. Denke an ihn...

Sie schauten einander an, und keiner fühlte mehr sein Leid, sondern das seines Freundes. Sie faßten sich bei der Hand. Eine ruhevolle Schwermut umhüllte sie beide. Ohne einen Lufthauch teilte sich sanft der Dunstschleier; der blaue Himmel blühte wieder auf. Ergreifende Holdseligkeit der Erde nach dem Regen... Sie nimmt uns in ihre Arme und sagt mit einem warmen, schönen Lächeln:

Ruhe aus. Alles ist gut...

Die Spannung in Christofs Herzen löste sich. Seit zwei Tagen lebte er ganz und gar in der Erinnerung an die liebe Mama, in ihrer Seele; er durchlebte das schlichte Leben, die einförmigen, einsamen Tage, die sie in der Stille des kinderlosen Hauses verbracht hatte, in Gedanken an die Kinder, die sie verlassen hatten, die arme, alte, gebrechliche und tapfere Frau mit ihrem ruhigen Glauben, ihrer sanften Gutlaunigkeit, ihrer lächelnden Ergebenheit, ihrer Selbstlosigkeit... Und Christof gedachte auch all der anderen schlichten Seelen, die er gekannt hatte. Wie nahe fühlte er sich ihnen in diesem Augenblick! Am Ausgang jener Jahre erschöpfender Kämpfe in dem fiebernden Paris, in dem die Ideen und die Menschen sich wütend mischen, am Nachmorgen jener unseligen Stunde, in der der Sturmwind mörderischer Raserei gewütet und die wahnbefangenen Völker gegeneinandergejagt hatte, überkam Christof eine Müdigkeit vor dieser fieberhaften und unfruchtbaren Welt, vor diesen Schlachten der Eigensucht, vor diesen menschlichen Auslesen, diesen Ehrgeizigen, diesen Eitlen, die sich für die Vernunft der Welt halten und doch nur ihr böser Traum sind. Und seine ganze Liebe strömte jenen tausend schlichten Seelen aller Nationen entgegen, die schweigend brennen, reine Flammen der Güte, des Glaubens und der Aufopferung – Herz der Welt.

Ja, ich erkenne euch wieder; endlich finde ich euch wieder, dachte er. Ihr seid meines Blutes, ihr seid mein. Gleich dem verlorenen Sohn habe ich euch verlassen, um den Schatten nachzujagen, die über den Weg zogen. Ich kehre zu euch zurück; nehmt mich auf. Wir sind ein einziges Wesen, wir Lebenden und Toten; wo ich bin, ihr seid mit mir. Jetzt trage ich dich in mir, o Mutter, die mich getragen hat. Ihr alle, Gottfried, Schulz, Sabine, Antoinette, ihr alle seid in mir. Ihr seid mein Reichtum. Wir machen den Weg gemeinsam. Ich werde eure Stimme sein. Mit unseren vereinten Kräften werden wir das Ziel erreichen ...

Ein Sonnenstrahl glitt durch die feuchten Zweige der Bäume, von denen langsam die Tropfen fielen. Von der kleinen Wiese unten stiegen Kinderstimmen empor; ein treuherziges altes deutsches *Lied**, das drei kleine Mädchen sangen, während sie eine Runde ums Haus tanzten; und von fern trug der Westwind wie Rosenduft die Stimmen der Glocken Frankreichs herbei.

O Friede, göttliche Harmonie, Musik der erlösten Seele, darin sich der Schmerz und die Freude verschmelzen, der Tod und das Leben und die feindlichen Nationen, die brüderlichen Nationen. Ich liebe dich, ich begehre dich, ich werde dich besitzen ...

Der Schleier der Nacht sank nieder. Christof erwachte aus seinem Traum und sah neben sich das treue Gesicht des Freundes. Er lächelte ihm zu und küßte ihn. Dann machten sie sich schweigend wieder auf den Weg durch den Wald; und Christof bahnte Olivier den Weg.

> Taciti, soli e senza compagnia,
> N'andavam l'un dinanzi e l'altro dopo,
> Come i frati minor vanno per via.

ANHANG

ANHANG

Anmerkungen

10 *Frau des Sganarelle:* Gestalt aus Molières ‚Arzt wider Willen'. Als der Nachbar der Frau Sganarelles bei einer ehelichen Auseinandersetzung zu Hilfe eilen will, weist Martine ihn zurück: „Und wenn ich mich nun schlagen lassen will?" Auch Sganarelle weist die Einmischung mit einem verballhornten Zitat zurück: „... lernt auch von mir, daß schon Cicero gesagt hat, man solle zwischen Baum und Finger nicht die Rinde stecken."

14 *La bel' Aronde ...:* (französ.) „Die schöne Schwalbe, Vorbote der heiteren Jahreszeit, ist gekommen, ich habe sie gesehen."

16 *Hôtel de la Civilisation:* (französ.) Hotel zur Zivilisation.

20 *„Muß nicht der Mensch ...":* Rolland zitiert hier einzelne Verse aus dem ‚Buch Hiob', Kapitel 7,9 („Es begegnet dasselbe ...") und 19 („Wenn Gott mich tötet ...").

21 *Miasmen:* (griech.) Verunreinigungen.

23 *Place des Victoires:* Großer Platz vor der Banque de France, in der Nähe des Palais Royal.
Rue de la Banque: Zweigt vom Place des Victoires ab, verbindet die Banque de France mit der Börse.

29 *Régence:* (französ.) Regentschaft; hier die Regentschaft Philipps von Orléans, 1715–1723.

36 *„Au Palais de l'Académie de France":* (französ.) „An den Palast der Französischen Akademie". Gemeint ist die Académie française. Rolland will mit der falschen Anschrift kennzeichnen, daß der junge Deutsche das Französische nur fehlerhaft beherrscht.

49 *Musset:* Alfred de Musset, französischer Dichter der Romantik (1810–1857). Vgl. Anm. III/29.

50 *Sainte-Beuve und Frau Hugo:* Charles-Augustin de Saint-Beuve, französischer Schriftsteller und Literaturkritiker (1804–1869). Frau Hugo: die Gattin des Dichters Victor Hugo. Vgl. Anm. II/100.
George Sand: Vgl. Anm. I/46.
Lauzun ... Montespan: Antoine Nompar de Caumont, Herzog von Lauzun; Günstling Ludwigs XIV. und Herzog von Frankreich (1633–1723). Wegen Beleidigung der Marquise de Montespan (1641–1707), der Geliebten des Königs, saß er fünf Jahre in Pignerol gefangen.
Hauptmann ... Strauß: Gemeint sind die Dramatiker Gerhart Hauptmann (1862–1946) und Hermann Sudermann (1857–1946), der impressionistische Maler Max Liebermann (1847–1935), der Theologe, Philosoph und Linkshegelianer David Friedrich Strauß (1808–1874), die gerne verwechselten Wiener Walzer- und Operettenkomponisten Johann Strauß Vater (1804–1849) und Johann Strauß Sohn (1825–1899) und einer der bedeutendsten deutschen

Opernkomponisten, Richard Strauß (1864–1949). Die Aufzählung dieser ähnlich klingenden Namen soll das Bildungsphilistertum der Gesellschaft anprangern.
51 *Sganarelle:* Gestalt der französischen Komödie. In Molières ‚Der Arzt wider Willen' tritt Sganarelle als Arzt auf und bedient sich lateinischer Wörter, ohne das geringste von Medizin oder Latein zu verstehen. Das Zitat ist dem 2. Aufzug, 6. Auftritt entnommen.
58 *Rubinstein . . . Paderewski:* Anton Rubinstein, russischer Pianist, Komponist und Musikschriftsteller (1830–1894). Ignacy Paderewski, polnischer Pianist, Komponist und Politiker (1860 bis 1941). Beide gehörten zu den bedeutendsten Pianisten ihrer Zeit.
60 *Théâtre des Variétés:* 1790 gegründetes, seit 1807 am Boulevard Montmartre gelegenes Pariser Lustspiel- und Operettentheater.
64 *Das Faß der Danaiden:* (griech. Mythologie) Die Töchter des Königs Danaos ermordeten in der Hochzeitsnacht ihre Männer und mußten zur Strafe dafür in der Unterwelt Wasser in ein Faß mit durchlöchertem Boden schöpfen.
Richard Strauß: Strauß (1864–1945) trat häufig als Interpret seiner eigenen Werke auf und gab zahlreiche Dirigentengastspiele in aller Welt, u. a. in Paris.
65 *polnischer Reichstag:* Anspielung auf die Zustände im polnischen Reichstag, der sich insbesondere im 17. Jh. durch Zerstrittenheit und Beschlußunfähigkeit auszeichnete.
67 *Lutrin:* (französ.) Das Betpult. Hier: Komisches Gedicht von Nicolas Boileau.
Journal officiel: Der französische Staatsanzeiger.
Sosias: Diener des Amphitryon in Molières gleichnamigem Stück.
69 *Meyerbeer:* Giacomo Meyerbeer, eigentlich Jakob Liebmann Beer, Komponist (1791–1864). Schrieb seit 1826 in Paris im Stil der großen französischen Oper.
Gounod: Charles Gounod, französischer Komponist (1818–1893). Sein größter Erfolg war die Oper ‚Faust'.
Massenet: Jules Massenet, französischer Komponist (1842–1912). Knüpfte an Meyerbeer und Gounod an; verwendete Elemente Wagners und des italienischen Verismus.
Mascagni: Pietro Mascagni, italienischer Komponist (1863–1945). Verhalf dem Verismus mit dem Welterfolg seiner ‚Cavalleria rusticana' (1890) zum Durchbruch.
Leoncavallo: Vgl. Anm. I/533, III/449.
Cavalleria rusticana, Bajazzo, Mignon, Die Hugenotten, Faust: Opern von Mascagni, Leoncavallo, Ambroise Thomas, Meyerbeer und Gounod.
71 *Cuyp:* Aelbert Cuyp, holländischer Maler (1620–1691), Vertreter der holländischen Lichtmalerei. In seinen zwischen 1650 und

1660 entstandenen Landschaftsbildern vereinigt er ruhige, groß gesehene Menschen und Tiere vor friedlicher Fernsicht in einer sonnendurchglühten Atmosphäre.

Baudry: Paul Baudry, französischer Maler (1828–1886). Seine von der italienischen Malerei des 16. Jhs. beeinflußte Malerei vertritt den romantischen Eklektizismus des Zweiten Kaiserreichs. Er schuf die Wand- und Deckenbilder der Pariser Oper.

Paul Potter: Holländischer Maler (1615–1654). Stellte in meist kleinem Format holländische Weiden mit Vieh dar. Seine Bilder fanden viele Nachahmer.

72 *Barrès, Jaurès, Mendès:* Maurice Barrès, französischer Schriftsteller (1862–1923), bedeutender literarischer Vertreter des Traditionalismus, Nationalismus und Chauvinismus. Jean Jaurès, französischer Sozialist (1859–1914). Catulle Mendès, französischer Dichter (1841–1909). Mitbegründer des Parnasse.

76 *ein Berlioz, ein Saint-Saëns:* Vgl. Anm. II/401 und III/526.

Achtzehnter Brumaire: Zweiter Monat des Jahres im französischen Revolutionskalender. Am 18. Brumaire 1799 (= 9. November) löste Napoleon I. durch einen Staatsstreich das regierungsunfähige Direktorium ab; Beginn seiner Herrschaft.

77 *Söhne des heiligen Gregorius:* Der Gregoriusorden wurde 1831 von Papst Gregor XVI. zu Ehren von Papst Gregor I. gestiftet.

in effigie: (latein.) im Bildnis.

78 *der Auber, der Adam:* Daniel François Esprit Auber, französischer Opernkomponist (1782–1871). Adolphe Charles Adam, französischer Opernkomponist (1803–1856). Beide sind Vertreter der Jüngeren opéra comique.

Diabolus in musica: (latein.) Teufel in der Musik.

Schola: Eigentlich Schola Cantorum, (latein.) Sängerschule; hier ist das zweite Pariser Konservatorium gemeint, das vor allem die alte und religiöse Musik pflegt.

80 *Pelleas und Melisande:* Oper von Claude Debussy. Vgl. Anm. II/82, 91.

Weg nach Damaskus: Bekehrung des Paulus vor Damaskus und seine Berufung zum Apostel Christi. (Apg. 9, 3–18.) Hier: Johann Christofs Bekehrung zum französischen Impressionismus.

82 *Handlung des Dramas:* Der Text zu ‚Pelleas und Melisande' stammt von Maurice Maeterlinck.

87 *Mussorgski:* Modest Petrowitsch Mussorgski, russischer Komponist (1839–1881). Mussorgski war einer der großen Unzeitgemäßen des 19. Jhs., der die scheinbar festgefügten Konventionen durchbrach.

91 *Barrès:* Vgl. Anm. II/72.

Anatole France: Französischer Schriftsteller (1844–1924), ironisiert

in vollendetem, leichtflüssigem Stil das Fin de siècle und die Grundlagen des Bürgertums. Vgl. Anm. III/557.
Maeterlinck: Maurice Maeterlinck, französischer Schriftsteller (1862–1949). Begann als Symbolist; in seinen Dramen fing er eine sehr subjektive Traumwelt ein („Pelleas und Melisande'). Seine naturwissenschaftlichen Werke greifen auf die flämische Mystik zurück. Erhielt 1911 den Nobelpreis.

92 *Odor di femmina:* (italien.) „Weibergeruch".

94 *Hautgout:* (französ.) scharfer Geschmack lange abgehangenen Wildfleisches; Anrüchigkeit.
Modern style: (engl.) moderner Stil.

95 *Olla podrida:* (span.) Mischmasch.
sui generis: (latein.) von eigener Art.

97 *Théâtre-Français:* Die Comédie-Française, das 1680 gegründete große klassische Theater Frankreichs in Paris.
Alexandriner: Vers der klassischen französischen Komödie. Sechshebiger Jambus mit einer Zäsur nach der dritten Hebung.

98 *Griechisches Peplon:* (eigentl. der Peplos). Ärmelloses griechisches Frauen- und Männergewand der älteren Zeit: ein auf den Schultern geknüpftes Tuch, das in der Hüfte gegürtet wurde, darüber ein Überschlag, der entweder mitgegürtet oder als Bausch darübergezogen wurde.
Corneillesche Helden: Corneilles Theater spiegelt die düstere Härte der vornehmlich von Männern bestimmten Kultur im 17. Jh. Die Gestalten seiner Tragödien sind Willensheroen, ihre tragische Spaltung zwischen Ich und Ordnung endet entweder mit ihrer willentlichen Unterwerfung oder ihrem Untergang.

99 *Sicut amori lupanar:* (latein.) Wie ein Bordell für die Liebe.

100 *König Marke:* In der Sage von Tristan und Isolde der Typus des alten, mit einer jungen Frau verheirateten Mannes, den diese um eines jungen Geliebten willen betrügt.
Ximene: Gemeint ist die Geliebte des spanischen Nationalhelden El Cid, die zwischen der Leidenschaft zu Cid und der Pflicht, den von Cid begangenen Mord an ihrem Vater zu rächen, die Pflicht wählt und am Ende wegen ihrer Treue dennoch Cids Frau wird. Corneille hat den Cid-Stoff zur Vorlage für seine berühmte Tragikomödie ‚Le Cid' (1636) genommen.
Victor Hugo: Victor Hugo (1802–1885), Haupt der französischen Hochromantik; wandte sich als Seher und Führer an die gesamte Menschheit. Rolland spielt mit dem „Donner" auf Hugos Hang zur Maßlosigkeit und zur pathetischen Gebärde an.
Mendès: Catulle Mendès. Vgl. Anm. II/72.

101 *Sardou:* Victorien Sardou, französischer Dramatiker (1831–1908). Errang größte Erfolge mit seinen historischen Dramen und Lust-

spielen, führender Dramatiker des Zweiten Kaiserreiches. Vgl. auch Anm. I/559.

Cyrano: Cyrano de Bergerac (1619–1655), französischer Schriftsteller, Philosoph, Soldat und Phantast, der in seinen weltanschaulich kühnen Erzählungen und Dramen philosophische und religiöse Autoritäten und Dogmen angriff. In der berühmten romantischen Komödie von Edmond Rostand (1868–1918) ‚Cyrano de Bergerac‘ (1897) wurde er als tragikomischer Held verewigt.

Rotten der Liga: 1576 schlossen die Katholiken in Frankreich eine Heilige Ligue gegen die Hugenotten, woraus in Paris die Ligue der Sechzehn hervorging, die Heinrich III. und mit spanischer Hilfe Heinrich IV. offen bekämpfte.

Kondottieri: (italien.) Vgl. Anm. I/151.

102 *König Heinrich IV.:* Heinrich von Navarra (1553–1610). Wollte die Machtstellung der Habsburger in einem Krieg gegen Spanien und den Kaiser brechen, wurde jedoch bei Kriegsbeginn von Ravaillac ermordet. Literarisch oft gestaltet, einerseits mit dem Schwerpunkt auf seinem Wirken als toleranter und großmütiger Herrscher, andererseits mit Betonung seiner zahlreichen Liebschaften. Schon in dem 1631 entstandenen Stück ‚The Noble Spanish Soldier‘, vermutlich von S. Rowley, wird er im Rahmen einer Liebesintrige vergiftet.

Zeit des „Großen Cyrus": Cyrano de Bergerac, vgl. Anm. II/101.

Idealgascogner – Scudéry, La Calprenède: Vermutlich ironische Anspielung auf den vorgenannten Cyrano de Bergerac (vgl. II/101), der aus der Gascogne stammte. Madeleine de Scudéry (1607–1701) und Gautier de Coste Seigneur de La Calprenède (1614–1663) waren herausragende Vertreter der von Molière verspotteten pseudo-historischen preziösen Heldenromane. Cyrano gehörte selbst dieser Richtung jedoch nicht an, sondern verspottete diese in ironischer Polemik.

Théâtre de la Gaîté: Théâtre de la Gaîté Montparnasse, 1868 erbaut. Hier werden vor allem Komödien gespielt.

Bossuet: Jacques Bénigne Bossuet, katholischer Theologe (1627 bis 1704). Als Bewunderer Ludwigs XIV. verfaßte er 1682 die gegen Papst Innozenz XI. gerichtete Erklärung der gallikanischen Freiheiten.

Bodinière: Heute nicht mehr existierendes Theater in Paris.

Ambigu: Théâtre de l'Ambigu, ältestes Theater der Pariser Boulevards, 1769 gegründet.

Théâtre de la Porte Saint-Martin: 1873 erbaut.

Odéon: Das 1781 erbaute Théâtre de France, eines der wichtigsten Schauspielhäuser von Paris.

Orchestersuiten aus ‚Christus‘: Die Autoren der hier aufgezählten häufiger gestalteten Stücke ‚Leidensweg‘, ‚Jesuskind‘, ‚Passion‘

und ‚Jesus‘ sind nicht eindeutig zu ermitteln. Bei den ‚Orchestersuiten‘ sind vermutlich die Entwürfe Felix Mendelssohn-Bartholdys zu einem Oratorium ‚Christus‘ (op. 97) gemeint.
Botanischer Garten: Im Südosten von Paris gelegen, mit Tierpark und Museum für Naturgeschichte.
Causeur: (französ.) Plauderer.
Théâtre du Châtelet: 1862 erbautes Theater in Paris, in dem vor allem Operetten und Ballette aufgeführt werden.
Pilatus und Magdalena: Anspielung auf Pilatus' Wort „Was ist Wahrheit" (Joh. 18, 38) und die Ostergeschichte der Entdeckung des leeren Grabes durch Magdalena (Joh. 20, 11–18).

103 *Cinna:* Historische Tragödie von Pierre Corneille (1606–1684), zu deren Höhepunkten sentenzenreiche und pathetische politische Reden gehören.

104 *Racine ...:* Jean Racine, französischer Bühnendichter (1639–1699). Höhepunkt klassischer Bühnendichtung in Frankreich, hat die für jene Epoche kennzeichnende Übereinstimmung von Literatur und absolutistischer Hofkultur vollendet.
‚*Tartüff*‘ *und* ‚*Phädra*‘*:* ‚Tartuffe‘: Komödie von Molière (1664–69). ‚Phädra‘: Tragödie von Racine (1677).
‚*König Lear*‘ ... *wie ein Lustspiel von Emile Augier:* ‚König Lear‘: Drama von Shakespeare. Emile Augier: Französischer Dramatiker (1820–1889). In seinen Lustspielen geißelt er das gesellschaftliche Leben seiner Zeit.

105 *Rostand:* Edmond Rostand, französischer Dramatiker (1868–1918). Schrieb Versdramen über die alten Themen von Heldentum, Liebe und Verzicht. Seine Stücke wurden vom Publikum begeistert aufgenommen.
Académie française: Französische Akademie der Wissenschaften. Gegründet 1635 unter Ludwig XIII. und Richelieu mit der Aufgabe, die Literatur zu beobachten und die Sprache zu reinigen, festzulegen und zu erläutern. Die Académie hatte auf die klassische Literatur Frankreichs tiefgreifenden Einfluß.

111 „*Eure Rede aber sei: Ja, ja, ...*"*:* Matth. 5, 37.
Sganarelle: Vgl. II/51.

114 *Boileau:* Nicolas Boileau-Despréaux, französischer Dichter und Kunsttheoretiker (1636–1711). Vgl. II/246.

118 *Palma Vecchio:* Jacopo Palma, genannt Il Vecchio, italienischer Maler (um 1480 bis 1528). Einer der Hauptmeister der venezianischen Hochrenaissance. In seinen Bildern erscheint immer wieder der Typus der blonden Venezianerin mit weichen, etwas ausdruckslosen Gesichtszügen und üppigen Körperformen.
Land Labans: Laban, ein Aramäer, war der Schwiegervater des Jakob. (1. Mos. 24, 29ff.)

119 *Sully-Prudhomme:* Eigentlich René-François-Armand Prudhomme, französischer Dichter (1839–1907). Einer der Hauptvertreter des Parnassiens.
Auguste Dorchain: Von Sully Prudhomme beeinflußter französischer Lyriker und Essayist (1857–1930).
120 *Carlyle:* Thomas Carlyle, englischer Schriftsteller (1795–1881). Führte einen erbitterten Kampf gegen den Materialismus des 19. Jhs. Sah die Lösung der sozialen Probleme in einer vertieften und verinnerlichten Auffassung vom Sinn der Arbeit. Einer der bedeutendsten Vermittler zwischen englischem und deutschem Geist im 19. Jh.
126 *Massenet:* Jules Massenet, französischer Komponist (1842–1912). Starke Begabung für sinnfällige, theaterwirksame Melodik.
Grieg: Edvard Grieg, norwegischer Komponist (1843–1907). Verband Elemente der Volksmusik mit der Kunstmusik.
Thomé: François Luc Joseph Thomé, französischer Komponist (1850–1909).
132 *Bergson:* Henri Bergson, französischer Philosoph (1859–1941). Setzte seine intuitive Erkenntnislehre jeder verstandesmäßigen Weltdeutung entgegen. Rollands Denken ist von Bergson beeinflußt. Er hatte selbst Vorträge von Bergson an der Sorbonne gehört.
Jules Lemaître: Französischer Schriftsteller (1853–1914). Schrieb literaturkritische Studien, die fast ausschließlich seinen Zeitgenossen galten.
140 *Baconsche Methode:* Francis Bacon, englischer Philosoph und Staatsmann (1561–1626). Versuchte einen umfassenden Neubau der Wissenschaften auf dem Grund „unverfälschter Erfahrung", die Ausgangspunkt für jede Erkenntnis sei. („Wissen ist Macht".)
Diderot: Denis Diderot, französischer Schriftsteller und Universalgelehrter (1713–1784). Mit D'Alembert Begründer der französischen Encyclopédie. Schrieb für dieses Werk mehrere tausend Artikel über die verschiedensten Wissensgebiete.
Dionysos: Griechischer Gott der Triebkraft der Natur, besonders des Weines.
141 *Panurg:* Vgl. Anm. I/547. Gemeint ist hier Diderot.
van Dyck: Anthonis van Dyck, flämischer Maler (1599–1641). Malte zunächst religiöse Bilder, später ausschließlich Porträts von kultiviert verfeinerter Vornehmheit und hochmütiger Haltung.
146 *feminae ultima ratio:* (latein.) das letzte Mittel der Frau.
147 *Und der Herr spricht: Darum, daß die Töchter Zions . . .:* Jes. 3, 16–17.
Jesuiten von Paraguay: Seit 1609 begannen die Jesuiten in Paraguay ihr Missionswerk unter den Indianern. Aus der Zivilisierung der Eingeborenen in eigenen Siedlungen (Reduktionen) entstand der Jesuitenstaat, der dem spanischen Gouverneur von Paraguay un-

terstand. Die Jesuiten besaßen darin eine weitgehende Verwaltungsautonomie und eine eigene Miliz. 1767 wurden sie vertrieben.
156 *Vercingetorix:* Keltenfürst aus dem Stamm der Arverner (geb. 56 v. Chr.). Leitete 52 die letzte große Erhebung der Gallier gegen Caesar im Gallischen Krieg. Wurde nach Caesars Sieg hingerichtet.
dem gallischen Brennus: Gemeint ist Vercingetorix. Brennus ist ein keltischer Männername, vielleicht auch Titel.
Ernest Renan: Französischer Religionswissenschaftler, Orientalist und Schriftsteller (1823–1892). Versuchte positivistische Wissenschaft und Christentum zu vereinen und die Schicksale Jesu in dichterischer Einfühlung aus seiner Zeit, seinem Land und Volk zu erklären. (Jesus als religiöser Willensmensch und idealer Anarchist, der unter dem Übermaß reinsten Wollens zusammenbricht.)
La Fontaine: Jean de La Fontaine, französischer Dichter (1621 bis 1695). Seinen weltliterarischen Ruhm begründete er mit seinen 245 Fabeln, die zwar auf Äsop und andere antike Autoren zurückgehen, in denen er der Gattung jedoch eine neue, unverwechselbare eigene Form gibt. Neben Racine der größte Verskünstler seiner Zeit.
Böotien: Griechische Landschaft zwischen Parnaß und Golf von Euböa, bedeutendste Stadt ist Theben. Den Böotiern wurden im alten Griechenland Plumpheit und Unbildung nachgesagt im Gegensatz zu den gebildeten Athenern.
Pergolesi: Giovanni Battista Pergolesi, italienischer Komponist (1710–1736). Seine Musik erregte 1752 in Paris den Buffonistenstreit zwischen Anhängern der französischen und der italienischen Oper.
159 *Sic vos non vobis:* (latein.) Ihr arbeitet, aber die Frucht eurer Arbeit kommt anderen zugute.
160 *Struggle for life:* (engl.) Kampf ums Dasein.
161 *Metöken:* (griech.) In den Städten des alten Griechenland zugezogene Bewohner, die zwar eingesessen aber ohne politische Rechte waren.
jener korsische Offizier: Gemeint ist Napoleon.
164 *l'anime triste ...:* (italien.) „Nimmst du die traurigen Seelen jener wahr, Die ohne Schmach gelebt und ohne Ehre." Dante, ‚Göttliche Komödie', Hölle III, 35–36.
165 *de omni re scibili:* (latein.) über alles Wißbare.
Pico della Mirandola: Giovanni Pico della Mirandola, italienischer Humanist und Philosoph (1463–1494). Bemühte sich um eine umfassende Synthese, in die Plato, Aristoteles, Plotin, Albertus Magnus, christliche und jüdische Motive, die Kabbala u. a. eingehen sollten. Der Mensch ist nach seiner Ansicht sein eigener Bildner, in dem alle Möglichkeiten angelegt sind.

166 *dem ‚Guten Lied' von Gabriel Fauré:* Verlaine-Liederzyklus (op. 61, 1893) des französischen Komponisten Gabriel Fauré (1845–1924).
168 *Tout-Paris:* (französ.) Die oberen Zehntausend von Paris, die sich bei allen gesellschaftlichen und künstlerischen Ereignissen einfinden.
169 *rosenkreuzlerisch:* nach Art eines mystischen Geheimbundes.
hermaphroditisch: wie ein Zwitter.
170 *Ei dice cose, e voi dite parole:* (italien.) Er sagt Dinge, und ihr sagt Worte.
172 *Hedda Gabler:* Figur aus dem gleichnamigen Drama von Henrik Ibsen; eine kalte, berechnende Frau, die von den anderen jene schöne große Tat erwartet, die sie selbst nicht ausführen kann.
176 *Verrocchio und Michelangelo:* Andrea del Verrocchio (1436–1488) und Michelangelo (1475–1564) schufen zwei berühmte Davidstatuen. (Beide stehen in Florenz.)
183 *Malbrough s'en va-t-en guerre!:* (französ.) Marlborough zieht in den Krieg! (Französisches Volkslied.)
184 *Andrea del Sarto:* Eigentlich Andrea d'Agnolo, italienischer Maler (1486–1531). In seinen Bildern sind strahlende Farben in ein mildes Helldunkel verschmolzen, das den in vornehm lässiger Haltung gemalten Gestalten weiche Anmut verleiht.
Ihi! – Fat innanz'!: (italien.) Hü! – Vorwärts!
194 *Savonarola:* Girolamo Savonarola, einer der bedeutendsten Sittenprediger des Spätmittelalters (1452–1498). Glaubte sich durch göttliche Stimmen und Visionen zum besonderen Propheten der Zeit berufen.
des kleinen thüringischen Kantors: Gemeint ist Johann Sebastian Bach. In der Beschreibung des Gesichts spielt Rolland auf das bekannte Bachporträt von Elias Gottlob Haußmann (1746) an.
196 *Jardin du Luxembourg:* Zusammen mit dem Palais du Luxembourg 1615–20 für die Königinwitwe Maria von Medici von S. de Brosse erbaut. Eine der schönsten Gartenanlagen in Paris. Im Nordosten steht der berühmte Medici-Brunnen (1624) von de Brosse.
197 *Meudon:* Vorortgemeinde von Paris im Département Seine-et-Oise.
der Wald Dantes: In Dantes ‚Göttlicher Komödie' hat sich der Dichter in einem finsteren Wald verirrt, er wird von drei wilden Tieren, Sinnbildern der Leidenschaft, bedrängt; da tritt Vergil zu ihm, um ihn durch die Tiefen der neun Höllenkreise auf den Berg der Läuterung zu führen.
201 *Yvette Guilbert:* Französische Sängerin und Schriftstellerin (1866 bis 1944).
202 *Quatember:* (latein.) Katholischer Fasttag, jeweils zu Beginn der vier Jahreszeiten.
Dies irae: (latein.) Tag des Zorns. Bestandteil des Requiems.

204 *Théâtre du Châtelet:* Vgl. Anm. II/102.
205 *Grisette:* Ehemals in Paris Name für eine Näherin; die Freundin der Studenten und Künstler.
206 *wie Danae den Goldregen:* Danae, eine Gestalt der griechischen Mythologie, Tochter des Akrisios, wurde in einen Turm gesperrt, wo Zeus sie in Gestalt eines goldenen Regens besuchte.
Louisdor: Eine unter Ludwig XIII. von Frankreich zuerst 1641 geprägte Goldmünze.
207 *Quartier latin:* Lateinisches, d. h. gelehrtes Viertel; Pariser Stadtteil am linken Seine-Ufer, wo sich auch die Universität und andere Hochschulen befinden.
210 *Boucher:* François Boucher, französischer Maler (1703–1770). Gefeierter Modemaler. Seine Bilder sind meist erotisch reizvoll gestaltet.
Watteau: Jean-Antoine, französischer Maler (1684–1721). Malte vor allem Szenen der höfisch-galanten Gesellschaft. Vgl. I/662.
Greuze: Jean Baptiste, französischer Maler (1725–1805). Malte sentimentale Genrebilder.
Fragonard: Jean Honoré Fragonard, französischer Maler (1732 bis 1806). Schüler von Boucher, malte gern galante Szenen. Bevorzugter Künstler der Gesellschaft.
Nicolas Poussin: Französischer Maler (1593–1664). Seine Bilder galten in Frankreich als vollendeter Ausdruck klassischer Gesinnung.
Philippe de Champaigne: Flämisch-französischer Maler (1602–1674). Arbeitete mit Poussin zusammen im Palais de Luxembourg. Malte viele religiöse Bilder für Kirchen und Klöster.
Böcklin: Gemeint ist Arnold Böcklin, schweizerischer Maler (1827–1901).
214 *Kantate von J. S. Bach:* „Liebster Gott, wann werd ich sterben?": Kantate zum 16. Sonntag nach Trinitatis (BWV 8) nach dem Text von Caspar Neumann. Der Kantate liegt Luk. 7,11–17 zugrunde (Auferweckung des Jünglings zu Nain).
„*Und dann selber Erde werden* ...": Das Zitat bezieht sich auf die letzte Zeile des Eingangschores der Kantate „Liebster Gott...".
215 *des Goldlichtes von dem ‚Barmherzigen Samariter':* Der ‚Barmherzige Samariter', ein Gemälde von Rembrandt.
Und wenn die Welt ...: Dritte Strophe des Liedes „Ein feste Burg ist unser Gott" von Martin Luther (1528) nach Psalm 46.
230 *Michelet:* Jules Michelet, französischer Geschichtsschreiber (1798–1874). Stark patriotisch, demokratisch-antiklerikal, erfüllt von Begeisterung und Leidenschaft des Mitfühlens, aber ungezügelt subjektiv und gefühlvoll in der Darstellung, war er einer der volkstümlichsten Historiker seines Landes.

245 *wie ihre Landsleute bei Rabelais:* François Rabelais (um 1494 bis 1553) schrieb die Bücher vom Leben der Riesen Gargantua und Pantagruel, worin er scharfe Kritik an Papst, Kaiser, Politik und Kirche übte.

246 *La Fontaine:* Vgl. Anm. II/156.

dem Boileau der ‚Art poétique' und des ‚Lutrin': Die ‚Art poétique' von Boileau, eine viergliedrige Versepistel nach Horaz' ‚Ars poetica', ist die klarste Fassung der späthumanistischen Ästhetik, wie sie dem französischen Klassizismus zugrunde liegt. Der ‚Lutrin', ein heroisch-komisches Kleinepos, greift das alte Thema der Klerikersatire auf.

Verfasser der ‚Pucelle': Die ‚Pucelle' ist ein satirisches Epos von Voltaire.

Poetae minores: (latein.) unbedeutendere Dichter.

Akrostichen: Gedichte, bei denen die Anfangsbuchstaben der einzelnen Verse oder Strophen aneinandergereiht ein Wort, einen Namen oder Satz ergeben.

247 *Ed egli avea ...:* (italien.) „Und er trompetete mit seinem Arsche." Dante, ‚Göttliche Komödie', Hölle XXI, 139.

Jansenistische Fronde: Opposition der von dem niederländischen Theologen Cornelius Jansen (1585–1638) begründeten romfeindlichen, auf Augustinus zurückgreifenden katholischen Bewegung im Frankreich des 17. und 18. Jhs., die von den Jesuiten heftig bekämpft wurde.

252 *die Märchen von Musäus:* Die ‚Volksmärchen der Deutschen' (1882–86), Hauptwerk von Johann Karl August Musäus (1735 bis 1787), geistvoll-ironisch funkelnde Erzählungen im Stil der Aufklärung.

Madame d'Aulnoy: Marie-Catherine, Baronne d'Aulnoy, französische Schriftstellerin (1650–1705). Schrieb Novellen, historische Erzählungen und Kindermärchen, die noch heute gedruckt werden.

256 *Kalif Harun al Raschid:* Der in ‚Tausendundeine Nacht' verewigte Kalif von Bagdad (763 oder 766–809).

Schakabak mit den gespaltenen Lippen: Gemeint ist vermutlich Schakaschik, der sechste Bruder des ‚geschwätzigen Barbiers' (siehe unten) in ‚Tausendundeine Nacht', dem beide Lippen abgeschnitten wurden.

dem geschwätzigen Barbier: Figur in ‚Tausendundeine Nacht' aus dem Märchen der dreißigsten Nacht. Der Barbier erzählt die Geschichte seiner Brüder in einer vielfach verschachtelten Folge von Anekdoten und Erzählungen.

Der kleine Bucklige von Kasgar: Möglicherweise aus der ‚Geschichte des Buckligen' in ‚Tausendundeine Nacht', in die die Geschichte des Barbiers (siehe oben) eingebettet ist. Es kann sich aber auch um eine Erzählung aus der türkischen Sammlung von Muhammed al-Kasgar aus dem 11. Jh. handeln.

258 *Adolphe Adam:* Vgl. Anm. II/78.
Vorspiel zum ‚Kalifen von Bagdad' . . . *‚Die Jagd des jungen Heinrich':* Beliebte Klavierstücke; ‚Der Kalif von Bagdad', komische Oper von François-Adrien Boieldien (1775–1834).
‚Chinesische Reise' von Bazin: Komische Oper des französischen Komponisten François-Emmanuel-Joseph Bazin (1816–1878).

259 *Gluck . . . Berton:* Christoph Willibald Gluck, Komponist (1714 bis 1787), der große Opernreformator des 18. Jhs.; Nicolas Dalayrac, einer der besten französischen Komponisten komischer Opern (1735–1809); Henri-Montan Berton, französischer Opernkomponist der Gluckschule (1767–1844).
Piccini: Nicola Piccini (1728–1800). Meister der italien. Buffooper.

260 *Cimarosa, Paësiello und Rossini:* Domenico Cimarosa (1749–1801), Giovanni Paësiello (1740–1816) und Gioacchino Rossini (1792 bis 1868): wichtigste Vertreter der italienischen Buffooper.
Asti spumante: (italien.) Schaumwein.
Pergolese und Bellini: Giovanni Battista Pergolesi (1710–1736), Hauptmeister der neapolitanischen Schule, schuf die erste komische Oper; Vincenzo Bellini (1801–1835), beherrschte mit seinen betont lyrischen Opern neben Rossini und Donizetti die Opernbühne seiner Zeit.

287 *Jardin des Plantes:* (französ.) Botanischer und zoologischer Garten in Paris.

297 *Ecole Normale:* Lehrerbildungsanstalt für den Bereich der Vor- und Elementarschule in Frankreich. Voraussetzung zur Aufnahme ist das Bestehen der Aufnahmeprüfung im Wettbewerbsverfahren. Gemeint ist hier jedoch vermutlich die „Ecole Normale Superieure", eine Hochschule geistes- oder naturwissenschaftlicher Richtung, die Rolland selbst absolviert hatte. In dieser Eliteschule werden Lehrer für höhere Schulen ausgebildet, sie bereitet außerdem für die verschiedensten Laufbahnen in Wissenschaft und Verwaltung vor. Das Studium dauert etwa drei bis vier Jahre.

301 *Théâtre du Châtelet:* Vgl. Anm. II/102.

302 *Pont Saint-Michel:* Brücke über die Seine, die den Boulevard Saint-Michel mit dem Justizpalast auf der Seineinsel verbindet.

305 *Der treue Johnie:* Nr. 20 aus einem Zyklus von 25 schottischen Liedern von Ludwig van Beethoven (Op. 108). Originaltitel: ‚Faithfo' Johnie' (schott.).

330 *Orpheus:* Berühmteste Oper von Christoph Willibald Gluck (1714–1782), entstanden 1762.

349 *Malbrough s'en va-t-en guerre:* Vgl. Anm. II/183.
357 *I will* ... (engl.) Ich werde wiederkommen, mein Liebling und Schatz, ich werde wiederkommen.
359 *Nessun maggior* ...: (italien.) „Kein größeres Leid, / Als sich erinnern in den Unglückstagen / Der guten Zeit ..." Dante, ‚Göttliche Komödie', Hölle, V, 121.
378 *Jardin du Luxembourg:* Vgl. Anm. II/196.
385 *Kirchhof von Ivry:* Ivry ist ein Vorort im Südwesten von Paris.
389 *Boltraffio:* Giovanni Antonio Boltraffio, italienischer Maler (1467–1516). Schüler von Leonardo da Vinci, malte Porträts und Andachtsbilder.
Cavalieri: Tommasco Cavalieri (gest. 1564), italienischer Adliger und Freund Michelangelos. Michelangelo verlieh seiner lebenslangen platonischen Liebe zu Cavalieri in vielen Sonetten und Bildern Ausdruck.
die umbrischen Gefährten des jungen Raffael: Gemeint sind wohl Piero della Francesca (zwischen 1410 und 1420 bis 1492), Melozza da Forli (1438–1494) und Luca Signorelli (Mitte des 15. Jhs. bis 1523). Raffael ging zunächst in die Lehre zu Pietro Perugino, dem damals angesehensten Meister Umbriens (um 1445 bis 1523).
Aert van Geldern: Holländischer Maler (1645–1727). Der letzte bekannte Schüler Rembrandts.
quia nominor leo: (latein.) weil ich Löwe heiße. Phaedrus, ‚Fabeln', I, 5.
395 *Dreyfusaffäre:* Der französische Offizier jüdischer Abstammung Alfred Dreyfus (1859–1935) war aufgrund gefälschter Dokumente wegen Landesverrates verurteilt worden. Nachdem Zola 1898 öffentlich für ihn eingetreten war, wurde er 1899 rehabilitiert; die Affäre gab den Anstoß zu einem Machtwechsel 1899. Vgl. Anm. II/510 und III/172.
397 *Sanctus, Sanctus:* (latein.) Heilig, Heilig.
399 *Odor di bellezza:* (italien.) Duft der Schönheit.
Plaine-Saint-Denis: Die „Ebene" von Saint-Denis, hier ist wohl soviel gemeint wie „mitten im Herzen von Paris".
401 *Berlioz:* Hector Berlioz (1803–1869), einer der originellsten französischen Komponisten des 19. Jhs., Begründer und Propagator der modernen Programmmusik; fand erst Jahrzehnte nach seinem Tod in Frankreich Anerkennung.
César Franck: Französischer Komponist (1822–1890). Epochemachende Persönlichkeit für die neuere französische Musik; wandte sich bewußt der reinen Instrumentalmusik zu. Er versuchte den klassischen Bau der Sonate und Symphonie zu erneuern, indem er alle Sätze eines Werkes aus einem einzigen Grundthema entwickelte.
402 *François Millet:* Jean-François Millet, französischer Maler und

Zeichner (1814–1875). Malte zunächst galante Szenen im Rokokostil, wandte sich später bäuerlichen Motiven zu, die er im Sinne der Schule von Barbizon realistisch, fast sozialanklägerisch überhöhte. Von Einfluß auf den jungen Vincent van Gogh. Rolland verfaßte ein Buch über Millet (1902).

Pasteur: Louis Pasteur, französischer Chemiker, Biologe und Mediziner (1822–1895). Hier im Gegensatz zu Pascal als überzeugter Naturwissenschaftler genannt.

Pascal: Blaise Pascal, französischer Religionsphilosoph, Mathematiker und Physiker (1623–1662), der in seinen ‚Pensées‘ (erstmals veröffentlicht 1670) als der große Gegenspieler des naturwissenschaftlichen Optimismus auftrat, indem er die naturwissenschaftliche Erkenntnis in ein Erschrecken der Seele über das menschliche Verlorensein überführte und die wissenschaftliche Logik auf den religiösen Bereich übertrug, so daß letztendlich das Absurde und der logische Widerspruch zum Zeichen höchster Wahrheit wurden.

404 *in den Tribunen und Prokonsuln:* Hier im Sinne von revolutionären Volksführern.

combinazioni: (italien.) Berechnungen.

406 *Pyrrhoniker:* (griech.) Skeptiker; Anhänger der von Pyrrho (360–270 v. Chr.) ausgehenden skeptischen Philosophie, die den Zweifel zum Denkprinzip erhebt.

410 *Entwürfe der Clouet und Dumoustier:* François Clouet (1522–1572) und Jean Clouet (1485–1540) waren Hofmaler des 16. Jhs. Zahlreiche Mitglieder der Familie Dumoustier waren vom 16. bis 18. Jh. als Porträtmaler tätig; am bedeutendsten war Etienne Dumoustier (1540–1603). Er wirkte von 1538 bis 1540 in Fontainebleau.

410 *Malerei des Lenain:* Die drei Brüder Antoine (um 1588–1648), Louis (um 1593–1648) und Mathieu (1607–1677) Le Nain zählen zu den bedeutendsten Genremalern des 17. Jhs., sie wurden im 19. Jh. als Maler der französischen Bauern wiederentdeckt. Ihre Gemälde sind ohne Vornamen signiert. Der begabteste, Louis, ist offenbar der Maler der Bauernszenen.

Ile-de-France: Historische Kernlandschaft Frankreichs im inneren Teil des Pariser Beckens.

Picardie: Landschaft in Nordfrankreich.

Der altfranzösische ‚Tristan‘: Roman des altfranzösischen Dichters Berol aus der Bretagne (nach 1190).

413 *Dreyfusaffäre:* Vgl. Anm. II/395.

417 *quo non ascendam?:* (latein.) Wohin werde ich nicht aufsteigen?

Obskurantentum: Denkart der Dunkelmänner, Verdummungseifer.

419 *Kommune von 1871:* „Pariser Kommune", revolutionäre Pariser

Sonderregierung, deren Aufstand im Mai 1871 blutig niedergeschlagen wurde.
420 *der heilige Vinzenz von Paul:* Französischer Priester (1581–1660), Begründer der neuzeitlichen katholischen Caritas.
431 *alme sdegnose:* (italien.) hochmütige Seelen.
zu den Zeiten Buffons und der Enzyklopädisten: George Louis Leclerc, Graf von Buffon, war ein französischer Naturforscher (1701–1788). Er schrieb eine ‚Allgemeine und spezielle Naturgeschichte' in 40 Bänden, erschienen zwischen 1824 und 1832; die Enzyklopädisten waren die Herausgeber und Mitarbeiter (im weiteren Sinne auch die Anhänger der in der Enzyklopädie vertretenen philosophischen Anschauungen) der ‚Encyclopédie ou Dictionnaire raisonné des sciences, des arts et des métiers' (1751–1780), u. a. Diderot, Rousseau und Voltaire.
433 „*Auch sollen wir höhere Maximen* . . .": Goethe, ‚Gespräche mit Eckermann', 15. 10. 1825.
439 *Fuori Barbari!:* (italien.) Hinaus mit den Barbaren!
440 *Urbis. Orbis:* (latein.) Stadt. Erdkreis.
441 *Gesta Dei per Francos:* (latein.) Die Taten Gottes durch die Franken.
442 *gleich dem alten Empedokles:* Der griechische Arzt, Prophet und Philosoph Empedokles (um 450 v. Chr.) verfaßte ein Lehrgedicht ‚Die Natur', in dem er vier Elemente als Urstoffe annahm, aus denen sich durch Anziehung und Abstoßung (Liebe und Haß) immer wieder aufs neue die Welt bilde.
443 σωφροσύνη: sophrosyne (griech.) Verstand, Klugheit.
451 *der alte Bruckner:* Gemeint ist Anton Bruckner (1824–1896), der in Wien als Wagnerverehrer in den Streit der Traditionalisten und Neudeutschen hineingeriet, ohne daß er daran dachte, sich programmatisch festzulegen.
453 *Patroklus:* (griech. Mythologie) Freund des Achilles in der ‚Ilias' Homers.
Gericht über Moab . . .: Vgl. Jer. 48; Jer. 49, 23f; Jer. 50; Hes. 29. Bei fast allen Propheten des Alten Testamentes sind diese Weissagungen von Gottes Strafgericht zu finden.
454 „*Geschrei gehet um* . . .: Jes. 15, 8.
„*Und der Herr Zebaoth* . . .": Jesaja 25, 6 und 34, 6.
„*Verstocke das Herz dieses Volkes* . . .": Jesaja 6, 10–11.
455 *Chardins:* Jean Baptiste-Siméon Chardin (1699–1779), der mit Stilleben, Genremalerei und schlichten Pastellbildnissen die bürgerliche Malerei des 18. Jhs. vertrat.
468 *Scribe:* Augustin-Eugène Scribe, französischer Dramatiker (1791–1861). Hatte zu seiner Zeit viel Erfolg mit seinen problemlosen, gutgebauten Lustspielen. Am bekanntesten wurde: ‚Das Glas Wasser'. Vgl. Anm. II/490.

Capus: Alfred Capus, französischer Journalist, Romancier und Dramatiker (1858–1922); schrieb mit großem Erfolg Komödien voll nachsichtiger Ironie, die durchweg ein optimistisches Ende finden.

469 *Gefährten des Dekamerons:* Im ‚Decamerone' des Boccaccio (1348–53) erzählen sich sieben Damen und drei Herren auf einem Landgut bei Florenz zur Zeit der großen Pest von 1348 an zehn Tagen 100 Novellen.

Pyrrhonismus: Vgl. II/406.

473 *Farniente:* (italien.) Nichtstun.

482 *Hidalgo:* (span.) Mitglied des niederen spanischen Adels.

487 *Libera nos, Domine!:* (latein.) Erlöse uns, o Herr!

488 *Gustave Charpentier:* Französischer Komponist (1860–1956), Schüler von Massenet, bekannt durch impressionistische Orchesterwerke und die volkstümliche Oper ‚Louise' (1900).

den 14. Juli, ... die Föderation: Wichtige Daten der französischen Revolutionsgeschichte. 14. Juli 1789: Sturm auf die Bastille (französischer Nationalfeiertag); 10. August 1792: Sturm auf die Tuilerien, Internierung der königlichen Familie; Valmy: Kanonade am 20. September 1792 bei Valmy im Ersten Koalitionskrieg, Rückzug der preußischen Armee; die Föderation: vermutlich ist das Bundesfest („Fête de la fédération") gemeint, das am 14. Juli 1790 auf dem Pariser Marsfeld anläßlich des ersten Jahrestages des Sturms auf die Bastille gefeiert wurde.

489 *Sat prata:* Eigentlich: Claudite iam rivos, pueri; sat prata biberunt. (latein.) „Schließt nun die Rinnen, ihr Knechte; Genugsam getränkt sind die Wiesen." Vergil, ‚Eklogen' 3,111.

Die ‚Salome' von Strauß: Musikdrama nach Oscar Wildes gleichnamiger Dichtung (uraufgeführt 1905). Bei Wilde verlangt die judäische Prinzessin nicht auf Anstiften ihrer Mutter den Kopf des Täufers (vgl. Matth. 14,1–12 und Markus 6,14–29), sondern der Prophet fällt Salomes ungezügelter Sinnlichkeit zum Opfer, ähnlich wie in Gustave Flauberts ‚Herodias'.

490 *Neo-Meyerbeerismus:* Giacomo Meyerbeer, eigentlich Jakob Liebmann Beer, Komponist (1791–1864). Schrieb zunächst italienische Opern unter dem Einfluß Rossinis und später in Paris im Stil der großen französischen Oper, die er mit dem Textdichter Scribe zum Höhepunkt führte.

491 *Laus Deo:* (latein.) Lob sei Gott.

494 *Ronsard:* Pierre de Ronsard (1525–1585), französischer Hofdichter des 16. Jhs.; Begründer der klassizistischen französischen Dichtung und Haupt der Plejade, der zu seiner Zeit maßgeblichen Dichterschule.

495 *Rameau:* Jean-Philippe Rameau, französischer Komponist und Mu-

siktheoretiker (1683–1764). Seine 28 Opern und Ballette bilden einen Höhepunkt der klassischen französischen Oper, ebenso bedeutend sind seine Klavierstücke. Als Theoretiker ist Rameau der Begründer der modernen Harmonielehre.

496 *Kropotkin:* Peter Fürst Kropotkin (1842–1921), russischer Schriftsteller und bedeutendster Vertreter des kommunistischen Anarchismus. Vgl. Anm. III/277.

497 *Berthelot:* Marcelin Pierre Eugène Berthelot, der berühmteste französische Chemiker des 19. Jhs. (1827–1907). Ihn beschäftigte die Synthese organischer Verbindungen, er entwickelte ein Kalorimeter und förderte die Geschichte der Alchemie, auch durch eigene Untersuchungen.

Bonifazius VIII.: Papst Bonifazius VIII.(1235–1303), hochbegabte, aber schroffe, herrschsüchtige Persönlichkeit. Versuchte im Geiste des ehemaligen weltbeherrschenden Papsttums die zahlreichen Streitigkeiten in den christlichen Ländern zu schlichten. Seine größte Niederlage erlitt er im Streit mit König Philipp IV. von Frankreich, als er vergeblich die überkommene These von der Überordnung der geistlichen Gewalt über die weltliche erneuern wollte.

498 *wie Sankt Petrus in Galiläa:* Vermutlich Anspielung auf die Berufung der Jünger, Matth. 4,18–22. Jesus holt Petrus und seinen Bruder Andreas am See Genezareth vom Fischfang weg und macht sie zu seinen Jüngern.

wie dem heiligen Thomas: Anspielung auf Joh. 20,24–29. Jesus erscheint den Jüngern nach der Auferstehung und läßt den „ungläubigen Thomas" die Hände in seine Wundmale legen, um ihn von der Realität der Erscheinung zu überzeugen.

Noli me tangere: (latein.) Rühre micht nicht an. Joh. 20,17.

500 *Anatole France und Renan:* Anatole France (1844–1924) neigte dazu, die Frömmigkeit als pathologisches Phänomen aufzufassen, Ernest Renan (1823–1892) erklärte in seinem ‚Leben Jesu' die biblischen Ereignisse aus ihren historischen Gegebenheiten. Vgl. II/91 u. II/156.

507 *Chardin:* Vgl. II/455.

510 *Qualis artifex pereo:* (latein.) Welch ein Künstler stirbt in mir!

Dreyfusianer: Anhänger der durch die Dreyfus-Affäre 1899 an die Regierung gekommenen französischen Linken, die 1901–1905 die Trennung von Staat und Kirche durchführte (vgl. auch II/395).

Syndikalismus: Auf Proudhon (1809–1865) zurückgehende revolutionäre sozialistische Bewegung, die Staat, Parlamentarismus und Militär grundsätzlich ablehnt und die Gesellschaftsordnung auf die Gewerkschaft als die Inhaberin der Produktionsmittel gründet.

514 *in omni re scibili:* (latein.) in allem Wißbaren.
522 *Charpentier:* Gustave Charpentier, französischer Komponist (1860–1956). Jüngerer Vertreter der Lyrischen Oper in Frankreich.
Bruneau: Louis Charles Bonaventure Alfred Bruneau, französischer Komponist (1857–1934). Von Wagner beeinflußt; durch seine Zusammenarbeit mit Zola weist seine Musik naturalistische Züge auf.
Zu den Waffen, Bürger! ... Gott schütze Frankreich: Kampflieder und patriotische Gesänge aus verschiedenen Zeiten. Internationale: Kampflied der internationalen sozialistischen Arbeiterbewegung; Heinrich IV. (1553–1610): Beendete die französischen Religionskriege, sicherte im Edikt von Nantes (1598) den Hugenotten freie Religionsausübung zu.
531 *Konflikt zwischen Deutschland und England:* In der Zeit von 1898 bis 1901 scheiterten die britisch-deutschen Bündnisverhandlungen wegen Differenzen in der Kolonialpolitik und im Flottenausbauprogramm, während sich Frankreich und England 1904 in der Entente cordiale zusammenschlossen.
532 *die ‚Marseillaise‘:* Französische Nationalhymne, die 1792 als Freiheitslied beim Einzug eines Marseiller Freiwilligenbataillons in Paris gesungen und dadurch populär wurde.
die ‚Wacht am Rhein‘: 1840 von Max Schneckenburger während der drohenden Besetzung des linken Rheinufers durch Frankreich verfaßtes Gedicht, das im deutsch-französischen Krieg 1870/71 zum antifranzösischen Nationallied wurde.
537 *revolutionäre Syndikalisten:* Vgl. Anm. II/510.
538 *Ultimatum:* Gemeint ist die erste Marokkokrise 1905/06, als Deutschland versuchte, das französisch-englische Bündnis durch seinen Anspruch auf Mitsprache im französisch besetzten Marokko zu stören. Die unnachgiebige und drohende Haltung Deutschlands ließ damals die Absicht eines Präventiv-Krieges mit Frankreich vermuten. Das Buch ‚Das Haus‘ wurde von Rolland Ende August 1907 bis September 1908 geschrieben, stand also unmittelbar unter dem zeitgeschichtlichen Eindruck dieser politischen Spannungen.
545 *ein rabelaissches Heldengedicht:* Vgl. II/245.
546 *Madrigale:* Ursprünglich Schäfergedichte, seit dem 14. Jh. von italienischen Lyrikern zu kurzen, ländlich-idyllischen Kunstliedern umgestaltet. Wurden in Italien anfangs mit, später ohne Musikbegleitung gesungen. Durch das italienische Singspiel des Barock kamen sie auch nach Frankreich.
Jannequin: Clément Jannequin, französischer Komponist (um 1485 bis nach 1559). Meister des französischen Chansons.
561 *Taciti, soli ...:* (italien.) „Wir kamen nacheinander dann ge-

schritten, / Allein und schweigsam, ohne ein Geleit, / Wie ihres Weges wandern Minoriten." Dante, ‚Göttliche Komödie', Hölle, XXIII, 1–3.

Albert Schweitzer,
Dag Hammarsköld,
Mahatma Gandhi,
Fridjof Nansen,
Romain Rolland

Die großen Weltbürger unseres Jahrhunderts

Um das Geistesgut des beispielhaften
Europäers Rolland zu bewahren, wurde 1951
die ›Gesellschaft der Freunde Romain Rollands
in Deutschland e.V.‹ gegründet.

In der Grundsatzerklärung von 1972 heißt es:

»Das Lebenswerk des Dichters, Pazifisten und
universellen Denkers Romain Rolland gehört nicht der
Vergangenheit an. Es ist keine museale Idee, sondern
Gegenwart und Zukunft. Wenn heute mit politischen
Mitteln versucht wird, die Länder Europas wirtschaftlich
zusammenzuschließen, so ist dies eine vordergründige
und realistische Fortsetzung der völkerverbindenden
Idee von Romain Rolland.«

»Wir müssen alles tun, um die Gedanken Romain
Rollands lebendig zu erhalten.«

Wilhelm Kempff, Präsident

**Gesellschaft der Freunde Romain Rollands
in Deutschland e.V.** 8000 München 1, Postf. 109